WENYI
KEXUE FAZHANLUN

文艺

科学发展论

袁学骏 ◎ 著

河北出版传媒集团

花山文艺出版社

图书在版编目（CIP）数据

文艺科学发展论 / 袁学骏著. —石家庄：花山文艺
出版社，2011.7
ISBN 978-7-5511-0314-5

Ⅰ.文… Ⅱ.袁… Ⅲ.文艺学—研究—中国　Ⅳ.I0
中国版本图书馆CIP数据核字（2011）第143404号

书　　名：**文艺科学发展论**
著　　者：袁学骏

策　　划：张采鑫
责任编辑：梁东方　梁　瑛
责任校对：齐　欣
封面设计：景　轩
美术编辑：胡彤亮
出版发行：花山文艺出版社（邮政编码：050061）
　　　　　（河北省石家庄市友谊北大街330号）
网　　址：http://www.hspul.com
销售热线：0311-88643226/32/24/28/29
传　　真：0311-88643225
印　　刷：大厂回族自治县正兴印务有限公司
开　　本：710×1000　1/16
字　　数：450千字
印　　张：27.5
版　　次：2012年5月第1版
　　　　　2012年5月第1次印刷
书　　号：ISBN 978-7-5511-0314-5
定　　价：39.00元

目　录

科学发展观与文艺的进步（代序）

□木　弓

　　我读过袁学骏同志不少文艺评论文章，知道他是一个很有理论兴趣的人。近年来，他努力学习科学发展观，不仅思想收获大，而且能在科学发展观的指导下，更用心地思考当代文艺发展实践中的许多问题，提出了自己的理论见解。也许，这些理论见解更多的是学习科学发展观的个人心得，还有待于进一步深入梳理，但足以见出一个文学工作者的责任心和使命感。科学发展观是马克思主义中国化的创新理论，文字表述看似平实，但内涵却非常丰富深刻，学习起来并不容易，践行更不容易。袁学骏同志能够在不长时间里梳理总结出比我们更多的学习体会，的确值得我们关注。他对文艺科学发展问题的思考，对我们也很有启发。

　　我虽然还不是很了解袁学骏同志提出的"文艺科学发展"的概念，但我以为，他要说的是，我们的文艺思想必须以科学发展观为指导，正确认识和把握中国当代文艺发展繁荣的态势和规律，才能使当代中国文艺健康发展，真正反映我们这个民族振兴、国家富强、人民幸福、社会和谐的时代精神。只有这样，我们的文艺思想，才是中国特色社会主义文艺思想，才符合科学发展观的要求。这样的发展，才是文艺科学发展。我非常赞同袁学骏同志的观点，很希望他能够继续沿着这个理论的思路，作进一步的思考。

　　我们这个时代，各种文化相互激荡，也就会形成各种各样的文艺思想，也就会形成各种各样思想的文艺。这是一个国家、一个民族文艺繁荣的基础。没有这么多文化层面和层次的文艺，也就不会有中国特色社会主

1

义文艺的繁荣局面。但是，一个国家、一个民族又必须以一个国家、一个民族的核心价值体系建设为龙头，创造先进文化，推动文艺的不断进步，带动文艺的发展繁荣。这种辩证关系的认识把握，正是文艺发展的科学发展观。从这个意义上是不是可以说，文艺的进步，或者说进步的文艺是文艺大发展大繁荣之魂，也是当前我们需要重点思考和解决的问题。

文艺的进步首先是文艺思想的进步。科学发展观是进步的指导思想，与马克思主义一脉相承，是当代中国化的马克思主义。不过，马克思主义中国化的创新进程也不是一帆风顺的。这些年，不少理论和观点都称自己是马克思主义，其实都在或多或少背离历史唯物主义和辩证唯物主义。中国改革开放的实践证明，这样的马克思主义只能是打引号的马克思主义。这样的马克思主义如果渗入我们的指导思想中，那就不是进步和创新了。中国改革开放的实践更证明毛泽东思想、邓小平理论、"三个代表"重要思想、科学发展观是真正的中国化的马克思主义。我们的文艺思想要成为进步的文艺思想，必须以中国化的马克思主义为指导。

科学发展观告诉我们，文艺进步的源泉是我们的社会现实生活。中国人民在中国特色社会主义道路上艰苦奋斗，中华民族全面复兴走向世界立于世界民族之林的伟大时代生活，激励着我们的文艺不断进取和进步。我们的文艺也必须在这样的时代生活中才能发展，才能创造。相当长的时期里，我们总是想到其他发达国家去寻找先进文化，找来找去总不合适。现在越来越多的人明白了，先进文化就在我们民族创造的生活中，在人民开创自己历史的伟大实践中。中国的先进文化是中国人民创造的。认识到这一点，就是思想的进步。有了文艺思想的进步，才会有进步的文艺。文艺在反映时代社会进步中得以进步。进步的文艺反过来又对时代社会以智力支持，引导着时代社会继续前进。

坦率地说，当代中国进步文艺的发展是有困难的。进步的思想通常不是模式化的思想，也很可能不是世俗的思想。在市场经济如此发达的今天，也许什么都可以依赖市场杠杆的调节，唯独先进文化、进步文艺不可以过多信赖市场杠杆的力量。消费性文艺主要靠市场的调节，而我们所说的进步性文艺是一种思想的突破和艺术创新，完全交给市场就可能导致迷失方向和失败。例如，当前的消费性文艺不断消解我们民族和国家的核心价值体系，可以说市场杠杆引导起了至关重要的作用。靠这样的市场杠杆，很难修复，除非文艺有能力改变市场的本性。现实的情况是，我们的文艺改变不了市场的本性，但市场一直在改变我们的文艺，让我们的文艺越来越屈服于市场的力量。必须靠国家的力量才能改变这样不利的格局。所以说，文艺的进步，除了文艺工作者们的努力之外，最重要的是国家力量的倡导、介入和推动。具有先进文化特质的进步文艺的形成，是一种国家行动。一个适合进步文艺发展繁荣的文化生态，更属于国家的战略。

我想说的是，国家进步的力量也在改变市场的本性。如果我们注意到美国好莱坞影片中那种强烈的国家核心价值观的话，那就应该明白，市场特别是文化市场一定也有服从国家民族利益的时候。当一个国家和民族凝聚成一种世界不可小视的力量的时候，市场的杠杆就会摆在正确的位置上，发挥国家需要的作用。有幸的是，我们的国家和民族有能力凝聚起这种力量。这正是进步文艺发展的大好时机。

我学习科学发展观没有袁学骏同志深入，认识还很粗浅，说不出什么太深刻的道理，更无法较全面地把握文艺科学发展的态势和规律。我只是被袁学骏同志的热情所感染，忍不住也参与说几句，作为对勇于探索、积极思考的同行的敬意。

2011年10月于北京

绪　　论

近几年，年年都是红火热烈之年，激情迸发之年。

2008年是北京奥运之年、十一届三中全会召开30周年，2009年是五四运动90周年、新中国成立60周年，2010年是上海世博会、广州亚运会举办之年，我国GDP已上升到世界第二。2011年又是中国共产党成立90周年和辛亥革命100周年。

整个世界在注视着东方，热炒着中国经验。我们被羡慕很体面也很累，这是攀登挺进之累，没有金融危机"重灾区"那种心灰意懒。我们在与西方世界此长彼消，但我们一心一意地办好自己的事情，亢奋之中自然有深沉的思考，欢歌之下更有冷静的音符。一个花甲的伟大历程，五四以来的历史昭示，甚而百年反思、千年省察，是我们不可错过的绝好时期。文学艺术界的回首与前瞻、热议与争鸣、忧患与期冀纷纷自由抒发，形成了一场此起彼伏的百家争鸣。大家普遍感喟于我国文艺发展道路的曲折，感叹于当前文艺新局面来之不易，也忧患于西方文化的冲击、后现代文艺思潮的流行，无奈于传统文学式微、民族文化遇险、网络文学爆发和黄赌毒的泛滥。

这本来也是祸福相依、悲喜交加的多事之秋。我们连年遭遇了大小地震、冰雪和泥石流等灾害，还不得不饮下美国酿造的金融危机之苦酒。面对沧海横流、风云变幻，我们党自觉地运用科学发展观，稳健地驾驭着中国这艘东方巨轮破浪前进，充分显示出中华民族的伟大气魄和智慧，也显示出我国社会主义小康社会建设、和谐社会构建的伟大意义。面对国难民瘼，我们的文艺精英们仍然像战争年代那样，与军民们一道冲锋在前，记述那一幕幕惊心动魄的场面，迸发出强劲的生命之歌、大爱之曲。严酷的现实给了我们一次一次新的考验，证明在西方文化冲击下的我们仍然不会冷漠、不会失语，更不是无路可走、无能为力，而是大路朝阳，脚步铿锵。

应该客观地说，科学发展观，便是我们当前应对、破解一切难题的良方。那么，就让我们从科学发展观说起。

一、科学发展观的产生及其重要内涵

2003年8月28日～9月1日，胡锦涛总书记在江西考察时提出要树立"科学发展观"。同年10月，党的十六届三中全会通过了《中共中央关于完善社会主义市场经济体制若干问题的决定》，强调要"坚持以人为本，树立全面、协调、可持续的发展观，促进经济社会和人的全面发展"。胡锦涛总书记又在会议讲话中指出："树立和落实科学发展观是改革开放二十多年的经验总结，是推进全面建设小康社会的迫切要求……"科学发展观，是我们党立足社会主义初级阶段的基本国情，深入分析我国发展的阶段性特征，认真总结我国发展实践，为适应新的发展要求提出来的。也是深刻分析国际形势、顺应世界发展潮流，并借鉴国外发展的经验教训提出来的。

2007年10月15日，胡锦涛在党的十七大报告中对科学发展观进一步表述为："科学发展观，**第一要义是发展，核心是以人为本，基本要求是全面协调可持续，根本方法是统筹兼顾。**"这是党站在历史和时代的高度，言简意赅地提出了我国经济社会长足发展的战略指针。这是同马列主义、毛泽东思想、邓小平理论和"三个代表"重要思想一脉相承且又与时俱进的科学理论，是中国特色社会主义理论体系的重要新成果。

科学发展观坚持辩证唯物主义和历史唯物主义的基本原理，运用马克思主义关于发展的世界观、方法论，着眼于建设富强、民主、文明、和谐的社会主义现代化国家，科学地、创造性地回答了"实现什么样的发展、怎样发展"的繁难的重大历史命题和不可绕开的理论课题，赋予当代中国马克思主义以鲜明的时代特色、民族特色和实践特色，开拓了马克思主义中国化的最新境界，使我们从传统社会主义进入现代社会主义的新时代。它涵盖了自然科学、人文和社会科学的广泛领域，以丰富的思想内涵和严密的内在逻辑构成了一套系统完整的科学理论。

科学发展观应当具有四重内涵，也是向我们提出了四点基本要求：要充分认识"第一要义是发展"。这就要以经济建设为中心，实现全面的又好又快的发展。要把握发展规律，创新发展理念，转变发展方式，破解发展难题，不断解放和发展社会生产力，为发展中国特色社会主义打下坚实基础。"以人为本"是一个老而弥新的核心性命题，这里所说的人不是抽象的人，而是包括每一个个人在内的广大人民群众，他们是社会发展的主体。"以人为本"，就是要以实现人的全面发展为目标，从人民群众的根本利益出发谋发展、促发展。我们必须树立这种价值取向，必须抛弃过去以物质生产为基本标准的"见物不见人"的观念和做法。"全面协调可持续"，作为科学发展观的基本要求，强调人与自然之间建立全面的良性的协调关系，走出"人统治自然"的人类中心主义的误区，实现人与自然的良性互动；强调人的素质全面提高，人文环境不断净化，实现经济发展与社会全面进步，从而实现经济社会永续发展。"统筹兼顾"运用了现代系统理论和方法，具有方法论意义，是我们应有的思维和工作方式；要从对立统一规律角度研究对立面的互补、结合和矛盾的缓解转化。这是一门科学的学问，也是一门智慧的领导艺术。我们学习实践科学发展观，就是要达到快速发展与平稳发展相统一、科学发展与社会和谐相统一，实现经济快速发展与改善民生为重点的社会建设相协调，快速发展与人的素质提高为目标的思想文化建设相协调。

二、文艺科学发展观的提出：有源之水、有本之木

科学发展观，不仅是我国经济社会发展的根本指导方针，也是社会主义先进文化发展繁荣的科学指南。我们文学艺术界要深入学习、认真实践科学发展观，要在科学发展观的基础上建立中国特色社会主义文艺事业科学发展的理论体系。我以为，这应当称之为"文艺科学发展观"。

文艺科学发展观，不是无源之水，无本之木，它有秉承，有坚守，有创意，有综合。它秉承马克思主义基本原理及其文艺思想，与我国经济、政治、文化、社会建设相匹配、相一致，而又尊重文艺发展规律，注重文艺繁荣发展的具体实践，可以指导我们解决影响我国文艺繁荣发展的根本问题和突出问题，推动社会主义文艺理论的新构建和创作活动的新尝试。文艺科学发展观，应当是社会主义意识形态的一部分，是整个科学发展观的一支。正如李准在论述马克思主义文艺思想时所说的："在某种意义上说，基本原理是干，文艺理论是枝。"①文艺科学发展观在本质上属于社

---

① 《文艺报》2010年6月23日，李准文章。

会主义先进文化理论的范畴，是马克思主义文艺思想中国化过程中的理性总结和有益尝试。我们必须深刻地理解"科学"二字的含义，必须保持头脑清醒、理智，必须防止与克服新的忽左忽右、忽东忽西，必须不断克服思想上的老式僵化与新的"洋教条"。

文艺科学发展观的理论基础，是马克思主义基本原理及其文艺思想，中国化马克思主义文艺思想和古今中外各种适应时代的文艺理论。它已经是一种客观存在，是在我国文化地基上必然长出的思想果实。正如马克思所说："一切划时代的体系的真正的内容都是由于产生这些体系的那个时期的需要而形成起来的。所以这些体系都是以本国过去的整个发展为基础的……"①文艺科学发展观的提出，是在经济全球化、西方文化冲击而刺激各国文化本土化的背景之下，但它不是权宜之计，而是一种中国式的长效的科学理论系统，是一种克服了二元对立思维方式的、顺应时代潮流的、以不变应万变、以创新发展应万变的精神原则体系。

胡锦涛在党的十七大报告中指出："当今时代，文化越来越成为民族凝聚力和创造力的重要源泉、越来越成为综合国力竞争的重要因素，丰富精神文化生活越来越成为我国人民的热切希望。要坚持社会主义先进文化前进方向，兴起社会主义文化建设新高潮，激发全民族文化创新活力，提高国家文化软实力，使人民基本文化权益得到更好保障，使社会文化生活更加丰富多彩，使人民精神风貌更加昂扬向上。"十七届六中全会通过的《中共中央关于深化文化体制改革推动社会主义文化大发展大繁荣若干重大问题的决定》又指出："文化是民族的血脉，是人民的精神家园"，"物质贫乏不是社会主义，精神空虚也不是社会主义。没有社会主义先进文化繁荣发展，就没有社会主义现代化。"这些论断就是文艺科学发展观的总纲领和逻辑起点。

从这个总纲领出发，文艺科学发展观应当对文艺具有引领、指导和保障作用。其引领作用是，面对各种国际思潮的碰撞、激荡和我国文化多元化的局面，坚持"为人民服务、为社会主义服务"的文艺方向和"百花齐放、百家争鸣"的方针，最大限度地凝聚和率领社会主义文艺大军，充分发挥马克思主义文艺思想的主导功能，在学习西方优秀文化过程中切实批判西方中心主义、文化虚无主义、无政府主义，在挖掘弘扬民族优秀文

---

① 《马克思恩格斯全集》第3卷，人民出版社1960年版，第544页。

化过程中克服狭隘民族主义、排外主义、复古主义，引领中国特色社会主义文艺新潮流，开创中国式的文化现代化新局面。其指导作用是，以人为本地、耐心而有效地倡导文艺家树立文化自觉与自信、社会责任感和历史使命感，倡导从社会现实和书本两个方面不断吸收新知，努力奉献更多优秀作品，实现文艺成果与人民群众共享；同时为改革开放和社会主义现代化建设提供精神支撑、智力支持；营造和谐的良好舆论氛围，塑造和树立中华民族的伟大形象。其保障作用是，真正克服极"左"文艺思想，记取历史经验教训，用科学的文艺理论批评和政策法规保障艺术民主和学术民主，保障创作展演自由、艺术生产人文环境优良；要树立"度"的观念，把握管而不死、活而不乱的原则，最大限度地保持文艺发展的活力和后劲，保证文艺长足发展而又不迷失方向。

三、文艺科学发展观的主要内涵

如上所述，已涉及文艺科学发展观的本义。如果归纳为一个定义，即是在马克思主义和科学发展观指导下的、适合于中国国情和未来长期健康发展的社会主义文艺科学理论体系。这个体系要回答我国社会主义文艺发展路在何方，实现什么样的发展、怎样发展的基本问题。我们要实现文艺与经济、政治、文化、社会四位一体发展相一致、与人类社会历史发展方向相一致的发展，而不是文艺自身超然物外的单一发展。进一步说，要实现与经济社会发展相得益彰的、能够推动人的全面自由发展的发展；要坚持全面协调可持续的创新性发展，即有节度、又好又快的综合性科学发展；同时实现我国文学艺术和文艺理论的现代化转型。

在上面定义的基础上，还应当重点阐述如下几个方面：

（一）"回归马克思"①

新中国的成立、改革开放的成功证明，马克思主义具有可移植性，具有在不同地域、不同时代适应生存而发展的本质力量。因为它在对事物的批判与扬弃中，善于吸收融合各民族文化的有益成分而形成新的自己。我国当代文艺发展，不能以西方文化为主或全盘西化，也不可能以本土儒家学说为主，更不可能全面地回归五四。五四的文艺理论根底是"西化"的、"去中国化"的，虽有启蒙之功，自身却不成熟。今天的中国文艺发

---

① "回归马克思"、"推进马克思"，陈学明、王凤才著：《西方马克思主义前沿问题二十讲》，复旦大学出版社2008年版，第8页。

展需要化西而再中国化。我们必须以马克思主义文艺思想为主导，对文艺发展主潮进行引领，融通古今中外文化，以形成新的中国特色社会主义文艺理论体系。在中西关系上要以中为主、古今关系上以今为主、马克思主义与中西文化关系上以马克思主义为主，大胆地走自己的路，形成多元一体、主次分明的大文化发展格局，创造新世纪的中国特色新文艺、新文论。当前马克思主义文论中国化研究正在进行，中、西、马三者的交汇与融通正在实验探讨中。

我国改革开放30年便把西方300年间的文化思潮演示了一遍。学西用西也是一柄双刃剑。我国文化多元化局面已经形成，虽是一种历史性的发展，但这也影响了我国马克思主义文艺思想的学习和研究。正如董学文所说："一段时间以来，我们与马克思主义文艺论著的接触有些减少了，马克思主义文艺观对文学的创作和指导作用受到了一定轻视，把马克思主义文艺观当做精神动力的热情明显减弱了。"①于是他呼吁加强马克思主义文艺观的学习运用。而"回归马克思"，则是西方马克思主义者发出的呼喊。董学文的忧心与这种呼声内外一致。从而可以说，"回归马克思"也是批判极"左"思想、引进西方文化之后的当代中国人的心声。本书重温传统马克思主义的重要论述，不是要回到那个年代的原点，而是回到马克思主义基本原理，呈现它的中国化发展历程，并且要整合性地再运用、再发展，这便是"推进马克思"。

一百六十多年来，马克思主义基本原理在历史的曲折前进中有隐有显，但它根本没有过时。它是朴素的，不会哗众取宠，没有招摇过市的毛病。它是有分量的金子，落到了海底也不会生锈，而那些空木桶却会漂在海面上炫耀。在新一轮的历史螺旋发展中，我们必须进一步批判极"左"思想、新老教条主义和西方中心主义，深入开展克服极"左"和西化的两种思想大解放，必须进行关于马克思主义、中国文化、西方文化的三大启蒙。学习马列不是要背诵马列的现成词句，而是要如钱学森所言的"离经不叛道"②，是根据国情、文情和世情进行理论创新，进而实行全面的整合性文艺创新。可是中国人不懂马列、不懂中国文化，也不懂西方文化的现象还很严重，这必须及早改变。我们只有学贯中西马，才能防止在理念上失之偏颇。或只谈文学、文艺而不顾其他，或只研究马克思主义文艺思

---

① 《文艺报》2010年6月23日，董学文文章。

② 钱学森语，《光明日报》2009年12月1日，怀念钱学森文章。

想而不顾相关的经济、政治诸条件与诸学科，也往往会造成偏颇，所以应当提倡对马克思主义文艺思想的综合性、整体性和跨学科研究，形成更为科学的总体性、甚至超越性研究之大势，相信这样我们将会有更多更深的发现和悟得的。鲁迅当年批判过的所谓"为艺术而艺术"之论所以再起，正是我们没有与时俱进地对马克思主义文艺思想做整体性研究阐发、及时对之进行科学的分析批判而形成的理论缝隙所致。

（二）走出后现代

走出后现代，已经成为我国大批作家艺术家的具体行动。20世纪80年代的先锋们已经进入中老年，对现代后现代和传统文学的认识更为适度。当时大多文论家也曾经对后现代持以审慎态度，现在他们更普遍认为后现代必须向中国传统回归。外国法兰克福学派虽然也带有后现代批判色彩，但也更趋向于恢复马克思主义的批判传统，期望社会激进地变革，认为走出后现代是历史的必然。这又证明中西文化界、文论界已经有了遥遥的共识。而《纽约时报》后现代派们极力维护资本主义制度，打着反对政治的旗号掩盖政治，赞成消费资本主义和助推市场流行文化。他们的观念曾经在我国广泛流行，先锋们也曾以此折腾得最欢，其负面影响甚大。

说来遮蔽政治、逃离政治或实行另一种政治，在我国文艺界已经屡见不鲜。文艺与政治的关系，是我国五四以来的争论焦点和一大难题。笔者认为，文化、文艺与思想、政治具有同族同根性，谁也不曾把它们彻底分清，到全球化时代则在更深层次上交织在一起。我们不是要搞文艺的意识形态化，而是文艺在本质上具有意识形态性质，只是在作品表现上有远近深浅之别。批判极"左"之后，产生了"审美意识形态论"、"文化政治"等新概念。

在2009年中国文艺理论学会和黑龙江大学共同主办的"文学研究、文化政治与人文学科"国际学术研讨会上，大家分析认为，为政治服务的"服务论"、脱离政治的"审美论"和介于二者之间的"审美意识形态论"，这三种观点都具有一定的立论基础，但都没有深入思考文学与政治关联时"政治"的内涵，使文学成为政治家所言说的政治依附物，文学由此失去了魅力。刘锋杰发言提出，文学与政治的关系不应当是制度、政策层面而应是理念层面的。理念层面表达的是对人类美好生活的想象。文学与政治的关联正是文学作为人类美好生活的想象与政治想象的结合。陶东风又说："当前文学理论的'非政治化'似乎摆脱了政治附庸的地位，但同时逃避了对公共政治的关注和批判性反思。中国的文艺学始终缺乏的正是一种对公共政治的批判性反思能力，这正是它的巨大危机的征兆。克服这种危机的途径只能是重申文学理论知识的政治维度，即作为公共领域内自由行动意义上的政治。"①姚文放还认为，新时期文学理论的审美乌托邦也是一种政治，而从对于审美自律性、封闭性的背离转向对于社会实际、日常生活的热衷，又使20世纪90年代初到新世纪文学理论的文化乌托邦成为一种政治。这两者的政治意向对于近30年来的现实政治起到了柔软化、弹性化、宽松化的作用。②如上的观点证明，文学与政治总是有关联的，所以主张"去政治化"、"去意识形态化"，主张完全回归文学本身，曾是对极"左"的反拨，但从根本上看则是犯了政治幼稚病，也是在推卸应有的人世承当。多年来，文艺独立之声未断，谈政治色变者大有人在，得意地声称自己的作品摆脱了政治束缚者更不鲜见。然而，这些很可能是被龙卷风旋上高空的转蓬，它可能飞得很高很远，却早晚要落回大地的。

陈平原说，五四有生辰而无卒年。③虽然今天文艺发展不可能以五四文化为主，但五四精神值得发扬，五四经验值得借鉴。五四时期关于人的个性与尊严、反帝反封建意识等现代性启蒙造成我国文艺的历史性转变，其文化意义十分深远。当前国内外后现代派们对本质主义的批判和艺术形式上的探索创新，推动了我国文艺和文论的新发展，然而我们不能否定事物具有本质。要看到，一些后现代派仍然在无休止地解构一切，破坏人类艰难积累起来的理性精神，热衷于审丑描写和卑琐的人性挖掘，过头的张扬生物性的生命体验，助推了文学"非英雄化"、社会道德沦丧和娱乐至上风潮的形成。波兹曼在《娱乐至死》中提到的卑俗娱乐我们都有了，他们没有的我们也有了。还有的以新殖民心态奉行西方中心主义，否定我国社会历史的客观发展，销蚀我们的民族精神，迎合了西方的文化战略，走向了另一种政治。这是一种倾向掩盖另一种倾向，在一定程度上也危及国家文化安全。众所周知，米兰·昆德拉在荒诞和游戏中传播的是西方"性政治"④，还抨击前苏联斯大林主义。这更说明国际文坛上的后现代主义根本没有离开政治。文艺家应当是思想家，他们懂政治有思想不等于极

①② 陶东风、姚文放等人语，《文艺报》2009年8月22日，黑龙江国际学术会议报道。
③ 《五四与中国现当代文学国际学术研讨会综述》，《新华文摘》2009年第18期。
④ 高兴、刘恪译：《欲望玫瑰》，书海出版社2002年版，第258页。

"左"、保守，坚守文艺的本性不迷失是他们的天职。更重要的是，过去的极"左"并不符合马克思主义的本义，而是我们没有真正把握马克思主义的基本原理。当今大批文艺家仍然秉承着"文以载道"的爱国情怀、忧患意识和"以文化人"的人本精神、生命关怀。这种古老的人文传统已经转化为新的时代精神。谁也不能否定、鄙夷这种崇高精神。

（三）创新发展，规律与平衡

发展是第一要义，文艺发展的唯一出路就是创新。这种创新，从总体上说，必须是整合了古今中外文化的综合性创新，是要超越以往时代的更高层次的文艺、文论的全面创新。首先必须是主旋律作品的创新，以保证表现核心价值体系的创作成为主导。主旋律作品能够代表一个时代、一个国家的精气神和伟岸形象，代表一个特定时代的文艺主流。同样，多样化的创作不可缺少，但不应当涣散无疆、杂乱无章。那么多样化应当有一条底线：起码的爱国精神、真善美。这两者便是防止文艺漫漶无边的两道大堤。弘扬主旋律与提倡多样化的文艺发展原则，正是总结了以前几十年经验教训之后的智慧选择。

文艺创新必须尊重文艺规律。从"文革"结束，我们便强调了运用文艺规律的重要性，使沉寂的文林艺苑出现了活泼的生机。但几十年后看，如上所述，强调文艺特殊性、独立性已经有所过头。我们要在宏观上把握好文艺与国情世情、与人文理念和道德伦理关系的"度"。要学习把握马克思、恩格斯关于人的全面自由发展的理论，充分认识和运用马克思主义人文精神，要正确理解和使用恩格斯关于"美学观点和历史学观点"[1]的文艺批评标准。尽管我国已引进精神分析、结构主义、心理学或女性主义等理论，但决不可否定文艺的社会学、历史学、政治学、伦理学的标准。张炯说："不表现社会历史，就难以表现人。"[2]要将反映社会现实和挖掘人性、表现人的精神解放二者结合起来，不要在理论上强化二者的对立。要智慧地将加强作品思想性与加强艺术性、观赏性、知识性实现有机结合。要防止走极端、忽东忽西，从政策上更不能忽放忽收。

现实主义回归是"历史的必然"，也是它的"生命力"所在。[3]雷达

---

[1]　恩格斯：《致斐迪南·拉萨尔》，《马克思恩格斯选集》第4卷，人民出版社1972年版，第347页。

[2]　张炯：《学习马克思主义文艺批评原则》，《文艺报》2010年6月23日第3版。

[3]　陆贵山：《承接和弘扬现实主义文学的优良传统》，《文艺报》2009年6月13日第2版。

说，当前文学中对"隐秘的"、复杂的"中国经验"的发掘与表现，体现了一种"文化化"倾向，但又标志着它克服了极"左"思想之后的纵深发展。①浪漫主义的艺术创新也独自或与现实主义携手前行。事实证明，无论运用哪种文艺方法，只要文艺家树立生活意识、规律意识、形象思维意识，保持创作的鲜明个性与主体精神，就再不会搞"主题先行"、"图解政治"。历史将继续证明，唯有尊重生活、尊重人和文艺规律，才会造就时代的艺术经典和大师。

要树立文艺生态平衡理念。近几年网络文学已成气候，与传统严肃文学、市场化的大众文艺形成三足鼎立。我们要实现精英创作与民间创作互动互补，文化遗产保护与艺术创新交相辉映，文艺事业与文化产业发展相辅相成。面对雅与俗等复杂的矛盾和"三俗"等问题，必须在统筹兼顾理念指导下大力开展文艺批评，加大执法管理力度。我们既要满足本国人民的文化内需，又要发展"世界的文学"②，大胆走出国门。一定要把我国文化产业打造成重要经济支柱，并且真正让一个社会主义文化强国高站于世界文化之林。

从文艺科学发展的理念出发，我们回顾总结我国文艺发展的经验教训，寻找中国特色社会主义文艺大发展的规律和道路，使我国文艺能够走向光明的远方，这不是赶时髦，拉大旗，也不是恋旧恶新。本书比较全面地表达了笔者经过长期观察思考之后的文艺观念。意在寻根讨源、力求论从史出，更以"问题意识"近距离地直面文艺的难点、热点、焦点，冀求文艺发展的正常和长效。方法上，力图将马克思主义、古今中外文艺理论知识资源融会贯通，达到辩证、综合、宏观和通观。恩格斯曾经说："一个民族要想站在科学的最高峰，就一刻也不能没有理论思维。"③我们不能让读图活动、娱乐至上观念干扰了我们的理论思维。

面对纷繁杂乱的文艺问题，历史期望我们做出新的回答，我们不能哑然无声，所以便有以上的话和下面各章的理论探讨。理论是灰色的吗？有针对性的科学的理论一定会四季常青。虽然本人才疏学浅，但愿以此抛砖引玉。

---

① 雷达：《近三十年长篇小说审美经验反思》，《文艺报》2008年12月4日第3版。
② 马克思、恩格斯：《共产党宣言》，《马克思恩格斯选集》第1卷，人民出版社1972年版，第255页。
③ 见钱建强：《理论行进的脚步》，《光明日报》2011年1月4日第1版。

第一章　文艺科学发展的理论基础

科学发展观的提出顺天应时，标志着我国的发展理论、政策和策略的进一步成熟。中国实现连续30多年的高速度发展，经受住1990年前后东欧剧变的震动，扛得住1997年亚洲金融风暴、近三年美国金融危机和欧债危机的冲击，一次次以不变应万变，这在世界上是个奇迹。外国有识之士已经开始研究中国模式、中国道路。文艺科学发展观，也当属应运而生，它不是无根草，不是夜岚晨露，也不是一股风。

因为我国已经具备了文艺科学发展的理论基础。这基础就在马克思主义的经典中，在古今中外文艺理论的学海里，更在马克思主义文艺思想中国化的长期探索和文艺发展实践中。

虽然许多外国现代派后现代派曾经与马克思主义有某些联系，但又与马克思主义有着本质的不同，主要是它们看不到人类走出资本主义"异化"的曙光。西方马克思主义可以参考，但它们远离中国的实际。

当今很多人只热衷于萨特、海德格尔、阿尔都塞、高兹、韦伯、维柯、马尔克斯、昆德拉，或追随于亨廷顿、汤恩比等等，但这远远不够。面对人类发展的一个个棘手问题，我们的知识体系还有重大的缺陷。我们需要重温马克思主义基本原理和它的基本文艺思想。当前马克思主义大众化读物正在增多，网上也在广泛传播，成为一批年轻人的"家常饭"。文艺家特别是文论家们必须对其原理性著述进行深入学习。这绝不是多余的怀旧，而是必要的复习或补课。学习中会寻找到社会主义文艺理论的根底，使人产生信仰的力量和前进的动力，还一定会带来文艺理论的整合性创新，带动新时代的文艺大发展大繁荣。

第一节　文艺科学发展的哲学基础

马克思主义起源于19世纪中叶的欧洲,是马克思、恩格斯批判地吸收了德国古典哲学、英国资产阶级经济学和法国空想社会主义,在指导欧洲各国无产阶级革命运动中创立了马克思主义哲学、政治经济学和科学社会主义,形成了完整的马克思主义理论体系。

辩证唯物论和历史唯物论是马克思主义文艺思想的哲学基础,列宁、斯大林、毛泽东等人的文艺思想是对马克思主义文艺思想的创新发展。这些与古今中外文艺家、文论家们的丰富哲思,共同构成了今日文艺能够科学发展的深厚哲学基础。今天的我们,不要一味地有我无你、非此即彼,要看到以马列为主干、以中外各种文艺理论为枝叶的互补的知识体系形成的前景。

一、不是意识决定生活,而是生活决定意识

我们的根本地基是辩证唯物论与历史唯物论。这首先要追溯到马克思主义创始人马克思、恩格斯在一百六十多年前的有关论述。1845～1846年,马克思、恩格斯在《德意志意识形态》中曾经这样论述道:"思想、观念、意识的生产最初是直接与人们的物质活动,与人们的物质交往,与现实生活的语言交织在一起的……德国哲学从天上降到地上;和它完全相反,这里我们是从地上升到天上……因此我们的出发点是从事实际活动的人,而且从他们的现实生活过程中,我们还可以揭示出这一生活过程在意识形态上的反射和回声的发展……道德、宗教、形而上学和其他意识形态,以及与它们相适应的意识形式便失去独立性的外观。""不是意识决定生活,而是生活决定意识。"①还强调"意识一开始就是社会的产物,而且只要人们还存在着,它就仍然是这种产物"。②1859年,马克思又在《〈政治经济学批判〉序言》中说:"不是人们的意识决定人们的存在,相反,是人们的社会存在决定人们的意识。"③这些便是在对黑格尔的德国古典主义哲学信仰的清算中形成的马克思主义认识论的核心观点与不朽名言。

1872年,马克思又在《〈资本论〉第1卷第2版跋》中批判了黑格尔把人的思维过程看做独立主体的思维过程,否定了思维是"现实事物的创

①② 《马克思恩格斯选集》第1卷,人民出版社1972年版,第30～31页、第34～35页。
③ 《马克思恩格斯选集》第2卷,人民出版社1972年版,第82页。

造主"之说："我的看法则相反，观念的东西不外是移入人的头脑并在人的头脑中改造过的物质的东西而已。"①恩格斯在《反杜林论》中说：观念"归根到底也是自然界产物的人脑的产物，并不同自然界的其他联系相矛盾，而是相适应的。"②又强调"一切观念都来自经验，都是现实的反映——正确的或歪曲的反映"。③1883年3月，恩格斯在《在马克思墓前的讲话》中肯定地指出："正像达尔文发现有机界的发展规律一样，马克思发现了人类历史的发展规律，即历来为繁茂芜杂的意识形态所掩盖的一个简单事实：人们首先必须吃、喝、住、穿，然后才能从事政治、科学、艺术、宗教等等。"④

列宁发展了马克思主义哲学思想，在1908年的《唯物主义和经验批判主义》中说："生活、实践的观点，应该是认识论的首先的和基本的观点。这种观点必然导致唯物主义，而把教授的经院哲学的无数臆说一脚踢开。"⑤列宁还在《黑格尔〈逻辑学〉一书摘要》中说："人的意识不仅反映客观世界，并且创造客观世界。"⑥在《马克思主义的三个来源和三个组成部分》中，列宁又这样说："人的认识反映不依赖于它而存在的自然界，也就是反映发展着的物质；同样，人的社会认识（就是哲学、宗教、政治等各种不同观点和学说）也反映社会的经济制度。"⑦1938年，斯大林也在《论辩证唯物主义和历史唯物主义》中说："既然自然界、存在、物质世界是第一性的，而意识、思维是第二性的，是派生的；既然物质世界是不依赖于人们意识而存在的客观实在，而意识是这一客观实在的反映，那么由此应该得出结论：社会的物质生活是不依赖于人们意志而存在的客观实在，而社会的精神生活是这一客观实在的反映，是存在的反映。"⑧

如上这些，都是马克思主义辩证唯物论之认识论、反映论的经典论述，它无情地批驳了唯心主义，与以前的神学划清了界限。由此，在中国产生了毛泽东的《实践论》和《在延安文艺座谈会上的讲话》，也产生了

---

① 《马克思恩格斯选集》第2卷，人民出版社1972年版，第217页。
② 《马克思恩格斯全集》第3卷，人民出版社1995年版，第375页。
③ 恩格斯：《〈反杜林论〉的准备材料》，《马克思恩格斯全集》第20卷，人民出版社1971年版，第661页。
④ 《马克思恩格斯选集》第3卷，人民出版社1972年版，第574页。
⑤⑦《列宁选集》第2卷，人民出版社1972年版，第142、443页。
⑥ 《列宁选集》第1卷，人民出版社1972年版，第228页。
⑧ 《斯大林选集》下卷，人民出版社1979年版，第436页。

认识论美学、实践论美学和审美意识形态论等新美学。虽然今天仍然存在着不同观点的争论，但这与五四以来出现、改革开放以后泛滥过的所谓"艺术至上"、"文学至上"等观点有着本质的区别。

二、文艺属于上层建筑的意识形态，它具有反作用

马克思在《〈政治经济学批判〉序言》中，论述了经济基础决定上层建筑，上层建筑总是随着经济基础的变更而或慢或快地发生变革。他指出这种变革有两种："一种是生产的经济条件方面所发生的物质的、可以用自然科学的精确性指明的变革，一种是人们借以意识到这个冲突并力求把它克服的那些法律的、政治的、宗教的、艺术的或哲学的，简言之，意识形态的形式。"[①]在《路易·波拿巴的雾月十八日》中，马克思则说："在不同的所有制形式上，在生存的社会条件上，耸立着由各种不同情感、幻想、思想方式和世界观构成的整个上层建筑。"[②]恩格斯在1894年《致符·博尔吉乌斯》的信中也说："政治、法律、哲学、宗教、文学、艺术等的发展是以经济发展为基础的。但是，它们又都互相影响并对经济基础发生影响……经济条件归根到底还是具有决定意义的，它构成一条贯穿于全部发展进程并唯一能使我们理解这个发展进程的红线。"[③]关于这条贯穿于全过程的"红线"，恩格斯在1890年9月《致约·布洛赫》的信中早已提出："根据唯物史观，历史过程中的决定性因素归根到底是现实生活的生产和再生产……经济状况是基础，但是对历史斗争的进程发生影响并在许多情况下主要是决定着这一斗争的形式的，还有上层建筑的各种因素……"于是他强调了历史斗争中一切因素的"交互作用"，其中经济运动"通过无穷无尽的偶然事件……向前发展"。但是这样就有"无数个力的平行四边形"，多种意志力量"融合为一个平均数，一个总的合力……"那么每个意志都对合力有所"贡献"。[④]这便是恩格斯的著名的合力论。

在《〈政治经济学批判〉导言》中，马克思论证了物质生产与艺术生产发展的不平衡性，特别是论述了"人类童年"即原始社会时期生产力水平极为低下的情况下产生的希腊神话，指出"希腊神话不只是希腊艺术的武库，而且是它的土壤"，它"成为希腊人的幻想的基础"。马克思又高度地评价"它们何以仍然能够给我们以艺术享受，而且就某方面说还是一

---

① 《马克思恩格斯选集》第2卷，人民出版社1972年版，第83页。
② 《马克思恩格斯选集》第1卷，人民出版社1972年版，第629页。
③④ 《马克思恩格斯选集》第4卷，人民出版社1972年版，第506页、第477~479页。

种规范和高不可及的范本"。但是"为什么历史上的人类童年时代，在它发展的最完美的地方，不该作为永不复返的阶段而显示出永久的魅力呢？有粗野的儿童，也有早熟的儿童……希腊不是正常的儿童。他们的艺术对我们所产生的魅力，同它在其中产生的那个不发达的社会阶段并不矛盾。它倒是这个社会阶段的结果"①。马克思这段关于希腊神话的精彩论述，说明了文艺与物质生产也有不同步性。这段话曾经感染和启发了多少作家艺术家、文艺理论家。但是希腊神话毕竟不是正常的，同步性才是正常的，所以马克思在《资本论》中又说："既然在力学等方面已经远远超过了古代人，为什么我们不能也创作出自己的史诗来呢？于是出现了《亨利亚特》来代替《伊利亚特》。"②

关于文艺与经济、政治的不同步性，恩格斯也在《德国状况》中揭露18世纪末叶的德国"一切都很糟糕"，"……只有在我国的文学中才能看出美好的未来。这个时代在政治和社会方面是可耻的，但是在德国文学方面却是伟大的"。因为1750年左右诞生了歌德、席勒和康德、费希特，二十年后又诞生了黑格尔，并且产生了歌德的《葛兹·冯·柏里欣根》、席勒的《强盗》，"这些都是他们青年时代的作品。他们年纪一大，便丧失了一切希望……而席勒假如没有在科学中，特别是在古希腊和罗马的伟大历史上找到慰藉，那他一定会陷入悲观失望的深渊"③。这是恩格斯从德国历史角度说明有时文艺与经济、政治发展不同步的现象和不平衡性，也通过席勒说明青年作家吸收科学新知和外国历史文化的重要意义。

列宁在1914年的《卡尔·马克思》一文中论述了历史唯物主义与以前一切历史理论的区别，深刻指出唯物史观出现以前的历史理论只考察了人们的思想动机，没有考究产生这些动机的原因，即物质生产发展程度的根源。又说："过去的历史理论恰恰没有说明人民群众的活动，只有历史唯物主义才第一次使人们能以自然史的精确性去考察群众生活的社会条件以及这些条件的变更。"④斯大林在《马克思主义和语言学问题》中，指出什么样的基础会有什么样的上层建筑，"资本主义的基础有自己的上层建筑，社会主义的基础也有自己的上层建筑"，"如果产生新的基础，那就

---

① 《马克思恩格斯选集》第2卷，人民出版社1972年版，第112～114页。
② 《马克思恩格斯全集》第26卷第1册，人民出版社1957年版，第296页。
③ 《马克思恩格斯全集》第2卷，人民出版社1957年版，第634页。
④ 《列宁选集》第2卷，人民出版社1972年版，第586页。

会随着产生同它适应的上层建筑"，进一步强调上层建筑对基础不是消极的、中立的、对自己基础的命运漠不关心的。相反地它"一出现，就成为极大的积极力量，积极促进自己基础的形成和巩固……"[①]如果上层建筑对自己的基础漠不关心，它就会丧失自己的本质，不再成为上层建筑了。毛泽东在1940年的《新民主主义论》中提出："一定的文化是一定社会的政治和经济在观念形态上的反映。一定形态的政治和经济是首先决定一定形态的文化，那一定形态的文化才又给予影响和作用于一定形态的政治和经济。"[②]他强调了文化对政治的影响作用，对于当时需要拯救民族危亡的中国现实和新世纪的改革、建设现实来说，无疑都是正确而必要的。1949年，毛泽东曾经预言："随着经济建设的高潮的到来，不可避免地将要出现一个文化建设的高潮。中国人被认为不文明的时代已经过去了，我们将以一个具有高度文化的民族出现于世界。"[③]

在这里，我引述了马克思主义经典作家关于经济基础决定上层建筑和文艺的产生发展，以及文艺反作用于经济基础，而它们的发展又不完全平衡同步的基本原理。这是辩证唯物论、历史唯物论在文化上的运用，是文艺反映论的最为重要的理论根脉。无论过去、现在还是将来，任何唯心主义理论都会在这些真理面前相形见绌、黯然失色的。

三、古今中外文艺发生机理论述

关于文学艺术的起源，马克思关于希腊神话的论述可以看做文艺产生的幻想说。恩格斯又提出了文艺劳动起源说。他在《自然辩证法》中便认为："劳动创造了人本身"，艺术起源于劳动。并以人类的双手进化为依据，说"手是劳动的器官"，也是"劳动的产物"，它"遗传下来的灵巧性"，"才能仿佛着魔力似的产生了拉斐尔的绘画、托尔瓦德森的雕刻以及帕格尼尼的音乐"，"同商业和手工业一起，最后出现了艺术和科学"。[④]这些可以看做马克思主义的文艺发生学。

在中外古代典籍中，关于文艺产生、发展的有关论述也很多。从我国来说，西汉司马迁在《史记·太史公自序》中记载："伏羲至纯厚，作易八卦。"《古史考》中说："伏牺作瑟。"《世本》说："女娲承伏

---

① 《斯大林选集》下卷，人民出版社1979年版，第502～503页。
② 《毛泽东选集》第2卷，人民出版社1966年版，第655页。
③ 《毛泽东选集》第5卷，人民出版社1977年版，第6页。
④ 《马克思恩格斯选集》第3卷，人民出版社1972年版，第508～515页。

牺制，始作笙簧。"《孝经纬》中说："伏羲乐名《立基》，一云《扶来》，亦曰《立本》。"①看来中国历史上很早就有文字性符号、音乐和乐器的发明创造。在《山海经·大荒西经》中，说夏后开"上三嫔于天，得九辩与九歌于天"②。夏后开便是夏禹的儿子启。他向上天供奉三个美女，天帝便给他《九辩》、《九歌》，是说天赐文艺经典。这显然是浪漫的神话思维的表现。东汉何休在《公羊解诂》中说，诗歌的产生是"男女有所怨恨，相从而歌。饥者歌其食，劳者歌其事"③。另一位经学家郑玄则引《虞书》中"诗言志，歌永言，声依永，律和声"，认为这是从上古轩辕黄帝时就开始的为诗之道。④永，当为咏，歌唱之意。南朝时梁代沈约在《宋书·谢灵运传》中说："民禀天地之灵，含五常之德，刚柔迭用，喜愠分情。夫志动于中，则歌咏外发……虽虞夏以前，遗文不睹，禀气怀灵，理或无异。然则歌咏所兴，宜自生民始也。"他认为自从有了人类就有了歌咏，心中有话就用咏唱的方式表达出来。当时的文学理论家刘勰写出了著名的《文心雕龙》，说"人禀七情，应物斯感，感物咏志，莫非自然"，强调人有喜怒哀乐等七情六欲，常是有感而发，成为歌咏，全是很自然的事情。这又是文艺产生的情感宣泄说。

宋代大理学家朱熹在《诗集传》序中说："人生而静，天之性也；感于物而动，性之欲也。夫既有欲矣，则不能无思；既有思矣，则不能无言，既有言矣，则言之所不能尽而发于咨嗟咏叹之余者，必有自然之音响节奏，而不能已焉。此诗之所以作也。"⑤朱熹是说诗与歌都源于天地自然，来自人的心性。这可以看做一种性情说。而近代学者王国维则说："文学者游戏的事业也。"他认为："人之势力，用于生存竞争而有余，于是发而为游戏。婉娈之儿……其势力无所发泄，于是作种种之游戏。而成人之后，又不能以小儿之游戏为满足，于是对自己的情感及所要观察之事物摹写之，咏叹之，以发泄所储蓄之势力。"⑥这仍属于性情说和情感宣泄说。可是王国维又在《宋元戏曲考》中说："歌舞之兴，其始于古之巫乎？巫之兴也，盖在上古之世。"认为在上古时巫术就兴盛起来，带动了音乐、舞蹈的产生和发展。并举楚国为例，"在男曰觋，在女曰巫"，

① 相振稳主编：《伏羲城资料选编》，2004年内部出版，第38页。
②③④⑤ 北京师范大学中文系文艺理论教研室编：《文学理论学习参考资料》上卷，春风文艺出版社1981年版，第96~98页。
⑥ 《晚清文选》，上海生活书店1937年版，第712页。

"巫之用事，必用歌舞"，又道屈原见俗人"祭祀之礼，歌舞之乐，其词鄙俚，因为作《九歌》之曲"。于是得出结论，"盖后世戏剧之萌芽"[①]。另一位学者刘师培也写过《文学出于巫祝之官说》。[②]他和王国维同样肯定文艺起自巫术和鬼神信仰。

鲁迅在《中国小说的历史的变迁》中说小说起源于古代神话。还说："诗歌起源于劳动和宗教……一面工作，一面唱歌，可以忘却劳苦……其二，是因为原始氏族对于神明，渐因畏惧生敬仰，于是歌颂其威灵，赞叹其功烈，也就成了诗歌的起源。"至于小说，"我以为……休息时，彼此谈论故事……正是小说的起源。——所以诗歌就是韵文，从劳动时发生的，小说是散文，从休息时发生的"[③]1934年在《门外文谈》中，鲁迅重新解释文学、主要是诗歌起源于集体劳动："假如那时大家抬木头，都觉得吃力了，却想不到发表，其中有一个叫道'杭育杭育'，那么，这就是创作；大家也要佩服、应用的，这就等于出版；倘若用什么记号留存了下来，这就是文学；他当然就是作家，也是文学家，是'杭育杭育派'……"对于《诗经》中的"国风"，他认为好多也是不识字的无名氏作品，希腊荷马史诗也是口吟后由别人记录了下来的。[④]

常任侠在1950年的《关于我国原始艺术的发展》中也说劳动创造了艺术："如古代人的圭璋琮璧，起初皆是劳动用具的演变。""古代文献说：'树艺五谷'或'艺我黍稷'，这正是'艺事'的开端，是从土地上生根的说明。"[⑤]常先生也谈音乐、舞蹈的产生，引借《诗序》中语说："情动于中而形于言，言之不足，故嗟叹之，嗟叹之不足，故咏歌之，咏歌之不足，不知手之舞之，足之蹈之也。"[⑥]他还分析音乐舞蹈发展的动因有，对劳动成功、作战胜利的庆祝，祭祀祖先及男女的爱意表达等。

外国思想家、哲学家同样对文艺的源头进行过遥远的追溯。德谟克利特认为艺术来自人类对自然的模仿，说"在许多重要的事情上，我们是模仿禽兽，作禽兽的小学生的。从蜘蛛我们学会了织布和缝补；从燕子学

---

① 《王国维戏曲论文集》，中国戏剧出版社1957年版，第4～6页。

② 《左庵集》，北京师范大学中文系编：《文学理论学习参考资料》上卷，春风文艺出版社1981年版，第99页。

③ 北京师范大学中文系文艺理论教研室编：《文学理论学习参考资料》上卷，春风文艺出版社1981年版，第100页。

④ 《鲁迅全集》第2卷，新疆人民出版社1995年版，第612页。

⑤⑥ 《东方艺术丛谈》，新文艺出版社1956年版，第2～3页、第38～39页。

会了造房子；从天鹅和黄莺等歌唱的鸟学会了唱歌"。[①]亚里士多德也认为诗起源于模仿，说"模仿出于我们的天性，而音调感和节奏感……也是出于我们的天性……后来就由临时口占而作出了诗歌"。[②]康德认为艺术是一种游戏，"艺术也和手工艺区别着……前者人看做好像只是游戏，这就是一种工作，它是对自身愉快的，能够合目的地成功……"[③]席勒也在《美育书简》中认为，艺术起源于"力量过剩"的游戏。黑格尔在《美学》中论述了艺术起源与宗教相关，说"只有艺术才是最早的对宗教观念的形象翻译"，艺术"是由心灵创造出来"。[④]普列汉诺夫则认为，劳动先于游戏，游戏是劳动的产儿；说游戏是功利活动的从属现象，经济活动先于艺术的产生，并在艺术上打下了鲜明的印记。[⑤]高尔基认为，"劳动创造文化"，"神话的创造就其基础讲来是现实主义的"。[⑥]日本的厨川百村则认为文学起源于象征的梦。[⑦]黑田鹏信又认为艺术起源于美欲，"为美欲的冲动的，就是艺术冲动"。[⑧]

如上所述，文艺发生的劳动说、性情说、宣泄说、游戏说、心灵说、宗教说、模仿说、梦境说和美欲说等有十余种，主张劳动起源说者比例最大。其真理意义在于远古时人类谁不劳动也不能存活。没有劳动，人类也便不能区别和胜出于一般动物世界。性情说、宣泄说、心灵说、模仿说等具有心理学意义。其实大脑的反映功能本身也是物质的活动，所以它们大都印证了马克思主义的历史唯物论。

文艺起源于劳动实践，这是马克思主义美学的基石，也即实践创造对象世界。请再看马克思在《1844年经济学哲学手稿》中说："动物只是按照它所属的那个种的尺度和需要来建造，而人却懂得按照任何一个种的尺度来进行生产，并且懂得怎样处处把内在的尺度运用到对象上去；因此，

① 伍蠡甫主编：《西方文论选》上卷，上海译文出版社1979年版，第4页。
② [古希腊] 亚里士多德、[古罗马]贺拉斯：《诗学·诗艺》，人民文学出版社1962年版，第11～12页。
③ [德]康德：《判断力判断》上卷，商务印书馆1964年版，第149页。
④ [德]黑格尔：《美学》第2卷，商务印书馆1979年版，第24～25页。
⑤ [俄] 普列汉诺夫：《没有地址的信·第三封信》，人民文学出版社1962年版，第80～86页、第103页。
⑥ [前苏联] 高尔基：《苏联的文学》，《文学论文选》，人民文学出版社1958年版，第319～322页。
⑦ [日本] 厨川百村：《苦闷的象征》，《鲁迅译文集》第3卷，人民文学出版社1958年版，第86～89页。
⑧ [日本]黑田鹏信：《艺术概论》丰子恺译，开明书店1947年版，第49～50页。

人也按照美的规律来建造。"这是强调了人的主体性、内在尺度与对象尺度的统一，合目的性与合规律性的统一，也说明按照美的规律生产就能够创造美。马克思又从生产实践出发说道："劳动的对象是人的类生活的对象化，人不仅像在意识中那样理智地复现自己，而且能能动地现实地复现自己，从而在他所创造的世界中直观自身。"由于实践，"由于人的本质的客观的展开的丰富性，主体的、人的感性的丰富性，如有音乐感的耳朵、能感受形式美的眼睛，总之，那些能成为人的享受的感觉，即确证自己是人的本质力量的感觉，才一部分发展起来，一部分产生出来。因为，不仅五官感觉，而且所谓精神感觉、实践感觉（意志、爱等等），一句话，人的感觉、感觉的人性，都只是由于它的对象的存在，由于人化的自然界，才产生出来的"。马克思最后概括说，"五官感觉的形成是以往全部世界历史的产物"。[①]这些精到而服人的论述与恩格斯"劳动创造了人本身"的论断，足可以让我们看到运用辩证唯物论和唯物史观解释文艺发生于劳动实践的科学性。

文学艺术的起源问题，对于诸家学者来说并不新鲜。有的可能说，现在搬出这些东西来有用吗？但肯定有更多的文论家说这是挖到了当代文艺科学发展的宿根。因为这些哲学论述起码让今天的人们懂得三点：劳动实践创造对象世界，文艺就不能忽视或排斥体力劳动和作为我们衣食父母的劳动者。这有助于文艺家树立唯物史观，甘心为人民代言和泼墨塑形，起码会把自我缩小一些。特别是对于"80后"、"90后"新秀及"60后"、"70后"们的文艺观树立不无裨益。其次，人类的美的创造从一开始就有对劳动对象（观察对象）的主观感受，而且有自己内在尺度，并以此复现着自身。这有利于今天我们克服极"左"观念，认识到创作主体性的重要。第三是要讲究文艺规律，"按照美的规律"来创造，而不是任意妄为地胡编乱造，反规律固然勇敢，却往往是无知可笑的。

第二节　文学艺术的性质和主要特征

在上一节中，我们重温了文艺的根本性质是意识形态一部分的理论。与这个根本性质相联系的问题很多，主要是文艺与政治，也即文艺的阶级

①《马克思恩格斯全集》第42卷，人民出版社1979年版，第96、97、126页。

性、党性、人民性、民族性以及与社会其他方面的关系。文艺自身也表现出一些独有的基本特征。下面让我们一起继续重温。

一、文艺与政治、时代的关系

毛泽东在《新民主主义论》中论述了中国的新旧文化，说当时有帝国主义文化，半封建文化。"至于新文化，则是在观念形态上反映新政治和新经济的东西，是替新政治新经济服务的。"①在延安文艺座谈会上，他又提出："我们所说的文艺服从于政治，这政治是指阶级的政治、群众的政治，不是所谓少数政治家的政治……革命的思想斗争和艺术斗争，必须服从于政治的斗争……"②他强调了文艺家要有革命的立场、人民的立场，对人民内部的缺点要用批评和自我批评来克服，否则就是站到敌人的立场上去了。③

文艺与政治都是有一定历史阶段性、时代性。上面毛泽东的论述是针对抗战年代的政治而言的，可能有人认为过时了。但我们要看到，当今世界的意识形态斗争之激烈，在范围和深度上比以前更为严峻。这在本书各章节还会一再论及。关于文艺的时代性，周恩来在1962年《对在京的话剧、歌剧、儿童剧作者的讲话》中强调"演现代剧可以表现时代精神，演历史剧也可以表现时代精神"，并论述曹禺的《雷雨》，"写的是封建买办的家庭，作品反映的生活合乎那个时代，这作品保留下来了。这样的戏，现在站得住，将来也站得住"。④又说，"只要按照历史唯物主义，合乎那个时代就行。你写曹操、秦始皇，如果只注意时代精神，不注意历史真实，那么人们就会说你的作品不符合曹操、秦始皇的时代。时代精神———一个写时代，一个写历史，一个写理想"。

早在春秋战国时期，古人就注意到一定时代的音乐与国势、民气大有关系。例如《左传·襄公二十九年》中记载吴公子季札来到鲁国时，为之演奏风、雅、颂，他每听一段就评价一番。听郑风的优美、细微，他认为郑国民力不堪重负，民气不壮，是要灭亡的征兆；听齐风气势恢宏，认为有姜太公的遗风，有东海的广阔，这个国家发展前景无量。为之歌小雅，他又认为"思而不贰，怨而不言"，是周德衰微了吗？没有，因为有先王的遗民，国家还是团结统一的。最后奏大雅和颂，从大雅中听出了周

---

① 《毛泽东选集》第2卷，人民出版社1966年版，第655~656页。

②③ 《毛泽东选集》第3卷，人民出版社1966年版，第801、823页。

④ 《周恩来论文艺》，人民出版社1979年版，第112~114页。

文王的德泽"广哉！熙熙乎"！从颂声中听出了"直而不倨，曲而不屈，迩而不逼，远而不携……五声和，八风平，节有度，守有序，盛德之所同也"①。这便是古代文艺与国势关系的绝好说明。在《毛诗序》中，则论及诗歌与政局的关系，说"治世之音安以乐，其政和；乱世之音怨以怒，其政乖；亡国之音哀以思，其民困"②。但秦国的法家商鞅却认为，国家有了礼、乐、诗、书、善、修、孝、弟（悌）、廉、辩这十者，不对外作战，"必削，至亡"。又说用诗书礼乐等八者治国的，"敌至必削国，不至必贫国"。不用八者呢，"敌不敢至，虽至必却。兴兵而伐，必取，取必能有之；按兵而不攻，必富"。这是商鞅重武厌文，否定文武之道，一张一弛。可是商君还说过，"民间战而相贺也，起居饮食所歌谣者，战也"。是说那时百姓不怕打仗，因为能够参战而互相祝贺，平时唱的歌谣都是关于赞美上战场的内容，无形中又承认文艺可以为耕战服务。韩非则强调文艺必须为法治服务，还较早地使用了"文学"一词："乱世则不然，主上有令，而民以文学非之，官府有法，民以私行矫之，人主顾渐其法令而尊学者之智行，此世之所以多文学也。"大意是逢到乱世时，国君有政策命令，人们用言论进行非议，官府立了法规，百姓私下走样不遵守，国君便少用法令而多尊重学问人的智慧和意见，所以世上"文学"多起来。荀子也提出，为文要合于先王，顺应礼义。

班固在《两都赋》中说，古时周成王、康王去世而"颂声寝"，"王泽竭而诗不作"。又说汉武帝宣帝以来，"乃崇礼官，考文章，内设金马、石渠之署，外兴乐府协律之事，以兴废继绝，润色鸿业。是以众庶悦豫，福应尤盛"。大臣们写赋作文，"或以抒下情而通讽喻，或以宣上德而尽忠孝"，是雅、颂精神的发扬。汉代另一位文学家郑玄在《诗谱序》中说，周朝初期文武之德，"使民有政有居"，《周南》、《召南》、《文王》等都是颂歌，到周成王和周公时"盛之至也"。从懿王开始，到厉王、幽王时代，民歌中多是怨愤，"众国纷然，刺怨相寻"，是说上有德万民自然歌颂，上无德则百姓必然怨恨、讽刺。南朝梁刘勰便在《文心雕龙》中总结说："歌谣文理，与世推移"，"文变染乎世情，兴废多乎时序"，于是就有建安七子和建安风骨，形成文学史上的一个高峰。这也

---

① 《左传》，《春秋左传正义》第4册，中华书局聚珍仿宋版，第1563～1571页。
② 孔颖达：《毛诗正义》，中华书局聚珍仿宋版，第36页。

如南朝李百药所说："盖随君上之情欲也。"虽然当今的文艺已经不是宫廷的、贵族的，而是民声民气的政治文化民主，但关注、干预生活的文艺现象或歌颂或批判，在各个时期是必有的。

唐代以来，人们习惯于把"文"与"道"联结在一起说明问题，这至今仍是中国文学艺术的基本传统。道，指自然规律，也指道理、道德、政治、著述目的与指导思想等。梁肃说："夫大者天道，其次人文……道德仁义，非文不明；礼乐刑政，非文不立。文之兴废，视世之治乱；文之高下，视才之厚薄。"又说，"文章之道，与政通矣。"①中唐大文豪韩愈主张"不违孔子"，"自爱其道"且"务去陈言"。②他和柳宗元二人在写作态度上都极为严肃。韩氏"非三代两汉之书不敢观，非圣人之志不敢存"。柳氏本之以诗、书、礼、易、春秋，说"此吾所以取道之原也"，参之以孟、荀、老、庄、屈原和太史公之作，"此吾所以旁推交通而以为之文也"。白居易认为，"音、声之道与政通"，所以"文章合为时而著，歌诗合为事而作"。③宋代周敦颐则说："文所以载道也……文辞，艺也；道德，实也。"④朱熹则说，"有治世之文，有衰世之文，有乱世之文"，六经是治世的，《国语》是衰世的，战国的文章是乱世的。并形象地说"道者文之根本，文者道之枝叶"⑤，认为苏东坡的"吾所谓文必与道俱"的提法不彻底，只有像"三代圣贤文章皆从心写出，文便是道"才成。元明清以降，文以载道传统理念一直长存，经过五四文化变革，仍然在抗日战争、新中国成立、打倒"四人帮"、港澳回归等重大事件描写中鲜明地表现出来。

鲁迅在1927年的《文艺与政治的歧途》中，嘲讽躲入"象牙之塔"里的文人"免不掉还要受政治压迫。打起仗来，就不能不逃开去"。又说19世纪"文艺和革命原不是相反的，两者之间，倒有不安于现状的同一"，并且认为冲突会使社会进步起来。又以俄国为例说，"殊不知杀了多少文学家，社会还是要革命"，肯定"世间"没有"满意现状"

① 《钦定全唐文》，广雅书局版第518卷，第3页。
② 《韩昌黎文集校注》，古典文学出版社1957年版，第99、102页。
③ 白居易：《白香山集》，文学古籍刊行社1954年版，第80、27页。
④ 周敦颐语，北京师范大学中文系文艺理论教研室编：《文学理论学习参考资料》上卷，春风文艺出版社1981年版，第328页。
⑤ 《朱子类语》卷百三十九，北京师范大学中文系文艺理论教研室编：《文学理论学习参考资料》上卷，春风文艺出版社1981年版，第330页。

的革命文学。①在《魏晋风度及文章与药及酒之关系》中，论说文学不能超越政治，陶潜晚年贫穷潦倒，成为田园诗人、山林诗人，那诗文没有"完全超越政治"、"越出于世"，而且内心"于朝政还是留心"的。②瞿秋白在1932年的《非政治主义》中说："每一个文学家其实都是政治家。艺术——不论是哪一个时代，不论是哪一个阶级，不论是哪一个派别的——都是意识形态的得力武器，他反映着现实，同时影响着现实。"表面上看来似乎丝毫没有"政治臭味"的作家其实也是"政治家"。他们用"为艺术而艺术"的"假招牌"，是"虚伪的旁观主义"；"诱惑群众"不问政治，这常常是"统治阶级的一种手段"。又揭露资产阶级作家戴着雪白的"纯艺术"的"假面具"，冷笑着指摘无产阶级作家……③郭沫若在1946年的《文艺工作展望》中，反驳有人说文艺是"政治奴婢"时说，"文艺不仅要政治的，而且要比政治还要政治的。假使文艺不想做'政治的奴婢'的话，那倒应做'政治的主妇'把政治领导起来。伟大的文艺作家，无论古今中外，他都是领导着时代，领导着政治，向前大踏步走着的"。接着揭露这样的指摘者"早已成了另一种政治的奴婢"。④鲁迅、瞿秋白和郭沫若这些大家目光犀利、所论深邃。今天谈这些似乎是老古董了。但主张文艺远离政治、远离时代者在文学界、文论界并不鲜见，却没有一个真正彻底的离开。

恩格斯曾经论述过文艺的倾向性，那在风起云涌的欧洲革命潮流中自然很突出。1978年12月，周扬指出："社会主义文学，从不掩饰它的倾向性，它赞成什么，反对什么，是旗帜鲜明的。这也是它的党性的表现。""无论表现为歌颂还是暴露，都不能违背生活的真实。这就是现实主义的原则，这个原则和无产阶级的党性是一致的。"⑤但当前市场化大众文艺与外来现代后现代思潮相结合，又在大喊远离政治，那自然是另一种政治。现在一般不再用"阶级性"、"阶级斗争"，似乎也尽量少用不太刺眼的"政治"，包括柔软些的"文化政治"。即使这样也总有人摇头或批评，表现出一种不偏不倚的"公正"态度，也有的热衷于宣传西方的

---

① 《鲁迅全集》第3卷，新疆人民出版社1995年版，第309页。
② 《鲁迅全集》第1卷，新疆人民出版社1995年版，第783、793页。
③ 《瞿秋白文集》（一），人民文学出版社1959年版，第397~399页。
④ 《沫若文集》第13卷，人民文学出版社1961年版，第284~285页。
⑤ 周扬语，《人民日报》1979年2月23日。

"普世"哲学。当前的创作，其政治倾向起码在历史、改革现实和反腐倡廉等题材的作品中十分鲜明，在很大程度上属于主旋律。在打工文学、底层写作中，劳资矛盾的艺术表现也客观地体现着作者的思想倾向和立场。相当一部分现代后现代创作则是另一种政治，一些娱乐成分很高的或属于纯人性揭示的东西里都有某种思想倾向的。

二、文艺的人民性、民族性

自《诗经》以来的文艺，天然地带有人民性、草根性的特点，体现着文艺的阶级性、人民性，这是古今不可回避或剔除的文艺特质。马克思主义文艺思想承认和维护文艺的人民性及其民主性，而批判它的贵族型、非人民性。1842年，马克思在《第六届莱茵省议会的辩论（第一篇论文）》中就强调了"自由出版物的人民性"，认为"它的历史个性以及那种赋予它以独特性质并使它表现一定的人民精神的东西——这一切对诸侯等级的辩论人说来都是不合心意的"，肯定"出版物是历史人民精神的英勇喉舌和它的公开表露"。他质问贵族辩论人是否证明这一伟大的天赋特权不适用于德意志人民精神呢，进而指出"每个国家的人民都在各自的出版物中表现自己的精神"。[①]恩格斯于1870年应马克思女儿燕妮的请求写下了《爱尔兰歌谣集序言札记》。其中说：爱尔兰的民间歌曲是为数众多的弹唱诗人的作品。爱尔兰人流浪漂泊于全国各地，遭受着英格兰人的迫害，所以"这些歌曲大部分充满着深沉的忧郁，这种忧郁在今天也是民族情绪的表现……难道这个民族还能有其他的表现吗？"[②]顺便说一下，在本书中将"草根"、"民间"两个概念交替使用，含义原有差异，但这里都取基层底层之大意，以与主导主流相对应。

关于"人民"的概念，列宁讲过：马克思使用"人民"一词时，"并没有用它来抹煞各个阶级之间的差别，而是用它来把那些能够把革命进行到底的确定的成分联成一体"。[③]毛泽东在延安文艺座谈会上阐释中国当时的"人民大众"为"最广大的人民，占全人口百分之九十以上的人民，是工人、农民、兵士和城市小资产阶级……这四种人，就是中华民族的最大部分，就是最广大的人民大众"。1957年，毛泽东在《关于正确处理人民内部矛盾的问题》中又这样说："人民这个概念在不同的国家和各个国

---

① 《马克思恩格斯全集》第1卷，人民出版社1956年版，第49～50页。
② 《马克思恩格斯全集》第16卷，人民出版社1964年版，第575页。
③ 《列宁选集》第1卷，人民出版社1972年版，第620页。

家不同的历史时期，有着不同的内容。""在现阶段，在建设社会主义的时期，一切赞成、拥护和参加社会主义建设事业的阶级、阶层和社会集团，都属人民的范围。"①关于文艺的人民性，列宁早就说过："艺术是属于人民的。它必须在广大劳动群众的底层有其最深厚的根基，它必须为这些群众所了解和爱好。它必须结合这些群众的感情、思想和意志，并提高他们。它必须在群众中间唤起艺术家，并使他们得到发展。"又说，工人和农民"有权利享受真正伟大的艺术"，在实施最广泛的民众教育和训练的基础上，"一定会成长出真正新的伟大的共产主义艺术，这种艺术将创造出一种适合其内容的形式"。②周恩来在1956年一次会议中，肯定昆曲《十五贯》是"一出戏救活了一个剧种"，"有丰富的人民性和相当高的艺术性"，"不要以为只有描写了劳动人民才有人民性，历史上的统治阶级中也有一些比较进步的人物"。这种人物，自然是指的能够明断疑案的清官况钟等人。③1957年，周恩来又为石家庄市丝弦剧团题词道："发扬地方戏富有人民性和创造性的特点，保持地方戏曲的艰苦朴素和集体合作的作风，努力工作，好好地为广大人民服务。"④

文艺的人民性，取决于其对待人民群众的态度，即是否站在了人民的立场。上引马克思、恩格斯、列宁的论述都证明，人民自己的歌哭之作都具有天然的人民性，亦是前人所谓"真诗在民间"，包括鲁迅所说的那些"不识字的作家"、"不识字的小说家"⑤的歌谣和故事，都有强烈的人民性、草根性。而精英创作更要具有人民性。唐代杜甫的诗作《三吏》、《三别》，反映了拓边战争和不清明的吏治给人民造成的苦难，表达了对人民的极大同情和对恶吏的极大愤慨。白居易的诗风以明白畅晓著称，他把诗交给百姓去传诵，还听取他们的意见。他更关注人民的疾苦，比如"非求宫律高，不务文字奇。惟歌生民病，愿得天子知"，"是时兵革后，生民正憔悴。但伤病痛，不识时讳忌……"⑥作者自言写诗的目的是为向上反映民生疾苦，为此忘记了官场的忌讳，所以不怕"贵人"责

---

① 《毛泽东选集》第5卷，人民出版社1977年版，第354页。

② [前苏联] 蔡特金《回忆列宁》，《列宁论文学与艺术》（二），人民文学出版社1960年版，第912～916页。

③ 周恩来语，见《文艺研究》1980年第1期。

④ 周恩来语，见《喜气洋洋迎春节》，《人民日报》1977年2月15日第4版。

⑤ 《鲁迅全集》第2卷，新疆人民出版社1995年版，第612页。

⑥ 白居易：《白香山集》卷一，文学古籍刊行社1954年版，第10页。

怪和"闲人"非议。一位封建文人，那时能做到这些实属不易。冯雪峰在《中国文学从古典现实主义到无产阶级现实主义的发展的一个轮廓》中，认为战国时期的伟大诗人屈原与欧洲文艺复兴的先驱但丁相比，早"已经有着相类似的特色"，以他"深切的爱国思想而反映出来的人民性，是到了今天也很有价值的"。①黄药眠在《论文学中的人民性》中，肯定了曹雪芹《红楼梦》、俄国托尔斯泰的作品都具有人民性。他总结出文学人民性有四个特点：第一，作品所描写的对象（人物与故事）是为人民大众所关心，或对人民大众的生活有重要意义的；第二，在某一特定的历史时代，作者以当时的进步立场来处理题材，真实地反映了生活的；第三，在所描写的范围的广泛，揭露的深刻，刻画的有力，在形式的大众化上表现出来了它的艺术性的；第四，作者在作品中以具体的形象表现出了当时人民大众的要求、愿望和情绪。黄氏又说，并不是每篇古典作品都具备，最主要的是看作者的立场。②俄国别林斯基说，文学人民性"在于描绘俄国生活图画的忠实性"，提出"只有又是世界性的又是人民性的文学，才是真正人民性的文学"。③别氏这段话证明他的眼界更为宽阔，境界更为高远。

　　关于文艺的民族性，如前所引马克思在《第六届莱茵省议会的辩论（第一篇论文）》中，就提出"德意志人民精神"，暗示出德国人"具有哲学修养的精神"，与满脑袋都是动物学概念的瑞士人的精神不同。列宁论述了每个民族文化中都有民主主义和社会主义文化成分，也有占统治地位的资产阶级文化。④斯大林在《马克思主义和民族问题》中论证了"民族"的定义，即"民族是人们在历史上形成的一个有共同语言、共同地域、共同经济生活以及表现在共同文化上的共同心理素质的稳定的共同体"。⑤毛泽东在《新民主主义论》中论述了新民主主义文化是反对帝国主义、主张中华民族的尊严和独立的，带有我们民族的特性。在艺术形式问题上，毛泽东在1956年同音乐家们谈话时说："艺术有形式问题，有民族形式问题。艺术离不了人民的习惯、感情以至语言，离不了民族的历史发展。艺术的民族保守性比较强一些，甚至可以保持几千年。"又说"古

---

① 见《新华月报》1952年11月号，第212页。
② 见《文史哲》1953年第8期。
③ 《别林斯基论文学》，新文艺出版社1958年版，第68、75页。
④ 《列宁全集》第20卷，人民出版社1989年版，第6～15页。
⑤ 《斯大林选集》上卷，人民出版社1979年版，第61～64页。

代的艺术，后人还是喜欢它"，地球上有27亿人，如果唱一种曲子是不行的。"国人还是要以自己的东西为主"，"艺术上'全盘西化'被接受的可能性很少，还是以中国艺术为基础，吸收一些外国的东西进行自己的创造为好"。①周恩来又提出："民族化就是大众化，大众就是工农兵……当然，要防止民族主义情绪……""我们自己提倡民族化，也要尊重人家的民族化"，"要以六亿人民为出发点"。民族化主要是形式，但也关系到内容。要使广大工农兵看得懂，听得懂，能产生共鸣。②再早鲁迅在评价陶元庆绘画时说："他以新的形，尤其是新的色来写出他自己的世界，而其中仍有中国向来的魂灵……民族性。"③鲁迅的一句名言是："现在的文学也一样，有地方色彩的，倒容易成为世界的，即为别国所注意。"④伏尔泰在《论史诗》中，强调了"每种艺术都具有某种标志着产生这种艺术的国家的特殊气质"。⑤果戈理在谈到普希金时强调："真正的民族性不在于描写农妇穿的无袖长衫，而在表现民族精神本身。"⑥

　　总之，文艺必须具有人民性和民族性。反映知识分子生活的作品同样要有人民性和民族性。今天的主旋律创作必须达到维护人民性、民主性与维护国家民族利益的民族性的高度统一，弘扬主流意识形态与人民民主精神的高度统一。也要看到，人民性、民族性作品具有雄厚的群众基础，即使今天想娱乐至死的人也不会隔绝人民性、民族性的作品。作品具有了人民性、民族性，就会产生走向世界的文化张力，这便是前面别林斯基所说的"真正的人民性的文学"。

　　三、文艺的主要特征：形象性、真实性和典型性

　　从艺术上说，自古以来的文艺经典都具有鲜明的形象性、真实性和一定的典型性。

　　文艺的形象性，是它本身必须具有的基本特征。马克思在1859年4月致斐·拉萨尔的信中，毫不客气地指出拉萨尔剧本《济金根》中，对贵族的描写不应当占去全部注意力，农民和城市革命分子代表倒应当构成十分

---

① 毛泽东：《同音乐工作者的谈话》，《人民日报》1979年9月9日。

② 《周恩来论文艺》，人民文学出版社1979年版，第181、171页。

③ 《鲁迅全集》第1卷，新疆人民出版社1995年版，第803页。

④ 鲁迅：《致陈烟桥》。

⑤ 伍蠡甫主编：《西方文论选》上卷，上海译文出版社1979年版，第320页。

⑥ 果戈理语，见《文学的战斗传统》，新文艺出版社1953年版，第2页。

重要的积极的背景，以便"用最朴素的形式把最现代的思想表现出来"，"这样，你就得更加莎士比亚化，而我认为，你的最大缺点就是席勒式地把个人变成时代精神的单纯的传声筒……""你的济金根……也被描写得太抽象了"。恩格斯也在一月后给斐·拉萨尔的信中，谈这个剧本的主要人物是一定阶级和倾向的代表，但应该改进的"就是要更多地通过剧情本身的进程使这些动机生动地、积极地、也就是说自然而然地表现出来，相反地，要使那些论证性的辩论……逐渐成为不必要的东西"。又指出"一个人物的性格不仅表现在他做什么，而且表现在他怎样做"，"如果把各个人物用更加对立的方式彼此区别得更加鲜明些，剧本的思想内容是不会受到损害的"。[①]马克思、恩格斯都是要求拉萨尔学习莎士比亚的。莎士比亚是欧洲文艺复兴时期著名的英国戏剧艺术大师，他的《哈姆雷特》、《奥德赛》、《李尔王》等数十部剧作至今都是世界公认的艺术经典。其作品的形象性、诗性语言产生了无穷的艺术魅力，这正是当时拉萨尔和今天许多作品中所欠缺的。

黑格尔在《美学》中也精彩地论述过，艺术内容的普遍性应当"暗含"于具体的艺术形象中。他说，固然艺术的特征在于让人情绪激动包括恐惧和震惊，能够得到情绪和情欲的满足，那么艺术作为"有教育意义的寓言"，其"普遍性须经过明晰的个性化、化成个性的感性的东西"。又说，"艺术的内容就是理念，艺术的形式就是诉诸感官的形象。艺术要把这两方面调和成为一种自由的统一的整体"。[②]丹纳却说：艺术"不但诉之于理智，而且诉之于最普通的人们的感官与感情。艺术就有这一个特点……是'又高级又通俗'的东西，把最高级的内容传达给大众"。[③]关于作品的形象性，必须运用形象思维。本书后面第四章中专有详论。

文艺必须具有真实性。1850年，马克思、恩格斯在《"新莱茵报政治经济评论"第4期上发表的书评》一文中说："如果用伦勃朗的强烈色彩把革命派的领导人……栩栩如生地描绘出来，那就太理想了。在现有的一切绘画中，始终没有把这些人物真实地描绘出来，而只是把他们画成一种官场人物，脚穿厚底靴，头上绕着灵光圈。在这些形象被夸张了的拉斐尔式的画像中，一切绘画的真实性都消失了。"还批评有的人"为了表白自

---

①　《马克思恩格斯选集》第4卷，人民出版社1972年版，第340～345页。

②　[德]黑格尔：《美学》第1卷，商务印书馆1979年版，第62～63页、第87页。

③　[法]丹纳：《艺术哲学》，人民文学出版社1963年版，第31页。

己而写作"。①1879年8月，恩格斯在《致马克思》中评价爱尔兰作家卡尔顿《关于爱尔兰农民生活的特写和报道》第一卷时说，这本书的故事不连续，不论在风格上或在结构上都不高明，但是它的特点在于他描写的"真实性"，因为作者"更熟悉自己的对象"。②1885年11月，恩格斯在《致敏·考茨基》中进一步深入探讨小说创作时说："如果一部具有社会主义倾向的小说通过对现实关系的真实描写，来打破关于这些关系的流行的传统幻想，动摇资产阶级世界的乐观主义，不可避免地引起对于现存事物的永世长存的怀疑，那么，即使作者没有直接提出任何解决办法，甚至作者有时并没有明确地表明自己的立场，但我认为这部小说也完全完成了自己的使命。"③列宁却赞美过一个俄国十月革命时代白卫分子阿威尔岑柯的《插到革命背上的十二把刀子》，说作者对革命怀有"切齿的仇恨"，但"他以惊人的才华刻画了旧俄罗斯的代表人物——生活富裕、饱食终日的地主和工厂主的感受和情绪……精彩到惊人的程度……有些作品简直是妙透了"，作者写阔人们如何"吃"是"真正动人的地方"。④这是列宁超越了阶级立场而客观地赞叹反动作品中的艺术。毛泽东也曾说政治上反动的作品艺术上越高，它的反面作用就会越大。而列宁赞叹白卫分子小说的目的，就是要我们革命作家必须把握住艺术创作的真实性、形象性。但列宁也批评文尼阡柯把骇人听闻的"恶习"、"梅毒"、"歇斯底里"的故事汇集成书，说这是"荒谬绝伦，一派胡说"！因为这样做违背了历史的真实。⑤这是列宁无情地批判了当时的审丑现象，对于现在正确看待后现代派中的一部分作品是有指导意义的。

斯大林则呼吁作家们去"写真实的事物吧"！⑥毛泽东要求文艺作品要有真善美，不要假丑恶，这已是人人皆知的名言。周恩来要求作家"要能把时代的特点抓到，历史的真实抓到，艺术的真实抓到"，言简意赅地提出了抓到"三种真实"。⑦他们用历史的经验告诉我们：真实，是艺术

①《马克思恩格斯全集》第7卷，人民出版社1959年版，第313～314页。
②《马克思恩格斯全集》第34卷，人民出版社1972年版，第89页。
③《马克思恩格斯选集》第4卷，人民出版社1972年版，第454页。
④《列宁全集》第33卷，人民出版社1985年版，第102～103页。
⑤《列宁全集》第35卷，人民出版社1985年版，第127～128页。
⑥见［前苏联］B·叶尔米洛夫：《社会主义现实主义的几个问题》，文艺翻译出版社1952年版，第71页。
⑦《周恩来论文艺》，人民文学出版社1979年版，第120页。

的生命。有了情节、细节的真实，人物和时代背景的真实，情感的真实，则必将达到艺术的真实。

文艺需要典型，典型性是形象的极致。亚里士多德早就说过："为了获得诗的效果，一桩不可能发生而可能成为可信的事，比一桩可能发生而不能成为可信的事更为可取。"又说画肖像"求其相似而比原来的人更美"。①恩格斯还说："每个人物都是典型，但同时又是一定的单个人，正如老黑格尔所说的，是一个'这个'，而且应当是如此。"②这是恩格斯针对考茨基小说《旧和新》提出的。1888年4月，恩格斯在写给英国女作家玛·哈克奈斯的信中，通过评价哈氏中篇小说《城市姑娘》，集中地阐述了现实主义文学的真实性和典型性、作家的生活实践、世界观与创作的关系，论述了文学的历史使命等问题。其中高度概括地说："据我看来，现实主义的意思是：除了细节的真实外，还要真实地再现典型环境中的典型人物。"又激动地赞扬巴尔扎克是"现实主义大师"，"他在《人间喜剧》里给我们提供了一部法国'社会'特别是巴黎'上流社会'的卓越的现实主义历史……他的伟大的作品是对上流社会必然崩溃的一曲无尽的挽歌……这一切我认为是现实主义的最伟大胜利之一，是老巴尔扎克最重大的特点之一"。③信中提到的《人间喜剧》是巴尔扎克小说的总称，多达96部。以上这些，在马克思主义文艺理论中占有重要地位。典型理论也在发展中。1919年，列宁在《奴才气》中说："作为社会典型的奴才的主要特性就是虚伪和胆小。奴仆的职业所培养的正是这些特性。从任何资本主义社会的雇佣奴隶和全体劳动群众的观点来看，这些特性是最本质的特性。"④毛泽东在延安文艺座谈会上论述了典型源于生活而又高于生活。周恩来则在一次讲话中提出典型可以多样化："戏剧、电影中还是搞典型人物。不一定每个戏都搞英雄人物……但要有典型人物。各种人物都可以写，正面的反面的，大的小的，可以有多种典型。"⑤

文艺的形象性、真实性和典型性，在创作实践中几者往往是有机地融合为一体的。当前一些人极力否定作品的人民性、民族性，也无情批评、

---

① [古希腊]亚里士多德、[古罗马]贺拉斯：《诗学·诗艺》，人民文学出版社1962年版，第101、50页。

②③ 纪怀民、陆贵山等著：《马克思主义文艺论著选讲》上卷，中国人民大学出版社1982年版，第268、249页。

④ 《列宁全集》第29卷，人民出版社1985年版，第495页。

⑤ 《周恩来论文艺》，人民文学出版社1979年版，第114～115页。

攻击文艺的典型性理论。笔者发现，在应对这种挑战和学习西方各种主义过程中，真正的精品力作往往仍然是人民性、民族性、形象性、真实性、典型性的有机整合，在小说、报告文学和影视作品中表现最为明显。浪漫主义创作也需要塑造典型，一部《西游记》便是明证。"文革"中，极"左"思潮利用了典型理论，造出了"高、大、全"的紧箍咒，把创作的路子逼得很窄，但这不是典型理论本身之错。今天我们仍然需要塑造各种典型，要以正面典型为主，其他典型为辅。当然还会有非典型之作，这需要以文艺生态的观点视之。

还有文学艺术的继承与发展、本质与规律、内容与形式、审美与鉴赏，包括题材、体裁、语言、创作方法、风格、流派，理论与批评，以及作品与受众的关系等等，马克思主义经典作家和古今中外文艺家都先后做过大量论述。上面的重温中已多有涉及，后面将在各章节中分别结合当代文艺问题进行引用和阐述。

第三节　马克思主义文艺理论的中国化

还需要把马克思主义传入中国和中国化过程的脉络、重大文艺事件和理论成果做一次简要回顾。对于我国文艺的科学发展来说，这可能更为切近。

关于马克思主义传入中国，现查1899年2月上海《万国公报》第121期刊载英国传教士李提摩太翻译、蔡尔康笔述的《大同学》一文，介绍西方各种学说时首次提到了马克思的名字。最早介绍马克思主义的，是1903年留日的马君武在《译书汇编》第2卷第1期上发表的《社会主义与进化论比较》一文，译介了马克思的唯物主义思想。1905年11月，朱执信在《民报》第2号上发表了《德意志社会革命家小传》，第一次详细地叙述了马克思、恩格斯的生平活动，介绍了《共产党宣言》的主要内容和《资本论》中剩余价值学说的大致要点。后来毛泽东便称赞朱执信是"马克思主义在中国的传播的拓荒者"。1917年苏俄十月革命成功后，马克思主义在我国传播速度加快。陈望道首次翻译了《共产党宣言》，李大钊写出的《我的马克思主义观》等，大概是最早在马克思主义影响下产生的革命理论文章。中国共产党于1921年诞生，但年幼的党在第一、二次革命战争中处于地下斗争和战争状态，根据地较小也不够稳定，革命文艺发展受到严酷的限制。真正的马克思主义大传播还是在延安时期，马克思主义及其文艺理论也在这个时期综合地形成了它的中国化形态。

一、一篇《讲话》，一座里程碑

如前所述，1940年毛泽东在《新民主主义论》中，首次比较系统地论述了新民主主义文化的建设。特别是1942年，毛泽东《在延安文艺座谈会上的讲话》全面系统地论述了中国革命文艺问题。在5月2日文艺座谈会开幕的《引言》中，毛泽东提出文艺家的立场、态度、工作对象、工作问题和学习问题供大家讨论。在5月23日做的《结论》中，毛泽东更为明确地提出："文艺是为人民大众的，首先是为工农兵的。"并肯定小资产阶级也是革命阵营的一员；提出了"生活是文艺创作的唯一源泉"，文艺要民族化大众化，要有"中国作风、中国气派"，让人民喜闻乐见；强调要有普及也要有提高；论述了"文艺批评是文艺界的主要斗争方法之一"，创作实践及其效果是检验文艺家主观愿望或动机的唯一标准，要求文艺实现"政治和艺术的统一，内容和形式的统一，革命的政治内容和尽可能完美的艺术形式的统一"。毛泽东还批判地回答了所谓"人性论"、"文艺的基本出发点是爱，是人类之爱"，阐述了"鲁迅笔法"、歌颂与暴露的关系等问题，也批评了所谓学习马克思主义就要"妨害创作情绪"及"为艺术而艺术"的错误观点。这篇《讲话》从唯物史观的高度对各个重大文艺问题进行了深入浅出的严密论证，成为毛泽东文艺思想的主要经典。今天将近70年了，它依然被普遍认为是中国文艺发展史上的伟大里程碑。

建国后，毛泽东又提出"百花齐放、百家争鸣"的文艺方针。虽然在执行过程中受到过极"左"路线的干扰，但改革开放以来的文艺实践证明了这个方针的科学性和重要性。

二、改革开放以来的马克思主义文论中国化

1979年10月30日，中国文学艺术工作者第四次代表大会在北京召开。当时，"四人帮"已经打倒，"文革"已经结束，党的十一届三中全会已经召开，党的工作重心由"以阶级斗争为纲"转向了"以经济建设为中心"。全国上下正在进行拨乱反正、正本清源的斗争，真理标准问题大讨论正在走向深入，各行各业的思想大解放如火如荼。文学艺术已经复苏，但许多新老问题都急需解决，这时固然有毛泽东37年前的《讲话》为经典，但召开一次全国文代大会是十分必要的。邓小平在会议《祝词》中继承发展了毛泽东文艺思想，提出了"我们要在建设高度物质文明的同时，提高全民族的科学文化水平，发展高尚的丰富多彩的文化生活，建设高度的社会主义精神文明"，强调我国文艺的社会主义性质，要求表现四个现代化建设和描写"四有新人"，但明确表示今后不再使用"文艺从属于政治"的口号。邓小平强调，"人民是文艺工作者的母亲"，"艺术的生命"在于作家与人民群众的"血肉联系"，文艺家要有"社会责任感"，大家要做"人类灵魂的工程师"。他还告诫我们既要警惕来自"左"的、也要警惕右的不良倾向，要求我们对此"保持清醒的头脑"。①

邓小平郑重地强调了加强和改善党的领导与尊重文艺规律的统一。首次提出党对文艺工作的领导，"不是发号施令，不是要求文学艺术从属于临时的、具体的、直接的政治任务，而是根据文学艺术的特征和发展规律，帮助文艺工作者获得条件来不断繁荣文学艺术事业，提高文学艺术水平，创作出无愧于我们伟大人民、伟大时代的优秀的文学艺术作品和表演艺术成果"。关于创作自由，他引用了列宁的一句名言，"绝对必须保证有个人创造性和个人爱好的广阔天地，有思想和幻想、形式和内容的广阔天地"。还要求"文艺的路子要越走越宽，文艺题材和表现手法要日益丰富多彩……"这次会议精神，是当时文艺发展的一次"松绑"，受到文艺界的高度赞扬。如前所述，在会后《人民日报》以社论的形式正式提出"二为"方向，这是《祝词》精神的继续和发展，也是对"工农兵文艺方向"进行的更为适应时代的调整。这篇《祝词》被视为我国文艺发展史上的第二座里程碑。

江泽民也有一系列文艺论述。在1996年12月16日召开的中国文联第六次全国代表大会、中国作协第五次全国代表大会上的讲话，系统而全面地论述了我国文学艺术问题。此时，党的十四大已经确定了发展社会主义市场经济的伟大战略，十四届六中全会又通过了《关于加强社会主义精神文明建设若干问题的决议》。从而在文代会讲话中，江泽民更强调文艺是精神文明建设的重要部分，必须坚持马克思主义理论为指导，弘扬伟大的民族精神，强调"二为"方向是我们必须始终坚持的"根本原则"。要求弘扬"爱国主义、集体主义、社会主义的崇高精神，鞭挞拜金主义、享乐主义、个人主义和一切消极腐败现象"，又总结性地提出文艺家要"在人民的历史创造中进行艺术的创造，在人民的进步中造就艺术的进步……"还

① 《邓小平文选》第2卷，人民出版社1994年版，第207页。

提出文艺要"三个面向"，即"面向现代化、面向世界、面向未来"。①
由于当时改革开放的力度正在加大，西方文化也正在大量涌入，江泽民引
用邓小平1980年在《目前的形势和任务》中的话说，"文艺是不可能脱离
政治的"，指出"特别是在面临西方国家经济、科技占优势的压力和西方
意识形态渗透的情况下，所谓不问政治、远离政治，是不可能的"。他响
亮地提出："文艺是民族精神的灯火，是人民奋进的号角。"②2000年，
江泽民在广东高州的讲话中提出了"三个代表"的重要思想，其中有"代
表先进文化的前进方向"。在党的十六大报告中，又从更高层次上指出：
"当今世界，文化与经济和政治相互交融，在综合国力竞争中的地位和作
用越来越突出。文化的力量，深深熔铸在民族的生命力、创造力和凝聚力
之中，全党同志要深刻认识文化建设的战略意义，推动社会主义文化的发
展繁荣。"这是党和国家领导人首次将文化提到与经济、政治同样的战略
高度。他重申"以科学的理论武装人，以正确的舆论引导人，以高尚的精
神塑造人，以优秀的作品鼓舞人"，号召"大力发展先进文化，支持健康
有益文化，努力改造落后文化，坚持抵制腐朽文化"，号召积极发展文化
事业和文化产业。江泽民的一系列讲话和论述是对毛泽东、邓小平文艺思
想的继承和发展，把马克思主义文艺思想中国化推向了一个新的阶段。

　　胡锦涛自担任党中央总书记以来，对全国文化建设和文艺繁荣十分重
视。在2006年11月全国第八次文代会、第七次作代会的讲话中，集中体现
了他的文艺科学发展理念和文化战略构想。他指出"发展社会主义先进文
化，是建设中国特色社会主义的应有之义，是马克思主义政党思想精神上
的旗帜，是推动我国经济社会发展的必然要求，是实现中华民族伟大复兴
的显著标志"，而且要"找准我国文化发展的方向，创造民族文化的新辉
煌"。关于构建社会主义和谐社会，胡锦涛说，"社会和谐是中国特色社
会主义的本质属性，是国家富强、民族振兴、人民幸福的重要保证……"
又强调必须"建设社会主义核心价值体系，弘扬民族优秀文化传统，发
掘民族和谐文化资源，借鉴人类有益文明成果，倡导和谐理念，培育和谐
精神，营造和谐氛围"。在文艺与时代的关系上，胡锦涛强调"只有与
时代同步伐，踏准时代前进的鼓点，回应时代风云的激荡，领会时代精

---

① 《江泽民论有中国特色社会主义（专题摘编）》，中央文献出版社2002年版，第384页。
② 《人民日报》1996年12月17日第1版。

神的本质，文艺才能具有蓬勃的生命力，才能产生巨大的感召力"，要求我们"深刻体验人民前进的准确信号，敏锐发现时代变革的风气之先，自觉响应社会发展的客观要求，坚持把个人的艺术追求融入国家发展的洪流之中，把文艺的生动创造寓于时代进步的运动之中"。他认为，一切受人民欢迎的有深刻影响的艺术作品，"从本质上说，都必须既反映人民精神世界又引领人民精神生活，都必须在人民的伟大中获得艺术的伟大"。于是要求我们"一定要坚持以人为本，坚持以最广大人民为服务对象和表现主体，关心群众疾苦，体察人民愿望，把握群众需求……为人民放歌，为人民抒情，为人民呼吁"。"要贴近实际、贴近生活、贴近群众，深入改革开放的现代化建设第一线……"①在十七大报告中，他又提出"推动社会主义文化大发展大繁荣"，"弘扬中华文化，建设中华民族共有精神家园"，号召"推进文化创新，增加文化发展活力"。

中央对文化发展繁荣的重视程度越来越高，十七届六中全会通过的《决定》便是我党成立90年来中央全会首次讨论通过的关于文化问题的历史性的重要文件。这个《决定》继续强调坚持"二为"方向、"双百"方针，还论述道："没有文化的积极引领，没有人民精神世界的极大丰富，没有全民族精神力量的充分发挥，一个国家、一个民族不可能屹立于世界民族之林。"强调提出，"以科学发展为主题，以建设社会主义核心价值体系为根本任务，以满足人民精神文化需求为出发点和落脚点，以改革创新为动力发展面向现代化、面向世界、面向未来的，民族的科学的大众的社会主义文化，培养高度的文化自觉和文化自信，提高全民族文明素质，增强国家文化软实力，弘扬中华文化，努力建设社会主义文化强国"。②在第九次全国文代会、第八次全国作代会的讲话中，胡锦涛又高度称赞我国的文艺队伍"是一支可亲可敬、大有作为的队伍，是一支党和人民完全可以信赖的队伍"。③并且在解释以人为本时强调："只有把人民放在心中最高位置，永远同人民在一起，坚持以人民为中心的创作导向，艺术之树才能常青。""要打开想象空间，鼓励文艺原创，激发创作活力"，"弘扬人间正气、塑造美好心灵"，"文以载道，以文化人"，希望大家为社会主义文化大发展大繁荣、建设社会主义文化强国做出新的更大贡

---

① 《人民日报》2006年11月11日第1版。
② 《文艺报》2011年10月28日第1版。
③ 《文艺报》2011年11月23日第1版。

献。胡锦涛的文艺论述也是对毛泽东、邓小平、江泽民文艺思想的继承和发展，成为其科学发展观的重要内容和新世纪马克思主义中国化的最新成果。

三、文艺的现实基础、环境和创作实践

通过上面对几代人的理论追述，可以使我们清楚地看到当代中国已经具有文艺科学发展繁荣的丰厚理论基础。同时，我们也早已具备了雄厚的经济文化基础、环境条件和创作实践的经验积累。

（一）我们已经有学习运用马克思主义文论的优良传统

马克思主义的传播，主要从五四时期由苏俄大量传入。虽然它暂时与西方文化的风行相比还只是一种地下火焰，但渐渐成为我国社会变革与走向现代化的主要理论支撑。

20世纪二三十年代，在上海等国统区的左翼作家中出现了以鲁迅为代表的"民族革命战争的大众文学"的思想潮流，形成五四以来革命现代性启蒙和富有民族自尊意识的文艺新变。到延安时期，以毛泽东《讲话》为起点，形成了符合当时我国革命实际的文艺思想和路线，唤醒了民众团结抗日，形成了全新的中国革命文艺传统。那时的延安就是普及马克思主义、运用中国化马克思主义文艺思想即毛泽东文艺思想的大本营。全国各地成千上万的青年知识分子纷纷奔赴延安接受这种红色文化的熏陶，改变了自己原有人生道路和生活理念，走向工农兵和抗战第一线，创作出了一大批人民群众喜闻乐见的时代之作。现在看，当时的歌曲《南泥湾》、歌剧《白毛女》等，仍然是红色经典。

建国后，文艺基本上沿着这种路子发展，虽然已有极"左"思想抬头，但文艺家们坚持学习马列，坚持革命文艺方向和走下去体验生活，在五六十年代奉献出大批关于抗战、解放战争、抗美援朝和当时城乡生活的小说、诗歌、戏剧和电影等，在继承和弘扬光荣革命传统、反映新中国和平建设等方面作用巨大。其中，《洪湖赤卫队》、《红灯记》、《红岩》、《红旗谱》、《林海雪原》、《保卫延安》、《沙家浜》、《小兵张嘎》、《闪闪的红星》、《英雄儿女》等至今常读常新、常演常新。这是因为它们具有强烈的人民性、革命的现代性和鲜明的民族特色与时代特征，又绝不失审美价值。

改革开放后，纵然有先锋派、各种外来文艺思潮轮流上演，但弘扬革命传统、民族精神的宏大叙事仍然基本上居于主导地位，形成与现代后现代的博弈局面。新世纪以来进一步提倡主旋律，有关创作仍然连绵不断，通过主流媒体广泛传播，也使许多生涩的矮化人物的后现代创作相形见绌。当然这在一定程度上亦是一种互补，共同形成了我国新世纪文艺的多样化。在纪念改革开放30年、庆祝建国60年的文艺展演中，革命文艺、各种现实主义力作表现非常突出。对马列、毛泽东文艺思想的研究也出现了新的姿态，形成了新的阵容。大家面对我国市场经济发展的现实拿出了一批有分量的理论创新成果。同时加强了对西方马克思主义文论的研究，成为我国文论发展的重要参照。虽然争鸣不断，但我国文艺和文论事业正是在这种争鸣甚至论战中发展前进的。马克思主义文艺传统的红线，仍然在中国大地上贯穿发展着。

（二）随着经济腾飞，一系列文艺方针政策和法规正在形成

中国经济GDP已经超过日本上升为世界第二，国际地位大大提高，这是我们文学艺术发展的基础条件和宏观环境。我们的文化也正在走向世界。两三年间，500余所孔子学院已在世界各国建成，中国年、中国节在英法美俄诸国盛况空前。第29届北京奥运会和上海世博会的成功举办，更是大大提高了我国的国际文化地位。人们在赞扬中国成就的同时自然意识到马克思主义在中国作为理论基础、指导思想的政治文化因素的作用。所以处于经济萧条中的西方人又走向马克思，捧起《资本论》，寻找治世良方。中国人在改革开放、发展经济的过程中对科学社会主义的伟大指导意义体验更深，对马克思主义中国化发展的信心更足，对祖国光明前途的憧憬更为乐观。在这种大环境下的中国文学艺术自然是在相对自觉的学习传统和学习西方中悄悄向左转，而不是在后现代的影响下继续滑向委靡。新一轮国际马克思主义升温和中国化马克思主义研究运用自然合流，形成一个更为自觉的、互动的、建设性的国际政治文化大气候。

十分重要的是，我们经过半个多世纪的摸索与实践，已经有了"二为"方向和"双百"方针等最基本最稳定的文艺方针政策。改革开放以来精神文明建设体制机制的形成，弘扬主旋律与提倡多样化原则的确定，知识产权和著作权法的颁布与修改等等，都体现着马克思主义文化观、文艺观和社会主义先进文化的优势和特色，体现着中国作家艺术家的良知和集体意志，更体现着中国公民的文化愿景和国家民族的文化利益。这些，成为我国文学艺术能够相对稳定健康发展的基本指导和有力保障。近几年，全国打击文艺低俗之风的力度加大。2009年，最高人民法院、人民检察院

又出台了网络管理法规，将在净化网络文化市场方面起到重要的约束和清理作用。

（三）几代作家、艺术家的创作实践基础

回眸五四运动以来，我国已经产生了鲁迅、郭沫若、茅盾、巴金、老舍、曹禺等大师和他们的经典之作，还有沈从文、田汉、聂耳、叶圣陶、冼星海、公木、郑律成、光未然、臧克家、李季、丁玲、贺敬之、赵树理、孙犁、艾青、田间、欧阳山、周而复、曹火星、梅兰芳、赵丹、郭兰英、王昆等人的艺术精品和精彩表演。新中国成立前后到"文革"，我国文坛艺苑中继续活跃着或新出现的文艺名家除了上面提到的，又有魏巍、杨沫、梁斌、周立波、冯德英、雪克、刘白羽、郭小川、公刘、闻捷、李瑛、马烽、徐光耀、杜鹏程、袁行霈、流沙河、茹志鹃、柳青、秦牧、柯岩、汪曾祺、浩然、李准、姚雪垠、王蒙、仲星火、谢晋、谢添、于洋、田华、乔羽、傅庚辰、侯宝林、齐白石、关山月、赵望云等人和他们的作品。我国艺术长廊已经壮丽辉煌。

打倒"四人帮"和改革开放以来，涌现出的新一代文艺名家更是数以百计，犹如群星灿烂，光耀寰宇。其精品佳作对现实生活和对人性开掘所达到的深度和广度，所体现的历史唯物主义、或强或弱的现实主义精神，形成了我国文艺曲折发展的主流。五四时期有过的非主流的新月派、未来主义等文学流派早已结束或转型，而20世纪80年代开始出现的现代后现代的创作，经过借鉴西方进行实验之后，也在一定程度上回归传统，从语言到结构形式等方面渐渐接近了读者和观众。传统文学有所式微，但它仍然是当代中国文学的强项之一。校园文学、青春文学、网络文学的勃兴问题很多，后现代色彩更重，但是也在引导中克服着自己的幼稚，有的修成了"正果"。一批网络高手和青春名作带动了我国出版、影视业大发展。我们已经是世界影视大国，其中电视剧和动漫创作已经双居世界第一，近几年文化产业大潮也正在汹涌而起。

可以说近百年来，我国几代文艺家在中西古今对比实践中进行了长期的探索，为新世纪文艺的长足发展提供了丰富的经验与教训。

"温故而知新""学而时习之，不亦乐乎？"今天，我们对马克思主义基本原理和文艺思想进行了一次比较系统的温习，便是一次久违了的精神吸氧和充电。对于青年们来说恐怕十分陌生而新鲜，他们应当补上这一课。本书在行文中将马列经典作家论述与古今中外各家观点熔于一炉，可以看到马克思主义与各种文艺思想虽有诸多不同却仍有不少相通可融或互不相伤之处。这些都是十分宝贵的人类文化、民族文化积累，是我国文艺科学发展的丰富资源，将成为文艺长足发展的土壤、阳光与水。恨只恨极"左"年代什么都要打倒，再踏上一万只脚；也可笑后现代们一切都要消解，都要"反"，甚至都要按西方的样子来。要对这两种极端性文化进行批判，我们应当更为清醒而理智。我们要修身固本，要面对当今"西风烈"而挑战急、文化多元化的时代，把握辩证唯物论、历史唯物论的哲学基础，把握文艺发展的方向和主导，那么我们和我们的后人们就不会再一遇到什么世事变化、风雨雷电就吓得六神无主、左摇右晃，或盲目地追风趋时了。

第二章 文艺科学发展的动力——创新

发展是硬道理，科学发展观的第一要义就是发展，文艺科学发展观的第一要义也必须是发展。在我们一起重温了马克思主义文艺思想和古今中外文论，明确以其作为文艺科学发展的理论基础之后，应当首先讨论文艺的发展问题，这是一个重大的系统工程。如上一章所述，文艺是经济基础之上生长的花朵，是上层建筑中意识形态的重要部分，其发展与社会经济、政治、文化的发展相互影响、相互推动。经济、政治和文化滋养推动了文艺发展，也对它不断制导，但文艺也有反作用力，有其自身的发展规律。明确这种关系，正是本章立论的基点。

这里所谓科学发展，就是要面对今天文化多元化、经济全球化、市场化的现实，讨论文艺要重点和全面发展什么、怎样发展，集中到发展的路径和发展的动力——创新的焦点上。也必然涉及文学艺术为了谁、依靠谁和我是谁的诸多方面，所以这里重点研讨文艺创新的内部问题，也必然涉及文艺家的"诗外功夫"。

第一节 创新是文艺发展的灵魂和动力

文艺科学发展观认为，文艺的生命和本质之一就是创新。用俗语说，它的本性之一便是喜新厌旧。

一、"质文代变，时运交移"：中外文艺史就是创新发展史

论从史出，整部人类文艺史，便是变化无穷的创新发展史。刘勰在《文心雕龙·通变》中说："质文代变，时运交移。"他列举黄帝时作音乐《断竹》，十分质朴。唐尧时作《在昔》，比黄帝时有所发展。这样一

代代发展下去，就会"青生于蓝……虽踰本色，不能复化"，这种一代一代不断变新的现象已成文艺发展的一大规律。在《文心雕龙·时序》中，刘勰又从上古历史追溯下来，总结说："蔚映十代，辞采九变。枢中所动，环流无倦。质文沿时，崇替在选。终古虽远，旷焉如面。"他所说的"十代"，指唐、虞、夏、商、周、汉、魏、晋、宋、齐。"九变"是，唐虞为一变，夏商周三代为二变，战国、西汉为三变，东汉为四变，汉灵帝以上为五变，汉献帝建安时为六变，正始时为七变，西晋为八变，东晋为九变。其变化的轨迹是重力加速度，越变越快，周期在缩短。也有的解释说"九变"泛指变化之多。枢、环都是可以无穷旋转的东西，那么文学在历史发展中的演变和创新也就是无穷无尽的了。

刘勰所言主要针对我国古代诗歌和散文的创新发展，这被当今文论家称为"诗文评"传统。而我国叙事性创作也是在创新过程中发展起来的。如上一章提到鲁迅所言，最早的叙事性作品是神话、传说等口头文学，被先秦和两汉魏晋文人所记载。到唐代产生了传奇，有李朝威的《柳毅传》、白行简的《李娃传》、李公佐的《南柯太守传》等。唐宋时，民间流传着唐僧取经传说，到元末明初终于由吴承恩著成了长篇小说《西游记》，形成有关唐代高僧玄奘到西天取经故事之大成，被称为中国第一部长篇神话小说。另一部《三国演义》，时过千年之后，才由罗贯中以历史记载为主干糅入民间传说著成了长篇历史小说。描写北宋农民起义的《水浒传》也是在民间传讲几百年后才终于形成。而到明清之际出现的世俗生活小说《金瓶梅》，则是兰陵笑笑生描写北方下层日常生活的新著。它开始脱离在民间传说基础上综合、改编成书的路子，是第一部现实生活长篇小说，具有巨大的开拓创新意义。但主要人物西门庆仍然是《水浒传》中的反面人物，该书自然主义的弊病也太严重。清代乾隆年间出现的《红楼梦》，则是彻底地脱离民间传说或名著续书的老路而原创的现实主义杰作，形成了我国小说创作的一个高峰。作者曹雪芹从自己的生活经历中挖掘素材对宁荣二府官宦之家的生活进行细节描写，塑造了贾宝玉、林黛玉、王熙凤、薛宝钗等数百个栩栩如生的人物形象。它通过表现贾家一代不如一代的兴衰，预示了中国封建社会的必然灭亡。现在的红学研究日益深入，是这部伟大作品一直带动着文艺创作和理论批评的发展，成为我国文学史上的一大奇观，曹雪芹也成为世界级的文化名人。但明清的传奇性、演义性小说也在蓬勃发展，与《红楼梦》的路子并行不悖。它们被改编成说书唱戏的本子，在民间产生了广泛的影响。五四前后西学东渐，一批欧式小说、苏俄小说先后翻译过来，使中国小说创作发生了巨大变化，形成了以鲁迅为代表的、以启蒙为重点的创作高潮，然后便是以抗战为中心内容的革命文艺高潮，一直延续到建国以后17年。改革开放后再次学习西方，又一次形成了我国小说艺术的新变。这种新变的广度和深度远远超过了五四时期，变动的速度也大大加快。这证实了刘勰的千年古论，也正如胡锦涛所总结的："中华民族是勤劳勇敢、富有创造精神和创新传统的民族。"①

欧洲文学发展也是一部不断创新的历史。古希腊、罗马时期产生过丰富的神话与传说，还先后出现了《荷马史诗》，品达、提尔太俄斯的诗歌，柏拉图、亚里士多德、贺拉斯的文学理论和《伊索寓言》，也产生了米南德、阿里斯托芬的喜剧、埃斯库罗斯的悲剧，维吉尔的名诗《牧歌》和《伊尼德》。到公元1世纪出现了基督教文学。在中世纪，教会文学、骑士文学和英雄史诗、城市文学都先后出现。希腊和罗马的神话传说仍然一直是作家们的重要创作母题。进入文艺复兴时期，但丁的诗集《神曲》艺术成就甚高，成为欧洲文艺复兴作家第一人。出现了彼特拉克、薄伽丘、伊拉斯莫、莎士比亚这样的艺术大师。18世纪的启蒙主义、浪漫主义在古典主义的基础上演化形成，出现了卢梭、歌德等。19世纪的浪漫主义名家又有拜伦、海涅、雨果、普希金、惠特曼等出现，现实主义文学巨匠有巴尔扎克、狄更斯、果戈理、福楼拜、托尔斯泰、哈代等。20世纪前期的现实主义大师有罗曼·罗兰、茨威格、海明威、高尔基，但也有非主流的波德莱尔、左拉等。中后期现代主义、女权主义与女性主义渐次盛行，出现了卡夫卡、艾略特、乔伊斯、福克纳、萨特、尤涅斯库、海勒、马尔克斯等，后现代主义创作思潮也在欧美发展起来。

社会历史的发展必然推动社会生活和文学艺术产生一次次新变，出现一个个新思潮、新流派，一批批文艺家和他们的时代之作。文艺总是不断适应社会历史发展的需要和人们审美观念的变化而不断变脸变色的。从内部考虑，其发展的动力在于文艺家们活跃的创新思维。创新的理论也是在一代代总结思考中发展起来的。上一章的全面理论重温与历史回顾就证明了这一点。下面看我国改革开放以来的创新理论的发展。

---

① 《光明日报》2008年12月16日第1版，胡锦涛在中国科协成立50周年纪念大会上的讲话。

二、新时期以来我国文艺创新理论的建设

粉碎"四人帮"以后，全国上下对极"左"政治及其文艺路线的批判犹如火山爆发，同时形成了伤痕文学的大潮，文学艺术开始走向全面复兴。随着改革开放国策的实行，出现了反思文学，不久又有了改革文学，几年后则是寻根文学盛行。其间，邓小平在四次文代会的《祝词》中，总结了建国后17年文艺的发展，批判了"文革"十年中"四人帮"猖獗作乱、将文艺引入死胡同的罪行，肯定了近三年文艺创作的成绩。并且强调："文艺题材和表现手法要日益丰富多彩，敢于创新。要防止和克服单调刻板、机械划一的公式化、概念化倾向。"[①]这是新时期以来中央领导人首次倡导艺术创新。

1995年，江泽民在一次科教会议上说："创新是一个民族进步的灵魂，是国家兴旺发达的不竭动力。"[②]2001年12月，江泽民在第七次全国文代会、第六次全国作代会上讲道："历代文学艺术家们之所以能够创作出传世之作，一个重要原因就是他们具有踏着时代前进的鼓点不断探索、勇于创新的精神""不仅内容丰富多彩，而且艺术形式也不断创新，争奇斗艳，形成了每个时代文艺作品的特色和优势。这种中外历史上的文艺创新精神，是很值得认真思考、学习和借鉴的。"又说，"广大文艺工作者应当坚持追求真理、反对谬误，歌颂美善、反对丑恶，崇尚科学、反对愚昧，坚持创新、反对守旧，成为先进文化发展的骨干力量"，还大声倡导文艺理论和文艺评论的创新。这篇讲话先后八次使用"创新"一词，可见已经把文艺创新问题提到了空前的高度。这既是对马克思主义经典作家们关于创新理论的继承，也是在新形势下对创新问题的发展性阐述，真正把文艺创新看成了民族文化发展的"灵魂"。他还十几次使用"时代"，强调文艺创新必须与时代发展、时代精神紧密结合。2006年11月，胡锦涛在第八次全国文代会上强调了，文艺发展"一定要坚持以人为本"，而且用大约500字的篇幅论述文艺创新。他说："一切有理想有抱负的文艺工作者，都要大力发扬创新精神，积极开拓文艺的新天地"；"古今中外，闻名于世的文艺大师，脍炙人口的传世之作，无一不是善于继承、勇于创新的结果"；"广大文艺工作者一定要焕发创造激情，激发原创能力……努

---

① 《邓小平文选》第2卷，人民出版社1994年版，第211页。

② 《努力实施科教兴国的战略》，《江泽民论有中国特色社会主义（专题摘编）》，中央文献出版社2002年版，第243页。

力创作出符合时代要求的精品力作，积极推进我国文艺创新和繁荣"。特别是2011年，党的十七届六中全会通过关于文化体制改革和文化大发展大繁荣的决定，第九次全国文代会、第八次全国作代会的召开，这两次会议精神的普及性学习讨论，使我们作为文化重要一翼的文化艺术创新更成为全社会热议的一大焦点，形成我国新世纪以来文化创新发展的总高潮。我们要做时代的弄潮儿，高站于创新的潮头。

作为主流意识形态的文艺创新理论发展，使广大作家艺术家真正把创新看做了自己的艺术生命，普遍披肝沥胆地在艺术实践中求新图变，形成了全员性的创新大竞赛、大竞争，恰似百舸争流、各不相让，从而推动我国各种文艺新作如雨后春笋般层出不穷，似乎大家由原来的火车头时代进入了动车组时代。创新活动大大提速，创新的研讨也空前热烈。有人认为，纵向的继承是创新发展，横向的挖掘发现与塑造更是发展创新，纵横交错就形成了综合的、立体的创新。创新意识的高扬，在市场经济条件下和科学发展观的指导下形成一种精神普及和思维方式的大转轨。现在我们无论是作家艺术家还是有关领导，大小场合皆言必称创新。可以说，今天的创新理念、创新精神和创新行动比历史上任何时期更为强烈突出。虽然也有一些人胡乱标榜创新，使"创新"一词在某些时候转向了庸俗，造成一些鱼目混珠现象，但创新问题能够被全党全国所重视并积极从事实践，这是我们的文化之幸、艺术之幸。

三、文艺创新发展的动力和主力军

创新精神的发扬在于人。从整体上，我们站到历史唯物主义的高度，应当首先肯定文艺发展的动力是包括知识分子在内的广大人民群众。前面提到列宁等关于人民的概念。邓小平又在四次文代会《祝词》中说，一切拥护和参加四个现代化建设的人们都属于人民的范围。按照这个概念，广大人民群众当然就是文艺发展的根本动力。其内涵是：一方面，人民群众是历史的创造者，是社会的主体，他们创造历史的过程和业绩，他们的喜怒哀乐、愿望和理想，就是我们文艺工作者描写和反映的基本内容，也是我们的精神力量之源。作家艺术家们也属于人民的范围，但他们是创作的主体，无论自己多么富有才华，艺术档次多么高，如果离开人民群众，就既没有了描写的主体，也没了受众市场。人民群众是我们的衣食父母，他们提供了艺术创新的基本素材和模特儿，给了我们生命的激情和艺术创新的信心。另一方面，人民群众是文化的主人，他们有劳动之余愉悦身心的普遍愿望，有从事艺术享受的文化权利，有评价文艺作品、艺术表演的社会义务和文化资格。无论在革命战争年代，还是在今天的现代化建设过程中，他们都是我们必须顺应的"上帝"。在中国社会发展到基本小康的今天，广大人民群众的文化需求比历史上任何时候更为强烈，对文艺作品的选择和挑剔更为自觉和大胆。如果说艺术要民主，那么人民群众自然就应当有他们的文化民主，有他们对艺术进行选择的自由。而当前"个人化写作"者，表面上关在屋里写自己，或不承认、不懂唯物史观，但他们无法离开对人生的感悟和对各种社会生活素材的摄取，所以他们的作品也在一定圈层中得到了人民群众的支持，赢得了一定的市场份额。他们若把人民群众当成无知的群氓，那就太没有良心了。

文艺工作者是文艺创新的主力军，作家、艺术家是我国社会主义文艺创新发展的基本力量。现在全国文化、文联、作协、广电等系统的人员已有百万之众，形成了一支空前庞大的专业性文艺团队，还带动着一大批业余文艺创新骨干。其中，大批共产党员作家、艺术家在各个门类文艺创新中担纲领衔，充任创作项目牵头人和学术研究课题带头人，他们普遍有坚定的党性立场，鲜明的人民立场，一直是党的文艺事业的中坚和社会主义先进文化发展的精英。他们站到历史的高度，以为党负责、为人民负责的态度，为我国文艺发展勇于担当、敢于创新，拿出了一批批精品力作，形成了我国文艺发展的主流和标高，也坚持和弘扬了党的光荣文艺传统。文艺精英是我国文学艺术事业的品牌人物，是文艺创新的智库和骁将，也是我国文艺向国外辐射的巨大能源。各级政府、宣传、文化系统正在为文艺创新发展提供各种基本条件和良好环境，先后也多有新经验出现。其中既有精神上的引导、舆论上的烘托，也有政策上物质上的鼓励。而市场的调节、选择作用也越来越强。只有内外多重因素包括个人与集体、文艺界与社会各界全面整合，共同努力，我们的创新性精品力作才会持续大量涌现，文学艺术才能进一步大发展大繁荣，社会主义文化强国才可以真正建成。

四、要克服文艺创新的各种阻力

文艺的创新发展也存在着不少阻力。这些阻力主要是精神上与时代不相适应的东西，也有市场化的负面作用。

首先是残存在文艺家头脑中不适时宜的东西，是当前文艺创作发展的主要阻力之一。一部分老文艺家起手于革命战争年代或"文革"前后，头脑中已经形成了凝固的思维定势，总觉得革命战争年代的作品好、以前的作品好，怀旧恋旧情结比较严重。一些同志骨子里或多或少还存在着"阶级斗争为纲"的观念，对改革开放和市场经济发展的成就，大方面肯定、具体否定，甚至固执地认为这是历史的倒退。对于弘扬和谐文化、构建和谐社会也有一些微词，认为这是丢掉了几十年来坚持的"斗争哲学"，是一种复古。也有的对于外来文化看不懂看不惯，只认为中国五千年文明博大精深，所以对洋东西、舶来品嗤之以鼻。他们对社会生活的快速变化跟不上，对青年人的生活方式看不惯。时代毕竟变了，老同志要在不断学习和思考中实行思想转轨。要认识到"笔墨当随时代"，市场经济、社会语境发展变化必然带来创作文体与方式的变化，要像一批与时俱进的老同志那样跟得上、不落伍，甚至与年轻人一样勇立潮头，保持着朗朗的话语权。现在年年都有一批老文艺家退下来赋闲，我们要很好地调动他们的积极性，否则便是一种文化资源的浪费。当今文艺界人士的学历普遍高了，硕士博士也遍地都是了，他们与老一代有代沟。要尊老敬老，相互沟通交流，要新老结合、以老带新、以新促老，这样做形成的文化能量、智慧将是无穷的。当前各院校或某些艺术行当有明确的师承关系，新老结合做得普遍好，而在文学、广电等系统就不一定都好。

文艺队伍中也存在着无所作为的思想。一些人职称到手了，功成名就了，便开始混日子，不想再去寻找创作展演的新突破。他们并不谦虚，好汉常提当年勇，跟不上时代却自高自大。有的比较世俗，做出一定成绩就会要官要权，不给官不给权就捣乱，就变相罢工，不断开病条偷闲。有的一切向钱看。本单位的事情支应差事，却从事地下第二第三职业。有些单位特别是演出院团当前还普遍较穷，凝聚不了人心，一些人便以"走穴"、应邀外聘演出为光荣。

随着国门大开，西方文化一拥而入。这是影响我国文艺发展的动力，也是一种阻力。一些人对马克思主义文艺思想、毛泽东文艺思想大为不敬。学习现代后现代的人们远离时代，否定理想，缺少社会担当。甚至认为提倡主旋律就是一种极"左"思想，更不喜欢表现时代的英雄、优秀共产党员。在他们笔下，党员干部多是卑琐、自私的既得利益者，或者是地方恶势力。也有的写了几十年，从来没有正面表现过我们党、我们民族中的优秀分子和他们的崇高思想。这当然不可强求。但一些人，对于西方意识形态包括政治理念、生活理念和方式等或明或暗地进行模仿演绎以示创新，无形中消解了核心价值观念。对于走出去体验生活、接地气，他们往往拒绝。有些人总与人民群众隔心隔肺，常常把群众漫画化、丑角化，用于衬托自己的圣洁、清高和优越。他们那种智者、救世主的姿态也被群众所讨厌。新东西不一定都是好的。当前谁都打着创新的旗号，其作品却良莠不齐、鱼龙混杂，有的只属于西方糟粕、中国仿造。

市场化运作也是一把双刃剑，既是文艺发展的重要动力，也成为文艺健康发展的阻力。这有投资经营者、创作展演者两方面的原因。经营者往往为了追求高额利润而降低门槛，主动迎合一些人对低俗作品的要求。与商业化运作相适应的，是西方现代后现代理念的传播、模仿性作品的风行。前些年青年女作家卫慧的长篇小说《上海宝贝》、棉棉的《糖》等，便是文艺新人对西方小说的生硬模仿。同时出版社为了追求销售卖点，便打造出一个个"美女作家"。西方式的绝望、悲伤情绪甚至离经叛道的风潮袭来，负面效应甚大。一些作家作品"性描写"充斥其中，好像没有这些就没有读者。他们从理论上讲，这是挖掘生命意识的深度，要以此达到人性表现的高度。这当然有些道理，但也可能被人为地夸大了。他们都打着不谈政治的招牌，其实在一定程度上与国家主导文化相背离。消费固然值得提倡，但我们不要消费主义。美国的超前消费形成的次贷危机，造成了世界经济的巨大动荡，我们不也应当警惕吗？一些女作家举着女权主义、女性主义的旗帜，搞的是"身体写作"，有了卖点，却形成了缠绵的低俗。电视娱乐节目更为直观，相亲类基本上是为了迎合而策划出台的。主流价值观受到销蚀，低俗之风难刹，有时是资本持有者与主创者合谋的结果，然而老板们不但诱惑了受众，也反过来坑骗了主创者。

也不能回避的是，文艺界一部分领导人是外行领导内行。上级派他们来管理一个单位便经常瞎指挥。有的就是要做官，往往摆个小架子。也有因为业务优势而升迁，却像鲁迅所说的一阔脸就变，个别的利用手中的权力追名逐利，甚至打压文艺同行，于是经常发生矛盾，人心离散。有的单位领导倒也尊重作家艺术家，但缺乏振兴文学艺术的雄心，没有新谋划新思路，只听上级吆喝，上级没有指示就混日子。而要真正加强和改善党对文艺的领导，就必须从思想上彻底转轨，牢固树立服务意识、精品意识、人才意识，从精神上振作起来，帮助文艺人才解决实际问题。创新竞争是好事，但也往往形成文人相轻的不良现象，影响了艺术创新的合力形成。其实，文艺界早就有许多优秀领导者，他们默默地做着无名英雄。要开展文艺界领导艺术调查研究，寻找树立有水平有贡献的文化艺术领导者典型，让同行们学有榜样。如此几种之外，还有多种有形或无形的文艺发展阻力存在，都影响了无愧于时代、无愧于人民的传世之作产生。

第二节　必须弘扬主旋律

"二为"方向、"双百"方针，在上一章已经将它们写入文艺科学发展观的理论基础中。某些文章和个人专著中可能回避它们，而本书却必须对之始终遵循、随时论及。这应当单列一章，但考虑"二为"、"双百"毕竟在几十年中已经是天天讲、年年讲，普及十分广泛，所以不再单列，则把提出较晚却也至关重要的主旋律与多样化问题在创新发展这一章中专门进行一次研讨。

一、主旋律的提出，弘扬主旋律与提倡多样化的重大意义

弘扬主旋律与提倡多样化，其完善提法和所形成的文艺政策、原则，既坚持了文艺反映和推动现实生活前进的本性，又顾及防止重走极"左"文艺老路。这是一种智慧的选择与科学的决策，是马克思主义文艺思想中国化的一种自觉的成功实践。

主旋律，本是一个音乐概念，指一部音乐作品或乐章的旋律主题，或说一部音乐、一个乐章行进过程中再现或变奏的主要乐句或音型。

这里所说的主旋律，是指文学艺术中表现历史发展的主流、方向的精神和价值取向。今日的文艺主旋律，包括弘扬爱国主义、集体主义、社会主义精神和促进改革开放、民族团结、社会进步等基本内容。一些人曾经产生过错觉，似乎一提主旋律就是又要像以前极"左"时代那样只唱社会主义颂歌了。本来，文艺就是引导人民前进的灯火，歌颂英雄、先进、正义和光明自古就是文艺的重要功能之一，反映着现实生活中的一种真实，这与批判现实主义的写真实是相辅相成的两个方面。主旋律作品中也有批判和否定，所以这绝不等于粉饰现实，与古代宫廷所谓"和声以鸣盛"更有本质的不同。古代宫廷中皇帝与臣属们进行诗词唱和，多是粉饰太平、阿谀逢迎，与黎民百姓的生活和思想感情完全相反。这种创作在清朝达到了顶点，但爱写御诗的康熙、乾隆和御用文人们有价值的东西却不多。

主旋律具有时代性和人民性，应当是我国文艺发展的主调。

主旋律的先声，是在20世纪80年代西方文化大量涌入的形势下发出的。近查早在1987年，高尔泰就发表过一篇《当代文艺的主旋律》。他分析认为，改革开放中的中国人民正在释放创造力，我们的价值尺度都在于能够唤起人们的改革热情，推动着我国的现代化进程，凡是能够起到这个作用的作品都是属于时代的，属于我们的，都不会过时的。高氏在这个基础上论述道："我们时代文学艺术的主旋律，是鼓吹改革和现代化，反对封建主义及其现代翻版极'左'路线。不同流派不同作品的各式各样个别的追求，包括现实的和非现实的，传统的和非传统的，理性和非理性的，'寻根'的和非'寻根'的，'非非'的和非'非非'的，它们所呈现出来的变化、差异和多样性都无不由于最终都要返回到这个主旋律，而协同地奏出了我们这个时代雄壮的进行曲，同我们艰难地向前迈进的沉重的足音完全合拍。"作者批评当时有些人的"超脱"观念，认为无论是"山中方七日，世上已千年"还是"世上方七日，山中已千年"都是"现代的超脱"，两种超脱的共同点"就是无视今天的现实"。①从笔者所看到的资料中，这是改革开放以来最早公开倡导主旋律的先声。作者高尔泰大有"世人皆醉我独醒"的文化自觉，清醒地看到当时西方各种主义涌来之后形成的信仰危机、道德观念混乱，认识到倡导主旋律之重要，呼吁大家要积极面向改革开放的伟大现实。高氏这一声呼吁，得到了众多文艺家的响应。刘润为则强调"每一国度（或地域）之每一时代的文艺，都有自己的主旋律"，驳斥了"资深"文艺家的某些观点，强调必须有主旋律，也必须有多样化。②此论证明，后来党和国家文艺政策上倡导主旋律与多样化，早已在文艺界具有深厚的思想基础。

　　1991年7月1日，江泽民在庆祝中国共产党成立70周年大会上的讲话中，便强调必须坚持马克思列宁主义、毛泽东思想的指导地位，这是我们立党立国的根本，也是社会主义文化建设的根本，将决定着我们文化事业的性质和方向。要求我们坚决"抵制和消除一切落后的、腐朽的思想文化影响，不断创造出先进的、健康的社会主义崭新文化……"并强调提出，文艺创作"反映社会主义时代精神应该成为主旋律"。③这是江泽民坚持马克思主义，防止我国指导思想多元化而第一次响亮地提出文

---

① 《新华文摘》1987年第1期第141页。
② 刘润为：《文艺批判》，安徽人民出版社2008年版，第11页。
③ 《江泽民论有中国特色社会主义（专题摘编）》，中央文献出版社2002年版，第384～385页。

艺的时代精神主旋律。到1994年1月24日，江泽民在全国宣传思想工作会议讲话中进一步明确地指出："弘扬主旋律、提倡多样化，是坚持'二为'方向和'双百'方针的具体体现。"①1996年12月16日，江泽民在第六次全国文代会讲话中又指出，要"使弘扬主旋律与提倡多样化完满地统一起来"。②1997年9月12日，江泽民在十五大报告中继续要求我们：必须"弘扬主旋律，提倡多样化，创作出更多思想性和艺术性相统一的优秀作品"。③2002年11月8日，在党的十六大报告中，江泽民仍然这样讲道："坚持为人民服务、为社会主义服务的方向和百花齐放、百家争鸣的方针，弘扬主旋律，提倡多样化。"④这体现出我国社会主义文艺方向、方针、政策、规则在发展中形成一个更为完整的系统。江泽民还对主旋律创作倡导过"四个一切有利于"："大力提倡一切有利于发扬爱国主义、集体主义、社会主义的思想和精神，大力倡导一切有利于改革开放和现代化建设的思想和精神，大力提倡一切有利于民族团结、社会进步、人民幸福的思想和精神，大力倡导一切用诚实劳动争取美好生活的思想和精神。"⑤这是对主旋律文艺的内容规定了大致的范围。

2006年11月，胡锦涛在第八次全国文代会讲话中，继续强调弘扬主旋律和提倡多样化，并且说："要全面贯彻党的文艺方针政策，充分发扬艺术民主和学术民主，坚持社会责任和创作自由的统一、弘扬主旋律和提倡多样化的统一，加强调查研究，不断认识和掌握文艺规律……"这是强调了主旋律与多样化的关系为二者"统一"，延伸到社会责任感与创作自由而成为两个"统一"。意在告诉我们，不要搞主导与被主导的对立或两张皮，要树立文化整体意识、文艺生态意识，追求整体社会文化效果。

在当今文化多元化的时代，一切都在开放搞活，文学艺术的发展必须坚持弘扬社会主义主旋律，同时提倡创作展演的多样化。今天回顾总结新中国成立以来党领导文艺60年的经验证明，这是党的重要文艺理论与政策，是在宏观布局上把握文艺发展的科学策略，既符合社会主义文艺发展的特点和实际，也找到和把握了党领导文艺的一条重要规律与途径。这既

---

①②④⑤ 《江泽民论有中国特色社会主义（专题摘编）》，中央文献出版社2002年版，第388、390、386页。

③ 十五大报告《全面建设小康社会，开创中国特色社会主义事业新局面》单行本，人民出版社2002年版，第38页。

可以克服"以阶级斗争为纲"的极"左"文艺路线的弊端，又可以兼顾不同层次文艺创作展演对多元化时代的适应与发展，从而为文艺界提供了宽松的文化平台，保证了大家的创作自由和艺术优势的发挥。弘扬主旋律与提倡多样化，体现了马克思主义文艺思想中国化的新水平、新境界。它使我国文艺发展能够大方向明确，大路子端正，内部结构上主次分明，犹如一首和谐有致的交响曲，既有主调也有和声。它又似一个怀胎极久而又难产的婴儿，经过几十年的漫长摸索和实践才终于孕育形成。这应当是中国文艺发展的特色经验和模式之一。

二、大力弘扬核心价值体系

社会主义核心价值观念体系，便是我们必须弘扬的重要主旋律。2007年10月，胡锦涛在党的十七大报告中强调提出，要加强社会主义核心价值体系建设，增强社会主义意识形态的吸引力和凝聚力。社会主义核心价值体系是社会主义意识形态的本质体现，在整个文化建设中居于统摄和支配的地位。推动社会主义文化大发展大繁荣，必须把社会主义核心价值体系建设作为第一任务，努力在全社会形成统一的指导思想、共同的理想信念、强大的精神支柱和基本的道德规范。文艺创作必须坚持正确的价值取向。价值观也不是抽象、绝对的，而是具体的、历史的，是社会主义文艺的灵魂。中宣部长刘云山曾经说："弘扬主旋律，应当贯穿于文学创作的全过程。那种把主旋律作为一种题材，等同于红色历史、革命战争、英雄人物，其实是一种误解。""主旋律代表着一种精神，反映着社会主流价值取向。有了这种精神，这种价值取向，不论什么题材都可以体现主旋律、反映主旋律，成为主旋律的生动乐章。"①此论可以纠正人们对主旋律概念理解的偏颇。从文化发展战略上来说，弘扬社会主义核心价值体系始终是我们义不容辞的主旋律创作使命，是我们开展艺术创新的首选用武之地。为了论述的方便，这里大致按十七届六中全会《决定》中关于核心价值体系的几个方面分别加以阐述。

（一）在创作中体现中国化的马克思主义

社会主义核心价值体系第一条，就是要坚持学习运用马克思主义。在当今文化多元化、多样化的情况下，学习和运用马克思列宁主义、毛泽东思想、邓小平理论和"三个代表"重要思想，贯彻落实科学发展观，是我

---

① 《文艺报》2009年10月31日第1版。

们广大文艺工作者的必修课。

早在延安文艺座谈会上，毛泽东就对大家提出了"学习马克思主义和学习社会"的要求。此后大批作家艺术家自觉地、主动地学习和运用马克思主义，积极表现当时的抗日烽火，抒发民族革命的壮志豪情，留下了一批经典作品。在解放战争中，广大文艺工作者继续发扬将革命进行到底的精神，配合革命军民进行了即时性的创作。如贺敬之等创作的歌剧《白毛女》随着解放大军走遍长江南北，对于"打倒蒋介石，解放全中国"的伟大历史进程起到了摧枯拉朽的推动作用。建国后，追忆描写革命斗争、怀念英雄先烈的作品仍然层出不穷，包括一批表现抗战的长篇小说、戏剧和电影，比如《红旗谱》、《新儿女英雄传》、《野火春风斗古城》、《铁道游击队》、《敌后武工队》、《林海雪原》。也有表现抗美援朝、国内恢复生产建设新生活的时代之作，如《上甘岭》、《三千里江山》、《三里湾》、《龙须沟》和《红旗歌》等等。今天看，这些作品仍然属于真实的历史记录，它们表现了人民创造历史的生动过程。虽然它们在后来重写文学史的讨论中多受指摘或否定，但文学史绝不能没有这一段。"文革"后的伤痕文学是对极"左"思想的控诉，对真善美的渴求，对人性的挖掘和对人权的呼吁。寻根文学中虽然有些走入边、远、奇的偏向，但这毕竟是对民族文化的失落的眷恋和寻找。改革文学如电影《血，总是热的》、报告文学《燕赵悲歌》等则反映了人民盼望改革与走向富裕的愿望，标示了历史发展的必然趋向。先锋派出现以后的创作与展演虽然受到西方影响，其中不少格调不高或倾向不良，但仍然有一些作品体现了人民把握自己的命运、顺应改革潮流奔小康的时代题旨。

这些作品证明了马克思主义辩证唯物论、历史唯物论在中国的胜利，证明了科学社会主义的胜利，证明了马克思主义中国化的探索和成功。周喜俊以电视剧《当家的女人》，表现了农村改革带来的思想观念、人际关系的变化和家庭生活的震荡。此后又拿出了描写太行山区河北省赞皇县行乐村时占经带领村民艰苦创业的电视剧本《当家的男人》和同名小说、报告文学，表现了共产党员、国家干部时占经热爱家乡、愿为家乡付出一切的浩然正气和实事求是精神，塑造了我们这个伟大时代的骄子形象。河北"三驾马车"之一的关仁山描写冀东抚宁县英武山村党支部书记、癌症患者李家庚的长篇报告文学《执政基石》问世后，先后有郑伯农、刘润为、程树榛、曾镇南、李炳银、桑献凯、张魁星等十几人为之写评，对李家庚事迹和关仁山这部大作给予了很高的评价。其中蒋魏感慨地说，这是"让人掉泪的马克思主义"①。

在马克思主义文艺理论批评方面，也出现了一批重要研究成果。笔者先后看到的有，陆贵山、周忠厚编著的《马克思主义文艺论著选讲》、董学文的《马克思与美学问题》、庄锡华的《人类对世界的艺术掌握》、顾祖钊的《艺术至境论》，艾克恩、曹桂方的《延安文艺史》，以及相关的专著如邢建昌的《文艺美学研究》、崔志远的《现实主义的当代中国命运》、杨立元的《新现实主义小说论》等，运用和体现了马克思主义基本原理及其文艺思想，探讨了我国文艺发展的路径和如何把握中西文化的关系等热点难点问题，也对现代后现代创作进行了客观的剖析与正确的引导。从中可以使我们看到，我国已经培养造就了一大批马克思主义文艺理论批评事业的中坚。我们要继续学习和把握马克思主义的精髓，在研索和争鸣中推动马克思主义文艺思想民族化、大众化。

（二）表现改革开放的时代精神与共同理想

30多年来，改革开放已经成为群众语言运用中最为常见的词语，这包含着伟大的时代精神。影视作品《血手印》是对安徽小岗村人民大胆进行土地联产承包行动的生动讴歌，并说明改革开放很需要勇气和眼光。此前一大批从新中国成立前后走过来的老文艺家积极批判极"左"，大声呼吁政治改革。比如丛维熙的《大墙下的红玉兰》、张贤亮的《绿化树》及《天云山传奇》等从不同视角直击极"左"路线的弊端，呼唤人性的回归，这是从反面证明了改革开放的历史必然性。而在改革开放中成长起来的新一代，普遍主动地正面表现了改革开放。小说《陈奂生上城》、《李顺大造屋》、《许茂和他的女儿们》、《野山》、《浮躁》等就是表现20世纪80年代农村改革生活的代表性作品。

20世纪90年代以来，市场经济的发展给人们的观念带来全方位的变化。还就农村来说，首先是一批青年的市场经济意识大大增强，他们敢闯敢干、敢为人先，走向市场、不怕挫折与失败，打破了自古以来"三十亩地一头牛、老婆孩子热炕头"的男耕女织的理想生活秩序。比如宋聚丰描写羊绒专业村生活的长篇电视剧《沃土》，杨润身描写白毛女的故乡人际关系发生重大变化、历史出现迂回的长篇小说《白毛女和她的儿孙》，

---

① 《文艺报》2005年4月5日，对关仁山《执政基石》的评论文章。

张魁虎叙述农村布匹专业户悲欢离合的电影《晋州女人》，及表现东北风情、描写开发民俗旅游的电视剧《刘老根》等，其中改革与保守、突破与僵化、成功与失败、奋发与颓废、道德与为富不仁等都在对比描述中得到了艺术的反映。其次是农村人向往城市，纷纷走出家门，融入城市。当年铁凝的短篇小说《哦，香雪》，就是最早表现农村女孩对现代文明的向往的精美之作。今天的香雪们大概早已在城市中安家落户了吧？斯宾格勒说："城市在经济史中居于首位并控制了经济史，以不同的物品的金钱的绝对观念代替了和农村生活、思想永远分不开的土地的原始价值。"[①]城乡结合部、进城打工生活的作品不断出现。比如诗歌《农民工之歌》，电视剧《能人冯天贵》、《东北人》、《都市外乡人》中，都深刻地揭示了进城农民价值理念的现代性转化，也昭示了他们坚守诚信传统、改掉愚昧习性、适应城市风俗的必要和与小市民习气、不法分子诈骗行为做斗争的必要。他们真正地融入城市社会颇为不易。"改革就要死过一回"，这是电视剧《下海》中主人公陈志平和诗人苏克的良多感慨之语。他们是东北的县局干部、医生或农民，说出了进城打工者们的深刻体验：打工族舍家撇业下水淘金，文化不高、技能不多，在人地两生的新环境中常常是豁出生命来才会成功。在中国城市化运动中，那些入市闯荡者们要成为姓氏迁移的开山祖，哪一个没有一部传奇故事和一种无畏精神留给子孙们呢？三是农民们吃饱穿暖之后便追求文化娱乐。民间秧歌队、高跷队、战鼓队、舞龙队和社火组织已经成千上万。潘长江主演的《正月里来是新春》便是反映东北二人转演出队生存状态和闯开市场的故事。四是农民依法维权思想大大增强。比如电影《秋菊打官司》、《法官老张轶事》，前者表达了法律意识必须树立，法律手段必须使用，后者表现了一位好法官在农村宣传、执行法律的过程。五是婚恋观念发生了巨大变化。当代农民和城里人一样追求恋爱自由、婚姻自主，其社会阻力、家庭阻力已经比《刘巧儿》时代小得多了，但也不尽然。电视剧《乡村爱情》表现农村老少几代人的爱情婚姻纠葛，最后守寡半生的老娘也找上了老梁结成伴侣。在生育上，过去的老观念是多子多孙多福气，现在是少生优育幸福多。六是农民的民主意识正在增强，而农村家族势力、利益关系严重地干扰着基层政权建设和村干部的作为。电视剧《村主任》、《别拿豆包不当干粮》、《喜耕田

---

① 申霞艳：《血的隐喻》，《文艺争鸣》2009第8期第92页。

的故事2》及小说《别拿村官不当干部》等，便是这种现实生活的形象反映。农村题材创作，在小说上称为乡土文学，普遍表达了作者对童年田园牧歌生活的眷恋，也表达着对城市时尚生活的向往，这已经是改革开放以来乡土创作的基本路子和主要特点。

在我们这个城市化的特定时代，企业发展面临着多重矛盾，包括改革带来的新矛盾和原先就存在的技术设备落后、产品结构不合理、计划经济生产方式的老问题，特别是新旧思想观念的冲突等等。这在改革文学时期就已经有蒋子龙的《乔厂长上任记》、《锅碗瓢盆交响曲》，陆文夫的《美食家》和陈冲的《会计今年四十七》等关于企业改革搞活、市民利用有利条件创业并弘扬传统文化的作品，它们曾经领我国城市经济改革风气之先。陆天明的小说《命运》是一部以深圳市改革开放大发展为核心事件的特区建设题材力作，全方位地表现了深圳人建设和繁荣这座前沿新城的不凡过程，成为中国改革先驱者们的一座丰碑。还有谈歌的《大厂》、于卓的《互动圈》等反映国有大企业改革攻坚生活的力作。前者好评已经很多，今天我以后者为例，可以看到国有企业改革中总是多种矛盾交织互动。其中，既有"改革＋反腐败"模式的成分，表现改革与反改革、腐败与反腐败之间的斗争，又从生活出发打破这种表现模式，没有让腐败分子在改革中制造什么阻力，而是侧重于表现国有企业系统与地方党政部门之间的矛盾纠葛，批判了地方主义对改革所造成的巨大阻力。这种阻力也是多方面的，包括经济利益纠纷、人际恩怨纠葛，特别是地方领导人的思想观念陈旧形成的桎梏更大。当时这部小说被封秋昌评价为国有企业改革小说的新动向，达到了题旨上的新高度。①

肖克凡的《最后一座工厂》也是描写大中企业改革的小说，新任厂长江有礼上台来两次失败，大家都认为他不是当厂长的料。其深层的意蕴是：现代企业家必须有现代意识、现代知识修养、眼光和气度以及管理经验、决策能力，否则必然在激烈的市场竞争中成为悲剧人物，从而作者呼唤新一代企业家的出现。衣向东的《我们的战友遍天下》、陈闯的《策划幸福》、谈歌的《商敌》等则又为我们塑造了一批坚守诚信、以人为本的有情有义的新型企业家形象。他们既有一定的现代意识和眼光，又有较好的传统诚信精神，有希望成为我国新一代大有作为的现代企业家。城市人

---

① 封秋昌：《存在与想象》，河北教育出版社2006年版，第359页。

的思想观念的嬗变比农村更快、更复杂。比如青年就业选择的困惑，生产技能的学习提高、经营管理理念的更新，婚恋的曲折，城市交通、就医、执法的困扰，还有他们衣食住行的科学化、时尚化、高雅化等。当今城市的手机、电脑上网的普及率比农村高得多。家庭购车族正在急剧膨胀，自驾车旅游活动在节假日很是红火，这些都在文学作品中有所反映。还有大量表现社区新风尚和传统伦理现代化转变过程的作品，比如电视剧《不如跳舞》，喜剧性地描写社区中老年参加舞蹈比赛活动中发生的一系列邻里、家庭、夫妻关系的变化，展示了市民们克服男女大妨思想、建立新型人际关系的生动过程。

改革开放加快了城镇化速度，顺应了历史的要求和人民走向富裕的希望，中国特色社会主义便是亿万人民的共同理想。有关深度挖掘和独特描写这种共同理想的创作，当前不是太多了而是还远远不够。

文艺正在全方位地追踪着蓬勃发展的城乡新生活，表现着改革大业的新进程，展示着这个伟大时代的众生相和风俗图，预示着中国特色社会主义正在日益深入人心。

（三）弘扬伟大民族精神，塑造英雄人物形象

江泽民在1996年12月12日举行的西安事变60周年纪念大会上讲道："我们的民族，有着酷爱自由，追求进步，维护民族尊严和国家主权的光荣传统。对外来侵略者无比痛恨，对卖国求荣的民族败类无比鄙视，对爱国仁人志士无比崇敬，已经成为我们宝贵的民族性格。"几天后，江泽民在第六次全国文代会上强调："国家要独立，不仅政治上、经济上要独立，思想文化上也要独立。植根于中国社会主义现代化建设的实践，反映中国人民创造自己新生活的进程和中华民族自强不息的精神，是中国社会主义文艺的立身之本。"2001年12月16日，他又在第七次全国文代会上讲道："在我国漫长的历史中，各族人民在建设伟大祖国和美好家园、抵御外来侵略和克服艰难险阻的奋斗中，不断培育和发展着中华民族的民族精神。中华民族的精神，最突出的就是团结统一、独立自主、爱好和平、自强不息的精神。""这个民族精神，是中华民族五千多年来生生不息、发展壮大的强大精神动力，也是中国人民在未来的岁月里薪火相传、继往开来的强大精神动力。"这是改革开放以来关于中华民族精神的最新阐释，比以前传统的勤劳、勇敢、智慧和抵抗外侮的民族精神表述更为全面。2006年11月，胡锦涛也在第八次全国文代会上充分肯定，广大文艺工作者

"高擎民族精神的火炬、吹响时代精神的号角，通过各种艺术方式讴歌人民、昭示光明、凝聚力量、鼓舞人心，激励亿万人民为民族独立、人民解放和国家富强、人民幸福而不懈奋斗，发挥了不可替代的重要作用"。

爱国是我们民族的千年传统。历代文人墨客总是对抵御外来侵略的战士和英雄人物高声赞美，群众中也埋藏着浓烈的英雄情结。《苏武牧羊》、《杨家将》、《岳飞传》等小说故事、文天祥"人生自古谁无死，留取丹心照汗青"的诗句等都高扬着爱国主义精神。有的学者认为，1840年鸦片战争以来，我国山河破碎、民不聊生，进一步刺激中华民族的民族认同感和民族精神的最终形成。其实爱国主义产生很早，作为民族精神在秦汉时代就已基本形成。1937年7月卢沟桥事变、抗日战争全面爆发，则形成了抗日救亡的民族精神主旋律。张寒辉的歌曲《我的家在东北松花江上》曾经在东北和全国唱响。田汉的《义勇军进行曲》（后被确定为《中华人民共和国国歌》）、公木的《八路军进行曲》（后于1988年被中央军委确定为《中国人民解放军军歌》）和《大刀进行曲》、《太行山上》、《到敌人后方去》、《黄河大合唱》等，抒发着四万万同胞反抗外来侵略、争取民族独立自由的强烈心声；电影《小兵张嘎》、《鸡毛信》、《平原游击队》等，现在仍然百看不厌。

电影《红河谷》、张纯如的《南京浩劫：被遗忘的大屠杀》一书、杨金平记述河北藁城梅花惨案的报告文学《"九九惨案"追忆》等，都艺术地控诉了入侵者的滔天罪行，引发了观众和读者的强烈心声共鸣。长篇小说与影视作品《红旗谱》、《吕梁英雄传》、《铁道游击队》等，魏巍描写志愿军抗美援朝战争生活的散文《谁是最可爱的人》，电影《英雄儿女》及其主题歌，也都成为红色经典而代代相传。长篇小说《攀岩世家》描写了太行人民的抗战风采，表现了他们不屈不挠、保卫祖国和家乡的坚强意志。对越自卫反击战后，李存葆的中篇小说《高山下的花环》和同名电影更是催人泪下。国庆60周年时，话剧《风雪漫过那座山》，强烈地表现了革命军人视死如归的大无畏战斗精神。一些故乡写作也与爱国主题相近。诗人刘松林近年写出大量描写故乡白洋淀的新作。比如在《偌大一架风琴奏响》中写道："偌大一架风琴奏响。进飞音符都是绿的/多少光斑在其间眩眩跳荡——那矮下去又挺起来的力量呵/偌大一架风琴奏响。历史的旋律漫天飞扬/多少喉唇汇成的交响乐章——那喧嚣之下的广袤与深沉啊/波伏不已的大淀芦苇荡/白羊肚舢板的水上故乡……"此诗浓烈的地方风情和诗人对故乡的无限深情，使诗句雄健豪放、高亢激越，读来有一唱三叹的余韵。这是一位白洋淀之子的情怀所致。他的热土咏唱，便是爱国精神的具象化表达。

关于红色巨制，在20世纪60年代推出了大型音乐舞蹈史诗《东方红》和大合唱《长征组歌》。2009年新中国一甲子，又隆重推出中华民族全景性史诗《复兴之路》，通过朗诵、歌唱、舞蹈等多种手段组合形成了一部形象的从鸦片战争到今天的民族苦难史、奋争发展史。改革开放以来，表现中国共产党成立和早期革命斗争的电影《开天辟地》、电视剧《青年毛泽东》、《董必武》、《重庆谈判》和新上演的话剧《共产党宣言》等，再现了中国革命的曲折历程，让我们回到了那如火如荼的革命岁月中。描写革命领袖、共和国元帅和叶挺、彭雪枫等名将的作品，一直是读者和观众吸取革命精神、民族精神的重要源泉。90年代推出了电影大片《大转折》、《大进军》等。建国60周年前后，又是红色题材创作出版展演的高潮，大量艺术新作令人目不暇接。其中何存中的长篇小说《太阳最红》，以大别山地区"黄麻起义"为大背景，以鄂东王家弟兄陆续走向革命道路、前仆后继地进行革命斗争为核心事件，充分再现了红四方面军早期十年组建过程之艰苦异常和红军将士革命信念之坚定。海飞的长篇小说《向延安》和电视剧《延安爱情》，表现了当时青年知识分子心向延安参加革命，经受严酷考验而成长为革命者。关仁山的《信任——西柏坡纪事》则描写了当年将军的后代承继着革命理想信念而亲民爱民、有所作为，作品塑造了不负人民信任的两代人。王树增的长篇纪实文学《解放战争》是一部艰险而壮丽的解放战争史，让我们看到许多尘封已久的历史材料，呈现出一种揭秘性、陌生感而吸引着大批读者。特别是电视剧《解放》在迎接国庆60周年的民族兴奋点上由央视一套隆重推出。这是一部空前规模的伟大史诗，全景式地反映了日本投降后蒋介石企图消灭共产党、迫使共产党和人民解放军进行战略反击而开展了数十个战役，其中包括世界著名的辽沈、淮海、平津三大战役和渡江战役，生动地再现了毛泽东等转战陕北、东渡黄河来到太行东麓西柏坡、筹建新中国的历史画卷。此剧大气磅礴、气吞山河，忠于历史而又拒绝浮华，画面上出现了479个历史人物，每一个都最大限度地塑造他们的个性和形象，达到了思想性、艺术性、观赏性俱佳。同时电影大片《建国大业》也被及时推出。这样就形成了空前的红色文艺展示总高潮，也形成了宣传党的伟大业绩、树立革命领袖形象、民族形象的艺术再现总高峰。主创者唐国强在《解放》播出前说自己是第五次扮演塑造毛泽东，对自己的表演很有信心，觉得一定会给观众带来全新的感受。

事实正是这样的。《长征》、《延安颂》、《辛亥革命》等名剧的编剧王朝柱，在2011年10月谈到历史宏大叙事创作体会时说，我就是要用实际行动批判"告别革命论"。①他保持着一副中流砥柱的气度。作家的高大在于取材立意和人物塑造的高大，作家的深邃在于精神、理念的深邃。王朝柱是世人公认的大手笔，可惜我们现在这样的大手笔还太少。2011年又有唐国强参与主演的史诗性长剧《东方》和《五星红旗迎风飘扬》。前者是全方位立体地再现了解放战争包括新中国成立后的一个个战役和战斗，后者从建国后我国大批海外科学家冲破重重阻挠回归写起，表现了钱学森、邓稼先等两弹一星功臣们的崇高爱国精神和非凡历史功勋。但两剧难度极大，因为时间跨度长和地域镜头变换多，所以我们就要继续探索这种宏伟史诗如何进行艺术表现。同时面世的长篇电视剧《中国1921》、《开天辟地》、电影《建党伟业》等，再现了五四运动、中国共产党成立和曲折发展的历史，对同类题材创作形成了新的挖掘和成功的表现。

爱国主题创作离不开对古代英雄、伟人的艺术描写。这方面在改革开放后取得了亘古未有的大突破。秦时大将赵佗被派往岭南开辟疆土，他与当地各族群众亲密相处，传播了中原先进文化，也成为客家人的始祖。建国初，毛泽东对曾山说赵佗是"南下干部第一人"。长篇小说《南越王》就是对赵佗一生功业进行的生动再现。长篇电视剧《汉武大帝》则表现了西汉初期汉武帝经过多年准备反击匈奴入侵、安定边疆的雄才大略，塑造了大将军卫青、李广、霍去病的英雄形象。长篇电视剧《贞观长歌》反映了大唐初年与北方少数民族的战争，刻画了唐太宗、房玄龄、李靖等主战保国的风云人物。宋代杨家将的故事几乎家喻户晓，长篇小说《杨家将》流传极广，同名电视剧20世纪90年代曾在央视热播。京剧《杨门女将》则是常演常新。杨继业、佘太君、杨六郎、杨宗保、穆桂英、杨排风、杨文广、杨金花组成了一个世代忠良保国卫民的英雄家族系列。南宋初年的抗金英雄岳飞知名度极高，有关长篇评书和电视剧也在弘扬伟大民族精神上起到重要作用。明末清初满汉民族之间矛盾尖锐，电视剧《努尔哈赤》、

① 王朝柱：《我写〈辛亥革命〉》，《光明日报》2011年10月9日第5版。

《袁崇焕》、《康熙王朝》等，从不同角度表现了中华民族大融合过程中的痛苦与欢欣。特别是有关台湾的电视剧《郑成功》、《台湾首任巡抚刘铭传》、《台湾：一八九五》等，在表现爱国统一题旨、树立英雄人物形象上各有秋千。香港、澳门回归过程中和回归后的一些作品，都是当今爱国主义的好教材。

　　新的英雄叙事方面，大片《飞天》是对鲜为人知的我国航天事业发展和航天员生活的艺术反映。仲呈祥、张金尧认为这部影片把握了人文精神和科技展示互补生辉的美学内蕴，彰显了民族审美优势的艺术自信力，在做足科技"功课"的同时又延留了令人回味咀嚼的人文情感。许柏林则称之为"化蛹为蝶"，实现了技术对艺术的升华、科学精神与艺术法则的高度融合。梁鸿鹰更认为此剧塑造了张天聪愈挫愈勇的当代军人形象，开辟了我国军事影片新境界。[①]再如反映当代军人生活的电视剧《DA师》、《沙场点兵》、《战争目光》等，虽然描写的都是军事演习，但构思奇巧、场面新鲜，收视率很高。反映当代高中生、大学生入伍锻炼成长的电视剧《第五空间》、《我是特种兵》、《大学生士兵的故事》、《国防生》等，普遍吸收了一定的喜剧元素。这是今天的军旅生活成长剧，有别于战争年代的英雄成长剧。人物首先不是勇敢而是利用现有科学文化知识带动军训的深入和军事技能的普遍提高，所以很有当今时代特征。英雄人物身上的喜剧性元素增多，像《军歌嘹亮》中的高大山、《亮剑》中的李云龙、《狼毒花》中的常发、《激情燃烧的岁月》中的石光荣、《我的兄弟叫顺溜》中的陈顺溜和陈大雷、《高地》中的兰泽光和王铁山等，其粗犷或倔强的主体性格中都有强烈的喜剧因素，让人感到真实可信，也有更为多样的审美感受。这样进行英雄人物塑造，克服了过去的一本正经，更远离了"高、大、全"，所以像《亮剑》中的李云龙虽有严重缺点但机智果敢，《永不磨灭的番号》一剧中的李赤水（李大本事），在与日寇的周旋斗智、与各种抗日力量的整合中阴差阳错而以少胜多，他们都是那么质朴又那么可敬可爱。然而，应当提醒编导们不能陷入"二重性格组合论"的误区，不能走向"好人不好、坏人不坏"和英雄必须有缺点的另一个极端。《我的兄弟叫顺溜》中的陈顺溜（二雷）的缺点，可能是编导为了制造曲折而用他一个个缺点造成一次次大波澜，让观众产生兴趣但也造成了

---

① 《文艺报》2011年7月15日第6版，影片《飞天》专家笔谈。

视觉疲劳。当然陈顺溜属于发展、成长中的人物，写他的缺点自是必要。这要有一个分寸的把握。陈顺溜的扮演者王宝强在接受陈先义的采访中，就回答影视中的诙谐和幽默被公众指责问题时这样说：用轻喜剧形式表现战争主题也是一个创新，它更能强化后半部悲剧的效果。但根据资料创作的电视剧《我的团长我的团》中，中缅边境的中国军队与日寇做着殊死搏斗，但"死了死了"和他的下属之间骂骂咧咧、匪气十足，明显的是导演运用后现代手法太过头，让许多人一边看一边摇头，就不如陈顺溜更为真实地道。还有电视剧《为了新中国前进》，刻画了战斗英雄董存瑞。这也是由王宝强扮演，性格与陈顺溜相近又多有不同。王宝强在一次电视专访中说：顺溜是个野孩子，会干很出格的事情，董存瑞是负责任的班长，表演上分寸把握不一样。

塑造真实可信的英雄人物应是当前我国文学艺术最重要的任务。应当警惕当前英雄人物塑造的草莽化、媚俗化。不能用多元论消解英雄人物形象的价值建构功能，不必套用后现代的所谓"真实性"消解英雄人物的真实性与理想性的统一。英雄人物要个性化但不能排斥英雄形象的典型化。相比之下，《井冈山》一剧中对山大王袁文才、王佐二人的表现就比较准确，把握他们身上的匪气和革命理性精神的度都比较好。

（四）表现"八荣八耻"的社会主义荣辱观

2005年3月上旬，胡锦涛在参加全国"两会"分组讨论中提出了"八荣八耻"。这便是："以热爱祖国为荣，以危害祖国为耻。以服务人民为荣，以背离人民为耻。以崇尚科学为荣，以愚昧无知为耻。以辛勤劳动为荣，以好逸恶劳为耻。以团结互助为荣，以损人利己为耻。以诚实守信为荣，以见利忘义为耻。以遵纪守法为荣，以违法乱纪为耻。以艰苦奋斗为荣，以骄奢淫逸为耻。"这"八荣八耻"很快在全国传播开来，众多作曲家把它谱上曲子在城乡群众中传唱。这是代表人民心声和时代本质要求的道德规则，是社会主义荣辱观的集中体现，对于落实《公民道德建设实施纲要》，建设社会主义新道德、新风尚具有重大的现实意义。

由此回顾先秦的儒、法，这两大哲学流派是两个个体道德和社会伦理逻辑体系。他们都讲"耻"。孔子曾经说："行己有耻，使于四方，不辱君命，可谓士矣。"又提倡"智、仁、勇"的"三达德"。这是修身、齐家、治国，是平天下之根本。其中"智"为知，"仁"为情，"勇"为意。孔子的原话是："好学近乎知，力行近乎仁，知耻近乎勇。"而

"仁"是整个儒家学说体系的核心，把"智"、"勇"与"仁"整合起来就扩大了"仁"的内涵，有了实现"仁"的方式。孔子认为知耻远耻便是仁人德性的起点，也是德性的最高表现。后来孟子建立了"五伦四德"的道德哲学，其中也有"耻"，而且被提到人性本体和道德根源的高度。法家的管子提出"礼、义、廉、耻"，将"耻"列入"国之四维"，视作立国治国的根本。他所说的"耻"的核心是"不从枉"，就是不做不符合道德的事，知耻远耻便可以"邪事不生"，就不会伦理失序、道德失范。既然管子把耻抬到关乎国家安危、民族存亡的伦理地位，那么就比儒家对耻的价值推崇更高。今看樊浩《耻感的道德哲学意义》一文，分析了儒法两家的耻感哲学论述后说："'耻'的道德本性是一种主观意志的法，亦即主观意志的自由，其道德真理不是他律而是自律，不是制裁而是激励，它是引导人们在道德上自强不息、止于至善的精神力量。"又说"耻"的社会意义表现在孔子的"道之以德，齐之以礼，有耻则格"，这是既合宜有序又富含价值观念的自律型社会，而不是一个"免而无耻"的只受外在规则支配的他律型社会。①今日的"八荣八耻"，是对我国传统耻感文化的传承运用和发展，具有理论创新意义和很强的实践意义。

由于"八荣八耻"涵盖面很大，与上面几项核心价值体系内容也有所交叉，但都值得大力描述表现之。在热爱祖国的创作中，除了上面提到的，还有描述西部开发的影视作品《孔繁森》、《西圣地》、《戈壁母亲》，表现唐山、汶川两次抗震救灾的关仁山长篇报告文学《感天动地》和影片《惊天动地》等。2010年的电影大片《唐山大地震》震撼人心，票房飘红，好评如潮。而邢建昌却发文指出，这部影片与波兰描写纳粹屠杀犹太人的《钢琴师》"视角相似，但境界有别"。都是极度痛苦和压抑，那钢琴师却在亲人间用一块糖果传递温暖和牵挂，这镜头深深嵌入到观众的记忆深处，表现了编导对黑暗中人性的深刻洞察。而《唐山大地震》却没有这样细腻夺人的镜头，讨巧的处理使这部电影失去了理想性的高度。②当然它仍不失为一部灾难题材的成功巨制。新近播出的长篇电视剧《奢香夫人》和表现河北吴桥杂技艺人流浪生活的《闯天下》，表现了"以热爱祖国为荣，以危害祖国为耻"、"以团结互助为荣、以损人利己为耻"的主题。

① 《光明日报》2006年10月30日第12版。
② 《文艺报》2010年12月30日第3版。

2009年7月5日新疆乌鲁木齐发生严重暴力事件后，著名歌唱家刀郎唱出了新歌《一家人》。这是武警文工团吴博文写词、新疆歌舞剧院院长努斯莱提·瓦吉丁和刀郎一起谱曲的："红花你是哪一朵，绿柳你是哪一棵，不用你来问，不用你来说，花红柳绿都是春色……家是一个家，国是大中国，家和万事兴，有你也有我；家是一个家，国是大中国，都是一家人，不分你和我……"[1]此歌是对民族团结、国家意识的歌唱和呼唤。电影《张思德》是描写延安时期一位八路军战士烧炭时因土窑崩塌而牺牲的故事，毛泽东参加了追悼会，提出了"为人民服务"的号召，也最直接地表现了"以服务人民为荣、以背离人民为耻"的主题。还有一些创作既表现了爱国主义情怀，弘扬了民本主义、人本主义思想，也兼及"以艰苦奋斗为荣、以骄奢淫逸为耻"的题旨。而在诸如《生死抉择》等反腐倡廉之作或官场小说中，既有热爱党和人民的执法执纪者，也有被追查揭露的骄奢淫逸者，腐败与反腐败是生死搏斗，其中的主要正面人物公正威严、浩气干云。刘千生的长篇小说《在逃贪官》概括了当今贪官犯事就出逃定居的特点，很有新意，他为此还到新加坡诸国进行过考察。而贾兴安的长篇小说新作《县长们》，描写了当今县领导们的生活状态和心理特征，表现了他们在当前世风日下的情况下如何生存和工作，如何保持清正廉洁经受住官场的锻炼。刘向东撰文认为，这比王跃文写出的官员形象更真实，没有脸谱化的感觉，是当今难得的现实主义力作。贾兴安本人的体会则是：要为千千万万个县领导们正名，还官场一个新的真实。关于崇尚科学主题的作品，已有电视剧《李时珍》、电影《袁隆平》等。冯思德等的电视剧本《大元星空》业已出版，描写了元朝初年天文学家郭守敬等人在天文、历法、水利等方面做出的重大发现与发明。突出"以辛勤劳动为荣，以好逸恶劳为耻"的作品更是层出不穷，比如传唱已久的歌曲《双手浇开幸福花》、《勤俭是聚宝盆》，延安时期产生的《南泥湾》和《兄妹开荒》等等便是。关于表现团结互助、乐于助人、舍己为人的作品也很多，这和上面所谈的热爱祖国、服务人民、艰苦奋斗等题旨的作品一样，在民间戏曲、曲艺、故事、歌谣和谚语中已无以计数。关于表现"以诚实守信为荣、以见利忘义为耻"的作品，在当前农村、都市题材中也都属多见。长篇小说和电视剧《乔家大院》、《新安家族》、《胡雪岩》及话剧《立

---

① 《光明日报》2009年8月4日第2版。

秋》等就是关于经商家族如何诚实守信的形象阐释，也是对见利忘义的奸商作风的艺术批判。大量的公安法制题材作品，都生动地表现了"以遵纪守法为荣、以违法乱纪为耻"，像长篇电视剧《任长霞》等就是这种题旨表达的成功之作。

总之，社会主义核心价值体系是立党立国之本，是人的素质和道德水准全面提高，共同维护国家统一、民族团结、政治稳定，保证改革开放和经济建设顺利进行的强大精神支柱。作家艺术家不但要自觉地树立核心价值观念，还要不断通过艺术精品大力表现弘扬之。

三、当代现实题材和历史题材的创新

我们的文艺创作不仅仅是如上这几个方面主旋律，从另一个角度说我们五千年来数不清的东西都等待我们去书写。在题材和主题上既可能与核心价值体系相交叉，也可能相对独立。丰富的现实生活之流和悠久的历史，都是我们主旋律作品创新的用武之处。前面说主旋律是一种精神，在操作上则要落实到题材、体裁上。其整个创作布局，应当厚今薄古，客观上说应当本着重今朝、不弃古的原则精神，在现实题材和历史题材上以现实题材为主，历史题材和革命历史题材上以革命历史题材为主。

（一）当代现实题材为主

应当说，当今文艺的发展时空比以往任何历史时期都更为广阔。社会生活每天都在纷繁演进，新的理念、新的观点不断出现，新的事物、新的人物层出不穷，新的问题、新的现象也纠缠着我们。我们不能无视或回避小康社会、和谐社会建设的伟大现实：城市、农村、厂矿、商店、医院、校园、街道、军营、科研所、建设工地都是作家艺术家的好去处。那里有我们取之不尽的创作素材和人物，往往还会有意外的惊喜，让你产生创作的激情，开启你的创作新思路。

我们坚持以当今现实生活创作为主，就要首先关注国家民族的当下重大事件，从宏观上把握某一特定题材的突出特点，从而表现民族精神、国家形象和时代特征。除了上面提到的，还有建国60周年之际，出现了长篇报告文学《大阅兵》、《开国大典6小时》、《国典大阅兵》、《空中梯队——建国50周年跨世纪大阅兵》和这年第十四次大阅兵的纪实电视片《盛典》等，真实地记录了新中国成立以来的阅兵庆典史实，表现了参与阅兵训练官兵和群众的自豪感和以苦为荣精神。这时的诗人们更是豪情满怀，纷纷向60华诞的祖国奉上壮丽的诗行。张学梦、郁葱便出版了他们的

《祖国诗篇》，向祖国进行祝福，倾诉着他们的爱国之情，也倾诉着心中的困惑，像儿女向母亲的亲昵诉说。

要反映社会发展的主流，给人以光明、温暖和鼓舞。且看电视剧《远山的红叶》，细密而大气地描写了四川省南江县原纪委书记王瑛的事迹。这是从20世纪90年代表现河北省姜瑞峰事迹的电视剧《黑脸》之后，在人们的期望中又出现的一部当代"清官"或称女包公的时代新作。她一身正气又一片柔肠，既敢于冒大风险战胜腐败势力，又肯于无声地为人民做出牺牲，包括遭受人格的侮辱。一个个细腻的人性化的镜头，塑造了这位有血有肉的新时代基层纪检干部形象。还有《郭明义》，塑造了这个现实生活中的先进典型，在观众中产生了巨大的鼓舞作用。回想当年《焦裕禄》、《孔繁森》就是关于先进典型人物的主旋律电影力作。这样的创作传统年年都要复现。电视剧《社区民警故事》，则是以北京民警李国平为原型的故事。剧中主人公主动为解除劳教青年找工作，为外来务工人员找归宿，为游手好闲的大明子办房屋出租，每一个情节都感动着北京市民和全国的老百姓。上面列举的这些作品，说明中国共产党人是革命和建设的中坚，是支撑着共和国大厦的民族脊梁。虽然现代派们从不光顾他们，而又有那么多艺术高手倾心倾力地塑造他们。还有电视剧《张小五的春天》、《爸爸快跑》，真实地表现了当前城市青年男女的生存状态和向上心理，是当前底层小人物择业就业创业过程的生活喜剧。

不要以为描写现实生活已经很多了，其实我们只是在生活大海中采集了一两个浪花。现在相对较弱的写作是工业题材和工人阶级形象。电视剧《国家基石》中描写石油工人生活，被看做描写铁人王进喜的继续。《西圣地》是西部石油工人生活的再现。还有《车间主任》、《钢铁时代》、《起死回生》等都属于对产业工人生活的书写。但总量不足，叫好又叫座的作品尚少。对工人阶级的描写也在发生着新的变化。比如电影《红土地画》以云南铜都东川金沙矿业公司的改革为主线，塑造了一位具有独特个性的新一代民营企业家马西南和一批矿工的真实形象。此剧不是20世纪80年代的《乔厂长上任记》、《共和国不会忘记》那样表现如何以改革增强企业活力那么单纯，而是突出了马西南这位工人出身的改革者以朴素的兄弟情谊、亲和而又江湖的草根风格，团结工友们共同开创了属于工人兄弟自己的现代化企业。这是开了工业题材民营企业家电影之先河，马西南绝不再是以前我们心目中的边缘人了。商国华的长诗《引擎》又是工业题材的艺术新作，张同吾、彭程等人都给以好评，并且呼吁作家诗人们要关注工人、工厂和老工业基地的文艺创作。工业题材里面也有丰富的现代性理念和人文精神，不失为作家艺术家的选材方向。企业改革和招商引资固然可以说贴近工业题材，但尚缺少工人的形象塑造。现在作家和导演们几乎都把工业题材遗忘了。一些表现产业工人生活、企业知识分子生活的作品远远不如历史、革命战争、谍战和言情、武侠作品有吸引力。这是一个必须重视和要下劲改变的选材创新缺陷。

古今题材创作应当有个大致的比例。笔者认为，写古代近代与写今天的现实应当是一比二，而不应当二比一。

（二）革命历史题材为主

我们有五千年的历史，古代历史题材创作已经被一大批作家艺术家所钟情，也被广大读者观众所青睐，所以古代历史题材的创作后劲比较足。将军作家朱增泉历时五年写出了5卷本《战争史笔记》，雷达说这是一条汹涌澎湃的历史长河，周涛说《战争史笔记》征服了我，何镇邦说这是一部气势恢宏的战争史诗。①大量历史古装剧如京剧《空城计》、《白帝城》等已经成为人们百看不厌的经典。传统戏曲表现古代历史人物故事有它得天独厚的优势，各地剧团的保留剧目、拿手好戏大多是古装剧，少量才是现代戏。表现远古尧舜时代生活的新编河北梆子戏《尧天舜日》、新编京剧《范仲淹》和表现宋金时期名人施宜生忧国忧民的《北风紧》及话剧《班禅东行》等，填补了舞台历史人物形象的空白。也有人说，现在已经把历史人物和事件写得差不多了。笔者认为，古人古事还远远没有写完。如果从大约七八千年前人类远祖燧人氏、有巢氏、伏羲、女娲说起，到炎帝、黄帝、蚩尤、尧、舜、禹，一直到历朝历代，许多有记载的历史人物还没有被写成长篇小说、影视、戏剧作品。各个地方的文化底蕴也还没有全面挖掘、重点创作。从鸦片战争以来的近代历史事件和人物，包括革命英雄人物，也只写了一部分，又被重复地写了林则徐、慈禧太后、李鸿章等。如果我们开列一张历史人物的清单，就会看到我们还搁置着大量的历史和革命历史文化资源。地方性的历史人物、革命先辈先烈们也都很有故事可写。当前叫得响的还只是几个有为帝王、一批革命领袖和重大革命历史事件的作品。也应当描写微观战争而不应当只是大战，写局部革命

---

① 《五千年战争史的通俗解读》，《文艺报》2011年10月31日第6版。

斗争也不能只是秘密的谍战。如果各省、市、县，各民族都动员起来，历史题材创作的丰富性才能真正得到呈现。

古代历史题材与革命历史题材二者之间，应当强调以革命历史题材为主，古代历史题材为辅。因为革命历史题材中，不但包含着伟大的民族精神，包含着马克思主义在中国的胜利和革命者的情操与风采，包含着核心价值体系中的民族精神和现代意识共存于一体，对未成年人的世界观、人生观的建立作用极大，在很大程度上说更具有文化战略意义。比如，先是有一部电影《毛泽东和他的儿子》，后来出现一部描写毛泽东在湖南长沙师范读书生活的电视剧《恰同学少年》，现在又有一部长篇电视剧《毛岸英》。此剧描写了毛泽东的长子毛岸英出生于苦难、牺牲于朝鲜战场，一生短暂，却表现了毛岸英和毛泽东之间的父子深情，与妻子刘思齐、兄弟毛岸青及亲人间的真挚情感，赞扬了中国共产党人的人性之美、人伦之美。此剧与《恰同学少年》中的毛泽东形成了父子两代革命人的青春偶像，先后在青年特别是大学生中反应强烈。表现革命先烈方志敏狱中生活的长篇小说《掩不住的阳光》在20世纪50年代就已经由乔信明将军写出，由于种种原因拖至现在才正式出版，这是一种悲哀，也是一种幸运。我们应当为方志敏、乔信明他们树碑立传。这里还要提到作曲大家傅庚辰，他的红色歌曲创作已经从事了60多年。那《红星的故事》、《红星歌》、《映山红》、《地道战》、《雷锋，我的战友》，为老一辈革命家诗词谱曲的《人民解放军占领南京》、《大江歌罢掉头东》、《梅岭三章》，以及《希望》、《腾飞吧！中国》等，还有声乐套曲《航天之歌》、《小平之歌》和群众歌曲《奥运之火》等等，都被称为红色经典。他深有体会地说："伟大的历史铸造了我的人生，时代的需求是我创作的力量之源。"又说，"人生好比一条路，人生好比一堂课，人生好比一首歌，路怎样走，课怎样上，歌怎么唱，关键在于你信奉什么样的理想信念。"他以自己的理想信念奉献出大量艺术精品，成为我国音乐界的一面旗帜。他的歌曲塑造着一代代人的心灵，所起到的激励作用无法衡量。试想如果没有乔羽、傅庚辰、李劫夫、生茂等人的红歌，我们的红色艺苑该是一个多么大的缺陷。

让人们懂得革命、懂得历史是我们义不容辞的事情。红色经典无论过去还是现在都具有重要的思想价值、艺术价值。大批红色经典伴着革命者、建设者走过了几十年的路程，它们在旨题的主旋律性质、艺术的真实感等方面还保持着当今一些作品难以逾越的高度和优点。评价它们不能以先锋派创作理念为标准，也不能离开历史的现场、文学的现场。一些"80后"、"90后"鄙夷、误读红色作品，在很大程度上是他们未经世事，盲目跟风。一些评论家否定红色作品的原因更为复杂，其中有一个情感的问题。这如本书后面将提到的文学史写作问题一样，否定红色经典是一种缺少眼光的偏见。本人相信，这些作品会长存于天地间。因为当代中老年人有革命历史情结，有红色接受心理，青少年们也普遍有英雄崇拜、传奇审美情结。客观上，当今的人们所缺少的正是那种奔向光明、昂扬向上的战斗精神。

从艺术创新角度上说，且看中宣部副部长翟卫华最近在一次文学会议上讲道：要"以创新的眼光看待问题，以创新的思维认识问题，以创新的勇气解决问题，以创新的精神推动文学变革，努力开辟文学事业发展新境界。要大力拓展文学表现的领域，丰富文学创作的主题、题材和素材，敏锐地反映社会实践的新领域和新变化、文学受众的新期待和新要求"。[①]我们的主旋律作品的确近年来发展迅速、人马整齐、作品众多，一批善于从事主旋律创作的作家艺术家已成为名作家、名编名导名演，这是社会对他们的回报和承认。但是如何继续发掘出更多新题材新人物，或充分利用已有的题材向纵深开掘，即使已经获了大奖、赢得票房的作品恐怕也还有遗憾，根据时代的新观念发现深邃的思想和创造出的历史厚重感恐怕也还未到位。要长期地高质量地发展革命历史生活创作，就必须在题材、主题和人物形象特别是作品的深层哲学内涵上下工夫。这不是额外要求或鸡蛋里挑骨头，而是红色主旋律创作发展和文艺家创作超越自己的客观需要。我们必须有这种高站位和高境界。

当前一般化的、应景的、赶节日的革命战争戏很多，特别是近几年谍战剧扎堆。作家心理浮躁，对史料吃得不透、分析不准而仓促动笔。历史意识不足，往往造成失真，或者降低了题旨。有的缺少精神信仰的钙质，有的缺少艺术个性和细节。有的过于依赖政治视角而缺少必要的人文视角。有关影视创作，有明显的功利化、娱乐化倾向，也有依靠偶像明星吸引观众之弊。革命是全方位的，写好革命人是第一位的。斯琴高娃主演的《老柿子树》和新近播出的《娘》两剧，表现了革命对社会最底层的巨大

---

① 《文艺报》2011年3月25日第1版。

影响、革命过程极其复杂和革命母亲的伟大，情节不落俗套，颇有对革命历史的还原感。这是非史料的"民间记忆"的红色创作。

革命历史与历史之作，也应当把握二比一为宜。所有现实与历史之作应当二比一到三比一为佳。

四、关于文艺作品思想政治内容的三个层次

文艺作品普遍有一定的思想内容、政治色彩、时代特征，这是艺术表达中不可避免的文化政治。但文艺界一直在争论文艺应当不应当有政治。我在前面已经明确地回答文艺作为意识形态难于完全摆脱政治。只是作品中思想政治元素的多少，表达的显与隐、深与浅有所差别。在这里，本人想对此做一下归纳，大致可以将它们区分为三个层次：

第一，显性政治表达。一是正面描写和表现党和国家、民族的大事，描写阶级斗争、敌我斗争、路线斗争和国际关系、反侵略战争等等宏大叙事。二是革命领袖、先辈先烈和古今人物的政治生涯与业绩的再现。比如前面提到的《建国大业》和《建党伟业》等，都属于正面描写党和国家重大事件及领袖人物的、政治色彩鲜明的，是史诗性的宏大叙事。古代题材的影视作品《孔子》、《秦始皇》、《英雄》、《霸王别姬》、《汉武大帝》等也是正面描写古代政治军事斗争的大制作，尽管里面也有儿女情长，但主体上是历史的风云际会和昔日人文风貌的宏观表现。三是正面表现城乡历史变迁、改革开放斗争的作品，这主要是当下的时事政治、公共政治。它们基本上是弘扬核心价值观的主旋律。

这种表达需要有鲜明的政治立场和思想倾向。且说政治抒情诗吧。这是战国时代屈原开创的一种文学传统。贺敬之那首满怀深情的民歌体《回延安》已为几代人所传诵，其政治抒情诗《雷锋之歌》在20世纪60年代创造了一个长诗的高峰，成为借鉴苏联马雅可夫斯基阶梯式诗歌的成功典范。在2004年他创作60周年时，形成了贺敬之诗歌朗诵和阅读的高潮。李瑛的诗歌创作也可以追溯到1942年。在将近70年中，他创作诗歌4000余首，出版诗集、诗论集50多部，成果极为丰富，与贺敬之等同为当今诗坛宿将。其《一月的哀思》是对周恩来总理的深情悼念，与柯岩的《周总理，你在哪里？》都是催人泪下的肺腑之作。长诗《我的中国》荣获全国"五个一工程奖"和全国优秀图书奖。在纪念毛泽东诞辰110周年时，陈晋编撰的电视艺术片《独领风骚——毛泽东心路解读》播出后反响巨大，2004年1月便由万卷出版公司出版了这部恢宏壮美的解说词，又受到广大

读者喜爱，有评论家认为这是图文并茂的政治抒情诗。罗林的长诗《邓小平》首次印刷18000册，很快销售一空。2009年时，雷抒雁在《十月，祖国！不仅仅是在十月》中，反复咏唱："祖国啊/我日日夜夜挥汗如雨的祖国啊/我年年月月美艳如玉的祖国啊/十月，又不仅仅是在十月/你让我激动不已……"这饱蘸深情的诗句，不能不让读者热血沸腾。石英的诗集《走向天安门——献给共和国六十华诞》用72首短诗涵盖了从党的成立到新中国诞生28年间的重大事件、著名英烈和杰出人物，表现了一位革命老战士对党和祖国的无比热爱、对中国革命的无限钟情，在内涵上达到了革命与人性、理性与激情、残酷与温馨的内在和谐统一。

对于政治抒情诗，叶延滨与丘树宏曾经有一场对话。他们认为政治抒情诗是中国社会主义文学最具时代色彩和意义的重要组成部分，在新中国的文学发展史上具有特殊的地位和影响。丘树宏在2008年描写改革开放历程的长诗《30年：变革大交响》广受好评，他在2009年又推出长诗《共和国之恋》，诗中高亢地唱出"泱泱大中华五千年人文源远流长如诗如画，赫赫共和国六十载历程云蒸霞蔚如泣如歌"。木弓在评价丘树宏这部长诗时说：诗人站在"祖国之子"的立场上来回顾共和国的历史，"能得风气之先，能得时代的精气神，能有更多的创新意味，诗歌形象也更加鲜明独特"。全诗纵横恣肆、气象万千，尤其是跋诗《共和国之光》，更是酣畅淋漓、荡气回肠。在这个意义上说，《共和国之恋》反映了中国当代的大历史、大气象，有突破、有创新，是新时期诗歌界和文学界的重要收获。[1]青年诗人阎志也在新中国60岁生日时写出了以个人经历为主线的长诗《挽歌与纪念》，成为一代人的精神成长史，诗风亲切而质朴。程步涛的《于都河的傍晚》，追述了瑞金时期的革命斗争和红军长征的开始。王清秀还写出了一部长诗《民主的足音》，反映了我国民主生活的历程。愤怒出诗人。的确，没有激情写不成诗，尤其写不成政治抒情诗。

汶川地震之后涌现出了大量的抗震题材诗歌，参与者之众是非常少见的，但这种激情写作热烈有余而冷静不足。王士强对此评价说："'艺术性'并不应成为判断作品价值的唯一尺度，因为其中所体现的真诚态度、所传达的热烈情感、所具有的社会动员作用、所包含的教育和提升功能都

---

[1] 《文艺报》2009年8月27日第6版。

是很重要的。毕竟，面对人类如此巨大的灾难，仅仅拘泥于一己之蝇头小利的人并不会很多，绝大多数的写作是真实而真诚的……"他还列举《我们都是汶川人》这部4000行长诗的社会性、社会功能之大。又说"还有一类诗歌大约是从'反面'，即主要是从反思、批判、质疑的角度来写的，其更多落脚在个人、人性，情感态度与价值判断也更具复杂性。后一类作品受到的关注似乎较多，评价也较高，但实际上两者所发挥的作用不同、发挥作用的层面也不尽相同，两者都是有益而必要的……"①笔者赞成王士强的观点，但是在我国遭受特大天灾的时候，却有人无动于衷，仍然归思内心，只能说那是一种自私的人性。如果说写个人、人性及从反面质疑的东西获得的评价较高，恐怕在抗震救灾中也不一定的，那些冷漠的无动于衷者被网络公众指责也很有公愤性质吧。

第二，中性政治表达。即把思想政治内容作为背景和氛围，但某些情节与政治事件、官方人物发生联系。这类作品的中心事件和主题往往是表现生存、励志、爱情、婚姻、道德和曲折的命运等等。这是作品中背景性的一般社会历史。例如，电影《梅兰芳》、电视剧《荀慧生》等，故事的发生与中心人物生命的轨迹都与他们所处的时代紧密相关。文学上，如张炜的长篇散文《芳心似火》，意在寻找人间美德与信仰，寻找人类的文化根基，分析人类不断出现灾难或安宁局面的历史文化原因，其中既有传统的天人合一观念，也有关于人的现代性意识，是以现代人文理念为基准的文化观察与思考，而它的创作背景便是当今改革开放的历史潮流。我们这个时代很需要这样有文化政治意味的佳作。第二、三届中国诗歌节、第七届华文青年诗人奖评选活动中涌现出的新诗，不少属于这个层次，也给人以力量和启迪。

第三，隐性政治表达。作者把思想倾向隐藏在幕后，或说使政治如天幕般淡远的轻云。这类作品在取材立意上多表现人性、善爱、人生哲学、家庭伦理，多见风土人情、家园风光，一时让人看不到有什么历史或时代的政治，是将思想淡化、深层化、隐喻化、模糊化、低调化。周明在第三届冰心文学国际学术研讨会议上说："冰心，我们心中永远的一盏明灯！"并且富有情感地说："冰心先生的名言是有了爱就有了一切。她的一生言行、她的全部几百万字显示爱和美的力量作品，都在有力说明，她

---

① 《文艺报》2009年7月7日第2版。

对祖国、对人民无比深厚的爱和对人类的未来充满信心。我们的国家和民族为有冰心而自豪，而骄傲！"①红孩也在追述2008年5月举行"漂母杯"全国母爱题材散文颁奖座谈会上的情景时说：这次有著名作家丛维熙以《母亲的鼾歌》、柳荫以《母亲的肩膀》获奖，而且老作家赵恺、柳荫等人在会议发言中回忆母亲时声泪俱下，泣不成声，更可见母爱是人类高尚的普遍感情。这也使我们想起朱德写的《母亲的回忆》，高尔基的长篇小说《母亲》，但后者有鲜明的阶级斗争情节，却照样表现了伟大的母爱精神。母爱、父爱、夫妻与兄弟姐妹之爱，祖孙之爱及同志、同学、同事、战友、陌生人之间的友爱，都是文学艺术中永恒的主题。有的反封建礼教，呼吁人权，强调人的尊严、表现生存发展欲求，时有启蒙色彩。

鲁迅是写乡土的祖师，沈从文、汪曾祺、赵树理都是写乡土风情的大家。沈的湘西系列具有独特的经典意义，汪的高邮风情之作让人咀嚼回味不尽。而赵树理笔下是红色乡土。今天的李延青拿出《鲤鱼川随记》，是一本刻录着山野乡间风物和逝去岁月的随笔集。在精短而优美的童年视角描写中，作者记录了心灵中的永久家园，既有乡土风俗史的文化意义，又有启迪真善美、净化人的心灵的审美价值。可见家乡是写不尽的，童年视角是我们一代代都乐于使用的。而范小青的第一部长篇小说《裤裆巷风流记》描写了苏州小巷里几家平民的日常生活，将这座南方名城老百姓的性格与生存状态跃然纸上，让我们看到在稳固的文化圈层中，市民丰富的风俗史有如细雨檐滴。这是社会世情小说，有别于史实性写作，照样具有命运感和审美意义。它细致地描写下层市民人生，也让人们意识到一座老城在历史演进中的变化和市民文化心理的悄悄嬗变。

这些多是写平民、写风情，轻矛盾、重细节，喜言情，突出爱恨与真善美，突出文化审美功能，或者突出娱乐效果，有的滑向低俗了，但大多具有潜移默化的审美和启蒙功能。

这三个层次，基本上包罗我国文艺创作与社会历史、当下政治关系远近的三类情形，其中性、隐性者多属多样化内容。也可以分为近、中、远三种距离，又可以分为古代政治、革命政治、时代政治和国际政治。再换一个角度，还可以分为实写政治、虚写政治。无论怎样分类，都要看作家创作的出发点、对题材内涵开掘和题旨的表达如何。这三种情况，无论在

---

① 《中国散文》2009年第2期。

正面表现中国革命、党的业绩和众多领袖、英模人物等方面，还是表现一般人物事件，都会有文艺家的立场、倾向和美学追求在其中。

当今公开宣布不写主旋律，甚至声称不齿于写主旋律作品者不是没有。他们认为那是为政治服务的、标语口号式的，或认为这不会传之久远的，所以只搞审美的、平民化、个性化的创作。这恐怕在认识上有些片面。试想荆轲刺秦王临行时的《易水歌》、汉刘邦的《大风歌》、岳飞的名词《满江红》，其思想政治色彩那么强烈，为什么竟然流传至今呢？毛泽东诗词使用频率之高、影响范围之广，又有几位诗家能比得上呢？当代有些文艺家在与现实自我隔离，看似正常也不正常。也有的从外国搬来一个什么观点否定中国革命和国家民族的进步。市场这只黑手可恶可怕，西方中心论这只黑手更是可憎可斩，我们主旋律的真正敌手一直是它们。

总之，讨厌思想政治倾向的创作，也使这些作品失去了思想力度和一大批受众。当前一批评论家呼吁文学创作的"思想力"，与这种倾向很有关系。强调文艺作品离不开政治、要有主旋律与主张文艺远离政治、追求所谓作品生命力永恒者，这两种力量一直在暗暗地进行着较量。但从大局、总体上来看，表现主旋律的创作一直占着上风，纵然这些作家作品时常被指责和攻击，但大多数主旋律作家能够将它们当做蜘蛛网一样从脸上抹去，表现出一种精神立场、一种胸襟和气度。他们的声音激越铿锵，震撼人心。一句话，主旋律存在合理，而且无论在什么时代、什么民族都是绝对不可缺少的。

第三节　必须提倡多样化，大力拓展文艺创新空间

弘扬主旋律、提倡多样化的提法，从1991年江泽民提出时代精神是主旋律以来，似乎不少文论都大讲如何弘扬和保证主旋律，却也缺少对多样化的观照和研究。许多评价非主旋律作品的文章，几乎没有将它们和主旋律作品进行对比，从而使某些文艺批评和研究失去了一个参照系。

一、多样化的内容和道德底线

笔者这些年来不断观察，发现主旋律与多样化两大类作品有时难以完全分开，它们常常共同存在于同一个作品中。这样说就无所谓多样化了吗？不是的，多样化和主旋律毕竟有所区别。

什么是多样化？笔者以为，多样化是文艺作品内容分类上相对于主旋

律的概念，它指的是那些主旋律之外的多种作品。

主旋律创作弘扬核心价值体系，代表一个国家、民族的主导声音，具有文艺发展方向上的标志性和引领性。而多样化的创作一般不具有这种标志性和引领性，则较多地体现平民意识、命运意识、生命意识等，在题材、人物、故事上更多了些民间性、世俗化的东西，以及各种格调一般但老百姓所喜欢的东西。

主旋律创作主要是国家兴亡、民族盛衰、时代政治、革命斗争、抗灾救灾、重大社会问题或各种人民群众关心的大问题，包括人类与生态等值得深入探究的问题。多是宏大叙事，当然也有小中见大者。一部分即时性强，征召力大。大多描写历史人物、领袖人物、正面和英雄人物。而多样化创作则多是小人物生存状态的微观叙事。不少是类型化的以娱乐为出发点的创作。

多样化作品不可低俗化。它们的思想道德标准必须有一条最起码的底线：要有真、善、美，不辱国格。

莎士比亚曾经说："真、善、美，就是我全部的主题，真、善、美，变化成不同的辞章；我的创造力就花费在这种变化里，三题合一，产生瑰丽的景象。"①陆贵山对真善美的问题颇有研究。他认为"只有倡导和守护着尚真精神，才能使文学更加'三贴近'……不断汲取源头活水，增强自身的蓬勃的生命力。现实主义文学精神将与不断生长着的现实生活之树青春永驻。'真实是艺术的生命'。倘若疏离和失去了真实，便意味着艺术生命的枯萎和艺术道路的终结"。又说虽然精神产品具有虚构性、假定性和主观性，但"创作主体往往是通过真挚的情感体验，通过主体化、内向化、个性化的加工和铸造来表现现实生活，揭示人生的真理和历史发展的规律的……真实是艺术的本质、功能和价值的基础，是体现文学的思想性、说服力和科学精神的前提。无真的艺术是虚假的艺术。脱离和淡化真的形式主义和唯美主义的艺术是没有活气和生命力的，如像'空心的稻草人'或'多病的冷美人'，好比'败絮其内，金玉其外'的绣花枕头"。他认为，"无真的价值是盲目的"，"无真的善是伪善"，"无真的美是虚美"，"无真的情是矫情"。所以陆公像鲁迅那样反对"瞒和骗的文艺"，反对文艺领域的"造假运动"，并且提出文艺要追求"内容充实的

---

① 陆贵山：《承接和弘扬现实主义文学的优良传统》，《文艺报》2009年6月13日第2版。

真美，反对思想的空洞、苍白和贫血的虚美"，提倡追求"真中见美，真中见善"，追求"真善美的和谐统一"。是的，真善美关乎到文艺的生命。没有真善美的作品便是没了道德精神的维度，没了审美价值，没了作品存在的理由。凡是缺少真善美的作品，普遍滑入了低俗之列。我们不能再走极"左"的英雄化、单一化的老路，也不能再走审丑的歧途。只有像莎士比亚那样真善美三题合一，才能实现真善美的和谐统一。

严禁任何作品在立意、情节细节和倾向上有辱民族尊严、国家形象。写耻者要知耻。如果像电影《色·戒》那样处理中国人和日本特务的关系，就是撞线和越轨。任何汉奸文艺、殖民艺术都不是真正的真善美。歌唱真善美，便要相应地抨击假恶丑。要警惕有些作品批判性不足，引发了私欲、肉欲或其他逞凶犯罪的展示与教唆。

多样化不是多样无边，可以毫无社会承担地胡写乱唱。有人借政策的开放而用低俗来追求金钱，兜售假恶丑和各种腐朽文化。还有的有策应外国对我"西化"文化战略的新殖民主义之嫌。若用几个老词试问，当今我国文艺园地里有没有香花和毒草之别？有没有美丽诱人的狼耙和罂粟？其实大家心里都很明白。现在纸媒、屏幕、舞台上都存在三俗现象，网络、手机上也频现芜杂和污浊。

二、加强对传统题材和另类创作的引导提升

常见的多样化题材是，风光浏览、还乡忆旧、交友聚会、读书就业、爱情婚姻、夫妻关系、婆媳矛盾、生儿育女、望子成龙、养老孝亲、家世兴盛、发家致富、助人为乐、舍己为人、忙于生计、忧于穷困等，其中有对国民劣根性的批判，对人的价值思考，对人文精神的呼唤。大多女权主义、女性主义叙事，传奇色彩的疑案、谍战、枪战、武侠、科幻、变形等，也都属于多样化范围。从审美角度来说，有不少基层人的喜剧、滑稽剧、闹剧、悲喜剧和少部分悲剧。近读大解的《傻子寓言》，富有智慧、幽默的喜剧味道，让人读来轻松且受益。由此而知，多样化作品草根性强，人性化成分高，娱乐成分高，也反映时代精神，但有一定距离或距离较大，内容上却无所不包。

在武侠小说、功夫影视中，金庸、古龙等人的作品，档次尚高。美籍华人李小龙传奇、方世玉故事，都是很好的多样化内容。还有一批描写佛、道或其他宗教人物者，如电视剧《射雕英雄传》、《燃灯法师》、《弘一法师》、《张三丰》，电影《武当》、《少林寺》、《少林小子》

及新近的《少林寺传奇》等等，它们其中牵涉与外国人比武打擂、出国留学或传法，就具有了民族意识和爱国精神，增强了主旋律的成分，在某些时候也完全可以归入主旋律一类中。如电视剧《鉴真东渡》，描写了唐代高僧鉴真大师为了东传佛法，六次渡海才来到日本的曲折过程，这就是一个佛教题材的主旋律之作，佛学是一种文化，去海外传法是文化走出去，具有国际意义。这是其利大于其弊，和今天的主流意识形态大体一致。而电视剧《济公传》、《聊斋》故事系列剧等都属于古代作品的较好改编物。多样化创作中，还有大量武林人物之外的传奇、比较写实的奇异经历故事。如长篇小说《村画》就是讲一个与世隔绝的山村被人发现的过程。在网络上，玄幻的传奇长篇小说比重很大，想象力极强，浪漫得没了边界，过于失真，但大多尚在道德底线之上。

　　启蒙的人性探索属于多样化的创作，有不少是关于人性、人权、生命意识探索的作品，也有表现改革现实中人心躁动不安或一事无成的悲剧故事。其中不少仍是西方现代后现代东西的中国克隆，大致可以归入多样化一类中。它们可以看做纯文学、严肃文学，但基本上与主旋律不沾边。还有一批女性主义作品，像徐小斌的《河两岸是生命之树》、《对一个精神病患者的调查》、《海火》、《双鱼星座》、《迷幻花园》、《敦煌遗梦》和《羽蛇》等，这些作品在观念上一反传统思维模式，描写女性一些超越常规的言行，正是反传统、反理性的表现。其《双鱼星座》描写了没有叛逆性格的女子，因为目不识丁，只能为男人当奴隶，作者以此探索着女人生存权利和做人的地位。而《羽蛇》则是描写一种颠倒了的母女关系，即颠倒了的女性的历史，认为母性一旦成为母权就会变得比父权更为可憎。这个女儿最终被母亲抛弃，她伴随着恐惧流浪终生。作者试图通过这个女孩的形象说明，一个现代人没有理想没有民族没有国籍，就如同脱离了翅膀的羽毛，不是飞翔而是飘零，其的命运被风所掌握。作者呼唤"一种支撑着人类从远古走向今天，却渐渐被遗忘了的精神"。这部作品荣获了首届鲁迅文学奖。长篇小说《上海宝贝》、《深圳宝贝》等也属于这一类，只是太另类、太模仿而又太自我，欲望膨胀、享乐至上、金钱至上，踏过了真善美的底线。《上海，不哭》则大体在真善美底线之上，而且更多了一些女青年励志成长的成分，具有较强的警世醒世的文化功能。电影《立春》是表现现代意识与传统精神对立的启蒙之作。影片中的舞蹈家胡老师因观念和专业的不同而在乡村中鹤立鸡群，长期为人所不解，甚至被看做流氓。善于唱歌的女主人公王彩玲走出家乡去北京寻找发展，最后又不得不返回来，而她已被爱情遗弃，胡老师也因犯罪而被收监。从这两个人物身上，让我们看到现实生活中生不逢时者生存环境之严酷。但影片的编导还极力注入温存，表现王彩玲的美丽、圣洁、高傲。陈建忠在《残酷与抚慰》一文中说：《立春》"以一种隐喻的方式，将'人人都是王彩玲'这样的主旨提取出来，将'人类永无可能企及精神彼岸'的悲剧情怀舒展开来。它用同情和抚慰王彩玲的方式达到对永失我爱（精神家园）的人们的集体安慰"。①《立春》刻画的农村小人物，王彩玲是万千进城失败、回乡无奈的女子形象，具有一定的典型意义。这是吸取了现代派手法形成的现实主义作品。

现代后现代的诗歌方面，陈超曾经写出专著《生命诗学》，后来又以《打开诗歌的漂流瓶》荣获第四届鲁迅文学奖。他2009年的《对当下诗歌非历史化倾向的批判》一文，比较系统地回顾总结了新诗潮在我国流行的基本过程，大致画出了它们发展的轨迹，认为20世纪八九十年代曾经赢得了读者的诗歌精神值得发扬，而1993年前的诗作既有颂体调性的农耕式庆典诗歌，成为对农村道德自恋的工具，还有迷恋于"能指滑动"的"消解历史深度和价值关怀"的后现代写作，使诗歌变成了单向度的即兴小札、回避具体历史和生存语境的快乐写作。陈认为，此后的现代诗出现了新的重大嬗变和自我更新，以深厚的历史意识和更丰富的写作技艺引领了那些有生存和审美意识的人们的视线。可是进入新世纪以来，现代诗普遍缺少"历史想象力"，"过早地宣布历史意识的终结，放弃现代诗的人文价值关怀"。这是他们受到后现代的新历史主义影响而走向了"拆除深度"、"平面话语的嬉戏"，诗人的批判精神"降格为无可无不可的话语空转和泛审美的大众话语的狂欢"，也成为庸人的独白。于是陈超对所谓"口语先锋诗歌"、"日常主义先锋诗"、"口水诗"等进行了有理有据的剖析，发出了对"重铸诗歌精神和历史承载力"的呼吁。②前面我们叙述了主旋律诗歌的成绩和亢奋的诗情。陈超对诗坛的另一面做了深度批判，后现代的"深度拆除"需要我们诗界深度重建。

多样化作品大多属于大众性市场文化，在政策上承认和允许，是一种社会需要，也是一种文化明智和包容。它们虽然往往不求登上高雅殿堂，

---

① 《当代人》2009年第5期（文艺评论专刊）。

② 《新华文摘》2009年第18期。

却很有适应市场的优势。包括大量纸质的、舞台的、影视的、网络的娱乐性极强、思想性较弱的作品和演出，这基本上有益无害，或益多弊少。它们常常在商业化运作之下闪亮登场，主要是让人们在轻松的欢笑中忘记工作的疲劳和释放生活的压力，从中得到一定的教育和审美快感。对此要不断地进行市场整治，同时进行思想引导和艺术提高。必须坚决防止和杜绝其过度追求卖点，滥觞颓废，在道德品位上滑坡。然而从它们有观众、有市场，文化产业程度高这方面看，我们就需要考虑：文雅的、主旋律艺术如何大面积地占领市场？

总起来说，多样化与主旋律是一木多枝、一花众朵。只有在核心价值主旋律引领下实现有主导的多样化，二者互补互动、共存共荣，才能形成我国社会主义文艺百花齐放的正常形态。再按一座花园说，要有大树，还要有各种灌木和花草，但不得种植大烟。

第四节　创新的重点体裁和创新形式

上面主要讨论了我国文艺的主旋律与多样化的内容创新，也要研究不同体裁的艺术创新，研究重点体裁各自发挥优势的创新，还应当提倡艺术手段的创新。别林斯基说："没有内容的形式或没有形式的内容，都是不能存在的；即使存在的话，那么，前者有如奇形怪状的空洞的器皿，后者则是虽然大家都能看得见，但却认为不是实体的空中楼阁。"[①]的确，我们要全面探讨文艺科学发展的内容与形式的整体创新。

一、大时代应该出大作品，要在"三大件"上出精品

2009年1月21日，中国作协书记处书记李冰到301医院拜望季羡林时，谈到近些年有哪些好小说。李冰便回答说刚评完茅盾文学奖，有四部长篇小说获奖。季老听了便说："现在是大时代，大时代应该出大作品，这是历史的必然。"而且重复了一遍。李冰理解季老所说的"大作品"就是像《战争与和平》那样全景式地反映一个历史阶段的巨著。他认为，"出大作品"是季老给中国文学出的第一道题。[②]由此，我们应当想到1994年江泽民在一次讲话中提出，要下力量抓好"三大件"。这是指长篇小说、影视文学、少儿文艺。

---

① 《别林斯基论文学》，新文艺出版社1958年版，第70页。
② 李冰：《季老给中国文学留下两道"题目"》，《文艺报》2009年7月16日第1版。

本人认为，文学是整个文艺发展的基础，其中长篇小说又是衡量各个时期艺术成就的主要代表，它的高度代表时代文艺创作的高度。抓好长篇小说，不但可以阅读、广播，还可以改编成电影、电视剧、动漫作品，实现一举多得。2005年我国长篇小说出版达到了800部。2010年，竟然突破了2000部，2011年竟达到了4000部，但精品尚少。

影视创作上，2010年我国已生产电影526部，比2005年翻了一番，电视剧生产300多部，1.3万余集，跃为世界第一。但正如冯小刚曾在两会上说的，几百部电影能够上映并让人们记住的也不过40部。电视剧也一样，我们每年能普遍叫好的不过二三十部。难点在于剧本，抓好了影视剧本，影视艺术就会快速发展。这是现代化手段传播的作品，理应下最大工夫抓好。

少儿作品，包括儿童文学和科幻作品的创作空间巨大。建国60年来，儿童小说、儿童诗文和有关电影、电视、动画片及音乐、舞蹈等等空前繁荣，但我国两亿多少年儿童的文化需求量很大，有关作家艺术家的队伍却很小。孩子们不应当无书可读、无好电影可看，而不得不去看那些"儿童不宜"的东西。网络的天地很大，但良莠杂糅。小网民的网瘾现象更应当坚决杜绝。当前科普（科幻）创作也处于低潮，一直没有走高。我们的创作队伍应当面向未来、面向孩子们，充分发挥自己的幻想和想象能力，创作出受孩子们欢迎的佳作力作。儿童少年是祖国的未来，缺少适合于他们的作品，将形成对未成年人教育不到位的历史性缺失，那是我们成年人的历史责任。

如果"三大件"抓得好，就足以撑起一个中国当代文艺的精品世界。

上面提到李冰见季老时，还说到中国的诗歌。季老说："中国是诗歌大国，但是我们现在的诗歌没有找到它的形式。"寻找"诗歌的形式"，这是季老给中国文学出的第二道题。那么，还应当有"六小件"。这是"三大件"提出后，笔者和一些文艺界朋友的想法，是相对于上面大作品、综合性艺术而言的。这"六小件"是指诗歌、散文、歌曲、书法、美术、摄影。之所以称它们为"六小件"，是它们普遍篇幅短小，创作和阅读观赏花费时间不长，适合于在媒体上发表，也适合于群众参与创作。它们相对及时而快捷。培养青少年创作，就必须从这些小件做起。某些时候，小件也照样可以产生重大影响。大小课题，大件小件，在本书第八章中会专有论及。

二、创新文艺形式与高科技手段运用

邓小平、江泽民、胡锦涛都强调了文艺内容和形式两方面的创新。众多作家艺术家也在体会文章或讲座中提倡取材立意和艺术形式的全面创新。创新是艺术发展的动力，也是一条重要规律。我国古老的文艺形式便是随着时代不断创新发展的。比如韵文，最早的《诗经》是四言体。战国后期则出现了楚国屈原等人的《楚辞》，这是在《诗经》传统基础上演化成的杂言体式，有四言、六言，也有七言句式交叉使用。到汉代时出现了专供人演唱的乐府诗，还有汉赋的流行。到两晋南北朝时则形成了骈俪体，文风上也走向华丽浮泛。隋唐时五言、七言诗歌发展起来，而且形成了严密的格律诗。后宋词上升为新的主流性样式，元曲的产生又曾盖过宋词。五四运动引来了西方的十四行诗和各种长短句新诗，形成了我国诗歌创作上的五四传统，至今它们还在很大程度上占有主导地位。在小说上，五四以来学习西方用白话文创新，现在又吸收后现代派的表现形式进行着各种艺术探索，形成小说叙事新潮流。当前的音乐语汇、歌曲旋律和舞蹈动作编排上，都有大量内部性创新。也有音乐、舞蹈、杂技、武术与戏曲等多种艺术形式的统筹整合创新。舞台情景剧、音乐剧、诗剧也开始受到城市观众的欢迎，大型歌舞《长白神韵》的推出便是成功的一例。实景演出，利用自然山水景观或人文景观的演出在各旅游景点亦越来越多，文艺形式的创新与改革发展前景广阔。大量科技手段蕴藏其中，作用重大，不可缺少。

要利用现代先进理念、科技手段进行智慧的创意设计，要敢于实验艺术与科技的紧密结合。诺贝尔奖获得者李政道认为："艺术和科学的共同基础是人类的创造力，它们追求的目标都是真理的普遍性。"杨振宁、潘云鹤、汪成为等先生也十分关心艺术与科技的关系。再就是钱学森，在1995年12月13日致函浙江舞台电子技术研究所俞健所长时说："我国的一项大有前途的第五产业（文艺产业）即将在祖国大地上发展起来"，还表示为此"深受鼓舞"。[①]然而，文艺界、学术界却有人害怕地惊呼"科技腾飞与艺术终结"、"技术之网的反生态倾向与文艺的生态危机"。事实上，李政道、钱学森目光远大，预言很科学，我们害怕高科技的介入大可不必。科技与文艺的紧密结合，文艺的科技含量增多，有些传统技艺可

---

① 《钱学森同志来信》，《艺术科技》1996年第1期。

能废弃而面临失传,那可以从非物质文化遗产保护角度去采取某些措施。如果不在非遗之列就及早运用科技手段而出新。文艺也出现了网络的新形态,对传统文艺形态产生了一定的冲击,但网络等高科技的艺术形态并没有吃掉传统文艺,在一定范围、一定程度上还实现了二者相反相成或相辅相成。要努力达到高科技与高人文的有机结合,现在都在积极实验进行中。传统戏曲、民间艺术的发展也离不开一定创意性的设计与科技的利用,起码是声光电的利用已经很普遍。临街大屏幕已经到处都是了。舞美和场地装置也需要新的创意。在北京798一个小剧场内,四壁上安装了一种非常神秘的材料,回音就消失得无影无踪,进来的人常常产生置身蜂窝的幻觉。有人问这是什么材料,回答说是盛鸡蛋的废托盘。这就是化腐朽为神奇的创意。

关于音乐舞蹈等演艺节目的整合创新,应当提到云南杨丽萍的《丽水金沙》。从2002年5月以来,此节目已演出3000多场次。这是他们选择当地各民族最具代表性的文化意象多角度多侧面地表现云南民族文化,而且高起点地编创和高投入,聘请云南一流艺术家周培武担任总导演,创作完成了集云南民族服饰、风情、舞蹈于一身的艺术精品。2009年,他们又倾心打造了一台《云南的声音》在各地巡演,也受到了观众的热烈欢迎。杨丽萍所组织的少数民族歌舞节目,既有云南地方风情,又有一定的现代审美意识。背后有高档次专家的心智以及各种科技手段的运用,所以推出一台便成功一台,走一程便胜一程,到哪里都会有鲜花和掌声。而美术上,国画也吸收了西洋手法。比如画家刘永增画葡萄,运用水粉水彩技巧,使葡萄立体感很强。他在构图上淡化叶子,更突出了葡萄的丰硕。与当年齐白石等的葡萄相比,刘永增的新葡萄自然更受人喜爱,有人还称之为"葡萄大王"。美术、书法上的长卷现象也增多了。动不动就有百米长卷,由一人或多人完成。香港回归时,有人献出199.7米的书画长卷。建国60周年时又出现了许多60米长卷,这也是装裱技术提高后的结果。

在现代意识、现代审美观念作用下,无论宏观的、微观的形式,都要利用一定的科技条件进行创新。最为成功的还是动漫。动漫是科技与美术相结合的产物,它的衍生品又推动了新科学技术的研发。3D技术的发明和使用,又开创了动漫发展的新时代。

第五节 改编的得与失，更要提倡原创

当今改编成风，出现了一生二、二生三，一品变多品的现象。或者是把文学作品改成影视，或者把电影拉长成电视剧，或者把民间传说、精英小说改成戏曲、话剧、情景剧，或者把老戏、老电影电视进行新的加工。艺术形式的转化固然已是成就可嘉，但最可贵的还是原初创新。

一、改编创新的成败得失

当前，各种改编作品层出不穷。人们喜欢清宫戏，根据二月河的长篇小说改成的康、雍、乾三代皇帝的长篇电视剧，组成了一部前清史，收视率很高。在改编中，有的实现了文史资料与文学创作、出版与影视和广播、网络等门类的互文转化。这里重点说电视剧改编。据胡平《视听时代的文学改编》中统计，从1958年到2008年，全国共生产电视剧13781部，203130集，我们已经是电视剧第一大国。文学改编的比率，根据世界上50%～60%的大致比例看，哪怕我们改编的只有20%，中国3亿多电视机用户，观众10亿多人，其影响也就不可估量了。

我国第一部电视剧，是1958年6月在北京电视台（央视前身）面世的《一口菜饼子》，靠《新观察》上一篇同名小说改编而成。可以说电视剧的诞生靠的就是文学作品改编。接着还改编了《党救活了他》、《我的一家人》、《长发妹》、《莫里生案件》、《绿林行》、《相亲记》等。"文革"十年只播出三部电视剧，如《考场上的反修斗争》等都是根据新闻报道改编的。20世纪80年代改编了《有一个青年》、《新岸》、《乔厂长上任记》、《高山下的花环》、《走进暴风雨》、《今夜有暴风雪》、《新星》、《四世同堂》、《春蚕》、《篱笆·女人和狗》、《月朦胧·鸟朦胧》和古典文学名著《红楼梦》、《西游记》等。上世纪末9年中生产电视剧7978部，改编成功的作品有《渴望》、《围城》、《年轮》、《蹚过男人河的女人》、《车间主任》、《子夜》和古典名著《水浒传》、《三国演义》等。新世纪以来，小说、报告文学被改编者，有金庸《笑傲江湖》等武侠剧，梁晓声、万方、周大新三人执笔的《钢铁是怎样炼成的》，还有《突出重围》、《女子特警队》、《红色康乃馨》、《日出东方》、《空镜子》、《中国式离婚》、《亮剑》、《双面胶》等等。对网络文学也进行了改编，比如《会有天使替我爱你》、《泡沫之

夏》、《唐朝好男人》、《狮子山》、《步步惊心》等。对张爱玲、琼瑶、三毛等女作家的言情小说，几乎全部改编了。

红色题材的改编和重拍也比较多，已经在近几年形成一股红色改编热。比如根据杜鹏程长篇小说《保卫延安》改编的同名电视剧，根据电影改编的电视剧《51号兵站》、《夜幕下的哈尔滨》、《洪湖赤卫队》、《江姐》，还有以李浩小说《将军的部队》改编的广播剧等。而天津作家龙一创作的中篇纪实文学《潜伏》，被改编成同名电视剧后获得了极大成功。龙一说此作是原创，没有任何模仿，也没有模特儿。改编导演者高伟遵照原作的基本情节和立意进行二度创作，形成了原创和改编的默契配合，双方都很愉快。这是原创和再创作二者强强联手的创新，形成了艺术创新的合力。

根据古装戏《清风亭》改编的豫剧《清风亭上》也已经大获成功。此剧原名《天雷报》或叫《雷打张继保》，明清时就已经出现。现在把这个戏进行了部分情节变更。张继保在得知父母是养父母后就要去寻找生母，而且形成了一场感情高潮戏，他与养父母难舍难分的场面令观众落泪。原先剧本中只写小继保决然离去，违背了人之常情。这次改编加深了他与养父母的情感，也便加大了养父母去千里寻子的感情动力，更好地表达了善有善报、恶有恶报和有恩必报的主题，所以这个戏获得了新的生命力，为当代观众所喜欢。

对改编的议论一直较多。主要是有一批改编物违背了原作的立意和主题，毁掉了原有的人物形象，惹出了不少非议和争论。包括对古典四大名著中的《三国演义》、《水浒传》、《红楼梦》的改编，本来非议很多，现在三者都已重拍，又是议论纷纷。本人都已看过，觉得观众议论的主要原因是首拍首看的"先入为主"心理在起作用，也因为编导糅入了现代意识，丰富了一些原来简略的情节，或加上了原作之外的一些史料或主观臆想的镜头，与第一次拍摄自然有不小的差异，人们也自然会评头论足、见仁见智了。我以为无论著史还是改成小说、影视，都会有当代人的历史观、审美观在其中，只要基本忠于原作，不出大格，没有做相反的处理便好。被拉长、加入很多人物和情节是普遍现象，但成败不一。比如台湾根据《白蛇传》改编的电视长剧《新白娘子传奇》，在大陆人眼里很成功，而《牛郎织女》改成电视剧后也有一定收视率，但加上第三者插足则是败笔。再如电影《小兵张嘎》改成电视剧后，作者和观众都不买账，收视率很低。改编撞车现象也不断出现。一部小说又改电影又改电视剧，我看只有套拍才最经济，观众接受起来也会自然一些。现在又有人在改电影《人到中年》为电视剧。这本来是谌容的中篇小说改成了电影，现在又要拉长，但愿不要出现《小兵张嘎》改编的后果。曾有人改写《沙家浜》，贬低阿庆嫂出卖色相，引起巨大反响，为红色经典改编敲响了警钟。从来改编背后都有政治、立场问题。我们不但要对经典胡乱改编及时进行批评，还必须对其进行必要的政策限制。

二、焕发创造激情，激发原创能力

还是要大力提倡原初性的创作，那么就必须提高文艺家的原创力。中国是世界原创文化的发祥地之一。早在伏羲时代就创造了八卦，炎黄和尧舜禹时代的发明创造更多，而到春秋战国时代即雅斯贝尔斯的《历史的起源与目标》中提到的人类文明的"轴心期"，就产生了老庄、儒家思想，直到今天它们都是我们思考问题的基本范畴，制约着我们的思想与言行，也影响着整个世界人类文明的发展。同时还有印度文化、希腊文化和希伯来文化等原头性文化。从文艺上说，《诗经》是我国文学的最早源头。我们早就有艺术原创的古老传统。

面对新世纪文艺的创新发展，所前所引，胡锦涛在第八次文代会上号召我们"要焕发创造激情，激发原创能力"。这已是文艺创新理论的一句名言，文艺界每个人都应当理解和践行。2009年12月，李冰也曾经从文学角度撰文指出："原创力是文学的核心竞争力所在。原创力不足反映了作者把握生活的能力、与生活对话的能力不足。随着社会的转型，文学发展面临着市场规律和文学规律的双重规约。正如有的文学评论家所说的那样，市场需要作家多写与作家'库存'不足的矛盾，市场需要作家出手快和创作本身要求作品推敲精的矛盾十分突出。有的作者因'库存'透支，生活积累、语言积累、知识积累没有得到及时补充，致使作品艺术表达苍白，艺术想象力匮乏。要创作文学精品，必须克服浮躁心态，到火热的生活中获取新的素材，激发新的灵感。"[①]笔者以为李冰所说的原创，是指以前从来没有过的全新创作，是用独一无二的题材写出独特的艺术作品。

这样的作品就是第一个、第一次，是填补空白而没有重复前人的新作。考虑现在原创的程度有所差别，我们应当进行适当区分。这里我便把

---

① 《文艺报》2009年12月3日第1版。

第一次填补空白的创作归纳为绝对原创。它包括当今时代未曾涉及的许多生活领域、古今历史人物和事件，众多具有时代特征的社会现象中的独特人物形象，主题、结构和语言形式等等。而在小说基础上改编影视或戏曲等则属于相对原创。许多人把古老的口头文学进行改编扩充而形成的新作品都自称原创，比如上面提及的电视剧《牛郎织女》，还有花木兰的故事被中日精英团队联合制作成歌剧《木兰诗篇》也自称原创。客观地说，这是从传说、古诗扩充的二度原创。因为故事毕竟是一度的绝对原创，再改成什么也是第二、三度的创新，具有了原创的相对性。

对于原创意义的认识往往有个过程。提高原创力的重点，应当首先放在绝对原创，放在首次、初始的发现与艺术创造能力上。二三度创新不是不可，关键是要有更新的创意，创意不足便不要乱动手，以免造成新的遗憾。改编者也需要经过从失败到成功的历练。上面提到《小兵张嘎》的电视剧改编失败，但制片人孙立军耗时六年把它改编成动画片却在全国获奖。他又创作了动画《欢笑满堂》，特别是动画新片《欢乐奔跑》，以"运动、健康、营养"为主旨赢得了成千上万的观众，首映日票房收入就超过百万，成为叫好又叫座的动画力作。这使孙立军想到必须大力发展原创，而且要适应当今人们的审美习惯和文化心理，这是他交了几次学费之后的成功经验。2009年年底前，国家出版总署制定了中国原创动漫出版扶植计划，将对"原动力"中国原创动漫的出版进行资金扶植，这是动漫行业的一大福音。安徽作家刘湘如的又一部长篇历史小说《风尘误》，被评论家邵江天称为"一曲哀怨凄婉的生命之歌"。作者刘湘如在谈创作体会时，说南宋女词人严蕊写过一首《卜算子》："不是爱风尘，似被前缘误。花落花开自有时，总赖东君主。去也终须去，住也如何住！若得山花插满头，莫问奴归处。"湘如读之，便决心写这位女词人。他经过20余年的资料搜集，终于在一个比较闲暇的时候动了笔，用慢节奏自由地进行写作，后因出版社催促才将其一气呵成。这是作者的一次重大开拓，也是他的历史观念、文学观念的又一次实践。但他最强调的就是写历史不编造历史，自认为这个作品会经得住历史考验和读者挑剔。裴艳玲主演的新编京剧《响九霄》，演绎了河北梆子戏的祖师爷田纪云的艺术生涯，把"响九霄"这个人物刻画得有血有肉、栩栩如生，成为裴艳玲塑造哪吒、钟馗、武松、林冲等人之后的又一个闪光的人物形象。此剧已先后获得第19届上海白玉兰戏剧表演艺术特别贡献奖、中国戏剧梅花大奖。河北梆子《女人九香》，在2009年第3届全国地方戏优秀剧目展演中获得剧目二等奖，也在全国第11届"五个一工程"奖中榜上有名。该剧由梅花奖得主刘丽莎担纲主演农村青年女性九香，成功地塑造了这个带领村民走向富裕的时代新人形象。2009年年底前，原创歌剧《山村女教师》出台，新近由陕西推出了原创音乐剧《米脂婆姨绥德汉》，发挥了陕北民歌和地方风土人情独特的优势，突出了陕北农民的人性美，形成了一部地域色彩浓厚、民族化程度很高的崭新之作。再说2010年初，首都图书馆特别策划了"虎年贺岁——原创图画书手绘原稿展"，展出了由儿童文学作家保冬妮著文、画家黄捷绘制的《小小虎头鞋》等三本原创图画书的全部手绘原稿，目的在于让青少年们懂得原创，激发他们的艺术想象力。可是当今作家们大多都在敲键盘，原创的物化依据没有了。

建议今后各种全国大奖评选中，要特别重视一度原创作品，也不埋没精美的二三度创作，但必须鉴别控制那些不良改编物报奖获奖。网络文学中有原创也常有模仿抄袭。好在新浪网曾经召开首届原创文学盛典及作者年会，60多名优秀作者出席。盛大网络又与《人民文学》杂志联手评奖，层层筛选出20件原创新作。在网络文学十年盘点时，中国作家协会也指导作家出版集团组织了网络十年盘点优秀作品评奖，选出了原创精品十佳。这是对原创网络文学的肯定和鼓励。还希望作家、评论家都要在网络上开辟阵地，能够随时发出自己的声音，对网络原创进行褒扬和引导。

第六节　学习、继承与借鉴

历史的经验证明，进行艺术创新，就必须具备艺术创新能力这个基础性的先决条件。那么首先就要善于进行文化艺术继承，这主要是要丰富书本阅历和接受师教。其次是必须热爱生活、不断体验生活，有丰富的生活库存。要像古人那样"读万卷书，行万里路"。

天才的作家艺术家也都必须学习继承前人的成果和经验。作家艺术家是否学者化、知识化，已经成为他们进行艺术创新的桎梏。我们不能再犯傻，像极"左"时期那样把许多珍贵的民族文化遗产像扫垃圾一样无情地扫掉，也不要像改革开放之后"过时论"者对待马列、毛泽东文艺论著那样，反极"左"泼脏水而连婴儿一起倒掉。对于古代文化和外来文化，我们要像化学家那样善于分解化合，求其新变，甚至能够变废为宝。综合地学习继承与借鉴运用古今中外文化的时代已经到来。

一、望今制奇，参古定法

如前面提到，马克思高度评价古希腊艺术是"一种规范和高不可及的范本"，人类童年时代的故事"显示出永久的魅力"。今天我们仍然对它们持以肯定和崇敬的态度。恩格斯在《自然辩证法·导言》中，论述了欧洲文艺复兴时代对古希腊文化的继承和创新："拜占庭灭亡时抢救出来的手抄本，罗马废墟中发掘出来的古代雕像，在惊讶的西方面前展示了一个新世界——希腊的古代；在它的光辉的形象面前，中世纪的幽灵消逝了。在意大利、法国、德国都产生了新的文学，即最初的现代文学；英国和西班牙跟着很快达到了自己的古典文学时代。"又评价文艺复兴"是一次人类从来没有经历过的最伟大的、进步的变革，是一个需要巨人而且产生了巨人——在思维能力、热情和性格方面，在多才多艺和学识渊博方面的巨人的时代"。①在《致约·布洛赫》中，恩格斯论述了文化的继承性："我们自己创造着我们的历史……其中经济的前提和条件归根到底是决定性的。但是政治等等的前提和条件，甚至那些存在于人们头脑中的传统，也起着一定的作用……"②他又在《反杜林论》中说："和任何新的学说一样它必须首先从已有的思想材料出发，虽然它的根源深藏在经济的事实中。"③这是强调对包括18世纪法国伟大启蒙学者所提出的各种原则要进一步继承发展。

马克思主义经典作家都论述过要对前人文化遗产批判地吸收，而不是一股脑儿端来。

马克思在《〈资本论〉第1卷第2版跋》中旗帜鲜明地说："辩证法不崇拜任何东西，按其本质来说，它是批判的和革命的。"④他又在《摘自"德法年鉴"的书信》中说："……新思潮的优点就恰恰在于我们不想教条式地预料未来，而只是希望在批判旧世界中发现新世界。"⑤恩格斯在论述费尔巴哈和德国古典哲学的终结时，认为对文化遗产也不能简单否定，说像对"黑格尔哲学这样的伟大创作，是不能用干脆置之不理的办法加以消除的"，"必须从它的本来意义上'扬弃'它，就是说，要批判地

---

① 《马克思恩格斯选集》第3卷，人民出版社1972年版，第444～446页。
② 《马克思恩格斯选集》第4卷，人民出版社1972年版，第477～478页。
③ 《马克思恩格斯选集》第3卷，人民出版社1972年版，第56页。
④ 《马克思恩格斯选集》第2卷，人民出版社1972年版，第217～218页。
⑤ 《马克思恩格斯全集》第1卷，人民出版社1956年版，第416、580页。

消灭它的形式，但是要救出通过这个形式获得的新内容"。①恩格斯又在《大陆上社会改革运动的进展》中说："他们想把世界变成工人的公社，把文明中间一切精致的东西——科学、美术等等，都当做有害的危险的东西，当做贵族式的奢侈品来消灭掉；这是一种偏见，是他们完全不懂历史和政治经济学的必然结果。"②恩格斯还在论述奴隶社会文化时说："没有奴隶制，就没有希腊国家，就没有希腊的艺术和科学……就没有罗马帝国……也就没有现代的欧洲。"③上面所引是马克思恩格斯强调了批判地继承，也反对盲目地割断历史。

　　列宁论述过无产阶级必须挖掉旧社会的老根，但在《我们究竟拒绝什么遗产？》中说："'学生们'是'遗产保存者'。"他们"并不像档案保管员保存故纸堆那样。保存遗产，完全不等于还局限于遗产，所以'学生们'除了捍卫欧洲主义的一般理想而外，还增添了对我国资本主义发展所包含的矛盾的分析，并从上述的特殊的观点来估计这个发展"。④这里所说的学生，是指当时俄国接受马克思主义学说的人们。列宁在这段话中提倡保存遗产，而且还要分析遗产，以它们为依据分析当前的革命斗争形势。"在科学发展史上有不少勇敢的人，不管有什么障碍，他们都能不顾一切地破旧立新。"⑤这是列宁又首次把批判继承的目的表述为"破旧立新"。

　　毛泽东在1938年的《中国共产党在民族战争中的地位》中，继承了马克思以来的文化批判吸收理论说："学习我们的历史遗产，用马克思主义的方法给以批判的总结，是我们学习的另一任务。我们这个民族有数千年的历史，有它的特点，有它的许多珍贵品。对于这些，我们还是小学生……我们是马克思主义的历史主义者，我们不应当割断历史……"⑥又说，"……中国现时的新文化也是从古代的旧文化发展而来的，因此，我们必须尊重自己的历史，决不能割断历史……是尊重历史的辩证法的发展，而不是颂古非今，不是赞扬任何封建的毒素。""清理古代文化的发展过程，剔除其封建性的糟粕，吸收其民主性的精华，是发展民族新文化，提高民族自信心的必然条件；但是决不能无批判地兼收并

①《马克思恩格斯选集》第4卷，人民出版社1972年版，第219页。
②《马克思恩格斯全集》第1卷，人民出版社1956年版，第416、580页。
③《马克思恩格斯全集》第20卷，人民出版社1971年版，第196页。
④⑤《列宁选集》第1卷，人民出版社1972年版，第148页。
⑥《毛泽东选集》第2卷，人民出版社1966年版，第499、668页。

蓄。"①在延安整风时进一步强调，"不单是懂得希腊就行了，还要懂得中国……"②毛泽东为《延安评剧研究院成立特刊》的题词是："推陈出新。"③在延安文艺座谈会上，他也做了有关批判继承的论述。可见战争年代的中国共产党人，就十分重视对历史文化遗产的保护和分析运用。今天纪念建党90周年，说共产党是祖国历史文化的继承者，此语是中肯的。

新中国成立后的1964年，毛泽东总结性地提出了"古为今用，洋为中用"的文化方针。④周恩来发展性地提出了"洋为中用，以中为主"的思想，"毛主席说，我们应当厚今薄古，我们相信一代胜过一代。历史的发展总是今胜于古，但古代总有一些好的东西值得继承。"⑤"演古代生活是以古为鉴，却不能以古代今。"⑥

鲁迅是主张革新的，他在《忽然想到（六）》中深刻地说："不能革新的人种，也不能保古的。""不革新，生存也为难的……我们目下的当务之急，是：一要生存，二要温饱，三要发展。苟有阻碍这前途者，无论是古是今，是人是鬼，是《三坟》《五典》，百宋千元，天球河图，金人玉佛，祖传丸散，秘制膏丹，全都踏倒他。"⑦非常可贵的是，鲁迅对外国的东西主张根据我们的需要主动去拿，而不是被外国人塞给你。他在1934年的《拿来主义》中说："我只想鼓吹我们再吝啬一点，'送去'之外，还得'拿来'，是为'拿来主义'""……这是因为外国人给我们送来的是鸦片、废枪炮、美国的电影和日本的小东西，拿来做什么呢？""我们要拿来。我们要或使用，或存放，或毁灭。那么，主人是新主人，宅子也就会成为新宅子。然而首先要这人沉着，勇猛，有辨别，不自私。没有拿来的，人不能自成为新人，没有拿来的，文艺不能自成为新文艺。"⑧这便是著名的拿来主义，与马克思、恩格斯、列宁、毛泽东等人批判吸收文化遗产和外来文化的观点完全一致。

关于有破有立，毛泽东也曾经在《新民主主义论》中提出了"不破不立，不塞不流，不止不行"⑨的破立观，是对前面恩格斯"在批判中发现

① 《毛泽东选集》第2卷，人民出版社1966年版，第499、668页。
② 《改造我们的学习》，《毛泽东选集》第3卷，人民出版社1966年版，第759页。
③ 《解放日报》1942年10月12日，毛泽东题词。
④ 《人民日报》1967年8月17日，毛泽东"古为今用，洋为中用"讲话。
⑤⑥ 《周恩来论文艺》，人民文学出版社1979年版，第98、37页。
⑦ 《鲁迅全集》第1卷，新疆人民出版社1995年版，第573~574页。
⑧ 《鲁迅全集》第2卷，新疆人民出版社1995年版，第585页。
⑨ 《毛泽东选集》第2卷，人民出版社1966年版，第665页。

新世界"、列宁的"破旧立新"观念的继承和运用。我们重温这种科学的破立观念，对于今天的文化继承和艺术创新是必不可少的。

上溯到西汉，王充在《论衡·自纪篇》中就提出，"稽合于古，不类前人"。意思是学于古典，又不类似于前人。刘勰认为创作"通变则久"，精通于古典而求新变就会长久。还说有些作品之所以不成功，就是因为"通变之术"不够。他总结性地提出"望今制奇、参古定法"，意思是按照现在的需要去创新，对古代作品和文论要进行参照吸收，从而确定新的创作法度。我们回顾古今众多艺术创新，不都是"望今制奇、参古定法"，不都是"不类前人"吗？

我们不能无知地割断历史，割断自己的文化气脉。要批判地继承前人一切适合于今天社会发展、今人审美需要的东西。要在实践中把握"古为今用、洋为中用"、"推陈出新"的文艺方针，对外国要讲拿来主义，对古代也要讲拿来主义，都要批判地继承、扬弃，根据今天的现实需要大胆创新。任何拜倒在古人脚下或洋人脚下的生搬硬套，都会事与愿违的。

二、要警惕作家的非学者化倾向

我们虽然置身于浮躁的市场喧嚣中，但必须能够沉下心来读书学习，做学习型、学者型的文艺家。谁要想有学识、有修养、有才华、有实力、有作为，就必须乐于与书为伴，乐于做书痴、当书虫，做到以读写为生。在第七次全国文代会上，江泽民提出了文艺家要"不断提高思想道德修养、文化素养和文学艺术学养，充分发挥主动性创造性"。[①]窃以为，修养是指一个人的艺术造诣或学术水平，也指待人接物的礼仪和遇到问题后的正确处理态度，有涵养之意。学养指一个人有学问、有知识，突出读书学习阅历，与学识意思较近。素养则是日常学习锻炼形成的素质和修养，具有能力、素质的意思。这"三养"既有差别又有共同之处，在用法上各自根据具体情况而定，但我们日常使用最多的是修养、素质。这次会后，学养、素养的使用率都大大提高了。"三养"确是一个重要的基础性问题。一些生活型作家、演艺型艺术家要及早自觉地向学习型、学者型文艺家转化。

（一）生活型作家要向学者型作家转化，呼唤大师与巨人

从上世纪80年代以来，都传讲王蒙提出作家要学者化，许多人也写文

---

① 《人民日报》2001年12月19日第1版。

章论证学者化，提倡生活型作家通过读书学习变成学者型作家。2009年7月18日，王蒙在凤凰卫视《世纪大讲坛》上又纠正道：我没有要求作家学者化，只是提出过要警惕作家的非学者化倾向。他这样解释，也等于倡导了学者化。当时，的确有一大批从战争年代走过来的或基础学历不高，读书不多，却靠生活底子和创作激情取得成功的作家作者。随着改革开放、社会生活的急剧变革和文艺观念的嬗变，他们的思想观念、笔法、语言也老化了，所以要补文学和多种知识课。现在虽然年轻人学历普遍高了，读书多了，但已经进入信息社会，新东西层出不穷，上学时代的东西也适应不了今天文艺发展的需要。还有不少演员是十来岁就入院团，文化课没上好，连常识性的东西都缺少，影响了他们的艺术提高。作家艺术家的艺术创新能力的可持续提升，决定他们必须立志做一个学习型、学者型的有心人。要自觉地刻苦地阅读中外经典。经典使人明智，使人豁达，使人有品位，使人少走创作的弯路，便于发挥自己艺术上的优势。刘章从20世纪50年代开始在燕山农村写诗，他凭着对家乡的热爱和对冀北山区农民生活的体验，写出了《燕山歌》被《人民日报》推出，在全国诗界产生影响，被称为农民诗人。到20世纪末刘章已经写出2600多首诗歌，出版了20多部诗文集，可谓著作等身。但他依然孜孜不倦地阅读古今中外经典，写出了一批有见解的诗文评论。特别是他大力倡导"新格律"，具有重大的艺术创新意义。这说明刘章已经由一位农民诗人转变成为诗书满腹的学者型诗人。上世纪中期工农兵作家们曾经拿出一批精品力作，成为那个时代的佼佼者。但进入改革开放时期，这批作家普遍没有像刘章那样读书学习转型，从而跟不上趟了。有的因为年事已高，思维迟钝或体质不佳，便也渐渐淡出了文艺界。艺术的生命力，创新发展的动力和能力，必须靠书的补养、书的滋润。钱钟书曾经讽刺不学无术者说："要像个上等文明人，须先从学问心术上修养它，决非不学无术，穿了燕尾服，喝着鸡尾酒便保得住狐狸尾巴不显出野蛮原型的。"[1]

文艺家要肯于"读书破万卷"才能"下笔如有神"。要学贯中西，融通古今，要尽量全面地进行阅读，成为饱学之士。列宁说："只有用人类创造的全部的知识武装自己的头脑，才能成为共产主义者。"[2]刘少奇对作家的学识要求也很高："我们的作家，如果要成为一个好的专业作

---

[1] 田建民文章，见王力平主编《2006年河北文学评论年鉴》。

[2] 《列宁选集》第4卷，人民出版社1972年版，第349页。

家，应该具有丰富的知识，应该懂得自然科学，化学、代数、几何、微积分，也应该懂得历史知识和世界文学知识，至少应该懂得一种外国文，要能看原文。既然是大作家，就应该懂得外国文。鲁迅就有很丰富的知识，我们的优秀作家也应该成为这样的大作家。"他还说许多作家是革命培养出来的，有丰富的斗争经验，和群众也有联系，"就是知识不够，是土作家"，"我们的青年作家或专业作家都要有丰富的知识。文化水平决定作家的创作水平。要让那些有天才的人专业化，让他们学习历史，学习文学，给他们条件，为使他们成为一个大作家打好基础"。①刘少奇强调了作家创作的学识准备。这种准备就像建立一座宝塔，必须打好宝塔的地基，这个地基是越大越深越好，所以要读文学之外的书籍。鲁迅也讲过要读文学之外的书。回顾五四以来出现的大文豪、大师们，无论是鲁迅、胡适、郭沫若、茅盾、巴金、冰心，还是季羡林、钱钟书、朱光潜、郑振铎、王朝闻等人之所以成为大师，就是因为他们具备了丰富的学养、深厚的素养和全面的修养。而现在作家如林、明星满天，有人却认为没有大师了，说中国文艺界已经进入缺少大师的时代，此话有一定道理。但是一般人认为，大师需要拉开一段距离再看他们的作品是否经得住历史的检验。当今文艺走向活跃和繁荣，称师敬师与自诩大师、造星追星捧星已成为时尚，人们经常眼花缭乱，一时分不清哪是恒星哪是流星。因为市场经济条件下的文艺已经与五四时期的经济文化背景大大不同，金钱、欲望的诱惑，使本应当沉下心来创造传世之作的人们时时心旌摇动，十年磨一剑的精神几乎丢光了，大大影响了人们对艺术精品的打磨。在宣传上，真正的好东西也常常被商业化运作的浮躁声浪所淹没。但是仍有一批有识之士，不为当今时尚、金钱所动，依然进行着重大作品的缜密构思和呕心沥血的创作。我们的巨人和巨人时代的到来，寄希望于他们。

（二）读书好、好读书、读好书

2009年4月25日世界读书日的前一日，温家宝总理到商务印书馆和国家图书馆与编辑、读者进行读书心得交流。他说，书籍是人类进步的阶梯，出版社就是制造书籍的场所。中国古代的"四大发明"有两项就在出版业，这就是造纸和活字印刷。如果没有出版业，文化就不能继承，科学探索就会中断，甚至历史记录都无从谈起。又说，中华民族的文化之所以千古传承、不断丰富发展而没有中断，其中一个重要原因就是我们有发达

---

① 1956年3月5日《关于作家的修养的问题》一文，《文艺研究》1980年第3期。

的出版业。古代的出版人给我们留下了8万卷典籍，举世罕见。这是我们得天独厚的优势。来到学术活动厅，温总理强调："提倡读书好、好读书、读好书……书籍是人类智慧的结晶。读书决定一个人的修养和境界，关系一个民族的素质和力量，影响一个国家的前途和命运。一个不读书的人、不读书的民族，是没有希望的。""我们不仅读书，而且要实践；不仅要学知识，而且要学技术。要'读活书、活读书、读书活'，即不仅要学会动脑，而且要学会动手；不仅要懂得道理，而且要学会生存；不仅要提高自己的修养，而且要学会与人和谐相处。"对于金融危机，温家宝强调说战胜这场金融危机从根本上还是要靠人，靠知识的力量和技术的革命。"通过读书温暖人心、提振信心，寄托希望，通过读书掌握知识、增强本领、勇于创新……读书可以给人智慧，可以使人勇敢，可以让人温暖……我一直认为，知识不仅给人力量，还给人安全，给人幸福。"[1]这是温家宝在更宽泛的意义上号召全民读书，作家们是书的生产者，理应为全国人民带个好头。学会作文，也学会做人。

读书吧，"书山有路勤为径，学海无涯苦作舟"。这条古训仍然需要我们去践行，舍此没有更好更近的成功之路，即使说有捷径也往往有陷阱或荆棘。文艺工作者必须习惯于在书山中生存，在学海中游泳，那么就一定会在艺术上有大发展。鲁迅说时间是海绵里的水，可以常挤常有的。林非在他的《读书心态录》中，提出读到生命的最后一天。作家读书要有选择，要先读古今中外经典，不要太眷恋眼下的报纸杂志和网上文章，要从根上阅读，摸到人类的文脉，千万不要只学流不学源。要认认真真地读原著，原著是原汁原味的。当年恩格斯给德国《社会主义月刊》青年编辑布洛赫的信中谈到学习唯物史观时说："我请您根据原著来研究这个理论，而不要根据第二手的材料来进行研究——这的确要容易得多。"在给福尔马尔的信中也强调读原著，说因为"研读原著本身，不会让一些简述读物和别的第二手资料引入歧途"。我们要尽量找原著来读。有的大学者、大作家喜欢买书存书，爱书如命，成为业余收藏家，也是一种高雅可贵的文化习性。作家要建设自己的书香门第，创造自己喜欢的人文环境，那也是一件人生美事。何建明2010年1月在作家出版社与文艺报社合办"书香中国"专刊问题回答记者的提问时，希望广大读者不要迷失在庞大纷杂的信息之中，写作者也要克服浮躁心态，看他是否常读书会读书，还提出要显

---

① 见《文艺报》2009年4月25日第1版。

示"写书人的读书品位",这是一个看似一般却又很高的文化要求。中国作协主席铁凝在谈到读书和上网时说,要体会到书的"重量",这也便是她的读书经验。有的人可能常年坚持读好书、好读书,而许多人可能天天泡在网吧里接受各种时尚或不良信息。作家天天上网也不全是好事。

文艺是审美的,它的背后是哲学。文艺家要有很好的哲学基础,才会有科学的思维方式。毛泽东在延安时就倡导文艺家要学习马列,这个要求没有过时。我们要学习和掌握马克思主义的基本原理,把自己的世界观、人生观、价值观建立在辩证唯物论、历史唯物论的坚实基础上。要学习和理解马克思主义文艺思想,还要学习古今中外各种优秀文艺理论,也要适当涉猎西方马克思主义及多种主义。

歌德说过,一个作家就是一个思想家。贾平凹也曾经说过,作家可以是农民的作家,但不可以是作家的农民。这就要求农村出身的作家必须通过读书学习和思考,提高自己的精神境界,开阔自己的文化视野,彻底改变小生产的传统思维方式,才能由生活型作家转化为学者型作家。有些文艺家对本国历史文化遗产学习继承不够,形成文化底蕴的缺陷,也便影响了自己的实力储蓄,个别的缺乏批判分析,降低了自己作品的思想力度。当前,有不少人不懂得国学,这也是学识上的一大缺陷。我们要读些国学经典,学学老庄、孔孟的哲学思想,及早补好这一课。《周易》是儒家五经之一,源自于伏羲时期,到战国时才成书。这是中国的思维哲学经典,是独特的东方大智慧。大家应该在学习马克思主义哲学和西方黑格尔、费尔巴哈、叔本华、海德格尔等人著作的同时,学一学这部似乎神秘的奇书。还有《荀子》、《管子》、《韩非子》等都含有朴素的哲学思想,它们都可以成为我们的思维武器,都是我们所必须吸收的哲学食粮。

（三）从实践上看借鉴创新

当前文艺家、文论家中学习借鉴外国东西很普遍,对外国现代后现代的作品和理论很上心,这成为我国一大批新老名家的重要借鉴路子。其实这也是五四以来的一个好传统,鲁迅、郭沫若、巴金、郁达夫、林语堂等都是学习借鉴外国文学的先驱。抗战前后到改革开放之初,大家主要是学习借鉴苏俄的名家名著。迟子建从十七八岁就开始阅读屠格涅夫、普希金、蒲宁、艾特玛托夫、托尔斯泰、阿斯塔菲耶夫等人的小说,30岁以后重点读契诃夫、果戈理、陀思妥耶夫斯基等人的作品,一直对苏俄作家怀着深深的崇敬之情,深刻地影响了她的一部部创作。还有周大新,在学习西方现代派的同时阅读陀思妥耶夫斯基的《罪与罚》，悟到原来苦难可以这样呈现，作家可以这样写社会，像陀氏那样才是人民的作家，也才是社会的良心。可以说苏俄文学成就了我国几代作家。当然也要大量学习欧美名作。莫言说："从20世纪80年代开始，翻译过来的西方作品对我们这个年纪的一代作家产生的影响是无法估量的……没有他们这种作品外来的刺激，也不可能激活我的故乡小说。"又说，"我们这一代作家谁能说他没有受过马尔克斯的影响？我的小说在1986、1987、1988年这几年里面，甚至可以说明显是对马尔克斯小说的模仿。"凸凹于2008年6月推出的长篇小说《玄武》，既吸收了京西房山民俗风情和地方语言，也在构思上借鉴了美国诺里斯的"小麦三部曲"和澳大利亚怀特的《人树》。在取材上又学习了保加利亚埃林·彼林和墨西哥胡安·鲁尔福的乡土写作，给自己树立了一个很高的标杆。邱华栋在评论中说：这两个作家从遥远的地方给凸凹以滋养，使他能够在小说的表现形式和小说内部时间跨度、结构丰富性上得到很大启发。

创作的准备或者中途加油充电的内容，不应当只是文学的，还必须是文化的、人文的。上面说学习哲学便有文化学习滋养的意思。且看范稳在《我的文学突围之路——文化发现》中说："我们也都曾经在阅读经典中感受到那份厚重，惊叹于经典作家对文明、文化、人性、民族、命运、爱情等题材从宏观到微观的娴熟掌握、精妙描述……你在马尔克斯的《百年孤独》中学到了什么？奥尔汗·帕穆克的《我的名字叫红》又让你看到了什么？""你不能不由衷地感叹：文化发现在大师们的写作中，何等重要；文化底蕴在大师们的作品中，何其厚重！"这是范稳阅读外国经典的深刻体会。他主张从阅读中学习借鉴、从现实中有所发现，还要做文化发现型的作家，要在生活之外去寻找文化资源，而不要只做文化技艺型的人。学习借鉴外国作品，成就了我国一代代作家，也同样成就了我们的文艺理论家。张炯曾经提到，他1960年从北京大学分配到中国科学院文学研究所工作时，所长何其芳便给他们这些年轻人开列了一份300部经典名著的必读书单，还对他说："要写好评论，一定要多读世界著名的经典作品……评论作品需要有鉴赏力，而鉴赏力是从比较中产生的。没有比较，你就难以分出好坏。所以，你一定要多读世界性的经典名著。"①作家艺

---

① 《谈谈阅读经典作品》，《文艺报》2010年1月15日第2版。

术家要读经典，理论家更要多读经典，否则没有发言资格的。

学习研究本国的文学艺术经典，这必须成为我们进行继承借鉴的首选和主业。在2009年7月季羡林先生去世后，李冰在追述季老谈到我国诗歌时说，中国的古典汉语简洁、优美，讲究含蓄，讲究蕴藉，讲究神韵，能传达一种言有尽而意无穷的意境，具有一种东方文化的魅力。中国的汉字语言，是老天爷给中国文化的恩赐，是老祖宗留给我们的丰富宝库，我们不可丢弃了自己的文化优势。中国文化的复兴，首先要从继承发扬汉语的优美品格做起。①2009年，国务委员马凯在《中华书画家》创刊座谈会上的讲话中，强调了创新的前提首先是继承，认为当年大画家李可染先生提出的"用最大功夫打进去，用最大勇气打出来"是经验之谈，而当今书画领域创新不足，超越历史高峰的作品仍显乏力，其原因最重要的不在于缺乏想象力，而在于继承不够、功底不深，使当今的创新无根和乏力。他深刻地说"轻视和脱离传统，心浮气躁，不肯潜心研究和继承传统，终难有大成"。何建明在《马凯的"诗言志"——读〈心声集〉》中又引述了马凯关于诗词继承与创新的话："既然要作格律诗，就要符合基本格律，不讲格律，就不是格律诗，但在这个前提下也要与时俱进……我赞成中华诗词学会主张的'知古倡今'。"他认为"平水韵"至今已七八百年了，今天的语音已发生很大变化，普通话已成主流。如果一味固守"平水韵"，中华诗词就会失去众多读者，所以他主张"求正容变"，说求正就是要尽可能严格地按照平仄、对仗等格律规则创作，因为这是前人经过千锤百炼、充分发挥了汉字特有功能而提炼出来的，是一个黄金格律，不能把美好的东西丢掉，但也应容变，即在守律的前提下允许有变格。②尚长荣这位京剧艺术大师也在《见证幸福与辉煌》一文中说：我以为传承优秀传统文化并不是单纯的复古，而要与时俱进地创新。我们需要以强烈的民族自豪感，将民族文化的精髓代代传下去。

从马克思主义经典作家和古今诸家的言论中，我们可以充分认识到继承前人的思想和艺术极为重要，没有这个继承的过程就不可能打实艺术创新的基础。这种继承的主要方式就是读书。古人云：书中自有黄金屋，书中自有颜如玉。应当说书中有人类最珍贵最美好的东西。让我们大家特别

---

① 李冰：《季老给中国文学留下两道"题目"》，《文艺报》2009年7月16日第1版。

② 《光明日报》2009年8月27日第2版，何建明文章。

是青年们要在古今中外文化的学习体悟上下大工夫、花大气力，及早而扎实地走上这条艺术创新补给或准备之路。

第七节　生活源泉问题与"三贴近"

文艺家的生活源泉问题，虽是老调子了，但老调必须重弹。上面说生活型作家要向学者型作家学习，而学者型作家、文论家普遍缺少基层生活的基础，他们也应当向生活型作家学习，深入和体验现实生活，进行书本理论之外的人生见识和生活磨砺。所以这个老问题仍然是一个新问题。这个新问题和上一节作家学习借鉴一样，是我们文艺创新发展可持续与否的两大基本问题、基本条件。

一、要深入生活、体验生活

深入生活、体验生活，是毛泽东在延安文艺座谈会上针对当时文艺界的一些争论提出的。根据艾克恩、曹桂方等主编的《延安文艺史》中追述，当时在延安文艺界关于是否深入生活、是否接近工农兵大众的问题发生过争论。主要是一批知识分子虽然向往延安、投身革命，却忽视或者讨厌和人民群众打交道，没有向群众学习的意识。在创作上他们喜欢表现自我，而不喜欢表现抗日战争中的革命军民。另一批作家艺术家则主张要描写这场关乎民族危亡的抗日战争，应当主动去接触正在浴血奋战的八路军和人民群众。这样就要有一个统一的思想、解决创作为什么人和如何创作的问题。[1]在文艺座谈会前，毛泽东几次与部分文艺家座谈，广泛听取大家的意见，然后才在开幕时发表了引言，又于结束时系统地阐述了党的文艺方向、方针，也对各种不良倾向进行了——批评与剖析。其中关于文艺家深入生活、体验生活、接近和学习群众的思想，生活是文艺创作唯一源泉的思想，至今仍然闪耀着真理的光辉。其普及与提高关系的论述，也被童庆炳看做中国最早的接受美学。

近70年后，文艺家们怎么看待毛泽东的讲话、怎么看待体验生活的呢？2009年9月，柯岩发表了一番长长的创作感言。她回忆在延安鲁艺时，心里曾经向往莫斯科艺术剧院、斯坦尼斯拉夫斯基，羡慕席勒、布莱希特、奥尼尔。但那时对创作人员要求严格，每年至少有8～10个月下

---

① 艾克恩、曹桂方等主编：《延安文艺史》（上、下卷），河北教育出版社2009版。

去生活，别管你是恋爱、结婚、生孩子，都必须打起背包下去，与群众同吃、同住、同劳动。"长长的60多年过去了，我至今是那样地感念这个规定……"面对那些真的以苦为荣、以苦为乐的英雄模范，"年轻的心里自然也会油然生起一股凛然正气，我们年轻的血也会沸腾"。柯岩又说："可只要一回到文坛这个名利场，各种纷争和诱惑就又往往让我徘徊、苦恼、愤懑不平和自我膨胀……"她多次做过手术，曾经被宣判为"晚期癌症"，但她仍然"乐观向上，自强不息，回报社会"，于是她活了过来，"只要想到劳动人民不但为我们提供衣食住行，还在用他们崇高的精神叩击我们的心灵之门，我就会立即严肃起来，绝不敢轻薄为文"。最后柯岩自问自答道："我是谁？我是劳动人民培养出来的一个普通写作者，不是精神贵族，不该有任何特权，我只有在为人们歌唱中获得生命；我是我们共和国劳动大军中的普通一员，我必须学习着像工农兵和在基层工作的所有知识分子一样，在自己的岗位上尽职尽责，奉献自己，直至牺牲。我是谁？我是我们祖国密密森林里的一棵小树，我必须像我的前辈老树们那样学习着为人民送去新鲜的氧气、片片绿荫和阵阵清风。我是谁？我是我们祖国无边无际海洋里的一粒小小的水滴，我只有和我们13亿兄弟姐妹一起汹涌澎湃，才会深远浩瀚，决不能因为被簇拥到浪花尖上，因阳光的照耀而误以为是自己发光；如果我硬要轻视或蹦离我13亿海水兄弟姐妹，那么我不是瞬间被蒸发得无影无踪，就将会因干涸而终止生命……只有在知道了我是谁、懂得了感恩之后，才有了完满的幸福和真正的心灵的安宁。"[1]柯岩用自己60年的生活和创作的实践证明了延安文艺座谈会精神之伟大，到异地体验生活之必要，她激情满怀的如哲人般的三个"我是谁"，展示了这位老作家的广阔胸怀和崇高精神境界。更让我们看到，她之所以战胜病魔，精神力量来自延安，也来自生活！

铁凝在首届东亚文学论坛上发表了《文学是灯——东西文学的经典与我的文学经历》的演说，提到自己对古今中外文学名著的阅读体会，也用较大篇幅回忆了自己当知青时的艰苦生活过程。那时她手上曾经磨出了十二个血泡，心里便生出一种炫耀感，在庄稼地里向村里的女孩子们展览。其中一个叫素英的捧住她的手，看着那些血泡，忽然就哭了，说这活儿本来就不该是你们干的啊，这本来应该是我们干的活儿啊。铁凝回

---

① 柯岩：《我是谁》，《光明日报》2009年9月20日第7版。

忆这个场面说："她和我非亲非故的，她却哭着，觉得她们手上的泡是应该的，而我们是不应该到乡村来弄满一手血泡的……正是这样的乡村少女把我的不自然的、不朴素的、炫耀的心抚平了，压下去了。是她们接纳了我，成全了我在乡村，或者在生活中看待人生和生活的基本态度。我还想起了我尊敬的一位作家说过的一句话：在女孩子们心中，埋藏着人类原始的多种美德。岁月会磨损掉人的很多东西，生活是千变万化的，一个作家要有能力打倒自己的过去，或者说不断打倒自己，但是你同时也应该有勇气站出来守住一些东西。那些地方淳厚的活生生的感同身受却成为了我生活和文学永恒不变的底色，那里有一种对人生深沉的体贴，有一种凛然的情义……文学最终还是应该有力量去呼唤人类积极的美德。正像大江健三郎先生的有些作品，在极度绝望中洋溢出希望：文学应该是有光亮的，如灯，照亮人性之美……"①如果说柯岩当年深入生活是有些被动的、被刚性政策强制的，几十年后的又一代人铁凝下乡当知青则是自觉而主动的。是生活塑造了她们，成就了她们。我们要像她们那样勇于走出家门，自觉地去接受生活的打磨和赐赠，并且感恩于生活，感恩于人民。

深入生活问题，在改革开放之后又或明或暗地受到非议和抵制。一些人认为身边就是生活，不必要到基层去，到群众中去，一些人习惯于自己的"空中楼阁"、"象牙之塔"，乐于搞"书斋写作"甚至"宾馆文学"。农村出生的大学生作家艺术家进入城市后，渐渐地把自己城市化了，在心理上与生他养他的故乡远了。在城市中，他们也难以与一般市民打成一片。虽然他们身边也有生活，但这毕竟是有限的，不能与全国改革开放的火热生活、国家惊天动地的巨大事件相提并论。从哲学上说，实践决定认识。现在一些人不愿意探身于生活圈子之外，舍不得离开安乐窝去接触陌生，这恐怕与他们创作的出发点有关。一些知识人、文化人太清高，不愿意接触平民百姓，没有柯岩、铁凝那种甘心俯首的精神与气度。文艺的科学发展要求当代的有志向、有社会责任感的文艺家必须走到广阔的天地中去呼吸新鲜空气，感受历史前进的脉搏，领略时代的潮涌，学习群众的生活耐力和人生态度。有一位从北京移居西安的女作家叶广芩，瞄准青木川镇一个传奇人物魏辅唐，历经20年的深入调研和资料搜集，终于写出了长篇小说《青木川》，胡平、范咏戈、雷涛、牛玉秋等都认为这是

---

① 《散文选刊》2009年第5期。

一部深深扎根于生活沃土的近代地方史诗。那个看似娇小柔弱的迟子建呢，竟然深入到鄂伦春人的森林里，而上海竹林更干脆长期住在郊区小镇上，所以她们的创作源泉总不会枯竭，有时还出现井喷现象。

湖北作家陈应松为了拥抱生活、感应时代，前几年主动要求到神农架大山中去体验生活，写出了一批让人耳目一新的中短篇佳作。2009年12月，陈应松说：文学是植根大地的，特别是写农村的作家，作品有一条脐带与土地紧紧相连，吮吸她的营养才能壮大自己。还说文学上如果搞无土栽培，顶多养成一钵小花小草见不得风雨。他强调，作家是接受泥土恩泽的一种职业。很值得一说的是，近年来何建明的报告文学创作炉火纯青，每一部出版后都会引发强烈反响。他一直在追踪时代生活前进的脚步，会随时走到他认为应当走到的地方，甚至冒着生命危险走进死绝之地去探险，在2003年"非典"袭来时是这样，在2008年5月汶川大地震时也是这样，从而得到只有他自己才能得到的深切的生命体验。何建明便是新世纪深入生活、贴近群众、捕捉时代热点的无畏勇士。他始终对人民群众的英雄壮举和心灵美德充满敬意，对他们面临的苦难充满同情，并用文学的方式进行表达和呼吁。其《落泪是金》反映了贫困大学生的生存状态，出版后受到了有关部门的重视，制定了资助大学生、大学生贷款读书等方面的新政策。《共和国告急》则是通过对众多矿难内幕的揭示，以大量血淋淋的事实告诉人们，必须珍重和保护普通矿工的生命安全，禁绝滥采滥挖，使国务院加大了生产安全管理的力度。梁鸿鹰撰文评价何建明说：这样的作家是时代的歌者、记录者，是历史进步的号角，是人民最为需要的作家。[①]刘醒龙的《作为脊梁挺起的历史》一文，从谈人文精神出发，说我国农民的素质固然存在很多问题，但通过出口物质产品看所谓素质极低的农民或者是农民工们，其"灵魂是民族之魂、时代之魂"，只有那些坚持认为"他们是任人驱使的行尸走肉"的人，才会真正造成"人文精神的失落"。他感慨地告诉我们："回到基础，回到普通，才能够发现作为脊梁挺起的历史在向前进时，他们才是不可或缺的道德英雄。"

故乡，向来是作家感悟历史的昭示、观察体验生活现实的文化场。河北贾大山热爱故乡正定，习惯于从细微处观察、记录现实中的人与事，写出了脍炙人口的短篇小说《取经》、《花市》、《小果》等。但他只是眷

---

① 《文艺报》2009年10月1日第2版。

恋着这座古城热土，走出去太少，对异地文化和现实生活了解太少，也便受到了眼界的局限。陈忠实发扬老作家柳青把家搬到皇甫村写《创业史》的精神，回到家乡灞桥长期体验生活，用五年时间写出了长篇小说《白鹿原》，成为改革开放以来发行量最大的长篇小说。陈忠实接受过各大媒体的采访，介绍自己蹲驻老家与乡亲打成一片的深切体会，那也便是一篇篇教育我们体验和挖掘老家生活的生动教材。

美术界、演艺界和作家们对深入生活的体验是一样的。30年前四川罗中立创作的油画《父亲》曾经感动了整个中国，感动了一个时代。几十年来常常会有人问他，《父亲》在那个年代横空出世，究竟是偶然还是必然？罗中立最近回忆说，自己在四川美院附中毕业后就主动到大巴山去当美术教师，"我以一个热血青年的忠诚，艺术地品味着大巴山的农村生活，品味着农民们的渴望、无奈、坚韧和执著"。高考恢复后他上了四川美院，总在回味着巴山父老的情感和形象，到读大二时便创作出了这幅杰作。相声艺术家姜昆在接受记者采访时感慨万千地说：要不断地从生活中汲取营养，丰富自己的艺术创作。他曾经下矿井去为矿工演出，到延安去参观采风，每一次都获得深刻体会。于是姜昆又说："我一直在生活中不断地认识艺术，不断地完善自己，不断地扩展自己的艺术发展空间。"年迈的女高音歌唱家周小燕也从当年深入群众中体会到，一个艺术家必须保持与人民群众的血肉联系，必须"永远站在人民一边"。

作家艺术家与人民群众是母亲和儿子的关系，正如邓小平所说的"人民是文艺工作者的母亲"。上面诸家的经历便是最好的明证。

二、"三贴近"：贴近实际、贴近生活、贴近群众

近几年来，文艺界在倡导"贴近实际、贴近生活、贴近群众"的"三贴近"，这是延安文艺座谈会精神的继承和弘扬。2003年4月3日，李长春在一次宣传工作会议上提出"要贴近实际、贴近生活、贴近群众"，"大力倡导'三贴近'，积极鼓励'三贴近'，努力实践'三贴近'，使'三贴近'在宣传思想战线蔚然成风"。还具体地指出：贴近实际，就是立足于社会主义初级阶段这个最大的实际，真实反映改革开放和现代化建设的实践，从实际出发部署工作，按实际需要开展工作，以实际效果检验工作，使宣传思想工作更加具体实在、扎实深入。贴近生活，就是深入到火热的现实生活和人民群众的日常生活中，反映客观现实，把握社会主流，从生活中挖掘生动事例、汲取新鲜营养、展示美好前景，激励人民群众同

心协力，奋发图强，为创造更加美好的新生活而共同奋斗，使宣传思想工作更加入情入理，充满生活色彩、富有生活气息。贴近群众，就是深深扎根于群众之中，想群众之所想，急群众之所急，盼群众之所盼，以群众满意不满意、高兴不高兴、赞成不赞成、答应不答应作为根本出发点和落脚点。李长春强调文艺工作"三贴近"，就要坚持弘扬主旋律和提倡多样化的统一，坚持思想性、艺术性和观赏性的统一，坚持社会效益和经济效益的统一，始终把社会效益放在首位，把尊重市场规律与尊重精神产品创作规律结合起来，把提高与普及结合起来，推动文化创新，多出群众满意喜欢、健康向上的精神产品，满足人民群众日益增长的多方面、多层次、多样性的精神文化需求。

对于"三贴近"口号，文艺界是认同的。笔者认为，贴近实际就是贴近改革开放的实际、城乡人民齐心协力奔小康的实际，贴近社会发展中的实际问题和各种困难，贴近社会生活的真实。这是一个有哲学意味的词语，要得到现实中的真实情况、摸清群众真实心理的底数，不被一些大话假话所瞒骗。贴近实际，和以前说的贴近现实相近但又有不同。现实固然也是实际，但现实更多是感性的，而实际增多了理性成分。原来的先锋派名将之一格非在2010年7月的《"死亡"幻象与文学变异》四人创作讨论时说：中国当下文学创作遇到非常大的问题，我觉得恐怕就是脱离生活。他认为首先是因为我们现在这个社会特别复杂，个人的思维处在一种自动化的识别中，不需要思考，所有的东西都向你呈现，这样一来我们每个人都丢掉了传统文学的基本使命感，而忙于描述个人的局部的境遇。其次是社会随时向我们呈现一种真实性，然而这种真实性是虚假的，是被包装起来的，实际上它不堪一击。格非意识到了脱离生活问题的严重性，是对大家做了提醒。我们就是要防止脱离生活，要时时贴近生活，而且要摸到生活的真实性，看到生活的全局。社会生活如长河流水，时代的脉搏一直在跳动。大千世界在向我们招手。贴近生活，就是过去所说的深入生活，就是强调积极主动地到生活中去，到历史前进的潮流中去。也有人认为贴近生活不如深入生活在程度上更深，但贴近了就能深入其中。贴近群众，就是要主动向人民群众靠拢，自愿地当群众的小学生，形成与人民群众同忧共乐的情感共同体。从以人为本的观念出发，这一条是"三贴近"的根本，只要贴近了群众就会学到我们常常意想不到的东西，大家所创作的东西就会让群众喜闻乐见。关键是你的态度，肯不肯去贴近。三者是各有所重，在整体上是内在一致的。

各级文联、作协不断组织文艺家重走长征路、上山下乡采风，虽然有时是走马观花，但人们也开阔了视野、更换了脑筋。2011年5月，在"走进红色岁月"座谈会上，铁凝在讲话中总结出四点：这次采访活动是深入生活的一次创新探索，是新形势下核心价值的一次精神洗礼，是新形势下红色资源的一次文化传承，是贯彻《讲话》精神的一次重要的文学实践。关仁山、王松、王久辛、峭岩等8位作家诗人的发言更是感慨良多。经常走出生活圈子，及时获得生活的滋润，这收获与积累往往可以受用终生身。几十年来，我国历史、革命历史题材创作丰收，都市生活创作在某些领域超过了农村生活创作。但大家还必须继续关注农村现实的变化，表现农村变革中新的人物、新的世界和新的问题。因为现在仍然占总人口49%的农民是文化的弱势群体，却还是中国社会的主体。铁凝曾经说，要了解中国就去了解农民。这又是她的经验之谈。傅宁军用三年时间奔走在苏北苏南乡村，采访了100多位大学生村官，出版了关于大学生村官的长篇报告文学。他的体会是：我看到了一个个充满青春活力的面容，连同他们的喜怒哀乐，已经在他们任职的乡村烙下了深刻的印记。他们并不完美，他们也有苦恼与迷茫，但他们把个人的命运与祖国、时代、农村联系在一起，自然地表达出一种崇高、理想与英雄主义的色彩。

有了学识的底子，又有了生活的底子，就会是综合型艺术创新实力派。现在许多作家是学者型的，容易远离普通群众，那么就一定要保持向群众、向生活现实求知的欲望，小心被生活抛弃。我们要呼唤艺术大师，文学巨人！无论是大家小家，都要与生活相亲，又要有持续创新精神。记者可以成为文学巨人，马尔克斯便是世界一例。近来记者们在"走转改"，文艺家们就更别说了。一些好作品获了大奖，还不能说都能经得住历史的考验。所以我们要呼唤"三贴近"、"走转改"精神和十年磨一剑精神。

文艺创新要读书借鉴和深入生活，还需要高超的艺术表现才能，三者缺一不可。文艺家要培养自己的构思和表现能力。文艺家的一生，只有在学识与生活积累最为丰厚、想象力最为活跃、艺术表现能力达到相当水平的时候才会形成他的艺术黄金时代。只有众多文艺家"共生"在学识、生活积累和艺术表现力普遍增强的时代，才可能又进入新的大师时代。因为大师往往不是孤立的，而是丛生于一两处或珠串一般连续出现的。

第三章 文艺发展的经验教训

上一章重点讨论了文艺发展的灵魂和动力就是创新，创新的内容、形式及内外条件诸问题。这一章想从我国近代西学东渐、现代性出现，五四新文化运动启蒙精神的张扬，一直回顾到今天21世纪初文艺发展的当下情形，意在进行一次百年梳理，总结我国文艺发展的经验与教训。我们可以看到现实主义是一条发展主线，看到西方文艺思潮对我国文艺发展的影响，并思考如何对它们进行合理的吸收、扬弃，如何正确处理现代性启蒙与表现生活现实的关系等等。这也属于我国文艺理论探索中的老问题，今天我们不能回避。

第一节 百年文艺现代化发展路线图

1840年，西方帝国主义的坚船利炮轰开了中国的大门，打破了大清"天朝大国"的迷梦，闭关锁国的中国第一次不得不面向整个世界。在割地赔款的屈辱中，中国人的自负心态转向了自卑和彷徨，不得不重新审视自己的历史与现实、价值和知识，不得不面对列强进行精神转轨。儒生们提出了"经世致用"的思想，即要面向现实、注重实效，不能再只修身养性而"内圣"，还要进行政治改革、富国强兵而"外王"，以解决国家危机，重振东方大国之雄风。魏源从《史记》中查出"善师四夷者能制四夷"的理论依据，鼓吹"师夷之长技以制夷"，以为这是找到了一条中国传统文化通向现代化的渠道。冯桂芳、王韬等洋务派兴起。有人提出了"中学为体、西学为用"的思想，试图以中学治身心，用西学治世事，将中学的精神价值与西学的物质价值二者包容统一起来，但这种理念难以解决传统与现代性、中西文化差异的矛盾，有关争辩不断产生。甲午海战的惨败，证明洋务运动行不通，但是洋务运动导致维新思潮的出现并很快蔓延全国，中国对西学的借鉴从器物层面上升到制度层面。康有为重新解释孔门真义，认为其有与西方相通的平等、民权、进化论和议会选举思想。章太炎坚持古文经学，志在反满，要培养民族自尊自强意识，以驱除鞑虏、恢复中华。严复翻译宣传《天演论》，主张"开民智、鼓民力、新民德"。梁启超提出了"新民说"，主张社会公德和自由。严、梁对西方现代性的认识在当时最为深刻。西学东渐与维新思潮为孙中山为首的同盟会推翻帝制和五四新文化运动发生做了思想准备。今天，我们从19世纪中国开始沦为半封建半殖民地的政治、经济、文化大背景出发，讨论我们文学艺术走向现代性、现代化的问题。看似遥远，却如近在咫尺。

一、19世纪50年代以来的文学现代性发轫

20世纪80年代大讲现代化，90年代中期又开始讨论现代性。所谓现代性，按照一般的解释就是指适应社会发展进步的一种理性精神、启蒙精神。它相对于古代性、传统性，是西方工业社会发展的产物，表现为科学、人道、理性、民主、自由、平等、权利、法制的普遍原则及价值观念，相关于意识形态和体制观念，也包括科学主义的工具理性等。这是我国封建社会末期开始从西方学来的启蒙标准，是我们今天必须参照而不能照搬的现代意识。马克思主义有更为科学的现代性理论。它承认那时所说的现代性是资产阶级适应资本的作用而提出来的，认为它一方面确实给人类创造了现代文明，促进了工商业的巨大进步和市场经济的发展，但它在创造繁荣的背后又使社会发展出现严重扭曲，资本升值的同时却是人的贬值。这是资本主义内在矛盾造成严重的现代发展悖论。我们要解决这种发展悖论，就要超越资本主义的现代性。[①]现代后现代思潮正是这种发展悖论的反映，可惜它们只会解构而不能找到科学解决的方法和道路。现代性问题，关系到我们今天正确理解社会主义现代性和现代化。张志忠对现代性做了历史的追踪和独到的理解，说现代性是西方韦伯、吉登斯、哈贝马斯等人提出来的。认为以前西方的现代性与我们今天所说的现代化不同。人们习惯了现代化，这是一个更大的概念。今天的讨论不但可以重提上面提到的内容，还应当看到被遮蔽的现代性或审美现代性、革命的现代性等

---

① 丰子义：《马克思现代性思想的当代启示》，《光明日报》2010年2月2日第11版。

多个维度，认为这是一个复数，是一个开放的命题，各国都必须依照自己的国情选择现代性的独特路径。①那么现代性就宽泛多了，不仅仅是狭隘的个性解放等传统内容了。但近查1949年3月毛泽东在七届二中全会上就讲过"现代性"，证明这个词不是韦伯他们的发明。

中国文学革新的先驱者是黄遵宪。他在1887年定稿的《日本国志》第33卷《学术志二》的文学条中议论道："……周秦以下文体屡变，逮夫近世章疏移檄、告谕批判，明白晓畅，务期达意，其文体绝为古人所无。若小说家言，更有直用方言以笔之于书者，则语言文字几几乎复合矣。余又乌知他日者不更变一文体为适用于今、通行于俗者乎！嗟乎，欲今天下之农工商妇女幼稚皆能通文字之用，其不得不于此求一简易之法哉！"②黄遵宪在此首先提出了"言文合一"这一具有重大开拓意义的思想。其借鉴于欧洲文艺复兴时期各国建立现代民族国家过程中改变古拉丁文的言文分离状态，而以自己的语言为基础实现书面语与口头语的合一，这对于改革中国言文不一现象意义深远。关于我国白话文，一种是从古代章回小说延续下来，为鸳鸯蝴蝶派所用，以古代白话为主。一种是新文学的有意引进欧化语言来改造汉语形成的白话文。欧化白话文与西方《圣经》翻译有关。西方传教士宾威廉在1853年完整译成了汉语的《天路历程》，因为是古白话不便于传教，就由班扬于1865年重新用新白话译成。这样汉语就有了欧化成分，今天的现代汉语写作大体上是这时开始形成的。因为《圣经》汉译有殖民主义嫌疑，当时新文学运动先驱们不愿承认之。这样说五四白话文的出现比《圣经》汉译品的出现晚了半个世纪。

都认为鲁迅最早地以小说创作成就显示了文学革命的实绩。其实现代性创作的发轫者是19世纪末叶的陈季同。他在法国当大使馆武官16年，先后用法文写书八本，其长篇小说《黄衫客传奇》是中国作家写的第一部现代意义的小说，于1890年在法国出版。他更早的学术著作《中国人的戏剧》在1886年就已出版。陈认为中国戏剧是大众化的平民艺术，不是西方那种达官显贵附庸风雅的艺术，于是创作了话剧《英勇的爱》，1904年在上海东方出版社出版。其作品不但在欧洲产生了影响，而且足以改写中国现代文学史。更为可贵的是，那时陈季同就已经形成和接受了"世界的文

---

① 见《文艺报》2010年12月3日第3版，谭旭东评张志忠专著文章。
② 见严家炎：《五四文学思潮探源》，《北京大学学报》2009年第4期。

学"的观念，这是极为超前的。还有一位韩庆邦写出《海上花列传》，于1892年开始在《申报》附属刊物《海上传奇》上连载。这是第一部反映上海现代大都市生活的长篇作品，塑造了形象鲜明的都市人物，后来鲁迅对它做出了肯定性评价。

梁启超是五四之前较早具有现代性觉醒意识的学者之一。他面对鸦片战争后晚清帝国的现状，提出了文艺的"三界革命"，即"适用于今、通行于俗"的诗界革命，提高小说的政治思想教化功能而达到"改良群治"和"新民"目标的小说界革命，打破清代桐城派古文的藩篱推广平易畅达的"新文体"的文界革命。还有裘廷梁等人也呼吁提倡白话文，要求实行"言文一致"的变革。1915年9月，陈独秀在上海创办《青年杂志》，1916年1月起改为《新青年》，这是宣传文学革命的主要阵地。该杂志1917年迁入北京，集结了一批推进新文化和新文学运动的先驱人物，为启蒙救国进一步掀起了激进的新文化运动。胡适的《文学改良刍议》在《新青年》杂志1917年1月号上发表，系统地提出中国文学改良要从"八事"入手，就是要言之有物、不模仿古人、须讲求文法、不做无病之呻吟、务去滥调套语、不用典、不讲对仗、不避俗字俗语。这从不同角度否定了旧文坛复古主义、形式主义的弊端，涉及文学内容与形式的关系、文学的时代性、社会性以及语言变革等问题，阐明了新文学的基本要求和建立推行白话语体的立场。他还提出要确认白话文学是中国文学史上的正宗。同年《新青年》2月号上发表了陈独秀措辞激烈的《文学革命论》，提出以"三大主义"为文学革命的目标，即"曰推翻雕琢的阿谀的贵族文学，建设平易的抒情的平民文学；曰推倒陈腐的铺张的古典文学，建设新鲜的立诚的写实文学；曰推翻迂晦的艰涩的山林文学，建设明了的通俗的社会文学"。这个文学革命主张得到钱玄同、刘半农、傅斯年等人的响应，也分别写出信件和文章发表。对孔子的批判也开展起来，还有个别人喊出了"打倒孔家店"的口号。此时外国文艺思想和作品也翻译过来，开始在各种文学阵地上流行。

如此梳理下来，从1865年到1917年的52年间，黄遵宪的"言文一致"是个里程碑，胡适提出"八事"也是个里程碑。虽然其间多有争论，但谁也没有阻挡住白话文的发展。这便是中国文学现代性的肇始与发展。

二、五四以来现实主义的传播与发展

五四时期，西方很多主义涌入我国。其中包括18世纪的浪漫主义、启蒙主义，19世纪的现实主义和发轫不久的现代主义，也从苏俄引进了马克思主义的文艺思想。这些主义都对我国文坛产生了影响。鲁迅主要吸收的是现实主义，他的《摩罗诗力说》、《狂人日记》、《阿Q正传》等很早地产生了重大影响。那时一批作家奉行浪漫主义，他们的小说、诗歌、散文散发着强烈的主观情绪和抒情色彩。比如郭沫若的自由体诗歌《女神》、"湖畔"诗人们的爱情诗，冰心、宗白华的哲理小诗，他们风格各不相同却都注重情感的自由抒发和流露，注重艺术的想象，表现出浓厚的浪漫主义特征。"问题小说"也常常是以主人公的角度反映现实、真诚勇敢地袒露自己的内心世界，其中郁达夫的自叙式抒情小说将"大胆的自我暴露"推向极致。田汉等人的话剧中也有浓丽的浪漫主义色彩。这是当时觉醒了的青年一代追求个性解放，充分表达内心苦闷、伤感和希望的最方便的创作方法。现代主义也被称为欧洲的新浪漫主义，这样的作品更长于挖掘内心、寻求自我、探究人生的意义，手法上追求象征、怪诞、神秘。其中创造社一派注重表现病态心理和潜意识，李金发等象征派诗人则注重暗示、联想与怪诞的表现。现在研究认为，鲁迅的《野草》在发掘表现幽微的灵魂深处时也有现代派、象征派的手段在起作用。但随着五四学生、工人运动的开展和列强特别是日本侵华意图的暴露，救亡图存、社会革命渐渐成为国人关注的焦点；中国共产党的成立、左翼作家联盟的成立，引导文人们更加关心中国的现实。五四作家们经过各种创作方法的广泛尝试，也便纷纷转向了现实主义。蒋光慈等人就提倡过革命现实主义诗歌的创作，与鲁迅的现实主义小说创作走向了合流，形成了五四之后我国现实主义文学的主潮。对于五四新文化运动长期存在着争议。改革开放以来，有人提出"回到五四去"，仍是学界一个长久争论的话题。这便是大家所说的走不出的五四。陈平原在2009年4月23日"五四与中国现当代文学国际学术研讨会"上，提出"重新审读"五四的学术立场，希望"既非坚决捍卫，也不是刻意挑剔；既考虑新文化人的初衷，也辨析其实际效果；既引入新的理论视角，也尊重对象自身的逻辑"。①他认为对五四的任何阐发都可能"影响"当下乃至日后中国思想文化的进程，所以必须进行多重反思。笔者以为，陈平原所持的观点更为客观、科学，可以将大家讨论的过程变成不断重新认识五四文化意义的过程。

---

① 2009年4月28日《中国社会科学报》电子版。

　　近百年来现实主义在我国的传播和发展经过了三个回旋。一是五四前梁启超倡导的目的在于启蒙的"三界革命"。梁企图以西方文化观念启迪国人的民智，但他又持有君主立宪的保皇立场，"三界革命"自然无法顺利进行。二是五四时期的文学革命。五四之初的文学有强烈的历史使命感，但限于我国历史客观条件和人们的认识过程并非一帆风顺。辛亥革命推翻了帝制，但资产阶级却十分软弱，社会局面更加混乱，战争连绵，官场腐败，中华民国徒有其名，于是五四运动的先驱者们苦苦思索历史的症结，便把矛头对准了"儒家三纲"，形成了以反封建为主旨的启蒙现实主义精神。鲁迅小说是五四启蒙现实主义的旗帜，他的文学革命渐渐转变为革命的文学。20世纪30年代，苏联斯大林提出了社会主义现实主义，我国文艺界曾经亦步亦趋，演绎了与其相似的"起落与兴衰、成功与挫折的奇特现象"。①三是打倒"四人帮"、进入改革开放新时期之后，我国文艺界弘扬人文主义精神，又掀起了一场启蒙的文化革新。这主要是针对建国后17年和"文革"十年极"左"思潮和传统封建文化意识的，已经成就空前。然而西方文化的涌入使我们一时良莠不辨，市场经济发展更是一把双刃剑。它们极大地促进了我国经济发展和社会的开发，终于在20世纪末将我国经济推入世界经济一体化的格局中。此时物质产品大大丰富，人民生活水平大大提高，但它也产生着与西方同样的贫富悬殊、利欲熏心、欲望膨胀、人的精神萎缩、价值观念混乱和生态的失衡等问题。现在看这是个人自由观念绝对化、物质主义泛滥的负面作用，显现了西方现代性之弊。在对学习西方问题的不断论争中，文学已经进入一个多元发展时期。崔志远研究认为，中国现代化百余年的历史发展走过的轨迹是：梁启超的文学革新运动（文化）——辛亥革命（政治）——五四新文化运动（文化）——共产党领导的工农革命（政治）——新时期思想解放运动（文化）——发展社会主义市场经济（经济）的曲折道路。虽然这是单项独进，却共同指向全面实现现代化的合题。②这三次文化启蒙的发展，和我国政治经济发展的实践一样曲折。现实主义有时是大川，有时成为小河，但一直不曾中断。

　　新中国成立前后的现实主义理论以茅盾、周扬、胡风、冯雪峰等为代表。其中茅盾、周扬强调社会和政治的现实主义，胡风、冯雪峰强调启蒙

---

①② 崔志远：《现实主义的当代中国命运》，人民文学出版社2005年版，第107、110页。

和体验的现实主义，双方曾经激荡起一场现实主义斗争风云。茅盾在20世纪20年代就作为文学研究会的权威理论家批判消闲文学，特别是鸳鸯蝴蝶派等。他主张"为人生"的文学，强调文学的客观真实性和作家表现人生中的理性精神，从理论上关注现实主义客观真实性的基本原则，主张现实主义创作要用写实手法。而胡风却遭到严厉批判，最后被制造成一个胡风反党集团。后来拨乱反正，为之平反，终于还了他们一个历史的公正。

苏联的社会主义现实主义传到我国后，曾经成为我国延安时期文艺发展的重要理论来源，促成了毛泽东在延安文艺座谈会上发表长篇讲话，强化了文艺的革命现实主义方向，开创了中国式的工农兵文学体系，对于抗日救亡的中国现实作用巨大。建国后，一直沿用这个文艺理论体系，但从20世纪60年代以来，这个体系的弊端已经突显出来。崔志远认为，它有重政治、轻艺术、描写工农兵走向英雄化、雷同化、类型化、完美化并排斥普通人形象、过于强调民族化大众化而又对外国文艺基本排斥的三大弊端。①这三大弊端，也形成了我国文艺发展的三大桎梏。新时期到来之后，渐渐打破了工农兵文学体系而走向多样化，这是历史的必然。但大批作家艺术家仍然自觉地坚持运用现实主义，他们始终认为这是合乎社会历史发展要求和文艺发展规律的，极"左"与现实主义是两码事。几十年后的文艺发展轨迹证明，社会主义文艺离不开现实主义。

三、新时期多种文艺思潮起落与现实主义的嬗变

随着"文革"的结束，我国文学艺术从"以阶级斗争为纲"的政治桎梏中解脱出来。改革开放、学习借鉴西方文化，更使我国经济文化生活进入了一个全新的历史阶段。

（一）从伤痕文学到先锋文学的更迭演变

以控诉批判极"左"路线为主要内容的伤痕文学，在打倒"四人帮"后爆发起来，首先是刘心武的短篇小说《班主任》，揭示了"文革"对少年一代的心灵伤害，发出了"救救被'四人帮'坑害的孩子"的呐喊。其次是卢新华的小说《伤痕》，被作为一种文学发展状态和阶段约定俗成为"伤痕文学"。还有表现知识分子生活的话剧《丹心谱》、反映老干部境遇的《大墙下的红玉兰》等。伤痕文学又引发了反思文学，出现了《记忆》、《草原上的小路》、《被爱情遗忘的角落》等作品。不久改革

---

① 崔志远：《现实主义的当代中国命运》，人民文学出版社2005年版，第308页。

文学以蒋子龙的《乔厂长上任记》为先声形成新的文学潮流，其间又有寻根文学、知青文学出现而成一时之气候。但由于改革开放，国门洞开，西方现代后现代思潮也奔涌而来，信息论、控制论、系统论、解构主义、接受美学和"朦胧诗"等快速传播，在20世纪80年代中期形成了文艺界的方法论和本体论热。那时大量新概念、新名词、新论题，让人感到又新鲜又陌生。1985年被称为方法论年。在寻根小说流行中，就已经出现王蒙的现代派的"意识流"，还有谌容、刘索拉、王朔、徐星、陈建功等人的现代派小说。在1985～1988年间，由于后现代主义影响形成了先锋小说、先锋戏剧的创作风潮，马原、洪峰、余华、苏童、格非、北村、叶兆言等人的作品一时走红。应当提到1985年9月美国杜克大学弗雷德利克·杰姆逊来华讲学，主要内容是后现代主义文化景观，从此后现代主义在我国文艺界、学术界引起广泛关注。有人以此为界限分析"第三代诗"、"先锋小说"。此时"告别革命"、"去政治化"等口号响起来，也有"主体性"、"个人化"写作的提倡和盛行。贺桂梅认为，80年代的文学现象是五四传统与现代化范式的一种耦合。其从知识社会学的角度对两个不同时期文学发展状态进行对比，使我们看到历史文化现象的惊人的相似。但贺认为80年代的文学是革命世纪的尾声和市场经济文化的前奏，是后革命、前市场，是五四与80年代文艺发展逻辑的双重变奏。[①]这种比较得出的结论很客观，没有一些专家学者对五四新文化运动过于依恋甚至倡导"回到五四"。我们要激活五四文化传统，又要跳出五四传统来发展今天的文学艺术。这在本书后面文艺理论体系建设等章节中还会提到。

关于主体性问题，20世纪80年代刘再复首先在《论文学的主体性》一文中提出："我们强调主体性，就是强调人的能动性，强调人的意志、能力、创造性，强调人的力量，强调主体结构在历史运动中的地位和价值。文学中的主体性原则，就是要求在文学活动中不能仅仅把人（包括作家、描写对象和读者）看做客体，而更要尊重人的主体价值，发挥人的主体力量，在文学活动的各个环节中，恢复人的主体地位。具体说来就是：作家的创作应当充分发挥自己的主体力量，实现主体价值，而不是从某种外加的概念出发，这就是创作主体的概念内涵；文学作品要以人为中心，赋予人物以主体形象，而不是把人当成玩物与偶像，这是对象主体的概念内

---

① 贺桂梅：《80年代、五四传统与"现代化范式"的耦合》，《文艺争鸣》2009年第6期。

涵；文学创作要尊重读者的审美个性和创造性，把人（读者）还原为充分的人，而不是简单地把人降低为消极受训的被动物，这是接受主体的概念内涵。"①他认为文学创作的主体性有两层内涵：一是要把人放到历史运动实践主体的地位上，即把实践的人看做历史运动的轴心，看作历史的主人，而不是把人看做物，看做政治或经济机器中的齿轮和螺丝钉，也不是把人看做阶级链条中的任人揉捏的一环。也就是说，要把人看做目的，而不是手段。二是文艺创作要高度重视人的精神的主体性。就是要重视人在历史运动中的能动性、自主性和创造性。刘再复这种主体性理论马上引起了激烈的争鸣，争鸣的焦点在于是什么性质的主体性。

郑伯农在《做一个"双刃剑"下的清醒人》一文中指出："我们要弘扬那种和人民性、民族性、时代性相一致的主体性，而不能去弘扬那种脱离以至背离人民的主体性。按照那种'主体论'，作家越是背向人民、背向时代，越是返回'自我'，返回'内宇宙'，就越有大出息。不必讳言，这种理论曾经俘虏了一些人。如果说，对文艺与政治关系的错误理解，曾经导致了一些创作从政治使命中剥离出来，那么对个体与群体关系的错误理解，则把创作从一切社会责任、社会使命中剥离出来……于是大批满足于写个人小天地、小悲欢的作品应运而生……把这种东西当做创作的主流，用这种东西去替代反映时代的重大课题，就会带来消极的后果。"②"个人化"写作是所谓"主体性"精神在创作上的重要表现。方伟在《告别"个人化"写作》一文中分析道："新生代依然没有击破中国传统文化的话语'窠臼'……'个人化'写作在消解价值中心和社会主流意识的同时，有了更多主动的自我宣扬（如卫慧的《像卫慧一样疯狂》等）。在现实主义缺乏沉潜坚忍之作的时候，在现代主义缺乏与社会现实互联互动的时候，在中国社会经济文化面临多种挑战的时候，'个人化'写作在客观上就缺乏社会文化的认定和社会需求的有力支撑，在主观上它的正面影响就极易被负面影响所侵蚀。我们现在需要的是'个性化'与'社会化'的统一，是两者在审美形式上高度融汇之后的'个人化'。"③我们今天也在讲主体性、主体精神，其内涵在不少人眼里已经

① 刘再复：《文学的反思》，人民文学出版社1988年版，第54页。
② 许柏林、丁道希编：《双刃剑下的评说》，大众文艺出版社2001年版，第24页。
③ 中国文联理论研究室编：《全球化时代的文学选择》，大众文艺出版社2001年版，第86页。

与刘再复所言发生了变化，此后二十几年主要作家的实践证明，个人和社会二者完全可以兼容，这在一定程度上形成了西方"个人化"写作的中国化，社会历史写作的"个人化"。但是也仍然有面向自我、背对社会大众的创作大量存在。其实，现在西方学者们也在沉重地反思个人化、自我意识。较早地对我行我素独来独往现象进行批判的是美国的黑格尔研究者鲁一士。他说："如果我要成为我，成为我想的那个我……必须放弃孤立，投身于人群之中。我的自我占有，随时随地都是对我的各种联系的自我的投降。"[①]那么从理论上说，一切封闭的、脱离社会关系的自我、"个人化"写作的确是大有缺陷的。

这里要谈一下新写实主义。1989～1991年是新写实小说创作的鼎盛时期。1989年6月由《文学评论》、《钟山》文学丛刊联合召开了"现实主义与先锋派文学"研讨会，着重讨论了新写实主义问题。次年6月《钟山》推出"新写实小说大联展"，同时出现了雷达的评论《探究生存本相，展示原色的魅力》、王干的《"后现代主义"的诞生》等，此时新写实小说基本为社会所认可。王宁则较早地归结后现代主义有二元对立的消失、意义与价值中心的扩散、纯文学与雅文学界限的消失、戏仿与模拟、情感零度和反讽等六大特征。众多专家学者热心于解说这个主义，并以此阐释已经出现的先锋小说、新写实小说、王朔现象及尾声中的寻根文学。之后崔志远认为，从1985年兴起的先锋性创作，与以前的现实主义文学相比有两个特征：一是精神指向的虚无主义，二是艺术追求的形式主义。在虚无主义方面，马原要用自己的作品证明编造的故事也有真实感，真实的故事却不一定令人相信，从而形成怀疑主义，对真实进行质询。格非、余华的作品都表现为非理想、非理性、非价值精神的解构主义和虚无主义。这与前面提到的亚里士多德的观点与典型论有质的不同。其形式主义的核心，就是利用文本技巧、手法来表现世界的构成性。但是模仿西方现代后现代的作家们也遇到了新的矛盾。首先是在处理古与今的问题上，寻根文学越写越陷入了"远、老、异"的题材和主题之中难以自拔，并面临着实现启蒙目的与"镀亮民族自我"的选择，要么放弃启蒙，要么丢掉寻根，一批作家便走向了新历史主义。而先锋文学走得更远，其精神虚无的特征，与我国传统文化存在着一条巨大的鸿沟。西方的解构是要把现代主义

---

① 周积泉：《论历史活动的主体性》，《新华文摘》1988年第11期。

文化无限的个性、深度、精神的深化和语言的乌托邦等作为终极追求，最后必然走向自我崩溃。我国作家要解构的是语言的极端政治中心化、脱离客观物质基础的价值形态，这在当时加助了社会理想危机。但是具有强大文化传统的中国读者并没有对他们产生心理认同。

西方哲学家尼采说"上帝死了"，福柯又说"人死了"，这便可以形象地形容后现代派从出现到跌落的过程。此时，现实主义处于暂时休整、蛰伏时期。寻根小说和先锋文学的式微，又证明现代后现代创作在中国必须找到它们存在的土壤。

（二）多元化发展中的新现实主义

在20世纪八九十年代之交，我国文学已经旗号林立。但在多元中出现了写实回归的倾向，又渐渐导致现实主义的复归与嬗变，其中有前面所述的新写实小说，还有新现实主义小说。前者强调生存状态，可称为生存现实主义。如刘恒的《狗日的粮食》（1986年）、《伏羲，伏羲》（1988年），池莉的《烦恼人生》（1987年）等。其间《钟山》新写实小说大联展到90年代初先后发表8期，计28篇。这批新写实小说是对寻根和先锋创作脱离现实社会、现代文学传统的反拨。他们强调写生活的原生态，甚至提倡"零度写作"，既没有过去革命现实主义文学的政治激情，也没有寻根文学的神秘气氛，于是从虚幻回到了现实日常生活中。它们有了细节的真实，文本叙述却鸡零狗碎，人物形象平面化、浅表化更使人读之无味。刘震云的《一地鸡毛》便是写城市知识分子贫穷生活的代表作之一。新现实主义从90年代初新写实小说退热之时，打着新体验、新市民、新状态、新乡土、新笔记的旗号出现，以强烈的历史意识描写社会转型时期的苦涩现实，把历史主体和个人主体结合起来，开拓出90年代文学的新局面，这便属于社会分析现实主义的一部分，在90年代中期形成高潮。河北作家何申、谈歌、关仁山三人在较短时间内形成了现实主义创作总爆发，雷达等称之为河北"三驾马车"现象。后来也为此发生了一番争论。十几年后来看这场论争带动了全国现实主义创作的回升，申、谈、关和雷达、杨立元、封秋昌等在这方面做出了重要贡献。关仁山描写农村新变化和农民命运的《伤心的粮食》等，何申关于农村基层干部和城市生活的《武家坡》、《泥壶》、《一县之长》等，谈歌的如前面已提到的《大厂》、《商敌》和《城市传说》等都属于时代意义很强的现实主义创新之作。

以前新写实小说从普通民众生活的贫穷、窘困入手，展示了生活的原生态，作家的主体意识也渐渐增强，从个体贫困指向人类命运，但普遍未探讨贫穷产生的社会历史原因。而新现实主义则由个体贫穷描写指向社会和民众群体，注意了对贫穷的社会历史原因的探究，比如对城乡关系不平等、旧体制的弊端、市场经济的负面作用等进行反映和思考，从而把握了时代前进的脉搏，引起了广大民众的心声共鸣。这是新现实主义从新写实出发开辟出了新天地。但它比较稚嫩粗糙，叙述琐碎又缺乏细节锤炼和深层价值挖掘，表现手法单一、匮乏。它回归了现实主义的社会现实关系，但对现实生活的整体把握和挖掘不足、人物形象典型性普遍较差。

这段时间，女作家们的"私密写作"具有现实主义意味，其女权主义、女性主义理念和对传统的叛逆精神普遍得到了张扬，但也出现了所谓"身体写作"、"下半身写作"的不良倾向。其私语化、欲望化、肉身化又表现出女性主体意识的再度失落。晚生代、新新人类小说，从90年代以来，也渐渐具有了现实主义的某些因素。现实主义就是这样在渐渐回归，它没有过时更没有死亡，而是被一时遮蔽。这正如陆贵山所说："当一种文学样式还没有穷尽自己所要释放的能量的极限时，是不会消失的。只有那种失去了历史的先进性和合理性的文学观念和文学形式才是短命的，必然会逐渐隐没和淡出人们的视域。"[①]现实主义不止作为一种流派，而是作为一种精神血脉，一直延续在中国作家艺术家的创新追求之中。张炯也著文说：在先锋派、新写实、新状态、新生代等思潮过后看，"现实主义作为文坛主流的地位仍不可动摇"。[②]这与陆贵山、崔志远等人的观点是不谋而合的英雄所见。历史走到21世纪的今天，全球化给人类社会带来巨大发展和无尽的矛盾，这就决定现实主义发展的时空广远，谁也看不见它的边缘和终点。

第二节 现实主义回归及其主导地位的重新确立

现实主义的生命力是强大的。西方工业、后工业时代出现的一些主义，虽然经常对现实主义进行抨击，但它们又不断表现出某些现实主义性质，上面提到在我国八九十年代的一些派别作品中也是如此。这使笔者想到，现实主义本来就是一棵根深叶茂的银杏树，有时许多藤萝开着鲜花攀

① 《承接和弘扬现实主义文学的优良传统》，《文艺报》2009年6月13日第2版。
② 《共和国文学60年的评价问题》，《文艺争鸣》2009年第8期。

附其上、遮蔽其上，不免影响我们的视线。

在这里要补说一下，一般认为现实主义可以追溯到古希腊时期亚里士多德等人的"模仿说"。亚氏抛开了柏拉图的客观唯心主义，把模仿说建立在唯物主义的基础之上，肯定了现实世界的真实性、艺术的真实性。17世纪意大利学者贝洛里从绘画出发提出了"现实主义"以区别于写实主义。①到18世纪德国席勒又在《朴素的诗与伤感的诗》中提出了"现实主义"，认为"朴素的诗"便是指现实主义创作。之后出现了"批判现实主义"、"持续的现实主义"、"动态现实主义"、"浪漫现实主义"、"社会主义现实主义"、"改良的现实主义"、"魔幻现实主义"、"革命现实主义"、"启蒙现实主义"、"新现实主义"等等名称多达几十种。中外许多理论大师都参与了现实主义理论的建构，但由于对之理解各有不同，便长期处于争论状态，所以崔志远形象地说"这真是个迷宫和泥潭"。它是个"变幻多端又驱之不去的幽灵"，"它纠缠着作家和批评家，纠缠着各种各样的文学艺术作品，也在自我纠缠。它犹如锄不断，斫不下，解不开，顿不脱，慢腾腾千层锦套头"。②这些精彩的比喻，是对现实主义历史发展和形态变幻的新颖概括。以往人们对现实主义的阐释有几个方面，一是作为精神的现实主义，二是作为创作方法的现实主义，三是作为思潮的现实主义，还有作为风格流派的现实主义。现实主义是一个方法体系，崔认为可分为三个层面，即基本原则、思维方式和特征手法。

现实主义是马克思主义文艺思想的重要组成部分。虽然在这各种主义纷纷登场的年代，有些人利用西方某种主义否定马克思主义的现实主义，说它不能是唯一的、不能是放之四海而皆准的。但马克思主义从来没有畏惧、否定任何新理论的产生。它与其他主义也不是取代被取代的关系。中国文学艺术发展的事实证明，马克思主义的现实主义理论在乱云飞渡中仍然不失为最具本质意义的社会历史批评武器，而且在新时代表现出了它的主导性和批判性。它是自身永远不会颓废无力、不会脆弱而柔韧绵长的理论。中国百年文艺发展事实也证明，现实主义可以吸收一切合理的、有价值的思想和艺术资源，会自我淘汰那些与时代不相适应的因素，所以它是"驱之不去"的。

---

① 常宁生：《写实主义与现实主义》，《艺术评论》2009年第9期。
② 崔志远：《现实主义的当代中国命运》，人民文学出版社2005年版，第10页。

一、世纪之交的新现实主义实践成就

从世纪之交文艺发展的状况来看，由于我国主旋律与多样化的政策开始形成和贯彻执行，一批重大作品得到大力扶植和推广，打破了20世纪90年代中期之前散漫的、有时乱马交枪的文艺格局。也因为如前所述，一批先锋作家发现西方文艺理念、后现代手法与我国生活现实、审美趣味等迥异极大，自己的新作吃不开，于是他们重新捡回传统现实主义的一些手段，结合现代后现代手法进行探索，使现实主义走向回归。但这已经与六七十年代写工农兵的现实主义大有不同，主要是具有了当今市场经济时代的特色。有的评论家们也称之为现代现实主义。现在又有"非虚构"创作之说几被热议，认为已经形成新的创作潮流。笔者以为这也是一种忠于现实的创作精神，属于现实主义更新换代中的新提法、新尝试。

宏大叙事的创作攻关、昂扬的格调重新出现，主要集中在20世纪最后几年。全国纪念抗战胜利50周年、红军长征胜利60周年，迎接香港、澳门回归，纪念改革开放20周年、长江抗洪抢险、庆祝新中国成立50周年；然后是迎接新世纪、申奥成功、纪念抗战胜利60周年和红军长征胜利70周年、纪念建党80周年和《在延安文艺座谈会上的讲话》发表60周年、抗震救灾和北京奥运、纪念五四运动90周年和纪念建党90周年等一系列重大活动，如日月经天、周而复始，而且是螺旋式上升，带动一切艺术迂回前进，皆以无可阻挡之势展示着当代中国现实主义再现历史、再现生活现实的主旋律一面，同时也形成了新中国成立以来空前规模的持续的红色文化浪涛，使上世纪80年代全国文艺的一些灰色低沉格调得到改观。"城头变幻大王旗"的纷乱现象已经不再，"东风无力百花残"的时光已经过去，文艺的灰黄暗流正在变得较为清澄。这大概是"不塞不流"的结果，终于形成了全方位的现实主义冲击波。

忠于历史、揭示社会现实问题和为人民代言、为天地明心是现实主义长寿的又一个重要理由。十几年来现实主义创作精神和方法的新回归，也在很大程度上由城乡底层平民生活创作增多表现出来。杨豪连年推出了三部报告文学《农民的呼唤》、《中国农村教育现状忧思录》、《中国农民大迁徙——都市农民工生活状况实录》，向我们讲述了当代中国农民生存之艰辛，表现了农民们承受着生活的苦难也不失对富裕文明的希望。三部作品向我们警示道：当一块土地上的大多数人还未实现基本的温饱，还在为生存而呼喊的时候，我们文艺家没有理由对他们无动于衷，更不能背

离现实而遁入虚无。对于姜翕芬的长篇小说《留村察看》，吴义勤认为这是"三农问题"的重要新作。通过三次上访与罗家村选举等情节展示了村中正义力量与恶势力之间的剧烈斗争，有强烈的时代感和现实主义力量。同时对农民和乡村政治人物进行了成功的刻画，风格上也贴近时代、贴近农民，具有强烈的底层气息。①冯小军的报告文学《别忘记这片树林》和《一号文件宣讲记》又是一位亲历者对"三农"问题的真切记述。梅洁的报告文学《西部情愫》，满怀深情地写出了西部人民生活的现实场景，重点突出了西部孩子们的生存和受教育状况，不少细节可以让人落泪。还出现了一些关于扶贫、土地保护等题材的作品。其中赵本夫的长篇小说《无土时代》表现了作者难分难舍的乡土情结。他就城建占地、失地农民生存、土地环保问题做了形而下的生动描述，也深刻地做了形而上的哲学思考。这在当前的乡土叙事中是一部力作。关仁山的长篇小说《天高地厚》出版，2008年再版，受到读者的欢迎和评论家们的高度赞扬，被称之为新乡土文学的现实主义精品。铁凝在《准确把握时代生活本质》一文中评价道："我看重的是它的即时性、全景性和敏锐性"，是"写出了一群有生活说服力的人物"。②

关于都市底层生活创作，电视剧《贫嘴张大民的幸福生活》以同题小说为蓝本，细腻地表现了当前城市平民生活的窘迫与信心。《大姐》、《大嫂》、《大哥》、《咱爹咱妈》等表现了城市家族生活的实际状态，突出了芸芸众生们在经济拮据、病灾到来、婚姻纠葛上的复杂心理和伦理上的新旧交叉与碰撞。而《浪漫的事》通过母女四人突出地表现了城市平民婚姻家庭问题的严重性，它和后来的《和婆婆一起出嫁》等剧也都反映了老年再婚在社会、家庭认同上的难度。《婆婆》、《刁蛮婆婆麻辣妈》、《我们的婚姻》又突出婆媳关系、母子关系纠葛的难题，使人看到城市人的代沟之深和相互沟通之难，只有经过相当一段时间的磨合才能使一个美满的家庭真正建立起来，故事也显示出生儿育女对于家庭稳定的重要性。值得一提的是电影《天下无贼》，描写农民工傻根以善良的心地看待世人，他上火车时宣布天下没有贼，既引来了城市扒窃团伙的注意，也大大感动了专门行窃的女贼王丽。她良心发现，千方百计地保护了傻根和他的钱财，完成了一次心灵的升华。

---

① 《文艺报》2011年4月4日第6版。

② 《文艺报》2003年4月22日。

在具有批判现实主义精神的官场小说、社会政治小说、反腐倡廉斗争创作方面，十几年来得到深入发展。

王跃文的《国画》、《梅次故事》、《苍黄》等，以生活流的方式刻画了官场上的朱怀镜等灰色人物，描述了他们身在官场经历各种诱惑的曲折过程，反映了当前官场上的不良风气，道出了经济社会到来之时党员干部特别是领导干部面临的新课题和新考验。李佩甫的长篇小说《羊的门》则塑造了一位典型的手眼通天、坐怀不乱的农村老支书形象，描述了呼天成的朴素生活与被全村拥戴的威望形成过程，也刻画了被他看中并举荐当了县委书记、却因酒色败下阵来的青年干部呼建国，对比说明姜还是老的辣。小说深刻地揭示了当代农村"封建共产主义"现象，它的存在是因为有深厚的群众文化心理基础。

张平的长篇小说《抉择》改成电影《生死抉择》上映后，形成了一次少见的各级党组织看电影正党风的廉政建设高潮，显示了文艺作品所蕴藏的伟大现实主义力量。陆天明的电视剧《苍天在上》首次塑造了副省级大干部的形象，后来又写出《省委书记》、《高纬度战栗》等力作。《省委书记》以振兴东北老工业基地为大背景，描述了一位省委书记受命于危难之时，上任后便无情打击各种投机、腐败势力，特别对家庭成员涉嫌腐败更为震怒而决不留情，大开大阖地展示了正义与邪恶、善良与丑恶、改革开放与浑水摸鱼之间的生死搏斗，对读者和观众产生了强烈的震撼力。还有电视剧《乔省长和他的女儿们》，塑造了乔梁从一个煤矿技术员一步步当上了市委书记，四个女儿也渐渐长大成人。许多怀有政治企图的男人们便追逐她们，想以乔梁为靠山谋取私利。在国营煤矿被地方恶势力霸占并且出现安全问题的情况下，乔梁主动引咎辞去了市委书记的职务，但他一直关注着煤矿工人的安全和生存。女儿们的表现也各不相同。大女儿乔媛不知欢乐的笑声中潜藏着阴谋，小女儿乔莉虽然是所谓"新人类"，但她患了绝症还出资重修垮掉的大桥。已是副省长的乔梁去为大桥通车剪彩时，才发现这位慈善家竟然是自己的小女儿。剧中有哭有笑、有恨有爱，有官场和人生的险恶，也有风云变幻中对理想信念的坚守。在忽培元的长篇小说《雪祭》中，一个年轻县委书记与以县长为代表的恶势力进行了生死较量，艺术地显示了党内自觉反腐败的力量正在增长。这些反腐倡廉性质的作品中有黑色、灰色和亮色的交织与转换，有人说这是作者故意突出正面人物。事实上，社会也不是漆黑一团。从常识来说，有黑暗是因为有阳光。那么就要肯定现实的确有无私执法执纪、坚决维护党风的勇士。

二、关于现实主义的最新总结

曹文轩在20世纪末中国文学现象研究中，有关于"激情淡出"和"新写实的中立立场"等论述，意在说明倾向于现实主义的作家已经减少了狂热而注重原生态的"生活实际"。①崔志远论述90年代我国市场经济开始发展之时，"传统的现实主义、现代主义、后现代主义交互作用，形成文学多元发展且内蕴写实走向的局面，这种局面持续至今，并未出现新的变化。可以说，由现代主义到内蕴写实走向的多元化，这是新时期文学的基本走向，也是新时期文学之'新'"。②杨立元也在新现实主义小说研究专著中全面地阐述了新现实主义小说创作问题，认为新现实主义小说具有对改革文学的继承、超越，对新写实的纠正批判和对先锋文学进行反拨与扬弃的现实品格，认为其有人文精神、审美价值、理性力量、忠于现实的写实风格和变化多样的表现手法，当然也论述了它的不足。③这些都是新世纪以来从不同角度对当下形态的现实主义文学的重要总结。

陆贵山还从国际角度佐证现实主义的发展前景是"永远"的："从世界范围内的学术潮流和发展趋势看，理论研究和创作实践向现实、社会历史的回归，已经成为一种时尚。从理论研究方面看，新马克思主义、新殖民主义、新历史主义、女权主义，特别是'文化转向'之后，各种各样的文化研究和审美文化研究都竞相投向社会、历史和现实生活。从创作实践方面看，现实主义的文艺创作不仅在当代中国始终处于主导地位，即便是在欧美，包括法国、意大利、俄罗斯、美国等国家，也越来越表现出强劲的蓬勃发展的势头。"从而又判断说，"反映变革现实生活的伟大实践的现实主义文学创作更能体现当代中国的历史发展的现代性和现代化诉求"，预言"只要人类的历史生机勃勃地延续着，现实主义将永远是一个富有活力和生气的真问题和新问题"。④他对自己的预言充满信心，可惜一些人还缺少这种信心。

再看雷达在《关于现实主义生命力的思考》一文中总结反思道："60年来，真正有生命力、经得起时间淘洗的作品，大都是坚持了现实主义精

---

① 曹文轩著：《20世纪末中国文学现象研究》，北京大学出版社2002年版，第235页。

② 崔志远著：《中国当代小说流变史》，中国社会科学出版社2009年版，第9页。

③ 杨立元著：《新现实主义小说论》，中国文联出版社2002年版。

④ 《文艺报》2009年6月13日第2版。

神，具有勇气和胆识的努力维护了文学自由审美品格的作品。"他解释这是指对时代生活、人民疾苦、普通人命运密切关注、对民族灵魂密切关注而大胆真实地抒写，"以致发出怀疑和批判声音"的创作。但事物总是复杂和缠绕的，建国17年中一小部分政治意识很强的宏大叙事，"成为今天所谓红色经典者……依然拥有一定的生命力，有一些成为改编者的丰厚资源，当代人津津乐道的对象，甚至偶像，这该怎么看？……当时的'政治视角'对艺术来说，是否具有既束缚又无意中成全了它的艺术生命的两面性？"于是又从深入生活说起，雷达便自问道，"是否在造成拘泥原型之病的同时，'逼'出了大量真实鲜活的细节？"[1]笔者读完此文，感到雷达的客观与高明之处在于，提出极"左"时期也有经典和偶像人物的产生；固然现实主义创作方法受到过极"左"政治的利用和牵连，但它在受着严格的尺寸、规矩的挑剔下，仍然可以显示其反映论的再现生活理论、典型性的细节真实要求本身无错，遵照它们去创作便会产生经得住历史考验的精品和经典。但是一般人干不了，有些是独自一个干不了。当红的将军艺术家张继钢也深有体验地说：真正的创造没有样板，不能怕绝处逢生和限制。他在课堂上发表过这样的高见："'绝处'是历代大师创造的一座座巅峰……任何创作者只要抱定独创的信念，那么，有一截路是无论如何绕不过去的，这截路就叫'绝处逢生'。"又说，"没有限制就没有独特，没有独特就没有风格，没有风格就没有经典，所以，'限制'是天才的磨刀石！"[2]新时期以来的许多创作总是在反限制，张继钢在宽松的环境下却道出了另一种不凡的声音，这可能是中国文艺的另一种希望。当然不限制、少限制可能更适合大多数人，但被限制中出智慧、出绝招、出奇迹，出七步诗，出成龙、李连杰，更将显示其深厚的艺术功力和奇绝的才华。而网络创作、青春写作几乎是绝对自由，文字垃圾便如山如海了，好作品自然比例甚低。一批网络作家先后到鲁迅文学院参加培训，一听课便几乎个个如梦初醒，那么他们算开始受限制了吗？是的，懂些规矩、不自由些有助于他们的成长，多年后再看吧。

本书上一章提出了当今文艺创新发展的阻力问题，其中就有文艺家的观念问题。值此再看胡平的一番话吧：新时期以来的传统文学观念主要是现实主义文学观念，绝大多数作品以贴近现实的题材和零度写实的态

---

[1] 《人民日报》2009年11月10日。

[2] 《光明日报》2010年10月11日第9版，陈劲松关于张继钢专访。

度为风尚，几乎构成了一种最大规模的类型化写作，不适合今天个性飞扬溢于言表的青年读者的口味。但是传统文学还承担着引导国民审美意识的责任。如马克思所说，艺术"应当创造出懂得艺术和能够欣赏美的大众"。所以传统文学不能由于青春文学、网络文化的兴起而乱了自己的阵脚，失去自己的文化自信。又强调，"传统文学的边缘化，并非传统文学观念的失败，而恰恰是经典的传统文学观念未得到尊重和很好继承……所面临的挑战也意味着新的生机，意味着反思后的清醒和更大的飞跃。"①的确，我们还必须坚守现实主义传统，并且进行观念更新，应当有钱学森的"离经不叛道"精神，积极寻觅新现实主义发展的新途径，坚守不是要被一些现成的词句、规则所限制，不能只谨守以前而是要面向新时代。现实主义的开放性决定了它的永久性。当前比较火的与住房相关的作品如《房奴》、《蜗居》、《婆婆来了》等等，证明那些新现实主义者之所以有他们的粉丝，就是因为他们既回归了现实主义传统，也实现了"质文代变"，在多方面适应了今天的中青年受众，这也应当看做我们的最好经验。

第三节　孪生兄弟：现实主义与浪漫主义

当前的新现实主义创作是我国文学艺术的主流，但不能忽视其中也有浪漫主义成分。这主要是作家艺术家对现实生活把握的方式上有差别，既有冷静的写实、白描也有大胆的主观想象和艺术加工，以加强其诗性的艺术感染力。前面提到英国莎士比亚是现实主义者，但他更是善于抒情议论的浪漫主义诗剧作家。他在《仲夏夜之梦》中说："疯子、情人和诗人，都是幻想的产儿：疯子眼中所见的鬼，多过于广大的地狱所能容纳；情人，同样是那么疯狂，能从埃及人的黑脸上看见海伦的美貌；诗人的眼睛在神奇的狂放的一转中，便能从天上看到地下，从地下看到天上。想象会把不知名的事物用一种形式呈现出来，诗人的笔再使它们具有如实的形象，空虚的无物会有了居处和名字。强烈的想象往往具有这种本领……"②还有霍布斯论述想象与创作的关系，狄德罗论述想象是人们追忆形象的机能，康德论述想象和判断的关系。歌德则说，创作不能从观念

① 《文艺报》2010年10月1日第2版。
② 《莎士比亚全集》第2卷，人民文学出版社1978年版，第352页。

出发，真正的诗是想象和理性的结合。那么，当前我国浪漫主义与现实主义的关系是怎样的呢？

一、现实主义与浪漫主义是两大文脉

陆贵山曾说："现代主义、浪漫主义和各种泛表现主义与现实主义是历史地形成并传承下来的两大文脉。这两大文脉源远流长。它们之间的关系同样不是互相取代的关系，而是互动互补、共存共荣、竞相发展。现实主义文学侧重反映客体、现实、思想、实践和可以实现的理想。现代主义、浪漫主义和各种泛表现主义文学则追求抒发主体、情感、心理、乌托邦式的幻想和浪漫情怀。学者们要尊重这两种艺术样式的不同特性。这两大文脉其中的一方，都要认同对方拥有存在、生存和发展的空间……钟情于以反映客观世界的写实性文学，不能拒绝表现主观世界，而是应通过审美经验的过滤，在揭示反映对象所蕴藏的思想性、科学精神、时代精神和历史精神的同时，表现一定的甚至强烈的人文精神。"[1]这段话言之有据，令人信服。以我看来，即使一些先锋性小说和影视创作，虽然很在意地打着原汁原味的旗号，但也普遍是对生活加了工，与现实有了一定或很大的距离，因为糅进了编创者的想象、幻想和观念。关于浪漫主义，在中国的源头应当追溯到远古神话，在欧洲就是马克思所推崇的希腊神话。觉得好笑的是，今天中国作家学习西方卡夫卡者大有人在，欣羡于人可以变成甲壳虫。而这种变形思维在中国神话传说中比比皆是的，我们不必都去舍近求远。

两大文脉之说又不能不使我们想到"两结合"创作方法的产生。延安时代的毛泽东曾经着力提倡描写当时社会最下层的工农兵，这是革命现实主义的要求。到1958年1月在成都时，毛泽东又提出"革命的现实主义与革命的浪漫主义相结合"的创作方法。想来这是因为毛泽东本身就是一位极富想象力的杰出诗人，创造过一个至今无人企及的诗词巅峰。他对《诗经》、《楚辞》等很喜欢，对唐代浪漫主义大诗人李白很推崇，从诗歌角度考虑问题当然比较多，建国后他强调革命浪漫主义毫不奇怪。打倒"四人帮"后，"两结合"也曾经被视为极"左"，现在看批判"两结合"不等于要废掉浪漫主义。今天我们既要现实主义，也要浪漫主义，新世纪文学艺术很需要现实主义与浪漫主义有机结合，但又不能重走以"两结合"代替一切创作方法的极"左"老路。

---

① 《文艺报》2009年6月13日第2版。

先说现实主义，重点谈典型性问题。我们在本书第一章已复习过典型理论。马克思主义的典型论原则在大量创作实践中证明是科学的，但按照雷达、张继钢的观点可能是很不容易做到的。然而人类文化发展需要各种典型，各国各民族都需要有自己的典型。作家创作不能绕着讨巧，而要努力塑造典型，并且需要营造典型人物和生活的典型环境。中国古人也讲过"典型"，意思与西方相近，是模型、类型的意思。《说文解字》云："典，五帝之书也"；"型，铸器之法也"。段玉裁注释说："以木为之曰模，以竹曰范，以土曰型，引伸之为典型。"但是，我们虽有典型的概念却并不用于文艺领域。只当典范、垂范使用。如《诗经·大雅》有云："虽无老成人，尚有典范。"杜甫有句云："大雅何寥廓，斯人尚典型。"柳亚子在《胡寄尘诗序》中说："后生小子，目不见先王之典型，耳不闻古雅之绪论。"上面这些可以说明中国古代文学中不在文艺学意义上使用典型概念。但是，这并不能说明中国没有文艺典型论。相反，中国古代文学典型论思想还是相当丰富的。《周易·系辞》、《毛诗序》、《史记·屈原贾生列传》和《文心雕龙》等著作中都涉及典型创造原理。后来在关汉卿、王实甫、施耐庵、吴承恩、曹雪芹、吴敬梓等人的经典作品中也已经多有体现。《水浒传》中的鲁智深、李逵、武松等都是急性子的个性化的典型人物，《红楼梦》中贾宝玉、林黛玉、王熙凤、焦大等也都是性格各异的艺术典型。写典型，不等于禁止未写典型人物或专门抒情达意的作品存在。典型是高度，是标志，非典型的也可以存在，是典型所存在的环境和衬托。我国在文艺典型理论引进之前，几千年来的大量诗文中就已有典型性的描写出现。任何叙事性和抒情性作品都需要一定程度典型意义的自然、人文环境的意象描述，叙事的则要塑造典型性人物。主要还是正面人物，也需要反面的中间的，前面提到列宁称道过一个反面人物写活了便是，这应当属于文艺常识。在创作实践中现实主义与浪漫主义常常无法分开，作家们可以灵活运用。这都符合创作规律，两种方法或再结合其他方法都是可行的。

浪漫主义问题还涉及我国古代丰富的意境学说。古代文论基本属于诗文评，在意境问题上典籍颇多。近代王国维在《人间词话》中说："词以境界为最上。有境界则自成高格，自有名句。五代、北宋之词所以独绝者在此。""有有我之境，有无我之境。'泪眼问花花不语，乱红飞过秋千去'，'可堪孤馆闭春寒，杜鹃声里斜阳暮'。有我之境也。'采菊东篱下，悠然见南山'，'寒波澹澹起，白鸟悠悠下'。无我之境也。有我之境，以我观物，故物皆著我之色彩；无我之境，以物观物，故不知何者为我，何者为物。古人为词，写有我之境者多，然未始不能写无我之境，此在豪杰之士能自树立耳。"①顾祖钊在《艺术至境论》一书中认为："意象、意境和典型"是三位美神，她们也有不同的个性，谁也代替不了谁，但也有她们的共性。还认为意象、意境和典型作为艺术至境的基本形态都具有含蓄美。她们三者共同创造艺术至境，其共同点是都属于心灵的产物，属于观念形态的东西。②顾又引用黑格尔的话说，是将"感性的东西经过心灵化了，而心灵的东西也借感性而显现出来了"。作者特别认为，意境和典型可以结合成一个新的类型，举出杜牧的《泊秦淮》："烟笼寒水月笼纱，夜泊秦淮近酒家。商女不知亡国恨，隔江犹唱《后庭花》。"这首诗从秦淮河夜色描绘入手怀古，又写玉音婉转的《玉树后庭花》隔江传来，一下子烘托得意境全出。试想，在现实主义基础上，将意境学说看做一个可以与之相融的整体，有选择地利用古代诗文评与外国诗文理论，我看是可以的。在评价外国歌德、雪莱、泰戈尔、伏尔泰等人的诗作时，不少人也都讲它们的意境，而且不少论者达到了一定的深度。再说西方荣格所说的"酒神精神"，不就是中国屈原、李白精神吗？诗文评也为评价西方诗文提供了东方的方法论。实践还证明，古代诗文评可以在今天成为现实主义创作的很好理论资源。我们没有必要将它们绝对对立起来，而是运用交融思维让它们适当结合。这既是对现实主义创作方法的一种滋补，也是对浪漫主义创作方法的一种丰满。现代后现代创作虽然经常出现荒诞、玄幻，却不断证明泛表现主义、浪漫主义与现实主义之间具有一定的内在联系，纵然后现代们并不承认什么现实主义、浪漫主义。

二、现代变形创作的浪漫主义色彩

余华的小说很先锋，一上手就大胆地借鉴了现代后现代的艺术表现手法。2009年，他在中德文学论坛上却大讲"文学中的现实主义精神"。实际上是说用浪漫主义手段表现生活现实，并把博尔赫斯、马尔克斯的魔幻性创作、中国神话小说《西游记》为例表达他的艺术创新理念。神话和传说一直是历代文艺创作的古老母题。《西游记》是古典浪漫主义代表作。现在的电视剧《西游记》不但是浪漫主义的，而且是高科技的。电视剧

---

① 郭绍虞主编：《中国历代文论选》第4卷，上海古籍出版社2001年版。
② 顾祖钊：《艺术至境论》，百花文艺出版社1992年版。

《封神演义》上世纪曾经拍过，现在又重拍了《封神榜之武王伐纣》，是反映商周之际重大历史事件的浪漫主义巨制，仍属于古老母题基础上的现代创新，既延续了传统浪漫主义精神，又糅进了现代或后现代的某些观念和手法。电视剧《牛郎织女》在情节、细节、人物形象和题旨等方面也被编导演们现代化了。牛郎不只是放牛郎，织女也不像传说中的织女那么单纯，还被加入了众多神仙、凡间草民和他们之间的各种矛盾、情感纠缠，有了与织女争风吃醋的第三者，使这部长剧有了丰富的社会生活内容。因为牛郎织女话题在群众中根深蒂固，此剧一开播便红起来。一批中老年人自然会嫌改得太多了，但播映下去会在青年中形成一种与古老传统相衔接的新传统，利多而弊少。文学母题是与时与空的，再过多少年还会有人在它们身上做新文章。美国学者杰姆逊在《后现代主义与文化理论》中，用清代蒲松龄《聊斋志异》中的《鸲鹆》、《画马》解释现代后现代理论，认为与卡夫卡的《审判》、《城堡》的构思有相似之处。他还认为《聊斋》与康拉德的《吉姆爷》、凡·高的《鞋》、毕加索的《格尔尼卡》、蒙克的《呐喊》、萨特的存在主义、海德格尔的有关作品，都来自"世界"与"土地"的空隙，可以将它们放在一起研讨人类的困境与现状。从更高意义上讲，《聊斋》也应该是鲁迅的"呐喊"与"彷徨"的先声，因为都写人的存在的精神痛苦。[1]这是红柯追述外国后现代理论家将我国古典浪漫主义与西方现代后现代的作品做了一次比较，让我们看到古今中外文艺家在思维方式上的内在一致性。运用想象和幻想，是古今中外作家创作的一大智慧。我们的探讨，就是想把现实主义、浪漫主义、现代后现代之间的共通点找出来，或者说将各种主义之间的壁垒打通。

　　刘亮程从散文转到小说上拿出了一部《凿空》，既有写实又有荒诞的想象，总是描述嘈杂中一种遥远的微弱的声音，此作一问世就受到文学界的关注。李敬泽评价说："小说里建立了非常繁复的、旨意多端的这样一个复杂、隐喻和象征的体系，这个体系甚至不完全是诗学意义上的，它就是关于我们的生存的，关于我们的生活的。"[2]还认为这和《红楼梦》一样实现了意境的"洞虚"。另一个刘连书，曾经写过小说《半个月亮掉下来》，又写出《暗宅之谜》并拍成了电视剧，是描写各色人等争着去寻宝，形成了一场闹剧、滑稽剧，反映了人们希望意外得财和盲目从众心

----

① 红柯：《像蒲松龄一样写故乡》，《作家通讯》2009年第3期。
② 《文艺报》2010年11月8日第6版。

理。这是口头文学"寻宝型"、"凶宅得宝型"故事的现代演绎，只是让人物换上了时代新衣帽。

2008年第12期《北京文学》又发表了刘的中篇小说《红房子》。这显然是受中国古典浪漫主义，也受西方卡夫卡、波德莱尔、贝克特等西方现代派大师影响的新作。小说中，描写了一座塔楼里出现了蚂蚁之灾，人们便惶惶不可终日。人们不得不转移到一座红房子里，在里面烟熏火燎，又用橡胶制品密封房间，但这也挡不住蚂蚁们的进攻，于是一场新的蚁灾又开始了。作者写到这里便结了尾，却使读者意识到，中国人经常被一种看不见的力量所操纵，于是群体性地出现被扭曲的非理性行动，自身又造成了新的灾难。这是一种隐喻，表达出作者对中国社会历史文化的忧心忡忡。这场闹剧也属于新式寓言，洋味很足，但主题大于生活。其创作方法上仍可看做新的表现主义、新浪漫主义。新浪漫主义大部分属于积极浪漫主义，少数者相对消极，只要题旨不肤浅便好。

以写实见长的关仁山的长篇小说《麦河》，其中心事件是由冀东农村土地流转、集中开发经营所引发的一系列矛盾斗争。段崇轩评价这是一部"有史诗意味"的现实主义力作。何镇邦更认为，此作既有思想的深度，又有生活的厚度，书中穿插瞎子白立国的言行进行魔幻性的叙述，自然也收到虚实相间即魔幻的超现实描写与现实主义的写实性描写相结合的艺术效果。[①]笔者以为，这便是作家对现实主义、浪漫主义进行适度结合的一种自觉实践。

浪漫精神一直很强的莫言的《蛙》，也属于多种主义相结合形成的成果。其荣获茅奖，代表着一种创作类型。无论是人类童年时期的神话、当代一批儿童文学，还是现代后现代的探索之作，都属于浪漫主义这条文脉。当前动漫正在走红，其表现制作手段更是浪漫无边、变化无穷的。

总之，上世纪末现实主义吸收了西方多种流派的理念和方法手段之后出现了新的回归，显示了现实主义能够与时俱进的伟大力量。同时它没有排斥浪漫主义，而是在一些作品中进行了有机结合，从而形成了以写实的现实主义回归为主而又携带浪漫主义同行的创作格局。历史地看，现实主义与浪漫主义这两个最为基本的创作方法一直是孪生兄弟，它们很长寿而且又会不断返老还童。

---

① 《河北作家》杂志2010年第3期，何镇邦、段崇轩评论文章。

第四节　两种不良创作倾向批判

本人早想把极"左"文艺路线和新时期先锋派等创作思潮进行一次对比和梳理，以达到自己清楚、别人明白，昭示于今人和后人的目的。在这里就现实主义与多种主义的话题来说吧。

一、极"左"文艺路线的危害

新中国成立后，我国一切都是学习苏联老大哥。在1953年第二次全国文代会上，周恩来、周扬、茅盾等人的工作报告或讲话都强调了学习实行社会主义现实主义。与此同时，《文艺报》也开展了关于塑造英雄人物的讨论，各种不同观点之间发生了激烈的争论，但大家从总体上基本认同了社会主义现实主义。当时刚刚建国，阶级斗争形势严峻，政治运动很多，一些作家艺术家普遍小心翼翼。文艺界从上到下一直在强调为新中国建设服务，强调表现阶级斗争。人们感到这是过去文艺为革命战争服务的自然延续，广大群众也早有浓厚的革命意识，从而为保卫新生政权、建设新中国服务成为国人的共识。这样，在革命战争年代就出现过的不良文艺创作倾向便愈演愈烈。我国毕竟已经进入和平建国时期，文艺前进的路子、视野应当越来越宽，实际上却是越走越窄。1955年批判"胡风反党集团"的斗争又伤害了一大批人。毛泽东在1956年5月最高国务会议上初步提出了"百花齐放"、"百家争鸣"的意向，后来在全国宣传工作会议上正式提出"双百"方针。可是又很快发动了一场反右派斗争。这样从政策上又放又收，文艺环境忽松忽紧，整个政治大气候仍然不利于百花齐放。

到1966年2月，江青之流借用毛泽东批评"利用小说反党"等两个批示炮制了《部队文艺工作座谈会纪要》，把17年诬蔑为"文艺黑线专政"。5月16日中央关于开展"文化大革命"的决定公布，一场空前的浩劫开始了，几乎什么都被视为"封资修"，大批的文艺家受到无情批判和人身摧残，我国文学艺术彻底走向了肃杀的隆冬。十年"文革"的结束，这条极"左"文艺路线才寿终正寝，"伤痕文学"的出现便是对极"左"进行的第一次炮击和形象的控诉。1979年，邓小平在第四次文代会上也对"文革"和林彪反党集团的极"左"文艺路线进行了深刻的总结批判，提出了深受大家欢迎的文艺方针、政策和创作要求，成为建国后我国文艺发展的历史转折点。30年后看，我国文艺在批判极"左"和防右的过程中曲折发展，大家的创作理念已经放开，创作实绩已如百花争艳。但是也要看到，极"左"的影子还似有似无地跟在我们身后。也有的是心有余悸，"恐左症"难消，甚至一提到政治就误认为是极"左"。这都是不利于文艺正常发展的。现在痛定思痛，很有必要对极"左"文艺思想和路线进行一次全面系统的清理，那么就在这里将其主要弊端与危害开列如下。

（一）"写中心，唱中心"，主题先行，排斥艺术

在建国后17年中，"文艺从属于政治"基本是一条铁律，无论是谁的作品，只要被判定没有为无产阶级政治服务就要被"枪毙"。到"文革"时，处处都是"文字狱"或"歌唱狱"、"绘画狱"，一大批文艺家、专家学者被打成"黑帮"进入"牛棚"。天天批判"封资修"，革命调门越唱越高，文艺的政治标准越来越唯一化。写中心、唱中心，紧紧围绕具体的政治任务创作成为一种集体无意识。每当毛主席一条语录公布，人们就要连夜敲锣打鼓上街喊口号，然后马上编排有关节目及早上演。歌颂"伟大导师、伟大领袖、伟大统帅、伟大舵手"的"四个伟大"的文章和节目比比皆是，连出版印刷的年画也都是各种伟大领袖像。无论集体食堂还是家庭中，开饭前都要虔诚地站在毛主席像前做四件事：一是向毛主席致敬，二是念毛主席语录，三是唱毛主席语录歌，四是向毛主席汇报。这种仪式当时叫做早请示、晚汇报，已经带有宗教性质。极"左"的文艺路线与狂热的个人崇拜紧紧地结合在一起，好像除此就不是革命者、不是毛主席的红卫兵。

那时的创作强调"紧跟"，实际上都是从观念出发，"主题先行"。还有不少是奉命而作，很难有自由心灵的表达。个别人却投机性地跟风捞取政治稻草。上级给任务，便分派到单位或个人身上限时完成，或者办创作培训班集体完成。初稿拿出后要逐级接受审查，创作者便成为被审判的对象，动不动就上纲上线，扯到对领袖和党的感情、无产阶级立场上，所以许多作品都是过了筛子又过箩，执笔者不能不如履薄冰、战战兢兢。那时的言论和作品都绝对服从于政治需要，没有什么创作个性、艺术特色追求。凡是挨过整的作家艺术家们，如果上级交给一项创作任务就会受宠若惊，激动万分，于是唯命是从。没有给任务就不敢动笔，保持沉默。今天固然也有上级出题目下级做文章的情况，但绝对没有那时的许多条条框框，没有极"左"审查的目光。领导们对作者个人意见、专家论证普遍重视，甚至可能完全按专家意见拍板，这是正在实现着的艺术民主。

（二）以阶级斗争为纲，把爱情列为禁区

17年中，现实主义的路子越走越窄。毛泽东提出"两结合"，众人著文回应把"两结合"抬到代替一切创作方法的地步，又产生了对现实主义进行排斥的现象。打倒"四人帮"后，钟惦棐在《电影文学断想》中说：当年江青之流以"革命浪漫主义"之名取缔革命现实主义，甚至绝口不提现实主义，并进而反对"写真实"，还要求编剧为了主题胡诌瞎编，毫无真实可言！他揭露江青之流把知名度很高的草原英雄小姐妹龙梅、玉荣的事迹编成电影《草原儿女》时，非得加上牧主的破坏，对《白毛女》中的杨白劳则要把喝卤水自杀改为抢起扁担反抗。这是创作上的政治权力观念代替生活真实的闹剧。①

那时是以阶级斗争为纲，写什么诗、唱什么歌、演什么戏和电影，都紧紧围绕着阶级和阶级斗争。现在粮食市场上有所谓"黑五类"便是那时称呼"地富反坏右"的词语。那时写人写事、抒情议论先要分清敌我友，作者的阶级斗争弦绷得很紧。如果作品中没有阶级敌人，就可能被批评为单纯好人好事，甚至被视为阶级斗争熄灭论。有阶级敌人而处理不当，就可能被扣上阶级斗争调和论的帽子。"文革"一开始，各报纸都取消了文艺副刊，所有文艺期刊全部停办。后来20世纪70年代初渐渐恢复时，作品中大都充满阶级斗争火药味。总是讲"亲不亲，阶级分，打断骨头连着筋"，这是意识形态斗争的扩大化。丰富的社会生活、鲜活的人物和事件大部分不能表现，特别是把爱情题材列为禁区。王若望曾经说：极"左"时期"写爱情就是宣扬小资产阶级感情"，什么"亲子之爱、儿女之情是人性论啦"，"用儿童的心理和语气写少儿读物就是资产阶级童心论啦，暴露我们工作中的毛病就是攻击社会主义制度啦……悲剧、讽刺剧要不得啦……如此种种，不一而足"。"在这种情况之下，文艺工作者思想受重重束缚，如履薄冰，如临深渊……"②那时一些电影、戏曲的女主角，不是丈夫不在家就是已经被害死，也成为一种构思模式。现在的谍战片中，大多主角是双面、三面间谍，表现了革命战争年代阶级斗争的复杂性、残酷性，这若在"文革"中还不把编导们批斗死了？

（三）过分强调写工农兵，普遍贬低知识分子

要求写工农兵，就是要写工农兵中间的英雄人物。"文革"前出版

① 《新华月报》1979年第10期。
② 《红旗》杂志1979年第9期。

的长篇小说，到"文革"中便被打入冷宫，因为那些工农兵形象还有些个性，却不符合更为极"左"的政治要求。当时文学上只有鲁迅的作品和浩然的长篇小说《艳阳天》、《金光大道》行世被称为"一花独放"，"八个样板戏一个作家"。2008年浩然去世时没有对他的作品做具体评判。笔者认为，《艳阳天》和电影《地道战》、《小兵张嘎》等在"文革"中未被禁止，并不是它们本身有多么"左"，今天还应当客观地肯定它们毕竟代表了那个时代。有一些则不如《艳阳天》，比如当时走红的电影《春苗》、《海霞》等曾经被捧为表现阶级斗争的新样板。《决裂》中有老教授在课堂上讲"马尾巴的功能"的镜头，是对知识分子进行丑化。当时反复宣传"卑贱者最聪明，高贵者最愚蠢"，知识分子则被称为"臭老九"，有了知识便像有了罪，根本没有做人的尊严。被讽刺的还有商人。由于政策上重农抑商，在文艺上也是褒农贬商，电影《青松岭》中的赶车拉货人便是被批判的对象。

（四）要求写英雄典型，造成"三突出"盛行

苏联马林科夫提出过"典型就是党性问题"的论点。在我国，周扬于1953年也讲过："典型是表现社会力量的本质，与社会本质力量相适应，也就是说典型代表一个社会阶层，一个阶级一个集团，表现它最本质的东西。"[1]这样典型塑造便被唯一化和绝对化，使典型论陷入非科学的庸俗化的地步，误解了马克思主义的典型理论。"文革"时要求所写的工农兵都必须是掌握阶级斗争主动权的工农兵，政治觉悟和政治敏感度很高的工农兵，不食人间烟火的工农兵。只许他们有坚定的立场、昂扬的士气，不允许他们有一点缺点、污点，否则就被扣上污蔑工农兵的帽子。1968年，有人总结出革命文艺创作的所谓"三突出"规律：即"在所有人物中突出正面人物来，在正面人物中突出主要英雄来，在主要英雄人物中突出最主要的即中心人物来"。[2]按照这个规定去炮制，难免削足适履，人物往往被拔高而失真。那时还提倡过人物塑造"多侧面"、"立体化"，但多侧面和立体化也很难在创作中发挥作用，因为弄不好就会妨碍"三突出"，所以只有突出"三突出"。要实行"三突出"，便要求主要人物形象"高、大、全"，个个英雄足智多谋，力挽狂澜。对反面人物也不能写得太活，太活了就是"以邪压正"，创造者就要绞尽脑汁为英雄人物凑戏。

---

① 崔志远：《现实主义的当代中国命运》，人民文学出版社2005年版，第234页。

② 《文汇报》1968年5月23日。

在审美上，只强调阳刚之美，否则就说是"资产阶级情调"、"小资产阶级情调"。极"左"时期，还曾经批判"中间人物论"，这是导致"三突出"理论盛行的原因之一。在后来的电影、小说中，一般作者不再轻易写有缺点的转变人物或成长中人物，因为都怕被批评为中间人物论。这样，作品的雷同化就不可避免了。

（五）过头地强调运用民族形式，学习外国只是一句空话

当时也提倡向外国学习，但实际上很少向外国学习。前面已提到崔志远总结极"左"文艺路线三大弊端，其一便是我国与世界隔绝，缺少接触外国文艺的窗口。文艺家们更知道学习西方的东西很危险，弄不好就要被扣上崇洋媚外的帽子。那时真正提倡的是民族化、大众化，要求运用民族形式，有时也提地方化。既然没有从外国学到什么新形式，自然也就民族化了。现在回头看，那时的人们根本没有鲁迅"拿来主义"的勇气，过于民族化则变成了狭隘民族主义，变成了民族形式加上革命内容的重复性创作，也就难于出现什么艺术创新。

"文革"中也不是绝对没有运用外来文艺手段的创作，最有影响的就是钢琴伴唱《红灯记》和芭蕾舞剧《红色娘子军》。这对于一个国家来说学习外国太少太少。大家耳目闭塞，眼界难开，文艺园地便只有八个样板戏和一部书了。电影反复演《地道战》，也让人看腻了。京剧样板戏被视作民族化的典型代表，各种地方戏曲无戏可唱便进行移植，有的剧团干脆改成京剧团了。从现在非物质文化遗产保护角度来看，那才是对民族地方戏曲的致命摧残。

（六）结构和情节的公式化

由于那时选题立意的雷同化，也不可避免地形成作品结构和情节的公式化。矛盾的预设和发展的大同小异，结局的相同相似，这在极"左"文艺时代很普遍。因为要突出阶级斗争、革命的政治内容，要塑造一号英雄人物，常见的情节和细节几乎被文艺家们琢磨遍了。就反映城乡现实生活的创作来说，敌人破坏、群众揭发、英雄斗敌，成为常见的结构模式。如果不趋同，无法达到上级要求。

那时戏曲、电影中的英雄主角们经常有一个似乎不能缺少的动作，那就是主人公在关键时刻气宇轩昂地跳上一块石头、一个高坡或一条长凳，挥手高呼："同志们！……"这几乎成为塑造英雄人物的一种规则，说明连细节都公式化了。这也往往是创作者十分无奈的事情。

（七）到处充斥着标语口号和空洞的说教

建国后一直在强调语言大众化，但那时的作品中动不动就会出现一些标语口号。毛泽东在延安文艺座谈会上就批评过这种标语口号，再早马克思、恩格斯就批评革命文艺中不应有干巴巴的标语口号和"套语"，不要把人物当成"时代精神传声筒"。恩格斯还在给拉萨尔的信中说："要使那些论证性的辩论……逐渐成为不必要的东西……""文革"中却是标语口号林立、空洞说教盛行。当时广大读者、观众虽然倒了胃口，但也适应了狂热时代的语言表述，好像只有听到豪迈的标语口号才能表达剧中人和自己的情感。这是极"左"的文艺培养了极"左"的受众，是文艺的倒退。当然我们也不能反对正确地使用标语口号。比如抗战期间刑场上即将英勇就义的共产党员高呼"打倒日本帝国主义"等，人们并没有感到生硬和突兀，因为这是和剧情的发展与人物的情感爆发和谐一致的。标语口号就是流行语，现在的作品中也有一些民间流行语，使用起来比较生活化。若说语言上的雷同、重复，在那时是千篇一律，甚至是万人一腔的。

（八）缺乏大文化观念，将中国传统文化剔除在外

表面上看，17年和十年"文革"中，时时都在讲民族化、大众化，但具体到作品中就不是这样了。一是作品中缺少中国传统文化元素。写民俗事象和地方风情首先用政治标准进行衡量，稍有所碍便要剔除，使人物缺少生存的人文空间，更谈不上典型环境。常峻在周作人研究专著中认为，周作人的头脑中有鲜明的民俗学理论和方法，甚至成为他的文学思想的基本内核一直贯穿。并引用周作人的话说："我们现在所偏重的纯粹文学，只是在山顶上的一小部分。实则文学和政治经济一样，是整个文化的一部分，是一层层累积起来的。我们必须拿它当做文化的一种去研究，必须注意到它的全体，只是山顶上的一部分是不够用的。"①可以把周作人这句话看做五四以来的中国早期文化批评。二是对儒道佛几家的思想全面否定，大小报刊根本看不到它们的蛛丝马迹，若提到搞不好就会被扣上一顶封建主义、唯心主义大帽子。"文革"一开始就有红卫兵"打神骂庙"，还无知地抄家焚书。20世纪70年代"批林批孔"、"评法批儒"也是一种极端行为，这似乎和五四时期批孔行动相似，但批得很皮毛。三是普遍缺乏人性化描写。在弘扬民族精神、牺牲精神、集体主义精神过程中，极端

---

① 常峻著：《周作人文学思想及创作的民俗文化视野》，上海书店出版社2009年版，第156页。

地否定正当个人利益和人的个性诉求，把它们统统看做自私自利的个人主义。人物只能有革命的战斗的风采，不能有一点人性化的味道，更谈不上以人为本与和谐文化了。这种创作理念，是人为地制造马克思主义与中国传统文化的绝对对立所形成的。

（九）违背文艺规律，违背马克思主义经典原意

马克思主义文艺理论是我们的中心话语。极"左"时代的"主题先行"、"三突出"、标语口号盛行等全面违背了马克思主义文艺理论的原意。但其间存在着误读和曲解。这有社会政治的影响，也有理论上认识上的原因。长期以来，我们对马克思主义文艺观中历史范畴的理解就是片面的、含混的，所以才形成了绝对化、极端化的文艺政策，只准现实主义一花独放。有时也把马克思主义文艺思想等同于现实主义理论。还有人把马克思主义文艺思想当做唯一文论体系，否定人类已有的优秀文论的积累和运用。或者把马克思主义文艺学对象定位于革命文学，排斥非革命的文学；并且把典型化推向了极端，排斥了一般性的有益的东西。

极"左"思潮没有全面、系统、准确地理解马克思主义的原意，更没有根据中国国情、文艺传统发展马克思主义文艺理论，而是机械地、教条主义地打着马克思主义的旗号而窒息马克思主义。马克思、恩格斯当年针对欧洲各国工人运动的高涨和有关文艺创作提出了现实主义的基本原则，强调了革命文艺的无产阶级性质，但马克思也讲过："你们赞美大自然赏心悦目的千姿百态和无穷无尽的丰富宝藏，你们并不要求玫瑰花发出和紫罗兰一样的芳香，但你们为什么却要求世界上最丰富的东西——精神只能有一种存在形式呢？"[1]我认为这是马克思早就懂得和肯定了文学艺术的多样性。可惜我国极"左"时期只强调马克思主义在本质上是批判的、革命的，却没有记住马克思主义必须根据各国情况和文化传统、结合各时代特点而发展的观点。文艺界也一样，拘泥于马克思、恩格斯的只言片语，所以那时的文艺只能钻进极"左"的牛角尖里。

上面从九个方面梳理了极"左"文艺思想和路线的弊端与危害，澄清了马克思主义、现实主义蒙受的不白之过。再细挖掘还会有一些。在今天解放思想、追求文艺科学发展的过程中，极"左"的创作理念早已经成为过街老鼠，思想解放带来了空前的百花齐放。一大批当年搞极"左"或受

---

① 马克思：《评普鲁士最近的书报检查令》，《马克思恩格斯全集》第1卷，人民出版社1956年版，第7页。

害于极"左"的人们已经故去。文艺新秀们也普遍不知道极"左"了。然而，有时历史会出现沉渣泛起，我们不能不予以警惕。

二、新时期文艺创作中出现的一些弊端

如前所述，打倒"四人帮"之后，举国上下拨乱反正，严肃批判极"左"思潮和路线，这是历史的进步。20世纪80年代初中期，随着改革开放的深入，西方现代主义传入，后现代和多种名目的文艺思潮也涌入我国，对我国社会主义文艺发展起到了不可缺少的丰富和借鉴作用，助推了对极"左"的深入批判和对国人的文化启蒙，也可以说是对我国文艺大剂量地输了一回洋血。到80年代中后期西方文化则已呈泛滥之势，其冲击作用甚大。主要是对马克思主义和中国化马克思主义文艺思想、现实主义创作方法等进行了否定和消解，对我国五千年传统文化进行了严重摧残，造成了全社会性的信仰危机和价值观念的迷乱。这里还要提到现实主义这个概念，在《苏联大百科全书》的"现实主义"词条中说："在阶级对抗的社会条件下，现实主义的历史是一个漫长的、复杂的、矛盾的发展过程。"从我国文学史和当前的文艺现状来看，这种判断具有真理性。此词条又说："现实主义落衰时期是与艺术脱离了人民土壤、非现实主义艺术流派占统治地位相联系的。这种时期所造成的恶果是人工的模仿、对以前所创造的形式的矫揉造作的歪曲，而有时是以前所获得的技巧手法的丧失。尽管如此，艺术中现实主义传统的继承性却不曾中断过，传统的主要保存者是人民。"[①]由此想到上几节所述，虽然现实主义难免会遭遇其他各种主义的干扰，但它一定会被继承下来的。

西方文化冲击是一方面，社会转型是另一方面。由于20世纪80年代提出发展商品经济和90年代提出发展市场经济，消费主义的出现，现代传媒的引导下大众文艺的流行，特别是出现文艺娱乐化和日常生活审美化的滥觞，便形成了长达十几年的一种倾向掩盖另一种倾向的"矫枉过正"现象。现在，我们既不能站在极"左"的角度对之全面否定，更不能站在全盘西化的立场上欣赏它们。我们只能站在马克思主义立场上，通过大量文艺实践的效果检验来评判鉴别，努力进行正面引导和做出必要的纠正。

下面对新时期以来文艺创作和研究上所出现的一些弊端和问题，进行一次比较系统的梳理和解剖。

---

① 北师大中文系文艺理论教研室编：《文学理论学习参考资料》下卷，春风文艺出版社1987年版，第565页。

（一）非意识形态化，告别革命

粉碎"四人帮"后，现代后现代还未大量译介过来之前，文艺界就已经借清算极"左"文艺路线出现了"远离政治"的倾向。不久西方文艺理论大量传入，便出现了与主流意识形态相疏离甚至对抗的"非政治化"、"非意识形态化"、"告别革命"、"纯艺术"等口号。与"回到五四去"、"文学回归本位"的提法相互呼应而合流。此时老作家们痛恨极"左"，文艺新人忙着学习西方，这固然推动了正本清源，但他们也不分青红皂白地参与到要求文艺脱开现实、甚至与政治彻底分道扬镳的潮流中，个别人要用西方政治标尺衡量和否定中国革命。在1990年前后"重写文学史"的呼声中，一再出现否定红色文艺经典的现象，一些人公开地宣布抗战以来的作品都不是经典，甚至说都不是艺术品。这也便是不良文艺思潮对社会主义政治文化的否定，好像不偏不倚却是实行了另一种政治。

（二）反对体验生活，"主题先行"，与极"左"异曲同工

后现代的创作弊端之一是反对体验生活、面向现实，而是关起门来去写人，不承认"人民"，且大搞主题先行。他们总是从西方某种理念出发，随意地组接故事，根本不管生活真实与否。所以他们不久也便自我雷同、自我重复，也互相重复。前面我们批判极"左"文艺思潮时就有主题先行、图解政治问题，现在发现后现代们竟然与他们如出一辙。原来无论极"左"桎梏下的还是模仿外国的创作，都可以滑到一条胡同里去。所以不少评论家认为，一批后现代作品没有历史和现实生活的场景与内涵，只有庸常生活、赤裸裸的性解放等单调的理念表达或变形的隐喻，普遍缺少正面思想。他们曾经被一些评论家捧得很高，但读者们不大买账，这个软钉子让一些先锋走向了深思。

（三）告别崇高，消解诗性，将人物矮化、非英雄化

20世纪80年代中期文艺主流表面上是现实主义的，但现代派作品中的人物形象就已经开始矮化、侏儒化、痞子化。在先锋作品中，普遍都写小人物，而且多是少见的傻子、疯子、白痴、懒汉，他们卑琐、丑陋，玩世不恭，无所作为。有的是为城市生活所迫的无奈者，有的是习性恶劣的下流人物。其中一些知识分子也被描写得因生活所迫而卑微、失落，小市民化，有时还不如老百姓，没有了启蒙的锐气。乡村干部更是鼠目寸光、自私自利、贪财好色。那时的文学期刊中，几乎没有正面人物，更谈不上英雄。尽管人物塑造平面化，一个个庸常麻木、沉沦、灰头土脸的，却在理

论上被认为是写真实，是原汁原汤，是真实的真实。他们认为世间本来没有多少崇高，认为写崇高和英雄便是虚假的伪造。其实他们犯了视而不见的唯心主义。作者主体的隐匿和生活场景的苍白、沉闷，人物形象的愚蠢化、日常生活的庸碌化曾经比比皆是。他们是审丑不是审美，作品的诗性和审美价值，都被抛弃和消解了。

（四）反历史，消解历史意识

先锋写作反历史、消解历史意识。郭宝亮认为这是从寻根文学开始，从现实层面的"政治、经济、道德与法"向"自然、历史、文化与人"的范畴过渡。①但是后现代认为历史一旦具体描写出来便不再是原来的历史，就会加入主观意识而变味，那么历史是不能有任何描述、无法描述的，人类所经历的只能是一片混沌。所以后现代的新历史主义作品中往往没有特定的时间、历史背景，是打碎时间记忆而走向历史虚无主义。他们反历史的倾向也表现在一些对红色经典和各种名著的戏说、改编上。有人非得往阿庆嫂身上加些毛病，却认为这才真实。一些历史经典、文学经典的胡乱演绎使青少年们误以为这就是历史。最近又有人拿出了关于《红楼梦》的《非常品红楼》，自以为这是红学研究的"年轻态"，可以把戏说变成"悦读"。这不但危害《红楼梦》和文学知识本身，还影响到读者的价值取向，甚至打破了文艺作品应有的道德底线，败坏了学术研究的名声。也反映出作者是在浮躁心态下的哗众取宠、追求卖点。我们要保持祖国历史文化的尊严，保护历史文化的古根。如果这古根被人拔掉，我们还有什么文化的尊严呢？所以必须刹住反历史、毁经典的邪风。

（五）反理想，消解价值观念，鼓吹娱乐至上

后现代派否定理想和信念，消解人的价值观念，也从不表现人的积极向上、有所作为的一面。他们创造的人物，大多懵懵懂懂、浑浑噩噩，没有社会理想，没有人生追求。为什么活着，怎么活着，全然不知，只知道吃、喝、玩、乐，游戏人生、醉生梦死，读来令人乏味。一些诗歌朦胧起来，缺少历史的担当精神，总在性欲、孤独、无聊、失落、伤感、诅咒、憎恶等情绪中徘徊。有些综艺节目和影视作品是娱乐至上。资本主义顶峰时期必然出现的世俗化、无为化，甚至娱乐至死的观念，全都从西方搬来了。这些所谓新东西的思想浅表化或被蒸发了，价值观念也就不存在了。

---

① 郭宝亮：《文化诗学视野中的新时期小说》，河北人民出版社2007年版，第59~60页。

现代后现代们批评资本主义的缺陷和腐朽，但他们对社会主义、共产主义更是讳莫如深，在很大程度上也是持否定和批判态度的。所以这些作品在本质上是维护资本主义现行制度，也就必然对马克思主义进行或明或暗的抗拒和诋毁。所以历史地看来，西方流行过又传到中国的那些主义貌似激进，在实质上却十分保守而腐朽。这也正是西方社会不但允许它们存身，并极力向发展中国家扩散的政治原因。

（六）反理性，欲望化

过去说，戏不够、爱情凑。这早已经是老皇历了。先锋们搞的是"个人化"或"私人化"写作、"身体写作"，是受弗洛伊德精神分析学的影响追求所谓生命意识，通过人物和情节描写纵欲、乱伦，展示其动物性。他们说这是达到了新的深刻，实际效果上却使作品走向低俗化，对一些读者形成了低级趣味的迎合。西方身体学认为，身体最能够优先表现自己的灵魂，能够达到人对世界的原初认识，所以用身体的方式描绘灵魂是最佳文体。①这在先锋小说、诗歌创作方面多有表现，一些女作家的写作中也表现明显，甚至比男作家写得还露骨。有的以展示隐私为美，把人的社会性与动物性颠倒过来，这也是对消费主义、对市场的一种迎合。这样人类理性精神就很随便很轻易地被毁掉了。在影视中，床上动作越来越多，且花样百出。当今网络、手机上的黄色作品也屡禁不止，青少年们受害最深。

（七）鼓吹暴力、展示死亡

一些作品宣扬和展示凶杀、枪战、车战等各种暴力，犯罪描写泛滥，展示各种死亡，没有节制地追求感官刺激，也是当前一批作品的一大流弊。有的描写和展示"黑帮"、"江湖"和血淋淋的施暴过程，这些影视和网络上的镜头常常让人惨不忍睹。不但少儿不宜，成年人也不宜。有人批评说，这是"给暴力提供了直接的奖赏"，使人"认识到在冲突的情况下，暴力会带来所想要的一切"。这便是一种危害极大的暴力文化，是一种隐性毒瘤。②美术界的行为艺术即所谓现代艺术也大反常态，在画布上打个滚就是一幅作品，一群人重叠堆砌起来也算一次创新。余华初期的小说写了很多死亡，在文学史上鲜见。杨红莉在《回归之途：先锋小说研

---

① 见《文艺争鸣》2009年第9期，李蓉文章。

② 《光明日报》2010年1月20日第3版。

究》中说他搞的是"死亡游戏"，写得"残忍血腥"。描写死亡固然有各种社会、心理等方面的原因，但写死亡就有深度了吗？也不一定。古今中外的先人、圣哲对生死问题都做过深入的思考，他们能够平静、从容、高尚、尊严地面对死亡，在信仰的力量中获得超越死亡的永恒意义。而今天的一些作品中展示的死亡意识却基本是"人死如灯灭"，没有悲壮，没有重于泰山了，不值得可悲可怜或无所谓，所以他们对待死亡没有了思想高度，人类被草芥化了。当然也有的是隐喻和象征，却都让人恶心或惊悚。

（八）"语言革命"，形式主义

他们颠覆一切传统，包括母语传统。在一些作品中，中英文交替使用，有的主要人物名字也用英文书写，为许多读者造成了阅读障碍。他们提倡"语言革命"、"文本主义"，故意颠覆汉语语法，自造许多生硬的新词语，也有不少疯话废话。有些作品果真是满篇废话，除了得到阅读疲劳便是失望，好像展示废话就是目的，那便是形式主义。西方已经不时髦的结构主义、文本主义等追求作品外在形式的理念和做法，翻译过来推动了我国文体的创新，却也形成了八九十年代形式主义泛滥。为了追求作品形式创新，似乎什么都可以颠倒重组。现在，"酷"、"帅呆了"与谐音的"钱途无量"、"口蜜腹健"词语等仍然随时可见。网络上大量新词语，如"钓鱼执法"、"楼脆脆"、"炱"等正在源源不断地制造出来。有些过去上不得纸面的低俗词语，现在都堂而皇之起来。语言学家们著文呼吁、批评，却都被当成了耳旁风。

（九）在创作态度上，生吞活剥地模仿

前面引述《苏联大百科全书》中非现实主义占统治地位时的恶果是"人工的模仿"，对以前形式的"歪曲"。新时期非现实主义虽然未能占据统治地位，但也曾来势汹涌地成为一时的主潮。后来才知道他们是在模仿。20世纪80年代初王蒙运用"意识流"就有些模仿，但也有消化吸收，读来新鲜也不太生硬。而后现代主义传来时则群起模仿，那改头换面的新包装，让中国人乍看很新鲜，但在外国人眼里却是赝品、克隆品。90年代中期之后有所改善，但在许多方面的模仿仍然存在。他们自称借鉴，有的却没有从文化底蕴上下工夫，属于投机取巧玩文学的行为，消解了文学的严肃性和艺术创新的神圣性。好在从20世纪最后几年开始，一方面是现实主义冲击波酝酿形成，另一方面是一批先锋在实际碰壁和思索中开始回视传统。余华、毕飞宇等都已在一定程度上对民族文化进行了审视和吸收。

刘震云长篇小说《一句顶一万句》获得茅盾文学奖,郭宝亮早在评论中就分析过"刘震云现象",说他已是第四次转向,属于日常叙事的转向。"它标志着刘震云基本完成了对此前叙事的由繁到简、由张扬到内敛、由奢侈到朴实的转变。实际上,刘震云一直在寻找着对思想的最完美的表达方式……"①又说刘震云在《故乡面和花朵》的最后一章对本民族的《三国演义》、《琵琶行》等进行了模仿,对具有鲜明民族风格的叙事作品也情有独钟,所以在这部长篇中找到了"属于自己也属于本土的叙事方式"。这说明,后现代在实践中终于越来越清醒地认识到回归民族传统的重要性,于是他们开始面向中国大众了。如前所述,余华也开始向现实主义倾向的回归。苏童最近也在一篇《关于创作,或无关创作》中说:"青年时期的热情沉淀下来,是更理性的思考,对传统的理解会改变,对小说的理解更会改变。"②他们在创作实践中的思索和转型,实在是当代文学之幸。

现代后现代们曾经普遍否定我国传统文化,在作品中张扬个性而消解民族精神、国家意识、集体主义等主流价值观。他们有意无意地做了西方文化的传声筒。这是大家看得十分真切的。据说行为艺术者最横。如果有人批评他们,他们会反唇相讥你不懂艺术,或者说你是民族主义。后现代最致命的"软肋"是解构有余,构建不足,在当代中国和世界的负面效应甚大。它们在西方也没有成为主流。美国名家罗蒂在其晚年便宣布:"后现代主义不是一条出路,后现代主义多半是破坏性的,没有什么正面的建树。"③还要看到的是,后现代崇拜生命本体论,认为这是人类认识自身的进步和最终归宿。其实这是一种反历史的意识形态,是资本与市场作用下的产物。而马斯洛在40年前就说得很到位了:"文化只是人性的必要原因,不是充足的原因。但我们的生物因素也只是人性的必要原因,而不是充足原因。"④此论科学地告诉我们,只强调人的生物性和只强调人文精神一样,都会是片面的。后现代从反异化出发反历史、反理性、反理想,曾经对我们有所启发,但已经使人类精神境界降低,而不是提升。

当前后现代思潮表面有些回落,但暗中仍然在与马克思主义、社会主

---

① 《文艺报》2009年7月16日第6版。
② 《新华文摘》2009年第22期。
③ 见张庆熊:《后现代主义与思想解放》,《新华文摘》2010年第5期。
④ [美]马斯洛著,林方译:《人性能达的境界》,云南人民出版社1987年版,第158页。

义进行博弈，与我国主流价值观进行较量，为西方的意识形态、消费主义和生活理念张目。五四时期的个人自由的现代性已经被一批学者所质疑，今天后现代性对它的张扬又走过了头。我们要站稳脚跟，加快文艺的现代性理论研究与建构。中国的现代性研究，要根据我们的传统和国情自主进行，包括对传统的包容、对和谐文化的吸收，还要研究革命现代性，适当吸收后现代性中合理的部分，这样才能实现现代后现代理论之中国化扬弃与改造。同时也要可喜地看到，新现实主义、新浪漫主义都在多样化政策指引、约束下较快发展。可是由于资本和市场的作用、资本主义世界对我国的多重包围，我们也不要过于乐观。但本人坚信，新的中国式的现代性理论必然会超越西方的传统现代性和后现代性理念，真正推动实现中国特色社会主义文艺现代化。

上面对极"左"文艺思想、新时期文艺中存在的问题与弊端进行了一次梳理。不要说它们都是不可避免的。我们没有必要为它们开脱，而要防止有人又为一种倾向掩盖另一种倾向找什么理论依据，再使文艺创作和理论研究发生重大震荡。

历史让人聪明，我们和我们的后人在反思和自省中会聪明起来的。

第四章　文艺规律与民族化风格气派

文艺作品具有形象性、真实性和典型性，是马克思主义文艺理论和古今中外多种文论的基本内容，本书第一章便对这"三性"的经典论述做了提纲挈领的重温。第二章论述创新发展主要是已有经验和成就的正面展开，第三章则是百年回顾和对两种教训的总结批判，这些都已经反复涉及文艺规律问题。这一章还必须专门讨论文艺发展的规律、规则。过去那种只讲政治、忽视和排斥艺术的极"左"时代已经结束，真正尊重文艺规律的百花齐放时代已经到来。事实证明，只有尊重和运用文艺规律才能克服图解政治、主题先行等极"左"文艺的弊端，只有尊重和运用文艺规律才能创作出艺术精品、传世经典，只有尊重和运用文艺规律、追求民族化、大众化才能保持和发展中国作风和气派，才能使我国文学在"世界的文学"的大格局中显示东方文化的神韵与风采。

第一节　文艺的本质与规律

本书第一章就提到马克思在《1844年经济学哲学手稿》中，论证了人与动物的区别在于人会"按照美的规律来建造"。那么，美的规律、文艺的规律是什么？一般说来，在创作上有各种各样的方法和手段，各种体裁、样式也有各种各样的艺术规则或做法，这些都可以看做文艺创作的大小规律。

文艺规律与文艺的本质相关，反本质主义理论否定事物本质的存在。我们不要本质主义，却要肯定本质的存在。同时事物的本质与规律不是单一的，也是不断发展变化的。

一、文艺的本质与规律

列宁曾经说："规律就是关系"，就是"本质的关系或本质之间的关系"。①这和马克思所谈的"现实关系"都是体现着社会生活的本质与规律的关系，也可以看做文艺自身的关系即规律和规则。所以人们总说，文学的本质是社会生活的反映，或说文艺的本质是审美，还有人说本质就是规律等等。笔者以为，本质性的关系便是规律。

然而，问题也不是那么简单，尤其是现在学界正在讨论本质主义、关系主义。笔者便翻看南帆诸君的文章，发现从亚里士多德以来的本质理论被称为本质主义，认为本质主义是僵化的，是"空洞的理念"。因为本质主义文学研究往往认为文学周围的"各种具体关系犹如多余的枝蔓"，应当"删除"，只能"排除一切外围的干扰，斩断历史的纠缠，顽强地显示文学之为文学的恒定特征"，那么本质便"如同一个理论的君王"，众多文学经典都要共享一个相同的本质，纯文学更是"摒除杂质，隔离异己，保存水晶般的纯洁无瑕"。他们认为形式主义、结构主义也没有找到对文学最为客观全面阐述的方法。认为文学与周围发生着复杂的关系，主要是文学与传统的关系，连经典也是一样，只能被时代所鉴定。并判断说："'本质'是文学的起点，也是文学的终点；传统是文学的起点，但不是文学的终点。"②这便是他们否定文学本质的关系主义。还认为文学与传统、与历史在相互衡量之中调整分工，自我确认，而且与哲学、宗教、新闻、政治、游戏，人类学诸多关系交叉描述，位置逐渐收缩，继而暂时锁定。但又承认本质主义没有全部失败，"仍然在认识活动中拥有强大的支配权力"，"透过现象看本质"还是经典格言。南帆推崇文化研究，认为它极大地发挥了文学内部的多种潜能，敞开了文学的边界。关系主义看出了以前文学研究上僵硬机械的弊端，对所谓"文学性"亦有抨击，预料维护现有秩序的意识形态将在文学界中走向瓦解和新的组合。但童庆炳在研究本质主义的文章中说，马克思主义一开始就是反本质主义的，而且马克思主义是最看重文学与历史、社会的关系的，最讲批判与发展的。根据上面的有关争鸣，笔者认为否定本质的存在，使文学突破边界限制是后现代新历史主义观点，将导致一片混沌不清。事物的现象与本质是不可缺少

---

① 《列宁全集》第3卷，人民出版社1984年版，第161页。
② 见南帆、练暑生、王伟：《多维的关系》，《文艺争鸣》2009年第9期。

的哲学范畴，关系也有主次之别，所以列宁所说的"本质的关系"并没有错，而是后现代反叛一切本质之错。

如陆贵山《试论文学的系统本质》一文中说，反本质主义是对极端的、僵硬的、教条的本质主义的反拨和挑战，但我们承认文学的本质不等于本质主义。这正如有人认为马克思批判欧洲以前的本质理论一样，我们也认为本质不是僵死不变的，人们对事物包括文学本质的发现和认识是不断进行的，实际上文学自身和它的本质一直是随着时代发展而丰富的。但文学的本质不是单一的而是系统的多维的本质。[①]文学的本质有广度、深度、矢度、圆度四个向度。文学的本质就应当是"真理的过程"。而真理也是关系，那么文学就有各种关系因素的"合力"的互相激荡、互相拉动和交互作用，于是陆公提出文学有自然主义的文论学理体系、历史主义的文论学理体系、人本主义的文论学理体系、审美主义的文论学理体系、文化主义的文论学理体系和文本主义的文论学理体系，这六个文论学理体系，都是文学系统本质中不可或缺的组成部分，构成一个有机的生命共同体和活性的"生态循环圈"。

我们掌握了文艺的多重关系，就是要正确处理思想与艺术、主题与材料、人物与情节、构思与表达、描写与抒情等方面的关系，就是掌握了文艺生成和评价的科学方式方法，这便是尊重和运用了文艺规律。

二、三大文艺规律：源于生活、形象思维、继承创新

笔者经与多位学者讨论，认为古今中外经典大师们的成功经验和极"左"、后现代们的教训证明：文艺来源于社会生活、表现社会生活，是一切文学艺术的基础规律，或说这是文艺的第一规律。正如恩格斯曾经从哲学高度论述道："无形体的实体和无形体的形体一样，都是荒唐的。形体、存在、实体只是同一种实在的不同名称。不可能把思维同思维着的物质分开。"[②]我们的艺术想象与幻想，只是心理学意义上的大脑活动。人生经验和艺术构思对生活的依赖，有直接或间接之分，不要以为间接的就是不需要现实生活事象。我们再讲内宇宙、再内心化、再身体学，也永远离不开人类赖以生存的大千世界。不可轻视人生社会，不可躲避生活现实。世界是母体，人类是她的儿女。现实是根，心理是苗。生存第一，

---

① 《文学评论》2005年第5期。
② 《马克思恩格斯选集》第3卷，人民出版社1972年版，第383～384页。

内心第二。纵然已经有各种各样的创作方法和流派，但根底都是一个——社会生活。这不仅是本书第一章中引述马克思关于物质第一性、意识第二性为理论根据，生存、生活总是首要的——这是老百姓最懂得的真理。文学艺术来自生活，包括人的物质生产劳动和人的内心思维——由生活现实带来的悲喜逆顺思想情感，这两方面本来是一体的。创作者表现上有所侧重很正常，但不能从理论上颠倒过来。一颠倒，鼓励自我的膨胀、人物描写内心化，往往要唯心而失真，主题先行就可能泛滥成灾了。现在都在讲"以人为本"，人们对它的理解差别很大，但愿它不要成为否定文学艺术思想性、社会性的借口。

第二个根本性规律，则是要运用形象思维。这也是古往今来反复证明过的一切文艺规律中最基本、根本的通用规律。上面我们对极"左"文艺、新时期各种不良文艺弊端的分析归纳中证明，无论文艺家的思想境界多高，作品题旨多么重要，但要形成艺术作品就必须运用形象思维，一切艺术创新必须用形象、事象说话。形而上的理念要用形而下的具象的东西去表现，否则就成为搞空洞抽象的说教或乱编故事而造成失败。第一规律决定第二规律。正常的情况下，要从现实关系出发，不能忽视现实。

第三个应当是继承与创新。这在前面已经谈过不少。创新是文艺的生命和灵魂，不创新就等于死亡。并且要一面继承一面创新，而不能做无根草、无本木。

此外还应该看到一般与个别、内部与外部、现实与幻想、接受与被接受等关系处理上也都有各自的规律。规律有大有小，有宏观和微观之分。《王朝闻文艺论集》是关于美学创造和审美欣赏规律的重要著作，他论述了"把握重点"、"透与隔"、"以小见大，以少见多"等都是艺术创作的辩证法，很有学术价值和实践意义，为许多中青年作家艺术家所喜爱。不同文艺品种也有不同的艺术规律。比如电影的特性主要是视觉形象，它只能表现那些展现在我们眼前的、无论空间或时间方面都能直接作用于我们的感官……因此导演就必须为人物的内心活动找到外在的、可以看得见的画面才能达到视觉效果。所以场景、画面是导演极为认真地进行选择、设计的。演员则按导演要求去设计自己角色在各种场景中的动作和表情。而编剧一开始就要按画面、时空转换进行情节细节的描述。分镜头剧本更是实施拍摄时所用的依据，往往将之细化到相当的程度。电视剧产生较晚，近于电影却有所不同。电视的编导演可以借用电影的蒙太奇等手法，但它可以连续几十集、上百集，而电影大片也不过三四个小时。那么编剧开始宏观构思时就注意了它们的差别。

像戏剧、曲艺、音乐、舞蹈等同样都有自己的规律规则，细分可以有几十条甚至上百条。戏剧中，传统舞台剧、话剧、歌剧及音乐剧、情景剧等也各有自己的创作演出规律。传统戏中的京剧是国粹，行当最多、板式最多，表演程式最复杂。一板一眼、一招一式、一声一腔、一颦一笑，都是很有讲究的。演员学戏，按其规则习练很久才能登台。登台之后仍需不断揣摩总结舞台经验，渐渐才可以进行艺术创新。这便是学习运用京剧艺术规律规则的过程。我国地方戏曲原有300多种，如今减少了却仍然各自保持着独特的表演套路、唱念做打等特点。除了艺术本身的规律规则，还有"台上五分钟，台下十年功"、"要在人前显贵，先在人后受罪"、"艺高人胆大，胆大人艺高"等行业谚语，其中包含着人才成长和有关工作的规律。

三大规律是普遍规律，不同行当中的规律则是特殊规律。我们要尊重和运用普遍规律，还必须尊重和运用特殊规律。要尊重艺术的规律，也要尊重社会生活的规律、逻辑的规律。只要我们尊重了生活，尊重了艺术思维、逻辑思维，树立了创新意识，就会不断拿出超越自己甚至超越他人的精品力作。还要看到，时代生活和科学技术正在向前发展，新的生活规律规则和文艺规律都会不断产生。网络文学的出现，就带来了写作方式等方面的巨大变化，虽然说它的基本规律仍然是传统文学的，但也需要寻找和发现网络文学创新发展的具体规律。一段一段地写作、一段一段地贴出，马上就能听取跟帖者的意见，这就与传统创作大不相同。博客、微博又与网络长篇写作有所不同，这期间都会有约定俗成的规则和写作操作规律，有待于我们去总结、发现和运用。事实证明任何有用的文艺规律规则，我们都必须在创作中遵循、实践、推广它们。由于文艺与生活的关系、继承与创新的关系在前面已经各有一节的阐述，下面便重点谈形象思维问题。

第二节 拥抱和把握形象思维

艺术只能用艺术形象来进行表现，而不是用时髦的口号。何洛较早地论述了形象思维的基础是客观世界和人的社会实践，它的特征是"把作家的世界观熔铸到形象体系中去"，是"有美学价值"地"把情感通过形象体现出来"的思维活动。[1]这段话体现了马克思主义的文艺观、美学观。

一、古今中外关于形象思维的经典论述

形象思维又称艺术思维。顾名思义是与形象紧密联系的一种思维，是文学艺术创造者从观摩生活吸收创作材料，到塑造艺术形象的整个创作过程中所进行的主要思维活动和思维方式。形象思维遵循认识的一般规律，即通过实践由感性阶段发展到理性阶段，达到对事物本质的认识。形象思维既是一种认识，又是一种创造，在这个过程中要从丰富的感性材料飞跃到生动的具体感性的艺术形象，所以它有自己特殊的规律：在思维过程中始终不脱离具体的形象，只舍弃那些纯粹偶然的、次要的、表面的东西；形象思维过程中始终伴随着强烈的感情活动和丰富的想象、联想与幻想；它的目的是把作家艺术家想象的结果塑造成具体可感的艺术形象。形象思维受作者世界观的指导和支配，也受其对社会生活熟悉、理解程度的制约，还需要有丰富的艺术修养与创作经验。

正如前面提到马克思在给拉萨尔的信中，批评他"在性格的描写方面看不出什么特殊的东西"，人物济金根"也被描写得太抽象了"。恩格斯在给拉萨尔的信中，也说《济金根》"应该改进的就是要更多地通过剧情本身的进程使这些动机生动地、积极地，也就是说自然而然地表现出来……与此相关的是人物的性格的描绘。你完全正确地反对了现在流行的恶劣的个性化，这种个性化总而言之是一种纯粹低贱的自作聪明，并且是垂死的模仿文学的一个本质标记。此外，我觉得一个人物的性格不仅表现在他做什么，而且表现在他怎样做；从这方面看来，我相信，如果把各个人物用更加对立的方式彼此区分得更加鲜明些，剧本的思想内容是不会受到损害的……"恩格斯又进一步强调，"我们不应该为了观念的东西而忘掉现实主义的东西，为了席勒而忘掉莎士比亚……"这是马克思、恩格斯论述了小说、戏剧的形象思维，包括人物性格塑造、作品内容和表现手段，强调了必须学习文艺复兴时期的艺术大师莎士比亚。列宁则在1901年《怎么办？》中说："应当幻想！""如果一个人完全没有这样来幻想的能力，如果他不能间或跑到前面去，用自己的想象力来给刚刚开始在他手里形成的作品勾画出完美的图景，——那我就真是不能设想，有什么刺激力量会驱使人们在艺术、科学和实际生活方面从事广泛而艰苦的工作，并

———————————
[1] 《形象思维的客观基础与特征》，《哲学研究》1978年第5期。

把它坚持到底……只要幻想的人真正相信自己的幻想，仔细地观察生活，把自己观察的结果与自己的空中楼阁相比较，并且总是认真地努力实现自己的幻想，那么幻想和现实之间的不一致就丝毫没有害处。只要幻想和生活多少有些联系，那幻想决没有什么不好的地方。"①斯大林对语言和形象思维有过一段著名论断："不论人的头脑中会产生什么样的思想，以及这些思想什么时候产生，它们只有在语言材料的基础上、在语言术语和词句的基础上才能产生和存在。没有语言材料、没有语言的'自然物质'的赤裸裸的思想，是不存在的。'语言是思想的直接现实'。思想的实在性表现在语言之中。"②无论列宁强调用幻想勾画完美的图景，要求幻想与生活有一定联系，还是斯大林谈语言与思想（思维）的关系，这些都是形象思维创作的重要问题，可惜这在极"左"时代除了少数人大多弃之未用。

　　探索文艺创作中的思维特点，把"形象"和"思维"两词明确联系起来，始于别林斯基《伊凡·瓦年科讲述的〈俄罗斯童话〉》中所说："寓于形象的思维。"他在《智慧的痛苦》中又说："诗歌是直观形式中的真实，它的创造物是肉身化了的概念，看得见的、可通过直观来体会的概念……不过不是表现在概念从自身出发的辩证法的发展中，而是在概念直接体现为形象的形式中。诗人用形象思维，他不证明真理，却显示真理。"③而最早把"形象"作"思维"的定语组成"形象思维"一词的，是《毁灭》的作者法捷耶夫在1930年《争取做一个辩证唯物主义的艺术家》的演说中始创的。④他当时批判某些艺术家"把真实具体的哈巴狗加以抽象"，并抽象地叙述这种狗共同的类的特点，说"不过这已经不是形象思维了"。这便是形象思维这一概念的最早形成。在我国，毛泽东在1965年7月《给陈毅同志谈诗的一封信》中说："诗要用形象思维，不能如散文那样直说，所以比、兴两法是不能不用的。"又说，"宋人多数不懂诗是要用形象思维的，一反唐人规律，所以味同嚼蜡"。⑤

　　上推早在我国古代《周礼》中就说："教六诗：曰风，曰赋、曰比、

---

① 《列宁选集》第1卷，人民出版社1972年版，第378～379页。
② 北京师范大学中文系文艺理论教研室编：《文学理论学习参考资料》下卷，春风文艺出版社1981年版，第320页。
③ 《智慧的痛苦》，《别林斯基选集》第2卷，新文艺出版社1958年版，第96页。
④ 《古典文艺理论译丛》第11期，人民文艺出版社1966年版，第153页。
⑤ 《诗刊》1978年1月号。

曰兴，曰雅、曰颂。"①东汉经学家郑玄在《周礼·春官·大师疏》中说："比者，比方于物也。兴者，托事于物。"②历史上还有不少典籍已经论述过"象"和"形"，比如《周易》中说："在天成相，在地成形，变化见矣。"又说，"圣人有以见天下之赜，而拟诸其形容，象其物宜，是故谓之象"。③晋朝陆机在《文赋》中论述到谋篇构思时说："其始也，皆收视反听，耽思傍讯，精骛八极，心游万仞。"又说，"或因枝以振叶，或沿波而讨源，或本隐以之显，或求易而得难……馨澄心以凝思，眇众虑而为言，笼天地于形内，挫万物于笔端。"④刘勰对神思、比兴和联想等皆有论述，比如："古人云：形在江海之上，心存魏阙之下，神思之谓也。文之思也，其神远矣。故寂然凝虑，思接千载；悄焉动容，视通万里；吟咏之间，吐纳珠玉之声；眉睫之前，卷舒风云之色；其思理之致乎。故思理为妙，神与物游……""是以诗人感物，联类不穷。流连万象之际，沈吟视听之区；写气图貌，既随物以宛转；属采附声，亦与心而徘徊。"⑤钟嵘也在《诗品序》中谈赋比兴时说："气之动物，物之感人。故摇荡性情，形诸舞咏。"⑥宋代苏轼的创作体会则是："大略如行云流水，初无定质，但常行于所当行，常止于所不可不止。文理自然，姿态横生。"⑦上面我国古典诗文理论的精华性论述，亦可谓关于形象思维理论之经典。

西方也一样，古希腊亚里士多德曾经在《记忆与回忆》中说："显然，记忆和想象属于心灵的同一部分。一切可以想象的东西本质上都是记忆力的东西。"⑧黑格尔在《美学》第一卷中，论述了艺术内容的普遍性应当暗寓于具体的艺术形象之中，又论述了真正的创造是艺术想象的活动、美是理念的感性显现。巴尔扎克论述了艺术家的想象力、透视力，雨果论述了想象更能自我深化和深入对象，福楼拜论述了艺术直觉的重要性，果戈理提出"我的职责是用生动的形象，而不是用议论来说明事

---

①②　北京师范大学中文系文艺理论教研室编：《文学理论学习参考资料》下卷，春风文艺出版社1981年版，第276～277页。

③　钱仲联主编：《十三经精华》，湖南教育出版社1992年版，第25页。

④　伍蠡甫主编：《中国历代文评选》第1册，上海古籍出版社2001年版，第170页。

⑤　《文心雕龙》，人民文学出版社1958年版，第493～495页。

⑥　《诗品注》，人民文学出版社1958年版，第1页。

⑦　《答谢民师书》，《经进东坡文集事略》，文学古籍刊行社1957年版，第779页。

⑧　《外国理论家作家论形象思维》，中国社会科学出版社1979年版，第8页。

物"。杜勃罗留波夫论述了艺术家与思想家思维的不同特点，又说艺术家处理的是活的形象。阿·托尔斯泰论述了艺术是从感情上认识世界。屠格涅夫在1880年关于Л·迈可夫的回忆中说："就自己的产生说来有其特性的丘切夫君的思想，从来也不曾赤裸裸地、抽象地出现于读者之前，而常常是同来自内心与自然界的形象交融在一起，为这些形象所渗透，而又难解难分地贯穿于形象之中。"又说，"我的文学作品的产生是像草儿那样长出来的。"关于小说的构思和人物塑造，屠格涅夫又这样说道："在我心中就形成了一个完整的、特殊的小小世界……之后，突然出乎意料地产生了一种要把这个小小世界描写出来的要求，我就兴致勃勃然地满足了这个要求。"[1]可见，中外许多作家艺术家都有类似的"完美的图景"的构思体验，所以他们的作品取得成功。任何作品创作都必须有腹稿酝酿过程，千万不要生硬地憋出来，或用标语口号喊出来。

源于生活现实，运用形象思维，就不会主题先行，不会从理念出发去编造，不会再犯图解政治的错误，就不会再有极"左"文艺和一些后现代派模仿者违背艺术规律的行为。20世纪五六十年代以来，黄药眠、蔡仪、毛星、李泽厚等也都先后对形象思维问题进行过很好的论述。80年代以来，作家和文论家们对直觉、模糊思维进行了创作实践和理论阐述，有的是想推翻反映论、认识论和实践论，现在看来人的大脑的表象、直觉和所谓模糊思维、第六感觉，只不过是正确认识事物的前提阶段的心理现象，它们必然会上升到理性阶段。

二、形象思维离不开逻辑思维

在李淮春、陈志良著《现时代与现代思维方式》一书中，认为从人类整个思维发展历史来分析，思维有各种类型。他们从思维能力的低级到高级进行了一次排列：具体思维、经验思维、抽象思维，这三者是由低到高的三个层次。[2]具体思维还包括行为思维、情感思维和形象思维。经验思维便是直观思维，抽象思维则包括形式思维、知性思维和辨证理性思维。其中具体思维、经验思维又属于直接性思维，而抽象思维便是间接性思维。由此可知，形象思维是直接性的具体思维，在整个思维方式中既不是最低级，也不属于高级的，它对于文艺创作来说，却是至关重要的。

---

[1] 《外国理论家作家论形象思维》，中国社会科学出版社1979年版，第8页。

[2] 李淮春、陈志良著：《现时代与现代思维方式》，河北人民出版社1987年版，第125页。

形象思维离不开逻辑思维。马克思主义经典作家和许多文学大家都阐述过：只有在形象思维、经验思维的基础上进行抽象（逻辑）思维，才能把握生活的规律和艺术的规律。早在1857年8月，马克思就在《〈政治经济学批判〉导言》中论述理论思维和艺术对世界的掌握问题时说："具体总体被作为思维总体、作为思维具体，事实上是思维的、理解的产物；但是，绝不是处于直观和表象之外或驾驭其上而思维着的、自我产生着的概念的产物，而是把直观和表象加工成概念这一过程的产物。整体，当它在头脑中作为被思维的整体而出现时，是思维着的头脑的产物，这个头脑用它所专有的方式掌握世界，而这种方式是不同于对世界的艺术的宗教的实践——精神的掌握的。实在主体仍然是在头脑之外保持着他的独立性；只要这个头脑还仅仅是思维地、理论地活动着。因此，就是在理论方法上，主体，即社会，也一定要经常作为前提浮现在表象面前。"①这是马克思在唯物史观基础上，从理论思维和形象思维两个角度进行论述，道出了逻辑的抽象思维与形象思维的关系和它们的各自作用。

毛泽东也在《实践论》中详细论述了理性认识与感性认识的关系，提出"将丰富的感觉材料加以去粗取精、去伪存真、由此及彼、由表及里的改造制作功夫"，就会形成概念和理论的系统，但必须从感性的认识跃进到理性认识。②茅盾曾经在《漫谈文艺创作》中，论述了创作过程要让形象思维与逻辑思维交错进行。③苏联高尔基也强调，创作要用形象来思维，认为想象是创造形象的最重要的手法之一，同时也认为艺术家应当使想象力和逻辑、直觉、理性的力量平衡起来。毛泽东提倡使用比兴二法，就是要反映生活与历史的逻辑，反映事物的内在联系。其诗词中，"待到山花烂漫时，她在丛中笑"，"安得倚天抽宝剑，把汝裁为三截"，说梅花会笑，昆仑可裁，这些大胆而奇伟的想象就反映了一种充满了思维辩证法的本质的真实，也印证了列宁所说的"规律就是关系"的哲学命题。

总之，形象思维是需要有内在逻辑的。这种内在逻辑就是生活的逻辑、历史的逻辑。

三、保持活跃的想象力，提高艺术表现力

上面已经反复涉及幻象和想象，列宁曾高呼"应当幻想"。这是形象

---

① 《马克思恩格斯选集》第2卷，人民出版社1972年版，第103～104页。
② 《毛泽东选集》第1卷，人民出版社1966年版，第267～268页。
③ 《红旗》杂志1978年第5期。

思维的或说艺术形象生成的重要问题。

幻想、想象，是指在知觉材料基础上经过新的配合创造出新形象，而想象力就是这种创造新形象的能力。这是一种能够促使人类预想不存在事物的独特思维能力，是所有发明、创新的源泉，也是最具有改革性和启示作用的能力，想象的结果常常使未曾经历的人们产生心理的共鸣而倍感新奇。我们要培养自己的幻想、想象以至联想能力。这是一种知识的通过语言符号所产生的创意，是人发挥自己的天赋、思维演进而产生新想法、新主张的能力。是知识的创造，也是知识的创新，是黑格尔所说的最杰出的本领。文艺家、科学家、策划家们必须具有这种杰出的本领，没有这种本领就没有科学的假设、艺术的创新和策划家们的成功。半个多世纪以前，爱因斯坦在《论科学》一文中感慨地说："想象力比知识更重要。"[1]对于文艺创作来说，想象的本领的确比现成的知识更为重要，因为只有知识或某些感性的东西不能组成一个作品，而真正的作品就必须像前面提到的"小小的世界"、"完美的图景"那样，在心中孕育而成，适当的时候才把它完整地表达出来。

我们中华民族便是一个善于幻想、想象的民族。民族先人曾经面对日月星辰、山川草木、风雨雷电做过丰富的想象和战胜大自然的幻想，形成了我们的神话传统和千奇百怪的文学母题。然而在科学技术发展的今天，一些文艺工作者的想象力在降低，幻想创造的才能越来越匮乏。我们要恢复童心，保持童年的幻想和想象能力。每个人的童年都充满着新奇的幻想，浪漫的想象，成为童年幸福的畅想与精神的寄托。而成人之后，头脑中理性、科学性增多了，对问题的认知方式变了，便渐渐失去了幻想能力，这对作家艺术家来说是一种可悲。老子曾经将生命的最高境界视为"赤子"和"婴儿"，在《道德经》中说"常德不离，复归于婴儿"，又说"圣人皆孩之"，"专气致柔，能婴儿乎？"后来李贽曾经主张有童心，说"若失却童心便失却真心；失却真心，便失却真人，人而非真，全不复有初矣"。[2]现在有文艺创作的童心论，"文革"中曾经批判之，过后作家们仍然主张有童心。这是文艺创新的思维特性，我们必须保持一颗天真美丽的童心，保持自己永不泯灭的奇思幻想能力。因为文学艺术不但要从生活中来，还要从头脑中来，要在头脑中进行艺术思维的综合加工，

---

① 《光明日报》2010年11月18日第7版，徐立文章。

② 《中华读书报》2006年8月30日第6版，王泉根回忆陈伯吹文章。

那么幻想和想象能力也便是必不可少的艺术创新本领了。

我们经常用灵感来表达艺术构思的生成。灵感便是大脑思维的闪光点，是一个艺术品最初构思生成的内核。大家的创作经验也证明，任何成功的作品都普遍有创作者灵感出现的过程。它使人兴奋、眼前一亮或茅塞顿开，于是给人以创作的基本思路和激情。现在举两位儿童文学作家的创作灵感与成功。一位是《哈利·波特》的作者J.K.罗琳，她从1990年时开始构思哈利·波特的故事。那是她从曼彻斯特乘火车赶往伦敦时，静静地坐在车厢里盯着窗外的牛群，头脑中便突然出现一个头发凌乱、绿色眼睛、戴着一副破眼镜的11岁小男孩。罗琳便想象到这个男孩也在乘火车赶往寄宿学校，而且知道这个孩子是一个魔法师，但男孩本人并不知道。这便是罗琳构思这部奇幻类型小说的最初灵感。她内心狂喜、冲动，有了一种轻飘飘的感觉，如同坠入爱河一样甜蜜，让人充满期待和幻想，引领着她去探寻关于哈利·波特他们更多的故事，那情节便源源不断地蹦到罗琳的面前，她还意识到要写7部才能完成。她一面打工一面构思和搜集材料，用5年的时间完成创作，可以说是精心打磨的，到出版已经是第7年了。这是完全虚构的，而作者却不断从生活感受中丰富这个人物形象和故事情节，先后做了大量笔记。①再一个是曹文轩，在创作《青铜葵花》这部儿童文学佳作之前，曾经有一个表现家乡儿童生活的念头，但不太强烈，便一直存在心中，知道会因为某种情境的刺激而再想到它。他渐渐想到一个小女孩从大都市来到荒凉偏僻的乡村，渐渐有了人物和情景。这个构思过程竟有十几年之久。一年春节前的一个清晨，曹文轩醒来，突然脑海中出现"青铜葵花"四个字，他以为这就是一种灵感，便确定故事中的男孩叫青铜，女孩叫葵花，随之出现了一望无际的葵花田和女孩的父亲。所以他总结说，一个作品必须为它找到"魂"，这个"魂"来临之前所有的材料只是一堆行尸走肉，"魂"一到就像满地的麦苗经过一场雨露，一根根就立起来了。②罗琳和曹文轩的故事，让我们悟到灵感多么突然和珍贵。也曾有人批判过"灵感论"，说这是主观唯心主义。但成千上万的事实又证明创作会产生灵感，而且没有灵感还不容易把作品写好。科学的解释则应当是，灵感来自于大脑，根本上是来自对生活现实的感受和阅读思考量的不断积累，当积累到一定程度便会升华，从脑海中浮现奇异的念头

① 《哈利·波特"诞生记"》，《中华读书报》2005年9月14日第23版。
② 《中华读书报》2005年6月15日第13版，陈香介绍曹文轩文章。

或形象，这便是作品最初的魂魄或说核心构思。

纵然说写实的作品忠于现实生活，但任何作品都需要文艺家头脑中的想象和组合才能成为一个完整的艺术品。包括当今正在流行的"非虚构"文学也一样，强调了不虚构或原生态地进行展示，事实上却不是对现实生活刻板如一地复制、克隆，只是加工的程度较低而已。从现实到文本、到舞台、到镜头、到画家笔下，都是文艺家不断进行艺术思维包括想象和加工生活的过程。只是现实主义创作更注重写实的细节，像鲁迅主张白描那样，浪漫主义或象征主义等诉诸主观感受的创作则更为放得开，离生活的距离大了些。然而，普遍要求幻想和想象在文学和各种创作中具有一定的合理性，如前面提到列宁所说的那样与生活现实"多少有些联系"才更为受众认可。可能人们提出摄影艺术是不是刻板地反映生活的问题。摄影是依靠现代光学仪器摄取生活画面的艺术，是最真实不过的了，它与文本、舞台、影视的创作确有不同，但摄影也有多种表现手法。有及时发现的抢拍，也有必要的摆拍和镜头的推拉旋转、洗印的组合与某些加工，其中都渗透着摄影家的审美理念和艺术思维，总和现实有了微小的甚至巨大的差距。可以说任何文艺门类都离不开必要的想象和艺术加工，都不能自以为是地违背思维创造的规律。

本书上一章总结过后现代创作之弊。当前后现代的创作形态，大致是两路。一路是继续追求生活的原汁原汤，强调近乎绝对真实，审丑多于审美，甚至提倡琐碎的生活流叙述，所以曾经有人写出日常生活流水账，自称这是小说，却是废纸一堆。有的似是写实，却为了隐喻的目的。另一路是大胆想象、变怪，不考虑什么生活的真实、现实的逻辑，一切为作者主观意念服务，或纯粹为了增加娱乐性，不免让人感到太虚假。网络上又搞玄幻又搞架空，随意的编造，形成对生活现实的逃离。但按照后现代派的说法，则是离经叛道、有意为之。在另一种意义上，这可能属于一种形式的、表达心灵和意念的艺术创新。这有待于继续观察和进一步探讨。

文艺来自生活现实，又要求作家敢于跳出真人真事的框框以达到艺术的真实。比如音乐、舞蹈、戏剧、曲艺、绘画等，它们的再现性差，表现性、虚拟性、表演性强，作曲、编剧、导演、绘画者必须有合理而丰富的幻想和想象，有对生活、人物及其环境的浓缩性、抽象性的升华处理过程。也只有增强合理想象能力、虚构能力，才能形成艺术表现能力，才能真正使作品达到艺术的真实。浪漫主义、现代后现代的创作根子都是社会生活，都是加工生活，谁也没法完全逃离生活，只是浪漫主义中想象的成分比例增大了而已。

第三节　倡导各种艺术风格流派

物以类聚，人以群分。在中外文学史、文艺史上出现过各种不同的艺术流派。最为长久的创作方法、精神流派是古今传承的现实主义、浪漫主义，它们在历史上又形成过众多风格各异的流派。这已如前所述，现在要说的是有时间、地域界限的流派。当然全世界的文学艺术都是基于地方的，这里指国内不同地域的流派。艺术因底蕴不同、个性不同形成各种艺术风格，群体化了便是艺术流派。比如我国历史上三国魏时聚集在邺城的"建安七子"，明代的公安派、清代的桐城派，现当代文学史上的"山药蛋派"、"荷花淀派"。虽然改革开放以来出现了现代派、"意识流"，后现代的先锋派和派生出来的"新写实主义"思潮，以及地方特征相对鲜明的"京派"、"海派"等等。他们在文艺理论基础、地域文化底蕴、艺术创作理念、手法、语言、格调上都形成了相对接近的群体，于是便有了如上的派别称呼。这些艺术流派都时间不久，往往是几年或几十年之后便渐渐消失，留下的东西却往往值得我们研究或借鉴。总体上，我们提倡的是中国作风、中国气派。

一、风格即人：提倡各种各样的艺术风格

什么是艺术风格？黑格尔说："风格一般指的是个别艺术家在表现方式和笔调的曲折等方面完全见出他的个性的一些特点。"[①]在我国文学史上，最早关注艺术风格的是孔子，他曾经论述《诗经》中的《关雎》"乐而不淫，哀而不伤"。[②]

司马迁也在《史记·屈原贾生列传》中评价《诗经》、《离骚》说："《国风》好色而不淫，《小雅》怨诽而不乱。若《离骚》者，可谓兼之矣。"曹丕在《典论·论文》中，把当时建安七子的诗赋一一进行了点评，并且确定了他们各自的风格特征。古人所讲的"风骨"，类于西方的"风格"。最早系统地论述风格问题的是刘勰。他在《文心雕龙》中说："诗总六义，风冠其首，斯乃化感之本派，志气之符契也。是以怊怅述

---

① [德]黑格尔：《美学》第1卷，人民出版社1958年版，第360页。
② 《论语译注》，古籍出版社1958年版，第32页。

情，必始乎风，沉吟铺辞，莫先于骨。故辞之待骨，如体之树骸；情之含风，犹形之包气……"①司空图在他的《二十四诗品》中，把诗的风格分为雄浑、冲淡、纤秾、沉著、高古、典雅、洗练、劲健、绮丽、自然、含蓄、豪放、精神、缜密、疏野、清奇、委曲、实境、悲慨、形容、超诣、飘逸、旷达、流动等二十四种，是我国古代首次将诗的艺术风格进行了详细分类。作品风格与作者的性格、学识和爱好相关。扬雄、陆机等都对人的风格与作品风格的关系进行过论证。明代方孝孺曾经在《张彦辉文集序》中提出风格"类乎其人"的命题："昔称文章与政相通，举其概而言耳。要而求之，实与其人类。""由此观之，自古至今，文之不同，类乎人者，岂不然乎？"②这便是"文如其人"观念的一种表述。我国古代文论家对艺术风格问题所做过的各种论述，虽然其出发点不完全相同，却值得我们今人学习和继承。

欧洲18世纪法国文学家布封则提出了"风格即人"的观点，也与陆机、方孝孺等人的有关表述大体一致。马克思在《评普鲁士最近的书报检查令》中曾经这样讲过："真理是普遍的，他不属于我一个人，而为大家所有；真理占有我，而不是我占有真理。我只有构成我的精神个体性的形式。'风格就是人'。可是实际情形怎样呢！法律允许我写作，但是我不应当用自己的风格去写，而应当用另一种风格去写。我有权利表露自己的精神面貌，但首先应当给他一种指定的表现方式！哪一个正直的人不为这种要求脸红而不想尽力把自己的脑袋藏到罗马式长袍里去呢？在那长袍下面至少能预料有一个丘比特的脑袋。指定的表现方式只不过意味着'强颜欢笑'而已。"又在引用歌德论谦逊之后说，"天才的谦逊和经过修饰、不带乡间土语的语言根本不同，相反地，天才的谦逊就是要用事物本身的语言来说话，来表达这种事物的本质的特征。天才的谦逊是要忘掉谦逊和不谦逊，使事物本身突出。精神的普遍谦逊就是理性，即思想的普遍独立性，这种独立性按照事物本质的要求去对待各种事物。"③在这里，马克思郑重地指出真理与精神个体的关系是内容与形式的关系，强调了"风格就是人"的命题，要求我们按照"事物本质的特征"去写作，自然

① 《文心雕龙注》，人民文学出版社1958年版，第505、513页。

② 北京师范大学中文系文艺理论教研室编：《文学理论学习参考资料》下卷，春风文艺出版社1981年版，第848页。

③ 《马克思恩格斯全集》第1卷，人民出版社1956年版，第7～9页。

会形成不同的风格，这既不是自己要求的什么风格，也不能是外力强加于你的"强颜欢笑"。马克思又在《论普鲁东》中论及文学风格时说："在普鲁东的这部著作中，占优势的还是风格的结实的筋络——如果可以这样说的话。这种风格我认为是他的主要优点，显然甚至在普鲁东仅仅再现旧东西的地方，这对他也是一种独立的发现；他所说的东西，对于他自身是新东西，并且被他认为是新东西。他用以攻击政治经济学'最高神圣'的挑战的勇气，他借以嘲笑庸俗资产阶级理性的机智的奇论，一扫而光的批判，尖酸刻薄的讽刺，时而流露出来的痛恨现世龌龊的深刻趋势的情感，革命的信心——《什么是财产》一书就是以这些品质激动了读者，在第一次出版时就留下了强烈的印象。"说这部"耸人听闻的著作"也像在文学方面一样，总是会起自己的作用的，又说在第一版的时候是彻头彻尾的剽窃，但"仍然给人类留下了怎样强烈的印象啊！"[1]马克思在这里说普鲁东的书以"结实"的风格、"筋络"占"优势"，给读者留下"强烈的印象"，是对"风格就是人"的具体阐释。

关于个性和风格，毛泽东在1948年《对晋绥日报编辑人员的谈话》中说："我们必须坚持真理，而真理必须旗帜鲜明"。[2]要求党的一切宣传工作都应当是"生动的、鲜明的、尖锐的，毫不吞吞吐吐"的，又说"用钝刀子割肉，是半天也割不出血来的"。1956年，毛泽东同音乐工作者谈话时说："艺术的基本原理有其共同性，但表现形式要多样化，要有民族形式和民族风格。一棵树的叶子，看上去是大体相同的，但仔细一看，每片叶子都有不同。有共性，也有个性，有相同的方面，也有相异的方面。这是自然法则，也是马克思主义的法则。作曲、唱歌、舞蹈都应该是这样。说中国民族的东西没有规律，这是否定中国的东西，是不对的。中国的语言、音乐、绘画，都有它自己的规律……音乐可以采取外国的合理原则，也可以用外国乐器，但是总要有民族特色，要有自己的特殊风格，独树一帜。"[3]在这里，毛泽东用树叶说明自然法则不同、规律不同，而民族艺术就要有民族特色。周恩来也曾经于1959年5月3日在《关于文化艺术工作两条腿走路的问题》中强调："既要有独特的风格，又要兼容并包（或叫丰富多彩）。任何东西都有它的个性，譬如京

---

① 《马克思恩格斯论文学与艺术》（一），人民文学出版社1980年版，第113～115页。
② 《毛泽东选集》第4卷，人民出版社1966年版，第1285页。
③ 《同音乐工作者的谈话》，《人民日报》1979年9月9日。

剧……独特风格是主要的，学人家的是为了丰富自己，没有独特风格的艺术就会消亡。"①1977年5月周巍峙在回忆文章中，转述周恩来曾经在一次会议上这样讲过："表现革命，有的时候需要雄壮的东西，有的时候也需要轻快的东西，有刚也要有柔，有统一也要有变化。由于我们党的斗争历史是刚的，因此《东方红》这部作品的基调是刚的，这是统一。但也应该有优美抒情的歌和舞，革命是广阔的，革命感情也是丰富的……创作这样一部内容十分丰富的大型作品，一定要注意艺术风格、艺术手法的多样化……"②这正如前面所引马克思说的，紫罗兰和玫瑰花不能放出一样的香味，而丰富的精神必须有多种多样的表现形式。那么我们就必须抛弃极"左"，因为它无视人类精神的丰富性和艺术表现手法的多样性。

二、关于中国作风、中国气派的传统要求

在1942年2月，毛泽东做了《反对党八股》的演讲，其中这样说道："洋八股必须废止，空洞抽象的调头必须少唱，教条主义必须休息，而代之以新鲜活泼的、为中国老百姓所喜闻乐见的中国作风和中国气派。"③同年5月延安文艺座谈会上，毛泽东又强调了文艺要面向人民大众，要在普及的基础上提高。他提出的"中国作风、中国气派"至今仍然是衡量文艺作品的重要艺术标准。这是强调了当时革命文艺的民族性、人民性，从而与当时的汉奸文艺、国统区资产阶级文艺区别开来。

邓小平在全国四次文代会祝词中强调肯定了毛泽东这种提法。1996年全国六次文代会上，江泽民又提出文艺"只有首先赢得中国人民的喜爱，具有中国作风、中国气派，才能堂堂正正地走向世界和屹立于世界文化之林"。在2001年七次文代会上，江泽民再次强调我国社会主义文艺必须是"民族的、科学的、大众的"文艺，要有"人民群众喜闻乐见的中国作风、中国气派"。2006年11月的八次文代会上，胡锦涛仍然强调文艺要有"中国作风、中国气派"的观点。由此可见，从毛泽东以来，党的几代领导人一直要求革命文艺和社会主义文艺，要坚持民族特色，坚持为中国老百姓所喜闻乐见，坚持具有中国作风、中国气派。

什么是中国作风、中国气派？固然70年来已经不乏阐释，但笔者认为，作风、气派是性质相近的词。作风是名词，可以说有好坏。气派是名

---

① 《周恩来论文艺》，人民文学出版社1979年版，第72页。
② 《解放军报》1977年5月25日，周巍峙回忆周恩来文章。
③ 《毛泽东选集》第3卷，人民出版社1966年版，第801页。

词又是形容词，可以说有无，说好气派，却不能说坏气派。作风是中性的、实的，气派则虚一些，是精气神的，是神韵、风格、风采的、气势的，多用于正面表现人的风貌。毛泽东当年连说中国作风、中国气派，现在人们也很习惯之，所以不必分开解说。我们对它们的理解，主要有如下几点：一是在创作的出发点和落脚点上，必须首先是为中国人民大众、平民百姓的，不是为侵略者、汉奸走狗、精神贵族的。人和人民的概念大有区别，不能用人否定人民，人也不能等同于人民。二是真实地正面为主地反映中国的现实与历史，表现人民参加革命、参与改革开放、建设新生活的愿望和时代风采。他们可以被启蒙，但我们文艺家不可以借启蒙之名，行丑化之实。揭示中国社会现实中愚昧落后完全应该，但要把握好"度"。中国人的主流是什么，作家不能戴着有色眼镜看不清、写不准或者写反了，更不能以满足西方人对中国人的敌视心理为美。鲁迅启蒙，寻找我们被动挨打的原因，我们也要寻找今天腾飞的动力。三是要有民族文化底蕴和民族艺术表达。要充分挖掘展示中华文化，弘扬我们的历史文化、革命文化、时代生活，突出民族文化特色，树立中华民族精神和国家形象，否则谈不上中国作风、中国气派。四是中国人要有中国心、中国情和中国立场，要对我们五千年文化和现当代文化充满自信。要面向本国群众，也要大胆地面向世界，面向未来。今天的中国作风、中国气派必须是"三个面向"的，首先是面向世界，学习吸收，而不是拒绝外来文化。粉碎"四人帮"后，大部分文艺家积极地吸收外国文艺以丰富自己。从这个角度说，20世纪80年代一批作家大胆吸收西方现代后现代的理念进行创作实验，虽然有不少生搬硬套的蹩脚之作，但其开放精神不容否定。王蒙带头学习倡导"意识流"，形成了我国文学面貌的一次新变。马原等人的先锋写作也是一种胆识。第一个吃螃蟹和第一个下水游泳的人总要有，以后这样的人还会有的。中国文化精神上的巨大包容性、吸纳性和自主性决定吸收洋东西最终形成的还一定是中国式的文学，还会有丰富中国作风和气派的新创作。前面提到80年代的先锋们在向民族传统方面靠拢，他们的高尚和聪明之处在于不固守以前的后现代立场，而是一步步地转变着。2010年，诺贝尔文学奖获得者巴尔加斯·略萨通过自己的创作实践认为，作家可以写现实主义，也可以转向后现代，还可以转回现实主义来。我们提倡中国作风、中国气派、还要在吸收中返回世界，加入到世界文学艺术的大循环中。但绝不是像美国人那样摧毁别人的文化而实现美国化。我们要的是各国文化各尽其美，长期共存。窃以为，坚持中国作风、中国气派，先锋派中会有人在渐渐转轨发展中，蝶化成学贯中西、融合中西而成功的新世纪代表性大作家。

三、当代文艺发展中流派纷呈

一部文学史、艺术史，往往也是一部艺术流派史。我国的戏曲通过几百年的发展，已经大体流派化了。如前所述，20世纪三四十年代形成的京剧"四大须生"、"四大名旦"、"四小名旦"等，就是京剧界和票友们渐渐认可的不同流派。艺术风格由文艺家自己的创作实践形成，不是行政命令强迫形成，也可以褒扬某种艺术流派，提倡某种艺术流派，这也是一种扶植。戏剧需要票友们捧场，记者们写文章为之扬名，各种艺术也都需要宣传性的扶植。任何艺术流派从来都没有离开过口头和媒体的宣传，否则它们难以为社会所公认。新中国成立后，党和国家领导人对戏曲事业非常关心，大力倡导不同戏曲流派的艺术竞争，提倡各种流派的剧目和内容创新。根据京剧表演艺术家李世济的回忆，毛泽东曾经这样讲过："革命派要做！流派也要有。程派要有，梅派也要有，谭派、杨派、余派、言派……都要有！"[1]周恩来也肯定和提倡戏剧流派的存在，但强调说："流派与山头也要区别。我们提倡流派，各种花，各种家，在社会主义花园里出现，放出毒草则要除掉。但是流派同山头主义不同。山头主义是自立山头，搞独立王国，不许别人碰，不愿意同别人合作，不是集体主义的，那种搞法决不许可。"[2]这是毛泽东肯定了艺术流派，提倡可以有不同流派。周恩来又强调流派之间也要善于合作，不要搞独立王国。搞独立王国，拒绝进行艺术交流，这样的流派也是难以进步的。

20世纪中期以来的小说流派，最有名的是两个。一个是40年代出现的山西"山药蛋派"。从赵树理拿出《小二黑结婚》之后影响巨大而渐渐形成，被文学界和广大读者所公认。他们的作品山西农村文化风情浓郁，语言也地方化、通俗化。到50年代形成这个文学派别的成熟和高峰，60年代初又新人辈出，连一些工人、知识分子也喜爱这种风味的文学作品了。赵树理是"山药蛋派"的一代文宗，主要作家还有马烽、西戎、孙谦、束为、胡正、刘江等。改革开放后，也有人把韩石山等列入"山药蛋派"。这是一方水土养一方人。但是随着社会生活的变革，作家队伍文化

---

① 《北京日报》1977年10月24日，怀念毛泽东文章。

② 《周恩来论文艺》，人民文学出版社1979年版，第174页。

素质、学养和素养的提高，也随着读者群体的审美变化，这个流派实际上已经演变成了相对通俗的创作群体，段崇轩认为，现在山西的新锐作家如刘慈欣、李骏龙、李燕蓉等已经可以被看做为"山药蛋派"的第五代。再一个是河北的孙犁，其短篇小说《荷花淀》写得极为优美、隽永，在表现抗战生活上独树一帜，为众多作家作者所追随，出现了冀京津刘绍棠、丛维熙、房树民、韩映山等一批成功的作家，包括稍晚出现的贾大山、铁凝等也被人们列入其中。80年代曾经专题召开"荷花淀派"创作座谈会，认为这个流派写农村见长，运用大众口语而明快、清新。[①]社会生活的演变和西方各种主义的涌来，也使这种流派没有明显的条件和优势继续存在下去。在这次讨论中，就有人提出"荷花淀派"成立的理由不足，不如称为"荷花淀风格"，认为这样更符合以孙犁为代表的作家群的艺术特征。还有人认为，燕赵自古乃慷慨悲歌之地，在严酷的八年抗战中，竟然出现一个孙犁，一个以阴柔为审美特点的"荷花淀派"，简直是一个文化奇观。其实这也不奇怪，因为生活中有血火与阳刚，也有平静与阴柔。河北还曾经有以田间为代表的燕赵诗派。现在仍有以何申、郭秋良为代表的承德山庄文学作家群、以谈歌、阿宁为代表的保定作家群等提法。

关于文学上的"京派"、"海派"各有相当的实力。现代文学史上的"京派"，是指20世纪二三十年代在北平的那批作家，新中国成立后的则称之为"京味"。他们受鲁迅和沈从文等人创作的影响，后来有老舍这杆大旗。现在有王蒙、刘心武、陈建功、张抗抗、刘恒、毕淑敏、凸凹等一批知名大腕，在反映和表现京城生活上各有贡献。近五六年又在打造京西文学品牌，因为京西有过煤矿工人出身的陈建功的《京西有个骚鞑子》、《盖棺》、《丹凤眼》，当时以京西色彩而产生了很大影响。后来又有刘恒《狗日的粮食》、《伏羲，伏羲》、《狼窝》，展示了典型的京西人物形象。再后来又有凸凹的《金菊》、《老桥、父亲和我》、《飞蝗》、《青玉米焦玉米》、《玉碎》和刘泽林的《归去来兮》，张昊描写抗日战争生活的《铁血平西》等作品，突出了京西门头沟、房山一带的文化特色。而"海派"，如前一章所述上世纪初上海就有现代性文学的发轫，也有鲁迅、茅盾、巴金等大师们的深厚底蕴，同时还受到丁玲、茹志鹃、周而复及张爱玲"新洋场小说"的影响，早已形成了现代都市文化的传统。

---

① 冯健男等著：《河北当代文学史》，河北教育出版社1997年版，第237页。

进入21世纪虽然巴金已故，仍有王安忆、陈村、王小鹰、格非、陈洁等一批实力派，与北京遥相呼应，在表现东方商埠大上海的市民生活风情上自有其独特之处。还有一个在上海读过书的虹影，写出了一部《上海王》，又写出一部《上海之死》，叙述的是40年代名伶于堇身为美国间谍又为中国抗日窃取太平洋战争情报，最后被迫跳楼而死的故事。有人说她不属于海派，但她认为自己有上海情结，其作品就是正宗的海派，而且比写鸡毛蒜皮琐事的所谓海派作品更有大上海的精气神。至于"湘军"、"陕军"、"川军"等等，都是地域作家群体的一般称谓，尚不属于严格意义上的艺术流派，而是一种地域文化创作流派。还有1996年由雷达道出的"河北三驾马车"，是对何申、谈歌、关仁山三人以小说创作实践带动全国新现实主义升温的群体的称呼。他们生活经历、审美情趣等多有不同，却代表了当时河北小说创作的标高和全国小说创作的走向。"广西三剑客"，是指东西、鬼子、李冯三人的创作，由陈晓明在《南方文坛》1997年12月组织的一次讨论会上提出。"宁夏三棵树"，是说张贤亮是宁夏一棵大树，三位青年作家陈继明、石舒清、金瓯是三棵新树，由陈继明在2002年7月一篇文章中提出，包括他自己。虽然这些提法都产生过争论，但在推动创作、提高作家知名度和人气上还是颇有作用的。我们希望各地各艺术门类都能形成自己的艺术流派，真正实现流派纷呈的文艺大繁荣局面，这有待于新老作家艺术家们的继续努力。至于80年代以来学习现代后现代而形成的文艺思潮性流派，像走马灯一样轮流登台，其稳定性太差，是中国人学习探索中的过渡现象，但这对于封闭了几十年的中国文坛来说也很必要，只是走得有些过头而已。

四、关于"有地方色彩"的"世界的文学"

随着经济全球化时代的到来，各国各民族的文化已经普遍具有了世界性，不再为本国本民族所独有自享。各国各民族也普遍增强了文化意识、软实力意识，竞相进行民族传统文化保护，也有一批人注意向外国输出展示自己的文化。这样既快速地打破了各国文化之间因山水阻碍、国境分割所造成的封闭性、独立性和纯洁性，也加速了各国文化的世界化、多元化进程。

我们要以中国作风、中国气派进行创造，满足全国人民的文化需求，同时充满信心地打出去，努力让世界了解和吸收中国文化。早在1934年4月19日，鲁迅写给陈烟桥的信中便说过："现在的文学也一样，有地方色彩的，倒容易成为世界的，即为别国所注意，打出世界上去，即于中国之活动有利。"这与恩格斯所说的越是民族的就越是世界的论断完全一致。鲁迅当时是从乡土文学创作出发的。周作人也论述过风土与国民的密切联系。茅盾不但倡导过乡土文学，还特别强调了地方色彩的重要性，认为地方色彩是一个地方的自然背景与社会背景的"错综相"、"不但有特殊的色，并且有特殊的味"。①我们面对国际文化大交流的时代，大师们的经典之语很值得我们反复回味。

中国历史文化的最大象征符号是龙、凤、虎，最著名的代表人物便是伏羲、炎黄、尧、舜、禹、孔子、老子。地域文化，崔志远称之为地缘文化也甚为重要，它是文艺地方特点的土壤。我国地域文化从商周时期就开始渐渐形成，使中华文化内部具有一体多元的特点。春秋战国时代群雄割据、诸子百家学术探索争鸣，对这种多元文化形态最后形成的作用巨大。燕赵特色、齐鲁风采、吴越春秋、荆楚文化、湖湘文化等，这些分野称谓便证明了国人对各个文化板块的普遍认同。我国包括台湾在内有几十个文化类型，崔志远认为当前最主要的类型是六个：燕赵、三秦、楚、三晋、齐鲁、吴越。②燕赵文化特色是荆轲刺秦王般的慷慨悲壮。三秦文化特色具有秦汉唐的大气，富国图强、善于征服是古老的秦汉风采、盛唐气象，崔称之为"卧虎性格"。楚文化，因为历史上出现了庄子、屈原等人而浪漫、奇幻、高洁。三晋文化，由于有李悝、韩非子等人的影响而尚法求变。齐鲁大地，生有孔孟而为礼仪之邦，因姜太公国于此，孙膑、田单等兵家成名于此而粗犷、智慧。吴越文化，处于江河湖海之间，南有卧薪尝胆的勾践和三国时的孙权、周瑜，北有汉刘邦、张良、韩信等历史人物，近现代又有章太炎、鲁迅等，所以刚柔睿智。其与江淮文化、中州文化相交汇，可用崇文尚武而概括之。

这些地域的文化哺育了当代作家艺术家。不论是从当前开始流行的文学地理学还是从传统的文学地方性理论的角度看，中国文学必须存在于具体的中国某一地域中。在燕赵古地，曾经出现梁斌的《红旗谱》等大量长篇抗战名作，还有杨润身、李学鳌、张庆田、张峻等人的诗歌、小说和产生于太行东麓的白毛女故事。既有孙犁、铁凝、何玉茹等以阴柔为主的创作，也有充满朝气的"三驾马车"，以及宋聚丰、刘家科、郁葱、胡学

<hr>

① ② 崔志远：《乡土文学与地缘文化》，中国书籍出版社1997年12月版，第8页。

文、阿宁、李浩、刘建东、贾兴安、李寒、水土、桑麻、张楚等中年骨干和新秀们出现。在关中三秦大地上，出现过写《保卫延安》的杜鹏程，当前的作家们主要继承了唐代之后长安成为废都过程中的内视、浑朴的性格，以陈忠实、贾平凹、路遥为代表的陕军阵容一直强大。在楚文化地域中，有沈从文、丁玲、周立波这样的文学前辈，又有古华、叶蔚林、莫应丰、周健明、韩少功、彭见明、谭谈以及中青年的方方、池莉、陈应松等湘鄂劲旅。山西三晋文化圈中，有赵树理、马烽、西戎、孙谦等宿将，又有20世纪80年代成长起来的张石山、韩石山、周宗奇、王东满、韩文洲、田东照，以及曾经活跃在这里的知青作家柯云路、成一、郑义、李锐、钟道新等。其中，李锐的《年关六记》既有"山药蛋派"的通俗性，又有古代笔记小说的矜持和简敛，塑造的乡土人物个性鲜明，表达地方文化韵味十足。郑义的《老井》曾给笔者留下深刻的印象。在那干涸的山乡，人们抬着龙王像洒汗滴血求雨的场面，至今令人难以忘怀。它揭示了山乡封建婚姻制度、子嗣观念对于现代文明的抗拒，让我们看到了一场当代主人公孙旺泉与赵巧英忠于爱而不得其爱的悲剧，作品也较早地触及了保护森林生态的主题。后来山西还出现了吕新、王祥夫、曹乃谦、张行健、葛水平等一批新秀，在学习现代后现代手法上多了一些，但他们仍然写乡土风情，有的还自称是农民的儿子，对农村生活和家乡风俗钟情不已。齐鲁文化地域中，当代作家们没有旗号，却有一批实力派。莫言的《透明的红萝卜》、《红高粱家族》、《蛙》，张炜的《古船》、《你在高原》，矫健的《河魂》和王润滋的《鲁班的子孙》等，都是改革开放以来的佳作，其浓郁的地方风习，古朴的具有时代感的语言描绘，让我们认识了今日山东。尤其是莫言的作品被学者认为大有齐楚之风，狂放的写法如天马行空。吴越文化圈包括江、浙、闽、沪及皖、赣的一部分的广大东南地域。新时期以来有汪曾祺、高晓声、李杭育等乡土作家在全国叫响。汪与高邮的风俗人情、林斤澜与温州小镇人物和习俗，有"吴侬软语"的越剧味道，绝无河北梆子的激越，但都有嚼头，可以让人不断回味。汪曾祺的《受戒》、高晓声的"陈奂生系列"、李杭育的"葛川江系列"，地方特色个个鲜明。他们都在写自己熟悉而钟爱的乡土文化。

　　马克思、恩格斯在《共产党宣言》中关于将来的文学会是"世界的文学"的预言，现在已经逐渐成为现实。鲁迅在20世纪二三十年代便提倡"打出世界上去"，我们现在更需要有这种精神和胆量。贾平凹在2009年的全国文艺创作座谈会上提出："我们的文学到了要求展示国家形象的时候"，"我们的文学到了不应只对中国人，而要面对全部人类"的时候。他又明确强调，"在面对全部人类时，我们要有我们中国文化的立场，去提供我们生存状况下的生存经验，以此展示我们的国家形象。如此久而久之，不懈努力，我们的文学才能坚挺于世界文学之林，成为世界文学的一部分"。[①]他的意思绝不是要搞西方所谓的"普世"的东西，而必须是有立场、有民族特色和国家形象意义的艺术精品。

越是世界的文学，就越需要突出和发展中国作风、中国气派。前面提到伏尔泰强调每种艺术都具有标志着产生这种艺术的"国家的特殊气质"，中国气派便是中国气质。但它又不只是口号的、空头的，而必须是在中国不同历史文化圈层、一方方水土，在各地文艺家的血脉和创作之中。这包括少数民族创作，其地理历史文化特色更为鲜明独特，也都属于中国作风的一部分。城市和乡土都是中国作风的载体或说土壤，而它们自然有所差别。上海以王安忆为代表的市井人性描写，是"十里洋场"的大都市生活的柔美之作。同时上海被宁、杭、苏和太湖所包围，文学上互相有千丝万缕的联系和影响，底蕴上也自然多有相通之处。北京王蒙、刘心武等人的作品，总有京师重地的特殊韵致，京东刘绍棠的大运河系列自有古通州码头和村落人生的悲欢，他们都属于北京作家群体，但刘绍棠、丛维熙等又被看做河北荷花淀派。笔者还发现，陕军那些将帅们割舍不下的乡情之所以写得好，是他们自觉地进行了城乡对比，对故土有了更为深刻的认识和发现。贾平凹新推出的长篇小说《古炉》，和他以前的商州系列一样是在城市现代意识观照下产生的新作。有人说，城市是乡下人的集合，纵然已经西服革履了也是一样。此话有理，因为古老的农业文明孕育了城市和城市文明，那种看不见的脐带还连着城乡两头。也有人说打工族开始被城市同化了，农村习俗越来越少了。其实自古以来城乡文化一直在互补互动，在时尚潮流上城市引领着农村，而在稳定、超稳定的文化元素上又总是农村制约着城市。尤其是在改革开放、城市化进程中更为如此。可能在不同地域、不同风格作品中表现深浅不一，但这都属于中国的文学，是中国作风、中国气派，而它们有相当一部分已经译成外文，成为世界的文学了。这更是五四时期先贤们认识到中国文学必须是世界文学这一

---

① 《作家通讯》2009年第6期第23页，贾平凹会议发言。

重要观念的复归和实践。

中国的文学要满载着中国作风去面向世界，学习后现代派的另类创作也不能杜绝，喜欢隐喻手段的创作也还会出现。比如话剧《操场》，由邹静之编剧，徐昂导演。操场是该剧发生的特定场景，主要人物是一个教授老池。他半夜被妻子赶出来，便到操场上溜达，在这里却遇到了一系列奇怪的事情，使他一夜未眠。崔傻子进行着他人生财富的积蓄；民工洪西口撕心裂肺讲述资助女大学生又遭到抛弃的故事，见到老池就想利用他帮助自己去卖废铁；一对大学生情侣为是否帮助丢饭卡同学产生分歧而分了手；一位把每天都当做人生最后一天的癌症患者，却在三年后被告之诊断失误……这些日常的、偶然的、孤立的生活片断，被作者有意地连缀在一起，既没有开端、发展、高潮，也没有结尾，是彻底推翻了戏剧情节模式。这些琐碎的片断之间也没有时间的序列规定性和片断之间的内在联系性，更没有故事发展过程中提出的悬念和起伏跌宕的节奏和层次。作者似乎不关注故事的完整性，也不关注人物命运，不分析老池被赶出来的前因后果，只是将这个人物的日常生活状态和精神状态呈现出来，这样就使观众变得无着无落。贯穿始终的人物老池只是被动地顺应着自然生活的流程。他想思考但家里不是他思考的场所，到了操场也不是他思考的场所。这是一个阴暗的世界，没有诚信、关爱，没有一个正常的理智者。刘彦君在《来自〈操场〉的挑战》的评论中说，这部戏既不像荒诞派，也不是象征主义、表现主义之作，是剧作者正在试图创立一种"新的戏剧语汇和样式"。这样的作品不是中国作风，也不像哪国的气派，所以许多文艺家认为它不可思议。我说这是精英戏剧创作的大胆试验，是后现代的仍然试图颠覆情节、结构、理性和传统的新近的代表作。其可以存在，但不会叫好叫座。如果说文学艺术要走向世界就要考虑适应外国人的审美习惯，但此剧谁也不想适应，因为编导完全排除了中国文化元素，让洋人看不到东方风味。若说能够适应，那就是让外国人误解中国人的生存状态。

五、树立文体意识和加强作品文体探索

文学创作要特别讲究文体。作家的艺术表现能力高低，很大程度上在于构思，也在具体操作性的环节上得到体现。某种风格的形成与作品的文体特点关系很大。在这方面我国传统也深长悠远。刘勰在《文心雕龙》的《体性》一章中，认为文学创作的体式、风格应有八体："一曰典雅，二曰远奥，三曰精约，四曰显附，五曰繁缛，六曰壮丽，七曰新奇，八曰轻

靡……故雅与奇反，奥与显殊，繁与约舛，壮与轻乖，文辞根叶，苑囿其中矣。"又说"若夫八体屡迁，功以学成，才力居中，肇自血气，气以实志，志以定言，吐纳英华，莫非情性……"八体之间不能绝对隔离，于是他说："沿根讨叶，思转自圆，八体虽殊，会通合数，得其环中，则辐辏相成。故宜摹体以定习，因性以练才，文之司南，用此道也。"刘勰那时做的是诗文评，今天的小说、戏剧和影视等叙事性创作也可以学习体悟。我们要随着时代发展而变化，根据不同地方文化特色和地域受众的审美习惯而追求某种体式创新。

这里再说秘鲁作家略萨，他被称为结构现实主义者，也被誉为小说建筑师。其创作特点是打破按时间先后顺序表达的一般规则，颠倒正常的时空转换程序。比如他的《绿房子》，结构上分为五条线索来表现皮乌拉城40年的变迁，并且把五条线索适当切成碎块，按着一定的规则分别镶嵌到叙述的经纬中，似乎是五线平行，暗中是妓院绿房子为主，这样去表达秘鲁社会的兴衰。读之犹如进入一个万花筒。再如《酒吧长谈》则是通过二人对话将许多人物和故事牵引进来，犹如穿了一串糖葫芦。在《潘达雷昂上尉与劳军女郎》中，使用了电影蒙太奇、对话等手段，还创造了通管法，将多个场面发生的事情平行叙述，画面感很强，立体效果很佳。但他在《世界末日之战》中又回到了常用的现实主义手法上。这说明他一直在进行创作体式的探索，觉得怎么好就怎么去写。从文体创新上，略萨是不可否认的国际大家。

我国近几年手机小说和手机谣谚一起流行起来。《泡沫之夏》、《可惜不是你》和《寂寞杏花红》等，格调不高，艺术创新含量也不一定高。前不久，谢望新推出了他的日记体长篇小说《中国式燃烧》，是一部很感人的爱情小说，表现男女两人在手机上谈恋爱的过程。该书中时间跨度509天，二人相遇相聚虽然短暂却双方印象深刻，于是互相发出5000多条短信，一再倾诉倾听却仍然道不尽衷肠，读来不能不使人大受感染。作者巧妙地用两地情话来往互动表现人物，全书主要篇幅都是对话，这与一般小说过多过长的叙述整相反。陈建功著文评价道："我认为，这尽管有些邪乎，却不能不承认他道出了'手机小说'的美学特征……恋爱是借助手机短信来完成的。"又认为"应当说这部作品属于爱情的哲理和属于望新的灵魂"。[1]新媒体文学创作的兴起，是新世纪我国文学形态变化的重

---

① 《文艺报》2009年9月10日第5版。

要标志。这种"短、平、快"的文字叙述手段，达到了奇妙的艺术传播效果。廖红球引用俄国托尔斯泰的话说："艺术不是手艺，它是艺术家体验到的感情的传递。"认为谢望新以手机短信作为创作形式，不是出于追赶时髦、哗众取宠，是形式从属于内容，达到了"内容与形式相辅相成、相得益彰"。①在多媒体时代，这部小说成为一个具有开创性意义的范本。

王晓方的长篇小说《公务员笔记》剖析公务员阶层的生存和精神状态。这部作品雅俗共赏。但情节没有按一定顺序展开，而是"由两横一竖"共53个小节组成的，每个小节都是一个横切面，都有一个叙事主体，或者是人，或者是物，各自叙述所见所闻、所思所想，横竖之间的横是平行的关系，竖则是纵向的关系，但每个段落都沿着情节流动的方向推进，并没有零乱之感。王晓方用这样的文体方式结构作品，通过一场惊心动魄的反贪污斗争表现了对杨恒达等人物命运的影响和这些人物心灵深处的危机感，使小说创作实现了现代后现代与现实主义交相辉映，体现了作者的新理念和比较成功的新探索，很有点拉美作家略萨的特点。

对于名家文体，请看郭宝亮的博士论文《王蒙小说文体研究》。作者出于文体研究意识的自觉，对王蒙小说的语言及其功能、叙述个性、体式特征和文体语境等进行了全方位的研究，是我国当代著名作家文体研究的重要成果。作者认为王蒙小说语言的反思疑问式、反讽式、并置式和闲笔达到了"多样的统一"，在叙述个性上从显现性文本到讲说性文本，在时空变化中运用双重语法的策略，达到了王蒙所追求的艺术表达效果。其借鉴意识流而形成了自由联想体和讽喻性寓言体及拟辞赋体。②郭还从文体入手全面分析了王蒙小说创作的发展轨迹，证明他是一个"具有更多儒家文人气质的现代知识分子"，走出了一条理想——现实——超越的道路。这种深入的分析研究，竟然"连王蒙本人都没有想到"。童庆炳在序言中，评价郭氏对王蒙的文体论证"都很精彩、很有新意，也很难得"，论文的构思"实现了方法论的突破"，认为这是我国文化诗学理论研究中一次填补空白的开拓创新。另一部博士论文，是杨红莉的《民间生活的审美言说——汪曾祺小说文体论》。作者将汪曾祺小说语言判定为"诗化生活型"双向度认同语言，汪的小说叙述个性是"平铺直叙'写生活'"，将"日常生活情致化叙述"，还有儿童视

---

① 《文艺报》2009年9月10日第5版。

② 郭宝亮：《王蒙小说文体研究》，北京大学出版社2006年版。

角的"自我"书写。在对汪的小说结构特征、文体描述中，杨肯定和突出了汪从"诞生"到"葬礼"的人生历程，认为他一直浸泡于民俗事象之中，所以称他的作品体式为"风俗体"，其写作精神是"生活审美主义"。①杨对这个"怪杰"式著名作家进行了内外立体的解剖分析，这在全国还是第一次。童庆炳也为之作了序，称杨红莉这部论文像在一座房子里"推开了四扇窗户"，让我们把民俗学、文体学、文化学、哲学全都看到了。这是肯定了文化诗学研究的作用，它不同于一般文学研究而有新的发现，且达到了新的深刻。

总之，文体是表现作品风格的基本载体。作家作者要进行艺术创新就必须潜心研究文体，在实践中树立起文体意识，从而形成整个作品及作家整体创作的艺术创新。评论家们也要更多地关注作品的文体，研究各家各流派艺术风格形成的各个要素和侧面，不要只关心作品的主题。

前些年不大提的文风近来受到关注。其实无论是政界还是文学界、文论界的写作与演讲，文风问题还是应当常提常新的。创作的文体，要考虑自己的读者或观众，把握住文学艺术起码要讲真话、要精练，这种常识性标准会使我们的作品大受欢迎。反传统、颠覆语言的做法被人们抛弃，这也很正常，读者对作家的文风是有要求的。我们可以引导读者，但不能硬塞给读者，而是要适应他们，所以不应当一味地强调所谓的语言陌生化创新。语言发展也只能是继承前提下的创新。

这一章专门讨论艺术思维和艺术表达问题，这已经是当前制约我国文艺创作发展的重大基本问题。正如在第一章中就提到的，缺乏艺术的作品是绝不会受欢迎的。让我们按照文艺规律从思想内容上下工夫，也要从艺术思维、形象表达以及表达的形式技巧上下大工夫。这是一生学习不完、探索不尽的艺术课题。

---

① 杨红莉：《民间生活的审美言说——汪曾祺小说文体论》，北京师范大学出版社2008年版。

第五章　以人为本与和谐文化

　　以人为本，这是一种老而弥新的重要人文思想。但在建国后，人的全面发展问题长期受到忽视，总是见物不见人或见事不见人。粉碎"四人帮"后，人的问题开始受到关注，物质文明、精神文明建设的开展推动了全社会对人的问题的深层思考和人学理论的发展。但西方后现代派理论也传播起来，形成否定传统、否定理性和理想的不良思潮，造成了人们价值观念的混乱。世纪之交，主导舆论重提"以人为本"，为国家一些方针、政策制定提供了重要理论依据。科学发展观的提出，明确其核心就是"以人为本"，也便明确了我国社会发展战略指针中的核心。这是对马克思主义关于人的自由全面发展思想、我国古代人本思想的继承与创新。

　　文艺科学发展观的核心也必须强调以人为本，这是我国社会主义文艺发展的方向、目标、功能及其本质所在。那么，本书就要系统地把人的问题，人学、人与文艺的关系、文艺如何秉承和表达以人为本思想，以及各种人才的培养造就等问题进行全面探讨。以人为本与和谐文化，这两大命题原本是互相关联的，所以本书也便把和谐文化及有关创作的讨论放在这一章。

第一节　人的概念和以人为本的理念

　　人是什么？人是万物之灵。自古以来人类就对自身进行观照和理解，只是不同时代、不同民族有不同的解释。今天我们从人的概念和人学理论出发进行探讨。

一、关于人的概念与本质

人是什么——古埃及和巴比伦人都认为，人是有灵魂的动物，可以和神共处，人必须依赖神，神也必须依赖人。古希腊的哲学家们留下了大量对人的研究探讨的传统观点。毕达哥拉斯学派认为，人与动物的区别是人有灵魂，而动物无灵魂，所以虽有感觉却不能理解和思考，这是把理性看做人与动物区别的标志。赫拉克利特认为，人的灵魂是干燥的烈火，有温度和光辉便是纯正的，一旦潮湿就会走向死亡。他提倡独立思考，主张我寻找我自己，认为博学不等于智慧。还认为人心里没有智慧，神的心里才有智慧。普罗塔戈拉认为"人是万物的尺度"，人会通过对物品的感觉区别好坏真假。伯里克利提出"人是第一重要的"，"人与社会是统一的"。苏格拉底认为，哲学探讨的应当是人自身而不是自然，是"认识你自己"，就是用心灵规整万物，使万物各得其最佳状态，还说人的本性是善的。德谟克利特认为万物的始基是原子，人就是一个小宇宙，人死后灵肉分离，但原子不灭。他提出人的幸福在于灵魂愉悦，但过度地追求则骚扰灵魂，所以要理性地掌握命运，做到灵与肉的统一、理性与感性的统一。柏拉图的哲学基础是"理念论"，认为现实世界不过是理念世界的摹本，人对世界的认识与人的灵魂不死有关。亚里士多德认为人是两足动物中的理性动物，又在《政治学》中说，"人是天生的政治动物、社会动物"。[①]在中国远古时期，人类头脑中充满天人合一、万物有灵的观念，总认为自己和大自然是一体的。到商朝时则把帝王看做天的儿子，大家都要听从帝王的旨意，否则就是违背天命。后来《周礼·礼运》中便出现了人学性质的论述。特别是《周易》上解释："人，仁也，仁生物也。"《说文》中又解释："人，天地之性最贵者也。"春秋时，隋国季梁又提出了"民为神之主"的思想。

现在一般认为，人是区别于动物的直立的会创造劳动工具的高级动物。在现代人类学上，人被定义为能够使用语言、具有复杂的社会组织与科技发明的生物，尤其是他们能够建立团体与机构来达到互相支持与协助的目的。

人的本质是什么？亚里士多德曾经把两足走路看成人的本质，历代哲学家也都关注人的本质，普遍从人的动物性、社会性两大方面进

---

① 孙鼎国、李中华主编：《人学大辞典》，河北人民出版社1995年版，第125~132页。

行研究。马克思曾经在《关于费尔巴哈的提纲》中批评"费尔巴哈把宗教的本质归结为人的本质",并对人的本质做过这样的界定:"人的本质不是单个人所固有的抽象物。在其现实性上,它是一切社会关系的总和。"①马克思、恩格斯在《德意志意识形态》第一卷中,解释社会关系包括家庭的夫妻关系,父母和子女之间的关系,为了生活的生产劳动关系、为了满足需要的增长产生的"新的社会关系"。②又说"社会关系的含义是指许多个人的合作"。③在《资本论》第一卷第一版序言中,马克思还说:"不管个人在主观上怎样超脱各种关系,他在社会意义上总是这些关系的产物。"④由此可以说,今天独自坐在电脑前面的人们,满腹情欲性欲的人们,没有一个不是社会关系中的人。这是一切理论中对人的本质的最深刻的阐释。因为社会不是由互不联系的单个人所组成,而是具有相同利益的或不同利益的人与人之间的社会关系所构成,这就决定人与人必须形成同存共处的社会组织。对于今天来说就是要构建以人为本的社会主义和谐社会。作为文学艺术,自古以来探讨和表现的主要是人的社会性,其次才是人的自然性。表现自然的欲望往往是为了表达人对社会生活的欲求。单纯描述自然人的人性,有时会把文学艺术降到无意义的地步。然而人类来自动物界,却仍然是"自然的、肉体的、感性的、对象性的存在物,和动植物一样"。⑤他们的食欲、性欲和安全防卫本能又不可缺少。那么在对这些欲望的艺术表现上,食欲变成美味,性欲变成爱情,防卫变成协作,于是便增加了社会性。

二、关于人学理论

一般说来,人学就是通过反思人的自身来重新认识人的学问。它有广义人学、狭义人学两种。一种向内反求诸己为狭义人学,一种向外探求主客体一致性则为广义人学。从概念上讲,人学即为当今人类对人性的真实的透视学,是关于人的存在、本质及其产生、运动、发展、变化规律的透视学,是横跨社会学、人类学、心理学、民俗学、民族学等等的边缘学科。它首先以人自身为研究对象,并将人纳入自然界和宇宙之中予以通观。人学研究的范畴,还可以说是如德谟克利特所言的人的肉体和精神灵魂的辩证统一。人的精神的实质是物质,人与自然界物质存在形态根本一

---

① ② ③ 《马克思恩格斯选集》第1卷,人民出版社1972年版,第18~19页、第32~33页、第34页。

④ 《马克思恩格斯选集》第2卷,人民出版社1972年版,第208页。

⑤ 《马克思恩格斯全集》第42卷,人民出版社1957年版,第167页。

致，人与宇宙在本质上也是同一的。

孙鼎国、李中华主编的《人学大辞典》中寻根讨源地说：人学，是拉丁字"authropologia"一词的中译文。这个术语的出现可以追溯到文艺复兴时期。1596年，新教主义者卡斯曼用这个题目出版了一本著作。他认为，"authropologia"是关于人的心理、物理两重本性的研究。这一术语后来被用来标示18世纪下半叶形成的一门"人类学"，它以人类为研究对象，包括文化人类学和体质人类学两大类。其实，从语源学上讲，人类学是研究人的科学。因为"authropologia"一词就是由希腊文"anthropos"（人）加上"logos"（学说）构成的。近些年兴起的"人学"主要研究人性、人的自身和发展，不同于"人类学"，所以西方有人主张称"人学"为"homonology"，以别于人类学"anothropologia"。在西方一些著作，如埃里希·弗罗姆的《自为的人》一书中，把"人学"写作"scienceofman"（这个词，中文译作"人学"或译作"人的科学"）。实际上"人学"所涉及的范围比人类学的概念更为宽广。马克斯·韦伯被认为是西方人学大师，而人学是从卡西尔的《人论》开始才形成了体系。

马克思在《1844年经济学哲学手稿》中，就曾经使用过"WissenschaftvonMenschen"这个短语，也有人译为"人学"或"人的科学"。①马克思、恩格斯在《共产党宣言》中就明确宣示："代替那存在着阶级和阶级对立的资产阶级社会的，将是这样一个联合体，在那里，每个人的自由发展是一切人自由发展的条件。"②马克思又在《资本论》中说，共产主义是"以每个人的全面而自由的发展为基本原则的社会形式。"③人的自由而全面的发展，一直是马克思主义者坚持的社会主义根本价值追求和终极价值理想。马克思认为，资本主义属于人类社会第二大历史形态——"以物的依赖性为基础的人的独立性"形态，社会主义和共产主义则是第三大历史形态，即以"建立在个人全面发展和他们共同的社会主义能力成为他们的共同财富这一基础上的自由个性"④为本质特征的社会形态。那么，资本主义"物的依赖性基础上的人的独立性"的价值追求，就是受物欲支配的资产阶级的"个人自由"，而社会主义、共产主义

---

① 孙鼎国、李中华主编：《人学大辞典》第1页前言，河北人民出版社1995年第1版。
② 《共产党宣言》，《马克思恩格斯选集》第1卷，第273页。
③ 《马克思恩格斯全集》第23卷，人民出版社1972年版，第649页。
④ 《马克思恩格斯全集》第46卷，人民出版社1979年版，第104页。

在价值上的核心追求则是超越了所谓"个人自由"的"人的自由而全面的发展"。1894年，晚年的恩格斯应意大利《新纪元》记者之请为该刊创刊号题词，要求他用最简练的话语描述未来新社会的特点，他便重申了《宣言》中的表述，并认为除此之外，"再也找不出合适的了"。①

我国的人学研究，当前表现出一些新的特点。首先在人学的本体论基础研究方面寻求了突破。如韩庆祥、邹诗鹏认为，当年马克思面临工人阶级生存状况这个时代的课题，为使哲学从抽象思辨回到现实的人与人的真实生活世界中来，对传统哲学的抽象、超验理解方式进行了反叛，重新寻求理解人的合理的立足点。这种反叛活动使感性实践活动的人成为哲学的出发点和主题，排除了西方哲学本体论的超验语境，从而把本体论还原为感性实践生成论，把人本主义哲学变成实践人学。他们还认为，只有马克思主义的哲学最有理由被称为人学。在这个意义上，马克思的感性实践生成本体论也就是感性实践人学本体论。②第二，人学与现实的关系，即在人的全面发展问题研究上有所创新。在世纪之交，江泽民在一次报告中提出"人的全面发展"问题，被袁贵仁等专家学者们认为是具有理论创新价值的命题。③一是对建设中国特色社会主义理论的理解上，不像过去那样仅仅诉诸共产主义社会，而是认为人的全面发展也是一个重要理想目标。二是把人的全面发展看成新社会的本质要求。三是把经济发展与人的全面发展看做互为前提和基础所形成的对经济发展理解上的创新。四是不再把人的发展视为社会发展的附属。五是不仅仅从物的方面理解生产力，也从人的发展角度理解生产力。对此，有的学者还提出了"能力建设"的主张，认为知识经济时代将爆发以开发人力资源、激发人的创新能力为中心的革命，所以必须实行以开发人力资源为本的发展战略。

当代中国人学研究，作为哲学形态走入哲学研究前沿，作为学术思潮关怀人的生存发展，作为新兴学科构建完整的人的图景，作为新哲学观考察视角发生新的转换是其根本任务和实质。谭培文著《马克思主义人学中国化研究》，将以人为本的科学发展观与马克思主义经典作家阐述的人的全面发展理论结合起来进行思考，有助于我们深入思考以人为本的理论内涵，又有助于增强推动马克思主义中国化的理论自觉。④2011年由韩庆

---

① 《光明日报》2009年9月8日第10版，孙明泉访常修德报道。

② 韩庆祥、邹诗鹏：《人学：人的问题的当代阐释》，云南人民出版社2001年版。

③ 袁贵仁：《人的全面发展学说的新境界》，《教学与研究》2001年第10期。

④ 方良：《人学视阈下的马克思主义中国化研究》，《光明日报》2011年10月24日第11版。

祥主编的"马克思主义人学与当代中国丛书"（10册）已经出版，这是我国人学界的一次集体亮相。丛书被认为有多种突破：起初人们较为注重从政治实践上关注人，丛书进一步注重从学理上研究人；起初人们主要从价值观上尊重人，丛书进一步注重从历史经验与教训、实践发展要求和时代发展趋势上论说人；起初人们注重在人性、人道主义和异化问题上正本清源，丛书进一步注重人学研究的理论化、系统化；起初人们对"人"主要是做一般性的思考，丛书进一步注重对人的现实问题做深入考察；起初人们主张把"人"作为一个相对独立的对象来研究，丛书进一步把人学作为新兴学科来建设。[①]当前学界也认为，人学不是把一切与人有关的问题都纳入其中，也不能被唯物史观所取代，更不等于倡导抽象人道主义，而是在综合各门人的科学基础上建立一门以完整的人及其本质、存在本质、存在和历史发展规律为研究对象的新学科。有的学者主张，人学要转向学理与思想并重，基础理论与现实意义并重，尊重人与塑造人并重。[②]笔者以为，人学研究要能够在知识经济时代与时俱进地关注人性革命、人的生存方式革命、人的全面而自由的发展、制度创新与人的素质、能力及人才的研究，关注人的精神境界、不同阶层的人其及个性的关系等方面。

三、我国古代各家观点与西方人学的内在一致性

如前所述，我国古人很早就注意以人为本、以民为本。历代思想家对人自身、人与人、人与自然做过很多探索和论述。现在回头一望，可以看到春秋末期形成的儒家学说在这方面尤为突出。孔子提出了大量关于人的自省、人际关系包括人与家庭、朋友、师生，君子与小人，及"仁者爱人"、"孝悌"等方面的观点。孔子弟子及孟子等提出了"穷则独善其身，达则兼济天下"、"仕而优则学，学而优则仕"等著名的人生修养论点和修身、齐家、治国、平天下的人生理想。儒家学说被狭隘地看成实用理性，没有道家学说超脱，但其自我修养、兼济天下的精神，一直是我国主导文化的基本内容。"以人为本"一词，却是法家管子提来的。他主要从治国治军上考虑，没在这方面继续研究。而道家老庄学说，主张清静无为、彻底去掉功名利禄之心，与大自然合为一体。庄子的"坐忘"工夫，就是一种自我超越、回归真我的修养之道。台湾中山大学王季香2004年的博士论文《先秦诸子之人格类型论》中认为，西方的"超人格理论"强调

---

① 张艳涛：《把我国人学研究推向一个新水平》，《光明日报》2011年11月1日第11版。
② 黄楠森、王锐生等：《21世纪中国人学发展笔谈》，《社会科学辑刊》2001年第1期。

人性的完整与不可分割性，而人又不仅是社会文化的产物，更是文化的创造者、社会建构者，那么在这样的思潮发展下已经无法单从心理科学角度来探讨，所以必须知行合一。这对近代心理科学研究是个重要的启示。作者曾经用西方心理科学方式来认识人，又重新发现认识人的，上乘的道路不在西方而在中土，正如"众里寻他千百度，蓦然回首，那人却在灯火阑珊处"。这是对西方马斯洛、弗洛姆、唐·理查·里索等人超人格理论的中国文化视角研究，证明了中西文化虽然貌似差别很大，其实是异曲同工。李安德还曾经用水井打比方：自表象看来，人的"个体自我"如每一口各自独立的井，每一个人的真我就如同井井相通的井水之源。而一旦突破个体"小我"，打开自我中心的层层阻隔，寻得了真我，便好似进入地下的伏流，充分体验到井井同源的存在整体感和人与物相和谐的境界，此时人已超越时空的限制，而与外在的事物、世界融合为一，进入一个永恒与无限的领空。这就是马斯洛所说的"高原经验"。这种经验的取得有赖于"时间、努力、修炼、研究、奉献"才能锻炼出来的生活境界，这常常是"一生的事情"。①关于人的身体美学也是如此。儒家《论语》中记载孔子回答学生关于礼仪问题时说："君子所贵乎道者三：动容颜，斯远暴慢矣；正颜色，斯近信矣；出辞气，斯远鄙倍矣。"是说身体的姿态、面部表情和言谈、声音等可以展示人的德行修养。可见那时的孔子就有了现在说的身体美学的理念，而且让学生们开展身体训练了。在西方现代和后现代哲学发展中，不仅海德格尔接受运用了老庄的"道"，安东尼奥·梅内盖蒂同样大讲其"道"，在一篇小文章中竟8次用"道"解说其本体艺术②。从这个道出发，梅内盖蒂把本体艺术与生命本体论做了区别——强调了生命、内心与生活秩序的一致性，说"道"是至极快乐的、会有让我们自身变得更好的原则。这种人学，就不是主张人的欲望无限扩张的了。

以井作喻，证明了东西方文化具有相通相融的内在性质，古时老庄、孔孟对人的研究与现在的西方人学研究，是形态各异而又殊途同归。前几年有人大捧西方的人学而贬低中国的儒学，其实是他们生在中国却对中国传统哲学丝毫无知。中西差别自然是有的，但它们内中却有所相通。老庄思想、孔孟思想就是中国古代的人学。如前所述，我国当代人学从马克思关于人的本质、人的全面自由发展的著名论断出发，吸收我国传统哲学和

① 李安德：《前揭书》，见王季香博士论文（内部）。
② 熊妤译：《生命的艺术》，《光明日报》2011年9月13日第14版。

西方人学理论形成了雏形。在新中国60年人学建设研讨会上，大家总结了我国人学研究的成绩，认为坚持了实事求是的路线和以人为本的原则。我们文艺家要懂得人学，更要懂得人学与社会实践不可分割。

四、关于人性的内涵

上面追述古埃及、希腊先哲们对人的理解，就已涉及人性——人学的基本问题。人性更是一个复杂的争论不休的问题。归结一下人性内涵理论基本上是三种：第一种是自然本性说。朱光潜认为，人性是"人类自然本质"。而马克思在《1844年经济学哲学手稿》里强调，"人的肉体和精神的本质力量"便是人性。但也有人认为，人的本质不完全是人性，人性应该指的是人固有的天性及其种种原因形成的人的普遍的习性。中国古代告子曾经说"食、色，性也"，《礼记·礼运》则讲"饮食男女，人之大欲"。这些都可以看做一个自然人的人欲。这与古希腊毕达哥拉斯等哲学流派的观点相近。第二种是社会属性说。认为人性就是人的本质。在阶级社会里，人的社会属性只能是人的阶级性。第三种是社会属性与自然属性的双重因素统一说。两种特性共存于人的一身，就是人的社会属性和自然属性的对立统一，是社会性和动物性的统一，阶级性和超阶级性的统一。笔者认为，用非阶级性比超阶级性的表述要好，这样是肯定阶级性，无所谓谁高于谁、谁超越谁了。关于非阶级性，有人便说是共同人性。这也曾经在极"左"时代被批判过。恩格斯在《路德维希·费尔巴哈和德国古典哲学的终结》一书中，提出"人们彼此间以相互倾慕为基础的""纯粹人的关系"，"即性爱、友谊、同情、舍己精神等等"。[1]这种"纯粹人的关系"是一切人中存在的共性，所以人与人之间具有共同的物质生活需求和相近的心理、情感、审美意识等等。窃以为，人在某些剧烈矛盾对抗中则可能表现出鲜明的阶级性，阶级性与人的共性可以互相转化，也可以同存一身。

社会性与动物性的对立统一也是随着社会生产、生活实践的发展而不断变化的。马克思在《资本论》中说："首先要研究人的一般本性，然后要研究在每个时代历史地发生了变化的人的本性。"[1]这里再引马克思关于人的本质是"一切社会关系的总和"这个论断，前面的限制语强调人的本质"不是单个人所固有的抽象物"，而且必须是"在其现实性上"。这

① 王淑明：《人性、文学及其他》，《文学评论》1980年第5期。
② 《马克思恩格斯全集》第23卷，人民出版社1972年版，第669页注释。

里的"现实性"便是历史发展某一阶段的现实。马克思这两句话，是对人的本质和一般本性的双重阐述。后人对此也曾经发生过争论，但笔者以为马克思主要肯定了人的社会属性，但他从来没有否定人的自然属性。关于人的主体性问题在前面已经提到刘再复的观点，背后是西方的人学理论，是黑格尔那里的主体，只"知道自己并实现自己的观念"，知识"在自身内部的纯粹的、不息的旋转"。①这是离开了主体的对象化、离开了社会现实的结果。马克思所说："个人是社会存在物。因此，他的生命表现，即使不采取共同的、同其他人一起完成的生命表现这种直接形式，也是社会生活的表现和确证。"②这是说人是有意识的存在物，应当有自己的主体性。并解释人的主体性是人作为活动主体所具有的一般属性、共同属性，是活动主体区别于一般人，特别是区别于活动客体的特殊性，强调了人的自觉、自主意识。但不等于每个人都有主体性，人性只是主体性的前提，它包含在人的主体性之中，成为人的主体性中最基本的层次。人的能动性、创造性、自主性是人性的最高层次。不同的人也有不同的主体性，可是劳动的异化经常使人的主体性丧失。③关于人的本质，袁贵仁、韩震二人认为应当是多本质的，这与上面提到陆贵山的文学多重本质观相通。我们要警惕马克思所说的人的"劳动的"异化，使人成为机器的奴隶。不能让劳动者创造了豪华的宫殿，他们却只能为自己创造贫民窟。这与黑格尔、费尔巴哈所说的异化已经颇有不同。1984年，胡乔木还曾经批判地论述了思想异化、政治异化、权力异化等"社会主义异化现象"。④那就是阶级、政治角度的变异、变质、变味。

　　提到人性本质，还要说人道主义，它产生于欧洲文艺复兴时期，最初形成的是人文主义。这属于资本主义上升时期的人道主义。马克思主义人道主义超越了康德的"人是目的"的人道主义，是要在实践层面上真正实现人的价值。社会主义的人道主义才是最彻底的人道主义，即马克思主义人道主义。笔者从电视剧《硝烟背后的战争》中，八路军救护和改造日本战俘的过程中，看清了这一点。现在大量的文艺作品中都充满着人道主义精神，表现为对弱者、不幸者、他人及社会的同情、悲悯、关怀、救助等行为，也属于一般意义上的真善美。然而有人却在作品中美化了侵略

①②　《马克思恩格斯全集》第42卷，人民出版社1979年版，第76、122页。
③　《论人性、人的本质和人的主体性的相互关系》，《新华文摘》1988年第11期。
④　《关于人道主义和异化问题》，《人民日报》1984年1月27日。

者、汉奸、特务而又丑化贬低了革命者。也有的如托尔斯泰那样宣传和平主义，否定正义的战争。他们自觉不自觉地滑入了资产阶级"人性论"和抽象的人道主义。这与后现代们的"颠覆"、"消解"活动有关，也与作者的立场有关。关于人权问题，中国人权研究会会长罗豪才在2011年9月第四届北京人权论坛上致辞说，面对价值观和人权观的多元化，应当抛开那种不合时宜的以自我为中心的立场和态度，高扬协商理性的大旗。这是矫正和发展了西方传统的人权观，成为我国人权理论的一种创新。既然如此，人权、人性和人道主义，这些都应当具有东方文化底蕴和中国特色。

第二节　以人为本与文学艺术

文学与人学的关系是复杂的，各种说法也层出不穷。文学的描写包括对大自然的和人的描写，所以文学以人为中心却不能等同于人学。当前以人为本的文学艺术又应当怎么做，也已经是值得探讨的一个热点。

一、"文学是人学"和人文精神

高尔基说："文学就是人学。作家的一切在乎人，为了人。"[①]还说自己一生从事的不是别的，而是人学。从而他反对自然主义、悲观主义、唯美主义和个人主义，认为文学也描写丑恶、庸俗，那是为了嘲笑它们、消灭它们，使人的精神高尚。关于文学是人学的命题，1957年钱谷融在《文艺月报》第5期发表过《论"文学是人学"》一文，说高尔基曾经建议把文学叫做人学。1962年6月，吴泰昌通过俄文翻译撰文指出，这并非高尔基的原话，而是学者的转述。钱便解释说我不懂俄文，人学的意见是从季摩菲耶夫1948年《文学原理》中来的。1959年季氏修订《文学原理》时注释这一提法是出自高尔基《论技艺》。吴又翻译一段有关俄文，认为译为民学比人学语义上更准确。许之乔则又引用1928年6月12日高尔基在苏联方志会议上的答词："我的主要的工作，一生的主要工作，是人学，而不是方志学。"因此说"高尔基把文学叫做人学"。2003年，钱又在一封信中说，根据《英国文学史》上泰纳的序言判断，文学是人学的发明权应当是泰纳，而不是高尔基。现在刘为钦核对这本文学史的原法文版序言，却没有找到这种表达。于是引用钱的话说："这句话也并不是高尔基

---

① [前苏联] 高尔基：《论文学》，人民文学出版社1965年版。

一个人的新发明，过去许许多多的哲人，许许多多的文学大师都曾表示过类似的意见。"为此事，钱谷融与巴人、徐懋庸等人曾经在1957年反右派斗争中遭受了严厉的批判，被说是"修正主义文艺观"。毛泽东1961年1月23日接见何其芳等人时说的"各个阶级也有共同的美"公布后，我国才结束了对文学是人学的批判。但是刘为钦做完历史追述之后说：人学只是考察文学的一个维度，不能等同于文学。[①]

虽然人学不等同于文学，但应当肯定人是文学艺术表现的核心。回想极"左"时代，大量作品偏偏是只对事不对人，重事轻人，形成了人的形象和性格描写的缺失、有关社会评价的人的盲区。粉碎"四人帮"之后，特别是现在提出以人为本的创作思路，这是马克思主义人学及其文艺理论的回归和运用。文学回归人性和人情描写也不能离开弘扬社会主义核心价值体系，其对文学艺术创作的现实指导意义已经成为目前文艺界关注和讨论的重点话题。然而又决不可形成对政治意识形态的机械套用，或是让庸俗社会学借尸还魂，而是要借助文艺活动进行精神价值建设。巴金晚年曾经借助高尔基的名言表明自己的文学观："一般人都承认文学的目的是要使人变得更好。"这朴素的语言蕴含着深刻的真理。作为一个重要的人文创造领域，文学艺术关注的重心是人的精神，力图通过探寻主体的心灵世界、价值取向和理想追求，来促进人及其社会的进步、发展与完善。所以只有在以人为本价值观念的指引下，当代创作才能真正担负起建设人的精神价值的重任。这是文学艺术本质特性的必然体现，也是以人为本的社会主义核心价值体系的根本诉求。改革开放以来，我们对文学的人学研究或人文研究取得了重大的进展，增强和建构了新时期人文精神和人文价值观念。但人不能孤立地独个儿生存。在表现人文因素与社会历史因素的关系上，却可以各有侧重或有适当的倾斜。

再说人文主义，这个概念来自西方，但不是西方的专利。我国很早就有了"人文"一词，战国时成书的《周易》中说："文明以止，人文也。观乎天文，以察时度，观乎人文，以化成天下。"这便是东方式的古老的人文主义。我们民族豁达、仁慈、自强、利人性格的塑造和形成，就来自这些千年古训长期的"化成"作用，也来自先民们的仁爱济世心理的一代代积淀。这些就是我们的国学。从上古《诗经》以来形成的作家人文情

[①] 《"文学是人学"命题之反思》，《新华文摘》2010年第6期。

怀、对苍生的悲悯观照、见义勇为的慷慨悲歌，在市场经济的今天对这些比过去更为需要。西方人文主义的核心是反封建、张扬个性。中国式的人文精神则突出天人合一、人的自修自省。中国人对人文主义的理解，也有如西方的个性解放、反封建等内容。从《诗经》中的爱情诗《关雎》、揭露性的《硕鼠》，屈子问天、特立独行，到李白、杜甫的诗篇，到《桃花扇》、《杜十娘》、《长生殿》、《牛郎织女》、《梁祝》、《孟姜女》及《白蛇传》等，都是个性张扬或者具有人民性、民主性的。它们全面体现了我国传统人文精神。我们要一面学习西方，认识自我存在价值和发展，一面扬弃性地吸收古代人文传统，以形成新的人文主义。

二、文艺以人为本——以什么人为本

关于文艺以什么人为本的问题，当前对这个问题的理解仍然时有混乱。本书在绪论中就特别点明，这里所说的人不是抽象的人而是具体的、现实的、社会的人，是包括每一个个人在内的广大人民群众，包括人民群众的根本利益、个体生命、人权和人的尊严等等。这是建立在唯物史观基础上的以人为本，与以前中外人本主义相区别的以人为本。马克思曾经强调："卑贱的群众的全部群众的群众性"的历史才是"真正的历史"，"历史活动是群众的事业，随着历史活动的深入，必将是群众队伍的扩大"。[①]这是历史唯物主义的关于人民群众的历史地位的著名论述。后来毛泽东也说过："卑贱者最聪明，高贵者最愚蠢。"又说，"人民，只有人民，才是历史的创造者"，对于革命战争则说"兵民乃胜利之本"、"战争伟力之最深厚的根源在于民众之中"。江泽民、胡锦涛也都强调，人民才是当今社会的主体，是伟大现代化建设工程的主体，也是改革开放参与和成果享受的主体、先进文化创造与成果享受的主体。

现在贯彻以人为本精神具有强烈的现实针对性。在极"左"时代和前些年的经济建设中，曾经出现过忽视和损害人民群众利益的行为，忽视人民群众素质需要提高的不良倾向，现在也存在着贫富两极分化的严峻局面。群众仍然面临着多种的不平等。现在所说的以人为本，已经不是古代的以人为本，也不是西方式的"天赋人权"的人本主义。它是社会主义性质的、承认人民主人公地位的新的人本理念。这体现在宪法中就是"尊重和保障人权"。体现在政党执政理念上，只有以人为本才能坚持和深化

---

① 《马克思恩格斯全集》第2卷，人民出版社1957年版，第13、104页。

"为人民执政、靠人民执政"的理念，坚持和深化人民的社会主体地位，不但要保障他们的生存权、发展权，还要充分发挥他们的首创精神，只有这样才能达到人民共享改革发展成果的根本目的，才能改变过去以GDP为中心的"重物轻人"的经济增长模式，克服人与物的尖锐矛盾。我们只有正确地理解以人为本，实现社会公平正义，兼顾各方面的社会利益，才能最大限度地激发社会创造活力。坚持以人为本，才能弘扬和建设和谐文化，倡导以和为贵、以和谐为价值取向，才能抗拒西方现代后现代的"他人就是地狱"、"以邻为壑"、猜疑、忌恨等负面理念和情绪，同时找到包容不同思想认识、正确引导不同社会思潮，实现我国古代史伯提出的"和而不同"。

进一步说，以人为本中的"人"既然不是客体而是主体，那么人民群众不只是被可怜、同情、关爱和救济的启蒙对象，他们本身就是推动社会改革和发展的创造性的根本力量，是历史发展的真正动力。在五四以来的创作中，鲁迅"为人生"的启蒙写作目的和毛泽东在延安提出的文艺必须"为了人民大众"的论述和号召，都是不能否定的。当时说的"人民大众"包括了小资产阶级和知识分子阶层。虽然毛泽东只说为"工农兵"服务，在表述上是工农兵就代表了包括知识分子等在内的人民大众。鲁迅和毛泽东都克服了西方的"人性论"的缺陷，将人看做感性实践的具体的人和人群。西方所谓"普世"的似乎为每一个人的理论，实际上是维护着资本主义制度的抽象的"人性论"。美国"占领华尔街"的人们和阿富汗、伊拉克、利比亚人民大概最深刻地体会到了这种哲学、人道主义的虚伪性。

我国从1980年开始提出和实行的"二为"方向，大多数文艺工作者一直坚持，在理论上也不断进行强化。江泽民在1996年第六次全国文代会上就强调这是"必须坚持的根本原则"。胡锦涛在2006年的第八次全国文代会上又进一步阐述道："我国广大文艺工作者一定要坚持以人为本，牢固树立人民群众是历史创造者的历史唯物主义观点，培养和增进对人民群众的感情，坚持以最广大人民为服务对象和表现主体，关心群众疾苦，体察人民愿望，把握群众需求，通过形式多样的艺术创造，为人民放歌，为人民抒情，为人民呼吁。"这"三个为人民"，是对"二为"方向的具体阐述，是新世纪以来党领导文艺的基本出发点和落脚点。我们千万不能面对市场消费需要而背对社会人生。在2011年11月的九次全国文化会上，胡锦涛总书记提出"以民为中心",这是对社会主义以人为本理念的进一步发展,也更为明晰地与古代的、西方的人本思想做了区分。我们要用唯物史观去观照人民群众的现实生活,理解、认识他们的喜怒哀乐和心理变化,想人民所想,忧人民所忧,乐人民所乐,真诚地讴歌他们。绝不能让后现代们销蚀文艺的这种理性精神。主张只写庸常的病态的人,不写英雄模范,也是骨子里要消解人民群众中本来存在的正义、刚强和崇高。崇高危机和搞笑危机是文学艺术的可悲,是批判极"左"路线后形成另一种不良倾向。应当强调,谁也不必把表现人性、身体与反映社会现实对立起来。以人为本,不能成为今天一些人用以攻击历史唯物论的武器。

三、文艺以人为本——重点塑造新人

邓小平在四次全国文代会《祝词》中提出了要塑造有理想、有道德、有文化、有纪律的"四有"新人,与毛泽东《讲话》中提倡描写"新的人物,新的世界"的思想一脉相承,对于改革开放时代的文艺很有针对性和指导性。回顾几十年文艺创作展演的实践,塑造的"四有"新人已经不少。他们有的是前面所说的时代的英雄模范,代表着国家民族形象的标高。比如孔繁森、任长霞等人就是可歌可泣的新人代表。还有一大批新人,没有经历过特殊自然环境、人文环境的生死考验,一生平平安安、平平常常却也具有生活耐力、乐观人生态度的人们。他们或者在农村改革中身先士卒、敢闯敢干而有所作为,成为农民脱贫致富的带头人,或者来到城市从事工程建设、商品流通、社会服务而渐渐成长为新一代城市人。新人中也有城市工人、下岗者、失业者的形象,他们面对生活的困境自强不息,进行了第二次、第三次就业选择,经历种种屈辱和窘迫而走向了成功。有的还成为企业家和社会名流,又用自己挣来的钱去回报社会,从事扶贫、助残、助学等各种慈善和社会公益事业。在科研、教育、卫生、环保、军事等各条战线上,都有这样一批时代的新人。他们也不一定有多少英雄的壮举,甚至一直处于琐碎难挨的日常性工作中,却和那些惊天动地的英雄人物一样堪称我们伟大民族的脊梁。"感动中国十大人物"中既有云南邮递员刘顺友,也有"两弹一星"科学家邓稼先,这便是主流媒体对两种人物的充分肯定。这些新人普遍兢兢业业、艰苦奋斗、忠于职守、无私奉献,体现着中华民族的传统美德和崇高的时代精神。还有相当一批眼界较宽,思维方式先进,又有传统精神的人们。比如描写新疆边防生活的电视剧《在那遥远的地方》中塑造的女兵袁鹰等人便是这样的新人。还有

电视剧《矸子山的女人们》、《镇长》、《喜耕田的故事》中的主人公们，都属于时代新人之列。这些人物形象，基本上仍然是工农兵，但又与过去战争年代、建国初期的工农兵有了很大的不同，他们是今天小康时代的新人。这些新人与各种英雄形象，与历史题材创作出的古人形象共同组成我国文艺人物的长廊，显示着我国文艺人物形象的丰富性、多样性和对社会人生的引领性。

中国特色的文学艺术需要这样的新人，社会历史的发展需要这样的新人，最好使他们的典型性高一些。虽然大家不再强调典型化了，但正如雷达在总结改革开放以来长篇小说审美经验的文章中说："这个时期长篇小说的成就，如果说有一种可触摸的踏实感，那就是因为它们创造了一批'典型'。"[①] 并举《白鹿原》、《活动变人形》、《玫瑰门》等中的主要人物为例。这说明作家们在自觉不自觉地塑造着自己的人物典型，证明典型论活在实践中，以前曾经将它硬性地规定而束缚过人们的自由创作，现在要意识到真正的传世经典一定要有典型意义的。从整个文艺生态发展的需要出发，就应当首先强调表现新世纪的新人形象。要进一步树立人民意识、民族意识和国家意识，同时也不乏人类精神、世界意识，真正具有了这些意识的艺术高手，不会感到既定的文艺方针对他们的创作有什么妨害。正如前面第三章引雷达所说，经受许多限制拿出来的东西可能更经得住时间的考验。现在创作上都怕规矩，所以出现的庸品废品很多很多，在很大程度上是缺少常识性规则所造成的。作家艺术家应当以人为本地反映时代生活，在塑造新的人物形象上做表率，这是他们庄严的社会职责和光荣义务。

笔者以为，现在强调塑造新人是一种符合文艺规律和历史规律的"文学回归"、"艺术归位"。回到内心、意在启蒙是文学的回归，回到现实生活也是一种回归。要树立这种文艺生态平衡理念，才不至于总陷在回归的争论泥淖中。

四、继续进行人性挖掘，呼吁人的全面觉醒

人是大自然的儿子，是社会的一分子，要重视作品的社会历史内容描述和研究，也要重视人的内心世界或言人性、"小宇宙"的挖掘。

首先，应当继续挖掘表现我们中华民族传统的美好人性，表现民族性

---

① 雷达：《近三十年长篇小说审美经验反思》，《文艺报》2008年12月4日第3版。

格中爱国、利人、包容的精神，为国为民为他人的自我牺牲精神。要弘扬人性中的真善美，褒扬人间大爱与真情，批判社会丑恶、人性卑陋。要唤醒人们的荣誉精神、耻感意识，唤醒社会道德、职业道德、公民意识和公平正义等进步理念。而不是像后现代派那样极力告别崇高、恶搞英雄，甚至以丑为美。

其次，仍然要发扬五四的文化启蒙精神，继续深入地揭示国人的性格弱点，从人的角度寻找我们之所以落后挨打的精神因素。鲁迅曾经通过《狂人日记》批判封建人伦"吃人"的本质，又用阿Q形象批判国民劣根性。今天我们仍然需要深入揭示和批判各种封建余毒。因为我国有两千年封建历史，一些封建思想还残存在人们的头脑中，无论在官场、商场、文场还是工厂，官本位思想表现还比较突出。等级、特权观念和不正当的政绩观念，以及在个人的价值实现、家庭与婚姻、择业创业等问题上，都表现着或多或少的封建思想因素。我们的传统文化既有比较适应时代的一面，可以形成对西方个人主义、消费主义理念的抗体，又有对社会主义市场经济不适应或拒阻的一面。我们要塑造既保持许多优良传统美德而又富有独立创新精神的时代人物，要通过各种矛盾斗争关系的描写，不遗余力地对封建思想进行形象生动的鞭挞。要继续挖掘和批判小农经济观念下的目光短浅、行为卑琐、保守落后，也要揭示和批判市民阶层中的自私自利、追求享乐、好逸恶劳、贫嘴饶舌和看不起乡下人的市侩气，批判排外思想作用下的无知与僵化等等属于民族性格中的弱点，从而减少我国小康社会建设中的看不见的阻力。

第三，树立人权观念和自我意识，警惕市场经济条件下人性的异化和扭曲。海德格尔认为，现代人成为存在者的尺度和中心。我们要通过作品呼吁维护人的生存权、发展权和民主权利，呼吁保护人与人的平等、受教育和工作的权利，参与社会政治、文化活动的权益。要树立人的自我意识，挖掘人的内心世界，展示人的精神觉醒、人的尊严的树立、生活信心的建立，引导人们摆正大我与小我、国格与人格关系而走向自强自立。

同时要警惕和抵制人性的异化。马克思早就论述过资本主义社会化大生产造成劳动的、人性的异化，连资本持有者也在被铜臭异化。所以要不断批判劳动的、人性的、宗教的、权力的各种异化、非人化。当前在网络文化、影视文化的冲击下，在西方消费主义的侵蚀中，文学艺术渐渐走向娱乐化、欲望化，使人们的思想出现浅表化倾向。一批严肃文学作家也渐渐滑入市场性文学的创作轨道，却不能保持作品的思想性和艺术性，缺乏严肃文学的探索性、超前性。这就是文学的变味和异化。也要看到，现在的低俗之风绝不全是大众文艺的过错，在一定程度上也有严肃文学或纯文学作品造成的原因。它们用隐私迎合低级趣味，向受众媚俗，以追求卖点和票房价值。现在西方"身体学"的引进，"宣泄论"的盛行，在一定程度上妨碍作家艺术家思想意识和人格力量在作品中的展示，阻挠文艺对社会人生介入的可能。片面地强调人的一种原欲、本能的自我宣泄和自身的自然美，有其客观、科学成分，但社会效果往往不佳，当下低俗之风也便与之不无关系了。在现实中，许多人的价值观念已经滑向拜金主义、享乐主义，他们不是社会需要的新人，有的变成了社会的渣滓。他们已经"丧魂落魄"，我们必须继续用艺术的力量为他们招魂，也为一些作家艺术家招魂。

第四，大力表现人与自然的关系。西方自我意识又形成了人类中心主义，已经不适应人类的正常发展。要体现人类对大自然、生存环境的爱惜和敬畏，倡导人与自然包括各种生物的共同生存理念。今天许多作家关注了人与自然的矛盾，表现了生态与环保这一重大主题。前面提到赵本夫的《无土时代》，再早还有贾平凹的《怀念狼》，生动地描述了舅舅打狼，用狼皮做褥子，但每到半夜狼皮毛便竖起来扎他，于是他认为狼也有魂，发誓不再杀生，并开始吃素。还让我们懂得，狼太少了造成动物间的不平衡，食物链就会断档。王宗仁的关于可可西里题材的散文《藏羚羊跪拜》、王勇刚的《哦，我的可可西里》、司马言的《麻雀梦》、洛捷的《独霸猴》、赵剑平的《獭祭》、陈应松的《松鹤为什么鸣叫》、盖卫华的《人·狗·狼》等等，强烈地表达了人类必须停止对大自然的过度攫取，必须保护自己的朋友——动植物，如果把它们都消灭了，我们人类也就难以生存。这便是当今的生态文学。这方面已有所成就，但对生态问题的揭示还远远不够。

第五，关于启蒙创作旨趣的悲情意味。五四时期，探究表现人的内心世界、人性及国民劣根性的作品，使中国人看到了自己，拓宽了人们的心灵世界。个性解放、自立自强意识得到空前的弘扬，在国人中起到了巨大的思想启蒙作用。鲁迅、巴金、郁达夫等在这方面功不可没。打倒"四人帮"以来，启蒙性现实主义作品数量剧增，出现了众多呼唤人性的回归、寻找自我之作，如卢新华的《伤痕》、戴厚英的《人啊，人》等颇有思想冲击力。现代派、特别是后现代的先锋派冲上潮头又形成人性描写的新高峰。如前所述，其哀伤、郁闷、彷徨之中更增多了消解意味的麻木、浑噩、怀疑、无为和寻求娱乐宣泄等思想成分，人生思考、理想追求被淡化了。但总体上看，30多年启蒙性创作的悲情意味、灰暗色调太重。后现代崛起则又批判现代派，悲情和麻木、隐喻和讽刺，残酷叙事比狠比酷，成为其作品的基本特色。现代后现代曾经受到马克思主义批判资本主义的影响，但都看不到人类的前途和光明，于是否定一切、消解一切，所以只有悲情和欲望的宣泄。这些提出问题又不知如何解答解决的创作便让人感到无路可走。提出问题固然可贵，但为问题的解决指明方向更为高明。鲁迅前期作品重在启蒙，后期渐渐增加了前进的曙光，是他接触了马克思主义的原因。

要长期地提倡启蒙创作，但也要正确认识西方式的现代性启蒙。西方传统现代性以个人主义为基础，已经被国内外一批学者认为有所偏颇，不适应新世纪人类社会的发展。文艺家一味地按照五四时借于西方的现代性理念对受众启蒙，已经出现一定程度的负面效应。要把握关注内心与关注现实二者的结合。当前走红的成功之作，基本上属于二者结合的精品力作。

第三节　和谐文化及其艺术创新

英国哲学家罗素曾经羡慕地说："中国至高无上的伦理品质中的一些东西，现代世界极为需要。这些品质中我认为和气是第一位的……若能够被全世界采纳，地球上肯定比现在有更多的欢乐祥和。"[1]我们以人为本的科学发展观就是要使整个社会和谐有序，人与自然的和谐共处，这就离不开和谐文化的挖掘研究与创新运用。以前，我们只是翻译和津津乐道于外国生态伦理学、生态美学，其实生态观念在我国古代早已有之。

胡锦涛在2004年12月中央经济工作会议上提出"构建社会主义和谐社会"，又在2005年2月一次省部级主要领导干部的研讨班上提出关于构建和谐社会的基本要求。2006年10月，十六届六中全会正式通过了《中共中央关于构建社会主义和谐社会若干重大问题的决定》。这个决定提出了"民主法治、公平正义、诚信友爱、充满活力、安定有序、人与自然和谐

---

① 叶小文：《中国"和"文化为世界贡献新智慧》，《光明日报》2010年10月21日第7版。

相处"，要"倡导和谐理念，培育和谐精神，营造和谐氛围"。这个决定在全国上下引起亿万人民心声的共鸣，从街谈巷议到大小媒体都展开了热烈而长久的自由讨论。在2007年十七大报告中，胡锦涛更为庄严地提出"和谐文化是全体人民团结进步的重要精神支撑"。于是和谐文化进一步成为群众和学术界讨论的热门话题。

回想从"阶级斗争为纲"到"以经济建设为中心"是一次艰难的历史性转轨，新世纪以来提倡弘扬和谐文化、构建和谐社会则是全党全民性的又一次思想政治观念、思维方式的大转轨。我们文艺界要继续学习和研究和谐文化，实践运用和谐文化，充分认识发展和谐题旨下的艺术创新的伟大意义。

一、和谐文化的渊源

人的哲学与和谐文化关系密切。它是和谐文化的一部分，反过来说和谐文化也是人学的一部分。

我国和谐文化源远流长，它是中华文明的核心内容。什么是和谐文化？和谐文化由以前称为和文化、和合文化改称和谐文化，便具有了较强的现实意义和时代特点。它的定义正在讨论，尚未统一。李忠杰撰文说："我认为，所谓和谐文化，基本的含义，是指一种以和谐为思想内核和价值取向，以倡导、研究、阐释、传播、实施、奉行和谐理念为主要内容的文化形态、文化现象和文化性状。它包括思想观念、价值体系、行为规范、文化产品、社会风尚、制度体制等多种存在方式。"[①]又进一步说，"既然谓之和谐文化，其最核心的内容，就是崇尚和谐理念，体现和谐精神，大力倡导社会和谐的理想信念，坚持和实行互助、合作、团结、稳定、有序的社会准则。也就是以和谐理念贯穿于相关的文化形态和文化形象之中，以和谐作为该类文化的基本价值取向，并以此影响其他各种文化形式，促进整个和谐社会的建设。"张立文撰文说："和谐、和合是中华民族人文精神的基本理念和首要价值，是中华传统文化思想的精粹和生命智慧，是中华民族精神的体现，也是中华心、民族魂的表征。和谐、和合是指人与自然、社会、人际、心灵、文明之间的多样性的差异、冲突的协调、平衡、融合，是天地万物之间千差万别的冲突融合而和合的模式或状态。"[②]又说，"和谐是中华民族一以贯之的文化理念、文化实践和理想

---

① 见文明网2006年10月10日，《建设和谐文化的核心是倡导和谐价值取向》一文。

② 《弘扬中华和谐文化，建设中华民族共有精神家园》，《光明日报》2008年4月22日。

追求的总和。中华和谐文化是中华民族的心和魂、根和体，是中华民族团结奋进的精神支柱，繁荣昌盛的智慧源泉。"张立文所下的定义和阐释似乎更为准确、深刻。

另据报载，2009中国（诸城）大舜文化节上，全国各地的专家学者们研讨认为"大舜文化的基本内涵与核心是和谐文化"，"儒家思想源于大舜文化和东夷文化"，[1]以为这是中国和谐文化的渊头。而和谐文化的源头，我们可以通过典籍和考古追溯到大约七千年前的伏羲、女娲时期。伏羲在燧人氏之后，那时已经有了火的发明和利用，其历史年代属于新石器时代晚期、母系社会末期。伏羲为风姓，母亲是华胥氏，出生于今甘肃天水秦安县大地湾一带。他自幼聪颖，乐于思考和发明。特别是发明了八卦，开创了八卦思维、阴阳和谐思维，这才是中国和谐文化的最早源头、天人合一理念的初始古脉，也是《周易》原理的宿根。伏羲被推为部落首领后十分重视民生，要解决当时部落人群的生产生活问题，于是创造了捕鱼虾、逮鸟兽的网罟，并进行野兽驯养和植物种植，这可以看做我国北方农业文明的肇始。他把自己的部落搞得比较富裕强大，周围部落便纷纷向他们靠拢。伏羲想用一种大家认可共尊的文化符号来统一部落之间的联盟关系，于是发明了龙图腾，而且在行政上"以龙纪官"、自号"龙师"。这便是龙文化的初创，是中华民族几千年生生不息、历经无数次磨难而一直发展到今天的核心文化元素。伏羲女娲看到当时婚配上的混乱状况，又开始制定符合部落状况的男女聘娶制，从而保证了夫妻关系、社会秩序的稳定，于是后人把女娲称为历史上第一位红娘。伏羲女娲还重视音乐的娱乐教化作用，创造了可以弹奏的琴瑟、吹奏的笙簧。这在《史记》和多种典籍中都有记载。伟大的伏羲王朝虽然没有国号，但根据现在专家研究推算共经历十五世，传衍1200多年，成为后来炎黄中华民族更大面积、更多方面大融合的政治文化基础。伏羲女娲从劳动生产技术、精神文化和制度文化等方面入手创造了我国历史上最早的原始社会的部落和谐。那时由于人际、部落之间关系融洽，极少动武作战，这一点也是很可取的。后来经过炎、黄与蚩尤三大部落联盟的统一、夏商周三代的传承，到春秋末期老子、孔子时期，伏羲、炎黄的思想得到了进一步丰富发展。

孔孟的儒家思想，应该说是和谐文化发展中期的主要源头之一。特

---

[1] 《光明日报》2009年7月5日第6版。

别是从汉武帝"罢黜百家，独尊儒术"之后，和谐文化一下子成为国家的主导思想。至于老庄思想和后来传进我国的佛家思想，一般被排在儒家之后。虽然汉代就有皇帝崇道、礼佛，但儒家"仁"、"孝"、"悌"和"修身齐家治国平天下"的思想一直被置于主导地位。汉时举孝廉的人才选拔制度，把孝抬到了至高无上的位置，可以说那是"一票否决制"。到南北朝时，儒家孝道文化得到进一步弘扬，与当时的"南朝四百八十寺"的佛教文化互相交汇，是儒道佛三家共同推动形成了孝悌思想为核心的和合文化高潮。和谐文化理念经过几千年的沉淀，形成了我国核心性的和谐文化传统。

从文字创造方面说，"和"字原意主要有两个方面。一个是从字形上讲，"禾"加"口"字，被解释为有庄稼（粮食、食物）就会"和"。另一个是从音律学上的和声、和弦理念上讲，有唱有和，同唱为合，协奏为和。大家吃饭和娱乐都离不开一个"口"字，所以"和"字就有一个"口"字。可见古人造字是有现实生活依据的。当今"和"的词语已经非常多。河北省和谐文化研究会会长王殿明等人先后搜集到"和"字词语240多个，分别刻于邢台临西县万和宫石上，让游客叹为观止。比如有：和谐、和顺、和气、和谨、和蔼、和善、和美、和乐、和睦、和合、和勉、和洽、和畅、和煦、和平、和解、和议、和约、和亲、和戎、中和、融和、温和、柔和、祥和、安和、谦和、随和、宽和、和为贵、和风细雨、和气致祥、和颜悦色、和衷共济、和而不同等，还有俗话说的和气生财、家和万事兴等等。当今中国人的和谐文化理念已经在最大范围和更深层次上进入寻常百姓的心里，成为人们日常生活的理念核心。

二、和谐文化的基本内涵与主要特征

我们必须科学地把握传统和谐文化的基本内涵，也要弄懂它们的主要文化性状和特征。成中英在《儒家和谐论的六个层次》一文中，说"和"既是一种状态又是一个过程，具有多极性或多极因素。它有六个层次：太和、义和、中和、人和、协和、共和或大同。太和从本质上讲，宇宙就是寻求生命创造的和谐，而这种生命创造的和谐能产生自然与人的和谐，因此是内在的善。义和，是从本质上讲宇宙产生了天生具有道德意识的人类（孟子的观点是：无道德意识的人无异于禽兽）。中和，作为一种人性产生了精神与心灵，以此寻求与世间万物的和谐相适应。人和，是说道德的目的就是通过人的修养来获得人际的和谐。协和，通过人类的理性组成了社区、州和国家，在同样的道德法则指挥下，又形成更大范围的世界一体化和全球社会一体化。大同，制定具体的措施解决涉及人类生存和生活的一切和谐问题，人类社会的终极理想——和谐与和平的世界才可能实现。[①]西方大哲学家康德的《世界永恒和平方案》精神，便是与我国古代和合精神的契合。还有的学者把和谐文化基本内涵分为四项或五项。我这里仍把它归纳为三大项。一是宇宙和谐。所谓宇宙和谐，就是关于人与天地的和谐。也便是《周易》上所说的"大和"，前面成中英所说的"太和"。这便是我们传统文化的基本观念。大家现在多用的是"天人合一"，主要指人与自然世界的关系亲密一体，是互相通融、整体协调适应的关系，而不是人与大自然的相互对立。这种观念在原始社会就已普遍存在，但正式提出这个"天人合一"概念的则是宋代思想家张载。他说："儒者则因明至诚，因诚至明，故天人合一。"[②]后来为学者们所共用。与此相关的还有"天人感应"、"万物有灵"之说。二是人自身和谐。人的心灵是一个内在的精神世界。人自身的和谐便是心灵的和谐。在这个心灵世界中，存在着情感与理性、知识与信仰的矛盾，各种心理包括情感和观念的因素内部也存在着一些冲突。而我们的古人总是企图平和心理矛盾，解除精神冲突。于是追求心灵和谐成为个体的人的价值目标。修身、养心、正心、心斋、坐忘等等，都是追求心灵和谐境界的一些提法和做法。此乃成中英所说的"义和"、"中和"。三是社会和谐。按照儒家思想，一个人要修身齐家治国平天下，达则忠君爱国恤民，退则洁身自好。那么一切就要从内省的培养修炼开始，并且注重齐家。齐家就是在家庭中讲孝悌、尊老爱幼，尽自己的家庭责任。因为孔子和他的弟子们都认为，百善孝为先，若一个人在家中不孝敬老人、不尽家庭义务，就更不会对朋友有什么真心实意，所以这种人就不可交。家庭和谐，扩而展之就是社会和谐，包括四邻八舍、同宗外族都应当诚信为人、礼貌相待。这既是个人的修养、涵养，也是人格与形象魅力问题，按民间的说法就是做人的脸面、人缘问题。古人把脸面问题看得比生死还重要，那就是儒家知耻思想的作用。社会和谐，就要如孔子所说"修己以安人"、还要"修己以安百姓"，他仍然强调自身修养、心灵和谐才能带来家庭和社会的

---

① 《新华文摘》2007年第7期。

② 见2011年4月14日《中国社会科学报》第7版，刘志松文章。

和谐，才能创造出人人心灵和谐的理想社会。这便是成中英说的人和、协和，那么就会实现"宇宙——心灵——社会"三者相互作用、缺一不可的整体和谐，人类也就必然会走向共和（大同）境界。

和谐文化，具有包容性、差异性、互补性、平衡性和开放性。以前我们总认为儒家学说不开放，封建保守，与当今时代相悖。而郭齐勇著《中国儒学之精神》一书中则明确地强调了儒学具有开放性。他认为儒学经过两千多年传至今日，就是因为它具有开放性，而且有了"新儒学"的发展和向世界发散的新态势。杨朝明、宋立林在有关书评中说：郭齐勇提倡"开放的新儒学"，是"抓住了儒学开放的真精神"。[①]

和谐文化的特点也可以归结为融通性、有序性、日新性和实践性。儒家的"中庸之道"、道家的"天人一体"和佛家的"中道圆融"，就是和谐平衡的思想。其有序性，是因各方和谐而有序。它与时俱进不断发展，常用常新。但和谐文化也是实践的，要求我们笃行如一的。心口不一、言行不一致就会失和或面和心不和。今天和谐共生共存思想能够为反思批判现代性文明和推动人类社会和谐发展提供中华民族自己的哲学智慧，那么人类今后便可以在人与自然、人与社会、人与自我等方面建立与社会和谐发展相统一的战略。从和谐文化传统出发，要全面走向现代化特别是要实现文化现代化，就决定今天的中国人必须重新理解和认识传统和谐文化，使之形成新的和谐文化。

对于文艺家来说，必须在认真学习和谐文化的基础上主动参加和谐社会建设活动，并且将现实生活体验形成有关文艺创作，进行抒情达志和人物塑造，使自己的作品达到新的艺术高度。

三、文学艺术追求和谐——不是回避矛盾

作为文学艺术，特别是结构比较宏大的长篇小说、报告文学、戏剧、电影、电视等表现和谐的主题、塑造呵护创造和谐的人物，都离不开各种矛盾斗争的描述。如果没有这些矛盾斗争就形不成故事情节，就没有戏剧性。不要忘记，人类历史就是一部与天斗、与地斗、与人斗而不断达到和谐的矛盾斗争过程。文艺要反映社会历史发展就不能因为强调弘扬和谐文化、构建和谐社会而回避矛盾。虽然我们不再讲"以阶级斗争为纲"，但是我们所处的社会主义初级阶段仍然是阶级社会。从历史唯物论的角度来

---

① 见《光明日报》2006年7月26日第6版，关于郭齐勇新著评论。

看，社会历史发展的动力就是生产力，就是作为社会主体的人民群众，就是生产力和生产关系的矛盾引发的各种社会矛盾和斗争。文学艺术不能回避它们，而是应当积极主动地、大胆地描写这种推动历史前进的矛盾斗争，表现那些以自己高尚的精神境界和力挽狂澜的能力与智慧解决矛盾、创造社会和谐的人们。当然也有些作品比如一首小诗、一幅书画、一幅摄影等会受形式的局限，却也能表达自己的正义立场、分明的爱憎、和谐的愿望与倾向。在总体上、本质属性上，文艺总是要表现社会历史与人生、与人内心的矛盾斗争的。

（一）演绎历史故事表现矛盾产生到解决的过程

从和谐文化角度分析，五四时期以来近百年的现代性创作首先是揭示内心，以批判、唤醒为主的，当前的后现代作品同样如此，只不过更多些容易引起负面效果的龌龊的东西，降低了社会文化意义和审美价值。鲁迅彷徨，今天他们仍然彷徨，却缺少鲁迅那种要奋起的呐喊，而且要把鲁迅和已有的一切都反掉。关于对待农民，把鲁迅与毛泽东两相比较，鲁迅主要是解剖中国农民的愚昧无知和麻木精神状态，而且入木三分。而毛泽东则是看农民优点和历史作用，要求通过文艺对他们进行正面动员、引导，也进行教育改造的。鲁迅们要进行现代性启蒙，毛泽东和延安文艺界也是在进行革命现代性启蒙的。

表现某一历史时期社会矛盾斗争而达到和谐统一的成功之作一直很受欢迎。古典小说和电视剧《封神演义》尽管玄幻浪漫，却是武王伐纣史实的形象再现。一部电影《孔子》，既有道德伦理教化又有流血的战争，反映了春秋末期鲁国内部及与各诸侯国的关系。《大秦帝国》则是表现战国末期秦始皇横扫六合统一中华、建立封建中央集权的残酷过程，也昭示我们不能用道德去解释历史。20世纪90年代的电视剧《大唐名相》、《宰相刘罗锅》等，是艺术地再现古代君臣安定天下、治理国家、造福百姓而创造封建盛世的故事。前者突出了唐太宗拓边安民的雄才大略和魏征为国为民、敢犯龙颜的忠贞刚正。后者突出了刘罗锅刘墉与和珅的忠奸斗争。这些对今天的国家治理、反腐倡廉都有一定的参照意义。电视剧《大宋提刑官》，描写了主人公宋慈无私执法、为民平冤、伸张正义而实现了官民和谐、社会公平稳定。包公的故事几乎家喻户晓，其有关作品不断翻新，也不断类型化衍生，对于今天的人们树立法制观念、廉政观念不无裨益。电视剧《郑和下西洋》在建国60周年之前由央视隆重推出。此剧以宏阔的历史场面，成功地演绎了明朝永乐年间三宝太监郑和自公元1405～1433年七下南洋的航海史，表现了新奇的异国风情和海上景观，塑造了郑和与深谋远虑的永乐皇帝朱棣，突出了我们民族的先人面向世界、扬帆远航而和谐万邦的伟大气魄。该剧是近年来不多见的和谐题旨的历史巨制。郑和之行，其声威和历史影响力不次于欧洲麦哲伦、哥伦布航海。实际上还有秦时徐福东渡日本的记载和今天的有关传说，日本现在仍有50多座徐福庙，可惜现在还没有对于这个最早的航海家的重大艺术创作。

近代革命历史题材创作，从各个方面表现了民族志士、革命军民为反帝反封建浴血奋战、取得最后胜利的革命正气和伟大民族精神。电视剧《孙中山》和新近上演的《辛亥革命》表现了推翻两千年帝制、建立民国的历史巨变。电影《知音》和新播出的电视剧《护国大将军》又是对民国之初蔡锷等人通过反袁斗争克服封建复辟、捍卫共和的艺术再现。周振天的电视剧《小站风云》，通过天津小站镇刘李两家的变迁，表现了清末甲午海战、戊戌变法、小站练兵、庚子赔款、抵抗八国联军、辛亥革命到反袁斗争，以至抗日战争胜利的复杂过程，形成了一部波澜壮阔的中国革命史。更多的是表现共产党领导的各种革命斗争生活的作品。除了前面提到的，还有先后出世的《西线轶事》、《乌龙山剿匪记》、《和平年代》、《开国大典》、《战地黄花》、《弹孔》等，反映了艰苦卓绝、波澜壮阔的革命战争生活。这是用战争消灭战争，用流血的政治换来人民幸福、社会安宁。长篇电视剧《苍天》，再现了延安时期陕甘法院马锡五面向基层，积极帮助群众申冤斗恶、维护百姓生命财产的传奇故事。这是一部关于革命战争年代用法律武器创造党群、军民关系和谐的独特之作。此剧使今天的法律专家们大为震动，纷纷讨论那时的审判方式之灵活、办案手续之简便，很值得今天的司法界学习效仿。

许多表现通过斗争取得革命胜利的作品，往往还告诉我们：树欲静而风不止，正义善良的人们不得不用斗争方式来维护自己的生存和安全。和谐主题创作不是你好我好大家委曲求全。以斗争求和谐则和谐存，以退让求和谐则和谐亡。当然若在人民内部就必须讲忍让、宽容，但那也是有一定限度的，且要防止矛盾激化而改变性质。

（二）通过描写现实矛盾斗争体现和谐理念追求

改革开放以来，表现城乡现实生活中的矛盾斗争，呼唤和体现富裕、民主、文明、和谐理念的作品已经不少，可以说我们已经有了用文艺表现以人为本与和谐文化理念的成功经验。比如《人生》、《平凡的世界》、《老井》等小说和电影都表现了改革开放之初、新旧交替时代农民思想的嬗变。电视剧《绝处逢生》表现了贫困的贵州山区百姓树立生态观念在裸岩山地种花椒致富的过程。西部电影的特点就是生态电影，《可可西里》轰动一时，《黄土地》等都是生态问题之作。孙慧芬的中篇小说《致无尽关系》和林那北的中篇《天桥上的邱弟》等新作，在表现城市人期望生活轻松，进城人如何与市民、乡亲和同事相处，如何面对和解决人世间的摩擦矛盾等诸多现实问题上各有一定深度。蒋子龙长篇小说《人气》则是最早反映城市大拆迁大建设生活的力作，表现了人们追求新居所、新生活过程中出现的复杂心理和各种意想不到的矛盾。其间有希冀也有痛苦，有前进也有阻力，但光明在前、凯歌在后。长篇小说《日头日头照着我》再现了乡镇干部们艰辛地创造和维护着一片热土的和谐稳定。电影《第一书记》和电视剧《永远的忠诚》描述了安徽小岗村党总支书记、省直下基层挂职干部沈浩一心为民、舍己奉公、忍辱负重，改变了村庄面貌却累死于任上的过程。二者感人至深，令人动容，与前面提到的《执政基石》、《当家的男人》各有千秋，都充溢着时代特征和共产党人的浩然之气，我们不能不为之感慨赞叹。蓝蓝的诗集《天道人心》表达了天道与人心的和谐共生："这里有悲剧感/但被生命的醒悟冲淡了！这里有沉重/但被洁白的沙滩/云气和梦想冲淡了//这里有暗调/但被达观从容光明点染了！……"①另有《英雄无悔》、《公安局长》等反映公安司法战线如何打击各种犯罪和不法行为，维护了人间正义和社会稳定。电视剧《康定情歌》则表现了藏、汉、白各族人民世代友好的关系。

著名作家张炜获得茅盾文学奖的系列长篇巨著《我在高原》，是新中国成立以来文学中全方位、多层次、多角度探讨历史、文化、政治、宗教，包括生态文明等问题的罕见之作，和谐题旨一直贯穿其中，可以看做古今和谐文化艺术表达的宏大叙事。这是一个综合性的立体的大千世界，难以仅仅用传统文学理论去衡量。我们已经有大量和谐主题创新，但是按照弘扬和谐文化、构建和谐社会的要求来看，表现的生活面还比较窄，有关人物形象还不够丰富。

我们要去基层寻找那些为构建和谐社会而解决实际民生问题的好人

---

① 见《光明日报》2009年10月10日第2版，崔志远文章。

们。包括民政调解、志愿者、环境保护者、养老孝亲者，以及各个小区、校园、厂矿、商店中为创造和谐而努力工作的人们。首届全国道德模范、河北省景县多年义务抚养非亲非故的孤寡老人的林秀贞，有着丰富感人的善行爱举。刘家科为之写出的报告文学《大爱无疆》荣获全国鲁迅文学奖。其实民间道德模范无以数计，只是我们没有像刘家科一样去寻找和发现他们。

我们更要重视文艺家自身的心灵净化和灵魂塑造、团队的内部和谐，重视文艺创作和展演内容与形式合乎艺术规律的和谐等等。

第四节　文艺家要德艺双馨

某相声明星本来是由电视台捧红。但在2010年夏天，这个明星却因别墅圈地被指控侵占公共绿地，接着又爆出其徒弟殴打电视记者的新闻。随后他又在一场名为《张双喜捉妖》的相声演出中，公然讽刺北京电视台是一个"龌龊单位"，揶揄记者是妓女，立挺自己的弟子为"民族英雄"。这些言词犹如火上浇油，激怒了社会公众。舆论普遍认为，明星翻脸不认人采取野蛮行动，有违道德伦理和法规。此事也引发了人们对整个文艺队伍基本素质的考量、对文艺家形象的评判，引发了文艺界自身如何做人、如何为文从艺的深入思考。

德艺双馨，是江泽民1995年5月24日为中国戏曲学院的题词。它既是对众多文艺家成功之路的科学概括，也表达了党和国家对广大文艺工作者的殷切期望。此后，中国文联和各协会普遍开展了德艺双馨文艺家、德艺双馨会员、德艺双馨人才的评选工作。相声演员暴打记者事件的发生，从反面为我们敲响了文艺队伍自身建设的警钟。我们这支被邓小平赞扬的值得信赖的文艺队伍，在没有精神准备的情况下被卷入市场经济时代。大家能不能经得住市场化的新考验，晚近的新星们能不能发扬老一代文艺家的文德艺德，做到一生端端正正，大旗不倒？这就必须切实地大力提倡和普遍践行德艺双馨。

在大画家吴冠中诞辰百年之时，李长春于2010年7月20日前往参观了吴冠中纪念特展，发表了《做德艺双馨、无愧于时代和人民的文艺家》的讲话，高度评价吴冠中是"中国当代美术界成就卓著、具有重要影响的艺术大师，是德艺双馨的人民艺术家"，号召文艺界向吴冠中学习。

另一位著名文艺家阎肃，是歌剧《江姐》、《党的女儿》和歌曲《敢问路在何方》、《长城长》的作者，也是文艺界公认的德艺双馨的典型。典型是我们文艺界的明灯，可以引路。对他们事迹的宣传学习，兴起了一股树立德艺双馨观念和文艺工作者新形象的潮流。那么，什么是德艺双馨，它应当包括哪些内容？2011年11月25日，李长春召集刚刚当选的中国文联九届委员、中国作协八届委员发表长篇讲话，其中对德艺双馨问题做了精彩的论述："德，就是个人品德、职业道德、家庭美德、社会公德、职业精神、价值取向、社会信誉，以及理想信念、思想境界、精神追求等，是中华民族优秀传统文化和社会主义先进文化的集中体现，是文艺工作者立身处世之根、人格魅力之本。艺，就是艺术才华、艺术能力、艺术思想、艺术风格、艺术境界等，是艺术造诣的集中展现，是文艺工作者成就事业之基、艺术魅力之源。德与艺相辅相成、相互促进。"又说，"人品决定艺品，立艺先要立德。唯有德艺双馨，才能使高尚的人品和高超的艺品相得益彰、行之久远"。① 这是中央领导人首次对德艺双馨论述得如此系统深刻。笔者读后感到，还应当细说之，于是写出如下三个方面。

一、热爱祖国和人民，坚持树立核心价值观

德艺双馨文艺工作者首先应当热爱祖国、热爱人民，讲国格人格，知荣辱、讲正气、有担当、尽义务。要坚持树立核心价值观念，表现伟大的民族精神、时代精神，表现火热的生活现实和人民群众的喜怒哀乐，塑造时代新人形象，树立和维护国家民族形象；也要敢于揭示我们民族性格中的缺点，引导人们树立前进的信心和战胜一切苦难的决心。在中西文化碰撞中，能够坚持正确的文化立场，不排外、不媚外，能够放出眼光，学习借鉴一切外来文化以丰富自己的创作与展演。

二、要首先学会做人，坚持人品第一

德艺双馨者要具有丰富的学养、素养，有强烈的人文精神和高尚的文化人格。要人品第一、作品第二，内外一致，追求完美。具体说应当有这样几点：

（一）谦虚谨慎，文人相亲，与人为善

"满招损，谦受益"，"君子坦荡荡，小人常戚戚"。谦虚、慎独是中国文人的优良传统，在市场化的今天更显得难能可贵。一言一行中，切

---

① 李长春：《坚持中国特色社会主义文化发展道路，为建设社会主义文化强国努力奋斗》，《文艺报》2011年11月28日第1版。

忌文人无行，艺人无德。切忌浮躁不安，居功自傲，自吹自擂。切忌阿谀奉迎，势利眼、市侩气、大忽悠。不要文人相轻、孤傲不群，拆台损人。要像高占祥讲过的那样做到文人相重、文人相敬、文人相亲、文人相助。要夹着尾巴做人，保持一颗平常心。要与人为善、懂得感恩，处事先人后己，甚至舍己为人。在突发事件面前，头脑清醒，是非明确，能够顾全大局，主持正义。在天灾人祸面前，能够勇往直前，见义勇为。作品印证人品，人品映衬作品，要表里如一，诚信为人。有道是，作品不难做人难，养眼不难养心难。

要有一颗真善美的心灵，有生命的激情和高蹈的见识。我们要用自己的人品和作品塑造当代作家艺术家的新形象。要记住，我们常常被捧杀、也往往是自弃的。

（二）抵制市场的诱惑，不可金钱第一

在创作展演中，要坚持社会效益第一，经济效益第二。当今孔方兄流行，金钱腐蚀着一切，是对我们的严峻考验。固然文艺家也不能不食人间烟火，同样首先要有吃穿住用才能生存。但是我们的文化使命、德行操守决定我们必须坚持创作展演首先为了满足读者和观众的文化需求，为了文学艺术事业的繁荣发展，其次才是能够获得正当的心血报酬和应有的社会影响。不要为名利所累，更不要金钱第一。不要迎合低级趣味，败坏自己的社会名声和形象。固然说，有作为有贡献应当收入丰厚，日子过得好一些，但不要因钱失节，因小失大。

三、具有强烈的艺术追求和敬业精神

克服市场经济条件下的浮躁，并不是一件容易的事情。作家艺术家要能够把握自己，不要追求上镜头、听赞歌，不要忙于赶点赴会、应景作秀。要能够抚平自己的躁动之心。不要功成名就吃老本不立新功，荒废了大好时光。不要一本书主义、一出戏主义。好汉不提当年勇，要把已有的成就当做过去。那么就要保持强烈的艺术追求，做到精神上、艺术上与时俱进，永不落伍。"春蚕到死丝方尽，蜡炬成灰泪始干"，李商隐留下的两句诗，应当是文艺家一生的座右铭。

敬业是一生的事情。敬而有业，不敬无业。不能半途而废，也不能弄虚作假。要甘于寂寞、惯于独处、长于思考，不惜十年磨一剑、一生磨一针，这都是成就艺术大师所必备的性格和精神。我们不能完全反对今日创作的快手高产，但深知高产的多穗高粱绝不如冬小麦好吃。有了科学的创作观念就不会种那些多穗高粱、造出那么多文化垃圾来。人死不能复生，但我盼望曹雪芹再世，出个曹雪芹第二第三。作家文艺家的生命大概不过百年，而他们的艺术则应当千秋万岁。别怕生前不荣，应求身后运长。钱钟书把寂寞当成一种享受，可惜今天不少人还只是应酬，顾了眼前忘了身后，顾了职位、利益忘了精神永存。文艺家没有高足也不正常，那是一种文化浪费，要做老黄牛，做伯乐、人梯。还有编辑出版家、创作辅导评论员们，要能够将自己的学识和经验传授给文艺新秀，这也是功不可没的光彩事业。

总之，德艺双馨已经是必须人人高度重视的自身道德修养问题，也是社会公众形象问题，是我国文艺人才队伍自身强健、精神保鲜和力量整合的问题。可能有些人讨厌它，但他们走上艺术殿堂或攀上更高峰巅又是多么需要它。

四、呼唤学术道德

学术界、文论界也要讲德艺双馨，或说发扬德文双馨精神。

回想2009年季羡林、任继愈二位大师去世，在全国引起了学术地震，无论学术界还是平民百姓都对他们表示哀悼。人们怀念他们的学术贡献，更怀念他们高尚的人品。几个月后大科学家钱学森去世，又引发了一次全国人心震动。他是中国航天之父，是大成智慧学的创始人，其高风亮节感染着无数怀念者。可是当前学术论文抄袭频频曝光，知识产权案件一再攀升，与大师们的风节形成鲜明对比。事情大量地出现在高等学府、科研机构中。既有大学生、博士，也有院长、院士。这已经成为我国教育界、学术界包括文艺理论界的一个顽症。

学术道德问题产生的原因很多。一般认为，抄袭者缺乏道德自律、基本学术规范意识是首要原因，也与量化的职称评审制度和学术评价标准密切相关。评职称和毕业论文的刚性要求对写作者的压力太大，有的人到社会上去找枪手代写，只要交费什么论文都可以替你炮制。他们代写的文章大都东拼西凑或整篇抄来。所谓"核心期刊"大部分要收版面费，不交钱文章再好也不发，交了钱文章再次也能出笼，学术质量根本没有保证。《光明日报》曾经以整版的篇幅追查"核心期刊"的来龙去脉，历数教师和学子在"核心期刊"发表论文之苦，揭露"核心期刊"片面追求经济效益的不良行为。

《中山大学学报（社科版）》主编吴承学指出，期刊编辑不要把工作当成权力，不要妄谈"引领学术"，编辑为人服务要讲职业道德，大家要让学术"回归平静"。①笔者认为，学术不端行为是高等教育界诸多问题的集中表征，表现出高校内部行政权力与学术权利的矛盾和科研管理上的弊端，也是外部社会过度渗透高等教育的负面效应。要克服行政化、官本位、金钱崇拜渗透造成的大学产业化倾向，克服学术浮躁、急功近利、实用主义、学术商业化等问题。要大力治理学术腐败，其思路应当以人为本、标本兼治，必要时诉诸法纪。且说如下几点：

首先，师长要做表率，道之以德，齐之以礼。虽然接连出现学术丑闻，甚至有人发出"审丑疲劳"的叹息，师长中的真正君子除了上面提到者还有不少。如中国地质大学王鸿祯院士，这位与李四光、黄汲清齐名的地质学家，他遇到的情况与今天那些涉案的院士、校长、教授何其相似，但他每次都对学生的论文提出两个问题：哪些观点是你自己的？你展示的成果和图片哪些是你自己做的？久而久之，他的学生每次写论文都要用这两个问题鞭策自己。为博士生修改文章，学生请他署名，他强调署名的规则，说这在国外要求很严，在国内只能靠道德自律。他说我这样做，学生就不会太离谱。学生的著作出版前请他作序，他严守三条原则：一是不熟悉的领域不写，二是没看过书稿不写，三是自己亲笔写。而当下学术界由作者自己写好序言请名人署名的不少，王老却从不认同。这位教出18位院士的科学家始终坚持自己的学术道德操守，成为大家敬佩的楷模。孔子云："道之以政，齐之以刑，民免而无耻；道之以德，齐之以礼，有耻且格。"要树立学术诚信观念、荣辱观念。人无诚信，做不了真正的学问。加强学术道德教育，重建道德秩序，是当前治理学术腐败的根本大计。虽然这是滴水穿石的慢功夫，却是提升学生素质、改变学界风气的必由之路。

其次，要敢于诉诸法纪。不少学者认为当前要建章立法，堵住体制漏洞，明确学生和导师的责任，还要以现代技术手段作为辅助。要建立与健全学术执法、学术司法的机制，加强对学术违法的发现和追究力度。因为仅仅依靠自律和高校内部约束还不足以产生足够的震慑，所以有人主张对学术腐败应当用重典。湖北美术学院院长徐勇民说："应将法律约束与道德并重，借法律手段由惩罚达到防治。以优秀的传统文化和精神文明的

---

① 见《光明日报》2009年5月22日第6版，吴承学文章。

时代要求，塑造出健康的学人价值观，以对真理的不懈追求形成积极的学术价值观。"学术研究者不能容忍学术违法，应当勇于发现学术违法。要在道之以德的前提下对学术违法齐之以刑。现在华中师大领导对抄袭现象"零容忍"，发现一个处理一个。可惜许多院校仍是雷声大雨点小地容忍着，甚至怕丢丑遮掩着。

第三，要加强民众监督、媒体舆论监督。有人提倡设立独立于高校之外的民间学术监督力量，灵活举报，及时揭发，可称之为"学术警察"。这种"学术警察"没有处罚权，却能发现问题。还要动用媒体舆论监督，与社会各界的揭发举报结合起来，可以开辟专版，办专题节目，同时对举报人和被举报人实施匿名保护和奖励，但举报内容则应当透明公开。一经查实，就要公开曝光。

第四，建立学术表态制度。学术不规者必须公开透明地作出道歉、认错表态，未违纪而被误会者要做出事实澄清，这样就能给社会舆论一个明白。钱建强在《学术不端不可姑息》一文中针对某学术名人涉嫌抄袭问题时说：院士、实验室主任之类的学术荣誉和职位，既是学术成绩的体现，也是学术道德的象征。拥有这些学术光环的人自应严于律己，"行为世范"。牵扯到学术造假，就应当在学术期刊和媒体上作出情况说明，不要推诿和护短……站到前台来，对整个事件的是非作一点说明。[1]韩国一位科学家写假论文被查出后，公开检查道歉，我们中国人为什么不能呢?

但当前治理学术腐败的实际问题也不少。比如发现某校某人抄袭剽窃后上报教育部，教育部只让各学校自己处理，各学校又普遍"护短"，有些事情便不了了之。二是法院没有学术方面的人才和鉴定办法，对一些知识产权问题不予立案。根本上要解决人的素质和精神问题。贺祖祯在《治理学术造假呼唤大学精神回归》一文中，强调要呼唤和重塑大学精神，这种精神就是崇尚自由创造的精神，崇尚严谨治学态度的精神。一是以文化传承为宗旨的以人为本、以文化人的育人精神，二是以创造文化为目标的"自由、严谨"的学术精神，三是应当改变论文的刚性刻板要求。《湖南文理学院学报》执行主编谭长贵提出，必须摒弃媚外、厚古、崇名的学术心态。[2]所谓媚外是指写论文或申报课题不管有无需要总要引用外文参考文献、外国学者观点；厚古则是将中国今天的问题和现象不加分析地用传

---

① 《光明日报》2009年2月4日第6版。

② 见《光明日报》2009年5月22日第6版，谭长贵采访录。

统思想文化予以诠释、论证，引经据典，否则不合要求；崇名则是引用必须是名家名篇，否则就认为缺乏权威性，重点重大课题要名家牵头承担，否则可行性不足，评奖和申报课题名家优先，否则便是缺乏可信度。这种学术心态导致中国学术界"多专家、少大家，出文章，不出思想，有学霸、没有学派"，其致命的影响像一把软刀子伤害中国的学术元气，极大地束缚了中国学术界的创新思维，阻碍中国的学术崛起，进而阻碍中国的思想发展。

我们相信，在各高校、科研部门和社会各界的共同努力下，遏制学术腐败问题会随着高校精神文明和法制建设的进行，逐步唤回优良学术清风的。

第五节　实施人才强国战略，造就文艺人才大军

文艺发展要以人为本，文艺生态和谐平衡发展也要以人为本。这里还有一个文艺人才培养和文艺队伍造就问题。文艺是一种特殊行业，它总是要求创作演出者、艺术生产者具有较高的艺术天分和创作展演技能，甚至有绝招绝活。所以有人说：找一个县委书记容易，培养一个作家不容易。文艺发展的确离不开艺术人才，这是一种技术含量很高的职业。案头写作和艺术表演等都需要很好的修养、素养、学养，需要付出艰辛的脑力或体力劳动才能发挥自己的潜在才华，进行艺术的创新。

改革开放以来，我国文艺取得了巨大的成就，出现了一大批著名的作家艺术家和数以百万计的文艺工作者，但一些艺术门类人才短缺，一些艺术行当甚至青黄不接。这便说明在我们庞大的文艺队伍中，起码是人才结构不太合理，多见的是一些台柱子、尖子人才退休或去世后留下了文化空白，甚至长时间无人能够接替和发展其艺术，造成历史性的文化损失。这在非物质文化遗产保护中更为常见，在专业精英文艺队伍中也不乏其例。

一、实施人才强国战略

对于文艺人才的培养和造就，是我们党的文艺工作的一贯方针。毛泽东讲过"世界上人是第一个可宝贵的"，也对文艺人才高看一头，与众多名家交了朋友。他和柳亚子、和郭沫若的诗词尽人皆知，成为美谈。找音乐界人士谈话，留下了他的重要美学观点，与臧克家写诗信亦是佳话。周恩来对文艺人才的关心爱护更是众所周知，他去世后哭得最恸的是作家艺

术家们。邓小平在四次全国文代会《祝词》中及时地提出："必须十分重视文艺人才的培养。在一个九亿多人口的大国里，杰出的文艺家实在太少了。"又提出，"老一代文艺工作者，在发现和培养青年文艺工作者方面负有重要的责任。青年文艺工作者年富力强，思想敏锐，是我们文艺事业的未来。应当热情帮助并严格要求他们，使他们既不脱离生活，又能在思想上、艺术上不断进步。中年文艺工作者是我们文艺队伍的骨干力量，要充分发挥他们的作用。"他提出的"尊重知识、尊重人才"的口号，在文艺界反响强烈，使大批文艺家不再对极"左"心有余悸。江泽民也在十六大报告中强调：要"逐步建立有利于调动文化工作者的积极性，推动文化创新，多出精品、多出人才的文化管理体制和运行机制"。在第八次全国文代会上，胡锦涛又提出：要"积极扶持和表彰奖励优秀文艺人才和文艺作品，形成优秀人才脱颖而出的良好机制，特别是要积极培养德艺双馨的文艺大师，努力造就一支老中青相结合的浩浩荡荡的文艺大军"。一年后在十七大报告中，则强调了"营造有利于出精品、出人才、出效益的环境"。从这些论述中可以看出国家对人才和精品的重视程度越来越高。

在"十一五"规划中，提出要坚持服务发展、人才优先、以用为本、创新机制、高端引领、整体开发，加强人才资源能力建设，推动人才结构战略性调整，创新人才工作体制机制，实行人才投资优先，实施更加开放的人才政策，加快人才工作法制建设……这便是关于人才问题的宏观规定。那么我们文艺界就要大胆进行人才发现、培养活动的创新，进行人才来之能用、用之能成的积极探索，并不断总结有关经验。2003年12月26日，中共中央、国务院公布了《关于进一步加强人才工作的决定》，集我国各种人才培养发展理论和政策之大成，首次提出了人才强国战略，要求大力开发人才资源，走一条人才强国之路。2009年2月23日，中央政治局会议审议通过了《国家中长期人才发展规划纲要》（2010～2020年），继续强调要建设人才强国。这是更好地实施人才强国战略的重大举措，是在激烈的国际竞争中赢得主动的战略选择。在十七届六中全会的《决定》中，又提出"建设宏大人才队伍，为社会主义文化大发展大繁荣提供有力人才支撑"。提出要造就高层次领军人物和高素质文化人才队伍，包括继续实施"四个一批"人才培养工程和文化名家工程，建立重大文化项目首席专家制度，造就一批人民喜爱、有国际影响的名家大师和民族文化代表人物。加强专业文化工作队伍、文化企业家队伍建设，扶持资助优秀中青年文化人才主持重大课题、领衔重点项目。非公有制文化单位人员职称评定，要与国有文化单位人员同等对待。要加强基层文化人才队伍建设，壮大文化志愿者队伍。要落实国家荣誉制度，抓紧设立国家级文化荣誉称号，表彰奖励成就卓著的文化工作者。

要坚持党管人才，充分开发专业与业余两种人才资源，紧紧抓住培养、吸引、用好人才的三大环节，大力加强人才队伍建设，为文艺大发展大繁荣提供坚强的人才保证和广泛的智力支持。要坚决贯彻尊重劳动、尊重知识、尊重人才、尊重创造的方针。要树立科学的人才观，坚持德才兼备的原则，把品德、知识、能力和业绩作为衡量文艺人才的主要标准，不唯学历、不唯职称、不唯资历、不唯身份，不拘一格选人才，鼓励人人都做贡献，人人都能成才。要培养选择创作、编辑出版、理论研究、网络、文化产业经营管理等相关文化人才体系。要把人才资源能力建设当做人才培养的核心，重点培养他们的学习能力、实践能力，着力提高创新能力。要加快构建文艺人才继续教育体系，包括对老文艺工作者终身教育体系，促进学习型社会的形成。建立以公开、平等、竞争、择优为导向的有利于优秀人才脱颖而出、充分施展才能的选人用人机制，还要建立和完善文艺人才市场体系，促进人才合理流动。

各级文艺机构和单位在纷纷公开招聘急需人才，参照党政部门的人才选拔程序按部就班地进行，使一大批青年作家艺术家和相关人才，走上了施展才华的新岗位。这是一种历史的进步。这种人才工作便是我们新世纪文艺事业大发展的基础工程。只重视个别重点创新项目而不重视人才的观念和行为，应当一去不复返了。

二、大学课堂、自学成才和"从娃娃抓起"

现在的人才培养已经基本上以大学课堂为主了，高学历专业人才在整个人才阵容中的比例越来越高。文艺人才也是如此。各大学的中文系、文学院已是培养造就作家、诗人和文艺评论家、编辑出版家的渊薮，各美术、戏曲、音乐、舞蹈、广播影视、动漫院校等已是培养艺术人才的摇篮，一批硕士、博士已经成为我国文化机构、文艺团体和重要媒体的骨干。像北京大学曹文轩那样又出理论又写作品的教授也比较多见了。贾平凹应聘于大学当教授曾经引起一番争论，而作家艺术家走进大学课堂者已经数以千计，这是文艺人才资源的充分利用和社会共享。五四时期鲁迅成名后几度去教书授课，今天这个传统已经回归。大学造就着大批学者型作家艺术家、文论家，形成了当今中国文艺人才源和人才库。鲁迅文学院是延安鲁艺和建国之初文学讲习所的发展。天津大学冯骥才学院、辽宁大学赵本山学院的建立更具有品牌意义。但现在的实际情况是，美国《妈妈咪呀》中文版在全国招募演员困难很大，淘汰率很高。而上海音乐学院、北京舞蹈学院开办音乐专业、培养创作表演人才，其学生却就业困难。这就是一个双向选择的难题，也有培养学生素质是否全面、是否能满足市场需要的问题。

从20世纪80年代以来，草根阶层中自学成才者时常涌现。一批土生土长的业余创作者，经过自我暗中摸索锻炼终于脱颖而出，甚至一鸣惊人。一些作家也认为，文艺创作主要在于实践和潜质，真正的大家往往不是谁辅导培养出来的，主要是自己奋斗出来的。此言也有道理。柳青说，文学是愚人的事业。王蒙还说过，文学是淘汰率很高的事业。是的，有些文学迷的外部环境很好，父母望子成龙，个人立志成家，但他可能搞不出像样的东西。而家境贫寒、条件极差的人可能在艰苦奋斗中拿出创新之作，表现出自身的艺术天赋。他们如果能够被选拔到鲁院、大学作家班深造，就可能前途无量。江泽民说："青年兴则国家兴，青年强则国家强，青年有希望，未来的发展就有希望。"①青年时期是人才成长的最佳时期。要紧紧抓住青年时期这个黄金阶段，从内因和外因共同努力造就新的文艺人才。正如人才强国战略中所规定的，要不唯学历、不唯资历、不唯身份，真正地以人为本、以德才为本地不拘一格选人才，鼓励人人都立志成才，在全社会形成自强自立实践成才的良好风气。

伯乐相马的故事家喻户晓。现在人才学已经是一门独立的学问。人才学包括微观人才学和宏观人才学，前者是教人如何自学变成千里马，可以称为成才学。后者是教人如何选马驯马骑马和管马，可以称为用才学。人才学研究应当以马克思关于人的全面发展的学说为理论基础，要从创新程度较高的人身上寻找怎样做人和怎样获得较大程度全面发展的经验。现在一些教师并没有完全弄懂这个道理，他们教学、指导方法不对头。我们还要提倡形成社会各界培养文艺人才的合力，形成少儿、青年、中年和老年的文艺人才链条，那么我们的社会主义文艺大军就会日益壮大。春秋时秦国甘罗十二岁当宰相，是古代的神童典型。现在儿童普遍早熟，超低年龄的小作家、小歌手、小书法家不断涌现。我们就是要"从娃娃抓起"，

---

① 《江泽民论有中国特色社会主义（专题摘编）》，中央文献出版社2002年版，第420页。

培养少儿们的艺术细胞，浇灌他们身上的艺术萌芽。现在各幼儿园、小学中低年级的文学艺术普及正在加强，包括各种电视大赛、征文比赛、传统经典朗诵和国学班的开办，以及广场万人诵经活动等等，都是对未来作家艺术家的基础性引导和熏陶。但最重要还在于让孩子们树立将来成为艺术大师的理想。学校师长对一棵棵好苗子要悉心爱护，要求他们各门功课、德智体全面发展，打好知识基础，防止"小神童"、"小明星"得了奖就骄傲自满，走向夭折。父母们望子成龙、望女成凤，愿意让儿女有出息，孩子们也往往被媒体宣传、老师同学的夸赞闹蒙，偏科现象严重，学习成绩下降，这是适得其反。也有的老师为了孩子获奖成名，采用揠苗助长的方法，甚至为他们造假作弊，到头来更会害了孩子。古时有"伤仲永"现象，聪明的孩子没有成才，现在这种现象实际上更多。

比赛、展示是青少年成才的重要途径。北京京剧院院长李恩杰认为，要给青少年们才艺展示的机会，但是不能一下子、一阵子，而是要他们学习成长一辈子，只有这样才可能培养造就出京剧艺术的名家大家。他们结合非物质文化遗产保护，不断举行青年京剧演员擂台赛，不断发现新的好苗子，不断补充新的力量，这样做未来20年不会为人才发愁。其经验是可取的。

三、创意人才：一个文化名人背后就是一个产业链

这里特别提及当前火爆的创意人才问题。所有的文艺人才都是创意和创新人才，没有创意、不能创新则不能称为人才。创意便是谋划性、"点子"性创新。本书前面反复涉及的是艺术创新人才的造就。现在宣传文化系统建立了"四个一批"人才选拔和培训制度，其中要造就一支文化产业的经营管理人才、专门技术人才队伍。

创意人才，也是艺术与科教双重创新的智力之源。庞彦强在《艺术经济通论》中说："……艺术劳动者是艺术生产力诸要素中起主导作用的要素，也是唯一具有能动性、唯一能创造价值的要素。所谓艺术劳动者，就是'正在或有能力在生产力系统运行过程中发挥劳动功能的人'，是指具有一定艺术生产经验、艺术劳动技能、知识和智力的人，是运用艺术劳动资料作用于艺术劳动对象的有一定艺术劳动能力的人……""艺术劳动者既包括艺术创造者，也包括直接对艺术生产过程进行艺术服务和从事艺术管理的劳动者。"[1]在文化创意产业中，人才资源是最活跃最重要的资源

---

① 庞彦强：《艺术经济通论》，文化艺术出版社2008年版，第115页。

配置内容与知识生产要素。比如深圳市对外宣布：2008年，该市知识产权创造能力有了新突破，知识产权运用水平进入新层次，知识服务产权质量有了新提升。每万人年专利授权量及每万人年发明专利授权量，均居全国大中城市第一。该市还要以世界创新名城为标杆，大力推进知识产权、标准、品牌战略，努力打造中国"发明之都"。现在深圳国内发明专利申请量和授权量已经均列全国第二。而北京市已经有100多万人从事文化创意产业，产值已占地区生产总值的10.6%，成为北京服务业中仅次于金融业的新兴支柱产业。到目前为止，该市已经认定21个市级文化创意产业聚集区，涵盖9个行业、覆盖13个县区，初步形成以市级聚集区为龙头，聚集区和众多各具特色的文化创意街区、文化创意新村组团式集群发展态势。在2008年中，这21个文化创意产业聚集区实现营业收入比例在50%以上，从业人员超过30万人，创意企业总数超过1万家。还有北京休闲娱乐中心数字娱乐产业示范基地近一百家骨干企业入驻，中央商务区国际传媒产业聚集区新增72家骨干企业等等。从2006年以来，北京市政府每年安排5亿元面向社会支持文化创意产业发展，3年来拨付数亿元专项资金支持重点项目206个，带动社会资金146亿元。在2008年奥运会期间，21个文化创意产业聚集区的798个艺术区共接待国内外游客、媒体等各界人士33万余人，日最高流量超过3万人，其中潘家园古玩艺术品交易区客流量达到65.8万人次。杭州市文化创意产业大发展的重要经验是通过打造"文化人的天堂"，以一流的环境吸引一流的文艺家，以一流的文艺家发展一流的文化创意产业。市财政每年安排3000万元项目资金支持青年文艺家，目前已经有余华、麦家等名家相继落户杭州。余秋雨、韩美林等18人先后担任杭州文艺顾问。杨澜、赖声川等17人在西溪文化创意园有了工作室。2009年杭州市委宣传部常务副部长、文化创意产业办公室主任魏皓介绍说："冯小刚一部《非诚勿扰》，让世界认识了西溪。现在著名剧作家邹静之要写一部关于西泠印社的剧本，影视公司、制片人等闻风后马上找我们谈合作。一个文化名人后面就是一条产业链啊！"

当前这次国际金融危机，是我国创意产业发展的难得机遇，而人才是我们能否抓住这个机遇的关键所在。历史上每次经济危机发生之后，总是依靠产业创新才能够走出困境，而技术创新和文化创意则是推动产业创新的两大引擎。现在我国创意产业逆势上扬。电影电视剧的生产也扶摇直上，大批创意人才在其中建功立业。设计和创意人才是经济建设的马达，设计和创意就是生产力，设计和创意可以使商品附加值增加一两倍甚至更多。现代设计是一个需求量非常大的行业，应多培养一些实用美术方面的设计人才。中国美术界在我国经济迅速崛起的今天，已经大踏步地走向国际舞台，特别是设计业的兴起，已在全国形成多达上百万人的从业人群，仅多媒体产业一项的产值就已达到数千亿元。再如网络游戏在近几年中快速增长，动漫产业已经生产22万分钟动画节目，超过了日本，证明我们已经有一批可观的创意人才队伍。但是横比外国，人才缺乏仍然是中国动漫发展的根本缺陷。美国梦工厂生产的《怪物史瑞克》、《功夫熊猫》等，每部都有四五百个艺术家花费数年心血完成，所以它们有四五亿元的票房收入，我们几部最好的片子加在一起也不如人家一部。然而培养一个创意人才、包括经营人才需要时间和实践的打磨，一般需要八至十年。

当今发展艺术原创精品离不开文艺名家，创意性文化产业的发展也离不开文化名人和专业策划、设计人才。当前人才已是我国文化软实力、硬实力发展瓶颈的瓶颈。一切文化竞争，都是人才的竞争，所以一切文化战略也都必须是人才战略。只有个人和社会两个方面共同努力才能真正落实人才强国战略，真正培养出新的艺术名家和大师来，其中包括善于谋划文化产业发展的创意巨匠。要有众多"点子"大师，有现代文化产业大军的姜太公、鬼谷子、诸葛亮、刘伯温。文艺科学发展离不开长期坚持不懈地进行人才培养造就，也离不开大量人力物力的投入。

让我们共同为一代代文艺新人的健康成长而努力，在实践中摸索出更好更新的人才培养方式和路径来。

第六章　关于文艺批评的话题

　　自古以来的文学艺术发展，总是有一定形式的评价活动相伴随，渐渐地产生了文艺批评和理论阐述体系。文艺批评，主要是指针对时下文艺思潮、作品创作现象与态势进行评价、引导的理论活动。这包括批评的目的、立场、标准、原则以及批评的态度和方式方法等等。五四时代多称批评，现在则多称评论。文艺理论，主要是面对古今中外文艺现象、文艺规律、创作方法、社会作用、发展方向、路径的宏观研究，以及文艺史、文论史的编撰和学科建设研究。文艺批评和文艺理论研究都属于理论活动，二者不能绝对分开。文艺理论批评与文艺创作，犹如车之两轮、鸟之双翼，它们是互相依存、互相带动而共同前进的。

　　我们必须建立中国特色社会主义文艺理论批评体系，培养和造就一支高水平的马克思主义文艺理论批评队伍，建立完备的文艺观测、研究机制和工作系统，以便及时而科学地对我国文艺创作展演进行客观评估，对文艺发展的方向、路径进行校正与引导。在市场经济条件下，文艺批评比以往任何时候更为需要，但批评却成为马后炮，或失语而被批评。我们必须对前人的批评智慧、理论进行复读，在乱象中树立强烈的文化自觉和自信，力争在大胆探索中走出一条中国式的文艺批评新路来。

第一节　文艺批评的立场、作用和标准

　　马克思主义认为，文艺批评具有批判旧制度、旧意识形态和引导社会历史前进，团结人民群众一道进行革命斗争，培养造就能够审美的群众的巨大作用，同时能够推动和引领文艺创作和文论自身的发展。这些基本观

点似乎已经久违了，但它们不应该也不能成为入库的刀枪、南山的闲马。

一、文艺批评的鲜明立场和重大作用

早在1843年9月，马克思在《〈摘自"德法年鉴"的书信〉M致R》中提出："……什么也阻碍不了我们把我们的批判和政治的批判结合起来，和这些人的明确的政治立场结合起来，因而也就是把我们的批判和实际斗争结合起来，并把批判和实际斗争看做同一件事情。"①这是马克思强调了文化批判与政治批判相结合、批判与实际斗争相结合。在《〈黑格尔法哲学批判〉导言》中，马克思又这样讲道："批判的武器当然不能代替武器的批判，物质力量只能用物质力量来摧毁；但是理论一经掌握群众，也会变成物质力量。理论只要说服人，就能掌握群众，而理论只要彻底，就能说服人。所谓彻底，就是抓住事物的根本。"②马克思还在这篇《导言》中针对德国制度提出"一定要开火"，强调"在同这种制度进行斗争当中，批判并不是理性的激情，而是激情的理性。它不是解剖刀，而是武器。它的对象就是它的敌人，它不是要驳倒这个敌人，而是要消灭这个敌人，因为这种制度的精神已经被驳倒……批判已经不再是目的本身，而只是一种手段。它的主要情感是愤怒，主要工作是揭露"③。马克思的几段话，为我们确定了文艺创作和批评的基本精神、政治立场和原则，并且指明了必须是"武器的批判"，道出了理论必须"掌握群众"和抓住旧制度旧事物的腐朽本质。这些犀利而冷峻的科学论断，是马克思主义及其文艺思想的基本观点，决定着我们文艺创作和理论批评的方向。它们出现于19世纪欧洲革命运动即将进入高潮之时，但其真理意义在21世纪的今天仍然闪光。

列宁在《给阿·马·高尔基》的信中，要求"把文学批评也同党的工作，同领导全党的工作更紧密地联系起来"④。在1910年列夫·托尔斯泰逝世后，列宁满怀深情地发表了《列·尼·托尔斯泰》，充分肯定老托尔斯泰"是一位伟大的艺术家"，赞扬他"在自己半个世纪以上的文学活动中创造了许多天才的作品，在这些作品中，他主要是描写革命以前的旧俄国，即1861年以后仍然停滞在半农奴制度下的俄国……能够提出这么多

---

① 《马克思恩格斯全集》第1卷，人民出版社1956年版，第417~418页。
②③ 《马克思恩格斯选集》第1卷，人民出版社1972年版，第9页、第3~4页。
④ 《列宁全集》第34卷，人民出版社1990年版，第387页。

重大的问题，达到这样大的艺术力量，使他的作品在世界文学中占了一个第一流的位子。""他作为艺术家，同时也作为思想家和说教者，在自己的作品里惊人地、突出地体现了整个第一次俄国革命的历史特点，它的力量和它的弱点……"他评价"托尔斯泰的每一个批评意见，都是对资产阶级自由主义的一记耳光。这是因为托尔斯泰无畏地、公开地、尖锐无情地提出我们这个时代最迫切的和最难解决的问题……"①列宁站在无产阶级立场上，充分肯定了老托尔斯泰的天才创作和正确立场，同时向我们表明文艺批评是政治文化，而且思想表达生动有力。我们今天的文艺批评实质上不也应当如此吗？对于高尔基的长篇小说《母亲》，列宁又肯定这是"一本非常及时的书"。对于马雅科可夫斯基的政治讽刺诗《开会迷》，列宁读后深有感触地说："从政治和行政的角度来看，我很久没有感到这样愉快了。他在这首诗里尖刻地嘲笑了会议，讥讽了会开会和不会开会的共产党员……我们确实处于永无止境地老鼠开会……应当指出这是很糟的状况。"②斯大林也同样重视文艺评论，曾经于1929年7月在《致费理克斯·康同志》中批评米库林娜受某个讲述者的蒙蔽，写出了"一些很不切实的东西"，指出这本小册子的问题不在于个别细节，而是有它"总的倾向决定的"。又在评价两部作品中说，"特别是《射击》，可以认为是目前革命的无产阶级艺术的范例……它们的基本思想在于尖锐地提出了我们机关的缺点问题，并且深信这些缺点能够改正……"③可见文艺创作和批评不仅要针对阶级敌人，切合生活实际，立场正确，也要向革命队伍内部的不良作风开刀。可惜现在一些不疼不痒、四平八稳的评论，没有了应有的尖锐和犀利。

　　毛泽东在延安文艺座谈会上明确地提出："文艺界的主要斗争方法之一，是文艺批评。文艺批评应该发展，过去在这方面做得很不够，同志们指出这一点是对的。文艺批评是一个复杂的问题，需要许多专门的研究。"④他提出了"革命的功利主义"的观点。因为"我们是以占人口百分之九十以上的最广大人民群众的目前利益和将来利益的统一为出发点的，所以我们是以最广和最远为目标的革命的功利主义者，而不是只看到

---

① 《列宁全集》第16卷，人民出版社1988年版，第321~326页。
② 《列宁全集》第33卷，人民出版社1985年版，第194页。
③ 《斯大林全集》第12卷，人民出版社1955年版，第101页、第175~176页。
④ 《毛泽东选集》第3卷，人民出版社1966年版，第824~825页。

局部和目前的狭隘的功利主义者"。他批评一些作品"只为少数人所偏爱，而为多数人所不需要，甚至对多数人有害……""任何一种东西，必须能使人民群众得到真实的利益，才是好的东西"，从而创造性地提倡"阳春白雪"和"下里巴人"二者的统一，即"提高和普及统一"。①建国后在关于电影《武训传》的讨论中，毛泽东提出作家作者要顺应历史的发展，批评"许多作者"对于"历史的发展不是以新事物代替旧事物，而是以种种努力去保持旧事物使它免于死亡……"他要求作家作者研究历史和社会形态的变化，弄清"什么东西是不应该称赞或歌颂的，什么是应当反对的"②。

文艺为什么人、顺应历史的问题都是立场和方向问题，无论战争年代还是市场经济的今天，我们都不可含糊与模棱。周恩来在1963年4月的《要做一个革命的文艺工作者》中强调说："现在，介绍和批评工作做得不够有利，包括对小说、古典作品、戏曲、电影、舞蹈、音乐等方面都做得不够，结果使得观众感到茫然，尤其是一些青年，得不到鉴别好坏高低的指导。"③这是说评论工作之所以重要，就在于引导读者和观众懂得是非，提高他们的思想道德素质。

鲁迅在评价《孩儿塔》时强调，批评"是有别一种意义在"，"这是东方的微光，是林中的响箭，是冬末的萌芽，是进军的第一步，是对于前驱者的爱的大纛，也是对于摧残者的憎的丰碑"。④这是告诉我们，批评是精神提升的力量，要明确爱憎而催人奋进。俄国车尔尼雪夫斯基在《论批评中的坦率精神》中说："名实相符的批评，并不是让批评家先生能够卖弄机智而写，也不是为了使批评家得到一份以双关语博得公众高兴一阵的通俗笑剧演唱家的光荣。一个批评家如果要把机智、辛辣、愤慨运用如意，就应当使它们成为批评家达到一个严肃的批评目的——发扬和净化他的大多数读者的口味的工具，就只应当使它们成为批评家按照适当方式表示社会中优秀人物意见的手段。"⑤是的，批评不可油滑卖弄，出发点必须为了净化人心，积极向上。高尔基也曾在《论散文》中这样说："我们

① 《毛泽东选集》第3卷，人民出版社1966年版，第824页。
② 《毛泽东选集》第5卷，人民出版社1977年版，第46页。
③ 《周恩来论文艺》，人民文学出版社1979年版，第164～166页。
④ 《鲁迅全集》第3卷，新疆人民出版社1995年版，第16页。
⑤ 《车尔尼雪夫斯基论文学》，人民文学出版社1965年版，第167页。

的批评总是教导别人去思考，却不教导别人去实践。"①这是对文学批评功用提出了更高的要求，要使读者投入到社会实践中。现在我们批评"工具论"，但我们的文艺批评总是要为革命斗争、社会进步和人的素质、审美观念提高服务的。这是文艺批评的基本功能。

上面是马克思主义经典作家和文艺理论名家关于文艺批评的立场和重要功能的论述。同时文艺批评还有助于文艺家思想、艺术的提升。

1957年，毛泽东正式提出"双百"方针时说，这是"对于科学和艺术的发展给了新的保证"，还说"如果你写得对，就不用怕什么批评，就可以通过辩论，进一步阐明自己正确的意见。如果你写错了，那么，有批评就可以帮助你改正，这并没有什么不好"。②这便为文艺创作和理论研究提供了一个宽松的环境，也提醒文艺家们不要怕批评，被批评可以使人提高。周恩来也曾经在重庆讲："戏剧演出需要通过评论文章才能吸引观众和教育观众，也能把观众的意见转达给艺术家，使他们得以改进。评论也是有利的战斗。"③1958年，周恩来在《建设中国自己的马克思主义的文艺理论和批评》中，提出了"应当注意建立新的美学观点的问题"④。再回顾1934年鲁迅在《看书琐记（三）》中说："文艺必须有批评；批评如果不对了，就得用批评来抗争，这才能够使文艺和批评一同前进，如果一律掩住嘴，算是文坛已经干净，那所得的结果倒是要相反的。"⑤他还曾经在《〈文艺与批评〉译者附记》中说："必须更有真切的批评，这才有真的新文艺和新批评的产生的希望。"⑥郭沫若在《批评——欣赏——检察》中论述印象式批评的感受、解析、表明三个阶段后说："我以为真正的批评的动机，除了对美的欣赏以外，同时也还应该有一种对于丑的憎恨。创作的天才不必常有，文艺的杰作也不必常见，在黄钟毁弃、瓦釜雷鸣的时代，对于瓦釜加以不恤的打击，我以为也是批评家所当取的态度。恶紫所以爱朱，恶郑声所以护雅。"他提倡"纠正一般作家的谬误倾向，唤醒真正的文艺精神，拨云雾而见青天"，"批评家要揭示其丑之所以

① [前苏联]高尔基：《论文学》续集，人民文学出版社1979年版，第387页。
② 《毛泽东选集》第5卷，人民出版社1977年版，第414页。
③ 张超回忆文章《雾重庆的文艺斗争》，《人民文学》1977年第1期。
④ 《文艺报》1958年第17期，周恩来文章。
⑤ 《鲁迅全集》第3卷，新疆人民出版社1995年版，第551页。
⑥ 《鲁迅译文集》第6卷，人民文学出版社1958年版，第307页。

丑而阐示于群众……"①对于批评，外国名家也格外重视。俄国普希金在《论批评》中提出了"批评是科学"，"批评是解释文学艺术作品的美和缺点的科学"。②车尔尼雪夫斯基也说："批评应该在文学中起重要的作用，应该到了记起这一点的时候了。"③普列汉诺夫则提出了"科学的美学和批评"的观点。④中外先贤们把文艺批评看做科学，体现了他们对批评认识的高度，而今天不少批评被当做捧场或发泄的手段了。

邓小平在第四次全国文代会的《祝词》中，对文艺批评的论述也很到位，要求文艺界要"允许批评，允许反批评；要坚持真理，修正错误"，认为"虚心倾听多方面的批评，接受有益的意见，常常是艺术家不断进步、不断提高的动力"。新世纪以来，江泽民曾经在第六次全国文代会的讲话中，强调"对马克思主义的信仰，永远是我们事业发展和文艺繁荣的精神动力"，"文艺评论是文艺发展的重要动力，要在探索文艺规律和促进文艺繁荣、推荐优秀作品、批评错误的文艺倾向方面，在帮助人们区分真、善、美和假、恶、丑方面，发挥积极的作用"。他还比喻杰出的作家艺术家和杰出的文艺评论家仿佛是"孪生兄弟"，并且强调"正确地实行'双百'方针，就能有效地加强理论与创作的引导力度"。胡锦涛又在第八次文代会的讲话中提出："要积极推进马克思主义文艺理论研究，充分发挥文艺评论的作用，为繁荣社会主义文艺营造良好氛围。"邓小平等领导人的论述，更强调了新时期文艺批评必须坚持运用马克思主义。这正是针对当前西方文艺思潮冲击马克思主义文艺思想、造成批评理念和标准混乱的现实而提出的。在文化多元化时代，我们需要不惑的坚守、无畏的秉承，这也是新的正本清源、拨乱反正。

总之，根据诸家论述，文艺批评从来不是可有可无的。它也不应当是两边倒的墙头草，更不应当是无棱无角的球形体。它是一门科学，是社会现实生活前进的导航仪、推进器，是引导文艺受众前进的灯光，更是文艺航船的舵柄与引擎。我们只有坚持马克思主义基本原理及其文艺思想，坚持创作与批评两条腿走路，不搞"金鸡独立"，才能使我国社会主义文艺

---

① 《沫若文集》第10卷，人民文学出版社1959年版，第272页。

② ［俄］普希金：《论批评》，《古典文艺理论译丛》，人民文学出版社1957年版，第153~154页。

③ 《车尔尼雪斯基论文学》上卷，上海译文出版社1978年版，第8页。

④ 《世界文学》1961年11月号，普列汉诺夫文章。

不断获得前进的动力。

二、当前文艺批评既活跃又问题多多

对当前我国文艺批评的现状，笔者有一个基本估计：很活跃，非议多，难把握。建国后17年中，文艺批评走向了政治性大批判，经常无限上纲上线，火药味十足，"无情揭露"，"残酷打击"。许多批判属于套框子、抓辫子、挖根子、打棍子、戴帽子，后来有人总结为"五子登科"。当然也出现过一批现在看来不可否定的好文章。打倒"四人帮"以来批判极"左"路线，艺术民主、学术民主得到发扬，形成了新中国成立以来盛况空前的百花齐放、百家争鸣。但是，随着市场经济的深入发展，文艺批评却遭到批评。问题出在哪里呢？笔者以为其主要问题是以下几种：

一是过时论。一些老同志在批判极"左"之后吸收新知较少，对马克思主义文艺思想缺乏新的理解和新的阐述，动起笔来缺乏新的立意和新的论述方式，写出东西来不受欢迎。他们习惯了走老路，面对改革开放和各种文艺思潮茫然无策，有的心灰意冷，产生了心理惰性，所以缄口失语。有的本来对马克思主义不够精通，信仰也不坚定，在批判极"左"思潮之后便也错误地认为马克思主义过时了，于是自暴自弃，渐渐被边缘化或淡出文论界。有的不懂马克思主义的精髓和实质，随意将马克思主义与什么理论相嫁接，使自称马克思主义中国化。

二是对立论。一些中青年文艺家、文论家内心有一个误区，认为学政治、学马列会妨碍形象思维和独立思考。这早在延安时期就被毛泽东批评过。他们将马列与文艺创作、研究对立起来，误认为极"左"思潮是马列造成的，对此今天有个别人表现更甚。这是他们根本没有走入马克思主义的大门。他们的批评只谈西方、只谈中西，不说马列。他们头脑中可能既有过时论，也有对立论。

三是搬套西方理论。我们吸收借用西方的主义，时间久了也会在一些人头脑中形成模式和桎梏，不免就追踪着西方的潮流，搬套西方的主义。比如现代后现代观念，曾经是对极"左"的反拨，但也普遍对现代后现代的批评进行模仿，只是标新立异、追求陌生感，有的是搬用生涩名词术语唬人，且阐述方式怪异，大有如车尔尼雪夫斯基所批评的卖弄"机智"、卖弄才学之嫌。他们有时是为了论文发表凑数或评职过关，急功近利。有的认为世界只能西化，不能化西。中西文化撞击融通只能以西方为主。科研论文过关，也要求引中又引西，不一定必须要引马列，也是造成这种不良现象的制度原因。

　　四是商业性热炒剧增。有的批评家和记者都变成了捧角的拉拉队。他们忙于出席活动、应酬，懒得阅读文本，时常流于浮泛或作秀。不少名角都是被大腕和评论文章"包装"出来的。他们能把人或作品捧上天，而对某些优秀人才或作品不予理睬。周由强撰文呼吁"文艺批评急需重拾价值理想"，找回批评的"灵魂"，控制过多的商业批评，而且批评界要反躬自省。①这是最急迫也是最根本的大问题。还有一些人总埋怨媒体评论越俎代庖、取代专业评论，专业评论却偏偏跟不上，正是他们自己拱手让出了话语领地。网络文学信息量过大，评论家更不知如何追踪，所以普遍失语、失职。

　　五是"缺钙症"，缺乏批评的主体性。这与批评的价值观有关，也与批评的态度有关。郑伯农总结陈涌的批评风格是"实事求是，旗帜鲜明"，是其所是、非其所非，让读者感到痛快淋漓。然而当今文艺批评界一些人明哲保身，抱着多栽花少栽刺，甚至善恶不分，是非不辨，碍于人情面子，对严重不良之作也保持沉默。翻开报刊便知道，大多文章缺少率真批评的胆识和风骨，不敢有一说一、有二说二，即使说也是话到唇边留半句，成为文艺批评的"软骨头"、不倒翁。骂评、酷评，一时难以服众。有深度的专业性评论和理论阵地，也常常被有偿论文占去。有时出现一块"硬骨头"便引发争论，甚至受到报复性的"不虞之毁"。

　　六是批评与被批评两张皮。双方缺乏平等的、开诚布公的艺术对话和思想沟通。有的批评缺少生活体验，从书本到书本，也不能从创作者角度思考，不能知人论世，难以让被批评的作家艺术家心服口服，甚至无知妄说，还不如老百姓说得准。有的爱摆权威的架子，缺乏亲和力。文艺家们也被捧惯了，有的根本听不得批评，一听到就暴跳如雷骂大街，有时发生网上论战和攻讦，个别的还要对簿公堂，双方视为仇敌，更别说做孪生兄弟，那便是"仇人转弟兄"了。批评家要有批评家的风度，作家要有作家的襟怀，双方要"不打不成交"。

　　七是文化批评比重大增。本来文化批评有利于作品内涵的发掘，但又形成了对文学批评、艺术批评的逃避和遮蔽。改革开放以来，一批学者改弦更张，转身去搞文化批评，有人称之为文化批评的"疯长现象"。要摆正文学批评、艺术批评与文化批评的关系，却不可互相遮蔽。

————————

　　① 《文艺批评急需重拾价值理想》，《中国艺术报》2011年8月26日第3版。

八是雷同、复制现象很普遍。前面提到当今马克思主义文艺批评缺少创新，而借用西方某种主义的批评同样有不少重复。究其原因除上面所说的，文论界大小圈子、"一母所生"的现象不少，难免轮流坐庄互相捧。学院派的文章中规中矩，多了一些考据和文字的圆熟，却常常失去时效性。校园也浮躁多了，商业运作的黑手也伸进去了。文化、文联和作协系统的一些批评却过于即兴，还不是又好又快。有人说现在是"思想家退位，学问家突显"的时代，这也不无道理。

九是标准不一。当今"批判的武器"——批评标准、尺度、依据各执其一，常常让人们不知所措，有时这种现象还很严重。最基本的社会历史批评、道德伦理批评受到忽视或挑战，好像谁远离这些传统批评就是先进的。不少人躲开之已经形成习惯，所以出现大量批评缺项现象和因标准不一产生的论争。这是因为中国特色文艺理论批评体系还没有真正形成。

以上种种现象和原因，不一而足。市场经济的作用、资本的背后给力，加上西方文化的传播是当前批评界被批评的外因。批评价值观念异化、职守逃离、责任心出走则是其内因。韩小蕙说现在"批评圣坛成了危房"[1]，这可不是危言耸听。文艺评论必须始终把握文艺的正确导向，始终坚持健康的审美标准，始终保持旺盛的创新活力，始终坚持树立责任意识和独立的品格。[2]杨志今提出的这四个"始终"是对当前文艺批评的科学概括。我们就是要坚持和把握马克思主义文艺批评的立场和原则，在批评实践中体现其主导作用，要发展专业和业余两种文艺批评队伍。

三、文艺批评的标准和尺度

文艺批评应当有比较一致的立场、标准和大家认同的批评规则。一般说来，其基本标准是两个，一个是思想政治标准，一个是艺术标准。虽然现在有人反对这样划分，但在客观上，仍然离不开这两个基本标准。

（一）文艺批评的思想政治标准

在几千年前的古人就已经有文艺衡量和批评的标准。柏拉图在他的《理想国》中说："我们不能让诗人使我们的年轻人相信：神可以造祸害，英雄并不比普通人好……我们已经证明过，祸害不能从神那里来。"[3]这是强调了造成悲苦的不是神而是人，还强调了政治标准的重要

---

① 《文艺批评何以乱相纷呈？》，《光明日报》2011年10月27日第5版。

② 《光明日报》2009年9月1日第5版，杨志今文章。

③ 《柏拉图文艺对话集》，人民文学出版社1963年版，第27页。

性说，"……我们要请荷马和其他诗人们不必生气，如果我们勾消去这些以及类似的段落，这倒不是因为它们是坏诗，也不是因为它们不能悦一般人的耳，而是因为他们愈美，就愈不益于讲给要自由、宁死不做奴隶的青年人和成年人听。"①这与前面引述列宁、毛泽东所说的，立场反动的东西艺术性越高坏作用越大的观点前后一致。

柏拉图以来政治倾向如何就是文艺批评的根本标准，两千多年来这种文艺批评标准观念一脉相承。马克思、恩格斯、列宁自不必说。我国抗战时期毛泽东就强调文艺批评"一个是政治标准，一个是艺术标准"②。后来毛泽东又提出了"百花齐放、百家争鸣"，同时也根据当时的形势提出过区别"香花和毒草"的六条标准。③

邓小平在四次全国文代会上，提出"对四个现代化是有利还是有害，应当成为衡量一切工作的根本的是非标准"，又强调"在意识形态领域中，同各种妨害四个现代化的思想习惯进行长期的、有效的斗争"，还首次提出文学艺术要"为建设高度发展的社会主义精神文明做出积极的贡献"，提出作家艺术家要注重个人创作的"社会效果"。江泽民在第六次全国文代会上，重申"十一届三中全会以后，我们党已经不再使用文艺从属于政治的口号"，但引用邓小平1980年《目前的形势和任务》中的话说："这当然不是说文艺可以脱离政治。文艺是不可能脱离政治的。"他又引申地论述道："政治具体地存在于我们的社会生活中，存在于文艺工作者的思想感情中。特别是在面临西方国家经济、科技占优势的压力和西方意识形态渗透的情况下，所谓不闻政治，远离政治，是不可能的。"他旗帜鲜明地反对"一切向钱看"，要求我们"旗帜鲜明地鼓舞人们为壮丽的社会主义现代化建设事业而奋发进取，这就是马克思主义政治对文艺工作者的基本要求"。胡锦涛在第八次全国文代会上仍然强调文艺必须面向人民群众，从整体上围绕全面小康社会、和谐社会建设的大局，又总结历史的经验，转述十六届六中全会精神，强调"繁荣社会主义先进文化，建设和谐文化，是我国广大文艺工作者的庄严使命"。这便是我们当前和相当一段历史时间内必须遵循的政治标准和创作指针。胡锦涛更强调创作的"时代使命"，强调文艺"都必须反映人民精神世界又引领人们精神生

---

① 《柏拉图文艺对话集》，人民文学出版社1963年版，第46页。
② 《毛泽东选集》第3卷，人民出版社1966年版，第823页。
③ 《毛泽东选集》第5卷，人民出版社1977年版，第392、394页。

活，都必须在人民的伟大中获得艺术的伟大"。这是文艺政治标准中关于面向什么人、表现什么人的最新提法。他还强调要传播先进文化，弘扬人间正气，塑造美好心灵，"风成化习，果行育德"。这也应当是文艺思想政治标准的重要部分。

由此可见，无论古代先贤还是当代马克思主义者都强调文艺政治标准的原则性、文艺批评坚持政治标准的本质属性不可动摇。但在发展"世界的文学"过程中，也出现了张艺谋电影那样外国人叫好颁奖、中国人则骂街的效果。最近关于余华长篇小说《兄弟》的评价便是如此。它的出版发行在国内引起的非议形成了一个文学事件，许多评论家都对它持否定态度，认为此作粗俗低劣，其魅惑与恐惧描写失真。想不到它竟然墙里开花墙外红，在法国、日本、美国、德国等地翻译出版后大受主流媒体的追捧，甚至被称为"杰作"、"长河小说"、"史诗性作品"。这使我国大多批评论家不解。但翻译者何碧玉认为，这是用极端真实的方式还原了中国的面貌，将读者卷入魅惑、恐惧和激情之中。又说余华"所做的一切都是为了向我们讲述一部大历史，讲述几十年来中国社会的变迁，而他采用的方式是独一无二的，余华式的"。那么，并不了解中国的法国人则认为这就是真实的中国了，并且与他们的生存境遇发生了共鸣。洪治纲撰文分析这种现象，认为余华《兄弟》中描写主人公前期极受禁锢，后期在改革开放时代又极为放纵而扭曲，最终欲望横流异化了自己。如此写作，是当代作家具有了主体性自觉的结果。①他又认为，建国17年中的一批作品曾被否定，进入新世纪却又被当做红色经典进行改编和研究，这种"抑扬之间"的急速变化隐含了当代学者美学立场的变化。本书前面也提到他讲现实主义，这部书可能就是他所理解和作出的现实主义。然而这牵涉到批评的思想政治标准问题。如果按常规来看，肯定会说这是扭曲了中国现实，是讨好外国人的，他便又是一个张艺谋了。但其批判现实主义精神、文化精神又十分强烈。对于创作和批评的思想标准与艺术标准把握，既要统一尺度，又要具体地因人因作而异，最起码要求其有真善美和不辱国格。偏偏的，此书已经被外国人误读为中国现实，可能就是给中国人脸上抹黑了。有关争论说明，对于思想文化含量很大、多主题而又追求形式创新的作品进行评价，其标准把握也并非易事。

① 《主体的自觉与中国当代文学的再认识》，《文艺报》2010年5月5日第2版。

（二）文艺批评的艺术标准，兼及酷评

思想政治标准不可否定，但任何没有艺术性的作品也不会是好作品。除了马克思、恩格斯、毛泽东等人的重要论述，还有许多中外名家的有关论述也很精彩、深刻。

卢那察尔斯基在《关于马克思主义文艺批评之任务的提要》中提出："评论艺术作品——那就是说了解它的观念，评价它的形式。批评家应该既评判内容，也评判形式；他应该既是美学家，又是思想家；简而言之，批评的理想是哲学的批评，宣布对艺术作品的最终判决的权利也是属于它的。"[①]卢氏又强调说："马克思主义绝不单是社会的教义。马克思主义也是建设的和积极的纲领。这建设，倘没有事实上的客观的领导，是不能设想的，倘若马克思主义者对于环绕他的诸现象之间的联系的客观的决定，没有感觉，则他之为马克思主义者是完结的。"[②]普希金则说："哪里没有对艺术的爱，哪里就没有批评。"[③]莱辛在评价古希腊造型艺术时强调美的标准说："美的人物产生美的雕像，而美的雕像也可以反转过来影响美的人物，国家有美的人物，要感谢的就是美的雕像"，"我要建立的论点只是：凡是为造型艺术所能追求的其他东西，如果和美不相容，就须让路给美；如果和美相融，也至少须服从美。"[④]福楼拜则在1853年《给路易丝·高莱》的信中针对当时法国古典主义、浪漫主义运动现象说："完美的特征，到处相同，这就是：精确，适当。"[⑤]别林斯基在1842年《关于批评的话……》中，指出"不能将艺术本身的美学要求置于不顾"，"确定作品的美学上的优劣程度，应该是批评家的第一步工作。当一部作品经不住美学分析的时候，也就不值得对他做历史的批评……"[⑥]

上面几位外国大师告诉我们，批评家应当是美学家、思想家，既要批评内容也要评判形式，批评要有艺术的爱心，也不能与美相抵触。这些都是至理名言。

---

①② [俄] 卢那察尔斯基语，见《鲁迅译文集》第6卷，人民文学出版社1958年版，第285~295页。

③ [俄] 普希金：《论批评》，北师大中文系编《文学理论学习参考资料》下卷，春风文艺出版社1982年版，第1245页。

④ [德] 莱辛：《拉奥孔》，人民文学出版社1979版，第13~14页。

⑤ [法] 福楼拜语，见《译文》1957年第4期。

⑥ 《别林斯基论文学》，新文艺出版社1958年版，第261页。

关于艺术标准，周恩来曾经在20世纪世纪50年代多次进行过论述。比如在全国第一届戏曲观摩演出大会闭幕式讲话中说："吃菜有大杂烩，戏曲就不能有大杂烩，任何艺术都不能破坏统一。"他强调了戏曲的整体性，也强调"艺术品是发展矛盾，然后来统一矛盾，同时还要要求艺术本身的优美。如果你的艺术形象弄得很丑恶，尽管它的内容怎样好，是没有人喜欢看的"。他还强调戏曲"要健康……不是低级下流的东西……表现在艺术上是多样的"。周恩来认为不管文戏武戏都要有一种"战斗性"，要"有刚有柔"，还以《白蛇传》为例子说，白蛇与青蛇对待许仙是有刚有柔。"艺术的标准，要求作品是统一的，又是优美的、健康的，要有一定的水平。"[①]他批评一些人爱追风、见风使舵不讲艺术："当一个运动来了的时候，写了不少剧本，但不能传下来。这说明一个什么问题呢？人民对它不喜爱，因为戏不是演说，戏总是戏嘛。"又指出，一些人抱着"一种单纯任务观点"，为了配合"三反"、"五反"运动就搞了这么一次，而人们不爱看，都去看《梁山伯与祝英台》。薄一波知道了就提出了批评："这件事情很好地说明了政治同艺术结合的重要，任务观点结果失败，这给我们一个极大的教训。"还说，"宣传理念也要有艺术形式，不然尽管政治内容怎么强，也不能收到很好的效果。"[②]

梁鸿鹰认为，文学批评要有三条要求：首先要具有鲜明的价值判断，其次要增强文学批评的实效性，三是文学批评要有可读性和感染力。他认为，如果批评主体对作品进行了一番赏析之后却未能给予作品价值评判，未昭告自己的主观见解，那么批评的任务就不能算完成，所以"对文学价值判断的回避、含混、缺位，都不值得提倡"。[③]也强调文学评论不可过度抽象化、概念化和理论化而实效性太差，更不能借文艺评论去制造和印证概念。实效性较差、意念先行，这在现实主义、现代派的评论中都有。既没有马克思主义评论的解剖和一目了然，也没有酷评的重槌猛药。这实在是一种写读双方的精力、时间的浪费。这也如本书前面说的当前批评家们多栽花少栽刺，理论的锋芒已经很钝。价值判断不明加上味同嚼蜡，可能是自身批评价值有问题的韬晦之计，是一番应付，也是不考虑读者对象所造成。这些不良批评风气必须大力扭转，否则批评的可信度还会一路下降。

①② 《周恩来论文艺》，人民文学出版社1979年版，第43页、第40~42页、第183~185页。
③ 梁鸿鹰：《强化文学批评的现实力量》，《人民日报》2009年7月14日。

　　下面就说酷评。有人把王朔指名道姓的骂街也当做酷评，王朔是乘了现代后现代的热浪发疯，属于痞子式的骂评，以搅浑水制造些热闹为目的。辱骂与恐吓不是战斗。看王朔文章，似人们在街头看王婆骂鸡，也像看跑马唱戏的图了热闹。有理有据的酷评打破了情面，甚至被看做鸡蛋里挑骨头的无情评判。大有法官裁决宣判的姿态。这并非一般人所敢为的。较早出现的《十作家批判书》，说钱钟书的《围城》是一部现当代文学的"伪经"，余秋雨是"抹着文化口红游荡江湖"，苏童是穷途末路，贾平凹纵万般风情，肾亏依然，汪曾祺是一个"捧出来的佛爷"。还批评了王蒙、梁晓声、王小波、北岛，最后说王朔有"蒙娜丽莎的一脸坏笑"。①这也是后现代式的挖苦指摘，但文章中也有些真知灼见。更有甚者，是李建军对陈忠实名作《白鹿原》及对陈的整体批评，刘川鄂对女作家池莉市民文学的"完美批评"。这种整体批评、完美批评的主要特征是，展示了批评的锋芒，与温和批评相比用语尖锐、态度严肃，重点是对文坛上最有影响的名家名著进行深入的剖析评判，丝毫不讲情面，因为他们对作家作品的缺点"难以容忍"。其次是体现了批评家的真诚和热心，与当下某些被市场化了的肉麻的吹捧相比，表现出批评家对社会、文学和良知三个方面的真诚，所以"不藏不掩，直率地表达自己的真实看法，维护着批评的尊严与批评家的操守"。三是批评标准的高度，是最高级、最全面、最完美，甚至"是至高标准，是完美批评，追求文学完美的出发点和最后归宿"。两位博士学贯中西，批评标准是视野开阔的世界文学标准。四是追求全美的方法，即在用至高标准对批评对象做充满激情而又冷静严格的评判中求真全美。这种酷评自然引起了一系列反批评和整个文艺界的大讨论。有人认为，过高的批评标准是一种文学虚无主义倾向。有人认为这是不可企及的"乌托邦标准"。于是姚楠在《完美批评：炎热和严厉的求全》一文中，总结其弊端说："标准的先定性、抽象性，即使我们获得了一种尺度，但同时又把我们引入了可能忽略对象复杂性的方面，忘记尺度只是一种理想化的心愿，又是一种简捷化的坚硬，它本身是没有弹性的。在实践中……在一定程度上忽略了中国文坛的具体作品的历史现状。"从提高中国文学的目标出发，如果使读者得出的印象是"整个中国文坛病象泛滥"，这大概违背批评者的"原有心愿"，从而希望完美批评者在

---

　　① 朱大可等著：《十作家批判书》，陕西师大出版社2002年版。

行进中要进行"自我调整"。①郭宝亮则认为，"批评是一种有思想的生产"，现在的捧评、骂派的酷评都不正常，酷评的结果往往是"杀人放火受招安"，有打击别人抬高自己之嫌。

上面李建军、刘川鄂等人的酷评中，使用的是抽象的形而上的综合性至高标准，是总结了古今中外名家名作经验而脱离了具体历史文化和时代背景的个人性标准。客观上讲，任何作品的完美程度是相对的，有缺点则是绝对的，所以他们在方法论上还欠科学，但应当感谢他们的真诚和胆魄。当前批评温和疲软，酷评更不成熟，这都值得批评家们进行反思、探索和大胆创新。

四、关于文化批评标准问题

文化批评、文化研究已经在我国兴起，它源自英国伯明翰文化研究中心。他们从西方社会历史发展现状出发，对已经发展到晚期的资本主义进行政治批判。研究的课题包括种族问题和东方主义、性别问题和女性主义、地域问题和社群主义、阶级问题和社会主义、古今问题和新历史主义等等，也形成了文化学、文艺学上的许多流派。从国内情况来看，不少人从经济全球化、文化本土化和当前世界各国进行非物质文化遗产保护的角度看待我们的文学艺术，认为文艺批评离不开文化批评，人民群众也要求专家学者不要沉浸于文学的现代后现代研究，要面向价值观等实际问题。

尼尔·帕特里克说："对一个社会的成功起决定作用的，是文化，而不是政治。"由此贾磊磊以电影为例撰文认为"艺术作品在政治上的正确是容易达到的一种生产规格……而文化的正确则是一部艺术作品的价值取向，它指向的是艺术作品的精神境界"，还要考虑到它在文化价值取向上的合理性，不能将情节的可信、性格的鲜明、艺术的完美作为创作的全部要求。我们要观照该作品中所传播的是什么样的文化理念，体现的是什么样的文化价值观，塑造的是什么样的文化形象。艺术批评的文化标准应当是什么呢？这位论者说"是一种以文化价值观为参照系，以文化精神取向为基准的艺术评价原则"。②不仅仅是一般意义上对于艺术作品民族风格的确认，更要通过对作品叙事的解读来指认作品内在的文化意义，并为不同的艺术批评体系建构一种文化的视阈和参照系，以此来判断艺术作品的文化价值，进而在艺术批评的话语体系中确立一个文化的分析与评价维

① 《新华文摘》2004年第20期第81页，姚楠文章。
② 《光明日报》2009年1月16日第9版。

度。现在贾磊磊提倡对电影进行文化意义挖掘，呼吁制定电影文化批评标准，这让同行们感到新鲜。

文学上特别是对小说的文化批评与对影视等综合性艺术的文化批评有所不同。文学批评自古以来很发达，现在是纷纷回避和放弃文学视角的评价，转旨趣于文化意义的挖掘。有的从心理学、潜意识的角度，有的从文化人类学、社会学、民族学、民俗学、文化诗学的视角出发，也有不少是多学科边缘交叉的研究。有的确有新意和深度，也有的很牵强地用西方什么主义去套中国文学现象。所以其论争现象也最多见，这便是标准不明所致。但文学界率先做出文化批评的标准来，倒也很有现实意义。

冯远在《什么是中国当代美术的评价标准》一文中提倡"建立有中国特色的评判体系"，强调创作"要有中国气派"，那么评价中国当代艺术的标准是什么呢？他认为要"以马克思主义中国化最新成果为指导，以社会主义核心价值为根本，传承优秀的民族文化传统，吸收世界文化精华，发挥建设具有中国文化底蕴、时代创新精神和当代风格特色的中国美术评判价值体系"。我国学术界都要"理直气壮地发出建构在学理批评层面上的声音"，核心是解决"走什么路"、"举什么旗"的问题。又提倡"秉持"我国传统的"和而不同，美美与共，以我为主，对我有益"的文化理念，"塑造、传播国家的文化形象"。[2]这里，中国气派就是一个既有政治又有文化的艺术标准，也是文化标准。因为文化、艺术和政治无法绝对分开，在我们建设共有精神家园和提倡增强国家文化软实力的时代，要看到文化在很大程度上就是文化政治，许多文化的东西背后就是国家政治文化利益和民族形象。

童庆炳近年来提倡文化诗学，认为这是一种有意义的文学文化研究，既有文学性的诗情画意，又自然具有神话、宗教、科学、伦理、道德、政治、哲学等文化含蕴，"可以从两者的结合部来开拓文学理论的园地"。这对于文学理论学科来说既是挑战，也是机遇。文化研究的跨学科反学科的方法可能冲垮原有的文学理论学科的知识体系，过分政治化的话语、过分"社会学"化的话语，也可能重新让文学理论面临"为政治服务"的痛苦记忆，面临学科体系受到冲击的危险。他又说，"但是文化研究如果不一味地滑向所谓的'日常生活审美化'的研究，不一味坚持二元对立的僵

① 《光明日报》2009年3月26日。

硬的方法，那么由于文化研究跨学科的开阔视野和关怀现实的品格，也可以扩大文学理论研究领域，密切与社会现实的关系，使文学理论焕发出又一轮青春……"①童又再提醒人们不要搞二元对立，而是真正建立融合思维，这对于许多人来说很值得思考。

通过上面诸家文章，我们可以看到当前文艺界、学术界对文艺的文化批评标准的思考正在走向深入。他们普遍带着强烈的问题意识，其态度是积极的。贾平凹的《秦腔》、《古炉》和余华的《兄弟》，都更适合于文化标准的衡量，不然就可能埋没其中民族地方文化成分的意义。

五、政治标准和艺术标准的关系

文化批评标准是政治柔软化的表现，是对二元对立的一种调适，是"和而不同"。正如前面绪论中所说，"审美意识形态"的提法就是对文艺政治标准的一种软化。这种软化是批判极"左"之后的一种必然和不违背文艺本质的表述策略，而且也使我们的视野更为开阔。

以前明确的是政治标准第一、艺术标准第二。毛泽东在延安文艺座谈会上说："我们的文艺批评是不要宗派主义的，在团结抗日的大原则下，我们应该容许包含各种各色政治态度的文艺作品的存在。但是我们的批评又是坚持原则立场的，对于一切包含反民族、反科学、反大众和反共的观点的文艺作品必须给以严格的批判和驳斥。"关于两大标准的关系，毛泽东认为："政治并不等于艺术，一般的宇宙观也并不等于艺术创作和艺术批评的方法……但是任何阶级社会中的任何阶级，总是以政治标准放在第一位，以艺术标准放在第二位的。"于是强调提出"我们的要求则是政治和艺术的统一，内容和形式的统一，革命的政治内容和尽可能完美的艺术形式的统一……"这"三个统一"在当时十分必要，切实地推动了抗战文艺的大发展。而今"审美意识形态"论的提出，尚包括思想政治与艺术两个方面，软化了一些政治不等于没有政治。文化批评自然有文化政治在其中。二者所淡化的多是时事政治，与时事拉开了一些距离，但还不是完全没有社会历史意识。那么，恩格斯在致拉萨尔的信中提出的"最高"的标准是"美学观点和历史观点"，对于今天人们更便于接受和运用。别林斯基也论述过文学批评应当具有历史和美学的特点，不但说"历史的批评，是必要的。特别在今天，当我们的世纪有了肯定的历史倾向的时候，

---

① 童庆炳：《文艺学与文化研究丛书》总序，《王蒙小说文体研究》，北京大学出版社2006年版。

忽略这种批评就意味着扼杀了艺术，或者更确切地说把批评庸俗化起来，每件艺术作品必须一成不变地和时代、和当时的历史关联起来。从艺术家和社会的关系上面去考察；研究艺术家的生活及性格等等也常常有助于理解他的创作。"①这是别氏强调文学的社会历史标准与艺术标准二者紧密相连、不可割裂，也强调了批评家要注意创作动机与效果的统一。时代的便是当时的历史，"审美意识形态论"和文化批评还不完全是要离历史时代、政治现实越远越好。

　　1953年8月，周恩来《在音乐舞蹈座谈会上的讲话》中，系统地提出了衡量艺术作品的四个标准：第一个是好坏的标准，包括阶级标准；第二个是高低的标准，主要是民族化问题，不能说外国交响乐水平高，中国民族协奏乐也不低，是"它有它的高，我们有我们的高，强调普及与提高也是一个重要问题，为大众服务一定要大众化，在普及基础上提高，而不是把外国的东西搬来就是提高……"他提醒大家防止"曲高和寡"，又说"我们现今的东西，是传统继承下来的，必须要批判，必须要发展"。第三是好恶的标准，即"以人民的喜爱为标准"，强调我们的艺术要有战斗性，如果只是风花雪月、才子佳人不行，"讲爱情的戏也得好恶分明，爱憎分明"。第四个是多少的标准，指的是"现代化的应占多数，古代的应占少数；中国的多，外国的少；这就比较合适了"。1959年5月，周恩来又讲道："既要有思想性，又要有艺术性。主导方面是思想性。不是不讲艺术性，而是要通过艺术形式表现出思想来。"②这是周恩来从政治、艺术两个标准和中国具体国情出发提出的四条标准，它既实用于文艺创作，又实用于文艺批评，是对毛泽东在延安文艺座谈会讲话精神的发展，也是针对我国演艺界的艺术创新和批评的操作性较强提出的艺术标准，它至今被国家主流艺术院团和媒体评论运用着。粉碎"四人帮"后，不少人在批评极"左"过程中误以为不要政治标准第一，也不要政治标准了，但至今任何文件和权威讲话中都未讲放弃政治标准。我们回顾文艺政治标准从用阶级、阶级斗争到用政治来表述，再到"审美意识形态"的表述，是随着历史发展而变化的。历史让我们清醒。张炯在总结建国60年文艺发展经验时认为，评价我国文学不能以有没有获得诺贝尔文学奖为标准，应当有三

---

① 《别林斯基论文学》，新文艺出版社1958年版，第261页。
② 《周恩来论文艺》，人民文学出版社1979年版，第70页。

个视点："第一，文学的审美感染力怎样，它是否很好地满足了人民的审美需求；第二，文学的思想导向怎样，它是否促进了人们的精神世界的崇高、进步和丰富；第三，文学的题材、主题、形式、风格的拓新怎样，它是否以自己的拓新，为文学的发展和水平的提高做出新的贡献。至于对于历史的评价，有两条也必须坚持：这就是与人民的关系如何，在历史上有无进步的意义。自然，今天我们评价文学，同样需要坚持社会主义核心价值观。"[①]我以为，张炯所言三点、两个坚持仍是作品思想性与艺术性相统一的标准。所坚持的人民性、历史作用观也与胡锦涛在九次文代会上的讲话完全相符。其强调题材、风格的整体性拓新也颇有理论和实践意义。

文艺标准、内涵和表述会随着时代发生变化，杜勃罗留波夫1856年在《俄罗斯文学爱好者谈话良伴》中，就提出文艺标准随着时代会不断变化。杜氏说俄国19世纪40年代的批评"以抽象的哲学议论著称"，之后"就到了注意文学史中的事实的时期……""在这以前的一二十年，大家对一切事情都要使用美学和哲学原则，在一切东西中间都要寻找内在的意义，对每一个对象，都要根据它在知识的总体系中或者在现实生活的现象中所拥有的意义来评衡它……今天却不是这样做了……"举例说现在像看到房屋建造时需要的每一块瓦、每一根木头、每一只钉子详细地说明它从哪里买来，是谁把这些原材料刨平的和怎样刨平的，就像是十分重视在传记上、目录学上"每个细小的事实"。[②]普列汉诺夫在20世纪初的《艺术与社会生活》中，认为卢那察尔斯基绝对的美的标准"是不存在的"，因为"一切都在流动着，一切都在变化着。所以，人们对美的概念也在变化着"。[③]以上论述可以印证，在文艺标准上，一代代批评家总是随着时代发展而适当进行具体内涵的微调和表述方式的变化。然而对文艺思想政治倾向的标准各时代总是有的，也一般总是放在首位的。这符合社会历史发展的实际，符合马克思主义文艺思想，也是作家艺术家和批评家们普遍遵循的。重要的是诸位大师都强调政治标准与艺术标准不可分割，更体现了文艺批评的辩证唯物论精神。莫言、毕飞宇、刘震云这三位小说作家都曾走现代后现代的路子，现在他们都荣获第八届茅盾文学奖。客观上证明，他们在创作实践中是自觉地把握着思想与艺术的标准的。

---

① 《共和国文学60年的评价问题》，《文艺争鸣》2009年第9期。

② 《杜勃罗留波夫选集》第2卷，上海文艺出版社1959年版，第1～2页。

③ [俄]普列汉诺夫《没有地址的信》，人民文学出版社1962年版，第287页。

　　思想与艺术是两个基本的文艺批评标准，还会有不同视角的分支性标准和方法。这些批评标准可以独用，也可以综合运用。比如郭宝亮在《王蒙小说文体研究》中，既有"从传统的知人论世的社会学批评方法出发，以主题学的角度切入，主要研究王蒙小说的思想意识"，又有心理批评、纯文化批评、文体学（语言学）批评等，这样便使他对王蒙的研究达到了新的深度，有许多新的发现和独到的阐释。杨红莉在对汪曾祺整体研究中也是多学科多视角地剖析与综合。他们这种思维和评判方式，有利于两种和多种标准评判的统一运用。

第二节　文艺批评的基本原则、主体精神诸问题

　　只有标准还是不够的，文艺批评还需要有一个基本原则，有主体精神、正确的批评态度和方式方法。上面提到，当年马克思在《〈黑格尔法哲学批判〉导言》中曾经针对德国制度号召进行严厉批判时说"一定要开火"，"他的主要情感是愤怒，主要工作是揭露"。[①]这是针对资产阶级、陈腐的旧世界的批评，必须旗帜鲜明、立场坚定、态度坚决、一针见血。但对于革命文艺队伍内部、新时期文艺界内部的批评，绝不可像对待敌人、汉奸走狗那样毫不留情，也绝不可像极"左"时代那样对同志同行胡乱上纲上线。我们要坚持批评的原则，明辨是非，但要尽量讲究方式。

一、文艺批评的基本原则——实事求是

　　上面说向旧制度开火是批评的政治原则。还要有一个思想路线性的客观公正原则，那就是实事求是。恩格斯于1842年在《评亚历山大·荣克的"德国现代文学讲义"》中，批评当时文艺界互相吹捧的恶劣作风时讽刺说："他谈到现代文学，马上就不分青红皂白地大吹大擂阿谀奉承起来。简直是没有一个人没有写过好作品，没有一个人没有杰出的创作，没有一个人没有某种文学成就。这种永无止境的恭维奉承，这种调和主义的妄图，以及扮演文学上的淫媒和掮客的热情，是令人无法容忍的。某个作家有一点点天才有时写点微末的东西，但如果他毫无用处，他的整个倾向、他的文学面貌、他的全部创作都一文不值，那么这和文学又有什么相干呢？"于是恩格斯明确指出，"任何一个人在文学上的价值都不是由

---

① 《马克思恩格斯选集》第1卷，人民出版社1972年版，第4页。

他自己决定的，而只是同整体的比较当中决定的"。①俗话说听其言而观其行。在文艺上可以不听其言，唯观其行。亚里士多德早就在他的《诗学》中说："判断一言一行是好是坏的时候，不要看言行本身是善是恶，而且要看言行者为谁，对象为谁，时间系何时，方式属何种，动机为什么，例如要取得更高的善，或者要避免更坏的恶。"②恩格斯还在《德国的革命和反革命》中强调："对头脑正常的人说来，判断一个人当然不是看他的声音，而是看他的行为；不是看他自称如何如何，而是看他做些什么和实际上是怎样一个人。"③马克思也在《致格奥尔格·洛美尔》中明确地提出："我们要持批判态度，要严格地以事实为依据。"并且赞扬洛美尔"深知瑞士的情况，因此您所提供的材料对我将是极其宝贵的"。④又在致柯瓦列夫斯基的信中说，要"把作品实际提供的东西与他自认为提供的东西"区分开来是十分必要的⑤。毛泽东则在延安明确地提出动机与效果相统一的观点，强调"社会实践及其效果是检验主观愿望或动机的标准"。上面马克思主义经典作家的几段论述，构成了马克思主义文艺批评的实事求是的基本原则。

文艺批评要发挥作品中隐含的生活真理。俄国杜勃罗留波夫在1850年《黑暗王国的一线光明》中也说过："只有从事实出发的现实的批评，对读者才有某种意义。假使作品中有什么东西，那么就指给我们看：其中有什么；这比一心想象其中所没有的东西，或是其中应当包含的东西，要好得多。"⑥杜氏又于1859年在《黑暗的王国》中提出："现实主义的批评，也不允许强要剧作家接受别人的思想"，"首先着重的是事实：作者描写了一个传染着古老偏见的善良而又并不愚蠢的人。批评家应当去研究，这样的人物是不是可能的，是不是真实的。如果看出他是忠于现实的，那么批评家就进而用自己的看法，来思考他的所以产生的原因等等。假使在被研究的作者的作品中，已经指出了这些原因，批评家就应该利用它们，同时应该谢谢作者；假使没有，也不要用匕首直指他的咽

---

① 《马克思恩格斯全集》第1卷，人民出版社1956年版，第523页。

② [古希腊] 亚里士多德语，《西方文论选》上卷，上海译文出版社1979年版，第81页。

③ 《马克思恩格斯选集》第1卷，人民出版社1972年版，第579页。

④ 《马克思恩格斯全集》第30卷，人民出版社1974年版，第519页。

⑤ 《马克思恩格斯全集》第34卷，人民出版社1972年版，第343页。

⑥ 《杜勃罗留波夫选集》第2卷，上海文艺出版社1959年版，第354页。

喉……现实主义的批评对待艺术家作品的态度应该正像对真实的生活现象一样……"同时批评那些主观臆断的所谓科学家和批评家，说他们不会为科学和艺术带来什么好处，又强调说，"那些能够把生活中，或者把作为生活的再现的艺术世界中，以前所隐藏着的，或者还没有明确起来的某些事实，带到共通认识里去的人们，就比他们更有益处的多"。还进一步强调艺术作品的主要价值是它的"生活的真理"，我们就要指出那种可以让我们"决定每一种文学现象的价值等级和意义的尺度"。①车尔尼雪夫斯基还指出，"文学批评不可能包容与文学作品所给予的更多的东西"，而"总是根据文学所提出的事实而发挥的，文学作品是批评结论必需的材料"。②杜、车二位从现实主义真实性原则出发，强调批评家也要忠于现实、发掘作品中的生活真理，要深入阅读文本甚至要进行实地考察。这才是实事求是的科学态度。

王向峰撰文说："文艺批评的实事求是，就是从作品的对象出发，从作品所提供的形象体系和其中的思想情感状态出发，不能脱离对象本身的存在，在作品对象之外设立一个与作家作品不相关的思想或原则和理论模式；不能给所评论的对象超实际地按一个是非可否的名头，以致对其评定之或好或坏却都是对象所实际不具备的；不能以先人的成见去裁夺作品，以一成不变的模式规范体现万殊的文学艺术创造。"③王向峰这段话，正是指出了文艺批评现存的实际问题，有很强的针对性。他还列举法国18世纪启蒙主义作家伏尔泰在《哲学通信》中对莎士比亚戏剧以古典主义的"三一律"模式和当世审美时尚趣味进行的不恰当的批评，特别是伏尔泰对莎翁名著《哈姆雷特》的"既粗野又野蛮的剧本"的指责，是不公正、不科学的。这是名家犯了个以陈旧的艺术标准衡量时代新作的错误。法国的文学批评家拉法格也曾经一时误解、冲动而错误地批评著名作家雨果的作品，俄国列夫·托尔斯泰也曾要求莎士比亚的戏剧必须按照宗教原则、平民意识和严格现实主义小说的原则去写，以至于对莎剧的人物、性格、语言全面进行否定，这些都形成了历史的遗憾。由此使人想到20世纪五六十年代极"左"盛行时，一些批评家所犯的这种主观主义错误太多，其危害程度更深，这种教训比伏尔泰他们更为惨痛。

---

① 《杜勃罗留波夫选集》第1卷，新文艺出版社1954年版，第159、174页。

② 《车尔尼雪夫斯基论文学》上卷，上海译文出版社1978年版，第6页。

③ 《文艺报》2009年1月6日第8版。

二、批评的主体精神、态度和方式方法

（一）树立主体精神，坚持客观公正的批评态度

在"文革"时期，文艺批评是缺乏主体性的。改革开放以来，文学的主体性、批评的主体精神都大大加强。虽然20世纪80年代为此争论十分激烈，但人们普遍接受了"主体"这个概念，理解上则多有不同。我在这里所说的主体性、主体精神是批评家不受评论对象左右，也不受时下多种思潮和行政干预的独立精神，是遵循艺术规律的求真求实精神。发扬主体性、主体精神不是将作品的文学性唯一化、思想内容空壳化，也不得用思想性代替艺术性。而是在宏观上要求作家、批评家必须有社会历史视角、时代视角和人民的立场，而非个人好恶。

车尔尼雪夫斯基在《论批评中的坦率精神》中说："评论中的彻底性在于，对同样的论题的判断，应当是一视同仁的。举例说，就是：对一切优秀之作，应该赞扬，而对一切拙劣的而又自命不凡的作品却要一视同仁地指斥。""对于值得赞扬的作家一视同仁地赞扬，对于不值得赞扬的人则一概不歌颂。一切都随着时光的流逝而改变；就是作家在公众和批评家的心目中的地位也起了变化。"①车氏提出的"彻底性"、"一视同仁"体现了批评的主体精神，做起来必须敢于打破情面说真话，不受什么诱惑，也不考虑什么忌讳。

发扬批评的主体精神，绝不是搞教条主义、主观主义。周扬曾经在20世纪50年代批评当时的文艺批评"常常不是从实际出发，而是从教条公式出发"，"常常武断地、笼统地指责一篇作品这样没有描写对，那样也没有描写对，但却很少指出究竟怎样描写才对"。这是因为批评家"缺乏对作品做具体的艺术分析的能力"。②周扬又在改革开放之初讲话指出："我们还必须反对对马克思主义的简单化、庸俗化的倾向，有些批评者总是凭几个简单的'公式'、'教条'来分析复杂的文学艺术现象。他们简单地根据作者的主观意图而不根据作品的客观意义来衡量作品，简单地根据作品中所描写的正面人物或反面人物的言行，而不根据人物的历史真实性和作者对自己所创造的人物的真正内心的爱憎情感来判断作品的倾向；要求作家所创造的人物完全合乎时代的'理想'的标准，实际常常是批评

---

① 《车尔尼雪夫斯基论文学》中卷，人民文学出版社1955年版，第152、153页。

② 《为创造更多的优秀的文学艺术作品而奋斗》，《人民文学》1953年11月号。

者本人'空想'的标准……"①上面所批评的主观主义和教条主义，今天仍然存在，真正的批评主体精神，应当是建立在客观的独立思考基础上，并且认真面对作品和生活实际的。

前面提到的酷评虽然褒贬不一，但不能否定其有积极意义。李建军在《不从的精神与批评的自由》一文中提出了反对文学腐败、提倡真正的批评，强调批评家要有"不服从"的"反对的自由"。这种不服从就是不服从于已有的陈旧的批评规范，不服从文学批评之外的任何世俗的干扰因素，对某些名家名作和已有定评的作品都有"反对的自由"，还认为批评家要站在与作家对立的立场上进行批评，要"干犯名流，保卫弱者，反抗不完美的或压迫的权威"，这才是他们的"本色"。其积极意义在于具有克服软骨病、纠风改辙的功效。他批评当今贾平凹等人的写作都是"消极写作"，貌似来自生活的表现颓废、病态、无聊的粗俗的创作对读者无益，而应当提倡"积极创作"、"积极的文学"。他几次引用德·昆西所说的"力量的文学"，正是他的志向所在。②李建军的酷评，比王朔式不甘于寂寞的骂评自然高雅得多，也深刻得多，表现出作者丰富扎实的学术底子和庄严的批评态度。但他的"陈旧的批评规范"是指什么，遗憾未能说清。段崇轩也提倡批评要有独立的思想。"杰出或平庸、深邃或浅薄、新潮或保守、激进或稳健、洒脱或严谨、浪漫或现实……思想的特色决定着评论的境界和格调"，从而进一步阐明"更需要有独立思考后的真知灼见"，强调"独特的思想是文学评论的灵魂"。③批评家必须有思想、有真知灼见，写出有力量的批评，否则便是平庸的滥竽充数者，也最容易参加热炒起哄而成为令人讨厌的角色。

（二）提倡坦率、诙谐的人性化的批评

批评家切忌以否定他人作品来显示自己的高明。他必须是处以公心的、没有事先设置什么框框的、公正无私的批评，只有这样也才是真正发扬了自己的主体精神。

早在1859年5月，恩格斯在《致斐·拉萨尔》的信中，谈到美学批评的方式时说："……在我们中间，为了党本身的利益，批评必然是最坦率的……"④车尔尼雪夫斯基在《俄国文学果戈理时期概观》中说："要把

① 《关于高等院校文科教材编选的意见》，《教育研究》1980年第3期。
② 《新华文摘》2004年第20期。
③ 《文艺报》2008年11月13日第5版。
④ 《马克思恩格斯选集》第4卷，人民出版社1972年版，第347页。

随便什么意见，即使是最单纯和最公正的见解在公众中传播，在必须抱着热烈向往的激情，既很坚定，又很顽强，把它说出来……"①马克思和车氏都告诉我们，批评家完全可以坦率地、不打折扣地进行文艺批评。车氏还强调批评家不要有"居高临下"的傲慢态度，不要端什么架子。

在批评的态度和方式上，还要提倡人性化地面对面地与作家进行思想沟通。文艺批评家不能只顾阐述自己的观点，而不管批评对象能否接受。要大度地友善地对待作家、理解作家，要面对面地谈出建设性意见，使他们心服口服。

马克思提倡批评方式的"诙谐"。他于1860年3月《致法律顾问维贝尔》的信中说："不过我决定，问题虽然要从本质上分析，但要采取诙谐的形式，在《高尚意识的骑士》中就是这样做的。"②可见当时马克思对待文艺批评敌我分明、内外有别。杜勃罗留波夫还在《黑暗王国中的一线光明》中指出："批评绝不是法庭判决，而是普通的批评……从而使他们能够容易理解他的作品的特色和意义。只要通过适当的方式来理解一个作家，那么关于这个作家的意见就会很快形成，而且不必取得可敬的法典编纂家的允许，也会给他以公平。"③高尔基在《文艺放谈》中则提倡批评与被批评双方的平等："作家联盟应该注意批评论文和评论的笔调。批评，必须教导如何写作，而批评家本身也必须写得单纯、明了，能够说服人。只要被批评的作家没有被看出是无产阶级的公然或隐蔽的敌人，仅仅是拙劣、错误、歪曲的现实，并且不能区别重要和不重要的东西，那么，就应该温和而严肃地向他说明什么地方错，为什么拙劣，哪一点歪曲了。怒骂或嘲笑，就会变成那以前在沙皇的学校里讲着绝对的真理的老师的办法……知识分子在这种学校里，是'卑躬屈膝地学习着的'。"④这是高尔基提倡批评家与作家可以面对面而不是背靠背，不让作家卑躬屈膝。马雅可夫斯基用诗的方式表示"马克思主义的方法——人的事情，打吧，可不要伤了自己人"。⑤卢那察尔斯基强调了批评的建设性和积极态度："马克思主义绝不单是社会的教义。马克思主义也是建设的积极的纲

---

① 《车尔尼雪夫斯基论文学》上卷，上海译文出版社1978年版，第241、242页。

② 《马克思恩格斯全集》第30卷，人民出版社1974年版，第501、502页。

③ 《杜勃罗留波夫选集》第二卷，上海文艺出版社1959年版，第339、340页。

④ 《马克思主义与文艺》，人民出版社1950年版，第298～299页。

⑤ 《"您写什么？"》，《马雅可夫斯基选集》第5卷，人民文学出版社1961年版，第52～53页。

领。这建设，倘没有事实上的客观地领导，是不能设想的，倘若马克思主义者对于环绕他的诸现象之间的联系的客观的决定，没有感觉，则他之为马克思主义者是完结了……"所以，卢氏便说，"他又是战士，他又是建设者。在这意义上评价的要素，在现代的马克思主义批评里，即应当列得极高。"①卢氏还这样说：批评家"还从作家学习许多东西。最好的批评家，是会用热心和感激来对作家，而且……对于他（作家），是先就恳切如兄弟的。"②周恩来也曾经说："评论工作者是艺术家和观众的朋友。"③夏衍在《生活·题材·创作》中说："粗暴的批评当然应当反对。"但剧作家要力求提高自己的思想艺术水平，使自己能有正确的看法和主见，这样才不至于对自己的作品毫无主见，防止"风大随风，雨大随雨"。④应当倡导创评双方要像在文学沙龙里那样个个敞开心扉，互相切磋找刺，一针见血，既真诚又愉快，"恳切如兄弟"——也便是"孪生兄弟"了。只有这样才能互学互补，携手走向优秀和杰出。但要做到兄弟一般，就需要双方都有谦谦君子的胸怀。

最后说何向阳，是以女性的温柔和细腻来表达她的批评观的："批评，是一种人生的表达，它有沧桑、棱角、温度、斑驳，有呐喊嚎叫，金戈铁马，杜鹃啼血，荒野呼告。它是求证，是博弈，是激赏，是同情。人生有的它都具有。它有方向，是字里行间存放的一些线索和路径；它是对话，是对于对面人生的关切与尊重。"⑤这段体验性的富有诗意的话，就是一位评论家的主体精神、立场、态度和方式的形象自白。她不武断，能以柔克刚、进行建设，使人心服的。

三、鲁迅说：批评还要"灌溉佳花"

2004年，阎晶明在一篇文章中提出："如果说20世纪80年代的批评家更主要的是以'理论先行'让作家怀有敬意的话，今天的批评家手中却有了更多的武器。批评从来没有像今天这样显示出强劲的力量。在骂声与互骂、质疑与自我质疑中，批评家们正在拥有前所未有的底气。虽然不能说文学批评执掌着文坛的牛耳，但批评的地位正在受到抬举。也正是在这样的前提下，批评的尊严、批评的责任就成为批评家认真对待的问题。"他

①② 《关于马克思主义文艺批评之任务的提要》，《鲁迅译文集》第6卷，人民文学出版社1958年版，第285～302页。

③ 《人民文学》1977年第1期，怀念周恩来文章。

④ 夏衍：《论剧作》，人民文学出版社1979年版，第65页。

⑤ 《光明日报》2011年1月10日第14版。

认为急需处理可能造成批评家自我硬伤或引来作者误读的关系，首先是如何处理酷评名家与推荐新人的关系。认为当前的酷评有时甚至给人以"妖魔化"的印象，而善良的批评家们又常常对文学新人给予"热情推荐和积极评价"，由此就造成了批评标准上的"不平衡"。①这种"不平衡"或说双重标准，似乎在鲁迅时期就已经如此。

在鲁迅看来，对名家名作应当严格和严肃，而对青年新人作品批评要本着善意的宽容和扶植的态度。他曾经这样说："批评家的职务不但是剪除恶草，还得灌溉佳花。"②鲁迅在讽刺当时的"恶意的批评"，说目下出现了许多批评家，"可惜他们之中很有不少是不平家，不像批评家，作品才到面前，便恨恨地磨墨，立刻写出很高明的结论道：'唉，幼稚得很。中国要天才！'到后来，连并非批评家也这样叫喊了，他是听来的。其实即使天才，在生下来的时候的第一声啼哭，也和平常的儿童的一样，绝不会就是一首好诗。因为幼稚，当头加以戕贼，也可以萎死的"。又说，"恶意的批评家在嫩苗的地上驰马，那当然是十分快意的事；然而遭殃的是嫩苗——平常的苗和天才的苗。幼稚对于老成，有如孩子对于老人，决没有什么耻辱；作品也一样，起初幼稚，不算耻辱的。因为倘不遭了戕贼，他就会生长，成熟，老成；独有老和腐败，倒是无药可救的事！"③在《这个与那个》中，鲁迅更为形象地说："孩子初学步的第一步，在成人看来，的确是幼稚，危险，不成样子，或者简直是可笑的。但无论是怎样的愚妇人，却总以恳切的希望的心，看他跨出这第一步去，绝不会因为他的走法幼稚，怕要阻碍阔人的'路线'而'逼死'他；也绝不至于将他禁在床上，使他躺着研究能够飞跑时再下地。因为他知道：假如这么办，即使长到一百岁也还是不会走路的。"④

在批评的态度和方式上，鲁迅还在《骂杀与捧杀》中说，其实所谓捧与骂者，不过是将称赞与攻击，换了两个不好的字眼。指英雄为英雄，说娼妇是娼妇，表面上虽像捧与骂，实则说的刚刚合势，不能责怪批评家们。批评家的错处，是在乱骂与乱捧，例如"说英雄是娼妇，举娼妇为英雄"。又说，"批评的失了威力，由于'乱'，甚而至于'乱'到和事实

① 《让评论成为一种力量》，《文学自由谈》2004年第4期。
② 《并非闲话（三）》，《鲁迅全集》第1卷，新疆人民出版社1995年版，第622页。
③ 《未有天才之前》，《鲁迅全集》第1卷，新疆人民出版社1995年版，第79页。
④ 《这个与那个》，北京师范大学中文系文艺理论教研室编：《文学理论学习参考资料》下卷，春风文艺出版社1981年版，第1207页。

相反，这底细已被大家看出，那效果有时也就相反了。所以现在被骂杀的少，被捧杀的却多"，"然而如果没有旁人来指明真相呢，这作家就从此被捧杀，不知道要过多少年才翻身"。[①]

我们的文学艺术事业需要善于发现和培养新秀的伯乐与园丁。当年鲁迅、郭沫若、茅盾、巴金等都是中国现当代文学的园丁，梅兰芳是京剧的园丁，评论家中间也有一批伯乐与园丁。新时期以来，许多新人新作正是通过评论家的杰出努力才使其为读者所关注。比如谢冕对朦胧诗的力挺，何镇邦对迟子建的评论，李佗对余华等先锋小说的推崇，冯牧对刘醒龙《凤凰琴》的肯定等等，他们慧眼识珠，披沙拣金，否则这些新人新作和文学思潮能否在文坛占据应有的位置便很难预料。让我们对文艺伯乐和园丁们表示深深的敬意。

四、公众的批评——合力与权威性

我们上面讨论的基本是精英文艺批评。而在马克思主义文艺理论经典作家和我国上世纪以来的文艺批评实践中，还有一种非专家化的、平民百姓的文艺批评。这种文艺批评在文艺批评生态中也不可缺少。人民群众作为历史和文化艺术的创造者，自然也是文艺作品的享受者和评判者。虽然自古以来只记载着精英批评、官方批评，但难上纸墨的大众草根性的批评一直流行在间阎街巷，并且只有在群众中产生影响的作品才可以被他们代代口碑相传。

早在1842年，马克思在《第六届莱茵省议会的辩论（第一篇论文）》中说："……人民历来就是作家'够资格'和不够资格的唯一判断者。"[②]高尔基在《给初学写作者的信》中说："要求文学家尊重读者，就如同要求面包师尊重顾客。"说如果面包师做得好不好有脏东西或尘土，就是没有想到吃面包的人，或者认为他们比自己低贱，那么他就是一个无赖，认为人虽然不是猪，但什么都吃，所以才故意把脏东西弄到面粉里。又说，"在我国，我们的读者有充分的特权要求受到尊重，因为他们——从历史方面来看——是刚刚走入生活的青年，书籍对于他们不是消遣，而是扩大关于生活、关于人们的知识的武器"。"只有当读者像亲眼看到文学家向他表明的一切，当文学家使读者也能根据自己的经验，根据读者自己的印象和知识的积累，来想象——补充——增加文学家所提供的画面、形象、姿态、性格的时候，文

---

① 《鲁迅全集》第6卷，人民文学出版社1958年版，第32～33页。

② 《马克思恩格斯全集》第1卷，人民出版社1956年版，第90页。

学家的作品才能对读者发生或多或少强烈的作用。由于文学家的经验和读者的经验的结合、一致，才有艺术的真实——语言艺术的特殊的说服力，而文学影响人们的力量也正来自这种说服人。"①

贺拉斯在《诗艺》中反复论述悲剧诗人与欣赏者的关系，曾经这样说："一首诗仅仅具有美是不够的，还必须有魅力，必须能按作者愿望左右读者的心灵。你自己先要笑，才能引起别人脸上的笑，同样，你自己得哭，才能在别人脸上引起哭的反应。"②波瓦洛也曾经强调说："实际上只有后代的赞许才可以确定作品的真正价值。不管一个作家在生前怎样轰动一时，受过多少赞扬，我们不能因此就可以很准确地断定他的作品是优秀的。一些假光彩，风格的新奇，一种时髦的耍花枪式的表现方式都可以使一些作品行时；等到下一个世纪，人们也许要睁开眼睛，鄙视曾经获得赞赏的东西……""但是有一些作家在许多世纪中都一直在获得赞赏，只有少数趣味乖僻的人（这种人总是随时都有的）才瞧不起他们。"他以荷马、柏拉图、西塞罗和维吉尔为例，认为他们已经得到没有争论的定论，是两千多年来人们一致承认的。③克罗齐在《美学原理》中强调了艺术的鉴赏力与艺术的再创造，说明观众、读者在艺术欣赏与再创造中的重要作用，认为如果没有这种再创造，作品就失去了审美意义。④别林斯基则在《1840年俄国文学》中这样说："文学不能没有读者群而存在，正像读者群不能没有文学一样：这是一个无可争辩的事实，和二乘二等于四那样可敬的真理相同。"他论述了读者群对于作家和报刊的极端重要性，二者是生产者和消费者的关系，谁也离不开谁，又说，"只要是有读者群，就有明确表示出来的社会舆论，就有直截了当的批评，把小麦从莠草中区别开来，并对庸劣无才或者招摇撞骗予以斥责。读者群是文学的最高法庭，最高裁判。"⑤阿·托尔斯泰也明确地说："艺术首先是人民的。因此，艺术的创造者和品评者是人民，也是我们大家。所以决定一部戏剧作品的命运的时候，这是全体人民在对它进行判决。"⑥还举出评论家在文章中极

---

① [前苏联] 高尔基：《论文学》，人民文学出版社1978年版，第237、225页。

② [古罗马] 贺拉斯：《诗学·诗艺》，人民文学出版社1982年版，第148、142页。

③ [前苏联] 波瓦洛：《郎加纳斯<论崇高>读后感》，《西方文论选》上卷，上海译文出版社1979年版，第304页。

④ [意] 克罗齐：《美学原理》，作家出版社1958年版，第109～115页。

⑤ 《别林斯基论文学》，新文艺出版社1958年版，第249、250页。

⑥ [俄] 阿·托尔斯泰：《在导演人员工作会议上做的报告》，《论文学》，人民文学出版社1980年版，第132～134页。

力吹捧"演得真是好",却不能代表群众的意见。"有时群众掌声雷动,一片沸腾,心情激动,然而他却不喜欢这个脚本。"这说明评论家的个人好恶与群众审美观念可能存在巨大差距。应当提倡评论家与群众意见在主要方面一致。如果不一致,最后被历史淘汰的就是评论家的意见。

毛泽东在延安的长篇讲话中一再强调文艺家面向人民大众,作品要经得住人民大众的检验和选择。周恩来1961年《在文艺工作座谈会和故事片创作会议上的讲话》中说:"你这个形象是否站得住,是否为人民所喜闻乐见,不是领导批准可以算数的;可是目前领导决定多于群众批准。艺术作品的好坏,要由群众回答,而不是领导回答……艺术是要人民批准的……艺术家要面对人民,而不只是面对领导。""领导在政治上有权提意见……至于艺术方面,我们懂得很少。"①我国古代文论家尚镕在《书魏叔子文集后》中说:"盖文章者天下之公物,非可以一二小夫之私意为欣厌,遂可据为定评也。"②看来古人就反对一两个人评判文章的,"公物"就要公评之。最近李韵著文说:"贴近民意,就要多说'人话',少说'神话'。所谓'人话',就是普通百姓能听得懂的话,而'神话'就是那些佶屈聱牙的文字","贴近民意,就要多写'科普',少写'鸿篇'","贴近民意,就要关注当下,及时发言"。③以上的论述证明,作品的评价必须依靠读者、观众,必须首先考虑作品在群众中的反应,看人们是否喜欢。评论家应当有一种草根立场,起码是兼顾观众爱好的立场,而不应当只是知识人的视角。

笔者认为,对文艺作品可以进行专家学者、群众和作者(表演者)对话,更应当让评论家、群众、作者、官方领导四方人士一起坐下来讨论,形成面对面的沟通和交流,那么就会产生相对统一的意见,这种意见才是最权威、最具有公信度的判定。应当提倡批评的合力。还说阎晶明一文的观点,他倡导批评家们合力打造一种力量,彰显批评的话语权利。变个人化的、专家化的批评为集体的声音,是当前树立批评权威性的可试之方。因为文学创作的手法越丰富,文学队伍的构成越复杂,文学生产的途径越多样,批评的整合作用就越突显。④这也不是否定文艺受众充当文艺批评

---

① 《周恩来论文艺》,人民文学出版社1979年版,第91~92页。
② 郭绍虞主编:《中国历代文论选》第1册,中华书局1963年版,第47页。
③ 《文艺评论要学会贴近民意》,《光明日报》2009年8月19日第6版。
④ 《文学自由谈》2004年第4期。

的主体，妨碍、剥夺他们的话语权。事实上在一些报刊和网络中，成千上万的业余批评者也很活跃，他们的批评常常有许多不同于专家学者的新见地。这叫作草根批评也罢，平民批评也罢，是与专家批评的一种批评生态平衡，可以与专家意见相辅相成或者相反相成，人们会在争论中找到真理，也会使那些没有社会现实生活体验的批评家核对自己的批评视角是否正确、是否与人民大众的视角和理念相一致。草根们的话语不会都是低俗无用的。

第三节　批评家的素质和批评的文风文体

作为一个批评家，要写出精彩而深刻的文艺批评，树起批评的主体性和权威性，他的素质和能力的构成就是一个大问题。这里先说一个梁鸿。她是一位年轻的博士后，却一直关注自己的故乡，长期在那里寻寻觅觅，拿出一部《中国在梁庄》引来好评如潮。她认为："回到梁庄是一种精神的必然，作为一位人文学者拥有对中国乡土的感性了解，那是天然的厚重积累，是一个人精神世界中最宝贵的一部分，它会使我更深地体会到那掩盖在厚厚灰土之下的、乡村生活某种内在的真实与矛盾。"又说，我的心灵多了这样一个空间，就会对我们的社会，我们的政治、文化与现代化进程有不一样的想法，最起码，它多一个思考的维度。而且说《中国在梁庄》"不是一次终结性的行动，它只是开始"，我还会以其他方式的写作不断走进乡村，小说的、散文的、学术的等等。"这将是伴随我一生的行动，不只是处于一种社会责任心，也是对自我精神的救赎。"①

一、批评家的素质与能力急需提高

现在的批评家素质的提高也已被大家所关注。大家提倡最多的，是要像鲁迅等人那样既是作家又是评论家，或者虽是评论家却有很深的艺术造诣，像鲁迅、茅盾那样的大家都是全才式的、实践型的评论家。如果批评家有一定的创作经历，也熟悉评论对象的生活，就会设身处地地理解作家的创作甘苦和构思立意，不至于脱离实际而信口开河。鲁迅的学生唐弢当年曾言："学者如果批评作品……要懂得创作的甘苦，那么同样也存在着一个学者作家化的问题吧，我这样想。"②唐弢在晚年总结研究鲁迅的体

① 《光明日报》2011年1月18日第13版，靳晓燕评梁鸿的《归乡，找寻精神家园》。
② 《唐弢文集》第9卷，社会科学文献出版社1995年版，第446页。

会时又这样说："要研究他，就应当了解他反映在作品里的生活，抱着和他共同的情怀和感受……需要经历一个这样的过程，一个设身处地的熟悉对象的过程。"[①]正是因为如此，严家炎在怀念唐弢的文章中曾经这样评价道："他本身就是作家，艺术感觉极好……他谈论作家作品，总是三言两语就能抓住作家的风格特色和作品的独特成就，把最有味道的地方传达出来……我以为，在审美评价的精当方面，唐弢先生在我们现代文学研究工作中简直可以说并世无第二人的。"[②]文学评论家虽不是作家，但也要懂得作家的创作心理，善于尊重艺术规律，能够进行换位思考。评论家只有把最基础的阅读、观摩活动做细了，写出的批评文章才具有说服力。然而，当今一些批评家已经明星化，忙于赶场应酬，成了社会活动家，哪有时间去细读细品呢？

曾镇南对文艺批评工作者能力的构成做过深入的研究，他说："别林斯基有一个非常有名的定义，即'文艺批评是运动着的美学'。""所谓运动着的美学，就是具有实践品格的美学——在对层出不穷的文学现象的跟踪评论中，在对作家作品的跟踪评论中存在着、发展着、丰富着的美学。"他把跟踪时代文艺创作的批评实践提升到美学的高度，使之成为以文学艺术为对象的高级的审美活动，认为"这是有出息的创新型的文艺批评工作者的使命"。他认为构成文艺批评能力的要素有四个：一是文艺理论的知识，二是文学史的经验，三是美感与艺术感觉，四是理论语言的功力。对于文艺理论知识问题，他说20世纪80年代中期以来出现了文艺理论更新的浪潮，一度形成占支配地位的主要倾向。整个20世纪各种异于传统文论知识的新潮之后、现代派文论及其种种新的变异形态，在我国文论界轮番引进，极一时之盛，这当然是文艺批评发展的一个丰富和进步，但传统的文艺理论知识谱系受到了冷落、封闭和阻隔。他强调"知识的习得与积累，是一个温故而知新的过程。怎样在知新和温故之间，在传统和新潮之间找到一个恰当的平衡点，已经成了我们文艺理论知识建构中不能不予以重视的问题了"。[③]曾镇南认为文艺理论知识谱系主要有三个：一个是欧洲古典文论谱系，一个是马克思主义文论谱系，一个是中国古代文论谱系。这三大谱系中，"最主要的是作为一种艺术哲学的马克思主义理论知

[①]《唐弢文集》第5卷，社会科学文献出版社1995年版，第188页。
[②]《文艺报》2008年12月9日第2版。
[③]《文艺批评工作者能力的构成问题》，《文艺报》2009年8月11日第3版。

识谱系"，欧洲古典文论和中国古代文论基本上是马克思主义文论的两个重要来源。曾公进一步说明，在文化思想领域中不但表现为"突破"，有时也表现为"温故"。当前一种基于对历史失去记忆的一味突破和趋新已经蔚成时风，而原有几代人的共同努力形成的学术积累、学术成果和知识库存被随意丢弃、颠覆，造成了很大的迷失和困惑。他又这样说，哲学社会科学的发展史不像自然科学、工程技术的发展史一样呈现不断上升的、弃旧就新的趋势，而是像横向的曲线波动一样，每个时代每个时期都有扬起的波峰，也有低落的波谷。取新可以容旧，突破中也守恒。学术的每一个新的发展总是在前人已有的成果基础上依"势"顺"理"，沿革生发的结果。轻侮前人、逞臆而谈、快意一时，以为这就是突破创新，其实只能惊听回视、喧哗一时，绝留不下真正的学术成果，主张重新试用马克思主义"批评哲学"，但是不能停留在词句的复述上，而是要联系"运动着的美学"发展的实际，提出并解决新的问题，形成新的理论语言，做出新的理论概括。

通过曾镇南的文章和前面众家的论述，可以看到中国文艺批评家对于马克思主义文论的发展充满自觉与自信。随着市场经济的深入发展，原先一元化的沉闷局面已经变成多元化的活跃格局，文艺批评发挥引导作用已经进入一个不可忽视的时代。在曾公这篇大论之前，朱向前发表文章,满怀忧思地陈述当前我国百花齐放、百家争鸣，但文化多元并存，负面的鱼龙混杂、泥沙俱下现象严重，艺术观念和思想道德认识的偏差导致部分作品对历史、革命历史或当下现实做了歪曲甚至是错误的判断与表现；在个性化或者真实、揭秘的标榜下，恶搞、低俗、色情、暴力等媚俗手段充斥着某些作品和媒体节目；伪现实主义、欲望化叙事、价值虚无、精神委靡、伦理错位、道德失范等现象时有所见，于是呼吁"面对如此纷繁而嘈杂的众生喧哗，没有一种宏大的声音来引导将是不可思议的"。关于谁来引领文艺理论，军旅文学理论批评队伍后继乏人，出现军旅文学第四次浪潮时有关批评远远跟不上。关于如何引领，朱公认为"理论批评要适时地发出振聋发聩之声、黄钟大吕之声，或和风细雨之声、循循善诱之声"，"人们在呼唤中国的别林斯基"。三十年来风云变幻，"经典马列从强势跌至边缘，继之而起的是种种西方现代后现代理论轮番上阵，你方唱罢我登场，都曾经风光一时，但也都是昙花一现。然后是国学热卷土重来，后来居上，然而又远水不解近渴，传统虽好却难以解答当下的诘问"。"经典的需要转化、古典的需要创化，外来的需要中国化，总体而言，需要整合化。"①他以军人的气魄向我们提出了很高的要求。

如果我们没有深厚的理论素养、宏阔的批评视野、敏锐的艺术感觉和独创的文学思维就难以构建理论体系，产生别林斯基式的大师，无力去登高一呼引领风气，目光四射驾驭全局。要呼吁我国文艺批评的主导，呼唤马克思主义文论重新义无反顾地挑起旗帜。当前一些中青年评论者的马克思主义素养、学养不足，综合的知识储备和运用也欠缺；对于流动前进的社会生活，评论者也普遍被隔绝着。这已是制约当前文艺批评发展的狭小瓶颈。

二、"批评的枪法"：文艺批评的文风和文体

文艺评论写什么，其表现形式应当怎样，这很值得研究。评论家要有自己的主体性和较高的权威性，还要有活泼的文风，强烈的文体意识，要像写文艺作品一样具有自己独特的行文风格和文体追求。1989年，刘再复发表过《论八十年代文学批评的文体革命》一文，对极"左"时期批评文体的僵化、千篇一律进行了批判，也为当时借自西方的批评术语爆炸进行了解释：这次术语革命，关键还不在于移入，而在于进行了一次中国式的创造性同化……应当承认，在移入的初期，确实是留下许多搬用与凑合的痕迹。但是，超越这种幼稚阶段之后，近年来，中国批评界已逐步自然地进行创造性的同化。②现在看外来术语有的已被丢弃，有的已被我们所同化并且普遍熟悉，但新的名词术语还在源源不断地输送过来。今天就是在这种情势下讨论我们批评的文风和文体问题。

首先是曾镇南提倡重温马克思主义文艺理论而"获得一种明快有力的批评哲学，形成高强而深湛的批评能力"。他回顾，鲁迅和他的许多战友、学生曾经在20世纪二三十年代像普罗米修斯盗窃天火到人间一样艰辛探索。当鲁迅看到马克思主义文论是最直接明快、最有力的"批评枪法"，能够抓住事物的根本，具有巨大的说服力，便自觉地转变为一个历史唯物论者，从而使他的文艺批评达到了空前的深度，至今许多观点被大家所信奉和使用。③鲁迅在这方面的确是一个很好的榜样，他从此与许多五四时期的名流分道扬镳。可是今天马克思主义文论回升还是初步的。但

①《关于当下文艺理论批评的三个"引领"》，《文艺报》2008年5月29日。
②《文学评论》1989年第1期。
③《文艺报》2009年8月11日第3版。

使用马克思主义批评枪法的文章的确显示了明快有力而又精深的优点，我们只要一比较就会看得出来。他们的心理学批评、神话原型批评、精神分析批评、女性文学批评、后现代反本质主义以及新历史主义批评等，固然各有自己独到之处，但都代替不了最为深刻的马克思主义文艺批评。

当前学院派的批评文章空前发展，大批教授走到了台前。李志孝回忆20世纪90年代以来学院派批评分量尤重，但这种批评的活力丧失，锋芒减弱，关注现实的能力降低，而且刻板、学究气，四平八稳。这些批评家遵循着学术的规范，由及时的批评变成了"研究"，"文学批评的本质缺失也就难以避免了"。李认为，他们的学术研究讲究价值中立，尽量避免与现实社会尤其是与政治接触就是他们的追求，但也失去了对现实发言的能力。相反地，学院派却指责跟踪式的批评缺乏学术性，这使他们批评家的身份显得可有可无，不关心也没有能力"介入"到时代与文学的重大问题中，从而成为批评家的阿喀琉斯之踵。当前的主要文学批评阵地大部分被一批名人垄断着，他们连篇累牍的文章却是"温吞水"一般，或者是"近亲"、"家族"式的文章。他赞扬当年李健吾那种随笔式的、印象式的批评。现在的程式化的长篇大论，貌似严密，却是非常表面化、空对空的，既没有对文学文本的敏锐的艺术感受，也没有深具个人风格的艺术鉴赏，当然更看不到批评家心灵的震颤。常常是一种形式分析文体，掩盖着批评家审美能力的低下、艺术感觉的丧失，对文学作品缺乏广泛阅读而造成的心理空虚。另一方面，当前批评中新概念、新术语和各种西方理论的频繁搬用，使这种程式化批评风气愈演愈烈。李志孝提倡"批评精神"，强调"批评精神决定着文学批评是否科学、可靠、健康、成熟和有效"，"文学批评需要用心血甚至生命去从事，如果没有强烈的责任感，批评的堕落并非是危言耸听的瞎话"。①李的文章满怀激情，所论很有见地，是当前批评学院派很到位的力作。但学院派理论研究的系统性也很重要，盼之再有一篇谈问题的另一面。

段崇轩倡导批评要形成自己独特风格与文体，说这本来是"形而下"的技术问题，我却从来不敢轻视，而且孜孜以求坚持不懈，一辈子也难以达到期望的境界。这是和一个作家形成独树一帜的文体同样高远的追求。因为文体意味着评论家的成熟和境界。段氏追忆有人曾经称鲁迅是体裁家

---

① 《给文学批评一点生气》，《文艺报》2009年1月22日第3版。

或文体家，鲁迅很满意这一顶"帽子"。段认为，文学评论文章有三种类型。一种是学院派追求学术思想和体系的严谨与完整，中规中矩、四平八稳，有助于学科建设和学理的加深，但消极的一面是大而无当、笨重僵化、脱离现实，他们淡忘了所研究的是鲜活的文学，所写的也应该是一种艺术品。第二种是协会派（作协派），这些评论家与当下文学有一种天然的紧密联系，或者说关注研究的就是正在进行的文学，所以他们的文章自然会新一些、火一点，但迎合政治、文化和世俗的潮流，取悦文坛以及作家、读者的口味，使他们左右掣肘、身陷困境，免不了人云亦云、平庸浅薄甚至粗制滥造。第三种是媒体派，在近年来迅速成长，但这些评论家似乎把自己的文章只看做新闻而没有当成评论，追求的是快捷、新鲜、吸引人，至于怎样写很少去考虑。这三种评论家的文章构成了当前文学评论的主体，而文体意识的淡泊已成为令人忧虑的通病。他引用鲍列夫的话说："批评具有双重本质：从它的某些功能、特点和手段来看，它是文学；而从另一些功能、特点和手段来看，他又是科学。"[①]作为一种科学的文体，比文学创作的难度更高。段氏还强调评论文体创造是一个十分复杂艰难的过程，当前青年评论家不要受西方现代后现代和中国传统思想文化的束缚。还应当从样式上，专著式、论文式、杂文式、评传式、对话式、访问式等等可以应有尽有。我们要造就今天的文艺批评文体家。

我们还说文体。早在魏晋南北朝时期，批评家们就已经注意和运用了各种批评文体。曹丕的《典论·论文》使用的是论说体，曹植的《与杨德祖书》用的是书信体，陆机的《文赋》用的是词赋体，刘勰的《文心雕龙》用的是骈俪体，钟嵘的《诗品》用的是诗话体，而萧统的《文选序》用的是序跋体。19世纪以来，马克思、恩格斯的文艺批评多用书信体和论说体，列宁、毛泽东、周恩来等人的文艺批评可以说是谈话体或演讲体，也有的是用了论说体。论说体往往一本正经，严谨缜密，却容易缺乏情绪感染力和不能深入浅出，让人感到呆板。毛泽东在延安文艺座谈会上的讲话是演讲体和谈话体的结合。鲁迅运用批评文体最全面、最具有创造性，言简意赅，入木三分，也近于口语，易懂易记。其批评风格具有少见的大家气派。文艺作品讲风格，文艺批评更要讲风格。那些没有风格特征的批评，特别是当今报刊、网络上快餐式的批评，看一下标题和作者就知道是谁在吹捧谁便可以放下了。这种失去了批评主体性，失去了公信度的应景批评，难免会经常受到读者批评。

第七章 关于文艺理论体系的建设

近几年的文艺评论和文艺理论研究态势空前之好。2009年全国马列文论研究会与江西师大文学院召开了马列文论研究会第26届年会，中国社科院就马克思主义中国化进行了专题研讨。北京大学、清华大学分别召开了一次国际文学理论研讨会，首都师范大学与中国当代文学研究会、《文艺争鸣》杂志、华中师大与中国社科院《文学评论》杂志也各自召开了一次关于现当代文学研究60年的国际学术会议。文化部、中国文联、作协和各艺术家协会纷纷组织会议和文章进行建国60年或五四90年的文艺发展回顾总结，都在不同程度上对我国文艺和文论发展进行了新一轮大面积深入探讨。可以说当今中国文艺界、学术界思维活跃、研讨盛况空前。我们在上面几章讨论了文艺创作、批评现状和如何创新发展问题，为本章中国特色社会主义文论体系建设研究打下了基础。现在就让我们一起回眸历史，探讨我国现代文论体系建设的方方面面。

第一节 我国文艺理论发展的成就和问题

中国文论现代性的产生可以追溯到五四之前，但大规模地学习外国文艺理论还是五四之后。历经几代，百年之久，中国与世界一同沧桑变化。现在总结历史的经验教训，体悟历史的昭示，展望未来，让我国文论走一条科学发展之路，意义十分深远。

一、关于我国百年文论研究历程的回顾

正如本书前面追寻文艺创作发展路径一样，中国文论从五四以来曾经几次大面积地借来于西方却食洋不化，但总的过程和趋势是在化西为我。

也可以说，我国文论是从五四"去中国化"到"再中国化"，由学习西方而"去中国化"，批判过封建主义、儒家思想而中国化，到20世纪80年代又"去中国化"，现在重新追求市场经济条件下的新文论而再中国化。我们的最终目的就是要中国化。

然而我们的理论还不那么完善，时代却催促我们有新的现代文艺理论生成。历史是连续性的，对以前的文论要"接着讲"，适当进行进行梳理和必要的肯定，不能像后现代派那样一概否定。

五四时，西方自由主义、启蒙主义、现代主义和从苏联转道而来的马克思主义等，曾经共同在中国西学东渐过程中形成不可抗拒的文化潮流。由李大钊、陈望道、鲁迅、冯雪峰、瞿秋白等进行了马克思主义和许多苏俄作品的翻译工作。随着鲁迅思想的转轨和"左联"的成立，抗日战争的爆发，延安文艺座谈会的召开，马克思主义文艺思想终于成为中国文艺的主导和主潮，这是历史的选择。马克思主义在自身中国化的过程中产生了毛泽东文艺思想，形成了适合于中国国情文情的一系列文艺路线、方针、政策，也经历了"左"的和右的严重干扰，形成历史发展的曲线。杜书瀛扫描20世纪我国文学理论发展历程，认为这是从古典诗教到现代文论转换的一百年。[①]可以分为三个阶段。从五四运动到1942年延安文艺座谈会前是初步探索阶段。从1942年到20世纪70年代末是定格时期。马克思主义文艺学、美学经过中国的具体国情、中国特殊历史文化环境折射，形成了具有强烈政治文化色彩的毛泽东文艺思想，它曾经一直作为中国现代文艺学的霸主雄踞文坛，表现出强大的生命力，但也从20世纪50年代后期开始出现了极"左"思潮。改革开放后又形成新阶段的突破，新一轮的西学东渐。

一般认为，五四以来我国文论现代化的发展已经经历了三次转换。第一次转换是由于全面抗战的爆发，中国人不得不拿起刀枪和日本侵略者做殊死的斗争，文艺界由原来的启蒙运动便转向抗战救亡。这是由启蒙到救亡的第一次大转换。其实抗战救亡与启蒙活动是结合进行的，主要是唤醒群众的民族意识、爱国精神，同时进行着反封建斗争。抗战时期妇女地位大大提高，也是一种革命的现代性的表现。正如杨匡汉说，那时的启蒙与救亡是共生互动的，非取代被取代的关系。并引用当时李大钊给胡适的

---

① 吴文薇：《新中国文学理论50年学术研讨会综述》，《文学评论》2000年第4期。

信中所说的，问题与主义是"交相为用的"，"并行不悖的"。①在反帝反封建斗争中，先后出现了大批富有民族精神和时代意义的作品。此时的小说、戏剧创作比过去任何时期都更为突出，这是五四新文化运动的继续而不是中断。鲁迅、郭沫若、冰心、朱自清、王统照、郁达夫、成仿吾等都是小说理论的积极阐述倡导者，也是有关理论的实践者。那时在上海等地的文学社团和延安的文艺团体，都在多方面探讨小说理论、引进外国小说理论，并根据我国小说创作实际渐渐形成了一套新的文学理论框架。第二次转换，是以毛泽东的延安讲话为标志，体现了马克思主义文论的中国化，对后来的文艺创作和理论批评起到了巨大的推动作用。当时的抗战文学、戏剧、音乐、舞蹈等作品，对动员人民群众参加抗战发挥了充分的激励作用，一批作品是经得住历史检验而可以传世的。但是，由于那个时代要求作品民族化、政治化，也由于我们从五四就开始吸收苏俄文论，渐渐形成了"苏为中用"的教条主义、机械唯物论的错误倾向。建国后政治运动频繁，在倡导两分法中把文艺创作引向了极"左"。理论上，以蔡仪、以群、周扬、茅盾等人为主要代表强调文艺的"工具论"，把阶级斗争和政治强化到不应有的高度。对"胡风反党集团"的批判，对秦兆阳"现实主义广阔道路论"的批判，对邵荃麟等"中间人物论"的批判，以及整风"反右"中对丁玲等人的批判，都是多余的错误，把文艺和文论的路子逼得越来越窄，所以行之不远。这些批判，在粉碎"四人帮"后自然而然地重新受到拨乱反正的批判。第三次转换是从20世纪70年代末到80年代初。从伤痕文学的讨论开始就吸收了西方文艺理论，出现了一批与五四启蒙精神相衔接、耦合的作品和文章，也对极"左"文艺理论做了全面的批判。此时从西方文艺学、美学、哲学方面引进了叔本华、尼采、柏格森、弗洛伊德、马斯洛、荣格、皮亚杰、萨特、胡塞尔、海德格尔和卡西尔、阿恩海姆等人的东西，使我国文论家眼界大开。第三次转换使我国文艺理论创新进入了新的活跃期，但也是一个疲于应付的时期，因为外来新东西让人目不暇接、无所适从。刘再复等人的文学主体性研究十分惹眼，被认为是文学、文艺学的"自身回归"。②之后美学研究大步前进，文化研究也渐渐成为热门。现在不断进行的，自然是对后现代的解构与批判的分析、吸

---

① 杨匡汉：《从辛亥到辛卯：百年文学的映像与反思》，《中国社会科学报》2011年10月25日第11版。

② 高楠：《中国文艺学的世纪转换》，《文艺研究》1999年第2期。

收与扬弃。

对于建国后文学理论的历史，童庆炳认为应当是"政治化—审美化—学术化"三个阶段。改革开放30年文论的发展轨迹，童又认为走过了审美意识形态研究—主体性研究—文化研究三个阶段。这两个三个阶段的划分是客观的。张玉能在《中国化马克思主义美学的考察》[①]一文中，从美学史的角度对马克思主义文论在中国传播的得失进行了回顾和总结："中国当代美学的60年发展历程，从总体上来看就是一个马克思主义美学中国化的不断深化和拓展的过程。"他认为新中国建立后的头20年是中国当代美学的创建期，此时期经过美学大讨论初步创建了中国化的马克思主义美学，以蔡仪的认识论美学和李泽厚的实践论美学为主要表现形态；中间30年是中国当代美学的确立期，实践美学进一步发展，成为中国当代美学的主潮；最后十年是中国当代美学的发展期，经历了实践美学与后实践美学以及实践美学与"第三力量"的驳诘，将美学发展到了新实践美学的阶段。笔者记得，"文革"前总批判美学是资产阶级学问，朱光潜便是被批判的重点对象之一。后读《朱光潜美学论文集》，方知美学别有洞天，受益匪浅。今日张玉能的中国美学发展三个时期论，证明美学与文学理论都受过"左"倾的干扰，改革开放后美学才作为理论体系逐渐得到真正确立和社会确认。当今日常生活审美化是后现代美学的光大又是一种滥觞。

这一小节对杜书瀛、童庆炳和高楠等人观点的概括论述，与第三章、第六章中陆贵山、崔志远、张炯、曾镇南等诸家之论是相通的、内在一致的。历史唯物论和马克思主义文论使大家对百年中国文论发展历程做出了客观、公允的评价，我国一批新老文艺家、文论家经过大量文艺实践、历史的回顾和深入对比思考之后，更为清醒地意识到只有马克思主义文艺思想才是我国文艺的主心骨，其具有强大的主导性、引领性，于是从文学史论上大声呼唤马克思主义文艺思想。所以在世纪之交，文艺界、文论界"回到马克思"的文化自觉、理论自觉日益强烈，这也是后现代思潮及其创作展演实践刺激的结果，从这个角度说必须感谢后现代。古代寓言中有柳宗元一则《黔之驴》，说本土的老虎起初不知远来的驴子为何物很害怕，经过观察才知道它原来也不过这几招，于是便吃掉了它。我们对一切外来物都要敢吃，而且能消化吸收养壮自己。我们要感谢驴子而不是小瞧它。自己哪怕是"王"也要多走走看看，别再被少见的洋物吓着了。

①　《文艺报》2009年2月24日第3版，张玉能文章。

二、已经出现的现当代文论和主要实践经验

回首百年，我国现当代文学理论研究随着时代发生过多种变化，也取得了可喜的成就。主要是：研究者们普遍摆脱封建正统观念，树立了以民众为中心的现代性观念；由尊崇传统诗教、轻视小说等创作到重视小说创作与批评，这是中国文学观念现代性生成的重要方面；富有批判精神，中国现代文学理论在反帝反封建中成长；文论话语转型，由古代"诗文评"文体变成了现代的逻辑推论的科学文体；随着思想的学术化，理论研究逐渐抛开二元对立的机械思维，树立起"亦此亦彼"的辩证思维方式，所以文论界出现了"和而不同"的宽容精神，多种意见可以并存与沟通。由这五种变化，便形成了许多具有中国民族特色的、融汇古今中外的现代性文论。

已经出现和形成的著名现当代文论观点有：梁启超的小说"群治"说，王国维的文学"境界"说、"文学独立"说、"不用之用"说和"古雅"说，胡适的"白话文学"说，陈独秀的"文学革命论"，鲁迅的文学"改造国民性"说、"为人生"说、"人物性格真实"说和"拿来主义"说，郭沫若的诗"专在抒情"说、"内在律"说、"节奏"说和旧诗新诗"万岁"说，闻一多关于诗的节奏说，朱光潜的诗的韵律说，宗白华的意境"三层次"说，毛泽东文艺"工农兵方向"说、"普及和提高"说、"文学源泉"说、"深入生活"说、"写新的人物"说、推陈出新论、"古为今用，洋为中用"说及"双百"论，胡风的"主观战斗精神"说，秦兆阳的现实主义广阔道路论，钱谷融的文学是人学说，周谷城的时代精神汇合论，邓小平的"人民母亲"说、"灵魂工程师"说、"四有新人"说及"二为"方向论，蒋孔阳的"美是创造"说，李泽厚的"积淀"说，钱中文等人的文学"审美意识形态论"、"新理性精神文学论"，蔡仪的"审美反映论"，王元骧的"文学活动论"，李泽厚的"审美实践论"，胡经之等人的"文艺美学论"，[①]王蒙提出的"文学干预心灵"说，刘再复的"文学主体性"说，江泽民的"主旋律与多样化"说、文艺灵魂"创新"说，胡锦涛的文艺"以人为本"说、"三贴近"说、"以人民为中心"说等等。这些文论创造基于中国现实而源源不断涌出。其中，有的是本土产生的，有受西方影响产生的，有的是马克思主义中国化所产生的。虽然有关争鸣还在进行中，这百年文艺新论却已是丰富的积累。

---

① 《文学评论》2000年第4期，吴文薇会议综述中童庆炳发言。

在2009年全国马列文论研究会第26届年会上，大家提出不能一味地复制西方文论模式、批评模式。在中国当代文学研究会的国际学术研讨会上，杨匡汉提出"一体多元、五族共和、两岸三地、和而不同、母语（汉语）思维"的"大中国"文学理念，有很宽阔的眼界和很高的学术价值。陈晓明则发言认为："60年文学应当理解为中国人民在建构民族国家过程中的一种激进的现代性的诉求，这种中国的现代性经验是非常独特的，它与西方现代性之间构成一种强大的张力，在文化上有其自身的依据和期待。其意义正是在于：在西方体系之外创建了独特的、属于中国自己的、现代性的文学。"①

王元骧曾经集中精力研究认识论美学、文艺实践论、文学本体论、人学本体论和"典型化"问题。他认为当代马克思主义文艺学研究有三大派别，一是社会意识形态论，即审美反映论，二是艺术生产论，三是艺术活动论。这三种理论都有待于进一步研究，而且可以将本体论、认识论和存在论联系起来形成观点互补。他和陆贵山等批评"纯审美主义"，指出20世纪80年代那种"不屑于做时代精神号筒，也不屑于表现感情世界以外的丰功伟绩"和主张以感官刺激化解理想和信仰等，是"歪曲的、流俗的观点，都是对于真正意义上的审美精神的曲解和践踏！"②如前所述陆贵山对马克思主义文艺思想、现实主义发展问题发表过重要意见。他认为未来文学理论中一定要有马克思主义的中心地位，但要以理性的态度冷静地思考，进行综合的分析，要在研究这些道理的关系、网络、系统中，建立起道理的理论体系和框架。不要把小道理扩大成大道理而形成谬误，也不要采取非此即彼的思维。他的思路是，以马克思主义三大观点即人学观点、史学观点和美学观点来综合各种学术观点。

这几位理论家对马克思主义文艺思想中国化做出的回顾总结和展望都是颇有见地的。

董学文更为系统地总结了我国文学理论上有四点进步：一个是突破了旧有文学观念的束缚，把坚持马克思主义基本原理同推进文学理论中国化结合起来，以使文艺理论适应中国历史新阶段的人文精神和审美理念。二是随着吸收借鉴中外文论和其他学科思想与方法，使文学理论突破了过

---

① 《光明日报》2009年10月25日第7版，会议综述中杨匡汉、陈晓明发言。
② 赵建逊、王元骧：《从"审美反映"和"审美意识形态论"说开去》，《文艺争鸣》2009年第1期。

去单一独语的模式，尊重了差异，包容了多样，呈现出多元发展且日臻成熟有序的态势。三是文学理论研究视野已经相当宽阔，外国文论的引入和译介达到了十分丰富的程度。四是我国文学理论研究的成果在数量、质量和话语方式上都超过了原先的水平，达到了前所未有的程度。于是董便总结出五点基本经验：一是改革开放新时期文学理论和大部分文艺理论研究没有隔断历史，没有隔断与先前文艺理论的血脉关系，具有承前启后的作用。二是这一时期在文论指导思想上仍然坚持马克思主义文艺观与我国文学实践相结合，证明什么时候坚持这个指导思想，文论研究就能创新和进步，什么时候轻视、疏忽或丢弃了它的指导，文论研究就出现扭曲或波折。三是我国文论创新的路径上一定要有"问题意识"，一定要树立创新的主轴和支点。没有"问题意识"就容易固步自封，没有创新的主轴和支点就容易分散混乱而遮掩主线。四是在文论布局上必须认识加强文学基础理论研究的极端重要性，由搜集材料的科学进入到整理材料的科学，进而进入到创造观念的科学，才能发挥理论的效能和威力。这是理论进步的先导，自主创新的源泉，学科的立命之本。五是以问题研究带动理论研究成为马克思主义文论中国化的基础途径、基本模式，以唯物史观为显微镜和望远镜是我国文论发展的灵魂。①对于所谓"回到五四去"、"回到王国维去"，董认为这违背了实事求是的理论原则，不但难以成立，也是难以实行的。董学文是马克思主义文论研究的宿将之一，其总结的四点进步、五条基本经验，很具有权威性与公信度。

我们不能回到五四去。五四时的文论大都是匆忙地从西方借来的，还没有形成自身独立形态，所以回到五四是一种倒退。在实践中，亦如董学文所说还要防止马克思主义文论研究的多元化、普泛化和普世化倾向。不能对什么学说都不加分析地说是马克思主义文论，不要趁机乱塞私货，扭曲了马克思主义文论。也不要把非马克思主义文论随意嫁接便说是马克思主义文论新发展。马克思主义是批判的、开放的、前进的，但不会像后现代不要边界。古今一些理论可能与马克思主义无碍，但不是马克思主义，我们不必乱拼凑。那些攻击马克思主义的文论，更不能看成马克思主义新文论。

从上面各家论述可以看出，我国学术界已经形成研究运用马克思主义

---

① 《文学理论：在中国特色的道路上》，《文艺报》2009年1月10日第2版。

文艺思想的优良文化传统，而且形成了一支马克思主义学者队伍。他们在马克思主义文论中国化进程中既是研究者也是捍卫者，其文章和言论可以代表我国文论的标高，成为我国文论发展的主导声音。

三、西方中心主义之害

西方中心主义，是一个在中国和全世界游荡着的幽灵。这里不再讲极"左"之害，重点说这个主义。

极"左"危害不可原谅，但西方中心主义是西方文化娘胎里带来的，已在我国为害百年之久，克服它比克服极"左"难度更大。我国社会主义文艺理论体系之所以不能很好地建立起来，最大的拦路虎就是西方中心主义。我们总是像小学生一样盲目地崇拜老师，一切听命于西方老牧师的教导，一味地模仿着西方的调子和样子。这是西方文化与东方文化内在异质性矛盾所造成，我们无法回避，所以总是有些两张皮，达不到学理上和话语表述等方面的内在统一。西方传统人文理念、文艺观念，还有现代后现代理论，在多方面与我国社会主义大背景下的文化理念、千年文化底蕴大相径庭。中与西，世界上两大文明板块在对垒。

（一）正确地学习西方与批判西方中心主义

西方中心主义源于西方，主张全面照搬西方，实行全盘西化，就是要你放弃民族文化自我。其早在资本主义对外扩张时期就表现为殖民主义、种族歧视，其老根便是"白人优越论"。在我国，国人心态从鸦片战争之后便开始由天朝大国的自豪转向了面对西方的谦卑，西方中心主义也被一些中国人所接受，成为奴化的中国西方中心主义。五四时期的西方中心主义者，表现在文艺学术上便是对西方文化的崇拜、照搬和盲目推行。一些人曾经反封建不反帝国主义而成为殖民者的帮凶。在他们的眼里，西方的月亮就是比中国的圆，凡西方文化都是科学的、神圣的，可以高于一切、衡量一切，是君临天下而不可侵犯的。凡以西方中心主义为法宝的理论家，表面说来是客观、公正、普世的，但骨子里总是谁反对我的西方观点就是反对真理，就是民族主义，顺我者昌、逆我者亡。今天一些后现代派不就是这样吗？但我们决不能搬用他们的标准来比量剪裁我们的文艺。

西方文化与中国现实生活的差异性很大，其矛盾永远会有的。但也如前所述在哲学上有相通之处，那么我们便可以在创作实践中对西方文化部分地有机利用。这在文学、戏曲、影视等门类中多有表现。现在西方中心论者已经不像20世纪一二十年代、80年代那么傲气冲天，但他们极力否定我国主流文化，包括爱国爱家的优秀传统。我们要采取正确的求同存异的态度，要像陈寅恪那样从西方带回的是东方学，要像季羡林所说的"学问在中西之间"①，更要像鲁迅那样"拿来主义"地对西方的东西进行选择，是运用脑髓、放出眼光进行分析研究，是以我为主而不是被西方填鸭、渗透。只有这样才能使我国文艺和文论获得新的营养而独立地走向振兴。鲁迅还说，拿来的也可以毁掉，意思是发现不适合的就坚决废弃。这种学习取舍标准和尺度是根据我们自己的国情需要而定，不是原封贩卖。我们学西是要化西，而不是西化，不是将东方艺术变成西方艺术，而是要丰富发展我们中国式的文艺和文论。

要学习西方也要学习继承本土文化。这要提到国学热的问题。张汝伦曾经著文说，"国学"的名称已经争论了一个世纪，它是中国的，有国界的，但国学的研究没有国界。近代意义上的国学有时代特征，即救亡图存，在西学正盛之时"依他起"，而"西学"更为笼统。"学亡之国，其国必亡，欲谋保国，必先保学"，就是要保持民族的优秀文化和文化认同感。张说一些人想"脱华入欧"，靠近所谓"普世文明"，实际上也是"出于政治目的"，而非学理、学术的目的。有人认为国学有碍现代化的发展，有正确的一面，也有错误的一面。②当前国学热是民族文化自觉、自信的表现，是西方文化对我国传统文化大肆摧残而刺激起来的一种回应。但对于国学典籍中的封建糟粕及不适应时代的东西，我们也不能敝帚自珍，而要毫不怜惜地扬弃掉。

（二）关于"意识形态终结论"和"历史终结论"

西方丹尼尔·贝尔在20世纪提出了所谓"意识形态的终结"，这是后现代主义的惊人之语，也是以美国为代表的西方文化向各国大举进攻的策略，为国际资本制导下破坏各国文化的舆论先声。米歇尔·福柯也提出了所谓"历史的终结"，他与贝尔的调子是异曲同工。后现代派所谓取消"宏大叙事"，便是在这种论点基础上自然而然出现的。虽然福柯后来检讨了自己论点的不切实际，但他们的骨子里仍然维护的是资本主义"宏大叙事"，力求使之永恒化，特别要对共产党国家的主流意识形态进行销蚀，以为这样共产主义就不会来到了。正如旷新年一针见血指出的：这种理论的传播是"后现代主义有意识或无意识地维护着资本主义的幻想秩

---

① 季羡林语，见《光明日报》2009年8月11日第11版。
② 张汝伦：《国学与当代世界》，《新华文摘》2008年第17期。

序，和资本主义的存在结合在一起。某种意义上，它就是资本主义最狡猾的帮凶"。中国是一个发展中国家，更重要的是，中国必须超越西方的霸权，探索自身的发展道路。"当前的知识生产反映了西方的霸权利益，中国和西方的知识无法完全共享。我们有着不同的价值标准，有着不同的利益诉求，所以我们必须否弃自我殖民化的倾向。我们不是应该将西方的权威自然化，而是相反，我们有必要将西方对象化。"①旷新年又立场鲜明地说，"如果第三世界的知识阶级利益化，甚或成为驯服的洋奴，进入一种无思的状态，这对于民族的长远利益和整体利益就是致命的损害"，我们的知识阶级要"承担起民族思维"的功能，发扬批判和开放精神，彻底摆脱眼前利益的局限和后现代理论的束缚。

　　乐黛云也这样说：全球化的"帝国"统一趋势，引起了民族国家的、种族的和宗教的抵抗，要消除这些抵抗因素，就得借助残酷战争和无情统治，残酷战争和无情统治又会结下新的仇恨。这就是文化霸权主义与文化原教旨主义的激烈冲突。要解决这一冲突，西方过去的思想武器显然已不够用。西方的人道主义，原则上有利于相互同情和理解，但一遇到与其他社会的尖锐对立，便会退缩；西方的个人主义有利于竞争和进取，但相对地忽视对他人的关心，由此造成了在家庭、群体中的有伤害性的隔阂，所有这些都无法消除当前已经形成的仇恨的死结！人类需要的，不是在全球范围内建立一个尽善尽美的霸权帝国，而是需要一个多极均衡的、文明开化的、多元发展的文明。②

　　贝尔、福柯他们的理论是美国的甜蜜的麻醉剂，是西方给第三世界制造的摇头丸，让我们解除政治的精神的武装，便于西方以售其奸，将各国意识形态西方化、美国化。他们也有直言不讳的时候。比如美国好莱坞电影从20世纪二三十年代出现以来，这个巨大的电影企业不但看重商业利益，又是毫不隐讳地弘扬美国国家形象、传播美国意识形态，是以类型片结构、娱乐的方式输送美国意识形态的电影工业体系。③我国的一些后现代派在批判极"左"时便接受了这种甜蜜的麻醉。在文化多元化的今天和相当一批人快乐地远离现实之时，旷新年与乐黛云没有被后现代的花裙和所谓人道主义的慈善假面所迷惑，没有痴迷于非政治化，他们是清醒的。

---

① 旷新年：《哪一个国际接什么轨？》，《文艺报》2004年2月21日第2版。
② 乐黛云：《中国比较文学》，《文艺报》2004年2月21日第2版。
③ 倪震：《开阔文化视野，拓展电影题材》，《文汇报》2003年4月27日。

但愿这样的学者多起来，共同承担起民族思维的重任，不断破解西方化战略的招数。

（三）已经饱尝"与国际接轨"之苦

加入WTO之后，我国产生了一句流行语"与国际接轨"。旷新年已经质疑了文化是否能与国际接轨的问题。文艺不同于工商业，接轨真是一个不小的难题。我们怎么与外国接轨呢？其实在改革开放之初，文化、文艺与文论是否与国际接轨的问题就已经出现。有些人的作品便开始设法适应西方人的口味，试图获得诺贝尔奖。但老师欺负学生始终不给这个奖。好在"经济全球化、文化本土化"已成为国际文化共识，无论中国还是法国、德国及一切看重本国文化的国家和地区，纷纷喊出了这个响亮的口号。这是民族主义的作用，甚至可能有狭隘民族主义的成分，但也必须看到这是各国处于文化的自觉。我国作为五千年东方大国，很需要这种自觉。高占祥、冯骥才等几十位文化名人曾经集体发表《甲申宣言》，明确提出必须保持本土文化特色。众多学者也在著述中表示，文化可以面向世界，但接轨便会被西方的强势文化吃掉。

从学术角度来看，西方中心主义的所谓与国际接轨，形成的将是"思想淡出、学术突显"。我国学术界重新开展五四以来的"主义"与"问题"的争论，是因为有人做出远离政治的所谓公正姿态，实质上是把思想政治问题掩藏起来，或者巧妙地抛掉。从人文学科建设角度来看，与西方中心主义接轨造成的问题是严重的。叶舒宪在《本土文化自觉与"文学"、"文学史"观反思》中提出："被业内大多数人视为理所当然的'中国文学'这个学科，其实是在西方literature（文学）观念输入的背景下，被人为建构出来的一套现代学术话语。"人类学认为每一种文化都有其独特的精微特质，要尊重每一种文化特有的"地方性知识"，避免用西方的思维和概念架构对本土的知识经验做硬性的肢解和切割。[①]现有的学科分类，是未经过我们本土文化立场论证和筛选过的舶来品。西方式的大学分科体制，一个世纪以来在中国包括来自苏俄的二度移植已经形成了后遗症，滋生出一种根深蒂固的学科本位主义心态，或者称为学科自闭症，不能有效地自我反思和批评，而且会放任和纵容学科本位立场的知识生产，无限制地制造出千人一面的文学概论、美学原理、中国文学史等。叶

---

① 见《新华文摘》2009年第5期。

氏又从现象学和后现代批判角度说，中国古代"人文化成"和"人能弘道"的宇宙意义，"天人合一"的中国式宇宙观、人生观，很难与西方的理论相契合。他也认为，文学史"重写"，"只有对象素材是中国的，而思考的概念、理论框架和问题模式都是搬自西方的、现代的"，这种理论上的先天限制使重写造成一批换汤不换药的局部变化和总体重复性著作。

我们的文学艺术已经进入必须摆脱西方中心主义的时代，但大多艺术门类仍饱受西方中心主义之苦。就绘画而言，2005年德国《资本》杂志公布的国际当代艺术家100强中，美国占34位，德国占30位，而中国连一位都没有。近年举办的一些中国当代艺术奖由外国人所设，很可能导致中国当代艺术貌似国际化而实际上是西方化和去中国化。国际艺术市场存在着剧烈的竞争，美国激进派艺术不断挤压法国等国的当代艺术，渐渐形成了当代国际艺术美国化的状态。这是后现代艺术呈现出后现代图景中的艺术狂欢状态。我们怎样既进入这种国际体系而又保持中国性？到底应当在当代国际艺术界扮演什么角色、履行什么文化使命？当代国际艺术后现代性的根本特性就是反传统、反审美，打破艺术与生活、艺术与美、艺术与道德训诫的关系，是形式主义与个性主义的产物。而我国传统艺术经常遭受西方人的文化误读。西方以先有的艺术评价体系衡量一切非西方的当代艺术，逼迫我国当代艺术走向国际的时候变形，这样就又无法体现"中国立场和中国身份"。[①]他们逼迫我们在美学模式上个人化、去中国化，使得中国当代艺术退回到个人的欲望而反叛化、丑陋化，也使它们成为当今我国社会建设关键时刻的无情看客和调侃者，表现出美学上的犬儒主义形象。

中国学术要中国化，必须打破西方学科体系的制约，加强学科之间的互补互通，在某些制度上首先打破学科的壁垒。当代文艺也要中国化，然后再世界化。这不在于西方的优势挤压和中国人的肤浅与否，而在于我们还不够强大，在于西方中心主义体现着欧美利益，更在于我们只是投奔人家入伙讨一杯羹而不是自树旗帜、没有自己的当代国际艺术市场。我们必须像建立孔子学院那样重新考虑我国艺术中国化与再世界化的关系，如何科学地处理，关键是要设以我为主的奖项和市场，要制定自己的艺术评判标准和尺度。当前首先要树立民族文化的自信和自尊，敢于进行标准的对

---

① 时胜勋：《从"西方化"到"再中国化"——中国当代艺术的文化身份》，《新华文摘》2009年第4期。

抗，同时加大中国艺术的推介力度。这当然需要一个斗争的过程。

第二节　马克思主义中国化的实质和中、西、马融合的必然

诞生于19世纪中叶的马克思主义是西方工业文明的产物。它涵盖了经济、政治、文化和社会等各个方面，有比其他任何学说更为坚实的理论基础，主要是辩证唯物主义和历史唯物主义的确立，让人类社会的理论认知达到了空前的高度。因为马克思主义本身是批判的、发展的，永远会与人类历史前进的方向相一致，所以具有巨大的真理性、前瞻性和与时俱进的现代性，对人类社会历史发展具有强大的指导性、引领性和可移植性。

从1848年《共产党宣言》问世以来，马克思主义走过了160余年的漫长路程，它的真理意义和理论光辉一直照耀着人类前进的脚步。纵然有前苏联和东欧的剧变，但也不能证明马克思主义已经过时。本人曾经颇有兴趣地阅读俄国历史和有关前苏联垮台的书籍和文章，看到了苏东各国剧变的深刻教训，主要是他们没有能够像列宁那样始终坚持运用马克思主义的精髓，切实解决社会主义国家的理论主导并且使马克思主义民族化。黄苇町的《苏联解体十年祭》对此做了十分全面的理论分析。2011年李慎明主持完成的《居安思危》更为发人深省。

而2008年美国次贷危机引发的世界金融风暴又说明了什么呢？德国人和一批欧洲人便寻找马克思的著作，要看看马克思当年是怎样讲的，有没有治疗资本主义经济危机顽症的良方。西方马克思主义者们更为积极地从事马克思主义研究与阐释，这就又形成了一次西方的马克思热。我国在金融危机中表现出了大国风度，采取了良好的金融、经济政策，已为世界各国所佩服，但也将会遭到美国为首的西方世界的更大嫉恨与制约。其实也不可怕。许多事实证明，不断沿着马克思主义指引的方向进行理论探索，大胆实践创新，实现中国式的科学发展，就能够克服一个又一个困难、走向一个又一个胜利。

在文学艺术方面，纵然我们遭受西方中心主义之苦，好在我们中华民族五千年文明根基雄厚，完全将它转换成中国现代文论体系很不容易，但它有历史文化底蕴，它与马克思主义文论相结合便形成了我们的巨大文化优势。今天总结文艺发展的经验教训，就要在历史的回望中坚信马克思主义文论中国化道路是一条科学的光明大道。

一、马克思主义中国化的实质与精髓

现在到处都在讲马克思主义中国化，成为一种发展潮流。1930年，毛泽东在《反对本本主义》一文中首次提出了"马列主义与中国革命实践相结合"的重要命题。1938年，毛泽东在《论新阶段》中首次提出"马克思主义中国化"。马克思主义中国化是什么呢？就是把马克思主义的普遍真理与中国的具体实际相结合。它包括两个方面：一是把马克思主义与中国的传统文化相结合，即运用马克思主义来审视、反思和改造中国的传统文化，推动和促进中国先进文化的形成和发展，同时吸收中国传统文化精粹丰富马克思主义，强化中国马克思主义的民族特色。二是把马克思主义与中国的现实相结合，就是运用马克思主义考察和分析中国的当下现实，从中提炼出具有时代意义和根本性质的问题，并通过对这些问题的创造性回答指导中国的当前发展实践，从而又推进马克思主义发展。从上述两大内涵及其在不同历史时期的实际展开来看，具有这种规定性的马克思主义中国化，就构成了当代中国的理论范式。

马克思主义中国化的精髓，用当代习惯的语言表达应当是三句话：解放思想，实事求是；与时俱进；以人为本。第一句解放思想、实事求是，体现着马克思主义的辩证唯物论和敢于自我否定的科学发展精神。第二句与时俱进，体现着马克思主义的开放性、发展性。第三句以人为本，既有中国传统特色，又是马克思主义关于人的全面自由发展理论、历史唯物论的体现和运用。

恩格斯早就这样说："马克思的世界观远在德国和欧洲境界以外，在世界的一切文明语言中都找到了拥护者。"[1]而马克思主义产生时主要是反映了欧洲的传统文化。其哲学主要反映了德国古典哲学的传统，其经济学主要反映了英国古典经济学的传统，其科学社会主义则更多地吸收了法国的空想社会主义理论。它来自欧洲也涉及印度等国，其普遍真理性决定了它能够在"世界的一切文明语言"中生根发芽、开花结果，也就必然产生一个马克思主义如何在各国民族化的问题。恩格斯清醒地看到了这一点，曾经就美国工人阶级的最终纲领进行过论述，认为马克思主义"必须完全脱下他的外国服装，必须成为彻底美国化的党。它不能期待美国人向自己靠拢。它是少数，又是移自外域，因此，应当向绝大多数本地的美国人靠拢"。[2]杨耕认为：马克思主义民族化是马克思主义的内在要求。马

①②　《马克思恩格斯选集》第4卷，人民出版社1972年版，第212、394页。

克思主义只有同各个国家的具体实际、各民族的具体特点相结合，并通过一定的民族形式转化为其他民族文化的一部分，才能真正发挥改造世界的功能。"①如果马克思主义不结合中国传统文化的精华就难以中国化；而固守传统文化，以之去"化"马克思主义更不可能使中国文化现代化。马克思主义的中国化，同时就是中国文化的现代化，这是同一个过程的两个方面。我们的文论发展，也必须把握马克思主义中国化的实质和精髓，否则可能事倍功半甚至走向极"左"，或半途而废。

二、关于"失语症"和中国古代文论的现代转换问题

1996年，曹顺庆发表了《文论失语症与文化病态》②一文，面对全国文艺理论评论的滞后现象提出了"失语症"的命题，引起学术界的热烈论争。他到2008年又提出：中国古代文论可以进行现代转换，从而进行中国现代文论的重构，被学术界称为"转换重建论"。他也强调"中西异质，以我为主"，还引用赖大仁对他这个观点的赞同："按曹先生的看法，从中国文论的异质性入手探究原因也不失为一条思路，但我以为不能仅限于从中西比较的意义来观照中国文论的异质性，同时还需要考虑中国文论本身的古今异质性，从某种意义上说，这后一种异质性甚至是更值得重视的。"曹氏在赖氏观点的基础上继续强调，古今异质是贯穿古今的。从春秋时期礼坏乐崩、秦朝焚书坑儒、元朝异族统治、明代市井新学和清朝蓄发朴学……每一代都面临着与前辈不同的生存环境，为什么没有出现失语呢，因为不管遭受什么样的变故，汉族或少数民族统治也好，我们都没有失去民族文化的信心。"根植于传统，应答于时变，包容宏大的心态，把异族统治者都逐步吸纳同化了"。③他这段话是可以服人的，因为道出了古今异质、不断重建的重要历史文化依据，而且要"以我为主"。他又说，今天的中国正处在从西化到化西的转折点上，处于"杂语共声"的文化生态中。虽然暂时西方文化大行其道，但这种杂语共声的状态"也蕴涵着文化杂交的优势与文化创新的转机"。

笔者认为曹、赖所言，是一批文论家转换重建理论的代表性见解。无论肯定或否定"失语症"，我国文论的重建都已势在必行。我们就是要重建自己的规则而不能像以前那样只按西方文化"照着讲"。我们必须立足

---

① 杨耕：《马克思主义中国化：问题与实质》，《光明日报》2008年12月16日第11版。
② 《文艺争鸣》1996年第2期。
③ 《文史哲》2008年第5期，曹顺庆文章。

于中国文论的地基，探讨用中国自己的传统话语和规则来重建中国文论，这个大方向已经渐渐明晰。回头看，中国自古以来的文化规则、文论规则，最主要的是传统老庄思想的巨大文化传统作用，儒家"依经立义"的意义建构方式和"解经"话语模式。这是传承了两千多年的两条理论主线和规则主线。它们并不像某些学者所说的"已经死了"。曹顺庆认为"依经立义就是解决中国文化的一把钥匙"。但是从五四以来，中国知识分子的学术根基渐渐普遍变为西学，也造成了我国传统知识谱系的断裂，使我们难以继承先贤，其后果就是民族文化创新精神与创新能力大大降低，最终导致了"失语"现象的发生。

赖大仁在《"失语症"与当代文论重建》一文中认为，我国新时期30年来的文学理论变革是破、引、建三者互应又互动。破就是对极"左"文艺理论的批判与否定，引就是大量引进西方文论，建就是要建设我国新的文论体系。这三者发展不够平衡，破与引比较突出，而新文论的建构相对不足。他认为曹提出古代文论现代转换的理论主张有些道理，但他引述朱立元的观点说，那种只承认古代文论传统而否定五四以来新传统的看法值得商榷，只能说以包括五四以来新传统在内的中华文化为母体和家园，而不可能回归于古代文论，因为中西两方的文论就像两种编码系统难以兼容。于是他又这样说："面对中国社会形态与文学（文化）形态的这种变化，中国古代文论形态显然难以适应这种变革转型发展的时代要求，难以对新的文学形态作出阐释。相反倒是西方文论、马克思主义文论、俄苏文论中的诸多理论观念、范式与话语，恰恰更能切实地对这种文学现实做出批评阐释。"他强调，"现代社会已经确立了启蒙主义、民主主义、马克思主义等新经典话语（意识形态），曹的古代文论转换重建难以做到。"但他也提倡中西文论的杂交，实行跨文化对话。[1]有人认为，失语症、转换论属于毫无意义的"伪命题"。还有的认为，根本问题不在于过多使用了西方话语才导致失语，而在于越来越严重的"私人化"倾向，使我们的学术研究视野越来越狭窄、僵化，往往是个人的"独语"，而不是走向交往与对话，是无根心态和崇拜西学的殖民心态。"世人都晓传统好，唯有西学忘不了"便是某些人的潜在心理。赖大仁认为中西两方文论难以兼容，西、马、俄文论话语倒可用，这显然是把我国古代文论看得太悲观

①《文学评论》2008年第5期。

了。当前否定转换重建，恐怕为言尚早。一者是中国现代文论地基是中国传统文化和文论，前面已提到在哲学层面上中西多有相通之处。二是传统诗文评和五四之后的叙事理论已成为我们今日文论中不可缺少的理论资源，破、引、建的大方向是正确的。

陈伯海也分析认为，中国一百年来社会转型中，民族思想文化所面临的困惑主要是话语转型，这涉及传统思想与现代思想、外来资源与本土资源、实践经验与理论升华等多方面的纠葛。其总的取向是要尝试促进古今中外各种理论与文化形态在当代中国社会土壤中的磨合与汇通，以形成适应现实需要的民族新精神、新话语，这不是一件容易的事情。一是外来资源需要与本民族生活实践相沟通，以争取在民族生活的土壤中扎下根子。二是还要把外来思想与民族的思想、文化传统相交汇，以便于楔入民族心灵的深处，并转化为本民族所喜闻乐见的话语形态。有了这两种结合，外来的"他者"才有可能"存活"于本土，顺理成章地转化为民族自我的血肉构成。这便是话语创新的关键所在。陈氏提出的外来理论话语与民族生活实践相结合的观点颇为重要。他又说，"文化即人化"，"人同此心，心同此理"，古今中外的人与人之间不会有绝对的不可通约性。中西古今文论在话语形态上确实有重大差别，但我们传统文论话语中所蕴含的"天人合一"、"群己互渗"的超越性生命境界追求，对生命本原的直觉感悟式的审美体验方式和诗意言说方式等，均可通向现代人的生存状况与生命体验，且恰恰是现代文论话语系统（连同作为其根底的西方文论话语系统）所相对缺略的。那么古文论现代转换便成为一种可能。前面提到，叶舒宪认为我国古人"天人合一"的宇宙观与西方文化对立，以西方观念确立学科对我国传统的传承、研究有害。这和赖大仁所言一样，都是中西古今文化存在差异的问题，然而它们互相通约的可能性却是客观存在的。

再看以谁为本根、以谁为母体的问题。陈伯海从社会生活现实角度进行论述：文论话语总是面对活生生的文学现象的，而文学现象又必然是人的现实生命活动的反映。但传统毕竟不能代替现实，更不能主导现实，它反倒要在面向现实和参与现实之中，使自己得到切实的传承与逐步更新。据此而言，构建当代中国文论话语自不能立足于传统，而只能立足于当代生活，这"是一切文艺现象得以发生的本原"。他又强调说，中国现代文论话语之所以不能当做本根，还因为从总体上看，它尚未建成成熟的理论形态，不足以支撑起一整套新的话语系统。古代文论、现代文论或新引进的西方及其他民族的文论，都只能为我们提供话语资源，而不能作为构建当代中国文论的本根。"本根仍然是当代中国人的生存状况和生命体验"，要"走兼收并蓄之路"，"中西古今互为体用"，或者说立足于"当代中国之体"。不但要用现代意识来观照和把握古代传统，也要从传统自身出发来反观外来的和现代的文论，"在这种循环往复的交流中便可能达到共同提高而使新的话语形态得到形成，由借语、学语到创语，由杂语、通用语、民族化语到全球化语"。①他强调，当今杂语并存，这些资源与当代中国人的生命体验发生内在联系，才是创建民族新文化的必由之路，并且具有全球意义。

如上曹顺庆、赖大仁和陈伯海诸位学者的争鸣文章都很有分量。他们从不同的视角阐述了我国古代文论、西方文论、现代文论的转化问题，各自有相当的深度。"中西异质"不等于中西文化不可以交融，中国文化的包容性、吸纳性不容怀疑。从西方化到中国化是历史的必然，失语不应当也不可怕。"个人化"话语的抑制形成一时失语，但只要立足于现实，不断获得新的生命体验，便有了破封建的根基，这种破也要包括对西方中心主义的否定。这些观点各异的争鸣，尚未对马克思主义在新文论构建中地位做出一致的肯定，但都体现了马克思主义唯物史观。

三、马克思主义与我国传统文化的亲和性

再回到马克思主义中国化、改造和吸收中国传统文化而建设中国先进文化的话题上，特别要探讨一下马克思主义与中国文化之间有许多亲和可融之处。

首先要说中国人的思维方式。一些西方学者认为，中国人的思维是一种"关联性思维"，许多中国学者也有类似看法，认为中国人的传统思维方式是一种"调和持中的态度"，或者是"实用理性"、"直觉法"、"象思维"等等，这些论断都从某一方面揭示了中国传统思维方式的特质，与西方人建立在主客分离基础上的思维方式显然不同。思维方式决定了中国人的理想世界一般而言是非超越的、现世的而非彼世的。这便是新儒学上所说的"内在的超越"。马克思主义源于西方却是对西方文化传统的一种反叛，是对西方唯心的、个人主义为中心的思维方式的否定。这种反叛和扬弃性否定却在某种意义上接近了中国文化传统。

---

① 《文史哲》2008年第5期，陈伯海文章。

还要看到任何文化都有现实性和理想性两个层面。当人们的现实生存发生危机之时，自然会突出现实性生活原则，方法论问题会被人们特别重视。而当现实问题得到解决，人们的信仰发生危机之时，理想性生活原则就会被突出出来，价值理想、人生观念问题会成为一个被大力强调的主题。五四以来马克思主义被中国人所接受，就是因为国人处于民族危亡的紧急关头。因此马克思主义中国化在起初便主要表现为指导革命的方法论方面的中国化。但方法论不是全部，马克思主义的完整的中国化还必然包含着人生境界、价值理想等方面。在经过半个多世纪的艰苦奋斗，人们的温饱问题得到了基本解决之后，为什么活着的价值理想、人生观问题就成为我们的重大理论课题。中国化马克思主义理应解决这些问题。

最为重要的是，我国古代儒家就有"世界大同"的理想境界，这可以看做是对人类终极目标的中国式憧憬。现在我国的马克思主义教科书中，除了将共产主义社会描述为生产力的高度发展和物质财富的极大丰富之外，"还大都特意加上了一条人民道德品质或精神境界的极大提高"[①]。仔细体味增加的这一条不难发现，其中仍有着用中国传统的大同理想理解共产主义的意味，即把共产主义理解为一种物质财富极大丰富的"君子国"。在当代马克思主义中国化进程中，中国式的理想境界终于被明确地提了出来，这就是"以人为本"，就是构建和谐社会。当和谐社会被理解为社会主义的本质规定时，它在很大程度上就是马克思主义理想社会的中国化，也便是中华民族共有精神家园的建设。这便显现了马克思主义与中国传统文化的内在亲和性和可嫁接性，也是马克思主义中国化在哲学层面上的可能性。再就是马克思主义科学社会主义的理论是为工人阶级、劳苦大众以及全人类解放的。这与我国自古就有的民本主义可以相通。"民为邦本，本固邦宁"、"民为重，君为轻，社稷次之"的思想，"修身齐家治国平天下"观念，这些在很大程度上已经为毛泽东思想所吸收运用而使马克思主义中国化的。中国传统文论中的"载道"、"济世"思想，也已融入毛泽东文艺思想中。这也便是中国革命成功的思想文化原因。今天，马克思主义正在以我国儒学等传统文化为自己的营养而发展，传统文化则以自己的文化元素滋养着中国的马克思主义，包括中国化的马克思主义文论。

马克思说："理论只要说服人，就能掌握群众……"[②]当前正在进行

---

① 《马克思主义中国化与民族精神家园》，《光明日报》2008年12月16日第11版。
② 见《新华文摘》2008年第17期第31页，王桂泉等二人文章。

中国马克思主义大众化的讨论和实践，这给马克思主义文论的普及和深化提供了时机。马克思主义大众化要普及化、通俗化、民族化，要有中国特色，结合人民群众的认知心理、思维模式特点、文化习俗，运用深入浅出的理论表达和文艺等多种形式与方式，这条生动活泼的普及之路就能走下去。在这方面，文艺家、文论家们足可以八仙过海、各显其能的。

四、马克思主义文论重新振作，中、西、马三者融合的必然

由建国到"文革"结束这一历史时期，打着马克思主义旗号的极"左"文论带来极大负面影响，使马克思主义文论蒙受了不应当蒙受的指责。矫枉容易过正。批判极"左"时曾经有人试图否定马克思主义，但他们无力真正做到。今天后现代派也无法否掉马克思主义文论，却从反面证明了马克思主义文论的真理意义。也不可忽视，他们那些偏激的理论毕竟也使一些人内心产生过对马克思主义的怀疑或动摇，于是使一些人言谈暧昧而不再旗帜鲜明。周扬曾经长期主政我国文坛，晚年对过去的极"左"言论进行了忏悔，但似乎他至死没有真正弄懂，批判了极"左"卸下了包袱更要理直气壮地肯定和发展马克思主义文论。当然周扬的一些理论贡献也不可否认。[①]从周扬这里，证明了马克思主义文论中国化需要付出斗争实践和时间的代价，甚至需要付出个人名誉和精神的代价。从20世纪90年代中后期以来，马克思主义文论研究重新回暖。曾经在80年代有些沉默的老文论家们，如前所述经过一段反思之后，在马克思主义文论中国化方面开始发出自己的声音，提出了许多令人信服的、具有本质意义和时代精神的新的理论见解。任何真理性的东西，在人们的理解和接受过程中都会是一条起伏的曲线，只要是真理就会最终被人们所承认和接受。哪怕它一时成为埋在土里的金子，但是还会被人们从土中挖出，擦拭干净，再次鉴定化验其元素成分，重新有效地运用起来。文论界要在马克思主义文论、包括毛泽东文艺思想中探幽发微，不断在与传统文论和西方文论的对比与吸收中进行思考和总结。

应当提到2008年底前全国马列文论研究会组织召开的马克思主义文论与21世纪学术研讨会议。会上认为，创构具有中国特色的马克思主义文艺学，是马克思主义文论中国化的重要内容。要适应时代的发展，要有当代文化视野，还要注意倾听实践的呼声，科学吸收一切有价值的理论遗产，

---

① 张同吾：《人性是永恒的文学之魂——读〈蒹葭集〉随感》，《文艺报》2009年3月12日。

正确理解西学、国学与马克思主义的体用关系，对一些最基本的理论观念进行梳理、综合与创新。中国马克思主义文论已经形成了强烈的实践性、鲜明的艺术功利目的和通过论争推进理论发展的基本特色。在各种西方现代思潮影响下，我国当代文艺理论建设要避免偏颇、失误和浅薄，就必须加强马克思主义唯物史观对文艺批评、理论研究、文艺创作、文学史书写的指导。

关于马克思主义文论研究的视野和方法，大家强调必须强化理论研究的问题意识和现实情怀，彻底改变知识陈旧、思想僵化和为新而新的做法。理论脱离实际，就背离了马克思主义最重要的理论特质和实践品格。要加强对马克思主义的整体把握，拓展马克思主义文论研究的思路和话题。会议还提出，对西方马克思主义文论中伊格尔顿、雷蒙·威廉斯和布达佩斯学派的研究要进一步深入，要探讨马克思主义文论与形式主义文论对话的可能性、西方马克思主义文论对新时期文艺理论发展的影响，以及身体美学、女性解放理论与马克思主义文论的关系等等。强调理论研究要走出"概念研究"的圈子，转化为面对文艺实践的"问题研究"。[1]在金融危机波及全球的今天，我们又一次认识到马克思主义的生命力，这已经成为我们反思现实的重要理论资源。我们完全可以参照西方马克思主义的一些观点，开启在研究上面对新问题、新征程。这次会议，比1999年10月的安徽会议、建国60周年前后的一些学术会议更为重要，因为它在更深层次上确立了马克思主义文论的主导地位和作用。

郭齐勇《中国儒学之精神》一书，表现出一种博大的心胸和宽广的理论视野。杨朝明、宋立林为之写的评论中，推崇郭的儒学与马克思主义、西方学术、诸子百家之学相互拥抱、互补兼容的主张，并且引用郭的话说："现在是开放与对话的时代，我作为新时代的儒者，一直勉励自己以开放的胸怀，接纳、促进新时代的诸子百家，促进古与今、东与西、中西马、文史哲、儒道释、诸子百家之间的对话……"他们都认为唯有如此，我们才会在文化上从容不迫，取长补短，健康发展。[2]过去都说孔子"信而好古，述而不作"，是保守的，现在看这不全面。张立文也撰文说，中、西、马正在对话，这仿佛是唐宋时期儒道佛三家互相交流。[3]李中华

---

① 《文艺报》2008年12月9日第3版，马克思主义文论与21世纪学术研讨会报道。
② 《光明日报》2006年7月26日第6版，评郭齐勇文章。
③ 张立文：《国学的度越与建构》，《新华文摘》2007年第9期。

说，当前文化上出现"国学热"是20世纪80年代"文化热"的继续。人们已经开始找回文化的自信，中国开始迈向文化自觉与注重软实力建设的时代。西方人也从20世纪90年代开始对自己的现代性进行反思，有识之士把精力转向东方，提出"思维方式的变革要到东方文明中寻找动力"。这与亨廷顿的"文明冲突论"，福山的"终极价值论"、"历史终结"论，"9·11"后美国的文化霸权主义、单边主义完全不同。面对文化霸权，各国警觉地提出了"文化多样性"、"文明对话"等概念进行对抗。我们的国学热表现了中国人从自己的文化资源中寻找动力的观念正在实践中普及。李中华认为，我们既不能回到过去"华夏中心"的立场，也不能任凭西方文化战略的冲击。新的文艺理论体系的建设不能走两个极端，应当是"吸收和消化其他民族文化的优秀文化成果。在当前最需要注意的是处理好中国文化与西方文化、马克思主义文化这三者的关系"。①

从五四运动以来，中、西、马这三股强大的思想力量在中国的作用最大，今天中、西、马三者之间仍然缺乏深入沟通与有机整合。我们要通过国学热，更加自觉地充分吸收一切先进文化成果，既不忘记本民族的地位、文化智慧，也积极对传统文化进行调适，使其成为新时代的思想文化资源，使中国在保持民族文化的认同中走向世界。无论如何，我们不能抛弃自己的，也不能不学习西方，更不能抛开马克思主义这个根本的指导思想。

事实上，马克思主义文论在理论和实践、主观和客观多个层面上已经成为我国文论体系建设的理论基础，是今后我国文论发展取之不尽、用之不竭的智慧源泉，也是我们长期跟踪研究的主要对象之一。事实上，正如前面董学文所言，凡是争论最多的焦点难点问题，几乎都可以从马克思主义中找到科学的答案。马克思主义文论既不会放弃自己的基本原则，也没有排斥文艺的多样性，而是强调自己的批判性与发展性的共时性存在。第三个事实是，中国传统文化具有巨大的包容性，而且中西之间自古以来就有过多次的文化交流与互补。学术上争论归争论，各种文化之间的对立是暂时的，交流互补则应当是长久的。一切外来文化都可以被中国人有选择地吸收改造。当然中、西、马的深层次融通需要一个历史过程，我们进行理论探讨的道路也还很长。

---

① 《对"国学热"的透视与反思》，《新华文摘》2007年第9期。

第三节　大胆地"走自己的路"

关于中国文论的现代化发展，本书前面引述一些学者说我国文论建设已经初具规模，但实际上它还只是一个大致的争议中的轮廓。张立文等提出的中、西、马三者融合的文化道路，是一条光明大道，但三者的关系好似平分秋色。"走自己的路"——学人们这种呼声意义深远。但自己的路怎么走，是放羊一样走，还是大雁一样飞？下面就让我们以这个话题探讨下去。

一、世纪之交的强音："走自己的路"

笔者以为，"走自己的路"是鲁迅精神、延安讲话精神的继续，是中国现代化过程的必有特色，这与中国社会政治经济变革的大格局基本一致。按照某些后现代的观点，文学与非文学并不是彼此分别的，而往往呈现你中有我、我中有你的关系。它不但与人文学科有关联，也与整个哲学社会科学有关联，所谓学术的"文学化"便是如此，更何况本书第一章就提到的文学艺术具有意识形态的特点，想抹也抹不掉它。那么我们从宏观上回望一下历史，可以看到老牌的英国发迹很早，进行过风起云涌的宪章运动，建立了自己的内阁，实行了君主立宪制，终于成为一个大英"日不落国"。但在贵族势力反扑的危急时刻，还是仰仗了更老牌的西班牙海军，否则可能走不下去了。法国是在19世纪连连内战中走上现代新途的，其战事之多、反复之大在西方乃为少见。德国呢，是被批判被反抗的容克地主们无奈之时，摇身一变成为支持和走向现代性的带头羊。太平洋东岸的美利坚呢，如果没有当年林肯总统发动的南北战争，它怎么能有称霸世界的今天？日本明治天皇，看到中国遭遇鸦片战争落后挨打，便大胆采纳精英意见，下诏实行维新变法，发展成为东方的"坚船利炮者"，反过来屠杀几千万人建立所谓大东亚共荣圈。

我们有自己的文化根脉，有反抗一切外辱、自我结束封建帝制的潜能，更能够"唤起工农千百万"，实现凤凰那样的浴火重生，选择确定了自己的前进方向，走出了一条自己的路。方式上，与英法美日各国有同有异，为什么我们进行革命就不应该呢？为什么文艺理论不能走自己的路？走自己的路，似乎在20世纪六七十年代就有人说过这样的话。到世纪之交，钱中文满怀信心地说："只有走自己的路，才能建立新的有中国特色的文学理论。20世纪的文学理论已进入亮丽的夕照与新世纪的晨曦中。"
他肯定地判断"即将来临的21世纪，将会是中国文学理论的新世纪！"①
不久朱立元也发表了《走自己的路——对于迈向二十一世纪的中国文论
建设问题的思考》，把"走自己的路"当做文题而成为一个响亮的口号。
朱在文章中概括出走自己的路的四句话："立足当代，古今对话，中西融
通，综合创造。"②他也否定曹顺庆的"失语症"，认为中国当代文论的
主要问题不在于话语系统，而在于同文艺发展的现实语境的疏离或脱节，
强调建立和发展新文论需要以现代文论传统作为优先或主要选择对象，而
不能以古代文论为本根。因为五四以来的文论经过长期的变革发展已经形
成了不同于古代文论而具有新质的传统，这个新质传统还将继续下去。但
朱立元没有说清五四以来现代文论传统，是指五四启蒙现代性理论还是延
安文论传统。笔者以为，他是将二者全都包纳的。

　　朱氏所谓"立足当代"，就是应当尊重我国当代文艺现实，尊重我
们当前所立足的而且仍然在发展着的现当代文论新传统。"路，就在我们
脚下。"我们无需舍弃当前而回到古代，也无需轻视中国当代文论的现实
而迷信西方当代文论，在人家的后面亦步亦趋。所谓"古今对话"，就是
在不断发展当代文论中不断寻求古代文论的现代转换，吸收今天能够适应
的东西。所谓"中西融通"，就是应继续学习和运用西方文论，像鲁迅一
样全方位地实行"拿来主义"。"只有从现代文论新传统出发，一手向外
国，一手向古代，努力吸纳人类文化和文论的一切优秀成果"，才能形成
我国当代文论。近年来，童庆炳也在《〈文艺学与文化研究丛书〉序》中
提出"文化研究应该走自己的路"，强调"我们大可不必走西方那种以一
种方法取代另一种方法的路子"。所谓"综合创造"，就是努力寻找到中
外古今双向对话和交流的"契合点"，促成当下文论视界与西方、古代文
论视界的相互渗透与融合。③在文章的最后，朱判断说："在我看来，新
世纪的文艺学只要立足于马克思主义唯物史观这个根基，其理论形态应是
多元的、有个性的、丰富多彩的，而不是单一的、千篇一律的。"又说只
要我们文论界同仁共同努力，"立足现代，放眼未来，汇通中西，融合今
古，大胆创新"，21世纪的中国文艺学一定会出现百花齐放的春天，定能
站到时代的前沿领导文艺的新潮流。这篇文章明确地强调了要以马克思主

---

①钱中文：《文学理论：在新世纪的晨曦中》，《文学评论》1999年第6期。
②③《文学评论》2000年第3期。

义唯物史观为根基。钱、朱、童三人的文论发展观念颇有学术价值。但马克思主义文论自身还很有继承和实践价值，只遵循唯物史观那是起码的，却是不够的。

在研究方式上，还有李衍柱主张未来文论研究要效仿朱光潜、宗白华和钱钟书三位大家。认为朱的"移花接木"方式，宗的"东西今古、融会贯通"方式都是示范；而钱的"打通法"，又是把古代、现代和当代打通，将国界打通，将各种艺术打通，将文史哲打通，还有他创造的"阐释之循环"方法，包括中西阐释互相循环，古今阐释循环，个别、局部与整体阐释循环等。①这些对我们都有一定的启迪作用。陶水平又提出，从现代性思考出发，建立"科学——伦理——艺术"的三维结构的理论构架来给当下社会文化归位。的确，不少人在文论研究的思维方式上早已走出了非此即彼的误区，转而建立了与中国传统思维方式相关联的交融性思维。

总之，"走自己的路"，已经成为后现代派之外大多数文论家们的共识。但是文论发展不能群龙无首，要有发展的主导。没有主导的理论是方向模糊的理论。

二、走自己的路——以马为主、以中为主、以今为主

我们要看到朱立元"走自己的路"的四句话的缺陷，要克服关于"中西马融合"理论的不足，明确中西马三者的主次关系，确定马克思主义文论在我国文论发展中的主导地位。现在我试把这些关系概括为三句话：以马为主、以中为主、以今为主。

关于"以马为主"，其理论依据和法规政策依据是很充分的。毛泽东早在延安时代就提出的"指导我们思想的理论基础是马克思列宁主义"，新中国成立后的宪法和各种政策中都已有明确规定，这是我们的常识。文论家们不能漠视和否定之。

关于"以中为主"的理论依据是，毛泽东在1956年同音乐工作者谈话中说："国人还是要以自己的东西为主"、"艺术上'全盘西化'，被接受的可能性很少……"周恩来则说"洋为中用，以中为主"②。今天曹顺庆又提出"中西异质，以我为主"，冯远在费孝通"各美其美，美人之美，美美与共，世界大同"基础上提出"和而不同，美美与共，以我为

---

① 李衍柱及以下等人语，见《文学评论》2000年第4期。
② 见《光明日报》1977年1月21日。

主，对我有益"。①笔者以为，大家习惯上说的"以我为主"，实质上是"以中为主"。习惯的说法仍可使用。如果从当代中国的某些现实语境上看，"以我为主"在内涵上也可以兼及"以马为主"。

关于"以今为主"，毛泽东、周恩来等都提过"厚今薄古"。毛泽东还提出了"古为今用，洋为中用"，周恩来又说演古代戏是"以古为鉴，而不能以古代今"。窃以为，"以今为主"也即"当代为主"，与朱立元所说"立足当代"含意基本一致。

（一）"三个为主"的本义和内涵

我以为，"三个为主"是文艺科学发展观的本义。它们又有各自的本义和特定的内涵。

（1）"以马为主"的本义和内涵

文艺理论发展的"以马为主"，就是要以马列主义、毛泽东文艺思想即中国化马克思主义文艺思想为主导，实现"多元一统、主导多样"。

我们首先要进一步挖掘160余年来马克思主义者、各个时期马克思主义文论家们的论述，要寻找发现和确认这些有时代意义的言论、理论的价值。在我拜读文论百家之后深深地感到，虽然古今中外各种主义多如牛毛，却都根底不深，达不到马克思主义文论的开阔、深邃和犀利，对社会历史和人的精神的文化穿透力不足。一些主义是在文化圈子之内热闹一时就自生自灭的，有许多主义是微观的、行业的、分支性的、交叉性的，还都是相对狭窄的理论，与马克思主义理论体系相比有似大树小树的不同，也有似树叶、树枝与树干的不同。但我们也决不搞马列代替一切。

我们当今正在建设的小康生活、和谐社会仍然是一种阶级社会，整个世界也不安宁。文化渗透在威胁着我们。不再以阶级斗争为纲，但我们也不能娱乐至死。学术研究不能以远离政治和现实为美，以表现社会现实为耻。"距离论"——拉开时间距离，文艺现象可以，但不能与现实隔开了。一些学者主张学术中立，中立也要有个尺度的。千万不要书斋化、课堂知识化。问题意识会大大带动学术发展的。创作本体论上，要明确提倡挖掘内心世界和关注社会现实的二者统一。要明确主导而顺应历史的主潮。有的西方马克思主义者提出不用马列主义概念，只用马克思主义，但我们内心不能扔掉列宁主义。

---

① 《光明日报》2009年3月26日，冯远文章。

改革开放后，一些人很希望文艺文论"三不管"而成为所谓"净土"，那是不现实的。我们仍然要保持环境宽松，保持一定的包容精神，让文艺的空间依然广阔。但要在文化多元化的情况下实现"多元一体"，防止无政府主义，绝对自由主义，否则"主导多样"也就难以实现了。对于攻击马克思主义的文论也不能听之任之，该争鸣反驳就不能失语。从而实现有主导的多样，百花齐放、百家争鸣，却活而不乱。

（2）"以中为主"的本义和内涵

以中为主，本义是以中国历史文化传统精神和社会现实生活为主。这里有土壤、地基，有宿根和时代新花。

一是要弘扬和发展我国传统人文精神、革命文艺精神。我国传统的人文精神核心是"天人合一"、"厚德载物"、"和而不同"，是"文以载道"、"先天下之忧而忧，后天下之乐而乐"。传统人文精神包括《诗经》以来的民族文化传统和五四以来的现代人文精神。要承认和维护1840年鸦片战争以来中国革命中形成的各种具有民族自立自强意识和人民性的作品和文论，包括关于鸦片战争、辛亥革命、抗战、解放战争、抗美援朝战争等等的经典之作都不容否定。反映我党28年革命斗争和建国执政60余年的宏大叙事，人的启蒙反思极"左"危害之作和文论，都要继续提倡。

二是不要西化，不要西方中心主义，不要脱亚入欧，而是要以我为主地实行中西合璧、融通一体。西方优秀的东西可以为我所用，但不是任由他们输入，而是我们主动地有选择地拿来，切开分析化验，继续反对生吞活剥，一股脑儿吸收。这是提取性的化西，为我所用。要明白中国的月亮有圆有缺，所以也必须警惕国粹思想、排外主义。

三是弘扬和保持我国文论的中国特色、东方特色。文艺理论评论的中国作风、中国气派，当今阐释应该具有民族性、人民性、民主性、现代性和世界性。前面提到，别林斯基强调人民性与世界性二者必须统一，就要按照中国的传统和现实研究现代性、世界性问题。"面向未来、面向世界、面向现代化"，就是强调中国特色社会主义文论的现代性、世界性，我们也深信，中国文艺能够现代化，能够走向世界，而且必然会影响世界。

（3）"以今为主"的几点内涵

今天的中国，今天的国家发展现实，今天的中国城乡生活，充满着时代的阵痛与东方式的奇迹。带着追踪意识和问题意识去研究今天的现实与文学艺术，是文艺理论批评界的光荣使命和义务。要正确处理中西文化的关系，也必须正确处理古今文化的关系。食洋食古都必须为了今天和明天。因此，"以今为主"的本义、内涵主要是三个方面：

一是倡导社会主义核心价值体系。要在各种世界观、人生观、价值观中，坚持以弘扬核心价值体系为主。如前所述，核心价值体系包括作为党和国家指导思想的马克思主义，中国特色社会主义共同理想，改革开放的创新精神，以爱国主义为核心的伟大民族精神，及"八荣八耻"的社会主义荣辱观。学者们不要回避这些而去搞"普世哲学"。必须巩固和发展阵容强大的马克思主义文论队伍，开展多方面的文化战略研究。

二是以反映当下现实生活为主，具体说来是反映社会主义初级阶段的复杂生活为主。这包括研究时代的宏大叙事和微观描写、各行各业的平民与英雄的生活，展示我们社会发展的主流，表现人性的真善美，特别要加强对人们市场经济条件下的人生选择、思想嬗变与升华的引导。这些应当是文论家与文艺家同在、同行，谁也不能失语，不能总是跟不上。

三是对待历史厚今不弃古。我们首先要厚今，这就是前面强调的文艺反映社会现实、文艺理论肯定和反映现实生活为主。我们还要大力继承和吸收古代优秀文化遗产，这包括历代精英名家的作品和文论，乡野草根的民间文艺及其研究。当代的文论家们主要精力放在了古今精英身上，只有占比例很小的民俗学家、人类学家、民族学家和社会学家才研究民间创作。国学专家学者们虽然大多认为古代典籍和民间文化都属于国学，但他们的精力也还没有放到民间方面。这是一种不平衡、不合理。要通过对历史题材的创作研究评价弘扬我们民族几千年来经磨历劫而不泯灭的伟大精神、民族精神根脉与发展动力。以为实现社会发展、治国安邦、人的全面自由发展提供历史经验。文艺理论家和作家艺术家一样，都要亲民爱民恤民，也要提民气而不要泄民气，要提民神而不要毁民神。五四时期的文论很大程度上是崇西贬古、厚今弃古，是去中国化，那是先贤们的历史局限，也是五四新文化运动的一个缺陷。但如前所述还是把五四现代文学传统归入整个中国文化范畴为宜。固然有说不完的五四，却也有说不完的古今，说不完的改革开放，说不完的中华。

我们要"三个为主"地科学地走自己的路。要在这种思想高度上，树立创新意识、精品意识、对外意识。还要有一定的市场意识、读者意识、智力提供意识，实现朱立元所说的"综合创新"。

（二）"三个为主"地走自己的路的前景

我们要在马克思主义文论指引下，全面开展创作竞争、批评和理论探讨争鸣，形成创作与批评、批评与理论、理论与实践的综合平衡发展。要加强学科内部研究，也要加大外部研究力度。要研究中国作品和展演"走出去"与扩大内需的关系，在适应和扩大文化内需的基础上大胆将我国文艺作品、理论研究成果对外进行辐射。有文化包围就要有反包围，有建围城就要有破围城。我们已经用中华文化影响和感召了成千上万的外国人，对西化分化的战略进行着对抗和破解。当前汉语热和汉语教学人才的短缺现象则使中国人感到自豪。而文论界，主要是现当代文学界的自卑观念较重，畏怯心理还相当普遍。有的以为自己的文学理念很先进，以为过几年就要引领中国文学潮流。那是一种错觉。有人埋怨中国有个主旋律，其实各国都有自己的主旋律。没有主旋律的国家就不成其为国家，没有主旋律的民族就不成其为民族。这个道理谁都懂得。我们没有必要自卑，在经济、政治上我国一直在大胆对话，文化上也要抖起精神来寻求国际平等对话的机遇。

当前我国文论界对文学、电影、电视、戏曲等各个文艺门类都在进行着理论探索，都在艰难地走自己的路。在方法论上，除了前面提到童庆炳、叶舒宪诸位观点之外，还应当关注党圣元《新世纪文论转型及其问题域》一文，党氏认为我国新世纪以来的文论研究以理论创新的姿态前进，经过了十年转型之后看，当下的文论研究在学术理念和方法论意识方面已经发生了重大变化，在不断论争中出现了许多新的焦点式的问题域。他认为审美现代性、日常化，生态批评与生态美学、大众媒介文化及其后果和文论转型与文学史理论建构是当前四个较大的问题域。于是提出"边界逾越"的理念，认为这种边界开放便是在政治、经济、文化之间，区域之间、知识与经验之间、民族文化之间、科技与人文之间、哲学社会科学各学科之间实行边界交融。其依据是拉什、厄里的《符号经济与空间经济》中关于"经济日益向文化弯折，而文化也越来越向经济弯折"的观点，认为这同样适用于其他方面的边界开放和交融。党氏进一步提出：在全球化和跨文化色彩之下要把握好全球化视野和本土化立场之间的关系，处理好跨学科研究与坚持文论自身学科立场之间的关系，在现代语境和技术现代性、经济现代性内在分裂与交互中重新审视审美现代性，以及中国文论转型的范式总结和概括。其范式又有媒体本体论范式、消费主义范式和生态主义范式。①党氏的问题域研究充满着辩证唯物论色彩，彰显着传统和合思维，表现出一种文化契合精神。我们可以借用这些理论范式，以"三个为主"的精神，去试作新时代的文论研究，将克服西方传统现代性理论之弊，克服后现代理念的负面作用。

第四节　克服新教条主义，开展思想大解放、文化大启蒙

理论上的教条主义，在本书前面重温经典、批判极"左"、提倡新现实主义等章节中就不断涉及。在这里想从实践的角度再做一次重点分析，意在找到解决教条主义问题最有效的途径。

说来教条主义像是一个精神无赖，它特别青睐那些懒于思考和缺乏实践的人。我们新老文艺家、文论家切忌把马克思主义创始人在特定历史条件下作出的个别结论僵死化、凝固化，而应当根据不同的历史条件创造性地加以理解和运用。

一、新老教条主义必须休息

那种只知背诵马克思主义词句，把马克思主义个别结论神圣化的教条主义态度，不但违背了马克思主义，而且是马克思主义的大敌。毛泽东在延安的一个报告中就强调："洋八股必须废止，空洞抽象的调头必须少唱，教条主义必须休息……"②其实马克思早就告诉我们："人的思维是否具有客观真理性，这不是一个理论问题，而是一个实践问题。"③恩格斯也说过："我们的理论是发展着的理论，而不是必须背得烂熟并机械地加以重复的教条。"今天的邢贲思则评价说："这是马克思主义创始人关于怎样对待马克思主义的权威论断。"④马克思、恩格斯一贯反对把他们的理论当成教义、教条或现成的公式，反对"按照它来剪裁各种历史事实"，要求人们把他们的理论与各国的具体实际结合起来，强调"这些原理的实际运用"，"……随时随地都要以当时的历史条件为转移，反复告诫人们应该把这一理论应用于本国的经济条件和政治条件"。列宁则说，

---

① 《新华文摘》2009年第19期。
② 《反对党八股》，《毛泽东选集》第3卷，人民出版社1966年版。
③ 《马克思恩格斯选集》第1卷，人民出版社1972年版，第16、17页。
④ 见《求是》杂志2009年第5期。

"对具体情况做具体分析"是"马克思主义经济学的精髓"和"马克思主义的活的灵魂"。还举例解释道，"具体地说，在英国不同于法国，在法国不同于德国，在德国又不同于俄国"。①毛泽东又说，要"学会把马克思列宁主义的理论应用于中国的具体环境"，"使马克思主义在中国具体化"，"使之在其每一表现中带着必须有的中国特性"。②

邓小平提出了解放思想、改革开放的战略方针，并且强调"实事求是马克思主义的精髓。要提倡这个不要提倡本本，我们改革开放的成功，不是靠本本，而是靠实践，靠实事求是"。他又说，"我坚信世界上赞成马克思主义的人会多起来的，因为马克思主义是科学，它运用历史唯物主义揭示了人类社会发展的规律……这是社会历史发展不可逆转的总趋势，但道路是曲折的"。③1989年5月16日，邓小平在会见前苏联领导人戈尔巴乔夫时说：马克思和列宁不能承担为他去世以后五十年、一百年所产生的问题提供现成答案的任务"，"真正的马克思列宁主义者必须根据现在的情况，认识、继承和发展马克思列宁主义"。④胡锦涛也号召我们一切从实际出发，理论联系实际，实事求是，在实践中检验真理和发现真理，在改革开放实践中坚持解放思想和实事求是的统一。"自觉把思想认识从那些不合时宜的观念、做法和体制的束缚中解放出来，从主观主义和形而上学的桎梏中解放出来……"又说，"中国未来的发展也必须靠改革开放……我们既不能把书本上的个别论断当做束缚自己思想和手脚的教条，也不能把实践中已见成效的东西看成完美无缺的模式。我们要适应国内外形势新变化、顺应人民新期待，坚定信心，砥砺勇气，坚持不懈地把改革创新精神贯彻到治国理政各个环节……"⑤

对于文艺界，毛泽东在1942年延安文艺座谈会上指出："文艺界中还严重地存在着作风不正的东西，同志们中间还有很多的唯心论、教条主义、空想、空谈、轻视实践、脱离群众等等的缺点，需要一个切实的严肃的整风运动。"也批评了"文学教条主义"和"艺术教条主义"。改革开放之前，邓小平倡导了关于真理标准问题的讨论，就是党对教条主义、

① 《列宁选集》第1卷，人民出版社1972年版，第274、275页。
② 《毛泽东选集》第2卷，人民出版社1966年版，第534页。
③④ 《邓小平文选》第3卷，人民出版社1993年版，第382页、291页。
⑤ 《人民日报》2008年12月19日，胡锦涛在党的十一届三中全会30周年纪念大会上的讲话。

本本主义的新一轮大规模的批判。

今后坚持马克思主义基本原理同推进马克思主义中国化结合起来，就要坚持反对和克服各个时期、各种问题上的各种形式的教条主义，大力推进实践基础上的整合性理论创新。当前，文化界、文艺界也客观上存在着各种不合时宜的思想和理论上的教条主义，仍然是把马克思主义经典作家的文艺论述当成了教条。个别人错误地认为马克思主义中国化是对马克思主义的歪曲，已经"走了样"。这又是一种糊涂的教条主义、本本主义和文论上所说的本质主义。持有这些主义者有时什么主义也不信了，这可能演化成为一种文化虚无主义。不要忘记，学习运用马克思主义与机械地教条地搬用之，二者之间的界限就在于是否经得住实践的检验。

二、提倡两种思想大解放

关于解放思想的指向，过去一直是针对保守僵化者的。今天，我看很需要进行两种思想大解放。不仅保守僵化者需要思想大解放，学西学洋者也要进行深入的思想大解放。

（一）保守者的思想大解放

当前，文艺界、文论界重理论、轻实践、闭门造车、脱离现实和实际的问题很不小。有些是从20世纪革命战争时期的老教条主义转化为改革开放时期的新教条主义，是传统文人脱离实际又传染到当代文艺界、学术界，新人新队伍又脱离群众与实际，形成了教条主义代代相传的不良现象。一切保守思想的根源就在于脱离实际。国门大开，时代变了，而思想行动跟不上、文艺观念跟不上的情况总是有的，但要迎头赶上。做边缘人物、过时人物，写边缘文章、过时文章，实际上是精力和才情的浪费。新一代文论家学历高、书本专业学问多，但大多仍然缺少社会实践的长期考验。我们必须正确对待当今如火如荼的市场经济发展，正确看待与中国传统文化进行了结合的马克思主义文论，正确看待一批作家艺术家有机地吸收西方某些主义形成的文化创新。特别要像梁鸿那样要不断地深入变化中的生活现实，取得评价作品、理论创新的资格和发言权。若不能正确对待和做到这些，就真可能成为新世纪的书呆子、新古董了。本书在上一章就提倡评论家走出去，这里再次呼吁：文论家要与作家一样，走出书斋、走出校园，更应该学习记者们去"走、转、改"！

（二）学西用西者的思想大解放

在20世纪80年代初期西方现代后现代主义汹涌澎湃而来时，那些敏锐地吸收西方文化大胆进行小说、戏剧、影视创作和热心介绍西方理论的人们是有功劳的，也曾经被认为是先进文化的代表。但这些人也往往看不起马列和国学。其实他们不是生活于西方，只是接受一些洋东西，却有些华而不实、脆而不坚。因为他们大多对西方社会历史并不了解，未得西方文化之神韵。可以唬住一些中国人，但在外国人眼里并不新鲜。中国的发展事实证明，中国不能全盘西化，只能适当吸收外来优秀的东西。我们利用中西交融的方法进行的文艺创作和理论研究已经出现了大量新成果，而完全照搬西方的创新普遍没有赢得中国读者和观众，这就需要学西用西者们清醒一下，走出全盘西化的思想误区。可是一些人已经在洋路上走了30年，与马克思主义、中国传统文论隔离、断裂了30年，自己已是"知天命"的小老头了。虽然他们在实践中也开始意识到完全西化在这个古老国度里很难行得通，但让他们进行思想转轨，去学马列、学国学，又在感情和行动上不情愿、不适应。一些"70后"、大多"80后"和"90后"，一上手接触的就是后现代观念、西方人生哲学、生活方式，与马列和中国传统基本绝缘。那么他们就更应当在生活现实和创研实践中检验自己的人文和学术理念。其中一些人已经被西方文化洗了脑，精神上已脱中入欧，没有大的触动是难以思想转轨的。但大多数一定会顺应时代潮流，横跨中西，兼收并蓄。他们应当能够自觉地转变文化立场进行思想解放。所有肯于转过头来学习马列和祖国传统的人们，便是明智的"思想者"。学贯中西马，知识结构才真正合理，他们才可能在文坛上做出重要贡献，甚至成为大师。

三、进行三种文化大启蒙

（一）继续进行西方文化启蒙

五四时期西学东渐，早期知识分子用西方人文主义来批判我国封建主义，批判旧礼教、旧人伦和旧的婚恋观念，这无疑是十分必要的。他们通过诗歌、小说和学术文章宣传人权，张扬个性自我，对于当时中国青年思想的启蒙作用极大，特别是当时大小知识分子纷纷投身革命，都与五四人文主义启蒙紧密相关。这些人在革命根据地或敌占区参加革命活动，在抗日烽火中建功立业，都已经成为自我价值的实现者。抗战既在一定程度上打破了个人发展的思路，又在更大程度上为成千上万青年的精神解放，包括妇女解放、个人价值实现开辟了一条重要渠道，使他们的思想解放、理想目标实现与民族利益紧密结合在一起。正如《青春之歌》、《战火中的青春》中的主人公们那样，从城市来到农村，改变了原来的自我设计而在革命中产生了思想的升华。这是中国化了的人文主义精神。我们不要把五四个性解放与民族解放看成一对绝对矛盾，形成自己认识的误区。有的人总抱怨抗战改变了启蒙的路线，客观上是对革命的否定。就此试问：你们谁知道当年没有投身革命的青年知识分子都实现了怎样的自我呢？是一辈子有福有寿、享尽天伦，是一生为社会贡献多多，还是做了大官、发了大财或平平安安地了此一生，还是做了逃亡者，当了汉奸？他们是那个时代的主流还是边缘人物？我们不要总用那时西方传统现代性启蒙理念套那段历史，也要懂得革命实践这种现代性。最近，王治河、樊美筠写出《第二次启蒙》，就是要超越以前的启蒙，防止"我"的失序和把人引入绝望。

我们还必须继续从西方"拿来"。西方哲学和文论、西方文艺经典都要学。因为我们头脑中还有不少封建意识，现实生活中还有实现人的全面自由发展的巨大阻力。面对新世纪国家现代化进程，个人精神解放任务还很重。许多中老年人不用说，大批青年人的头脑与我国现代化要求的距离也还很大，个人的社会作用发挥程度还很低。好在西方文艺经典已成为当代一批作家的重要借鉴，使他们走上了新台阶。但这种学习借鉴面积不够大，还必须大力扩充这种学习队伍，让人们在思想启蒙和创作借鉴上双双受益。

（二）继续推动马克思主义启蒙

整个当代中国，还必须进行马克思主义大众化，包括一定范围的马克思主义文论大普及。因为马克思主义传来之后，对我国指导作用最为明显有效的就是改变了中国人的精神面貌，在反帝反封建的长期斗争中，在革命队伍和城市、农村、学校、媒体单位中实现了一次规模宏大、历时长久的马克思主义大普及大应用。意想不到的是革命文艺的惯性造成了极"左"思潮，致使一些人对马克思主义产生了误解。经过30多年的改革开放，纠正了极"左"而又无选择地接收西方文化，包括现代后现代思想。之后对比来看，马克思主义确实有它的真理性价值，从而自觉地校正了自己的创作方向，重新向马克思主义靠拢过来。这是一个不争的事实。老年文论家们受到过前苏联和我国极"左"文艺思想的影响，或整过人或挨批挨整，今天都需要坐下来重新阅读和理解马克思主义文论，也值得针对过去和今天写写文章。因为过来人的生活体验历来很珍贵。一批中年文艺家、文论家，固然受前苏联影响较少，但他们的创作准备、文论功底基本上是西方非马克思主义的，对马克思主义比较陌生。当前刚刚步入文坛艺苑的青少年们，由于我国文教体制和文艺人才培养方式上的原因，他们很大一部分没有机会接触马克思主义。上过大学的青年新秀对马克思主义也只是作为知识来学习，由于这些理论时代遥远，接受上时有费解，却又只要考试合格便放下它了。20年前开始的新概念作文、校园文学、青春文学等等，多是在后现代思潮影响下突出个性张扬，更是先天不足地缺乏社会历史感、责任感。以上三代人对于马克思主义的疏离症，严格地说后两者更是一种营养缺乏症，今天一定要治疗之、弥补之。中青年们必须自觉地学习弄懂一些马克思主义基本原理和主要文艺观点。当前全国进行马克思主义大众化教育，文艺界、文论界自身的学习必须跟上。不要认为马克思主义文论只是理论家的事情，实际上也是我们自己的事情，懂得多少可以有差别，但有关普及性学习一定要进行。我清楚文艺界普遍讨厌政治学习，所以就不要"灌输"，要创造联系实际的读书学习讨论的文化氛围，个别人对马列有误解或抵触情绪也会从众而行。哪怕只记住了三五句，理解了一两点，就很可能使他们进入一个马克思主义高度的精神境界，从此与马列有了感情。

（三）大力开展中国传统文化启蒙

新世纪前后的国学、新儒学话题在旷日持久地争鸣着。从中我们可以看到，一些人把国学、新儒学当做国粹来看待，这既有它积极的有益的一面，是对来自西方的文化冲击的对抗，也有消极的对外来文化的拒绝势头。但大家对中西两种文化吸收的"度"很难把握，很多争论的意见没有马克思主义的理论根底，缺乏对中西马三者的融通意识、整合意识，说来说去是各执一端而互相顶牛。在这场争论中，我们可以看到国学研究者的文化自觉意识在明显增强，从内心早已驱逐了西方中心论。这和文学界的情况有些相反。如张立文诸公所述，国学、儒学都是值得重新进行扬弃性继承和进行通俗化普及的。因为从五四以来传统文化断裂，许多人不懂自己本土文化却感觉良好，有时他们好像越敢否定传统文化就越先进、越高明。现在全世界掀起了本土化抢救保护的高潮，我国大批社会学、民俗学、人类学、民族学以及一批文艺理论学者参与其中，一批文艺家也积极挖掘运用民族文化。他们对五四极端、激进的口号和提法进行了反思，认为五四的一些口号给中华优秀文化的保护发展造成了无可挽回的损失。这是大家在重新审视、重新评价五四运动得与失的科学思维活动。但是也有个别人要从根本上否定五四，这是又一种偏颇。

　　我们许多文艺家文论家没有条件去学习研究中国古典，也有的担心传统文化会对现代化进程产生副作用。这要看五四时期依据的西方的现代性是否符合中国当今弘扬核心价值观念的需要。当下，相当一批中小学和幼儿园已经开始了读经诵诗活动，比中央电视台《百家讲坛》于丹讲经的火爆还早。在山东曲阜孔子的故乡、邹城孟子的故乡，在古城西安和新兴的石家庄教育系统，每年的读经诵经比赛热火朝天。这已是地方政府、教育部门领导直接主抓的师生文化活动，目的是让那些从小只知道必须满足个人要求的小皇帝、小公主们懂得感恩，尊重和感激父母、师长，懂得正确对待自己的学习，正确地树立人生理想，使他们的个人生活理念与家庭、社会、国家联系起来。这是对西方式个人主义启蒙的一种校正，对传统的东方式文化启蒙的一部分复归。当前英语的刚性普及和民族传统文化的教育二者并不对称。这首先是中国人自己造成的。当前，娃娃们在课堂上学习课本，课下学习古代经典，我们的作家艺术家、文论家们对此又作何种感想呢？经过我的调查，看到绝大多数文艺界人士对国学的弘扬、学生诵读古典活动的开展是肯定的。前面提到写自由体新诗的人们也开始注重继承传统诗词的意境理论，这是他们树立了文化自觉，是文化断档的重新建档。作家中的二月河、王朝柱、熊召政、邵钧林、高满堂等热衷于历史、革命历史题材创作而屡屡出新，无意中又带动了一批具有历史唯物主义立场和观念的评论家。

　　从中国人、中华民族的文化立场来说，现在我们的文艺队伍不是国学水平过高了，相反地却是远远不够。大家的知识谱系中，民族文化的比重、现实生活的比重太小，而外来的东西占据头脑的地盘过大。正常的情况应当是：中国的比重较大，外国的比重较小，而且有马克思主义的理论鉴别能力。让我们一起来补好国学这一课。这对于中青年来说将会受益终生。要实现中西马三种文化的有机融通，形成中国文化现代化，没有中青年的这三种启蒙或补课是不可能实现的。

　　上面我提出两种思想大解放和三种文化大启蒙，既不是极"左"思想对外来文化的排斥，也不是国粹主义的保守态度，而是客观的科学的理论态度。不是折中主义，而是倡导马克思主义文论为指导的中外文化之间的平等，是提倡它们的综合性吸收。这个问题在本书第一、二章就开始涉及，到此应当说得比较清楚了。

第五节　关于重写文学史问题

先后见到陈晓明、孟繁华、童庆炳等人的新中国60年文学史，现在又得知严家炎主编的《二十世纪中国文学史》公开出版，便欣然于他们对当代文学史研究兴趣之高，著述态度之严谨。关于重写文学史的讨论则是从20世纪80年代末开始，至今已经20年了。当时主要是关于对五四以来到"文革"结束大约60年的文学如何再评价。也涉及"文革"前被批判过的文学史、极"左"的文学史。要改革开放，解放思想，正本清源，自然要对这些重新进行审视。又因为受西方意识形态和后现代主义影响，大家从讨论五四启蒙、抗日救亡和新中国文学而渐渐涉及文学内部和外部的诸多问题，包括文学的传统与现代、改革与保守、启蒙与救亡、审美与政治、精神与物质、精英与大众、真理与游戏等等都成为大家反复争鸣的内容。近几年又加上了改革开放30年、建国60年文学发展的回眸与总结。最引人注目的一直是关于对知名作家作品和文学思潮的肯定与否定、批判与翻案等。文学史写作历来都是将作品经典化，也往往在陈述过程中形成作者的观念史。总结历史的经验教训，向读者昭示今后文学发展的方向和道路，那么文学史重写也是以史为镜。所以本书讨论社会主义文艺理论体系建设，便离不开重写文学史这个话题。

一、关于重写现当代文学史的早期研讨

在20世纪80年代，随着批判极"左"文艺路线的深入，要求重写现当代文学史的呼声日益高涨，成为当时许多作家、文论家关注的一个焦点。1988年《上海文论》杂志第4期开辟了《重写文学史》的专栏，每期由陈思和、王晓明二人主持点评，向读者阐明文章的要点和编者的意图。他们首当其冲地重评了"赵树理方向"和柳青的长篇小说《创业史》。陈王二人在"主持人的话"中说：开这个专栏，"希望能刺激文学批评气氛的活跃，冲击那些似乎已成定论的文学史结论，并且激起人们重新思考昨天的兴趣和热情"。主要目的"是在于探讨文学史研究多元化的可能性"，给行进中的当代文学以"一种强有力的刺激"。戴光中《关于"赵树理方向"的再认识》一文中，批评1947年以前晋冀鲁豫文联提出"向赵树理方向迈进"的口号"违反艺术创作规律，仿佛是把步兵操练的规矩错搬到了文学世界里来"。戴光中说赵树理是个农民化的知识分子，内容上

提倡"问题小说论",艺术上则主张"民间文学正统论","自然成为不折不扣的功利主义者"。这是因为赵树理把自己下乡发现的写作主题叫做"问题小说",所以批评赵树理是"工具论"者,又批评赵树理面向文盲半文盲的农民写作、运用农民喜欢的口头文学方式、有"强烈的农民意识和艺术上的民族保守性"。时过二十几年后来看,运用口头文学形式和语言写作是一种文化继承。赵树理当时要求文学为农村工作产生"速效"太"左",但创作贴近农民本没有错。作者戴光中站在知识分子立场点说农民,很有挑剔之嫌。这篇文章连毛泽东《讲话》一块批评否定了。另一篇是宋炳辉的《"柳青现象"的启示——重读长篇小说〈创业史〉》,批评当时"回归十七年"与文学主体性理论相悖。《创业史》就是"十七年"写农村合作化运动,每个人物却被以阶级阵线划分为"左、中、右",每个人物塑造都是精心设计的,失去了"偶然性和独特性",造成了人物性格单一化、配置类型化和情节安排的程式化。柳青用梁生宝、徐改霞等人物形象图解政治,但又缺少政治敏感,新版时加上了批判刘少奇的内容。认为柳青落户于陕西长安县皇甫村深入生活也是显现了一种"局限性"。现在看《创业史》有图解政治之嫌,但仍然不失为一部农村合作化的标志性史诗。柳青在皇甫村住到老死,这是无可厚非的。

该刊1989年发表了关于长篇小说《青春之歌》和《山西"山药蛋派"艺术选择是与非》两篇长文,陈思和二人便在"主持人的话"中说:写革命历史和农村合作化是20世纪五六十年代小说创作的两大主潮,从本质上说这两大题材都没有摆脱"文学为政治服务"的使命,从而强调文学的审美意义。后面在杨朴的《桃花谢了春红,太匆匆——由〈青春之歌〉再评价看革命历史题材创作的局限》一文中,认为《青春之歌》主人公林道静的性格发展缺乏逻辑的力量,使心理的辩证演变简化为"没有桥梁的跳跃式过渡"。作者引用鲁迅《小小十年·小引》中说的"从本身的婚姻不自由而过渡到伟大的社会改革——但我没有发现其间的桥梁",进而认为这个人物距生活实际有较大距离,作者拔高了人物形象和为阶级斗争服务了。还提到这部作品在1959年遭到过批判,被认为是"小资产阶级的自我表现"、"没有认真地实际地描写知识分子改造的过程"。这是从文学回归自身的审美的角度来看,认为作品的真实性、人物塑造的艺术性缺点明显,留下了不敢过于真实地描写当时女学生投奔革命生活实际的遗憾。关于"山药蛋派"的再评价,也点出了它的局限性,这里不再多言。该刊

1989年第3期上在《名著重读》栏目发表的是关于茅盾长篇小说《子夜》的两篇评论，对此进行了学术分析，也看到了这部作品的历史局限性。这年第4期上又发表了关于何其芳文学道路批判的《良知的限度》和关于郭小川诗歌新论的《"战士诗人"的创作悲剧》，两文从两人的生平经历角度进行了综合分析，使我们看到他们在极"左"重压下的心境和不得已而为之的创作状态。认为何其芳以阶级斗争为标准评价清末大学者王国维，实际上是过多地指摘；郭小川则是以革命观念伤害了诗情，一再提高作品的调门而强调追求"强烈的战斗风格"，所以写出的都是"斗争的文学"。还提到"四人帮"逼迫他写出最后的大作《团泊洼的秋天》，不知是否实有其事。这是完全否定了文学里的阶级斗争，把写阶级斗争的都当成了极"左"。

一刊如此，全国和各省区报刊也常有重写文学史的言论，这样在当时形成了一股重新认识和评价五四以来文学作品的高潮，使批判极"左"、让文学回归原位的思想转轨活动走向了深入，但也明显地有些矫枉过正，因为那时人们被压抑的情绪需要释放，文学的路子需要拓宽。1979年邓小平提出不再用"文艺从属于政治"的口号是打开了一道闸门，却产生了"针尖大的窟窿一丈的风"的效果。几年后在重写舆论中，更大成分上夹杂着彻底摆脱政治告别革命的心理，回头看也有全盘西化思潮在起作用。请看在1989年《上海文论》组织的"当代文学四十年百人答问录"中，第一个就是汪曾祺老先生的欢呼：我认为文学四十年，最重要的经验是放弃了"文艺为政治服务"的口号，最重要的"教训"是提出这个口号，并且坚持了很长的时间。不取消这个口号，就不可能有文学的新时期。"随着这个口号的放弃，就自然地带来一个公式的消失：政治标准第一，艺术标准第二。因此就带来文艺理论和批评的解放……"[①]今天，我寻找大量主导性的讲话和文件，还没有看到放弃"文艺为政治服务"的提法，仍然只有邓小平说不再提"从属"。现在，文艺环境已经相当宽松，纵然在批评"资产阶级的自由化倾向"时也没有形成大批判运动。可是汪老的欢呼恐怕有些偏颇。他哪里想到，身后竟然出现连续多年的一个个重温红色经典高潮，这又是谁为谁服务呢？此一时，彼一时，他有文化眼光，但缺少红色艺术情感。他和他们也过时了，20年后又是一番景象了。现在，各大学

---

① 《上海文论》1989年第3期。

的现当代文学史教材又已经多次修改，既吸收了当时一些人的观点，但也保留了党的文艺方向、方针、政策，没有像一些人提出的那样把建国17年的作品全部否定。童庆炳在回忆《文学理论教程》（修订版）最初编写定稿过程时说，每一个章节、每一个重点段落都是集体讨论、慎重确定的，评价作家作品和文学思潮的观点比较适度，所以这部教材一版再版已达到80多万册。今读之，觉得其中对作家作品、现实主义和艺术流派的评价的确比较客观公正。

二、当前关于建国60年文学的评估和写史论争

在建国60周年之际，重写文学史的思考和研讨在更大范围和更深层次上继续进行。既有文学史如何写的问题，也有对新中国60年文学评估，对五四、抗战和17年等老话题的新争鸣。

首先说文学史如何重写。于文秀认为，随着时代的发展、学术研究和理论认识的不断深化，我们当代人的一些局限性也不能不渐渐突显出来。这种局限性就是根源于二元结构的局限，归根到底是现代性的深层危机。现代性的深层危机包括叙事危机、表征危机、合法化危机，对于启蒙与救亡、精神与肉体等二元结构不能不提出质疑。从后现代立场出发，对二元结构模式是否定、批判的。因为后现代关注的是现代性本身存在的问题。于文秀说：它虽不是向人们说出真理，但它志在排除通向真理的障碍，驱散笼罩在现代主义之上的幻象和雾障。从而主张写文学史时"应该适当引入后现代之维"。后现代想消除人们对经典的崇奉和膜拜，对经典进行颠覆，但其方式是游戏式的，比如虚拟、反讽、改写、拆接、拼贴等等。当前许多人并不能接受。虽然于文秀说后现代主义在人文社会科学中的出现标志着另一种新颖的学术范式的诞生，"是一场崭新的全然不同的文化运动正在对我们如何体验和解释周围的世界的问题进行广泛地重新思考"，①应当在文学史深层思想结构和精神框架的设定上、在文学经典化问题和史料选择上，有前提性地拷问和自我反思，但"后现代主义也有它的局限性，主要是相对主义和虚无主义倾向，使它备受攻讦。后现代主义并不标志着理论的尽善尽美，它解构了现代性的局限与悖论后并未最终解决问题"。所以"要认清后现代的负面性因素，不要让过度地怀疑和过分地解构阻滞了研究与探索的脚步"。这个结论还是公正客观的。后现代对

---

① 于文秀：《重写文学史与后现代视角》，《新华文摘》2009年第1期。

经典、理性和一切传统的东西进行颠覆和解构，使原有的一切标准都作废了，而新的标准并未能建立起来，这将使文学或文化的世界成为一片混沌。再看邢建昌说，后现代主义是一种泥沙俱下的文化思潮，自然有它不可忽视的负面效应，它在西方也不是主导文化，也"不是不可超越的历史必然"。①这和美国罗蒂对后现代的批评很一致。近几年来，中国和外国多次打击网络、出版上的低俗之风，在一定意义上也是对后现代主义的否定和批判。那么文学史建立后现代视角，可能性极小。

既然后现代提出问题却解决不了问题，那么谁能解决问题呢？笔者认为，真正能够解决文学史重写与重续的，最终只能是马克思主义文艺思想。因为马克思主义自身是批判的、发展的科学理论，是可以批判地吸收各国文化使之更生的理论。其次，实际上不用后现代而运用中国传统的和合思维便可以兼顾历史与今天、政治与审美的各个方面。任何文学史、艺术史也需要随着时代的变化科学地进行修改。前面童庆炳主编《文学理论教程》虽不是文学史，却为我们提供了一个较好的编写和不断修改的范例。还有钱理群、洪子诚等人编著的现当代文学史之所以能够较长时期地广泛使用，也是因为运用了马克思主义文论、坚持了历史唯物论和辩证唯物论的结果。前面已经提到陆贵山、张炯、童庆炳等人认为，重写文学史保留启蒙作品和抗日救亡之作，承认它们都是20世纪那段历史的产物，甚至是那段历史的经典，让它们留于后人，这很符合中国国情，是客观公正的文学史写作观念。张岩泉、王又平提出了"启蒙—革命"的观点。他们在《20世纪的中国文学》②中，主张过去与现在互动，认为这是文学史与文学研究主体思想的对话，当代文学史更应该是向未来敞开的历史，这样才更加具有现实活力。这部著作在众多的集团式的文学史编著中，突出了史实的陈述和理论的阐述、规律的总结。还特别认为五四是现代中国的"轴心时代"，是一场以青年为主体的洋溢着青春气息的文化运动；认为五四时期的伤感也并非"梦醒了无路可走"，不是夕阳西下式的凄凉而是新鲜稚嫩来日方长的历史发生期的特殊标记。该书始终贯穿一种主潮论，认为20世纪中国文学总体上是"启蒙—革命"互相交织的现代文学，不是简单的革命代替启蒙，而是启蒙中有革命，革命中有启蒙。每个章节都与革命、变革有关。著者把五四新文学运动到20世纪20年代后期的革命文

① 邢建昌：《文艺美学研究》，河北人民出版社2006年版，第304页。

② 张岩泉、王又平：《20世纪的中国文学》，武汉大学出版社2009年版。

学、30年代左翼文学、40年代抗战和解放区文学，以及众多与之相关的文学现象，都统摄在"启蒙—革命"的主旋律中。关于建国后的文学，他们认为基本是"反思革命"的文学，到20世纪80年代中期的先锋、新写实、新生代、新女性等潮流出现，才使"启蒙—革命"这一主导性文学潮流由盛而衰。此著"凸显主潮，历览其递嬗，探发其幽明，从而把握了整个世纪文学繁复与多样"，对文艺与政治的关系、文学民族化这两个文学史上的焦点论题也做了客观的阐释。①张、王二位关于"轴心时代"、"启蒙—革命"的文学史主旋律的提出和把握，不但回答了一些人只承认五四启蒙而反对抗战文学的问题，也为改革开放后我们批判极"左"文艺路线的必然性提供了学术依据。这便印证了笔者在前面几次提到对五四和抗战文学客观评价不应是二元对立，而应是二元对立统一的观点。

南帆的《文学史的刻度与坐标》一文的学术价值在于，批评文学史只是像单纯登记作品的花名册，仅仅是分门别类而遮蔽了文学史内部复杂的权衡；认为中国文学近百年来贯穿始终的现代性主题就是"革命"。他分析五四时期的文学启蒙就有革命介入并且使之急剧的复杂化。这由《红岩》、《青春之歌》等文学作品提供过程，而历史决定结局，那么就是一种"殊途同归"。认为革命领袖提出夺取政权只是万里长征走完了第一步，那么新中国成立后的文学反映土地改革、集体所有制的实行仍然是中国革命的继续，改革开放、实行市场经济以来的文学所反映的仍然是某些一脉相承的历史内容，尽管革命不再是当务之急，经济已经成为前台的主角，实质上是"放弃以阶级斗争为纲领的持续革命"，他称之为"后革命的转移"。②南帆以新颖而又具有唯物史观的新视角为我们现当代文学史的写作坐标找到了一条纵轴，将解决争论不休的文学与革命的关系诸问题，与上面张、王二位的"启蒙—革命"的立论基本一致，也属英雄所见略同。申维辰的《艺术创作要坚持正确的价值选择》一文，也对当前创作和文学史的写作不无裨益。史元明还在《警惕批评中的理论先行》中告诫文学史的写作者，不要先带着一种框框去为新作品找到它在文学史中的位置而削足适履，既要归类又要承认文学作品不会那么整齐划一。③

在全国马列文论研究会第26届年会上，张学军发言说："新中国文

---

① 周小玲：《彰显文学史书写的学术特色》，《文艺报》2009年11月12日第3版。

② 南帆：《文学史的刻度与坐标》，《文艺报》2010年3月24日第2版。

③ 《文艺报》2010年3月12日第2版，申维辰、史元明文章。

学是一个意识形态不断淡化与世俗色彩不断强化的过程，在这个过程中，阶级意识、英雄意识、政治意识、文化意识和生存意识逐渐成为不同阶段的突出特征。"产生于西方式工业文明基础上的现代性可以被我们吸收，但是也必然会被我们进行部分改造。王光明、李怡等则认为，20世纪80年代以来中国文学重建了文学与社会的关系，使现实主义和人道主义获得新的生命，文学功能和想象方式发生了转变，但文学研究越来越学科化。他们对社会学视野的发展做了肯定，但也强调包含着许多应该引起警惕的东西，主要是某些空洞化、空虚化的趋势和一些伪问题。邵燕君则对文学新旧分制的格局提出了自己的意见，认为传统机制面临着老龄化、圈子化、边缘化的趋势，这主要是"90后"、网络、博客等文学力量已经繁荣，如何评价这些作家和现象成为我们必须面对的课题。而程光炜、张光芒则认为当代文学的现代化创痛不见了，有一种脱离历史、脱离现实生活的倾向，甚至越来越多的作家背叛了生活，在作品中呈现出一种伪自由的现象。①程、张所言作家"背叛"生活和"伪自由"现象，是对当前后现代等外来主义在中国文学中的表现的正确判断。因为这些主义是反现实主义、娱乐至上或主题先行的。

在华中师大与《文学评论》举办的长阳会议上，黄曼君认为文学发展经历了社会政治、精神文化、个体审美三种范式的转换，表现在文学史的编撰上分别产生了意识形态化的、精神文化的、注重审美独立品格的个体化的三种类型的文学史，认为这种范式的转换必须明确对于文学传统的阐释与定位。杨洪承在发言中谈现代文学社团流派研究时说，要在史料和观念上重新做一些调整，在文学和文化上做一些整合，从真正意义上回归文学社团流派的本体世界，不能孤立地谈纯文学的群体或社会政治化的集团组织。②在法兰克福书展中，王蒙说当前是中国文学最为繁荣的时期，便引发了对60年文学评价的争论。肖鹰等对王蒙等人的观点持不同意见，认为这是"从脚往下看"的"高度"。③笔者认为，王蒙等人对中国文学60年的估价比较客观，他和一些学者批评质问当前人们为什么对同代人如此刻薄，是互为表里的两种肯定方式。肖鹰的观点难免是戴着有色眼镜看待中国当代文学的，所使用的是西方文学标准，怎么衡量我们的文学都没有

---

①② 《光明日报》2009年10月25日第7版，第26届全国马列文论研究会年会长阳会议综述。
③ 吴义勤：《文学批评：在大众喧哗中回归理性》，《文艺报》2010年2月12日第5版。

高度。其实他们的所谓高度也不过是西方人道主义的普世性的标准而已，这在许多人眼里也不是什么高度。可贵的是，陈晓明强调了评价中国当代文学要有"中国视野、中国立场"，否则"永远得不出对中国当代文学正确的评价"。他说无论是文学革命还是革命文学，都是西方现代性引导的结果，而且中国白话文学追逐西方已经一个多世纪，我们根据自己的实际发展自己的文学而且坚持自己的中国立场是正当而且必要的，因为无论马尔克斯、博尔赫斯还是其他受西方现代文学影响成长起来的人们，都在创作中超出了西方的经验。所以他才充分肯定中国当代文学"达到了未曾有过的高度"。他还通过阎连科的长篇小说《受活》、贾平凹的《秦腔》、刘震云的《一句顶一万句》和莫言的《酒国》、《丰乳肥臀》、《生死疲劳》、《蛙》等作品，证实我国文学界的汉语小说有能力处理历史遗产并对当前现实进行批判，有能力以汉语形式展开叙事并能够穿透现实、文化和坚硬的现代美学，有能力保持永远的异质性并以独异的方式进入乡土中国本真的文化与人性深处，也有能力概括深广的小说艺术，从而认为这是当代文学的四条标准。至于60年中有许多平庸之作，他认为这在当今美国、德国、英国等国都是极其正常的事，并不影响任何国家和时代一定要出现一定数量的大作家和大作品。①

通过几个会议的发言和一批文章，可以看到当前在文学史写作上，既有新的研究思路和范式的提出、对60年文学发展的客观回顾，也有一种隐隐的对社会学、政治学批评范式强化的担忧。的确我们还要防止极"左"抬头，但也要批驳一些人的在外来标准上的文学估价。在写作实践上，雷达主编的《近三十年中国文学思潮》则追求对近30年文学思潮合乎实际的真相描摹，把人的发现和民族灵魂的重铸定位为思潮史的核心精神。②这是以社会历史和人的多重视角进行整合运用而著成的，在各种30年文学史中成为一部容易为大家认可的史著。还有朱向前主持完成的《中国军旅文学50年》，也是当前文学史写作的力作。饶曙光关于新中国电影60年成就、王一川关于《中国电影文化60年地形图》的白描式绘制、冯远关于新中国美术60年承传图新、宋宝珍关于话剧60年创新发展的文章，都是很好的中国立场的部门性艺术史。

在现代作家中有一个棘手人物是张爱玲，我们怎样写她？这是一个

---

① 陈晓明：《中国立场与中国当代文学评价问题》，《文艺报》2010年3月17日第2版。

② 《光明日报》2009年10月22日第1版，关于《近三十年中国文学思潮》的评论。

焦点的焦点。她的丈夫胡兰成是汉奸，她的小说《色·戒》没有中国人的民族立场。改编成电影后，反日的女特工迷恋于汉奸，但她最后却被汉奸杀掉了。电影放映后产生的争论极大，刘建平著文批判了这种美化汉奸的抽象的"人性论"，呼唤国耻意识的重新确认。①如果张爱玲原作或这个电影真的写入文学史，也必须进行爱憎分明的批判，否则会使民族精神受损。

三、关于当代作家评传和口述史的写作

当代修志，隔代写史。这是传统的观念和做法。然而在现代人的眼里，为当代作家个体写史也有必要，而且已经有不少人乐此不疲，还拿出了一些有影响的著述。20世纪90年代，周申明、杨振喜写出了《孙犁评传》，大家都说好，孙老也认可，书中却没有溢美的词句。孙老去世后，杨振喜又拿出了专门研究孙犁的论文集，这是他在搞评传时通过获得的更多资料与个人感悟写成的。此后，陈映实拿出了评铁凝早期创作的《铁凝及其小说艺术》，本子虽小却是关于铁凝创作成长研究的第一本书。进入新世纪，范川凤又拿出《美人鱼的渔网从哪里来——铁凝小说研究》，是一部专门研究铁凝小说艺术的专著。2009年贺绍俊出版了《作家铁凝》，并在出席"变动中的观察与思考"学术沙龙活动中说：作家评传可有多种写法，但我"更愿意研究文本中的铁凝"。于是与会者对当代作家的评传、全国文情调查报告写作进行了探讨。陈晓明发言说，为当代作家写评传是切近当代文学史的一种有效途径。因为在作家个体身上可以显现出无限丰富的文学精神，是文学活生生的表征。如果将一个作家的心灵世界、创作活动和文学文本很好地结合起来，就可以从某个角度探求当代文学的发展阶段。他认为不仅靠掌握资料多少，关键是对文学史语境的把握。陈福民却说，近十几年有人给铁凝、贾平凹、余华等当代作家写评传，这表征着当代文学在今天的语境之下把知识性的资料予以历史化的倾向，这有具体的困难，如立传者本人的知识见解等。大家普遍认为，贺绍俊揭示了铁凝在中国当代文学史上的独特地位，并且由此勾勒出了中国当代文学内在的丰富性。白烨从2003年开始主持《中国文情报告》，每年出版一部。他们一班人力争使这种文情报告成为全面反映我国文学领域年度发展态势的"蓝皮书"。他在这次沙龙活动中说，那些畅销书、排行榜之类的东西不能客观反映年度文学发展的真正实绩。文学既分散

---

① 《〈色·戒〉撕裂了我们的历史记忆》，《艺术评论》2007年第12期。

又隐约的现状使我们把握起来难度很大，越是这样就越需要去了解和把握，弄清文学到底发生了哪些变化，促成这些变化有哪些动因，社会生活给文学带来了什么，而文学又给我们提出了什么。这个文情报告受到人们的称道，被认为这也是一种新变的文学史写作。希望各个文艺系统、各省市县都要重视大事记和年度活动记载。固然著名学者唐弢曾提出"当代文学是不宜作史的"，①但大家仍然肯定了为当代文学作史的必要性。

关于口述史的记录写作也已经在部分作家、学者中间进行了。比如王尧《新时期文学口述史之二》便是对20世纪80年代初"三个崛起"事实经过的记录。当时的文坛因为朦胧诗的出现发生了论争，1980年5月7日谢冕在光明日报发表了《在新的崛起面前》，1981年孙绍振在诗刊第3期发表了《新的美学原则的崛起》，1983年徐敬亚又在《当代文艺思潮》发表了《崛起的诗群》，这三篇文章被史称"三个崛起"。现在王尧于2005～2007年间分别对当事人进行了采访记录，通过他们的口述澄清了当时他们追求诗歌创作个性、突破极"左"文艺思潮束缚的内在欲求和大胆吸收外来文学形式、追求诗歌多样化曾经被认为是"精神污染"的事实。②当时的思想解放并不容易，其阻力是可怕的。而这些人都还健在，便成为王尧从事文学史写作的一种创意和优势。口述史活动与媒体有关。《北京青年报》曾经连载《安顿实录》，凤凰卫视有口述历史栏目，中央电视台科教频道也有《大家》栏目。温儒敏认为这种史学撰写有更为浓厚的原生态特色，摆脱了以往写史的呆板僵化，普遍生动鲜活，所以不能不受到观众和读者的热爱。也如汤普森所说，"它给了我们一个机会，把历史恢复成普通人的历史，并使历史密切与现实相联系。口述史凭着人们记忆里丰富得惊人的经验，为我们提供了一个描述时代根本变革的工具"。③不能在生活之外研究作家作品，这已经是一批写史者的共识。现在出版的自述型口述史已经很丰富。已知有《胡适口述自传》、《沈从文晚年口述》、《风雨平生——萧乾口述自传》、《黄药眠口述自传》、追述老舍之死的《太平湖的记忆》、《摇荡的秋千——是是非非说周扬》、《启功口述历史》等，还有冯骥才的《一百个人的十年》等等。理论上也出版了杨祥银的《与历史对话：口述历史的理论与实践》、周新国主编的《中国

① 《文艺报》2009年6月13日第1版。
② 《文艺争鸣》2009年第6期第101页，王尧文章。
③ 韩晓飞：《历史在口述中行走》，《中华读书报》2005年10月26日第2版。

口述史的理论与实践》等。这些书籍的出版都被社会所关注。它们都会给后人文学史写作和研究带来极大方便。

历史不能都是活人记死人的身后史。应当首先是活人记活人，留下文字或口头资料。活人把活人的事情记录下来，可以防止零散资料的流失，防止对某些疑点的猜测而失真。一般说后人拉开与前人的距离会客观公正，但谁不知道魏收写秽史。所以古代便有正史不正、信史不信的问题。现在今人写今人、自己写自己都是一种文化权利。只要不伪造、不自我吹嘘便好。现在有人口述有人写，今后还会有人继续进行的。这也是一种文化收藏，而且普遍防伪保真，因为活人们都互相盯着，写史者也会成为被活人当面评头论足的对象。

总之重写文学史、艺术史都是必要的，在未有这次讨论、争鸣之前，就一直在不断重写重编着。但对多个历史阶段的作品要从历史语境上去评估，不能以西方标准来衡量中国文学。中国文学史必须有中国文化视野和中国文化立场。不要太拘泥于生不立传、隔代写史的古训，完全可以活人写活人，方式上或手写或口述或拍摄录像更可以灵活多样。要一靠自己，二靠同代人的监督，以保持其客观公正。把史志写好，是中国特色文论体系建设的一大工程，诸家都要关心、支持的。

第八章　维护文艺生态平衡

　　生态问题已经是一个世界性的大课题。这在本书第五章中已经论及我国古人的生态观念，而作为生态主义则来自西方。在20世纪中叶，西方学者亨利·梭罗的《瓦尔登湖》、蕾切尔·卡逊的《寂静的春天》问世，对西方生态主义基本理念的形成产生了重大影响。生态主义的产生，更与海德格尔对西方人类中心主义的批判有关，美国戴维·埃伦费尔德的生态哲学著作《人道主义的僭妄》又是对海德格尔观点的回应。这样生态主义理论框架便逐渐形成，生态学、生态伦理学作为交叉新学科依次出现。"大地伦理"、"敬畏生命"、自然的"内在价值论"、"荒野本体论"等理念先后流行。在环境社会学中，又有了"新生态范式"、"代谢断层论"、"苦役踏车理论"等等新观点。这也影响到文艺界，于是出现了生态批评，彻丽尔·歌罗特费尔蒂把生态批评定义为"探讨文学与自然环境之关系的批评"，还有了相近的"生态学的文学批评"、"生态学取向的批评"等概念。1992年，美国内华达大学还成立了国际性的"文学与环境研究会"，积极地推动生态批评的发展。我国对于生态问题的重视也已经提到了空前的高度。科学发展观的基本内涵，便是要求我们在生态保护过程中实现可持续大发展。

　　如前所述我国广大文艺家、文论家们都是生态保护者，已经写出一大批作品，对于唤醒国人的生态意识、推动国家开展自然和文化生态保护都功不可没。世纪之交，我国政府先后公布了一系列有关文化保护和管理的新法规，并且对精英创作、大众文艺、网络文学进行了正面的引导和及时的管理。我们要长期而有效地维护文化生态平衡，科学地推动我国社会主义文艺持续地大繁荣大发展。

　　文艺生态中，有文有野、有雅有俗。这两种基本形态自古便有。它们相互矛盾、相互制约又互相吸收、互相带动而长期共存。《诗经》中的风、雅、颂，其风为当时的民歌，雅颂为宫廷和庙堂祭祀所用。20世纪，郑振铎曾把民间创作称为俗文学，著有《中国俗文学史》。俗文学相对于书面的作家创作雅文学，是指世代口耳相传的民间创作。当今学界普遍将民间故事、歌谣、谚语等称为民间文学，而将民间歌舞、戏曲和民间工艺美术等称为民间艺术。二者则统称民间文艺。这些又被泛称为民俗文化。钟敬文大师生前曾经确立过"中国民俗文化"的概念，倡导中国民俗学为中国民俗文化学。新世纪以来，受联合国教科文组织文件的英文翻译制约，民俗文化包括民间生活习俗等又统称为非物质文化遗产。

　　对于书面文学，有严肃文学、通俗文学两种。严肃文学在改革开放后也称为纯文学。通俗文学中，20世纪二三十年代出现过"鸳鸯蝴蝶派"。除了前面提到五四前后出现的，后来又出现了人们所熟知的张爱玲、张恨水、三毛、琼瑶等人的言情故事，金庸、古龙等人的武侠小说以及反特、侦破、谍战作品。而"大众"一说，是上世纪30年代鲁迅在上海成立左翼作家联盟演讲时提出了"民族革命战争的大众文学"的概念，毛泽东在延安文艺座谈会上的讲话中也强调提出"人民大众"的文艺概念，于是严肃的革命作家创作中也有了大众一说。有大众也就有小众，小众文学主要指人数较少、文化品位较高的知识分子阶层所创作欣赏的高雅文学。

　　随着改革开放的深入，新传媒时代的到来，人们吸收西方文艺理念和样式开展创作，便有了传统与现代后现代之分及先锋之称，而且把现代传媒的电影、电视、动漫、综艺节目、群众绘画等统称之为大众文艺、大众文化。但它们和鲁迅时代、延安时期的大众文艺已经有了很大的不同。后来又产生了校园文学、青春文学、网络文学等概念，则不能完全用雅俗来区分。

　　诸多文艺种类，虽然质地不同、层次不同、创作者不同、对象不同，但都在整个文化生态中占有各自的位置，都对传统文化的传承和新时代新文化的创新发展、满足人民群众的文化需求等方面各自起着底蕴、审美、教育和娱乐的作用，有的还具有一定的苗头性、示范性和引领性。

　　为了论述的方便，减少层次交叉，本书把文艺生态分为四大板块：精英严肃文学创作、大众文艺、网络文化和民族非物质文化遗产。

第一节 精英严肃文学创作

作家艺术家们的精英式创作一直是我国文艺发展的主导。他们的创作基本是严肃文学、严肃文艺。其特点是以描写生活现实为主，主体精神突出，在内容和形式上创新性强。其中一部分精品往往代表时代和民族文化的高度,是国家创新文化的塔尖。用孟繁华的话说，就是"高端创作的高端成就"，在很大程度上"代表当今时代我国文学艺术水准和标高"①。从五四运动以来，我国文艺经历了三个30年，其高端成就是鲁迅、郭沫若、茅盾、巴金、老舍、曹禺等，已被公认是第一个30年的代表性作家。第二个30年的创作，是"启蒙—革命"文艺，出现了一批红色经典。改革开放30年的文艺创作，远远超过历史上任何一个时期，已经有一批成熟的、国内外影响广泛的作家作品，而且也在逐渐经典化。然而，我们当前这个时代却被称为"一个没有大师的时代"，似乎一说中国现当代文学就只有"鲁郭茅巴老曹"，改革开放以来的东西都被夸张地贬低为"快餐文学"、"兑水文学"，甚至被看做"垃圾文学"了。这显然是以偏概全，不够客观的。

的确，当前精英创作既有探索性的具有经典意义的艺术精品，也有赶时髦的快餐式创作。张颐武在《传统文学·青春文学·网络文学：平行发展的新格局》一文中，判断当前文学态势是传统文学、青春文学包括大量校园文学和网络文学三大块三足鼎立。认为传统文学虽然获大奖很多，却证明这是"公众对于我们原来意义上的文学已经相当不熟悉的一个征兆……所以迫切地需要像茅盾文学奖这样的奖项来让大家接触文学"②。认为当前的以网络为载体的青春文学和网络文学是"双峰对峙"，它们的崛起是对传统文学的很大冲击，其总量在剧增而不是萎缩，并且和传统文学既有重合、相交和兼容的一面，也有完全互不兼容、各自发展的一面。与大众文学相比，小众文学作家也不过十个二十个，接近于西方的小众职业作家，在一年半到两年中拿出一部长篇来，其水准很高，但他们的作品远远没有大众文学那样的大市场，而青春文学的职场、玄幻等类型小说却

---

① 单三娅：《中国文学三十年》，《光明日报》2008年11月14日第10版。

② 《文艺报》2009年8月29日第3版，张颐武文章。

在市场中拥有大量读者。白烨也通过全面跟踪调查著文说，我国文坛现状分为三个板块。一是传统型文学，多在作协、文联系统的期刊上发表。二是市场化文学，以商业运作为手段根据大众的需求有针对性地进行策划和运作，除了少数几位名家外主要是适应青少年的青春文学、流行于网络的类型文学。三是新媒体文学，以网络小说为主体，还有手机小说等。他认为这三个板块是三个主体的分离与分立，在不同的板块上各为主流。对它们的看法还存在着争议，需要达成共识。①上面三位学者对当前文学发展格局的分析各有道理，他们主要谈的是各种小说。在主流舆论中，传统名家的精英创作还是不可否认的主导。精英严肃小说或精英大众小说创作，网络草根性创作，仍然有雅俗之别。严肃文学主要是小说，还应当包括诗歌、散文、报告文学、儿童文学等。

一、有深度的严肃小说创作

长篇小说是"三大件"之首。它基本上属于宏大叙事。当下已经每年出版2000部左右，一直占着小说和整个文学的上风。媒体中评价它们的比率很高，作者出镜率也很高。大多全国性大奖评选中都有长篇小说。中国作家协会为之专设了四年一届的茅盾文学奖，连续八届已经评出了38部佳作。2005年第六届茅盾文学奖获奖作品中，有熊召政的《张居正》、张洁的《无字》、徐贵祥的《历史的天空》、柳建伟的《英雄时代》、宗璞的《东藏记》。其中张洁被称为"梅开二度"，但写诗出身的熊召政却独占鳌头。这五部是经过层层选拔，反复讨论对比，可谓千淘万漉才产生出来的。2008年荣获第七届茅盾文学奖者四部：一部是贾平凹的《秦腔》，用作者自己的话说就是"敬畏和感激家乡、敬畏和感激土地、敬畏和感激父老乡亲"。书中揭示乡村的苦难，力图表现乡村文明的精神价值，表现对这种古老文明式微的惋惜。作者一再声明，这部小说是要为故乡立一块牌子，让人们记住农村的过去。有人批评贾的作品"消极"，与这种怀旧情思不无关系。李万武就曾经在《文学是怎样死亡的》一文中，批评《秦腔》"代表的是颠覆感性方式的另一种做派……它'抽取了故事的元素，抽取了悬念的元素，抽取了情节的元素，抽取了小说里面很多很多元素'，虽然依然有着感性呈现的外观，却流失了感性呈现的审美内质，不仅难读，更拒绝给人以'感动'，属于消极的感性方式"。又说这

---

① 《文学的新演变与文坛的新格局》，《文艺报》2009年9月19日第2版。

"消极的感性方式是粗糙、散漫的自然主义书写"。①另一方面看，这部小说的确是作者对乡土传统的历史性的记忆，它能够被排在榜首，主要的还是靠了它内在的文化力量。第二部是周大新的《湖光山色》，反映的是新农村建设。作者描述了新农村的湖光山色，表现了艳阳高照的一面，也写出了新农村的雾霭，总体上揭示出农村资源被疯狂攫取而成就了城市现代化，高速的现代化又使农村发生着巨大的变化。作者着力塑造了主人公暖暖，这是带领村民们进行乡村旅游"楚地居"开发的"四有新人"。第三部是迟子建的《鄂尔古纳河右岸》，在取材立意上独辟蹊径，向我们讲述了鄂温克人在现代化大背景下的艰难生存、顽强抗争及其文化变迁的故事。贺绍俊称这部作品具有史诗品格和文化人类学、民族学、民俗学的价值。第四部是麦家的《暗算》，描写了我国特工战线的秘密生活。在701所这个几乎与外界完全隔绝的地方，一群天才和智者们与有形或无形的敌人进行着生死较量。作者意在引导人们回望中国革命，寻找我们不应当忘记的英雄。它既有侦探小说味道，又不是一般通俗小说，有文体结构方式的创新。②第八届茅盾文学奖在2011年9月颁发，五部长篇小说当选。一是张炜的《你在高原》。作者用22年写出了10部、39卷，计400余万字，反映了中国百年历史和当下的现实生活，具有理性精神和浪漫主义色彩。他说《你在高原》写的是"心的高原"。二是刘醒龙的《天行者》。这是山村民办教师生存状态的写照，手法上内敛克制却产生了感人肺腑的现实主义力量。作者还曾写过《凤凰琴》、《分享艰难》等力作。三是莫言的《蛙》，本书前面已经论及。四是毕飞宇的《推拿》，描写都市角落一群盲人摸索世界、勘探自我。其见微知著、小中有大，平常的日子里深藏机峰，狭小的人生中也波澜壮阔。五是刘震云的《一句顶一万句》。那一句就是实话，实话最有力量。作者通过"走出去"和"走回来"几个人物的日子和命运，"说的着"和"说不上"的人际关系，成为人心、人情与历史、现实的一次精神旅程。

在第七届茅盾文学奖获奖作品之外，还有一些公认的佳作力作。比如刘醒龙的《圣天门口》，作者以史诗性的结构和繁复的叙述，重新描绘了20世纪中国革命史的地图，表达出和平与和谐的人文理想。史铁生的《我的丁一之旅》、肖克凡的《机器》、杨黎光的《园青坊老宅》等也都各具

---

① 李万武：《为文学讨辩道理》，中国文学出版社2007年版，第397页。
② 《直面现实的精神担当》，《光明日报》2008年11月7日第11版。

特色。还有范稳笔下描述滇藏地区一百年来轰轰烈烈的矛盾斗争、世事变迁，几大宗教交融和它们对人性浸润的《悲悯大地》，充分表达了作者对信仰的召唤和敬重，亦属独特的新颖之作。陆天明的长篇小说《命运》，以深圳崛起的复杂生活为背景再现了中国改革开放的"大历史"。该书初版发行达15万册，创下了改革题材长篇小说出版量的新纪录。改编"触电"后，再度获得更大的反响。在第八届茅盾文学奖获奖作品之外，关仁山的《麦河》、刘庆邦的《遍地月光》、红柯的《生命树》、蒋子龙的《农民帝国》、郭文斌的《农历》、张者的《老风口》、方方的《水在时间之下》等，也都是这几年我国长篇小说的上品，可惜受评奖数额限制而未能入选。

各大型文学期刊都发表长篇小说，不少是先发表再出版。新世纪以来，《小说选刊》杂志又办起《长篇小说选刊》，与老资格的《小说选刊》、《小说月报》都有很大的读者群。我国中篇小说原先稀少，到新时期才广泛崛起。牛玉秋曾经撰文总结说：因为它的文体特点比长篇小说短，比短篇小说长，内容含量适中，正好适应了打倒"四人帮"后人们长期的生活积累、被压抑的感情表达。这样的文体便形成了自己的优势，所以出现了《天云山传奇》、《犯人李铜钟的故事》、《布礼》、《黑骏马》、《迷人的海》、《绿化树》、《麦秸垛》、《人生》等反映知识分子境遇、城市生活、知青生活和乡土自然生态诸问题的中篇小说在读者中连连叫好。《中篇小说选刊》也应运而生，填补了我国文学期刊的空白。现代派的创作尝试如《你别无选择》、《无主题变奏》等也都运用了中篇小说的形式，"三驾马车"的崛起也是以中篇见长的。当前大多小说作家都写过中篇，有不少的还改编成了电影电视，有的如叶广芩的《采桑子》是在几个中篇的基础上形成了长篇。

短篇小说的阵地较多，各种综合性文学期刊都以短篇小说为主，大型者中也有短篇小说一席之地。它在写人性、写性格方面是优势，文学性和时代性都很强。让人记忆深刻的是两篇同题《醉酒》。一篇是宇文敏写的"我"与朋友时常喝得大醉，因为年轻气盛闹酒或借酒浇愁，最后是醉中与妻子想到为下岗的酒友开个酒馆，因为他见别人醉酒惹是生非便不再喝醉了。另一篇是康志刚写开五金店的农民在酒桌上骂了村长，心中忐忑不安，一再去表示歉意又表达不清，还是妻子找村长一说便了。可他知道媳妇是自投罗网，便伸手打媳妇又骂村长，骂了怕再惹祸又打自己。二者各具特色，道出了饮酒与人生的微妙关系。但受长风影响，有时短篇不短，于是又出现了一般3000字以下的小小说和《小小说选刊》。其文体追求更是年年出新，千变万化，在结构上更为紧凑，表达方式等方面更为内敛。这种文体在我国已经趋于成熟老到。其"金麻雀奖"已经颁发了五届，人气还是很旺盛的。杨晓敏是这个选刊的创办人，也是小小说理论的发轫者，被称为"中国小小说教父"，曾出版评论集《小小说：平民艺术》。同时出现了千字左右的微型小说，也称之为袖珍小说。这样，我国小说生态便是长、中、短、小、微五种样式了。在现代后现代思潮的冲击刺激和时代生活的感召下，人们不但在寻找新的话题，更在形式上竞相创新。

二、旧体诗词和新诗并辔齐行

中国本土诗歌从《诗经》以来逐渐形成古体诗，唐代兴盛的是近体诗，后来宋词元曲接踵而来，现在一说中国诗歌传统便是唐诗宋词元曲。明清时代近体格律诗和词一直延续下来。到五四时期受西方影响出现了自由体白话新诗。新中国成立后，毛泽东在1957年给臧克家的诗信中认为旧体诗束缚性强，不宜在青年中提倡，但他提倡在传统诗词和民歌的基础上形成中国新诗。五四新诗是欧化的白话表达。郭沫若的《女神》、《站在地球边上放号》和冯至等人的新诗起到了先锋作用，使新诗影响越来越大。在革命战争中和新中国成立后，臧克家、艾青、田间、李季、贺敬之、张志民、阮章竞、公刘、闻捷、郭小川、李瑛等人的新诗也都是嘹亮的时代号角。旧体诗词宿根深长，野火烧不尽，改革开放之后逢春复苏，很快形成了与新诗并辔而行的局面。

从朦胧诗开始，三十多年来我国新诗第二次经历了从实验到成长的曲折过程，实现了五四以来新诗的新超越。张清华认为这经历了三个阶段。一个是以朦胧诗为标志的"前现代时期"。因为此时的朦胧诗基本思想内核是启蒙主义与人道主义，是对抗"文革"式文化专制的一种"隐藏的思想形态"，它究竟要表达什么，当时的几位诗人并不十分自觉，只是朦胧地表达对现实不满、失望、悲愤等情绪。从美学属性上基本是类似于象征主义，以暗淡、朦胧、闪烁不定的晦暗色调为主，很符合早期欧洲象征主义和中国现代象征主义的特点。从20世纪80年代中期开始，出现了所谓"第三代诗人"，这才真正进入现代主义时期。其"大学生诗派"、"莽汉主义"等等和西方现代派中的未来主义、达达主义等高度相似，标举着破坏、叛逆的倾向。还有带有一些后期象征主义的玄学意味的"整体主义"、"非非主义"、"新传统主义"等，却又分化和成长出了海子、骆一禾的长诗写作。这是一种多元混合的状态，形成了爆炸性的诗歌格局。20世纪90年代则出现了"个体写作"，富有知识分子精神和现实批判意识，在艺术上非常专业，在美学上却孕育出现了雅与俗的分裂，有专业性和口语化、国际化和本土性等分歧。1999年的盘峰诗会之后进入第三阶段，诗歌格局进入了娱乐、平权、消费和功能类型化的"复合后现代时期"。知识分子写作功能减弱，网络和民间非专业的自娱自乐的写作猛增，粗鄙化、嬉戏化也成为一个潮流，但有比较强烈的伦理性主题意识的"底层写作"作为另一极得到体现。陈超则认为，先锋诗30年的想象力转换有四个阶段。从20世纪70年代到80年代初朦胧诗是"社会批判—隐喻/象征"模式，80年代新生代诗歌分别是"生命体验—口语"模式、"灵魂超越—隐喻"模式，90年代的知识分子写作是"个人化的历史想象力—异质混成"模式，新世纪以来是用具体超越具体的"日常经验—口语小型叙述"模式。关于三十年新诗的成长和成就，张清华认为这不能以简单的进化论来看待，但也要历史地看待它的变化，至少写作个体的技艺是今非昔比的，文本内部的复杂性与丰富性也与当年不可同日而语。公众和读者对诗歌的理解方式也非那个时代那么简单，也就是说写作者和读者一起完成了成长和"成年"。唐晓渡则用一句话概括30年，就是"从孤独的反叛到孤独的成熟"，或说"在只身深入中令人信服地呈现了成熟文本的光辉和魅力"。这中间曾经出现过对西方诗歌消化不良或买椟还珠的流弊，也有对进化论的迷信，以及分不清反道德和超道德、反文化和超文化的界限。那是因为当代先锋诗自我"小化"、"矮化"，形成诗的危机。诗歌历来被认为是文学之母、文化之母，"关乎大道"，不能被大众媒体推来搡去地"敬陪末座"。这本是权力、商业机制及其集体意识、无意识操控的一个历史后果，诗人们不能认同这种后果。[1]前面提到陈超对新世纪诗歌历史意识淡漠问题的担忧，与上面他们三人的见解是一致的。最近张清华又说，我国新诗进入了准黄金时代，陈超则说是泛诗歌时代，因为诗已经渗于日常生活中而幽灵化了。关于主旋律诗歌，在第二、三章中已经涉及不少，此处不再赘述。

马萧萧、郑伯农、晨崧等人从改革开放之初就率先倡导诗词创作，并组织成立了中华诗词学会，各省市也纷纷组织成立了相应的创作团体，《中华诗词》杂志的发行一路飙升，一大批写新诗的人们也开始尝试创作

---

① 《钟山》2010年第3期，张清华文章。

传统诗词。数以万计的中华诗词学会会员成为诗词创作的主力军。在2008年迎奥运、特别是抗冰雪和抗震救灾过程中，诗人们最早地发出了抗灾救灾的呼声，形成了我国历史上少见的伟大诗潮。这也便成为新诗、诗词大面积崛起之机，在这几个战役中双双取得了新的辉煌，说明已经进入后现代的新诗可以走出自我意识的轨道，回到社会层面上来。郑福田的《三益斋吟草》出版后，王学泰在书评中，提到王国维曾经判断传统诗词"后世莫能继焉者也"，鲁迅也认为"一切好诗，到唐已经做完"。[①]但事实证明，传统诗词依然在随着时代生活发展。毛泽东1965年6月写给陈毅的信里，也说新诗"几十年来，迄无成功"[②]，这个判断也有些欠妥。新时期的新诗和传统诗词是不断创新的，但都需要沉淀筛选，找到自己的新形式和新途径。

新诗、诗词和书画是可以互渗互补的。首先是新诗经常从旧体诗词中吸收立意、有语言的精练和韵律之美，诗词也吸收新诗中的新观念和新构思。尧山壁、赵梅锦著《河北书画评论》中，有作家、诗人的书画，也有书法家画家的画与诗。管桦画竹、高莽画人物肖像，范曾也擅长诗词。旭宇是左肩担着诗的太阳，右肩挑着书法的月亮，后当选为中国书协副主席。河北文学界徐光耀、尧山壁、相金科、关仁山、谈歌、刘家科等都喜欢上了诗书画。在北京举行的2009年度"春天送你一首诗"活动中，诗人和书法家们把新诗和诗词写出来进行了别开生面的展览，受到了诗界和广大观众的好评。这正如古人所说诗书画同源，一批诗人身兼书画家，来自西方的自由体新诗也完全可以和传统诗词、书画艺术联袂创新的。

三、几乎不受西方影响的报告文学

报告文学是20世纪才出现的文学样式，记忆最早的是夏衍的《包身工》，后来便应当是焦裕禄、雷锋的事迹报告了。它在粉碎"四人帮"以后发展迅速，成绩显著。有人说报告文学是"遵命文学"，我以为这没有什么不好，当年鲁迅创作就是遵无产阶级和人民大众之命，今天的报告文学作家们是遵了谁的命令呢？是遵了社会良心之命。

大家不会忘记20世纪70年代徐迟的《哥德巴赫猜想》。此文生动地描述了我国中年数学家陈景润攻克世界数学尖端"皇冠明珠"课题"哥德巴赫猜想"的经过，树立了中国当代知识分子的光辉形象，有力地批判了

① 王学泰：《最是一年春好处》，《光明日报》2010年4月10日第6版。
② 见屠岸：《说不尽的卞之琳》，《文艺报》2010年7月2日第4版。

知识分子是"臭老九"的极"左"思想，呼吁全社会要尊重知识、尊重人才，也传达出"科学技术是第一生产力"的新理念，是当时思想解放运动的一声号炮，被公认为粉碎"四人帮"以后第一个报告文学经典。随之有程树榛的《励精图治》，理由的《希望在人间》及黄宗英、陈祖芬、黄亚洲等人的一批优秀报告文学面世，形成了推动改革开放的强大舆论氛围，也对当时社会上存在的许多问题进行了思考和理性追问，达到了我国报告文学写作的一个新高度。后来逐渐转向史志性写作，对某一领域、某一地区、某一事件做历史和现实的纵横比较和文化透视。有的称为纪实文学，报告的新闻性差了些。有的转向了人物传记，出现了《胡雪岩》、《赛金花》及共和国将帅写作。这些作品都富有历史纵深感和传奇色彩，其市场需求量很大。世纪之交以来出现的历史性追述的重要作品，有李鸣生的航天系列报告、何建明的《国色重庆》、王树增的《远东，朝鲜战争》等等。青年作家李春雷以描写邯钢发展的长篇报告文学《钢铁是这样炼成的》崭露头角，然后又以《宝山》荣获鲁迅文学奖和徐迟报告文学奖。他的《赤岸》书写刘邓率领八路军129师在河北涉县一带对日作战、发展壮大的历史亦广受好评。相金科曾撰文对李春雷的创作进行了全面系统地分析评价。[①]记录和描写世界瞩目的三峡工程者，先后有黄济人的《命运的迁徙》、刘继明的《梦之坝》、何建明的《国家行动》等。其中《国家行动》被改编成同名电视剧，何建明另一部追踪中国石油开发的《部长与国家》也改编为《奠基石》在央视一套黄金时间播出。孙晶岩的《中国动脉》、徐剑的《东方哈达》、董生龙等的《青藏大铁路》则是对西气东输等西部开发建设生活的生动再现。而梅洁以家乡湖北丹江口南水北调工程为对象，写出了具有汉江历史文化风情的《大江北去》，表现了丹江口人民的大局意识和伟大牺牲精神。这是报告文学作家们在自觉地为国家写史，为民族塑像。当前直击现实问题的报告文学也没有中断，曾经写过《无极之路》的王宏甲拿出了《中国新教育风暴》，黄传会呼喊出的《我的课桌在哪里》等，都表达了对中国教育事业发展的关切。朱晓军的《天使在作战》、《一家疯狂医院的最后疯狂》、《一个医生的救赎》三部曲，集中描写陈晓兰医生一身正气地在医院里打假、反腐败的事迹，记录了我们时代的良心。

---

① 相金科：《奏响时代的音符》，《文艺报》2009年4月11日第2版。

在2003年"非典"袭来之时，杨黎光的《瘟疫，人类的影子》、徐刚的《国难》、王霞的《生死关头》，都描述了那场看不见的惊心动魄的斗争。在2008年初的抗冰雪斗争中，蒋巍的《2008——中国的春天》便是那场意外天灾和抗灾斗争的生动写照。三十多年前的唐山大地震后，钱钢、王立新各写出一部《唐山大地震》。汶川大地震又吸引大批知名作家张胜友、何建明、李春雷、蒋巍等，第一时间奔赴抗震救灾第一线，与新闻记者共同进行实地采访和写作。山西赵瑜、李杜的《晋人援蜀记》，表现了三晋人民内心深处有一种顶天立地的人文实力，崇尚和实践"义字当先、不遗余力"的崇高精神。中国传统文人所具有的忧国爱民、兼济天下的人文情怀在抗震报告文学中表现得最为充分，作家们写起来也格外得心应手。玉树地震、舟曲泥石流发生的第一时间，都有报告文学作家在第一线的光辉身影。有人说，中国人把报告文学看成中国社会变迁发展的读本，这半点不假。作家们敏锐捕捉国难的发生，义无反顾地奔赴前线，用生动的笔触及时而准确地描述了军民携手战斗在生死之间的历史一瞬，在读者中也形成了核心价值意义很高的报告文学阅读风潮。这些新作突破了30年前问题报告文学或一般正面报告文学两者的界限，在历史文化意义、革命人道主义开掘等方面都有所加强。前些年，报告文学也曾经使人摇头叹气，因为它曾经受市场影响，作家为赚钱而写，时有阿谀逢迎之嫌。王晖著文总结新世纪十年来报告文学的裂变与复兴，认为从20世纪以来报告文学呈多元化特点。由于国家意识形态、精英知识分子意识形态和商业主义意识形态多重互渗，报告文学也出现了良莠不齐的局面。[1]他呼吁回归经典，回到百年来所公认的世界与中国报告文学经典榜样和标尺上去，拓展新思维，也创立新范式。

广大报告文学作家在忙于追寻时代前进的脚步，总是被火热的生活现实或艰难的人生事象所感动，没有心思去关注怎么反传统、反理性。所以在文艺批评中，都说报告文学几乎不受西方文化的影响，这是很客观的。报告文学与小说的不同便是尊重事实、不随便虚构。它们是因事写人，小说则多是因人写事。报告文学作家们一直是时代的弄潮儿，若讲如何回归文学自身，他们便是一直坚守和维护着文学自身，毫不动摇地表现着现实。同时他们越来越重视用翔实的情节和生动的人物形象进行艺术表

---

① 《光明日报》2010年8月26日第12版，王晖文章。

达，在许多方面达到了小说不曾达到的社会性与文学性的高度结合，时代性与人性的双重成功展现。北京第29届奥运会的筹备和成功举办，成为整个中华民族自豪情感的爆发点。孙晶岩的《五环旗下的中国》、何振梁的《艰难的起飞》、赵杰的《1984，天使之城的奥运往事》、达度与洛沙的《体操神话——仙桃奥运冠军群揭秘》，以及蒂尼、郝敬堂、赵剑平、蔡桂林、沈晓泓与仇碧波、高殿民、卢戎、李木生、东方剑、王希泉、张海飞等人的报告文学都成为这次中国人百年梦圆的生动记录。曾哲的《觉建筑》却没有直接写奥运赛事，而是将笔触投向奥运建筑，一切围绕着鸟巢等展开，被称为有声有色的凝固的音乐。

在纪念我国改革开放30周年前后，出现了一大批表现改革开放的报告文学佳作。其中有吕雷、赵洪合作的《国运——南方纪事》、何建明的《农村革命风暴》和《破天荒》，张胜友《珠江，东方的觉醒》、傅加华的《深圳记忆》、钟兆云的《一位日本友人的特别行走》等。其中李春雷的《木棉花开》获得了意想不到的好评。除了前面提到相金科的文章，李炳银又为之感慨道："多年来，报告文学已很少有像《木棉花开》这样使人震撼和动情的作品了。"因为《木棉花开》真正地还原了一位老共产党员、原广东省委书记任仲夷的真实人生。对其生动的个性和真正的党性，作者没有做仰视的描述，而是将人物融入自己的情感，把主人公任老真正写活了，将这个难以驾驭的题材进行了最佳的艺术表达。这证明当代中国的报告文学既出思想也出艺术。

还要看第五届鲁迅文学奖评出的五部报告文学作品，它们各有千秋，代表了三年来我国报告文学创作的新收获，是这个文学样式发展的新标志。李鸣生的《震中在人心》和关仁山的《感天动地——从唐山到汶川》都是描写2008年汶川大地震和抗震救灾的力作。冯艺评价说，李鸣生和关仁山都出色地履行了"时代书记官"的使命，但两部作品却以不同的视角把国难中人的生命创痛、幸存者的情感记忆与精神影响表现得感人至深。李洁非的《胡风案中人与事》，用大量可感的历史细节记录了当代历史上最为创伤剧痛的冤案，牵扯出共和国历史的伤口，直逼我们警省和反思。这是追寻历史，以史为鉴。范咏戈、吴秉杰等也高度赞扬老作家彭荆风的《解放大西南》，认为作者通过描述那场艰难的战争折射出我国革命战争史中的一个重要侧面，将革命史、军事史融入个人经历与情感中，使历史题材在具有历史性的同时获得一种难能可贵的"在场感"，达到了激情与沉思同在。张雅文的《生命的呐喊》表现了一个普通人在这个伟大时代的人生轨迹和奋斗历程，以女性的心怀和感受叙述了自己生命历程中的种种遭际。此作开辟了一条小人物与大时代相链接的纪实作品新路子，为报告文学关注个体生命意义提供了可借鉴的经验。这次评奖结果再次证明，当代广大报告文学作家充当时代和人民大众的代言人，其精神难能可贵。他们与现代后现代不是一路，或者说他们是后现代也可以加盟的一路。试想，余华《兄弟》的翻译者，若把这些气壮山河的报告文学译出去，外国人也会产生对中国人的误读吗？

四、太阳向着散文微笑：中国散文热

在总结30年散文成就时，韩小蕙形容现在是"太阳向着散文微笑"。王兆胜认为20世纪90年代以来散文曾经入主文学的"中心"，显得异常火爆，大有一枝独秀之态。而林贤治、祝勇却认为当今散文"依旧波澜不惊，浑涵一片"，是"病态的虚肿"。也有人说散文走进了沼泽。这种判断有点偏颇，自然有人反驳。①这里就让我们从余秋雨说起。

20世纪80年代末和90年代初，上海学者余秋雨踽踽而行，他"背负着生命的困惑，开始寻找一个个文化遗迹和文化现场"，于是有了他震动文坛的第一个散文集《文化苦旅》。其以独特的文化视角、鲜见的文史资料、深刻的文学题旨，特别是忧患文化逝去的情愫打动了万千读者，形成了一股空前的文化散文热。改革开放以来游记散文大兴，各地挖掘历史文化、民俗风情的散文不断出现。这与余秋雨的举动有关，河北韦野的散文《五灵脂》、《石林赋》等在20世纪80年代广受好评，曾被多处转载。福建马卡丹的客家生活散文更有文化人类学、民俗学意义。但是人怕出名猪怕壮，余秋雨竟然多次遭到或轻或重的批评和指摘，他却接二连三地拿出了更多新作，每一部都是畅销书。若说余秋雨在散文上的功劳，就是创造了大文化散文的新文体。

散文有广义、狭义两种，广义的除了押韵的都算。狭义的有记叙、抒情两大类。五四时还有小品文的概念，从英文翻译来的，以短小隽永、亲切自然为特点。当前的散文中，说史怀古的思辨成分在增加，体式上更是随机性极高，包容量更大。2009年《散文选刊》第5期刊登了铁凝在首届东亚文学论坛上的演讲《文学是灯》，这属于演说体、创作体会体。该

---

① 陈剑晖：《三十年散文不应否定》，《光明日报》2010年8月12日第12版。

刊第6期又发表了日本大江健三郎在北京大学的长篇演讲《真正的小说是写给我们的亲密的信》。更想不到2009年《美文》第3期翻译发表了美国新任总统奥巴马的就职演说、卸任总统小布什的演讲词。这些讲演富有个性和激情，现场感强，口吻亲切生动。网络的发展，为长篇小说也为正在走红的散文提供了宽广的天空。但许多博客作品不伦不类，有人批评那是"疑似"散文，而虚构的没有真我的散文则是散文的异化，或说是泛散文化。我看疑似与异化、泛化是缺点，也是一种新发展。不能只把叙事抒情散文当散文，而排斥散文的思辨性。

中国本来就是一个古老的散文大国。一部《文选》，一部《古文观止》传承到今天，虽然文史不分，却不知培养了多少作家。在西方，二战之后由于广播影视的高速发展，欧美文坛的散文创作走向低谷，文学刊物大多以小说和诗歌为主，文学批评也罕及散文。普立兹奖没有散文家的份。诺贝尔文学奖也大半颁给诗人、小说家和剧作家，只有卡内提奖能够拿散文集去参评。在我国，鲁迅文学奖中有散文的份，还有冰心散文奖、郭沫若散文奖、曹靖华散文奖等较大奖项。散文凭借着文学传统的支撑和时代的呼唤，一直保持着旺盛的生命力。尤其是20世纪90年代以来，在文学总体上处于中西文化碰撞选择之时，散文作家队伍日益壮大，从事小说、影视、戏剧和学术研究的人们也常写散文、随笔，在鲁迅文学奖中有不少获得散文奖的原本是小说家。这是因为散文没有疆域，立意自由开放，题材选择广泛，手法灵活多样，文体上也便于拓展出新，风格上更是异彩纷呈。但散文在描写社会历史、现实与诉诸个人内心上是有差别的，也不断有些争论。古耜在评论王巨才散文时说：散文"不应当在仅仅满足于山水风月间的独抒性灵或世俗庸常里的我思我感，它需要进入一个更高更开阔的审美境界：个人性与历史意识、时代精神的相互碰撞和有机整合……但一本《退忧室散记》却分明在个人性、历史性和时代性相统一的维度上，进行着扎扎实实而又卓有成效的努力"。①今天的散文也不能不受后现代的一点影响，网络作家安妮宝贝、祝勇、周晓枫等自然个性化更强，有些后现代意味，但尚亲切、自然，不是那么碍生、另类。缺乏思想内涵的垃圾也不是没有。王宗仁在《散文美于思想》一文中强调："思想代表散文的深度，散文之美美于思想。我说思想，当然是崇高，是大美，

---

① 《海燕·都市散文》2010年第10期。

是必须建立在作家丰厚的阅历与经验的基础上。"[①]这是王宗仁多年散文创作的深切体会。林非、周明、石英、阎纲、张守仁、彭学明、红孩、王兆胜等，都是散文创评双佳者，也是新秀的扶持者。

现在，陕西《美文》连载中长篇散文，而天津《散文》则经常选发千字以下的短文。《散文百家》打出了"新概念散文"的旗帜，旨在倡导新一轮创新。广东办起了《中国散文评论》，这是散文界第一个理论期刊。当前丰富的散文创作和理论研究已经构成了我国散文史上的空前盛况。当代文学能够进入中小学教材的主要是散文，学生开始练习作文也属于散文，于是散文便有了青少年这个庞大的读写群体。中国社会正在老龄化，一亿多老龄人退休赋闲，坐下来回忆总结自己的人生经历和生活经验，写出来就是叙事性散文。还有他们为奥运会、飞船载人升天、卫星嫦娥登月的欢呼，也写成了诗和散文。现在大报小报基本不载小说而刊登散文、随笔或杂文，也为一老一小两种人群的散文创作提供了园地。小说界在学习西方过程中，大胆地颠覆传统、颠覆理性、颠覆语言，大多数散文家却两耳不闻一般，基本照样用汉语进行传统性的表达。即使个别人吸收一点新理念、时髦的词汇，但比重极小。散文的主流和主体，一直是爱国、怀古、忆旧、恋乡、游历、阅读、心灵袒露和生命探究，也有严厉的抨击和深长的忧思。大家没有跟风，而是一种可贵的坚守，是对一片文学净土的捍卫。于是有人说，散文没有什么黄色描写是环保型的创作。有人号召要向欧洲培根、加缪、罗素等人的作品学习，少一点小花小草、小情小调或过分的逍遥与内敛自持。我国散文的重大叙事也不少，魏巍的《谁是最可爱的人》、梁衡的《大有大无周恩来》等便是主旋律名篇。关于奥运、抗震抗洪，大家与诗人们一样激情飞溅，表现得开阔大气。

然而王国维早就说"散文易学难工"，很多人的实践都有同感。阎纲在《恕我直言——不仅关于散文》中引用牛汉的话说，散文是"诗的散步"，又说张守仁认为散文"要有我，写特殊，特殊写"。阎自己总结说，散文必须有"独特的发现，独特的感悟"，"独特的感悟，自由的抒发。贵在'独特'，尤在'自由'"。[②]这都是老作家们的经验之谈，要写出独特与自由来需要多年的苦功。2010年9月在京召开的散文学术研讨会上，周明等提出要解决当前散文因缺乏人文精神而"矫情"、"滥

---

① 《光明日报》2010年6月11日第10版，王宗仁文章。
② 《中国文化报》2010年10月11日第7版，阎纲文章。

情"、"芜杂"之弊，张守仁也强调"散文要瘦身"。王必胜则"呼唤纯粹的散文"，目的是倡导作家对中国文化的敬畏，保持写作者应有的矜持，从思想和哲理的高度剖析人性，敏锐地感受当下生活。新世纪以来，李晓红等人编选的《思想者的心声——林非八秩特辑》、《石英美文选》、《王充间散文》、红孩主编的《中国60年抒情散文100篇》及最近柯岩、胡笳主编的《与史同在》等都是当代散文精品的结集。徐光耀的《昨夜西风凋碧树》、王宗仁的集子《藏地兵书》等已经荣获鲁迅文学奖。王兆胜的《东鳞西爪集》，被缪俊杰评价为他"心灵的牧场"，这便是"纯粹的散文"。新近见到尧山壁的《百姓旧事》，以极为简约的文笔描述了20世纪五六十年代冀南的风土人情，批判了极"左"路线在基层的危害。其思想力度之大和朴实无华的表达很见功底，这在当前文苑中也十分难得。

随笔、杂文是广义的散文，在改革开放后也迅速发展起来。它们发扬鲁迅遗风，以笔做投枪、匕首，鼎新革故、激浊扬清，启人心智也给人以美感。河北日报社在20世纪80年代率先创办了《杂文报》，后又办《杂文月刊》，广东创刊了《随笔》杂志。各媒体的杂文、随笔专栏更多。从写作、阅读和园地等方面共同形成了全国触及时弊为主的文艺性言论写作高潮。一些学者、编辑记者写散文或写杂谈，其思想敏锐，有感而发，"不平则鸣"。比如刘润为在编辑岗位上笔耕不辍，结集出版了《潮流之外》。朱铁志既写新闻又写杂文，曾经以《自己的嫁衣》一书荣获全国鲁迅文学奖。王剑冰评价朱铁志的文章精短有力，笔下大事小事、嬉笑怒骂、幽默风趣，皆成佳作，已形成了朱铁志的独特风格。

五、儿童文学、校园文学和青春文学

儿童文学是"三大件"之一，包括青少年自己的创作和成人创作的关于少年儿童的文学、影视作品等。这是孩子们成长的重要精神食粮，也是校园文化、家庭文化的重要组成部分。

儿童文学是文学园林中鲜嫩可爱的花草。许多人曾经认为这是"小儿科"不值得去搞。可是我国已经有了儿童文学创作的传统，出现过叶圣陶、张天翼、冰心、陈伯吹、严文井、柯岩等儿童文学大家。现在已经形成一支老中青皆有的儿童文学创作队伍。资深童话作家中健在的还有葛翠琳。她吸收和运用民间文学创作了一批具有民族特色的童话。其代表作《野葡萄》、长篇童话《半边城》、《最丑的美男儿》和中篇《核桃

山》深受小读者欢迎。别林斯基说：儿童文学是孩子的节日，金波也说为幼儿创作，是我们的节日。①他评价高洪波到知天命之年才写幼儿文学，并且以诗歌《我想》、散文集《悄悄话》等荣获全国"五个一工程奖"等奖项，成为当今我国儿童文学的扛旗人。曹文轩的长篇小说《草房子》，20世纪89年代以来已经印刷100次，这在我国绝无仅有。肖复兴曾经评价说："在这部小说里有着描写一唱三叹的故事，却不净是故事；有音乐乐章复调式的形式，但不仅是形式；有沉稳扎实感人至深的细节，又不光是细节。在我看来，曹文轩靠的是对孩子、对生活、对文学的真诚，靠的是弥漫全书字里行间的童心和爱……才使得这部小说不仅是走进喧嚣的市场，而是走进人心；不仅走进生活，更是走进文学。"苏文也赞叹这部长篇"做到了有意思和有意义两点"，作者追求的"雅致、雅趣、雅兴"，"让我们想起浪漫、温馨、遥远，想起浪漫的童话"。②

　　黄蓓佳从20世纪70年代后期以来，一直对儿童小说创作笔耕不辍，她对描写残疾或弱智儿童格外上心，形成了独特的创作特色。比如《小船，小船》中的芦芦、《在你的身后》中的"我"、《天边的桃林》中的桃叶、《窗外的石榴花》中的小聪和《你是我的宝贝》中的贝贝等形象都十分可爱。2010年秋，黄蓓佳出版了"5个8岁"的长篇儿童小说系列，各部的时间背景分别是1924年、1944年、1967年、1982年和2009年，这便形成了百年叙事，意在让孩子们了解中国百年历史沧桑，也让域外孩子们了解中国。这是儿童小说创作的大手笔做出的大举动。另一个是大受孩子们欢迎的杨红樱。她在1981年19岁时就梦想当一个受学生欢迎的好老师，并且开始写科普童话。在1998至2008年十年间，她的作品销量达到3000万册。2008年上半年，全国评选出少儿畅销图书180种，杨红樱的作品竟然有71种。即使是世界级超级畅销书《哈利·波特》在中国也卖不过杨红樱的作品。杨红樱以其作品之多，影响之大，被成千上万少年儿童读者所崇拜，有的认为她简直就像一个智慧无穷的外星人。她的"杨红樱校园小说系列"、"杨红樱童话系列"、"淘气包马小跳系列"、"笑猫日记系列"都是十分畅销的品牌图书，而且由多个语种出版发行。她的创作体会是：我的写作早已和小读者们的阅读融为一体。关义军的长篇儿童小说《垃圾班的宝贝们》、《这个班级有点怪》等，以写实的方式表现当代少儿们的

① 《中华读书报》2006年4月26日第12版，金波文章。

② 《光明日报》2010年10月9日第6版，肖复兴、苏文文章。

学习生活乐趣和同学、师生之间的关系，弘扬了真善美和积极向上的人生理念。李志伟的《楼兰，楼兰》是一套四部，被称为中国原创冒险文学系列，具有西北文化底蕴。杨争光的《少年张冲六章》描写张冲的求异思维，呼吁社会要对之宽容。科幻小说早就为少儿们所喜爱。张之路的《小猪大侠莫跑跑》系列运用变形、奇遇、历险等各种手法，描写了小学生莫跑跑误入基因实验室变成小猪，历经无数周折才转换为人的奇异过程，是当前我国科幻创作中的一个亮点。郑渊洁、秦文君、张品成、薛涛、王巨成、牧玲、吴玢、于家臻、郑世芳、董天柚等人的少儿作品也很受小读者喜爱。少儿报刊，早有《中国少年报》、《儿童时代》、《儿童文学》、《中学生》等，并且有了《大灰狼》等面向低幼年级的园地。这些读物陶冶了孩子们的情操，培养了他们的阅读习惯，也打下了建设学习型社会的良好基础。

儿童影视作品也在发展。新中国成立以来出现的电影《鸡毛信》、《小兵张嘎》、《闪闪的红星》、《祖国的花朵》、《阿福寻宝记》、《花儿朵朵》、《雁红岭下》等，形成了小英雄电影的战争叙事，是建国初期校园生活的新作。改革开放以来，我国少儿影视集中塑造富有个性的儿童形象。其中有与家庭伦理有关的《泉水叮咚》、《妈妈》、《冤家父子》，反映校园生活的《多梦时节》、《十六岁花季》、《红发卡》，有反映少年犯罪问题的《绿色钱包》、《少年犯》，有关注残障儿童生活的《启明星》、《背起爸爸上学》，以及塑造历史人物少年形象的《孙文少年行》、《少年毛泽东》、《少年彭德怀》、《少年雷锋》等。儿童影视作品总量在上升。鼓励立志上进的已有《上学路上》、《隐形的翅膀》，还有表现孩子们在物欲横流的现代社会中如何保持善良、真诚人性的《暖春》、《红棉袄》。根据王朔长篇小说改编的《看上去很美》、《向日葵》等影片表现了孩子们对成人有一种审视意识，敢于大胆挑战成人世界。而《17岁的单车》中塑造了一个在北京奔波的外地少年小贵，这个形象是社会底层青少年面临生活的困苦、家庭和社会的压力而无奈地、坚韧地生存着的一个代表。2009年重庆市推出了儿童话剧《小萝卜头》，在京上演收到了很好的效果。现在动漫产业蓬勃发展，动漫作品《喜羊羊与灰太狼》等广受少儿欢迎，连大人们也喜欢起来。但是，我们还缺少中国式的《哈利·波特》。谭旭东、李学斌等人也对少儿作品中"少儿不宜"的内容提出了严肃批评，呼吁儿童文学作家必须为未成年人负责，商业性的少儿文艺不要只追求搞笑和卖点，也不要像一些人那样跟"好妈妈"的风。然而与成人的创作相比，少儿文艺品种和总量还显太少。

校园文学，从20世纪90年代开始兴起。主要是孩子们自己写自己，这种文学少年化、低龄化甚至"神童化"的倾向早已被社会所关注。其中，赵荔从7岁开始写长篇纪实小说《3·1班故事——我们的快乐时光》，第二年公开出版造成轰动。现在赵荔已经18岁，竟然出书5部。有人称她为天才，她却说"我不认为自己是天才"，但是我有故事、情绪和思想要表达，表达完了也有人愿意看。蒋方舟9岁时就出版了第一个长篇《骑彩虹者》。"80后"女生朱苑清，16岁时就发表短篇小说《一个美丽的谎言》，获得第15届全国青年文学奖。三年后拿出了长篇小说《贝贝》。她说，三年的时间我在长大，在学习。我自己给自己出难题，每一个情节都考究。这是一个相对认真的校园文学写作者。阿朱写出了校园小说《没人疼》，前半部搞笑，后半部转向了深沉与忧伤，语言运用东北方言，表现力很强。已经名声大振的韩寒在新概念作文大赛中脱颖而出，他的长篇小说《三重门》曾经火了一把。本人阅读这部时髦之作，感到其中既有对中国传统的尊师重教理念的反叛，也有对新教材新教法的期盼和个性的张扬，显示了青少年创作的主体性。郭敬明的《梦里花落知多少》，以及郭妮、蔡骏、张悦然等"80后"们的作品都被看做才子之作。他们还办《最小说》、《独唱团》等杂志。然而，他们的生活经历毕竟有限，一开始不是写老师同学就是写爸爸妈妈或他们遇到过的人，不是上学上课玩球就是旅游。但他们自信地冷眼看世界，试图对现实生活进行超越，有后现代主义的某些特点。虽然那些主人公的想法不现实，但他们的作品新锐、清新。其中少数优秀者已经成长为当红作家，郭敬明还被王蒙推荐加入了中国作家协会。想来少年才子自古就有，甚至有不少神童现象，当今出现几个韩寒、郭敬明、赵荔是很正常的，毕竟他们给我们的文坛带来了一股青春的气息。现在网络、影视等媒介都对当代儿童文学、校园文学、青春文学敞开了大门。他们在网上或手机上自己写、自己读，甚至像郭敬明那样自己卖，也可以说是一个完整的青春文学产业链。

铁凝在2010年"文学走进大学校园"活动启动仪式上说："青春、激情、理想、信念是文学的永恒主题，是文学永恒生命力的证明。"的确，青春年华最容易调动作家的创作激情，青少年阅读队伍也最为庞大，所以青春写作尽管稚嫩，或者说只是他们需要的一种青春文化消费，但一直长盛不衰，已经是文学中不可忽视的大类。青春文学与校园文学有所交叉。前者的作者应当指十六岁左右到二十几岁的大龄少年和低龄青年，他们主要描写初高中、大学生活或刚刚走向社会时的境遇与情感，带有青春期生理上的某些特点。石夫的长篇小说《书生意气》描写了一群迎接高考又名落孙山的学子们，有的跳了河，有的去教书，有的去卖苦力打石头，对当今教育体制和家长望子成龙、光宗耀祖的思想进行了质疑和抨击。康志良的长篇小说《大爱无形》是大学校园生活小说，展示了大学生在学习、恋爱、友谊、人格、理想等方面走向成熟的曲折精神历程。顾坚的长篇小说《元红》是对成长中的农村青年生活和命运变化的描写。当这群男女学生怀着生活的理想和追求走向严酷生活现实时，表现出了他们的幼稚、脆弱，也表现出内在的坚强。他们在苦难的生活中尚可以含辛茹苦，而进入灯红酒绿的花花世界则可能经不住世俗的诱惑，证明他们需要继续在实践中历练成长。这便是成长小说、励志小说。王小鹰的长篇小说《长街行》也描写了几位来大都市的农村青年的生活经历。他们带着校园时期的幻想和狂妄，遇到的却是生活对他们的选择与考验。其女主人公的反复遭际与坚韧的生活态度，使她在磨砺中走向成熟。当然《长街行》也可以归入打工文学，不少打工文学也是青春文学。这些写作者普遍都是网民，比如刘弢、陈村、菊开那夜、千里烟、雷立刚、殷健灵和前面提到的校园、青春小说作者们都是网络出身，是鼠标加键盘形成的作家。2005年时，徐虹出版了她的长篇小说《青春晚期》，受到专家学者们的关注，认为这不但指30岁之后的年龄延伸，也包括他们心态的老化、不健康、颓废等"城市病毒"。这是承上启下的一代，但"70后"们心中都有青春晚期的情结，也被看做青年后期。作者有青春晚期面对脸上褶皱的伤感和对未来的期望，撕开了城市人的伪装，袒露出内心深处的伤口却不知如何疗救，所以又变成一名充满悲悯情怀的牧师。刘威成的长篇小说《爱情回锅肉》则是描写了一群重返校园的进修者，被称为"泛校园"小说。青春写作是清新、鲜活而有朝气的，感情上普遍是细腻而无奈的。因为这些人大多成长于衣食不愁的城市家庭，父母对他们都有过严格的管教，却又没有经过五六十年代人经过的那种风浪的考验，自然是写自己身边的琐事和对校园、家庭和社会的初步感受，故事性较差，自恋自艾自赏情趣较重。而随着年龄的增长，他们笔下的东西越来越丰厚，很多人也玩起了玄幻、穿越、纪实，眼界和题材、体裁也宽泛多了。

现在人们区分作家往往用"70后"、"80后"、"90后"，好像十年便是一代。有人认为这不太科学，本人也觉得有些不当，因为"80后"与"90后"之间很难在思想与艺术等方面严格区别。然而当今社会脚步的确加快，代际差别的变化也在加快，相差十年便会有所不同。有人还顺此延伸到"60后"、"50后"甚至"30后"，一改过去"十七年文学"、"新时期文学"的提法。阎纲的长篇散文就叫《我是"30后"》，一见便有一种幽默别致之感。而诗歌影视界则称第几代，各代之间的思维方式、艺术风格也是有区别的。牛学智认为"80后"首先是一个"文化事件"，"别的人看来严正的事情，在他们一些人那里不过是心血来潮时开的一个玩笑。仿真、抄袭、票友、发烧、赚钱、娱乐至死，波德里亚那里成为问题的问题，在中国的'80后'这里俨然成了铁打的现实"。当然这不能说是"80后"、"90后"们的绝对的思维方式[①]。从日常生活中，我们可以看到"80后"们的成长词典中出现了那么多新"词汇"：3G手机、随身听、星巴克、party、前卫电影、网恋、任天堂、俄罗斯方块、圣斗士以及VCD、DVD、MP3、MP4、掌中宝、电子书、数码相机……还有那些只有他们自己听得懂的网络语言：腐、宅、耽美、脑残、王道女、花样男、非主流、火星文，那些谐音换字的"蒜你狠"、"姜你军"、"钱途叵测"……促使我们积极开展"80后"、"90后"文学研究。

第二节 大众文艺的蓬勃发展

现在所说的大众文艺，包括传统意义上的通俗小说、现代传媒的大部分影视、歌舞和综艺节目，以及大批网络作品。通俗文艺，中国自古便有，世界各国都有。如何看待通俗文艺，一直存在着各种争议。近来范伯群研究五四前后雅俗文学二者关系时提出了"两翼论"。他说：从清末到五四，知识精英学习西方写出的雅文学与市民大众的通俗文学曾经有过良好的合作关系。梁启超创办《新小说》时，就视通俗作家吴趼人等为同盟者，给大量篇幅发表《二十年目睹之怪现状》等声讨晚清官场、社会腐败的小说。当通俗作家李伯元主持《绣像小说》时，别士（夏曾佑）在该刊上发表《小说原理》说："惟妇女与粗人，无书可读。欲求输入文化，除

---

① 牛学智：《"80后"与马金莲》，《文艺报》2010年11月15日第2版。

小说充分更无他途。"所以今天范伯群认为这两例证明通俗文学作家有趋新表现，其作品也被精英作家承认有启蒙作用。但从1921年开始，雅俗渐渐分道扬镳。分道的原因，主要是先锋的《文学旬刊》把《礼拜六》等刊物和反映社会、婚恋问题的作品看成是"鸳鸯蝴蝶派"，并痛斥通俗文学作家，还骂读者是"懒疲的"读者社会。[①]后来《文学》周刊在宣言中又把通俗作品视为"敌人"，叶圣陶、朱自清持中立调和态度，却无济于事。当前，仍然有些精英对通俗的东西嗤之以鼻，觉得它们俗不可耐，没有艺术创新和文化品位，只是逗人们一乐而已。然而通俗文学作家和一些评论家则认为，这样的作品有广大的读者群，拍成电影电视以后观众群体更大，如果没有通俗文学、通俗文艺，整个文坛艺苑就会失去大半江山。通俗文学作家们也在不同程度上进行着思想艺术的创新。从文化生态平衡角度来看，高雅文艺与通俗文艺都是客观存在的，它们是天然合理的。

一、通俗小说和武打、言情、谍战等电视剧

通俗文艺的大宗就是通俗文学，主要是通俗小说。前面提到晚清早期的《海上花列传》受到过鲁迅等人的肯定。辛亥革命后出现了徐枕亚的长篇言情小说《玉梨魂》，李涵秋的长篇《雌蝶影》。清代时公案武侠小说便已经出现，五四时期又出现了平江不肖生的长篇《江湖奇侠传》、《近代侠义英雄》。同时切近现实生活的小说也纷纷面世。有徐卓呆的短篇小说《卖报童》、《微笑》，何海鸣的短篇《一个枪毙的人》、《先烈祠前》、《老琴师》和长篇《十丈京尘》等。其中《老琴师》被学者评价说绝不亚于当时的先锋小说。后来才有张爱玲表现女性自我的小说《倾城之恋》，张恨水的长篇名作《啼笑姻缘》、《金粉世家》等。20世纪80年代，琼瑶、三毛等人的言情小说开始在大陆流行。

在20世纪三四十年代革命根据地的小说中，赵树理的《小二黑结婚》、《李有才板话》等影响巨大。还有李季、阮章竞、贺敬之等人的诗歌，公木、郑律成的歌曲等，都是革命的大众的通俗文艺。其中不少名作一直被奉为经典。虽然学术界有人认为抗战文艺不属于一般的通俗文艺，但也绝不是阳春白雪的小众文学。一些现代文学史中对通俗文学不予承认，而范伯群诸公的文章似乎更为公正客观。我们进入市场化社会后，现代传媒的大众文艺的数量比过去何止多过千百倍。

---

① 范伯群：《1921-1923：中国雅俗文坛的"分道扬镳"与"各得其所"》，《新华文摘》2009年23期。

　　下面重点说武林故事。港台金庸、古龙、梁羽生等人的武侠小说也在20世纪80年代被大量引进，形成了大陆的武侠小说热。世纪之交，北京大学、浙江大学都把香港的金庸老先生请来讲课，浙大还曾经把金庸聘为文学院长。各大学和研究机构都对金庸现象关注起来，又一时形成了大陆通俗文学研究热。2000年11月上旬，北京大学专门召开金庸研讨会。与会者认为金庸小说改变了古代武侠小说暴力仇杀的套路，弘扬人间正气，批判封建专制，具有历史感和时代感，表达上继承了五四新文学状态，同时融汇了中国古代儒道佛的思想观念。正如金庸所说的"为国为民，侠之大者"。所以金庸写出了多少"剑胆琴心"、"侠骨柔肠"，倾倒了海内外多少读者。这也曾经产生了争论，有的文论家对此不屑一顾，仍然坚持着传统的精英文人立场。美国在第二次世界大战之后出现的"美国学"，主要研究畅销书现象，托马斯·英奇曾经在20世纪70年代主编过《美国通俗文化手册》，几年后又从中精选出一部分改名为《美国通俗文化简史》，还在序言中说："对通俗文化的认真研究是美国各大专院校文科中最新最重要的发展。现在越来越多的学者从传统的专科范围转向通俗文艺中一些从未被探索过的、跨学科的问题，从而一大堆有用的研究资料开始积累起来。"英奇等人的编辑研究和倡导，曾经使美国一些著名学者对通俗文艺的看法由轻视转为重视。20世纪70年代末、80年代初，我国《包公案》等公案小说和《三侠五义》、《大八义》等重新出版，慈禧太后、李鸿章等都被写进了通俗作品。后来曾经出现滑坡，但随着读者层的变化又渐渐回升。有关影视作品紧紧跟上，最早热播的是《霍元甲》、《射雕英雄传》、《少林寺》等，都曾征服了亿万观众。在创作上，武侠小说的确有相互雷同的缺点，但作家们自有艺术主张。比如香港武侠新秀黄易，于2009年4月13日到上海出席他的作品精选集的发布会时，说："武侠是中国的科幻小说。它不受任何限制，驰想生命的奥秘……与中国各类古科学结合后，就能创造出一个自圆其说的动人天地。在武侠世界里，我们可以驰骋中国优美深博的文化，任由想象力天马行空，追求其他文学题材难以达到的境地。"黄易还强调，武侠小说的活力是不断随着时代发展的，不论武侠或科幻，都是"人类在寻找超越自己的可能性"，"武侠的未来，在于新的理念、新的突破。我们需要的，是属于我们这个时代的新武侠"。[1]黄易主张"藉武道以窥天道"。他的《寻秦记》、《大唐双龙

_____

① 《光明日报》2009年4月14日，采访黄易报道。

传》、《覆雨翻云》等发行量都在百万册以上，有关电视、动漫和游戏也纷纷跟进，从而形成了一个新的黄易武侠热。

武林故事在当前民间资本注入的情况下也有突出的表现。比如联盟影业投入两千万元创制的80集电视剧《武林外传》，几年来在全国各地反复播放，形成了一个新武林故事演绎的风潮。在创作上，这部大剧的制片人和编导者首先注意了作品的题旨是弘扬"八荣八耻"的核心价值观，唱出时代主旋律，借古人之口表现一种现代时尚和现代人文精神。制片人郝亚宁曾经总结说："表现英雄主义精神都是主旋律，表现对生活、对亲人、对家园的热爱……反映他们的喜怒哀乐当然就是主旋律。"联盟影业选材的第一关就是：有没有对社会发展有益的东西，是不是积极向上的主旋律。依照这种观念，联盟影业决心全方位打造品牌。《武林外传》的成功，就是因为他们指导思想明确。但他们对主旋律理解得比较宽泛。《李小龙传奇》、《仁者黄飞鸿》和《新楚留香》等，也是武侠、功夫片的成功之作。李连杰、成龙等早已是功夫片的国际明星。

现在言情小说比比皆是，与陈染、林白式个人化的、女性主义的小说交相展示。无论主人公是男是女，是长篇还是短篇，能够胜过张爱玲、张恨水、三毛、琼瑶者毕竟不多。这些作家很善于讲故事，用"情"牵着读者的鼻子走。但也有三角恋爱、多边恋爱的老模式问题。张恨水生前曾经这样说过："世界上之情局，犹如世界上之山峰。山峰千万万，未有一同者。情局千万万，未有一同者。"又说，"在这个过程中，个体的生命情感体验越来越受到现代通俗文学作家的重视，一种人性化、人道化的创作思想在现代通俗文学中占据了核心地位，同时体现出现代通俗文学作家对新兴社会思潮的反思，通俗文学的叙事模式、表现技巧也因此获得前进的动力。"[①]此言有理，作品的创新与题材的开掘并不受文体雅俗影响的。

当前言情、武打小说也正在走向泛化。一些所谓严肃文学中，言情的内容比重在渐渐增大。大多是与自我意识、生命意识的揭示结合起来，有的形成了一种低俗的性展示。过去说"戏不够、爱情凑"，现在根本不是凑而是滥。关于武打，在一些历史、公安侦破题材，甚至革命历史题材中都被吸收了进来，这是作家有意识地向武侠靠拢以期吸引受众。

刑侦、谍战电视连续剧也一直火热。公安司法部门办有《啄木鸟》、

① 《文艺报》2009年2月21日第2版，范伯群文章。

《警示窗》等杂志，后来期刊发行量下滑，刑侦题材的影视剧却越来越火，许多作家便直接搞刑侦影视剧本，或先写剧本再出小说。比如前些年播出的《英雄无悔》、《铿锵玫瑰》等，个个都引人入胜，惊心动魄。更为引人注目的是谍战片在近几年大为盛行。电视剧《生死线》、《生死谍恋》、《误入军统的女人》、《敌营十八年》和续集《虎胆雄心》、《绝密押运》、《狙击手》、《生死狙击》等都曾经热播过一阵。《暗算》、《潜伏》、《誓言无悔》、《誓言无声》、《螳螂》等也都博得了观众和专家学者们的共同好评。这些片子中的英雄人物、地下党人有智慧、有作为，常常绝处逢生，化险为夷，最后是正义战胜了邪恶，大快人心，但青年主人公偶像化倾向较重。

这两类片子已经类型化、套路化，看几部之后就感觉相互之间有些雷同。有些演员演了这部演那部，角色来回变，几部同时热播，给观众的感觉就虚假了。有的成功也有的很不成功。不能播的不必说，播出的也有不少是凑合。在谍战片中，我方特工人员一次次躲过军统、中统、日伪特务高手们的监视考验而屡屡得手，有时显得敌人太傻，一些关键情节太假。观众们自然多有议论，评论家们也有所指正。但久而久之人们疲了，便说看红火热闹吧，本来就是假的。最近热播的《黎明之前》描写的是一场复杂谍战，被称为反传统的谍战经典，也有些逻辑漏洞，编导对美国谍战片盲目进行了模仿。还有的是编剧和导演对反面人物进行了"非常规"地处理，使之丰满鲜活而吸引了观众的眼球，相反的正面人物却显得无所作为，苍白无力。比如电视剧《无处藏身》，其主人公杀人逃逸，一次次躲过公安干警的追捕，还混上了公司老板。对当下谍战戏有人总结出七大俗：特务多为美娇娘，动作枪战齐上场，故事单薄史料挡，虚假夫妻弄成真，敌我双方恋爱忙，钩心斗角胜官场，对白肤浅旁白扛。那么可看新出的《旗袍》、《毒刺》。前者塑造了地下党关萍露和钱鹏飞等机智果敢的英雄人物形象，后者塑造丁芷寒及祝中华、况宝山、刘部长、兰飞、鲁奇等英雄群体。两剧都把背景放在大上海解放前，其斗争的复杂性、残酷性和艰巨性，情节设计的传奇性都是当前谍战片中比较成功的例证。但是里面都和上面说的七大俗相关，特别是都有一个胆识和智慧非凡的地下党女一号，分别由马苏、温峥嵘扮演，演得很到位、很精彩。在整体上，又是对以前谍战片的构思、套路的综合和变异。有人说谍战创作已是机关算尽，笔者以为还是在继续提高、发展着。

二、亲切的城乡底层生活剧

城市家庭伦理剧和各种表现普通人生活的影视作品也在新世纪前后形成了高潮。从老题材来说，根据张爱玲小说《倾城之恋》改编的电视剧在2009年春天央视黄金时间播出后好评如潮。著名实力派演员陈数全身心地演绎了女主角白流苏，树起这个20世纪30年代敢于反抗旧礼教的大家闺秀形象。原小说只有两万余字，改成电视剧后竟长达30多集，拓展了几十倍，基本还按原作者的思路进行，社会效果较好。在现实性的家庭伦理剧中，《大哥》、《大姐》、《婆婆》、《家有儿女》、《金婚》、《我们的婚姻》、《李春天的春天》、《夏妍的秋天》等，都让人感到很亲切，就像自己身边或自己身上发生过的事情，看了也很受启迪。《王贵与安娜》、《牵挂》、《错爱》等也都真实可观。其中《错爱》是错误的离婚、错误的再婚，追求新的幸福而不幸福，不得不用巨大的精力和时间去化解与前妻、后妻、儿子之间的矛盾。它告诉观众不要把婚姻当儿戏，也告诉人们后娘难当。而《幸福来敲门》与之异曲同工，男主人公前妻已故，留下一双儿女，还有一个老岳母，新媳妇不跟阔佬去美国而主动嫁入这个贫寒又保守的家庭，自然难以得到安宁和幸福，但终于诚心感天，又因为怀孕才真正融入这个家庭中。青春偶像剧一直走红，《香樟树》是"三棵树系列"之一，其以三个女大学生毕业前后的友谊、恋爱、成家的纠葛与悲欢故事，表现了她们的生存状态和心理追求。

农村题材电视剧的喜剧东北风十分强劲。赵本山策划主演的《刘老根》，表现了东北农民改革开放奔小康的曲曲折折、悲欢离合，接着又拍了续集。还有《希望的田野》、《插树岭》、《乡村爱情故事》等等，有的做了春节黄金档的热播剧。为什么农村题材电视剧的东北风能够这样火起来？一个是作品贴近黑土地的现实生活，一个是老东北二人转的风味，又有赵本山老班底人马组织的优势，还因为是一种本色演出。正如赵本山所说的："其实这就是一个真实的农村戏。我们这些人表演，既不是演技派、也不是偶像派，就是自然真实派。"[①]

这里重点谈了电视剧，它作为大众文艺、流行文化，具有底层性、日常性。虽然是小人物、小事件，却可以缠缠绵绵几十集。它们便是全民审美、全民娱乐的重要一项。而十集以下的中短剧，现在几乎看不到了。这

---

① 《人民日报》2003年4月2日第9版，王菲菲报道。

是一种失衡。学者著文本来习惯影视一体，可本书在前面一章和这一节讨论电视剧较多，把电影则放在下面文化产业一章细论，似乎更为合适。

三、戏说、大话之风需要煞住

在通俗作品中，还有一批戏说、大话之作。主要是戏说了清代皇帝康熙、乾隆和他们的近臣人等。1991年《戏说乾隆》出世，之后一批戏说皇家剧纷纷上市亮相。1995年热播的《宰相刘罗锅》，吸收了大量民间传说，刘墉又是一位清官，所以观众深深喜爱，红遍了全国。1998年改编自琼瑶小说《还珠格格》的同名电视剧大获成功，第一、二部收视率分别为47%、54%，曾迫使韩国三大电视台对中国这个喜剧下了"华语电视剧封杀令"。2000年《康熙微服私访记》面世，现在已经续拍到第三部。2001年，张国立、王刚、张铁林"铁三角"推出了《铁齿铜牙纪晓岚》第一部，现在已经播出到第四部。在这类剧中，从皇上到臣民一个个似乎"没正经"，太另类了。"历史是个筐，现实往里装"。这说明编导为了贴近观众、提高娱乐性和收视率，什么故事都可能编出来的。

还有一些作品对传统四大名著进行了大胆戏说。比如《水煮三国》、《大话西游》、《沙僧日记》、《悟空传》、《麻辣水浒》、《王熙凤是个好领导》、《〈红楼梦〉性爱解码》，以及《Q版语文》等。这些作品首先吸引了眼球，为抢占市场加以超常规地宣传，形成了"大话经典"的风潮。大部分太走样，搞得是非颠倒、黑白不分，常常令人啼笑皆非，失去了表现历史和经典人物的严肃性。小说最早的戏说改写是《沙家浜》，作者把女主人公阿庆嫂写成"破鞋"，衍生出一系列令人生厌的情节，很快遭到批评和封杀。这是后现代派向红色经典试刀，有意颠覆革命者形象。我们一方面呼唤精品、呼唤大师，一方面却出现了对经典的大肆戏说，这种文化现象很不正常。为此，秦皇岛市一位全国政协委员在2009年3月"两会"期间写出提案，要求从法律和政策上坚决禁止对传统经典和革命经典的戏说改编，希望有关政策法规能够早日出台，狠狠煞住这股戏说歪风。戏说之风是后现代主义、消费主义思想在起作用，是资本和市场的黑手在攫取传统文化资源。

大话、戏说中反映较好的是《孙悟空是个好员工》，从孙悟空的性格和斩妖除怪的本领出发，重新塑造了孙悟空的智者形象，得到了一大批读者和部分专家的好评。这些作品增加了一定的娱乐性，适合一批青少年的胃口。然而孩子家长们却不无担心，如果孩子们从小读的是《水煮三国》，就会错误地认识和理解那些历史人物，是非颠倒，忠奸不分，那将是对历史的亵渎。所以，这种"大话"、颠覆之风不可久。

四、"超级女声"和"小沈阳"现象

当今文学和影视中的大众化、娱乐化倾向，与新中国成立以来任何历史时期相比都有过之而无不及。而通过电视和网络渠道发展起来的演艺类娱乐节目，主要是小品、歌舞和某些互动性智力比赛、才艺展示、选拔、相亲的综艺节目，其时尚化、媚俗化倾向已经很严重。

首先说近几年来大家热烈争论过的《超级女声》是湖南电视台的一档女性才艺比赛节目。编导者仿照西方某些娱乐节目的样子进行组织，创造了一个收视率高峰。当时，许多人不看中央电视台的青年歌手、主持人大奖赛而争看湖南卫视的《超级女声》，《超级女声》的姑娘们便成了社会的宠儿和明星，被各种媒体炒作得沸沸扬扬。为什么《超级女声》这样火？因为中国社会自古以来精英文化与平民文化呈两极结构，二者长期处于隔离状态。进入市场经济社会以来，城市化水平越来越高，城市便成为处于二者之间的中间文化层，也便形成了新的社会文化事象。中产阶级喜欢这种快餐式的中间文化，而且不少平民也能够消费得起。这种大众文化节目，还有《星光大道》、《莱卡我型我秀》、《生活秀》、《非常6+1》、《我要上春晚》等。由于《超级女声》有资本的注入，精英的策划打造，从2004年办起到2005年，报名参加者就多达15万人，吸引国内观众近4亿，每场手机短信收入竟高达1500万元，冠名和广告收入也连年超亿，经济效益大大超过了策划者的想象。2006年夏天，"超女"现象持续升温，渐渐演化成一个全民参与的文化事件，形成了"超女"经济。"超女"和"快男"节目潜藏着诸多危险信息，而且受到的质疑越来越多。这种质疑反而被湖南台利用起来制造新的轰动效应，起到了干柴遇烈火的作用。于是有的专家认为，在社会转型期，当市场经济积蓄的能量一旦释放，其正面效果惊人，负面效应也非常明显。节目从原来贴近受众变成了取悦、讨好受众，有时令人感到俗不可耐。①但这种媒体文化引发了消费者的话语权，使"沉默的多数"都能对社会生活表示自己的意见，而"超女"们便不由自主地成为一种时尚符号。

再一个是"小沈阳"现象。"小沈阳"出身贫寒，父亲曾经揣着借来

---

① 《文艺报》2006年10月10日第7版。

的700元，背着他走十里路到铁岭艺术团去学二人转。两年后他到吉林正式演出，先后在吉林、长春的小剧场演唱了8年。2000年首届"本山杯"二人转大奖赛上，著名专家马力并不欣赏"小沈阳"的表演。时过9年之后，"小沈阳"却由一个青苹果变成了二人转明星。2010年央视春节晚会上，"小沈阳"首次亮相，参加小品《不差钱》的演出。其引发的争论之热烈也不亚于"超女"现象。

笔者认为，"小沈阳"与"超女"现象都是当前市场经济快速发展中的一种快餐文化、时尚文化，有似古代市井文化。对此，关玲说，通俗与低俗没有一个简单的尺子可以丈量，传播者的价值判断、审美取向的选择影响和决定着传播的效果。精英们希望电视节目少些媚俗，多些审美。一般平民百姓则追求如何演得到位，看得过瘾。这二者的反差一直非常矛盾，却又必须清醒理智地进行把握。春节联欢晚会开播26年来，反映和表现了很多文化思考，承载了很多文化命题。它需要我们对国家的整个文化现象负责，既不能先知先觉，又不能不知不觉而麻木，这是春晚总导演郎昆说过的话。这种雅俗之争今后还会有的。又说，"小沈阳"现象的出现是一件好事，如果媒体做出的节目没有文化影响力是很悲哀的，没有引起观众在思想、艺术、文化上的共鸣或争议，那么节目就没有价值。对"小沈阳"现象的争鸣过程，就是文化思考的过程，只有通过摆事实讲道理才能将许多模糊的思想明晰起来。关玲认为，当文化多元化之后，社会和文化就会呼唤包容。如果只有一种声音，一种社会现象和文化现象，没有什么可协调的，那就不叫和谐。关于低俗，国家新闻出版总署署长柳斌杰做了一个界定：淫秽、色情、恐怖、暴力的才是低俗。[1]按照这个界定，"小沈阳"的表演并不低俗。重要的是我们要思考如何把传统的、流行的、民族的、外来的文化协调融通起来，显示出文化的综合性。

王平也著文说，追述200年前徽派进京是一个娱乐文化时代的到来，但今天的专家学者们认为东北二人转是"东北的乱炖"，靠的是"嗓眼子"、"身段子"和"嘴皮子"，比较"低俗"，特别是"小沈阳"的表演更是"媚俗"，其噱头和服装、动作、台词、表情特别"另类"。他认为任何艺术形式都是一定历史阶段社会经济文化的产物，二人转和"小沈阳"的"土"与鲜活，倒独有一份贴心的爽快与舒坦。艺术的雅俗之分不

---

[1] 《文艺报》2009年3月26日第4版。

是关键，"关键的是谁来下评语"，认为"艺术源于生活，优劣出自观众"。"'小沈阳'恰恰是给百姓提供了别样的看点，并提高了大家的幸福指数。"①赵本山如何看待和防止二人转、小品的低俗倾向？他从2000年开始就率先提出"绿色二人转"的概念，并自己掏腰包举办了两届"本山杯"二人转大奖赛。现在赵本山电视剧和刘老根大舞台的主角们几乎都是那两次大赛的优胜者。关于演出的效果，赵本山要求十分严厉。每逢演出时台下都会有一位舞台监督，无论是谁只要表演过火带脏口，轻则罚款，重则开除。一大批草根明星就是这么一点一点地打磨出来的。张艺谋看了赵本山、"小沈阳"的春晚小品后，就邀请本山弟子们拍摄古装喜剧片。他说二人转演员虽然不是科班出身，"但演起戏来那么自如，我喜欢他们身上那种自然状态"。②二人转演出队伍内部已经开始追求品味，而且建立了自律性的演出管理制度。但是民间也有"真正二人转，零点以后看"的说法，说明低俗表演者常常给人捉迷藏的。

资华筠作为一位舞蹈家和文艺理论家，对我国当前表演艺术的发展十分关注。她曾经在十几年前就对大歌舞、大晚会现象提出过质疑，对"文化卖拐者"现象、评奖代替评论、运作代替创作、跑奖代替评选等怪象提出过批评，抨击了文艺界当时存在的不正之风，提醒文艺界警惕"艺术透支现象"，倡导演出的激情和真诚。她反复强调舞蹈界、文艺界必须大力开展批评活动，还赞美云南杨丽萍"灵肉血脉连着根"，对杨丽萍团队的表演进行推崇，肯定她的艺术"飞得多高也与大地连着根，飞得多远也没有失去与家园的亲情"。③资华筠的观点对于我们讨论"超级女声"、"小沈阳"等现象也很有启迪作用。希望"超女"、"小沈阳"们走向典雅，保持其一定的文化含量。来自民间的各种文艺节目都要像杨丽萍那样搞得更雅一些、真诚一些。2010年秋，上海东方卫视开始了《中国达人秀》评选，是在那些在现实生活中有道德境界、有故事的报名者中进行的。既没有追女、伪娘、凤姐、宝马女、拜金女，也没有绯闻、恶搞或黄段子之类，说选秀实际为选真求实。这是与以前选秀本质相反的媒体节目，让残疾人展示用脚弹琴的风采，让丈夫表演如何用真诚和技艺博得病

① 《光明日报》2009年5月11日。

② 《光明日报》2009年3月27日第2版。

③ 杨志今：《新颖的思想发现，鲜活的艺术灵性——读资华筠〈舞思〉所感》，《光明日报》2009年5月22日。

妻一笑，从而具有文化和民生意义。我们还应当从生活现实出发去创造更多更新的综艺节目，让俗俗得高尚，让土土得可敬。

五、流行歌曲的流行

一般意义上说的流行音乐，主要是指大众喜欢演唱的流行歌曲，而相对于高雅的非大众的歌曲和演奏。流行歌曲包括以前出现而仍在传唱的与现在新创作的两种。前者主要是中国革命时期留下的《山丹丹开花红艳艳》、《浏阳河》、《南泥湾》、《绣金匾》等和建国后积累起来的各种通俗歌曲，包括一些优秀的电影插曲。

2008年，中国音乐家协会曾经在全国展开一场流行歌曲创作大赛，征集新歌达到10万首以上，比赛过程也十分红火，但好歌很少。在年底评选出的《三十年三十首流行金曲》中只有一首《吉祥三宝》是2000年之后唱响的，这便形成了"歌曲多了，好歌少了"的现象。对此徐沛东解释说，其原因主要是流行歌曲要有一个流行过程，《让世界充满爱》、《祝你平安》等都是历经岁月打磨而越发出色。金兆钧说，流行歌曲也是真实的歌曲，这些老歌真实地记录了当时大多数人的心路历程，满足了一代人怀旧的愿望和需求。谷建芬说：流行音乐是艺术，不是一夜成名的发财商机，一切违背艺术规律的做法终究不能长久。的确，现在音乐界普遍存在着浮躁的心态，创作新歌像流水线上制造商品那样简单，造成曲风趋同、内容空洞，甚至格调低下，不知所云，作者们没有把它当做事业来做这是问题的关键。而每一首出来之后就要炒作，一时赢得了名声却赢不来公众的尊重和喜爱。还有第16届东方风云榜大赛之后，人们发现近三年获奖的歌曲不少是琐碎细微的自我的情感纠缠，是小情小爱，缺少反映社会普遍追求的主流价值观，这也是近年来流行歌曲不流行的原因之一。一味模仿港台、日韩，有的加进英文追求洋腔洋调，缺少中国文化背景的韵味，是流行歌曲不流行的另一个重要原因。流行音乐永远跟着时代走是最基本的特性，只有充分了解现代人的文化动向和社会大众的审美心态变化，才能使流行歌曲真正与时代同步地流行起来。好听好学好唱的好歌是老百姓心理的需要，一个时代必须要有一批烙有时代印记的好歌。[①]不久徐沛东又全面回顾总结大赛的得与失，就流行歌曲取材一般化、雷同化和题旨、风格上的多元化等进行了论述，肯定这次大赛起到了"文化化人、音乐养人、

---

① 《光明日报》2009年4月5日第4版。

引领时尚、贵在自觉"的引导作用。①

2010年6月下旬，第十四届中国青年歌手电视大赛落下帷幕。回顾青歌赛从20世纪80年代开始以来，涌现出了《乡恋》、《一无所有》、《黄土高坡》、《山路十八弯》、《少年壮志不言愁》等一大批好歌，推出了彭丽媛、宋祖英、毛阿敏、阎维文、韦唯、田震、杭天琪、胡月、谭晶等一大批优秀歌手。还从第二届开始把混唱划分为民歌、美声、通俗三种唱法，这是肯定了通俗唱法，受到群众的热烈欢迎。新世纪以来，组合形式的演唱和原生态唱法也登上了擂台。参赛的形式越来越多样，证明主办者树立了群众意识和民族文化保护意识，但仍然有不少新歌内容空泛、曲风趋同。为了提高歌手素质，已经增加了抽签问答竞赛环节。许多歌手唱歌潇洒却答题窘迫，于是纷纷反对。有些问题"比如关公用的什么刀"，别说唱歌姑娘答不上来，电视机前的人们恐怕大多不知道。向农民歌手问南美洲国家的情况也太冷僻。笔者认为抽签方式不公平，临场提问也不科学。应当赛前进行统一笔试，所得分数为基础参考分，不合格者就不要上台。笔试前要规定学习范围、建立考试制度和纪律。这样就更为科学、规范，克服了抽签答题的偶然性尴尬。

关于传统歌曲的再创作问题，陕西省文化厅在2009年举行了一次陕西声乐比赛，陕北民歌获奖的《拉手手亲口口》运用了信天游素材和民间口语表现青年男女的热恋，没有矫揉造作和刻意的缠绵，表现了陕北榆林民众独有的性格特征和地域文化特色。《山丹丹开花红艳艳》已经在全国流行几十年，又经过流行歌曲的演绎使作品更加委婉动听、沁人心脾，那优美的旋律把听众和评委带回了激情燃烧的年代。《新走西口》加入了现代音乐元素，少了一点老《走西口》的苍凉与悲壮，糅进了一些现代人的温柔与浪漫，语言仍然朴素直白，所以也获得了成功。人们深深体会到：尊重传统不是对传统的简单复制，而是依靠歌手的智慧、灵感和想象力，借助于科学的发声技巧，对传统的歌唱资源进行再创造再提高，使其能够真正为新的大众所欣赏，也为传统的演唱进行"内容革命"，形成"造血机能"。

中宣部、中央文明办、文化部等十个部委为迎接新中国成立60周年发起的"爱国歌曲大家唱"的群众性歌咏活动中，向全国推荐了《南泥

---

① 《光明日报》2009年6月19日第6版，徐沛东文章。

湾》、《英雄赞歌》、《在希望的田野上》、《走进新时代》和《国家》
等一百首爱国歌曲。《国家》是由文化企业经过长时间打磨修改隆重推出
的新歌，著名影星成龙参与策划并且主唱，在全国爱国歌曲大家唱启动仪
式和到革命圣地西柏坡演唱时，成龙满怀激情的演唱都引起了观众心声的
共鸣。此前，这首歌已经在网络视听高达60万次，听众们通过网络留言、
短信互动等方式表达了他们听后的感动。各电台歌曲排行榜上，此歌也曾
连续60周蝉联冠军。"一心装满国，一手撑起家，家是最小国，国是千万
家，有了强的国，才有富的家……"其歌词通俗畅晓、哲理强性，足以唤
起听众的国家意识、团结统一理念。它说明，流行歌曲不一定都是底层
生活的写照，更不一定唱爱情，主旋律新歌也完全可以万众同唱。还有一
首《记着老百姓》："记着老百姓的吃，记着老百姓的穿，记着老百姓的
冷和暖。记着老百姓的苦，记着老百姓的甜，记着老百姓的平和安……"
歌词朗朗上口，曲调舒缓优美，这是山东潍坊学院王守伦等人创作的。王
守伦作为农民的后代，深深懂得这样的话语在老百姓心中的分量，便倾注
了全部的真情实感，写百姓之所想、唱百姓之所愿，自然得到他们的热爱
与传唱。2011年春天开展的"唱响中国——群众最喜爱的新创作歌曲征集
评选活动"又搞得全国沸腾，评选出《国家》、《走向复兴》等十首为
最佳，另有30首入围。能够经得住群众传唱考验的好歌，一定会从中产生
的。

六、手机文学的超常发展

手机短信和手机小说可以统称为手机文学。现在，传统歌谣虽然受到
了较大的冲击，但新的民间歌谣却有增无减。许多民谣已经转化为手机短
信，获得了巨大的生存发展空间。这作为一种文学现象，专家学者们也已
有所探讨。于文秀著文认为，手机文学现象显然缺乏经典文学的特质与优
势，但它作为一种新媒介文学现象，却有其他文学样式难以比拟的对生活
空间的侵入性、活跃性和流行性，它以拇指可及性、便携移动性和高度参
与性成为具有文化意义的现代人生存方式，是现代人的午后茶点与掌上精
神玩伴，在媒介与文学互动和文学界限内爆的时代，这种现象已成为信息
时代和消费文化语境下的自在自足的后文学景观。[①]

手机短信基本是民谣、笑话两种，是口头文学的手机化，是民间口

---

① 《文艺报》2009年4月25日第2版，于文秀文章。

头念诵的现代化。它已经与纸媒文学、网络文学形成三大文学样式，与群众实际生活息息相关，表现出公众文化的趣味。其内容特点是雅俗共赏。这是一种愉悦的政治学诉求，对传统纯文学是吸收也是抗拒，具有日常性、娱乐性、宣泄性、互动性、亲民性等后现代文化的审美特征。这也是一种"电子零食"，如韩少功所说的是文学的零食，不能混同和替代文学大餐，但大餐和零食又各有不同的意义和功能。这是一个准文学类型，表现为技术的介入促使文本范式发生转换。西方法兰克福学派的阿诺德总结手机传播最显著的特征是二元化的矛盾性和悖论性，即移动与固定、解放和束缚、近与远、独立与依赖、公共与私密等等。[①]而于文秀认为阿诺德的论述似乎存在遗漏，因为手机文化与文学相比有异质性、多元化特征，如正面的、负面的、中性的特征，细分有娱乐的、功利的、游戏的、商业的、现实的、时效的、政治的、庸俗的、世俗的、日常的、严肃的、幽默的、智慧的、民间的、大众的、快捷的、流行的、匿名的、狂欢的等等，往往是混杂一处，融为一体甚至相互转化。这便是服饰学上的一种混搭现象，也促成了理性与文化的含混性。为了追求低俗乐趣，人们也常常将政治与性进行拼贴，这是一种低级趣味，是民间荤段子传统的现代演变。

年节期间是短信的黄金档期。比如2010年春节的："虎到福到家家福，虎送祝福满满福，虎年享福不同福，大福小福处处福，金福银福满仓福，迎福接福年年福，守福祈福岁岁福，祝您虎年更幸福！"这是把牛年改成虎年就可以使用的祝福短信。2009年春节笔者接到的第一条是："风雪送冬归，飞雪迎春到，鼠末牛头祝愿您：财源广进幸福天天到！"这是对经典诗词进行了改造的祝福之辞。又收到这样一条："牛年到，新春闹。牛尾甩，晦气扫。牛角长，挂财宝。牛蹄奔，步步高。牛耳执，星光照。牛劲足，冲天啸。"还有"×××在老家恭祝您合家欢乐，心想事成，万事如意！Happy（快乐）牛year（年），过年好！"牛，应当是new（新），这里作者作了改造，就形成了中英文结合的、既有传统年味又土洋结合的贺年短信。再看这样一段："新春《论语》：短信拜年，不亦乐乎？不送红包，不亦君子乎？情谊时习之，问候常达之，不亦挚友乎？子曰：手机一响，胜过黄金万两，新春快乐！"另有一位朋友发来的是"一冬无雪天藏玉，三春有雨地生金"。还有一位发来"昨夜寒风呼啸去，抬头尽

---

① 《文艺研究》2008年第12期，季念文章。

是满眼春"两句。一位生病的文友则说"福无双至牛年至，祸不单行鼠年行"，是他对上年生病住院的回顾也是对新一年的自我祝福，发到我这里便是对朋友的节日倾诉。大批短信都是福、吉、祥、顺、乐、财、富、高、好之类的俗词，但毕竟已经有一些富有创意而相对高雅的新作。2011年是兔年，短信便以玉兔者多，如"虎奔千里通雄劲，兔进万家报吉祥"等。但也有各年通用型的短信流行："愿你年年都有周润发，天天都是古天乐，心情时时孟广美，胃口餐餐佟大为……家庭向来高圆圆！"这是用人名编织的新春祝福，似乎有榜样的力量，也属于积极向上。手机小笑话、小幽默也时常有，嘲讽面很广，有的俗不可耐。这里就省去不言了。

我国目前手机用户已经突破6亿，年短信发送量达到4500多亿条，为世界第一。作为一种文化现象，其影响力不可小看，要号召手机持有者加强自律，用高雅的旨趣去编创积极健康、雅俗共赏的新歌谣。

最新鲜的是手机小说，已经成为手机持有者们喜欢的读物。世界上手机小说发展最早最快的是日本。2000年他们以《深爱》首开手机文学之先河。现在日本的手机小说已经带动了电影、音乐、出版的发展，形成一个多媒体联动的大产业。我国最早的手机小说是2004年的《城外》，曾经以18万元被一家电信增值服务提供商独家买断。2011年5月上旬，一部《围脖时期的爱情》由沈阳出版社公开出版，另一部《原来的世界》由磨铁图书公司公开出版。手机小说的创作者大部分是业余写手，有的先在微博上听听人们的意见，或者说它原本就是微博小说。一年前，闻华舰写作《围脖时期的爱情》到5000多字的时候，发现跟帖的网友多起来，便每天和大家探讨新鲜话题，比如读者说春运难，他就把这个素材加进去，认为这样写便于大家参与，让更多人知道这个小说。到后来，闻华舰又把人物也用成真实人物，起先是写熟人，写之前征得对方同意，后来就变成许多人求他带上自己。另一本《原来的世界》作者缪热也一样，一边写作一边根据网友反馈意见修改结局。如果自己的想法和网友有冲突，就试着中和一下。这样的创作，便具有网络文学可以集体参与的特点了。手机早已成为写作、发布和连载的平台。这部《原来的世界》可能是中国手机小说原创、连载、阅读的开始。新近一部《我读过你的邮件》，被称为首部多线互动式手机小说，可以产生27个版本，职场女子丁文熙便可以有27种人生选择，对读者的吸引力更大。当前我国手机小说总量还不大，读者却早已超过了1亿人，而且还在迅速扩大中。

手机文学的蓬勃发展，是信息化带来的必然结果和手机读者的娱乐福音。它们也反映了底层群众的现实生活和心理、愿望，是传统口头创作的传媒化转型。应当随着它们的发展，进行及时而适当的引导，使它们的路子走得更正、步子迈得更快。

第三节　民间文化的传承与保护

五四运动中，大批知识分子为振兴中华而学习西方，对两千年封建主义和传统儒家思想进行了严厉的批判。但从文化软实力理念出发，现在还必须抢救保护中华民族文化遗产，防止它们失传和泯灭。在这方面，五四时期一部分先行者便开始了搜集和研究。改革开放以来，我国学术界钟敬文、刘魁立、乌丙安、段宝林、冯骥才、白庚胜、刘铁梁、高丙中等专家学者们一直在进行保护民间文化的呼吁。新世纪以来，国家启动了规模空前的非物质文化遗产保护工程。大批民间文艺和传统节日习俗等都进入了保护之列。这便是对五四时期激进主义观点的一种矫正，也是对五四搜集研究活动的继续，更是一种历史的迂回性进步。叶舒宪撰文进一步提出了这个问题，而且严肃地指出西方中心主义对我国文化建设的副作用之大。也提倡口传文学与书写文学要平等对待，要批判书写主义，认为如果说文字神圣，文字产生之前的口传文学更为神圣。汉族对少数民族文学的尊重也不够，在文学史上肯定不足，这便是人为地制造了文化生态的不平衡。要纠正这种不平衡就要以活态文学为主，建立本土文学馆，从而带来本土文化自觉和学术范式的变革。①下面，让我们看看传统非物质文化遗产还有哪些，讨论如何进行抢救与保护。

一、丰富的民间文艺

（一）神话以来的口头文学

我国有久远的神话传统，有极为丰富的神话传说资源，还有千姿百态的幻想、生活故事、寓言、笑话以及大量歌谣、谚语、歇后语等。它们共同构成了我国口头文学的古老生态。神话有盘古开天、日月星辰和人类的来历、山川草木和飞禽走兽的来历，各种自然现象发生的形象性解释等等，还有伏羲与女娲再创世、炎黄大战、黄帝大战蚩尤、夸父追日、

① 《新华文摘》2009年第5期。

共工头撞不周山、二郎担山赶太阳、嫦娥奔月等等，显示出古人大胆的幻想和丰富的想象。民族史诗，像藏族的《格萨尔王传》、柯尔克孜族的《玛纳斯》、彝族的《创世纪》等，都是世界著名的民间长诗。20世纪90年代，在湖北发现了《黑暗传》，打破了汉族没有史诗的说法。古代老百姓的口头艺术创造，形成了一部口传的中国史和文化史。在河北藁城市耿村、湖北丹江口市六里坪镇伍家沟村和重庆市走马乡等口头文学保存完好的地方，这些作品都还活在人民口头上。改革开放之初，有的专家学者们判断再过二三十年，我国民间故事就彻底消亡了。现在全国非物质文化遗产保护工程上马后的挖掘整理，证明口头文学虽然没有古代那样多了，但离它们的消亡还很远，何况一些新口头文学仍在产生，与古代口头文学形成了一个长长的文化链。这应当说是我们中华民族文化生命力的表现。其中，弘扬爱国精神、歌颂英雄人物和各种民间功德人物的故事，表现养老孝亲、和睦邻里、勤劳致富、教子有方、买卖诚信等主题的故事也存在较多。由于电影电视和多种媒体的出现，这些也便可能被选择加工成民间故事，发生在身边的真人真事和部分想象的东西也可能变成口头讲述或手机笑话。至于民间歌谣，既有远古神话和历代人物事迹的歌，也有大量表现平民百姓生活与情感的唱念。大量的儿歌童谣，仍然是民间对儿童进行启蒙的传唱之物。有一批神话传说已经被《史记》、《汉书》、稗史以及笔记小说所记载。清代蒲松龄的《聊斋志异》的原型故事还在部分地区流传，但随着时代的发展也不断发生不同程度的变异。对大批口头文学的保护虽然取得了巨大的成就，但新的发现和抢救挖掘工作仍然十分繁重。

（二）亦喜亦忧的民间演艺与工艺美术

民间音乐、舞蹈、戏剧、曲艺、杂技等表演性艺术，一部分已经濒危，如各地的木偶、皮影和许多地方小戏、大鼓书、木板书等。其中一部分依然盛行，甚至在当今经济发展中活得比古代还好。它们经常出现在电视、报纸和网络上，其传播的广度和次数比古代更高。比如舞龙、舞狮、战鼓、旱船、秧歌、竹马、二鬼摔跤、东北二人转及陕北民歌等，在岁时节日活动中出现频繁，同时在大小城市的庆典、店面开业和厂庆、校庆等活动中大有用武之地。山西的威风锣鼓、甘肃的太平鼓、陕北的腰鼓、河北沧州舞狮等一直风行，被视为当地特色文化而受到政府保护。每年二月二龙抬头之日，河北赵县范庄龙牌会上鼓乐喧天，各种民间艺术队伍都会参加行进性踩街表演。石家庄市每年都要举行二月二鼓王争霸赛，形成团队性战鼓表演高潮。广西壮族的三月三男女对歌，云南大理白族的三月十五蝴蝶泉歌会和甘肃、宁夏的花儿会等等，更具有传统民族特色。但是地方戏曲的品种在减少，比如乱弹、老调走向濒危。曲艺中西河大鼓、梅花大鼓基本上销声匿迹，连大宗的相声也远远不够景气了。

我国各种民间绘画、工艺美术样式也极为丰富，主要样式有民间剪纸、内画、农民画、根雕、木雕、石雕、竹雕、泥塑、面塑、糖塑、刺绣、布糊画、绒线画、手撕画、扎染、蜡染和各种丝线或竹篾编织物等等。其中京派、冀派内画大行其道，其产品远销几十个国家和地区。蔚县剪纸以独特的剪刻方法和色彩点染赢得了国内外爱好者。无极、晋州的剪纸艺人不但在当地创作销售，而且纷纷到北京等地开设门面。吹糖人高手马青旺以其独特的吹捏技术，经常来往于京津沪、深圳、港澳，每年还要出国去进行演示和展销。凡是适应当代审美和市场需求的传统艺术，还在焕发着自己的生命活力。但它们和民间歌舞演艺一样，有兴有衰，有的如河北玉田泥塑急需抢救，有的是在寻求新的发展。总之可谓有喜有忧。

二、两条腿走路：静态保护和动态保护

五四时期一批有识之士眼睛向下，走出书斋开始进行民间文学和民俗资料的搜集整理。北京大学办起了《歌谣》周刊，广州中山大学和上海、杭州等地也出版了一些报刊或小册子，积累了一批宝贵的民间文化资料。这在刘锡诚著《中国民俗学史》中有详尽的记录和评价。大规模的民间文化抢救保护还是建国之后的事情。1955年，时任中国文联主席的郭沫若牵头成立了中国民间文艺研究会，1983年钟敬文牵头成立了中国民俗学会，这两个机构的专家学者为新中国民间文艺、民俗文化的抢救保护做出了重大贡献。民间文艺学、民俗学的学科建设也在搜集整理和研究过程中得到了发展，民俗文化队伍更是不断扩大。从五四说起，我国非物质文化遗产抢救保护已经走过了90多年的历程，几代人的抢救保护实践和理论探讨，已经取得了有目共睹的巨大成就。其中，1984年由文化部、民委、中国民协等单位发起的中国民间文艺十大集成志书工作，就是我国非物质文化遗产抢救保护的重要战役，不但获得了大量珍贵资料，也为后来大规模的全面的"非遗"工程上马提供了经验。对这些无形文化遗产的保护，新世纪以来进入了一个全新的阶段。全国各省、区、市都成立了有关机构，拨出专款进行扶植。2006年6月第一个"文化遗产日"时，国务院公布第一批国家级非物质文化遗产保护名录518项；2008年公布第二批510项，增补第一批147项；2010年公布第三批190项，共计1365项。各省市保护总量已达万项。而全国需要保护的项目有十万个以上，所以这个历史性任务还极为繁重。

经济在全球化，文化必须本土化。这既是对西方文化战略的应对，也是我们作为一个中国人必须具有的文化立场和文化姿态。我们必须坚持文化本土化的方向和道路。要防止民族文化被西方文化吞噬，避免像失去许多生物基因一样失去母亲文化的DNA。

（一）要抓紧进行原生态的抢救保护

这种保护，根据各地的经验来看，必须一方面是原生态的、静态的保护，一方面是动态的即活态的保护。对什么是"原生态"，国家"非遗"文件和大学教材中都有，但人们对此还有理解和认识的差异，不断有所争论。最近，在第九届人类学高级论坛暨人类学与原生态文化研讨会议上，几位著名学者又对原生态和传统进行了一次专门讨论。①其中郑杭生说："原生态民族文化既涉及过去，又涉及传统，同时又与现代方式发生不可分割的关系。"又说，原生态民族文化，作为一种被发明的"传统"，在现在社会当中发挥了重要的作用，比如社会整合剂的功能。"作为一种传统的原生态文化，源于过去，但它是一种能够活到现在的那一部分过去。它们往往蕴生着更加长久的社会趋势。作为传统的原生态民族文化，构成了现代开拓和成长的因素，构成了现在发展的一种资源。这也是作为传统的一种原生态民族文化的一种魅力和价值所在。"彭兆荣说："'原生态'这个概念，其指向是对现代文明的一种反思。人们试图通过这个概念的隐喻，去检索、去追索、去怀旧，或者是去恢复某一种我们传统有的东西。今天的原生态可以主张在同等的权力之下，所有的文化形态都可以有发展、独立存在的空间。"叶舒宪则针对大传统与小传统问题，认为书写文字几千年是小传统，而口传的文化有十万年以上才是大传统，又说"儒家、道家都源于大传统，就是国学背后那个根脉，通过人类学，我们找到的是真正的大传统，那才是原生态"。叶又认为五千年以前的传统是原生态，汉字以来的书写传统为次生态，工业主义则是反生态。这样的历史追述很深刻，但也与我们今天的"非遗"保护话题有些遥远。

今天的话题是面对"非遗"保护的文艺生态的，近年资华筠发表了

---

① 《"原生态"引起的一场论战——传统是什么？》，《光明日报》2010年8月9日第12版。

关于音乐舞蹈原生态问题的观点："所谓'原生态'文化艺术，并非只是单纯的、孤立的外部形式，而应具有包括环境因素在内的三'自然'标准……"所谓"三自然"是指自然形态、自然生态和自然传衍。又说，"原生态文化并非木乃伊，它随历史的演变、社会环境的发展而变化着"，各种所谓原生态都是相对的，不是绝对的，尽量忠于原貌而已。她强调必须进行源头性、原生性和整体性的保护，且对农民演出风盛行、到处自称原生态的现象很是忧虑。[①]原生态是文化遗产静态的存在形式。一张剪纸保存起来便是静止的收藏，但剪纸艺术保护却需要静动二态结合进行。演艺类的传承人代代都有艺术上的新追求，一般都难于完全刻板于师傅，表演者随着环境变化做出一些微调是正常的，也属于规律性的现象，但不能把原生态当成招徕顾客的幌子。

　　冯骥才在《民间艺术的当代变异》一文中说：民间艺术与精英艺术最大的区别是，后者因时而变，因人而变，而且是主动地变。最有代表性的一句话是石涛所谓"笔墨当随时代"。然而民间艺术却是历久难变的。这因为民间的审美是共性的审美，必须是这一地域人们的审美都变化了，它才会悄悄地发生着改变。作者追述了民间艺术在封闭的状态下慢慢传衍，但外来文化的涌入冲击了人们的审美习惯，现代城市的崛起成为一种强大的不断更新换代的审美源向广大乡村放射，这样传统民间艺术的变化就不可避免了。有一些已经处于濒危状态，还有一些依然活着。冯在调研中看到各旅游景点小摊上的手工艺品、民族服装等，才悟到"特点就是旅游的最大卖点"。民间艺术原本是一种地域生活文化，一种民俗方式，当它转变为一种经济方式时便在本质上发生变异。这种变异正在全国各地普遍发生，大量貌似"茁壮成长"的民间艺术在文化意义上却是"本质性的消亡"。于是冯氏借鉴美国、日本等国对民间文化的保护，"保持住民间艺术中那种对生活的虔诚与执著，把民间艺术视为一种传统精神"，"他们是真正懂得自己民间艺术的价值和美感的，为此民间艺术一直是他们民族情感与精神的载体之一"。[②]可见冯骥才不但提倡原生态保护，而更强调保护"传统精神"，反对破坏性的商业开发包装。湖北省长阳县早已开始对土家跳丧舞、山歌、南音艺术实行了年度传承补贴政策，从而使其艺术保持了原生态。这是全国的一个典型，基本是"三自然"的，但也达不到

---

① 《关于"原生态"概念的探讨》，《光明日报》2007年5月18日。
② 《光明日报》2004年3月31日B2版。

冯所说的标准。因为信仰正在发生变化，如果把民间艺术的本质看成系统本质，则更客观一些。河北省安新县圈头乡音乐会、固安县屈家营音乐会都有严格的曲谱传承，而且只在祭祀、丧葬活动中演出，保护原汁原味更为纯正。这也属于民间信仰保护，并且兼及了传统精神和氛围环境。

（二）进行适度创新的活态保护经验

不可拒绝再生性、创新性的动态保护。张家口蔚县剪纸，他们已经挖掘整理了大批已故剪纸艺人的资料，还渐渐走上了产业化轨道。现在已经有4万多人从业，是蔚县剪纸有史以来最为兴旺的时期。内画在河北衡水形成了冀派，现在有几个专业厂家进行以老带新传艺授艺和较大面积的青年人才培训，有较稳定的销售渠道，产品已经远销五大洲40多个国家和地区。这些古代皇帝大臣们喜欢的小玩意儿，富人们把玩的袖珍式艺术品，已经成了大量城市人、外国人家中的收藏物、摆放品。再如河北井陉县民间舞蹈拉花，现在有一个专业性的团体常年在县内外演出，拉花艺术培训活动也常年进行。拉花自1957年到北京参加全国第二届民间艺术节比赛演出后，半个世纪以来几乎每次大型比赛都获得金奖，成为河北人公认的代表性民间表演艺术品种之一。徐水舞狮、藁城金钹战鼓、正定常山战鼓，都在市场经济条件下繁荣发展，丝毫没有衰落的迹象。正定东杨庄战鼓队1991年出席第十一届亚运会开幕式后名声大振，2000年参加了庆祝澳门回归天安门广场鼓舞大赛。这些民间艺术，在一个地方世代相传，一直是他们自己的艺术。大中型庙会活动也需要保护，如山西清明（寒食）节时，在绵山祭祀介子推的庙会已办成有国际影响的地方节日。河北新乐市伏羲祭典、涉县女娲祭典、涿鹿县三祖文化活动也已经由隐到显，由小到大，在京冀地区很成气候。保护它们在当地渐渐形成了官民双方的共识，有些企业家还出资帮助更新道具、服装和设施，从而使之具有较好的舆论环境和经济实力。如上的情况说明，只有保护原生态才能保护非物质文化遗产的特性和特色，也只有在继承基础上有所创新、实行静动结合，才能使"非遗"保护真正到位，并能够长期地进行下去。

在古代口传艺术的基础上进行文本再创作，有人认为它是对原生态文化的破坏，但也有的认为这是一种新的传承方式，是创新式的保护。比如藏族作家阿来在近年完成了国际上统一组织的"重述经典"活动中的对藏族史诗《格萨尔王》的重新创作，集《格萨尔王》传承人说唱之大成，不能不说这是当代作家参与古代口头经典重述的重要行动，其书出版之后的社会影响大于原先的记录版本。彝族作家阿牛木支在《彝族母语文学的文化生态与现代书写》一文中回顾了彝族母语文学发展的历史和现状，认为彝族母语文学是"根性文化的象征性符号体系，承载着民族身份的标志和民族文化的积淀，传递着民族风格、民族美德、民族精神、民族心理和民族尊严的本质属性，含纳着深刻的思想内涵和鲜明的时代特质，在传承和保护活态的彝族原生文化中发挥了不可替代的作用"。[①]他也忧虑于外来强势语言文化的冲击使彝族文化生态遭到了不同程度的损毁，如果不能用母语追溯历史记忆、书写现实生活，展示本土文化和理性地检索母语文明元素，那么这个民族的母语将很快消亡。还有阿蕾、阿洛可斯夫基、贾巴甲哈、时长日黑、沙马加甲等彝族作家的母语创作，都是对彝族语言文字和整个彝族文化的及时拯救。现在满族语言文字的消亡，不就是满族人自己都不再使用的原因吗？而裕固族钟进文在评论该族女作家玛尔简的散文中，就肯定了玛尔简的书写是对地域文化的认同和追求，意义深远，海子湖风光、女人放羊和剪羊毛生活的风情韵味都会在书上永远地留给后人。

2009年7月，中国政府网公布了《国务院关于进一步繁荣发展少数民族文化事业的若干意见》，提出要使少数民族优秀传统文化得到有效保护、传承和弘扬，不但要安排资金，增加和完善文化设施，还要大力推动少数民族文化创新，积极发展少数民族文化产业，加大少数民族文化人才队伍建设力度。这样少数民族传统文化的保护就有了保障，各省区市都应当贯彻落实这个意见，最好能像长阳县对待土家族文化那样做到政策、资金、保护行动全面到位。这样，也就解决了叶舒宪提出的过去只重视汉族文化、中原文化、书写文化的问题，能够逐步实现全国各民族文化保护事业发展的平衡，从而实现我国文化保护与文化创新的全面协调发展。

第四节　网络文学异军突起

网络文化、网络文学是现代信息技术迅猛发展，互联网派生的产物。

1994年中国加入国际互联网(Internet)。在数字化网络蛛网覆盖、触角延伸的十几年中，汉字在虚拟空间里轻舞飞扬，为中国网民带来了书写和阅读快感。2010年1月31日，中国互联网信息中心发布了《第25次中国

---

① 《文艺报》2008年12月18日，阿牛木支文章。

互联网发展状况统计报告》。报告显示，到2009年底中国网民规模已达到3.84亿，较2008年增长28.9%。普及率在总人口中的比重从22.6%提升到28.9%，总数从2008年6月之后就超过美国而一直稳居世界第一。2011年1月公布的《第27次中国互联网发展状况统计报告》的网民数字为4.57亿人，较2009年底增加7330万人，互联网普及率攀升至34.3%。2011年有报道说我国网民已达到4.85亿人，我国手机网民规模达到3.03亿人，较2009年底增加6930万人。手机网民在总体网民中的比例，从2009年末的60.8%提升至66.2%。手机网民较传统互联网网民增幅更大，依然是拉动中国总体网民规模攀升的主要动力。最引人注目的是，网络购物用户年增长48.6%，预示着更多的经济生活步入互联网时代。2010年6月9日，国务院新闻办的《中国互联网状况》白皮书中说：截至2009年底，东部地区互联网普及率为40%，西部地区为21.5%；城市网民占网民总数72.2%，农村网民占27.8%。已有博客用户2.2亿个，各种论坛上百万个。到2012年，我国网民数量又已上升到5.13亿人，手机网民达到3.56亿人。

　　2009年底，全国70%以上地市实现TD-SCDMA网络覆盖，其中东部省份100%的地市实现覆盖，基站总数超过10万个。基础设施的改造为不同区域互联网使用提供了先决条件。中国网民男女性别比例为54.2∶45.8。网民群体继续向低学历人群扩散。小学学历及以下网民群体增长超过整体网民增速，占到网民整体的8.8%。高中学历网民占比略微提升，大专及以上学历网民占比继续降低，网民学历结构更为均衡。家电下乡政策加快了电脑、手机等上网设备的普及。农村网民达到1.0681亿，占整体网民的27.8%。同比增长26.3%。我国2009年底IPv4地址已经达到2.3亿，数量仅次于美国，是全球第二大IPv4地址拥有国，有力地保障了中国互联网的稳步发展。目前IPv4地址数量仍旧增长迅速，年增长率为28.2%。2009年底我国域名总数为1682万，其中80%为.CN域名。域名数量保持平稳，域名利用率正在增加。由于3G牌照的颁发，手机上网用户在2009年一年内增加了1.2亿，已达到2.33亿人，占整体网民的60.8%。其中只使用手机上网的网民有3070万，占整体网民数量的8%。2009年手机网民的年龄依然呈偏态分布，在10～29岁年龄的分布最为集中，占到整体手机网民的73.2%。但与发达国家相比，中国的互联网普及率还较低。截至2009年12月，美国、日本和韩国互联网普及率分别达到74.1%、75.5%和77.3%，可见我国网络使用的差距还很大。电视、电话和宽带三网融合正在打破部门利益的藩篱逐步实行。第三代上网本研制成功，使电脑越来越成为可以随身携带、随时随处使用的电子产品，对于网民来说确实是巨大的方便。这是我国网络文学出现和大发展的经济技术基础。

一、网络文学的概念和发展脉络

网络文学作为一种新的文学形式已经在我国兴起，出版界也出版了大量网络小说。什么是网络文学？网络文学的写作目的是什么？这些新的概念和问题，大家正在探讨。

（一）网络文学的概念、性质和写作目的

有人认为，文学从来只有一个，不能因为它上到互联网了就叫网络文学。但更多人认为，发在网络上的文学作品在题材、语言上禁忌比较少，与传统文学是有差异的，称之为网络文学完全可以。特别是一批年轻作者的出现，给传统文学形式带来一些良好的发展因素，还有大胆实验性的成分，对文学来说是一种进步。媒体手段的多样化，使文学、文化活动的"准入证"日渐接近普通大众和他们的生活，当代中国文化进入了大众化时代。过去只有精英们具有的媒介资源现在已经被亿万群众所共用。互联网便是最自由、最容易获得的媒介，每人只要有电脑就能把自己写的作品随时上网发表。美国学者亨利·詹金斯指出："网络为媒介内容的公共讨论开辟了新的空间，互联网也成为草根文化表达的重要展示性窗口。"文学写作不再是一个专业化的职业，而是普通人可以参与的大众化活动，出现了一大批网络写手和网络游民，他们比职业作家更为活跃。于是陶东风在《网络与文学活动的大众化》中说，这是人人可以参加的文学，是彻底大众的文学。又援引一位网民幽默的话说，"网络就是群众路线"[①]。

2004年6月，中南大学文学院、《文学评论》、《文艺理论研究》三家联合召开了"网络文学与数字文化"全国学术研讨会。会议上，仍有人不承认网络文学的存在，说特别是这种文学原创的嫩稚和粗糙不足以构成一种文学形态。大家却一致认为应当这样理解网络文学：从广义上看，它是经过电子化处理过的所有上网的文学作品，即在互联网上传播的文学都是网络文学。在中观意义上说，它指在网络上的原创文学，即用电脑在互联网首发的文学作品，它不仅有媒介载体的不同，还有创作方式、作者身份和文学体制上的诸多改变；最能体现网络文学本性的是网络超文本链接

[①]《光明日报》2008年12月10日。

和多媒体制作的作品，具有对网络的依赖性、延伸性和互动性。把网络文学与传统印刷文学区分开来就是狭义的网络文学，也便是真正的网络文学。会议中也有人称之为键盘文学、指头文学，是流于指间的口头文学，是新民间文学。网络写手不是过去曹雪芹、鲁迅、托尔斯泰，是民众用网络写作表明自己存在的一种方式，网络文学是真正意义上的文学回归，是兴起于民间大众的劳者歌其事、饥者歌其食、穷者歌其哀。它们是文学的根——话语平权的民间文学。虽然不是正宗，但在平民眼里却是自己的正宗。2010年1月，聂庆璞、旷新年发表《新民间文学》一文说，网络创造了"文字面前人人平等"的局面，是文学的卡拉OK。它初创时与民间文学的性质十分相似，来自民间，表达通俗，内容具体细致，百姓喜闻乐见，但它不是《故事会》、《今古传奇》式的民间文学，人员成分之复杂、群体之大、写法之怪异、水平之参差也不是过去民间文学的范围所能比较，也许称其为"新民间文学"、"泛民间文学"更为恰当。[①]虽然网络文学的功能与民间文学相似，但它到底是有固定作者的个人创作，称新民间文学欠妥，而且现在新的口头创作还在产生，所以叫它"泛民间文学"倒也合适。

网络文学带来文学审美的变化。相对于传统文学有两大突破：一是审美立场的突破，不再是传统的精英化的审美。二是审美方式的突破，比如文本形态的改变，读屏对读书的改变，读图对读文的改变，多媒体对单媒体的改变，虚拟现实感觉对文字想象体验的改变等。这种形式改变的实质是文学审美方式的变化，即由想象性的体验快感变为享受性的经验快感，纯粹精神性的美感变为器官感觉的舒张。数字化网络带来的不仅有文学审美方式的变化，更在于将技术载体和审美方式变化诱发为社会文化转型，即图像文化对文字文化的冲击和替代。技术环境、视听多媒体方式已成为普遍的文化触摸方式，图文并茂、视听并陈已经成为今天感受世界的基本方式。但读图解放了我们的视野，却未必能解放我们的心灵。文字的隽永性决定了读文乃是读灵魂、读韵味。文是对图的透视，文的深度是图无法达到的。数字技术引发的读图转向是人类文化认知的改变，是人类心灵对美感的重新建构，但有人担心这会带来人类对文字审美蕴藉性的退化、思维深邃性的淡化和社会评判能力的弱化。

---

① 《文艺报》2010年1月13日第3版。

网络文学的目的也是多种多样的。一是想从中得到自我精神宣泄的满足，并以网友的欣赏来满足自己的成就感，所以他们在网上往往有些小名气。二是以网络平台作为跳板，有机会就进入传统媒体。这类作者一开始就有明确的目的。比如一部小说连载到最后便停止下来，以静候传统媒体的青睐，他们兼顾传统媒体和网上名气两头。三是虽然没有考虑作品的最终命运，但也不会傻到拒绝传统媒体青睐的程度。他们是先上网顺其自然，得到在网上自由发表的满足，然后再说写下去还是不写下去。四是有的拒绝传统媒体，始终以壮大网络文学为目的，不求闻达于网络，完全是一副自足的心态。在网络上，自由的、随意的、不功利的创作，只是网络文学的一种形式，并且不是它的主要状态，或者可以说是网络文学的发展的初级阶段。一般学者认为，首发在网络平台上的文学作品才可以叫作网络文学，而网络文学作者需要与纸媒发生接触而激发他的创造活力。

从载体的角度进行区分，一是网站（论坛）纯粹以发表和交流写手们的作品为宗旨，有的还会办一个电子刊物在网上传播。二是网站大量吸收写手作品，主动向传统媒体靠拢，或直接与他们合作，并以此为光荣。三是传统媒体在网上寻求作品付费刊发或出版，当然也有大量不付费的现象。四是用博客去笼络人气，以发广告来赚钱。五是网站购买传统媒体作品版权在网上进行付费下载（阅读），有人认为这只是传统媒体的网络延伸，不是网络文学。陈福民2010年发表了《什么不是"网络文学"》一文，仅这个题目便可以让人感受到网络文学已经无所不包而铺天盖地了。另有马季统计，2010年20%的小说名家、80%的著名诗人都在网上发表作品。可见最有活力的诗的核心已经转到网络中。

在网络文学研究上，表现出反应迟钝、反思滞后、反省表面化、缺少内质性和前瞻性的思考。大家普遍认为有四个缺点：一是对它做技术研究而不是做艺术审美性研究；二是做载体形式研究，而不是做意义形态研究；三是做异同比较研究而不是把它当做独立存在的审美本体研究；四是做大众文化的转向研究而不是从存在论上进行人文价值的考量，没有从人与网络虚拟、现实关系变迁的维度，去考辨在这种技术操作、资本运作的背后是什么样的交往、生存方式造成人与现实审美关系的变化。因而有的专家提出，面对数字化技术大树上生长的网络文学，研究者必然要碰到两个难题：一是阐释框架的非预设性，即没有预定的理论范式可供效仿和参照；二是研究对象的非预设性，网络文学前景如何，尚难定格其文化表情。用伊格尔顿的话来说，理论本是"只在黄昏时飞翔的密涅瓦的猫头鹰"，现在却不得不"在晨曦初露时"便让它登台亮相。这时候，研究者需要奉行的研究原则应该是：其一，建设性学术立场而不是评判性研究态度；其二，基础学理的思维度而不是技术分析模式。前者可以使我们绕开对网络文学和数字文化好坏优劣的简单评判而将其当做科学研究的对象，后者则可以将多姿多彩的网络文学现象作为丰厚的人文学术资源，以此探究建构一种网络文学基础理论的必要与可能。有的论者把当前网络文学状况描述为"三长三短"：媒体之长价值之短，形式之长内容之短，数量之长质量之短。具体表现为价值的非意识形态化，消除了审美承担，调整了人对世界的审美聚焦，并消除了文学经典和有关经典的理论，最终造成对文学逻各斯原点的某些改写，对文学是什么、写什么、怎么写等元问题做了另一番回答，认为这样写是虚拟世界的自由女神，数字化生存的本真叙事，电子代码的形而上学，虚拟世界的波普情结。这样便产生知识谱系和机制谱系的双重转换而消解文学的惯例，走出原有的体制的围城。

我们对网络文学的态度应当是，坚守文学的本体论承诺，扶植泛民间文学的审美提升，追踪电子文本的艺术创新，以赢得网络文学研究的学理原创同时加大对网络文学的引导力度。

（二）网络文学发展的三个阶段

1990年11月28日，中国正式在SRI-NIC（斯坦福研究所网络信息中心）注册登记了中国的顶级域名CN，开通了使用中国顶级域名CN的国际电子邮件服务，迈出了中国互联网的第一步。1991年初，王笑飞在海外创办了中文诗歌网（chpoem-1@listserv.acsu.buffalo.edu）。欧阳友权主持的中国网络文学史、马季所撰《读屏时代的写作：网络文学十年史》中都追述王笑飞中文诗歌网为中国网络文学的源头。中国留美网络作家少君于1991年4月在网络上发表《奋斗与平等》，是目前所知的最早的一篇中文网络小说。但各家又都以痞子蔡《第一次亲密接触》为网络文学十年的开始。夏烈撰文认为：根据当下网络发展和作家群体的特征可分为三期。第一期是创作心态自娱自乐，把写作看做打破精英文学体制而实现自由表达的手段，基本没有实体利益观念。第二期是网络写手成为畅销书作家阶段，如安妮宝贝、慕蓉雪村、今何在、江南、萧鼎、蔡骏、天下霸唱、南派三叔、当年明月等，依赖于出版业得到第一桶金。网站榕树下、龙的天空、起点中文等小有名气但还不算发家致富。第三期从2003年起点中文网站实行VIP制，每千字阅读收费2分钱开始，让签约作家成为富翁，此例为各网站通用，并引来了民营盛大网络资本的介入。

纵观网络文学的发展史，是一部文学不断向金钱妥协的商战史。作为日益成长为文学主体的网络文学，也一直没有很好地解决致命的文学性问题。它们以言情、军事、玄幻等大众题材为主，却缺乏对人自身和社会的思考。有人便认为这是网络文学的悲哀。这些悲哀也被一些人总结为创作的悲哀、发表的悲哀、阅读的悲哀、点击的悲哀和批评的悲哀。

2008年是网络文学创作的高峰年，也是相关文学活动的高潮年，还是网络文学渐入主流转变之年。首先是在这年开春时《中国新闻出版报》等几十家媒体与大门户网站及众多地方报刊纷纷开辟专版专栏对网络文学进行分析评价，多家官方机构和民间组织以不同方式联手举办一系列回顾总结与展望活动，使网络文学空前地受到社会舆论的重视，而且让网络文学界对未来充满了信心，改变了前些年对网络文学总是批评、否定和不屑一顾的状态。3月20日，中国社科院文学所中国文学网、中国社科院互联网研究中心、中国版权协会反盗版委员会等共同主办了"2008年网络文学发展高峰论坛暨2007年国情调研项目——全国文学网站年度调查报告"合作网站遴选及签约活动在北京召开。目的是想架设一座进行文化交流的桥梁。会议指出，网络文学应该是新世纪文学理论研究和批评的重点关注对象，从长远看它是涉及"国家的发展"和"一代人成长"。2008年4月26日，在第十八届全国图书交易博览会期间，国内首个针对畅销书作家和网络原创作家的"中国畅销书作家实力榜"、"中国网络原创作家风云榜"隆重揭榜，活动由《商务周报》、《长篇小说选刊》主办，北京开卷信息技术有限公司与新浪网读书频道、腾讯网读书频道、起点中文、幻剑书盟、17K中文、红袖添香等六大文学原创网站共同协办。10月27日，国家版权局、北京市人民政府又共同主办了2008年原创网络文学评选颁奖活动，其中《我们的师政委》等荣获优秀网络文学作品奖，唐家三少等人获得"十大杰出人物"称号，还评选出了2008年原创文学网站优秀奖、原创网络文学传媒奖、原创网络文学维权奖和年度文学网站奖等奖项。次日在中国作协指导下，17K网站与《长篇小说选刊》联手承办了"网络文学十年盘点"活动。有《人民文学》、《收获》、《当代》等20多家传统文学期刊共同参与，并且通过网民海选投票对十年来的网络文学进行初选，交由审读组进行审读点评。2008年6月，第5届新浪原创文学大赛成功举行，参赛作品5900多部，是历届最多的一次。签约的影视作品也突破了历史纪录。这次大赛的金奖作品是《青盲之越狱》、《野外生存》、《青花瓷》，银奖作品是《女人突围》、《冒险王之禁区》、《倾城乱》，铜奖作品有军事历史题材的《军婚》、悬疑类的《江湖特工》、都市情感类的《三十情事》。12月4日，中国社科院举办了第二届"媒介文化与网络文学高层论坛"，与会者就"媒介文化语境下文学研究面临的挑战与策略"、"'博客写作'与媒介批评"、"文学网站的私人空间、民间视野及公共领域"等做了重要阐述。这一年中，汶川大地震引发了网络诗潮。盛大文学公司于7月4日在北京成立，报道说"网络文学渐入主流"，又有刘庆邦、谈歌等30多位传统文学作家9月10日将作品与网络签约试水。

我国网民总数、宽带网民总数、国家CN域名数三项均居世界第一。我国有线网快速增长，而无线网的增幅也相当惊人。网上在线阅读已经是中国人生活中的一部分。马季说，这是文化全球化时代中国人空前的精神能量释放的结果，可以肯定，"网络文学发展前景十分光明，但仍需要一段时间的积累、修正和积淀，才能实现由数量的增长转化为质量的提高"。①

二、网络文学的创作思想和方法

网民的自由写作应当有其创作思想和方法，这也包括个人博客的写作。传统的思想方法理论是不够的，但是网络文学理论体系并没有产生，产生了也离不开传统文学理论，所以这里仍然参照传统文学理论进行观照和评说。

（一）创作思想混乱，创作方法多样

如前所述，在创作思想上，网络作者们首先是在用文学方式争取个人的话语权，其次也大有娱乐至上、追求时尚化而迎合低级趣味的倾向。不论是痞子蔡的《第一次亲密接触》，还是何员外的《毕业那天我们一起失恋》都有这种试图赢得点击率的毛病，再次是把写作当做招徕网友博得名声和利益的敲门砖。

在创作态度上，不客气地说普遍极不严肃，没有社会担当意识，缺少创新理念。他们随意进行个人心灵的自由表达、痛快淋漓的自我宣泄，却没有道德、法律意识。高速度地粗制滥造，经常进行抄袭和拼凑，从而惹出了不少的批评和官司。有的写手为了避免当被告，在书尾不得不注明参考书目以防止原作者的法律追究。许多生硬的词句，后现代式的颠覆正常

---

① 《光明日报》2009年2月20日第9版，马季文章。

词句的词语，中英文大量掺杂使用和粗鲁的骂人的不雅之语，统统可以在作品中看到，经常让读者感到硌生和不快。

在创作方法上，浪漫的想象、幻想成分多于写实。写手们普遍使用超现实的魔幻手段，有些情节写不过去就搬出神仙鬼怪或各种神异力量来解决困境，有时不能不让人感到虚假而可笑。有的作者就是追求逃离现实、逃离政治和人生的效果，怎样编造都与现实生活不沾边。

网络小说从新世纪以来已经类型化了，这被认为是一种成熟，但写来写去总在几个套路模式中转圈子。主要类型模式有同人、穿越、盗墓、玄幻、色情、军事等。同人小说，是只利用已有名著人物形象进行改编或续写，像安意如的《惜春记》就是由《红楼梦》衍生出来的作品。穿越小说，多是当代女性姻缘聚会而回到古代，因为今人和古人教育背景的不同、文化的差异便闹出许多笑料。现代知识优势给了女主人公超常的能力，所以总能逢凶化吉，邂逅王孙公子，得到一份古典色彩的浪漫爱情。盗墓小说，如《鬼吹灯》利用心理悬疑和视觉描写营造恐怖气氛，既有大量幻想成分，也有较强的逻辑推理，使小说更接近现实，有人认为这是面向男性的恐怖推理小说。玄幻武侠小说数量众多，大多在风格上更近于传统的《封神演义》、《济公传》之类，不是金庸等人写实的路子，不讲究武打的招式套路和宗派，主角常常具有特异功能和法宝。所以陶东风先生斥之为"装神弄鬼"。《中华文学选刊》主编王干说这是汉文帝对贾谊"不问苍生问鬼神"的"问鬼神"文学。[1]此外还有军事、历史、科幻等类型的作品经常出现。题材的类型化使读者渐渐没有了阅读的惊喜，只是一系列预设的菜单式选择。

许苗苗也特别分析说："网络写作中，读者、作者关系也出现了错位。在线写作妨碍作者独立思维，应有作者创造的新鲜阅读体验被读者单调任性的偏爱所替代……一般在线写作、即写即贴，作者与读者即时交流，较容易得到读者反馈。这种传统作家梦寐以求的状态在网络上真正实现之后，却并未对提高写作质量起到正面影响。素质的差距、爱好的不同使网民群体真正是'众口难调'。当一篇作品未完成时，就有无数读者品头论足，除非作者有极大的毅力和自信，否则很容易受评论左右，失去个性化观点，转而讨好阅读者。作品在线发表后，寂寂无声更加可怕，网

① 《光明日报》2009年6月28日第6版，王干文章。

络上沉默背后是不关心不认可，一些连载作品因此而夭折。"①网络文学已经有自己的赢利模式，这种模式妨碍着作品质量的进一步提高。文学网站能够赢得读者创造收入是一个进步，但必须有大批量的文本，从中找出适应读者口味的类型。一旦找到这种类型就让作者继续写下去。比如起点中文网自称收录了20多万部原创小说，累计出版可达到2000余万册，每年向港台输出100余部，日页面点击量接近2.2亿。读者期望作品更新速度加快，每天更新1.5万字者占45%以上。在这样的规模和刷新速度逼迫下，作者没有精力寻找新鲜的话题，只能是进行"文本的流水线制作"，这样也渐渐导致读者、作者双方想象力的枯竭。由于网上阅读按字数收费，作者有意拉长篇幅。起点中文、红袖添香等网站上面不仅作品数量多，而且篇幅超长，每部数卷、每卷少则百章，多则几百章。晋江原创网推荐的《穿越宫斗之狐狸后》、起点网的《翻云覆雨1900》等都是如此。有的页面显示从第151章开始收费，有的则从第101章开始收费，收费之后的篇幅只能更长。所以网络文学"商业注水严重"，比如卖了一二百万字，收了好多钱，真正抖一抖不过只有二三十万能看。从另一面说，网络公众浏览并非细读的习惯也使网络内容重复成为必需，浏览时阅读效率下降，过于紧密的话语和过于深奥的内涵反而会成为大家阅读的障碍。

　　胡平对青春文学、网络文学的流行观念进行过深入分析，也解剖了网络文学的观念具有实用性、幻想性、消遣性、互动性和开放性，认为它们"共同推动类型化生产，构成了当下最流行的文学观念，构成了对传统文学以现实主义为基础的文学观念的挑战，获取了比传统文学多得多的读者"。②这种分析概括很客观，青春文学与网络文学的某些优势正是传统文学的缺点。然而我们也发现，网络作家关注社会现实的精神正在作品中复苏。比如六六的《双面胶》，围绕上海媳妇和东北农村婆婆之间大大小小的生活琐事展开，虽然人物关系简单，却由于细节真实在网络上火爆起来。2007年后荧屏热映《双面胶》、《麻辣婆媳》、《婆婆媳妇和小姑》、《家有公婆》等可以说都是这股风潮的产物。这类作品意在宣泄，作者并不想借此踏入传统文学领域，他们抛弃大叙事和历史语境，在作品中表达个人意识，却反而因诉说了普通群体具有同感的真实状态而具有价值。舍人的长篇小说《宦海沉浮》是系列性官场小说，长达200万字。石

---

① 《网络文学：现状及问题》，《文艺报》2009年4月16日第2版。

② 《文艺报》2010年10月1日第2版，《文学观念问题是根本问题》。

一宁惊讶于作者对官场了如指掌、描写入木三分。第一部是写乡，第二部是写县，第三部则是写市。作者通过对大学生杨陆顺回乡教书到升官、受挫的过程描写，表现"中国的具体国情和政治体制，官本位的历史传统与现实存在，使政治在很大程度上决定着社会的发展变化，职务升降、权力浮沉不仅改变着当事人的前途，也相当程度地重整其社会关系与人际关系"①，从而集中地体现着特定时期的社会风气与习俗，达到了一种"独到的精彩"。又有起点中文网推出的《本色警察》，塑造了一个普通人古裂，他从外表到心里都是低调的小人物，但他却阴差阳错地当上了警察，从而改变了自己的命运。2009年中，长缨的《血铸的番号》，写"大功六连"的英雄主义历史和永远不倒的精神，刘猛的《最后一颗子弹留给我（终结版）》，描写青年军人小庄的特种兵生活和退役后对部队生活的怀念，没有靡靡之音，很是曲折而阳刚。职场小说如凌语嫣的《争辩——世界顶级企业沉浮录》是主人公女大学生衣云的欲望实现过程和成长轨迹。烟雨江南岸的《狩魔手记》是科幻励志小说，具有积极向上的价值取向。但网络文学中一部分低俗内容仍在流行，淫秽色情仍然不断出现。2009年冬已查出1400多种色情小说，关闭有关网站20家，网络整治初见成效。

总之，近年来网络文学积极健康的成分正在增长，证明远远游离于生活现实之外的写手们会从高空中着陆、从梦幻中醒来的。

（二）博客写作：精神幻象和草根神话之网

博客，原初的定义是网络私人日记，记录个人的思想成长经历和生命的体验。它不仅是媒体平台，也是很多人的一种生活方式。特别是博客匿名化，作者的身份融入无边无际的互文世界中，电子传播也消除了时空两维的差别，消除了一切因果关系的假设。博客将思想娱乐化、隐私社会化，内心的自省变为人格的表演和隐私展览，成为了用精神幻象和草根神话编织的网。博客写作和阅读将读者和作者的界限消除，那么作者的作品只是完成了一个未定性的东西，读者的地位得到了空前的张扬。匿名化使博客保持着独立批判精神，却因为交互观赏的需要而出现了一种表演性，这种表演性在博客写作中已成为主流。虚构个人情感经历，在浏览别人空间的时候，虚伪地热评好评，已经成为博客作者们习惯的事情。传统文学中有精英，网络文学中也有网民眼中的精英，除了前面提到的一批有影响

① 《文艺报》2009年6月9日第3版，石一宁文章。

的写手还有化名为"极地阳光"的隐形人，其博客浏览量突破了1.2亿，在新派博客人气中排行第三，他越是隐匿就越被草根们追捧。网上的读者们很需要这种神秘的、代表草根阶层的民间精英，不需要什么包装策划。

博客也被很多人认为是草根文学的代名词，这对草根的定义是含有褒义的，被认为是弱势群体对主流话语的反抗，是一种挑战的姿态，所以打上草根的旗号或扛上百姓的大旗，就是要往平民大众方面靠拢。王洪辉撰文说："网络催生了有别于政府和知识分子精英的第三方力量——草根阶层。他们关心国家发展，关心民族复兴，在一系列重大问题上发挥了独特的作用，网络世界的开放性与平等性也保证了社会各阶层成员的广泛参与。"[①]但是，启蒙思想本来应该随着网络的普及而深入，实际上很多启蒙的基本命题冠以宏大叙事却变得滑稽荒唐，严肃的社会问题被轻轻地消解回避了。人们大写"乱力怪神"，创造虚无的幻想世界，成了人们娱乐化的重要资源。情感叙述是博客赖以生存的原动力，却一个个都在他者的目光下进行精神表演，用哗众取宠的标题，撰写虚情假意的浏览留言。互相麻醉着意志和灵魂，而这样就使思想娱乐化，封闭表达社会化，深邃的思想裹上了娱乐的外衣，将内心的自省变为预知未来的隐私展览，不能不是博客写作的悲剧。人们通过媒介造成了全民的狂欢，个个都是主动参与者，但造成了网民的肤浅，发展下去将危害民族和人类的智力和前途。

由于文本的开放，日常博客写作往往被新的流行文化所控制。身体欲望、消费观念、道德偷窥是其中的三个关键词，是全民文化素质提高的假象。博客是写作发表的平台，但它仍然是一种意识形态化的产物。喧闹的门户网站会带来高点击率和知名度，作者存在的痛苦被喜剧方式所遮蔽，存在之路也就会演变成皆大欢喜的乌托邦梦想。所以，博客写作既有与其他网络文学相似相近之处，但更多了一些表面真诚的虚构和虚伪。2010年4月，《博客圈自律公约》公布引起强烈反响，人们普遍认为这是博客由无序走向自律的重要步骤。记者蔺玉红走访河北博客圈人士，证明网民们很拥护这个公约。从反"三俗"角度来看，这是一个十分积极的行动。

三、网络文学的走向和前途

2008年7月盛大网成立之时，聘请著名作家王蒙为文学顾问。王蒙欣然答应并题词道："文以清心，网更动人。"这是老作家对网络文学和文

---

① 王洪辉：《对博客写作的文化批判》，《文艺报》2009年3月26日第3版。

学网站提出的希望。在浮躁的网络世界里，能够静心、清心、安心地进行创作，欣喜而理智地进行阅读，这似乎是当今一般人难以做到的，但又是应当努力做到的。任何网络的发展都要挣钱，都要引人入胜，但如何处理好作品面对社会人生现实、不断提高，又能够保持网站长盛不衰的关系，这才是王蒙和广大作家、读者想及早看到的美好前景。

（一）十年盘点与"招安"的意义

2009年5月发布的《中国文情报告：2008～2009》，回顾了一年来我国文坛在传统文学、市场化文学和新媒体文学三分天下的局面互动中发展，倡导传统创作精神，呼吁坚守自我，并强调网络上的精神主导作用要加强，要对网上阅读进行引领，要兼顾社会效益和经济效益两头，并且呼吁文学批评不能在新兴文学板块面前缺席。这是权威的中国文情问题的最近总结概述，我们应当按照这个报告精神去发展健康向上的网络文学，包括自由的博客在内。6月下旬，中国作家出版集团和中文在线共同主办的"网络文学十年盘点"经过7个月的推举和评选在北京揭榜。《此间的少年》、《成都，今夜请将我遗忘》等10部作品被评为十佳优秀作品，《尘缘》等10部作品被评为十佳人气作品。这次主流与民间写作融合的盛会，大约有1700部作品参评，基本囊括了十年来网络创作的活跃人群和力作。参与投票海选者高达50万人，其中大部分是有多年阅读体验的资深读者。参与作品审读和点评的专家、资深编辑多达50余人，撰写评论110篇。这次活动是传统文学界与网络文学界迄今为止最大规模的一次交流，对推动网络文学的繁荣发展具有深远意义。2009年，中国作家协会新增会员408位，其中有金庸、张诗剑、周蜜蜜等7位港澳作家，还有当年明月、千里烟、笑看云起等网络文学作家。网络写手被作家协会"招安"，既是一件光荣的事，也为一些人所不齿，但相当一批网络写手还是倾向于加入各级作家协会成为"正果"，希望自己的作品能够公开出版发行。这种现象是一种文化向心力，应当欢迎，让网络自由创作者走向最终归宿。网络人才招安入流，可以避免一大批青年的才情浪费，这在今后就可以看得出来。《中国文情报告：2010～2011》于2011年5月公布。白烨就此报告解释说：新兴文学方面，网络小说写作与类型整合上，逐渐由写实主义和浪漫主义两大主脉，形成类型化小说不断繁衍、细化的总体态势。同时，网络文学的生产与流通，已逐步形成丰富而多样的商业运营模式。他强调，就2010年的文学情势与文坛状况来看，有三个需要关注和探究的问题，一是"80后"显示的"代沟"问题较明显，二是新兴板块的批评缺席，三是"文学之核"不够彰显。根据这个报告和解说判断，我国网络文学在持续性发展中，原有的类型化创作方式正在发挥新的作用，但是批评缺位、代沟问题和作品散漫无核。这怎么看待，笔者认为这是网络文学较为平稳发展的态势，没有明显的大突破大发展，新的精彩有待于今后。

当前各国都处在进行网络文化引导和科学管理的历史进程中，我们一定要走出一条自己的路子，取得我们自己的成功经验。

（二）在与传统文学融合互补中前行

从正面来看，网络文学的出现和发展，具有划时代的重大意义。如果将它放在国家发展和一代人成长的大背景下去考察，我们就会发现网络文学的时代意义不是传统文学所能代替的，对其独立价值应当尊重和肯定。它导致书写和阅读方式的巨大变革，并且以全民参与的形式出现，对于提高全民族的文化素质、素养意义深远。网络文学也使作家的产生机制发生了变化，这些作家的知识结构和身份背景千差万别，他们的作品也便有着广阔的视野和别样的风情，对产生新的文学空间具有强大的推动作用。网络文学侧重于娱乐性和休闲功能，对社会现实关注程度明显降低，这是利弊兼有。娱乐过度可能消解文学的艺术审美功能，但却体现了自由精神。网络写作与个人的生存是一种新型关系，一般非功利性较强，写作的心境更为自由灵活。类型小说在网上大行其道，是对当代文学谱系的一种实验和丰富，而且网络文学已经成为新的文化产业链的开端产品。

当前网络文学写手的大多乐于幻想，可以视作传统浪漫主义精神的回归。这些作品远离生活现实固然是一个缺陷，可是当今传统文学作家普遍想象力不足，正好可以参看网络文学而得到启发，所以这也是对写实方法的一种矫正和丰富。现实主义的、写实性的和浪漫的魔幻性的两类创作可能重新形成各有实力的两大流派。它们吸收古今中外包括后现代派的东西增加创作手段，本身就是好事情。马季说网络文学十年发展犹如一场旋风，凸显了集体经验和民间智慧，对当代中国文学的撞击是令人欣喜的。在未来的岁月里，它将有可能重组中国文学的格局，使中国文学产生新的造血功能，并创造出新的文学空间。同时他认为网络文学仍然处在实验期，"但从战略角度看，作为传播方式的革命，网络把中国进一步推向了世界的舞台，无论是政治还是经济文化的变革，都决定了中国面临的是一个更广阔的世界，只有在这个大舞台上才能诞生真正伟大的中国文学。因此，当代中国文学的新路极有可能出现在网络文学与传统文学的互补与融合之后。"①网民楼兰雪还十分肯定地说："未来一百年如果中国要出文豪的话，肯定是从网络上走出来的。"

马季、楼兰雪的预言多么令人鼓舞！因为他们和王蒙等人一样，看到网络文学这条新路是一条可以纠正过去极"左"思想的自由写作之路，固然需要有社会担当，但只有作者心灵自由了才能产生伟大的作品。二者似乎矛盾却又有内在的统一。还要相信网络作家们关心国家民族的命运是主要心理基因，在这一点上绝不亚于传统文学作家。只要我们不断有效地进行引导，不断联手开展各种创作和评论理论活动，不断推动有关法规的落实，让网友们意识到这里不是法律之外的一片真空，那么他们就会把当前绝对化的自由变成有纪律有大局意识的相对自由，担当意识就会生成和加强。近两年鲁迅文学院给网络作家办培训班是个好办法。这些学员毕业时感慨良多，表明他们需要向传统学习而走向成熟和新的成功。这是正面的理论引导，也可以看做对网上写手必要的精神约束和文化拯救，看做推动我国文艺生态走向优化的一种有效措施。

第五节　维护文艺生态平衡的理念和树立"度"的观念

维护我国文化、文艺生态平衡，是保证实现文学艺术可持续地大发展大繁荣的基本方略。在实践中，我们要树立和巩固科学的生态理念，而且要树立"度"的思维，真正在具体问题处理上头脑清醒地把握好"度"。

一、基本理念——优化和保护"精神植被"

前面已经涉及维护文化、文艺生态平衡而使之协调发展的理念和局部实践经验，但这还是不够的。2000年，资华筠在人类学国际会议上提出了"精神植被"的概念，得到了与会者的广泛认同。所谓精神植被就是指民间自然状态传衍着的文化要继续存在和发展下去，防止被外来强势文化冲击掉，而且也不要与强势文化趋同。②资氏的精神植被观念是根据当前世界各国进行非物质文化遗产保护的状况和我国"非遗"保护的实践提出来的。由这个概念出发，我们就要保护民族民间原生态文化，也保护它们的

---

① 《由网络文学十年盘点引发的思考》，《作家通讯》2009年第2期。
② 《光明日报》2004年3月31日第1版，单三娅报道。

再生性文化；这种保护要以政府为主导，社会自觉参与，而不是只靠专家学者，所以她说专家不是"救世主"。她强调保护精神植被的意义，在于那些在民间自然传衍着的文化更接近人性之本真，凝聚着民族的生命力，蕴含着深层次的人文价值。原生态文化是木之本、水之源，但保护的内容不能百分之百，那么就应当有所优化，对最典型、底蕴最深、最优质的文化优先加以保护。

应当将其扩而大之，扩大到古今各种文化艺术，要进一步全面系统地、相对合理地形成一种完整的中华文化植被。这包括精英们的创作和展演、现代传媒的大众文艺及非遗项目在内。这就要实现各种文化综合平衡发展，不是有你没我、有我没你的单一对立，也不是毫无选择的、杂乱无章、各自为政，那么这种文化植被系统就是层次分明而各得其所、长期共存而又互补互利的文化覆盖层。它既有天然生成的文化生态特点，又指导思想明确而不断适当进行优化和引导。这样才能够在经济全球化、文化本土化的大环境中以我为主地进行社会主义文化大繁荣大发展，能够在外来强势文化冲击下合理吸收外国优秀文化而又保持我们中华民族文化的内涵与特征，从而有助于社会经济文化的发展，并且可以以整体优势与外来文化进行平等交流。只有这样的精神植被，才能真正以人为本地提高全民族思想文化素质。我们一定要从各种不良倾向或说各种精神枷锁中解放出来，总结历史的经验教训，以马克思主义中国化的辩证思维，抛开五四时期对待中华文化的激进观点，抛开新中国成立后的极"左"文艺观念，克服西方中心主义和一切不利于我国文化发展的不良因素，还要克服单纯的文化观念、艺术观念，树立社会经济、政治、文化三者综合一体发展的新理念。

二、雅俗平衡，要把握好通俗与"三俗"的"度"

我们一直在高一阵低一阵的争论声中摸着石头过河，从文化生态角度看这些争论主要是雅俗层次关系和对通俗娱乐"度"的把握的问题。这在前面已经提到，但似乎还需要再系统地谈一谈。

（一）再说雅与俗：拆掉高墙，搭起桥梁

自古以来的文艺的雅俗之争，表现了历代精英文人与平民百姓的不同审美观念、创作理念及社会理想之间的差异。在古代，绝大多数人不能读书识字，读书人、入仕者与平民的思想差距有着天壤之别。精英的书面创作服务于宫廷，个性较强，探索创新性较强；百姓口头创作、手工创作和集体载歌载舞则是自娱自乐，两大文化系统曾经长期对立。但是也出现过唐代刘禹锡搜集仿作《竹枝词》、《柳枝词》，白居易吸收民间口语入诗并且念给百姓听的创作现象。更不能忘记《诗经》就是西周时期口头创作的总集，这就是我们中华民族最深长最正宗的文学古根。到战国后期屈原等人继承《诗经》传统吸收民间歌唱，创新产生了《楚辞》。这两部经典两千多年来影响了一代代文人墨客，足以说明文艺的雅与俗、阳春白雪与下里巴人之间没有绝对的鸿沟，完全可以互相参照吸收而共同发展。还要看到一个国家、一个民族一定要有代表性的精英人物和精英之作，如果没有也就不能带动这个国家和民族文学艺术的发展和品位提升。我们不能完全是农民立场、平民立场，像民间笑话中讽刺挖苦穷酸秀才那样对待我们民族的精英，而应当像关于屈原、李白、杜甫、白居易、苏轼、陆游、李清照的民间传说那样肯定和推崇他们，弘扬一切历史文化名人的精神品格及光辉作品。我们只能是在大文化的植被观念指导下，雅不排俗、俗不斥雅，雅带动俗、俗滋补雅，让对立的二者在相辅相成中共同发展。文人之间的相轻相斥尚可以理解，因为他们在同一时期和同一起点上有艺术的竞争。但旧文人式的轻视和排斥民间文化的观点和做法不能原谅，因为我们的文化世界不是几个文人所能成就的。文化的社会主体首先是平民百姓，他们既是文化的创造主体，又是文化的享受主体。这一点不能弄颠倒了。

关于严肃文学与通俗文学，袁良骏曾经著文说：香港著名小说家亦舒女士有一句妙语，人们不愿看的是严肃文学，人们愿意看的是通俗文学。袁良骏认为这两个概念并不科学。他从"俗文学"的概念说起，谈到后来出现了通俗文学的概念，而且越来越将人们引入一种误区。"文学当然可以分高低、上下、雅俗、优劣，但严肃和通俗绝非一堆相反的概念。严肃的文学可以是雅的，也可以是通俗的；反过来通俗的文学可以是不严肃的，但也可以是很严肃的。一句话，通俗只不过是大众化、群众化，易于为广大读者接受而已，丝毫不意味着不严肃。"①回顾20世纪30年代关于文学大众化的讨论，40年代文学民族形式的讨论，这些都是要解决文学艺术通俗化问题。后来的《小二黑结婚》、《吕梁英雄传》、《新儿女英雄传》等小说都是既通俗又严肃的作品。现在的学者分析"鸳鸯蝴蝶派"作品，认为虽然个别属于低级、庸俗无聊，但还有不少的作品具有可取之

---

① 《走出"严肃文学"、"通俗文学"的误区》，《人民政协报》2004年4月5日。

处，在反帝反封建斗争中起到了不可否认的作用。后起之秀张恨水的作品更是"既严肃又通俗的"，与赵树理、马烽、西戎等人的作品在本质上都是为人生的。所以作家们要尽快走出严肃文学、通俗文学的误区，这种争论已经没有实际意义。

关于高雅与通俗，石义彬提倡拆掉大众与精英的高墙而实现互动。由于文艺市场化的发展，雅与俗的对峙也出现了融合的态势，贴近读者，贴近大众，创造一种雅俗共赏的新文学已经成为一种可能。以受众为轴心的、与大众现实生活密切相关的文学正在出现，我们的理论研究不要局限于传统文学经典和高雅文学的藩篱之中。他认为只有拆掉高墙才能改善雅文学与俗文学相互对立的不幸关系，使雅俗共赏的审美理想在文学创作和欣赏中变为现实。[①]张颐武则提倡大众文学和小众文学并行不悖的观点，认为中国现在的小众文学和大众文学各自都有生存空间，要设法搭起大众和小众之间的桥梁。上面袁、石、张三人的思维方式和观点是正确而有益的。我们的确需要拆掉人为的多余的高墙，搭起雅俗之间的桥梁，实现二者的互动。在前面几个章节中都提到作家要自觉地面向人民大众，追求雅俗共赏，为老百姓所喜闻乐见。五四时期开展的白话文运动，目的就是要妇孺皆晓，扫除平民百姓的阅读障碍。他们早就拆掉了高墙。历史发展到今天，即使是知识分子的小众文学，也没有必要加高自赏自恋的墙垣。

（二）警惕娱乐化时代的庸俗、媚俗和低俗

经过改革开放以来的争鸣和比较，很多人开始认同通俗不等于庸俗，更不等于媚俗。而面对消费主义的娱乐化时代，就要从理论上进一步把庸俗、低俗等问题搞明白一些。

20世纪90年代以来，中国迎来了一个前所未有的文化消费——娱乐新时代。娱乐飓风所至之处，把世界变成了拉斯维加斯城的"巨无霸"的翻版。陈文敏曾经激动地写道：娱乐霸权已经形成，文化产业向下游转移，娱乐向主流文化和精神文化领域急剧扩张。其固有的快乐原则有力地改变着文化的生态，各种名目的主题都以娱乐的名义进行着。零态度、零逻辑、零技巧、零深度、零意义、零诚意、零痛苦的原则正在成为娱乐文化的基本态度。娱乐化风潮愈演愈烈，从超级女声到后舍男生，从芙蓉姐姐到流氓燕，从戏说经典到恶搞英雄，从彩铃到动漫，从欲望都市到名人

---

① 《人民日报》2000年5月13日，《受众意识的强化与雅俗互动的文学态势》。

博客，从一个血案馒头到小强历险记，我们的眼睛、身体正在遭遇新的快感、新的刺激，使爱玩闹的人们惊喜连连。[①]19世纪开始的非理性转向反驳禁欲主义以及反抗对人性压抑的种种思想得到强化。童年的游戏心理、人类的游戏冲动被唤醒，游戏娱乐恢复了美育的"游戏"本质，成为人们表达意愿、思考社会的替代方式。陈文敏又指出，在急剧工业化、城市化的过程中，"社会零碎化"使人们感到彼此孤立，同时人们在压力面前被生产所异化，于是信仰出走，立场缺席。物质或许富足，而精神则成为废墟，于是寻找新的刺激和感官震惊，审美也成了一种失去距离的艺术。娱乐文化已经上升当前社会主要的价值观念，甚至成为一种主要的民意。"大家一起玩吧"，独乐乐不如众乐乐，使自娱走向了狂欢。这样娱乐文化成为表现欲的机器，如梅洛·庞蒂认为身体先于世界和精神，身体自身具有意义并编制这个世界。身体获得极大解放，过去违禁的负罪感就不存在了，从而降低了人们的自尊心，似乎每个人都做了一把自己的上帝。

娱乐是潘多拉的魔盒，释放希望的同时也释放了邪恶。当娱乐文化变成群龙无首、轻薄饶舌、恣意妄为的文化，当理性已成往事，自律已然蒸发，一个民族的进取精神便销蚀在娱乐的温柔梦乡，这不能不引起我们的忧心。回想我国宋代城市文化就很兴盛，士人对娱乐文化进行了排斥与批判。新中国成立以来加强了对娱乐文化的控制和改造，但最后只剩下八个样板戏。改革开放之后商品经济大发展，一些知识人要"告别革命"，进而文化出现"图像转向"，今天生活的社会成为"景观社会"。这样，现实与影像之间的差别消失了，日常社会以审美的方式呈现出来，出现了仿真的世界和后现代文化，审美的概念在很大程度上转化为娱乐的概念，直接和欲望、快感联系在一起，因此日常生活的审美化也就是娱乐的泛化。一切都被娱乐化、嬉戏化、漫画化了，庸俗的东西就在其中。

关于庸俗和媚俗，19世纪德国戏剧家和画家席勒曾经指出："某些不良文艺现象是沉渣泛起。感官上的欢娱不是优美的艺术欢娱，而能唤起感官喜悦的技能永远不能成为艺术，只有在这种感官印象被艺术计划所安排、所增强或者节制，而计划又通过观念被我们所认识的时候，才能成为艺术，但是即使在这种情况下，也只能成为自由的快感的对象的那一部分才是属于艺术的。也就是：只是使我们的理智得到欢娱的、在安排上所表

---

① 陈文敏：《我们需要健康的娱乐精神》，《文艺报》2006年10月10日第7版。

现的趣味那一部分，而不是肉体上的刺激本身；这种刺激只会娱乐我们的感性官能而已。"①席勒又在《关于在艺术中运用庸俗鄙陋事物的想法》中严格地界定了庸俗、鄙陋的不同。他说庸俗的事物就是一切不诉诸精神并且除了感性兴趣以外不能引起其他兴趣的事物。"鄙陋的事物比庸俗的事物还要低一个等级，它与庸俗的事物的区别在于，它不是单单表现为缺乏才智和高尚的某种消极的东西，而是表现为某种积极的东西，即感情的粗野、恶劣的风俗和卑鄙的思想。庸俗的事物仅仅是缺乏一种想要有的优点，鄙陋的事物却是缺乏一种可能向每一事物要求的性质。"席勒认为，"虽然有成千的事物由于自己的质料或内容而是庸俗的，但是，通过加工，质料的庸俗可以变得高尚，所以在艺术中讲的只是形式的庸俗。庸俗的头脑会以庸俗的加工作践最高尚的质料，相反卓越的头脑和高尚的精神甚至善于使庸俗变得高尚，而且是通过把庸俗与某种精神的东西联系起来和在庸俗中发现卓越的方面来实现的。"②

席勒区分庸俗、鄙陋的不同，认为庸俗是诉诸感官喜悦而不是使"我们理智得到欢娱"，不产生高尚的力量、不"提高人"；鄙陋则是不仅缺乏才智和高尚，而且"积极"地表现粗野的感情、恶劣的风俗和卑鄙的思想，是冲动地表现这些不良的东西。笔者认为这种鄙陋的动机和行为，便是中国所说的媚俗，包括以声色俯下身来迎合。张岳健强调，根据席勒提出的美的规律创造，要认识和创造整个历史运动前列的未来的真正的人。这要摆脱"人物性格的二重组合原理"的影响，不要非在英雄人物身上刻意挖掘所谓多重性格、在反面人物塑造上不要追求所谓"人性化"而着意表现歹徒的善心、汉奸的人性、暴君的美德，非要把富人描写成穷人的救星，也不要把群众描写成站在道德高地的偶像。

关于低俗，这是当前多用的流行语，与庸俗、媚俗合称为"三俗"。前面提到柳斌杰说这是指凶杀、暴力、色情等。这是用低俗包括了庸俗、媚俗等。别人的解释却有所不同。徐启生在一篇关于美国如何监管电视低俗节目的综述文章中说，美国人心里的低俗节目是指那些尚未达到淫秽色情等级但又明显带有猥亵、不敬、脏话等下流内容或者公然冒犯社会基本道德水准的电视节目。为此美国最高法院还做过解释。③那么按照中国人的一般理解和美国人的理解，低俗就是格调低下，包括表现恶搞、投

①② 见《文艺报》2009年2月14日第2版，张岳健文章。

③ 《光明日报》2010年6月30日第12版，徐启生文章。

机钻营、厚黑学、算卦、骗人等不科学不高尚的东西。而庸俗则是轻浮、猥亵，甚至是不堪入耳入目。在另一种语境中，庸俗又指计较、市侩、势力、攀附等。媚俗则突出了主动向受众做庸俗的引导，比如《超级女声》、电视大相亲和一些网络作品就有放纵、媚众之嫌。"小沈阳"的表演属于通俗却不能排除媚悦于人的成分。徐峥主演的电影《嘻哈记》在一个简单的故事框架中堆砌了大量网络流行的段子和笑料，被批评为粗制滥造、庸俗无聊，缺少审美价值，是"山寨＋恶搞＋拼凑"的路线。徐峥为此公开向观众表示"对不起"，承认这部戏是"一部超级大滥片"，又表示今后不再犯同样的错误。希望徐峥和"小沈阳"等人的艺术表演能够保持在通俗而不媚俗不低俗的尺度以上，千万不要往下滑。

笔者认为，低俗可以有广义、狭义之分。广义的包括庸俗、媚俗、淫秽色情，狭义的就是格调低下，缺少真善美，没有审美意义。在实践中，我们会经常遇到通俗与低俗具体区分的问题。不同的表现可以有不同的判断。根本上在于创作者要有崇高的精神境界，要全面提高素质和素养，还要敢于进行批评和自我批评。李默然在接受记者采访时说：反"三俗"要追根溯源，"不写不演"就堵住了源头，事实上这还不够，许多低俗的东西都是即兴中兜售出来的。所以他认为要加强写与演的规范、自律。[①]丹纳说的艺术是"又高级又通俗的东西"，我们真正做到还真需要创作表演者与全社会共同努力，而且必须下大力气反"三俗"。

他山之石可以攻玉。美国、德国等国家都在实行电视节目分级办法和"时段隔离"、"技术隔离"，并要求各台网严格自律。我们已经出台了演艺、广电、网络和出版方面反低俗的法规和政策，这是需要下真工夫去落实执行才能奏效的。发动群众进行监督，及时揭露和举报某些低俗文化现象更为重要，只有这样才能真正把俗源彻底堵住。

第六节　关于精品、评奖和办节等

我们上面从生态意义上研讨了严肃文学、大众文艺和网络文学等方面健康平衡发展的问题，也是各种文艺如何全面协调可持续发展问题。我们必须统筹兼顾。统筹兼顾是文艺科学而永续发展所必备的思维方式和工作

---

① 《光明日报》2010年8月23日第4版，刘勇访谈李默然文章。

方略。我国许多文化发展规划、文艺政策出台都体现着这种精神与智慧。既要总揽全局、统筹规划，又要突出重点，抓住牵动全局的主要工作和解决突出问题。起码应当处理好文学与艺术，文艺精品与一般创作，文艺作品与文艺理论批评，艺术创新与艺术展示，社会公益与文化产业，办节与评奖，及人与财等各种关系。必须将这些重要事项进行整体的科学规划，从物质条件到精神条件实行全面筹备，保证全局性文化生态平衡和各系统之间的协调发展。有些方面，如作品与理论批评已有专章讨论，文化产业将在下一章专题研讨。这一节便重点探讨文与艺的关系及精品、评奖、举办节日和维护国家文化安全等问题。

一、文学与艺术及精品

文学与艺术、精品与一般作品，是文艺内部的两组关系。我们把文学艺术连在一起成为一个综合的大概念，但文学与艺术还有着巨大的差别。文学主要是指小说、诗歌、散文、报告文学、儿童文学、口头文学和文学理论以及各种剧本等，基本上是文人爬格子、敲键盘的方式生产的文字语言作品。而艺术的含义，广义的当然应当包括语言艺术的文学。而现在所说的是狭义的艺术，指戏剧、曲艺、音乐、舞蹈、电影、电视等表演性艺术和美术、书法、摄影以及大量手工技艺等。每种艺术门类都有自己的艺术规律和条件要求。

相比来说，文学自古以来典籍最为丰富、思想性最强、探索性最大，是其他各种艺术的基础性艺术，也完全可以称为整个文艺的龙头。众多思想家是文学家，而不一定是表演艺术家。可是，由于文学创作一般是个人行为，一些领导人并不重视，他们只重视最有场合影响的大排练、大制作，忽视文学、剧本创作和某些个人脑力艺术劳动，所以搞文学、剧本者常常被冷落，基本上成为孤独寂寞的行当。当今剧本短缺，编剧队伍在萎缩。面对这种局面，我们必须从文学抓起，打好这个地基方能盖成高楼。很难想象一个不识字的画家能画出好画，学养太低的演员能理解剧本演出好戏。著名京剧表演艺术家梅兰芳能编能导能演，自成一家，20世纪30年代去美国巡演时获得了文学博士称号，而不是表演艺术博士。所以应当发挥文学的底蕴、基础作用带动各门类艺术，实现文学创作与艺术创作展演的协调发展。不要因为戏曲、影视、综艺节目具有直观轰动效应、书画越来越具有收藏价值而忽视文学这个重要基础。

关于文艺精品，我们天天在提倡，全国上下都在实行精品战略。许多文艺家对之日思夜想。评论文章也在炒作所谓精品和大师，其实精品极品总是少数，它们的出世也往往是难产的。一般都是中下品，很多属于能够出版、发表、展演的大路货。人们崇拜精品是一种文化需求，文艺家向往精品是艺术生产的内在动力。可是当前追捧名家，冷落一般作品和创作者，对精品生产整体发展十分不力。

从统筹兼顾角度来说，首先要大力鼓励扶植文艺名家的精品生产，给他们提供一切方便，也为之进行舆论宣传，这是精品生产和其效用发挥所必需的。抓住名人精品这个重点，不等于忽视一般文艺工作者的创作。特别要为尚在一般档次的青年文艺爱好者创造有利于出精品的必要条件，领导者要善于寻觅、发现，乐于浇花、施肥。因为精品也往往出自无名之辈，他们的佳作也往往是从众多作品中筛选出来的。没有一支数量可观的、竞相创新的文艺队伍和浓厚的创新气氛，没有为精品红花做陪衬的绿叶，那么精品红花也不容易产生。领导者的精力重点、资金使用重点等方面，要首先保证文艺精品的生产，某些群众业余创作活动也要进行鼓励和扶植。一定要考虑那些没有被列为"种子选手"的人群中，很可能有一个题材重大的新作即将问世，这个作品很可能就是未来少见的精品。如果及时发现和扶植，就是领导者慧眼独具，他们就和辅导者一样是当代善于相马的伯乐。如果领导有识才辨才举才的真本领，那么他负责的这片地方或这个系统的精品生产就会连绵不断，甚至水平一个高于一个，那么这片地方或这个系统的文艺队伍肯定蓬勃发展，人才辈出，精品无穷。现在普遍的情况是，越是名人、越是专业作家就越有人扶植，越是名人，出版、演出就越有补贴或奖励，而暂时还无名的文艺工作者有了困难没人理睬，其创作积极性难免受到打击，甚至不得不转身而去。这是不公平的，尤其是一些基层青少年作者名不见经传，却艺术细胞丰富，创作天分很高，发展潜力很大，及时地鼓励和扶植他们，是文艺界领导者、文学前辈、教师们义不容辞的社会义务，是保证祖国文艺事业后继有人的光荣历史使命。

文艺作品创作与文艺理论批评的关系，像两条钢轨平行向前，也像一个人的两只脚，二者相辅相成。一般人都比较关注小说、戏曲、电影、电视等文艺作品，而不关心理论著作和批评文章，特别是高层次的理论著作学术价值很高，可能回答了文艺发展的重大问题，但它缺少市场卖点，难以大面积普及，那么就需要领导者给予必要的课题扶植。由于理论问题往往牵涉文艺发展的方向和方针政策，领导者更应当对之格外关爱。朱向前呼吁国家要有文艺批评扶植的优惠政策和机制，要给文艺批评、文艺理论家合适的报酬与鼓励，使他们劳动获得尊重与尊严，让他们的付出与所得大体平衡、与创作表演等从业者收入基本平衡。[①]这种呼吁得到很多人的赞同。

二、评奖——不要担心被诺贝尔遗忘

关于文艺评奖，经常与节日活动相结合。我国官方主办的全国大奖影响最大，是对各种创作成果的检阅和评判活动。中宣部2005年3月6日颁布《全国性文艺新闻出版评奖管理办法》，把全国90个奖压缩为24个，其中文艺奖由44个减至18个。它们是"五个一工程奖"、中国文化艺术政府奖（包括文华奖、群星奖）、中国戏剧奖（包括中国戏剧梅花奖、中国曹禺戏剧文学奖）、电影大众百花奖、华表奖、广播电视飞天奖、金鹰奖、曲艺牡丹奖、音乐金钟奖、舞蹈荷花奖、杂技金菊奖、中国美术金彩奖（更名为全国美术展览奖）、书法兰亭奖、民间文艺山花奖。文学上，有鲁迅文学奖、茅盾文学奖、优秀儿童文学奖、少数民族文学骏马奖。这18个便是全国最高文艺奖项。文艺的学术奖项未有单设，中国文联从2000年开设的文艺评论奖即未在以上18个之内。

这个管理办法还规定，建立文化艺术领域授予荣誉称号的制度。对为繁荣发展我国文化艺术作出卓越贡献的作家、艺术家，授予"人民作家"、"人民艺术家"等荣誉称号。在十七届六中全会《决定》中，又重申创办和落实各种荣誉奖项，估计不久的将来就会有一批荣誉称号落在有重大贡献的著名文艺家头上。

当今已是信息时代，不仅作家艺术家们，就连平民百姓对文艺评奖的关注度也大大提高了，对评奖的议论也多了。各主办单位评奖透明度正在提高，但反面议论仍然无法终止。这既有评奖结果不公正的原因，也有个别人吃不上葡萄就说葡萄是酸的。从主办方来看，评奖总有数额的限制，也有评委会的眼光和倾向的作用。要想人人满意永远无法达到，而无论评委轮流当还是评论家、编辑和作家等人员怎样搭配，总会有大部分名落孙山的遗憾。但是近几年实行网上投票、评委实名制投票，严格规定申报、公示、按程序评审等等，都是一种积极的改革态度。2011年8月评选第八届茅盾文学奖，从评委名单、每一轮实名制投票结果都上媒体公布，最后

---

① 《文艺报》2008年5月29日，朱向前文章。

决出这五部长篇小说，群众满意度高于往届。

一些人对本国评奖失去信心，中国作家对诺贝尔文学奖的期盼却连年升值，形成了诺贝尔情结。有人说中国与诺贝尔文学奖无缘，有的说我们是被诺贝尔文学奖遗忘的角落。这种埋怨表现了中国作家有打向世界的强烈愿望，但诺贝尔文学奖连连让我们遗憾。这个1901年发起于欧洲瑞典的诺贝尔奖，由化学家诺贝尔遗嘱规定：参评者不分国籍、民族、宗教和意识形态，只看贡献大小。但一百多年来的情况并非如此。民族分裂分子、侵略战争发起国的总统等都竟然得了诺贝尔和平奖，证明这个奖没有公正可言。2005年8月由上海科技教育出版社出版的美国罗伯特·马克·弗里德曼著《权谋》一书，揭露诺贝尔奖评选黑幕令人触目惊心，其名声在世界上越来越差。弗里德曼最明白这种不公和西方对中国的政治歧视，便说：期望中国科学家获得诺贝尔奖是无可厚非的，可是如果相信这是一个国家表现科学技术水平唯一或最佳途径就错了。又说申报诺贝尔奖本来是竞争现在却变成了竞技，评过之后也很快就被人们一觉醒来忘掉了，中国人也太把诺贝尔奖当回事。这是一个外国人对中国科学家、作家的嘱咐。是的，诺贝尔奖不是我们的终极追求。其获奖作品也不全是好的。有的有价值，有的也没有什么价值。有人常常问，中国的作品到底差了什么？固然有中西文化的差距，但主要是一些人总是对我们有政治偏见。中国人绝不能为了得诺贝尔奖而去迎合洋人、丑化中国人，更不能因此不表现自己的改革开放大业和爱国主义精神。我们要发展世界的文学、世界的艺术，但首先要满足本国人民的文化内需，充分达到时代的文化自信，其次才是文化输出。但也要看到，历来获得诺贝尔文学奖的作品都是民族的，其影响却是世界的。对这个让人梦寐以求的诺贝尔奖，中国作家们没有理由自卑和愤怒。要记住，鲁迅没有获过诺贝尔奖，却是世界级文化名人。

关于组织申报全国大奖，改革开放以来各省市都很下工夫，推出了一批精品力作。但是也出现了一定的负面效应，那就是为了评奖而创作。有些地方政府和文化、文联系统的负责人下大力气抓评奖项目，不是把评奖作为一种激励的机制，而是"唯奖为大"、"唯奖是图"，把奖当做追求的政治目标。有的不是通过报奖拿奖提高文艺家创作水准和地方文化实力，而是变成了形象工程、政绩工程，这样组织评奖也就变了味。一些单位为了组织创作获大奖的作品，不惜重金抢挖创作人才，不择手段地加大投入比拼豪华制作，其代价十分高昂。有的每逢评奖就会忙着跑办一阵子。因此就时常出现获奖书籍上市没人问津，获奖剧目观众寥寥无几的尴尬，所以被人认为这些都是"评奖文艺"，中看不中用，叫好不叫座。这在各级评奖中都已经屡见不鲜。如何克服这种现象，主要靠各级有关负责人明确评奖的出发点和落脚点，并真正处以公心，方法上科学，程序上公正透明，还要大胆批评揭露其中的猫腻。

希望今后能够产生一部中国文艺评奖法，我们大家可以共同呼吁。还应当呼吁，设立一个国家文艺大奖。也可以将鲁迅文学奖、茅盾文学奖、文华大奖国际化、世界化，一定会吸引大批世界文艺精英，效果绝不亚于诺贝尔文学奖。胡锦涛总书记在第九次全国文代会讲话中强调文学艺术要"面向现代化、面向世界、面向未来"。我们要积极进行对外文化交流和艺术吸引，打破当前西方人的文化霸权和垄断。

三、办节的得与失

举办节庆活动，是重要的社会公益文化活动。各级宣传、精神文明、文化、教育、文联及各协会、广电等单位是我国办节庆活动的大户。美国现在有各种节日约1000个，而我国县级以上新老节日至少有5000个以上。中华文化促进会曾于2008、2009、2011年举行了三届全国"节庆中华奖"评选，对新老节日的开展进行了评优颁奖活动，这是对各种节日的一种肯定。

2006年6月，我国传统的春节、清明、端午、七夕、中秋、重阳六个节日被国务院确定为首批国家级非物质文化遗产保护项目，2007年底又确定春节、清明、端午、中秋四个传统节日为法定放假节日，2008年6月，国务院又把元宵节补入"非遗"保护名录，我国传统节日便号称七大节日。再加上建国后形成传统的外来三八、五一、六一，我国革命传统节日五四、七一、八一、国庆，以及近些年发展起来的西方情人节、母亲节、父亲节、圣诞节等等，使人们隔三差五地过节，休闲文化、节日文化逐渐升温。它们是民族文化、民族精神的重要载体，也是中华民族相互认同的文化符号。过好这些传统节日将大大增强我们的民族凝聚力和国家文化软实力，其战略意义怎么估计也不会过高，大量的文艺创新就在其中，所以举办节庆也便为艺术的发展搭好了平台。

当前各地创立的新节日或重大节庆性活动日益增多。各级党委政府都想打造新文化品牌，所以不少省市县会在适当的时候举办地方性节庆。比如，河北、河南年年公祭伏羲女娲，陕西年年公祭黄帝，山东济南年年公祭舜帝，曲阜年年公祭孔子。还有山东邹城市每年农历四月初二在孟子故里举行"中华母亲文化节"，吸引海内外孟子后裔和社会各界人士举行纪念孟母大典；河南爱辉市每年举行公祭商末大臣比干大典；湖北省秭归县政府连续在端午时联络中国诗歌学会、《光明日报》等单位举行"屈原杯"全国诗歌大赛颁奖仪式；江苏无锡市连续举行"吴文化节"，世界各地的吴氏宗亲回来祭奠吴姓江南先祖泰伯。2009年6月，云南省委、省政府和中国音协在北京、云南玉溪两地同时共同主办了"首届中国聂耳音乐（合唱）周"。人们说，这是在"功利性地利用古人"，仔细想来也无可厚非，一定程度上表现了人们开始树立文化的自信与自觉的具体行为。

以弘扬文学创作为主题的节日，现在已经有浙江的文学节、广西的作家节、西安的全国诗歌节、河北的西柏坡散文节和河南的小小说节等。初听有些滑稽，因为自古文人都是悄悄爬格子的儒生，绝不像演艺界人士需要经常登台亮相的。但仔细一想也很正常，因为文学早已经是文化市场中的重要部分。把文学创作的评奖颁奖办成节日往往有更大的声势，让人们了解作家，形成作家与文学爱好者及群众的互动，作家与评论家也通过获奖作品开展创作态势、创作观念的交流与互动，从而大面积呼唤文学精神，全面形成崇尚文学创作、探讨创作发展的文化氛围，所以作家诗人该亮相也要去亮，吸引的粉丝越多越好。我国电影界有中国长春电影节、上海国际电影节、金鸡百花奖，还有大学生电影节等。戏剧汇演也被办成了节日，比如中国唐山评剧艺术节，是全国评剧艺术大比武，让观众一饱眼福，同时也进行理论研讨。文化部与河北省政府举办的中国国际吴桥杂技艺术节、石家庄的国际动漫节、曲阳的国际石雕节、蔚县的国际剪纸艺术节等，都在国际上产生了较大的影响。如今已是酒香还怕巷子深的时代，什么艺术作品也需要宣传甚至炒作，否则打造不成艺术品牌。

节日众多也有大轰大嗡、劳民伤财的问题，动不动几百万、上千万的投入，个别官员却为了树政绩。有人认为当今节日过多过滥，都是赶时髦，要进行统一审定管理。但当前只是不许以"中国"、"中华"、"国家"的名义举办节日或组织评奖，地方上各级政府或组织自己出钱办节并无人阻拦。一定要规范化，要有一套办节审批监督体制。要控制一定数量，保证节庆活动质量。

四、净化文化环境和维护国家文化安全

打击出版、演艺、网络低俗之风，开展扫黄打非活动，是要保护文艺平衡、生态发展，更是一个严肃的维护国家文化安全的重大问题。无论文艺界领导还是文艺家的文化安全意识都必须提高。

叶金宝在《文化安全及其实现途径》一文中说：文化安全是指文化建设中民族文化健全自身功能、机制的能力和防范风险、化解风险的能力。所谓当代中国的文化安全问题，就是中国特色社会主义文化的健康发展问题，文化建设中如何科学地解决继承和创新、借鉴和吸纳的问题，如何防御封建主义文化和资本主义文化负面因素影响的问题。从本质上就是如何增强社会主义文化机体的功能，防御和化解内外风险的问题。[①]要防止外国的文化殖民主义对我国文化主导权的影响，防止他们对中国社会主义文化妖魔化，对我国文化实行西化、分化。此外市场经济的功利本性也对文化功能产生了影响。所谓"文化搭台，经济唱戏"的做法就是让文化沦为经济的工具和奴隶，必然使泛功利主义、极端个人主义、拜金主义、利己主义等等错误的价值观大行其道。所以要实行文化创新和必要的文化管制、文化保护。

白庚胜认为实现国家文化安全的根本途径是坚持科学发展观，坚守社会主义文化原则，树立"没有发展就没有安全"的文化安全意识，积极进行文化体制改革与机制创新，大力发展文化生产力。同时要做好几方面的工作：一是确保文化价值观的安全，抵制文化沙文主义；二是确保文化资源安全，使其充分为当今社会、道德、文化、产业建设服务；三是确保文化基因安全，将最能代表中华民族基本思想、信仰、审美、气派、风格的文化品种、形式、符号等精心保存并传诸后世；四是确保文化人才安全，要防止文化人才尤其是文化大家的流失，而且要加大造就文化精英的力度；五是确保文化技艺安全，不让经典文化艺术的生产、展示、保护和传承等绝技、绝艺遭受毁损；六是确保文化品牌安全，防止老字号、名品牌等被国外非法注册，捍卫文化品牌法律上的拥有权；七是确保文化市场安全，维护文化流通秩序，实现国家文化经济利益最大化。[②]确保国家文化安全，就需要树立文化自觉意识，对自己的文化有自知之明，既反对民族中心主义，也反对历史虚无主义。近几年"新西化论"在学界有一定影响，其主要观点是"西方文化末日"论、"三十年河东，三十年河西"等

---

① 《学术研究》2008年第8期。
② 《光明日报》2009年4月13日第6版，白庚胜、李星亮言论。

说法，它们均源于文化循环论。我们要对历史上出现的盛衰易位、此消彼长的现象进行科学的解释。我们要树立科学的文化观，既欣赏东方文明之美，也要欣赏西方文明之美。但是具体操作起来又需要花大力气，而且要坚持不懈地做下去。

扫黄打非与维护国家文化安全紧密相连。我们要树立自觉地保护国家文化安全的责任意识，作为一个领导者或一个文艺家来说，核心价值体系要在心中扎根，文化观念上要坚守"以我为主"的立场，并能够在工作具体部署和作品上反映出来，否则就会出现方向、路子上的偏差或错误。对书报刊、光盘等有形文化产品市场和网络市场的监管力度要不断加大，要变一阵子为常年性、永久性的监管。制度、政策、法律都是人定的，也是由人来执行的。有法不依、执法不严的现象当前很普遍，所以文化市场上的污秽屡扫屡有、屡打屡生，近乎是一个文化顽症。在我国十大道德模范、十大警察、十大法官、十大检察官等评选中，也应当有文化市场监管者的光辉形象。

从2009年底到2010年，一场全社会参与、力度空前的以打击网络和手机网站淫秽色情信息为中心的"扫黄打非"行动开展得有声有色，成效显著。全国96%的省市在"行动部署"、"宣传教育"、"清理网站"、"查办案件"、"源头治理"、"技术防范"、"落实问责"七大类工作检查中表现"较好"。各地电信管理部门督察省市的网站备案率均达到90%以上，备案信息的准确率也达到80%以上。此外，各地电信、移动、联通等基础运营商也采取了切实措施，从相关环节进行了清理整治。马鞍山市公安局网安支队的警察普永亮，是该市网安部门网络"扫黄打非"专项行动小组负责人。他和同事们先后破获安徽省手机淫秽第一案"狼群网"案件，在全国产生很大反响。中国移动云南有限公司组建了一支由20多位年轻母亲组成的"妈妈班"，负责海量手机网站拨测工作。一年里"妈妈班"的年轻母亲们仔细审查每一个页面，不放过任何一个涉黄网站，每人每天拨测网站多达300多个。一位叫谭莹的母亲说："给孩子创造洁净的网络环境是每个妈妈的责任。""妈妈班"成员还积极带动亲朋好友，共同参与打击"黄毒"。目前中国移动已在三个大区中心和各省份都建立了人工复核团队，对于复核确认涉黄网站已基本实现实时封堵。据统计，全国共对已接入的178.5万个网站进行了全面排查，关闭涉黄网站6万多个，关闭未备案网站3千多个。落地查人，追根溯源，一批手机网站传播淫秽色情信息典型案件起到了警示作用。专项行动期间，共查处互联网和手机媒体传播淫秽色情信息案件2197起，行政案件1773起，查处相关涉案人员4965人。全国"扫黄打非"办公室举报中心数据显示，专项行动期间收到举报共计16万余条，并已分六批次向516名举报人兑现奖金共52.6万元。此外，互联网违法和不良信息举报中心、12321网络不良与垃圾信息举报受理中心、公众信息网络安全举报网站三家举报中心也接获大量举报线索。一定要坚持标本兼治，让黄色毒瘤没有立足之地。事实证明，只有真抓实干，政府部门和群众齐抓共管，扫黄打非、维护网络和国家文化安全才有保障。

上面论及几个热点性的统筹内容。但是文艺、文化从来不是孤立的，它是与整个经济社会分不开的。除了上面所述，我们还要用更为宏阔的眼界正确处理文艺与经济、文艺与政治等方面的协调发展。要在文艺界加强和改善党的领导，实现整个文艺生态的健康发展。要建立创新机制，树立创意思维和科学发展观念，做到善于谋划、真正落实。让艺术精品、重大文艺活动和各种文艺人才的培养有机地结合起来，让文艺创作与文艺理论批评有机地协调起来，让文艺全面大繁荣大发展与保护国家文化安全有机地结合起来。从总体上，就要按照各种政策、法规、上级的宏观调控和各种计划规划，有序地实现对文学艺术的领导。

第九章　文艺产业发展势在必行

　　文化软实力问题已经是一个炙手可热的话题。这个概念是20世纪90年代由美国哈佛大学教授约瑟夫·奈提出来的。他认为，软实力与硬实力相对应，是综合国力的重要组成部分。任何国家的综合国力，既包括经济发展、科学技术、国防军事等硬实力，也包括精神方面的价值体系、文化形态、社会制度、国民素质等等的软实力。软实力，就是国家通过超越时空的吸引力感召力实现发展目标，而不是靠武力威胁、报复或经济制裁。它产生于一个国家的文化吸引力、政治行为准则和政策。一个国家的政策为各国所认可与效仿，那么该国的软实力便得到提升。一个国家的文化、价值体系通过政策形式而产生吸引力，那么其他国家就会追随。这就是看不见的软实力。在某些情况下，软实力的作用比硬实力还大，它们二者之间是相辅相成的。

　　无形的软实力可以转变为有形的硬实力——文化产业，甚至现在普遍将文化产业化程度高低看做一个国家软实力强大与否的标志。国家软实力硬不硬、强不强、大不大，就要看文化产业是否强大。文化产业，这是2000年才确定的名称。按照国家统计局的界定，就是"文化及相关产业"，是为社会公众提供文化、娱乐产品和服务的活动，以及与这些活动有关联的活动的集合。[①]依次分为9大类、24个中类和99个小类。9大类是：新闻服务、出版发行和版权服务、广播电视电影服务、文化艺术服务、网络文化服务、文化休闲娱乐服务、其他文化服务，文化用品、设备及相关文化产品生产，文化用品、设备及相关文化产品销售。这是一种特

---

　　① 张玉玲：《中国文化产业家底大盘查》，《光明日报》2010年1月16日第6版。

殊的产业，它受着产品生产销售和消费的价值规律的支配，还受着社会意识形态的制导。王万举说，我国的文化产业，最早从1992年12月央视以350万元高价买下电视剧《爱你没商量》的首播权开始，同时也是邓小平南巡谈话发表之际。[①]十年后的2002年11月，江泽民在十六大上便这样讲道："当今世界，文化与经济和政治相互交融，在综合国力竞争中的地位和作用越来越突出。文化的力量，深深熔铸在民族的生命力、创造力和凝聚力之中。"又提出"完善文化产业政策，支持文化全面发展，增强我国文化产业的整体实力和竞争力"。在十七大上，胡锦涛继续强调指出："当今时代，文化越来越成为民族凝聚力和创造力的重要源泉、越来越成为综合国力竞争的重要因素，丰富精神文化生活越来越成为我国人民的热切希望。要坚持社会主义先进文化前进方向，兴起社会主义文化建设高潮，激发全民族文化创造活动，提高国家文化软实力，使人民基本权益得到更好保障，使社会文化生活更加丰富多彩，使人民精神风貌更加昂扬向上。"还号召我们要"深化文化体制改革，完善扶持公益性文化事业、发展文化产业、鼓励文化创新……繁荣文化市场，增强国际竞争力"。过去计划经济时代，一说文化似乎都是一种消耗，文化产品虽然具有商品价值却长期未能得到重视和开发利用。20世纪90年代又有"文化搭台，经济唱戏"的片面提法，将文化降低为经济的附庸。当前发展文化产业已进入文化体制改革的攻坚阶段，因其困难甚大令一些人望而生畏。但文化产业的大政方针已经明确，前进的坚冰开始打破。美国金融危机也给了我们一个充分认识文化产业重要性的契机，特别是十七届六中全会的《决定》响亮地提出建设社会主义文化强国，使我们树立了坚定的文化自信和大上快上文化产业的行动自觉。但许多新的理论和实践问题也更急迫地摆在了我们的面前。我们不能回避。

第一节　关于"艺术生产"和我国文化产业发展战略

在举国上下大力发展文化产业的今天，我们必须充分认识文化、文艺的商品性质和它们的市场价值，同时要学习吃透国家有关文化战略精神，研究文化产业发展过程中可能出现的新问题，提出新的对策，给予及时的

---

① 王万举：《文化产业创意学》，文化艺术出版社2008年版，第5页。

智力支持。

一、文艺商品化的历史必然及其双重价值

早在一百多年前，马克思就在《政治经济学批判·导言》中提出了"艺术生产"①的概念。后来在《资本论》第三卷中，马克思又对"非物质生产领域"的产品到一定历史阶段必然转化成艺术商品进行了论述。艺术生产有宏观与微观之别，有企业团体和个人之分。顾兆贵在《艺术经济学导论》一书中说：宏观艺术生产的目的不是由人们的主观意志所决定的。它从根本上是由国家的基本政治、经济、文化制度的社会性质决定的。社会制度不同，宏观艺术生产的目的也不同。他引用马克思曾经说过的"资本主义生产就同某些精神生产部门如艺术和诗歌相敌对"，认为资本主义的宏观艺术生产是为维护资本主义经济基础、巩固资产阶级政治和传播资产阶级艺术形态服务，经济目的是要求艺术生产像物质生产一样为资本家追逐利润服务，会形成艺术生产严重异化现象。而社会主义的宏观艺术生产，是以尽可能少的物化劳动和艺术活动耗费，生产出多而优的艺术品来最大限度满足人民的精神审美需要，促进人的全面发展，为维护社会主义经济基础、巩固和完善社会主义上层建筑、传播社会主义意识形态服务，即为人民服务、为社会主义服务。②而艺术企业团体是进行艺术微观生产的单位，是包括艺术产品的生产和流通在内的社会艺术生产机体的细胞。它们根据社会宏观艺术生产目的要求，确定一定时期的具体生产目标，组织主创人员进行具体艺术产品创作构思、设计和一系列生产、流通活动。艺术劳动者是艺术创作生产活动的主体，其劳动是有意识、有目的的对象性活动。顾还引用马克思的话说："作家生产文化"，"诗人生产诗"。③也如恩格斯所说"全是具有意识的、经过思虑或凭激情行动的、追求某种目的的"④。这些论述，确认了艺术生产的客观存在，并明确了艺术生产会有一定的目的。无论马克思时代，还是中国市场经济发展的今天，毫无目的的艺术生产的确是不存在的。

既然有艺术生产，就会有艺术产品。这些产品与其他一般物质产品不同的是，它既有精神功能和价值，又有它的商品性质、特征和价值。庞彦强在《艺术经济通论》中说："根据马克思的商品理论，艺术商品就是：

---

① 庞彦强：《艺术经济通论》，文化艺术出版社2008年版，第14页。
②③ 顾兆贵：《艺术经济学导论》，文化艺术出版社2004年版，第35、91页。
④ 《马克思恩格斯选集》第4卷，人民出版社1972年版，第243页。

能同社会其他生产部门的劳动产品进行交换的一切艺术劳动产品。"①进而分析了艺术商品的一般属性，即艺术商品的使用价值、交换价值；也分析了艺术商品的特殊属性，即艺术消费过程是一个由物质到精神的转换过程，并且这种消费过程始终伴随着再创作的过程，但有时它们的价值与其价格严重背离。它的使用价值的精神文化价值，具体说主要是思想价值、文化价值和艺术价值，是指艺术产品在塑造艺术形象，探讨人生社会和美的本质、内涵、规律，传达美的感受，推动社会进步和人类文明发达方面达到的高度。

艺术生产的商品化，亦如马克思所说是从一定历史阶段开始的。它需要艺术生产和创作活动的职业化，也需要相对成熟的市场环境。我们的市场行为，必须按照艺术商品的价值规律进行。因为艺术商品既然是一种商品，就必然受价值规律和一般经济规律的制约，努力生产适销对路的产品去适应市场，契合广大受众的审美要求，这样生产者可以获得较好的经济效益，还可以积累再生产的充足资金。

要充分认识艺术产品在市场经济中的重大意义。市场经济首先是一把双刃剑，既能为社会提供满足人们各种需要的消费品，也会把人们引向唯利是图、单纯追求经济效益的邪路。但艺术商品有一般商品不同的特殊性，它是精神文化产品，对塑造人的精神世界、提高人的道德水准、凝聚民族精神、推动社会进步，以及提升整个人类的文化和文明程度有潜移默化的巨大作用，那么艺术生产者无论是文艺家个人还是企业，必须树立应有的社会责任感和历史使命感。要培育艺术市场、文化市场的发展完善，就要正确引导群众的文化消费意识，提高他们对艺术品的审美鉴赏能力，使之积极参与艺术品的正常消费，从而使文化企业和从事艺术生产的作家艺术家能够不断地进行艺术创新。这便可以形成一种从艺术品构思、生产、流通到消费的良性循环。我国艺术市场建设起步相对较晚，但我们已经有马克思主义的艺术市场建设理论，而且正在实践中探索创造先进文化市场运作规律，同时也在吸取西方艺术市场建设的经验教训。特别是我们有社会主义国家集中力量办大事而进行政府投入形成市场主导的优势，也有国有文化产业为主、民营和个体文化企业为辅而多种所有制形式共存共荣、互相补充的优势。

---

① 庞彦强：《艺术经济通论》，文化艺术出版社2008年版，第21页。

我们现在大力发展文化产业已经势在必行。然而我们面临的困难和问题是巨大的。既有计划经济时代极"左"的后遗症和人们文化消费意识淡漠的制约，文化产业体制的落后，作家艺术家和文化企业经营管理层对新世纪文化市场的不适应，文化自主创新能力不足，与国际文化产品流通渠道未能很好衔接，文化产业融资机制不畅，还有各级政府和部门负责人市场经济观念差、思想认识滞后和重大项目拍板决策上的迟缓或失误等等。好在国家文化战略早已制定，一个空前的文化产业发展高潮已经到来。

二、学习国家文化发展方略，研究文化产业发展新课题

文化产业已经被称为21世纪最后一桶金，美国人一直重视这桶金的开挖。目前美国文化产业经营总额高达几千亿美元，增加值占GDP的18%～25%，在国民经济中的比重位居第四。欧美国家文化产业对GDP的贡献率超过25%，日本占到GDP的20%。他们的百强企业中"做文化"的产业比比皆是。而我国文化产业在2010年GDP中的比重还不足3%。这样一比较，我们的差距确实很大。

我们必须系统地学习研究近几年来国家有关文化产业的方略和政策，吃透精神，以便开展国家文化产业发展研究。

首先是学习2006年制定的《国家"十一五"时期文化发展规划纲要》，这是我国最早的综合性文化发展方略和政策之大成。虽然"十二五"规划已经正式在全国人大会议上通过，但"十二五"文化发展专项规划还未出台，那么"十一五"文化发展规划纲要仍然起作用，一些项目是与"十二五"连续进行的。更重要的是它的基本精神并未过时。其总则中明确要求："我们必须增强忧患意识，加强发展文化事业和文化产业，激发民族生命力，增强民族凝聚力，提高民族创造力，在国际竞争中占据制高点，掌握主动权。"其第五部分提出了我国文化产业发展的基本要求、目标和政策。其中确定了重点发展的推动国家数字电影基地建设、国产动漫振兴工程、中华"字库"工程等一批具有战略性、引导性和带动性的重大文化产业项目。拟定影视制作、出版、发行、印刷复印、广告、演艺、文化会展、数字内容（网络传播）和动漫等产业属于重点领域，要实现跨越式大发展。

2009年1月17日，中国现代化战略研究课题组发布了《中国现代化报告》的文化现代化的研究结果，表明我国文化现代化的水平大致属于世界初等发达国家水平，与我国目前现代化的水平大致相当。在世界131个国家2005年的发展中，我国的文化现代化指数排在第57位；文化竞争力指数排在120个国家的第24位，达到世界中等强国水平；而文化影响力指数排在130个国家的第7位，达到世界强国水平。这个报告指出，我国文化现代化的一个突出特点是文化多样化和文化不平衡性。报告以长江流域文化发展为例，目前在长江上游还有原始文化的痕迹，如摩梭族的母系文化和西双版纳的刀耕火种文化；在中游农业文化普遍存在；在下游工业文化渐成主流；在长江入海口处上海的知识文化和网络文化已经兴起。这与世界文化现代化的历史进程是吻合的。这个报告提出了我国文化发展的三大战略：文化传承战略、文化创新战略和文化互惠战略。其中，对文化创新战略提出了6个方面的政策建议。一是实施网络文化创新计划，促进网络文化、信息产业和数字媒体的发展。二是实施生态文化创新计划，促进绿色文化、环境文化和生态文化的发展。三是实施工业文化创新计划。推动市场文化、媒体文化和民主文化的发展。四是实施和谐文化创新计划。推动福利文化、休闲文化和民间文化的发展。五是实施创新文化行动计划。推动科学文化、创新文化和创业文化的发展。六是实施民族文化创新计划。推动56个民族的民族文化创新和文化现代化等。

2009年7月22日，国务院常务会议讨论并原则通过了《文化产业振兴规则》。会议指出，文化产业是市场经济条件下繁荣发展社会主义文化的重要载体。在重视发展公益性文化的同时，加快振兴文化产业，对于满足人民群众多样化、多层次、多方面精神文化需求，扩大内需特别是居民消费，推动经济结构调整，具有重要意义。7月28日正式公布的《规划》强调，坚持以体制改革和科技进步为动力，增强文化产业发展活力，提升文化创新能力；坚持推动中华民族文化发展与吸收世界优秀文化相结合，走中国特色文化产业发展道路。

2010年7月23日，胡锦涛在中央政治局第22次集体学习时，全面分析了我国文化建设面临的形势，深刻地阐述了深化文化体制改革的重大意义，提出了当前和今后一个时期必须加快文化体制改革创新、加快构建公共文化服务体系、加快发展文化产业和加强对文化产品创作引导的四项重点工作。这便是中央制定国家"十二五"期间文化发展规划遵循的根本原则。

正式公布的《"十二五"规划纲要》第十篇，题目是"传承创新，推动文化大发展大繁荣"，第四十三章是"推动文化创新"，其第一节是"创新文化内容形式"，第二节就是"深化文化体制机制改革"。第四十四章是"繁荣发展文化事业和文化产业"，其中强调"加快发展文化产业"。提出必须"推动文化产业成为国民经济支柱产业，增强文化产业整体实力和竞争力"，要求"实施重大文化产业项目带动战略，加强文化产业基地和区域性特色文化产业群建设。推进文化产业结构调整，大力发展文化创意、影视制作、出版发行、印刷复制、演艺娱乐、数字内容和动漫等重点文化产业，培育骨干企业，扶持中小企业，鼓励文化企业跨地域、跨行业、跨所有制经营和重组，提高文化产业规模化、集约化、专业化水平。推进文化产业转型升级，推进文化科技创新，研发制定文化产业技术标准，提高技术装备水平，改造提升传统产业，培育发展新兴文化产业"。①

在2011年10月18日十七届六中全会通过的《决定》中，充分肯定我们已经"走出了中国特色社会主义文化发展道路"，提出了建设社会主义文化强国的宏伟目标，要求"提高文化开放水平，推动中华文化走向世界"。

以上六个重要文件，描绘出我国文化软实力、文化产业发展的宏伟蓝图。从2002年党和国家领导人提出发展国家综合国力、文化软实力，到强调提出要把文化产业打造成"支柱性产业"，再到提出"建设社会主义文化强国"的号召，这在观念和重视程度上不断飞跃，必然形成全国文化产业大发展的壮观景象。这与整个十二五规划的民生主题紧紧相扣，正如文化部蔡武部长所说文化事业与产业是"文化民生"。②他提出，要在措施上完善政策法规体系，建设一批包括公共技术支撑、投资融资服务、信息发布、资源共享、统计分析等功能在内的文化产业公共综合服务平台，并发挥重大项目带动作用。

我们要继续开展文化研究，特别要关注文化产业研究。回顾2009年是文化研究年、文艺研究年，也是中国的文化产业发展研究年。这年10月21日，中国文化产业界的学术盛事——第四届"创意中国·和谐世界"文化产业国际论坛在北京举行，来自中国、英国、法国、德国、澳大利亚等十几个国家的百余位专家学者汇聚一堂，围绕"全球突破：国家文化产业振兴"的主题展开研讨。我国《文化产业振兴规划》成了中外学者的关注热点。专家们探讨了中国文化产业的全球战略地位及发展前景。范周发言指

---

① 《文艺报》2011年3月18日第1版，《"十二五"规划纲要（节选）》。
② 《中国社会科学报》2011年1月13日第5版，蔡武专访。

出，由中国、日本、韩国、新加坡等组成的东亚文化产业板块已经形成并逐渐成为亚太地区文化产业发展的重要引擎，中国如何在区域板块中体现自身价值，是中国文化产业能否走出去的关键指标。金元浦、叶皓等多位专家指出，国家政策的出台与实际落实的衔接、文化市场与产业环境的营造、创造型人才的培养和教育体系的完善等，应当是我国文化产业下一步的努力方向。最后与会者发布了《北京宣言》，指出在金融危机背景下，文化产业的存量释放和增量开发快速发展，战略地位进一步得以确认，以体制创新和政策创新推动文化产业快速发展是各国政府面临的共同课题。大家普遍提出一个国家形象问题。贾磊磊认为，金融危机之后，伴随着诸多现代启蒙中资本主义幻象的破灭，有越来越多文化产品和艺术作品开始注重对国家形象的塑造和对民族精神的弘扬。王一川的《国家硬形象、软形象及其交融态——兼谈中国电影的影像政治修辞文》和张书林的《有效传播能力是提高文化软实力重要一环》等，都在宣传国家形象、表达国民意愿和影响国际舆论等方面进行了论述。还有张铭清的《话语权是文化软实力的重要指标》，提出和论证了在世界多极化和经济全球化的当今，如何加强中国话语权能力建设、扭转在国际上话语竞争不利的地位问题。①

　　这次会议是一个文化产业发展研究的盛会，但会议之外的众多相关研究也不可忽视。胡惠林撰文提出"文化产业正义"、"历史地理正义"、"当代人的正义"和"多代人的正义"等，旨在确保文化产业发展与历史地理发展的可协调性和可持续性，认为经过十余年来学习西方文化工业理论之后应当注重"自主知识产权"。②刘士林说，文化产业与金融产业都是当代都市化进程中的新宠，以消费社会和消费意识形态为中介，两者的相互联系程度很高，在金融危机积重难返的情况下文化产业逆势上扬却困难很大，我们不能过于乐观，应当选择理性态度为前提的适度发展原则。③夏劲的《和谐社会视域下的科技文化发展战略思考》④、朱宁嘉的《把握文化成长短波与长波交织的规律，实现产业生态发展》⑤等都是关于文化产业基本理论、价值基础问题的研究新作。文化产业主要集中在城市，在金

---

①　《文艺报》2010年1月22日第2版，刘士林、朱宁嘉会议综述。

②　胡惠林：《文化产业正义：文化产业发展的历史地理问题》，《学术月刊》2009年第10期。

③　刘士林：《金融危机的挑战与文化产业的应对》，《人文杂志》2009年第4期。

④　《武汉理工大学学报(社会科学版)》2009年第2期。

⑤　《上海交通大学学报（哲学社会科学版）》2009年第5期。

融危机沉重打击了城市实体经济体系之后，以文化资源与文化产业为主要内容的城市软实力研究也开展起来。金元浦的《文化创意产业：大竞争时代的城市品牌构建》[①]回应和阐述了国家文化产业振兴规划，强调文化创意产业对于城市品牌建设的重要性。而《2009中国城市软实力调查研究报告》首次对我国城市软实力提出了指标体系，共有文化号召力、教育发展力、科技创新力、政府执政力、城市凝聚力、社会和谐力、商务吸引力、形象传播力、区域影响力和信息推动力为十大指标。网上也推出了2009中国城市软实力调查研究报告排名，使中国城市软实力方方面面的优势和不足显现了出来。

在2011年1月第八届中国文化产业新年论坛上，郑万通回顾总结我国文化产业发展的成绩时说，自2004年以来全国文化产业年均增长速度保持在15%以上，以超同期GDP增速6个百分点的高速增长，成为拉动宏观经济的新引擎，在应对全球性金融危机的考验中成为一大亮点。会上，学者们呼吁实施"文化立国"战略。由叶朗担任首席专家的国家社科基金重大项目"我国文化产业发展战略研究"已经启动。该课题组成员提出要实施"文化立国"战略，希望在研究文化产业发展战略之时首先研究文化立国战略。向勇说，文化立国不同于文化强国和文化兴国，从"强国"的角度来讲，我们与文化艺术渗透在生活的每个方面的奥地利不能比；从"兴国"的角度来讲，我国已经提出的"科技兴国"、"教育兴国"等战略的位置是不能替代的。而"立"则是稳定的、长远的、稳固的，在经济快速发展时稳固是非常重要的；"文化立国"的战略也不排斥"科技兴国"和"教育兴国"。据向勇介绍，"文化立国"的战略大致包含：第一，要提升中国文化的人文内涵，提升国民的精神高度。第二，要推动中国传统文化的当代传播。第三，推动各个政府部门积极落实文化责任。第四，鼓励国民文化消费。第五，加强文化的国际推广。[②]文化立国战略问题的提出，与前面提到的国家形象问题相比又向前发展了一步。其实提出文化软实力问题就已经具有文化立国战略的基础思想。现在中央提出建设文化强国，实质上也是文化立国，是接受了专家学者们的这项重要智力支持。

我们就是要从中国的经济文化现实出发，全面系统地研究和把握我国

---

① 2010年8月10日中国城市文化网，金元浦文章。

② 《中国社会科学报》2011年1月11日第1版，关于第八届中国文化产业新年论坛综述。

市场经济条件下的文化产业发展方向。不但要看到我国与西方文化产业发展的不同，也要弄清我国发展文化产业的优势和劣势。要以辩证唯物论和历史唯物论为基础，深入地寻觅中国化的社会主义文化产业发展的独特道路。只有这样才不至于被市场经济和文化产业发展的双刃剑所杀伤，也才能够真正提高我国文化软实力，策应和补充我国经济硬实力，并且能够实现我国的国际文化话语权，树立高大的中国形象。

第二节　必须打破瓶颈：开展文化体制改革攻坚

计划经济时代遗留的文化体制已经远远不适应社会主义市场经济发展的要求，而且在许多方面已经成为文化产业发展的瓶颈。打破这种传统的瓶颈，解放和发展艺术生产力，激活文化企业内部的潜力，在当今国际文化竞争中已是时不我待。我们必须彻底结束文化大锅饭的局面，放开手脚去进行这场实质性的文化大变革，千万不可彷徨、犹豫而被时代所淘汰。

一、进一步加大文化体制改革力度，并且实现国家主导

中宣部副部长孙志军2009年9月在一次会议讲话中说：我国文化产业转制改企任务还很繁重，要继续加快文化体制机制改革创新。按照创新体制、转换机制、面向市场、增强活力的要求，加快经营性文化单位转企改制，稳步推进公益性文化事业单位改革，鼓励和支持非公有制资本以多种形式进入政策许可的文化产业领域，努力构建现代文化市场体系，加快推进文化管理体制改革，推动文化体制改革在重点领域取得进展。要加快发展文化产业，推进文化发展方式转变。实施重大文化产业项目带动战略，国家将在"十二五"规划进一步加大文化产业结构调整和资源整合力度，积极推进文化发展方式转变，推进文化与科技的融合，鼓励和引导文化企业面向资本市场融资，大力发展新兴文化业态，积极培育新的文化重点项目和骨干文化企业，努力开拓国际文化市场，提高我们国家文化产业的规模化、集约化、专业化水平。[①]要推动转制改企，就要找准突破口，要有计划有步骤地打造一批有实力、有竞争力和影响力的国有或国有控股的文化企业和企业集团，成为文化体制改革的攻坚目标。2009年2月，文化部部长蔡武就曾经说，文化发展的基本思路是公益性文化事业、经营性文

---

① 《深化文化体制改革，促进文化发展方式转变》，《光明日报》2010年9月8日第9版。

产业要两轮驱动、两翼一起飞。在文化系统九大文化产业领域中，涉及动漫业、演艺业、娱乐业、文化会展业、文化创意产业等行业。我们有责任更加重视文化产业发展，有义务加快文化产业发展。①文化部副部长欧阳坚也在两个月后说：文化部属九个国有院团的转企改制计划是，要首先打造一个东方演艺集团公司。因为中国东方歌舞团现在每年经营收入已经突破了6000万元，转企以后再整合相关资源，几年之内可以做到10亿元以上的营业收入。②2010年春，东方演艺集团公司正式成立。该集团的四个分团各有一台好节目，有两台在世博会上演出6个月达260场，取得了社会、经济两个效益大丰收，并且在2010年9月全国展演中精彩亮相。2011年1—8月，该集团营业收入同比增长了155.9%，演出场次同比增长203%。可见其已经在文化部直属单位的改革中带了个好头。

2009年我国文化产业增加值达到8400亿元，占同期GDP比重由2004年的2.1%上升为2.5%左右。虽然取得一定成效，但传统文化体制的影响还很深，改革进展与其他行业相比还有一定的差距，要进一步解放思想，增强对改革的紧迫性和重要性的认识，提高改革的主动性、积极性和自觉性，并且要以人为本地妥善地处理各种改革中出现的实际问题。改制要体现以人为本的理念、统筹兼顾的思想和方法。不能图快一刀切，不能把文化企业推出门去便以为万事大吉。在转企挂牌的背后，有的是"新壳装旧人"的假改或半改，给自己留下了一条后路。针对这种做法中央提出"可核查，不可逆"，③就是要彻底改革，要坚决消除"逆转"因素，确保不走回头路。要建立现代企业制度，完善法人治理结构，强化内部经营管理，尽快形成面向市场的体制机制，早日成为合格的市场主体。转企中要按照民主程序进行，确保职工的知情权和参与权，使整个改革过程公开透明，从而才能把中央政策落到实处。体制改革要与促进发展相结合。改革是推动发展的主要动力，发展是衡量改革的根本尺度。早改早主动，早改早受益，要学会抢占先机，主动利用市场的力量来加快自身的发展，通过发展让职工享受到改革的成果。要在企业内部开展组织结构优化，岗位制度设置与职位竞聘、薪酬制度改革，实现人事管理和收入分配凭业绩看贡献重能力，提高绩效工资比例。要不断地解放思想，转变观念，不断地突破前

---

① 《光明日报》2009年2月16日第2版，谌强采访蔡武报道。
② 《光明日报》2009年4月9日第7版。
③ 《光明日报》2010年9月1日第9版。

人、突破自我，能够真正很好地在市场中生存发展。当前各级国有院团纷纷转制改企，已经形成一种历史潮流，但要观察研究转制中间和转制之后如何统一思想、凝聚人心，真正加快发展这个重要问题。有人认为，我国表演艺术行业中很大一部分早已经存在着节目与市场不兼容的问题。从20世纪90年代启动的全国艺术院团差额补贴到新世纪逐步回归原路，这种改革已经付出了很高的成本。现在一下"断奶"，体制问题解决了，但院团本体难以适应，还要采取过渡性措施。这要根据各地各院团的具体情况而定，但也要有最后期限。

文化产业发展是内容为王。前面提到王一川等呼吁在文化体制改革和产业自主发展中要注意国家形象塑造，而齐永锋又撰文提出"国家主导"问题。他认为：近年来随着文化体制改革的深化和投资准入的开发，我国文化市场的潜能已经被激活，但总体看来仍然内容不足，这表现在总量不足和精品太少两个方面。文化大发展大繁荣的根本是文化内容的大发展大繁荣，但文化的发展繁荣必须由国家来主导，要有文化导向性和文化内容创新的外部性——文化可以通过传播影响社会，完全靠市场来调节会造成政治文化风险。所以要实施国家文化内容创新工程。文化内容创新是一个庞大的系统工程，要实施这一工程，就必须强调内容创新是文化创新的核心。一要深化文化体制改革，二要降低准入门槛，吸纳体制之外的优秀人才，三是设立文化发展基金，鼓励文化内容创新，四是制定国家文化内容创新工程规划，通过动员全社会的力量整合各类资源。[1]

齐永锋提出的"国家主导"，与前面"国家形象"、"文化立国"和建设文化强国战略的提出都是根本性的大问题。这体现了我们社会主义国家文化发展的重要特点，与资本主义文化发展有所不同。只有把握国家主导下的文化内容创新才能保证社会主义先进文化前进的方向。

国家主导的实质是马克思主义在文化多元化情况下进行主导、引领。尤其是体制改革之后企业自主权很大，如果完全由市场来调节就等于放任自流，很可能造成内容失控，助长低俗之风或被西方文化战略所利用。唯有国家主导，用正确的理论和政策指导内容创新才能真正使企业沿着正确的方向前进，其企业产品生态、经营业态才能基本有序，国家形象才能保证不受到损害。

---

① 《光明日报》2009年4月26日第6版，齐永锋文章。

二、攻坚凯歌：转企改制、破解难题的成功经验

文化是软实力而不是软任务，文化体制改革是个老大难，必须像东方歌舞团那样坚决动真格，求真务实、真抓实干，不含糊、不怠慢。

在2011年5月1日召开的全国文化体制改革工作会议上，李长春强调指出，今年是"十二五"开局之年，也是文化改革发展加速推进的关键一年。要紧紧围绕"三加快一加强"重点任务，按照加大力度、加快进度、巩固提高、重点突破、全面推进的要求，加快文化体制机制改革创新，进一步解放和发展文化生产力；按照思想性、艺术性、观赏性、知识性相统一的要求，加强对文化产品创作生产的引导，更好地发挥文化引导社会、教育人民、推动发展的功能。刘云山也强调，要坚持用中央精神统一思想认识，把握好"三加快一加强"文化改革发展总体布局，以新的理念认识文化的地位和作用，以新的思路谋划文化改革发展，更加自觉地承担起推动文化大发展大繁荣的历史责任。要着力在解决重点难点问题上取得突破性进展，力争今明两年基本完成国有经营性文化单位转企改制任务，基本完成一批国有骨干文化企业建设任务，基本完成有线电视网络整合任务，基本完成文化市场综合执法改革任务。①加快文化体制改革，我们责无旁贷，必须在一两年内真正完成国有文化事业的转企改制，而且要见到实际成效，不是空挂一块新集团牌子了事。前面提到国家东方演艺集团转制成功，一些省市试点单位也早已大刀阔斧地先行一步，特别是首都和沿海地区更走在了这一攻坚战役的前列。

2009年，北京市已有文化产业单位2559个，从业人员近14万人，资产总计818亿元，经营收入356亿元，增加值106.7亿元，但只占全市GDP的3.4%。如果他们只和自己比，这已经是一个相当庞大的数字；和世界水平相比，这又是一个很小的数字。北京歌舞剧院有限责任公司是一个成功的试点改革单位。从2005年以来，这个公司改制四年推出了8部大型主题剧目，其中有大型曲艺节目《曲韵流金》，着重展现了北京传统的人文特色。还有大型现代歌舞晚会《炫舞飞歌》、《旅游晚宴乐舞》、《龙舞精诚》、大型乐舞诗《紫气京华》等。2009年12月公演的大型史诗歌剧《孔子》填补了我国原创史诗歌剧的空白，剧中大胆地将京剧、南音、古琴、埙、吟诵等元素汇集运用，将美声唱法与民族唱法兼容展现。在资本

---

① 《中国社会科学报》2011年5月3日第1版，全国文化体制改革工作会议报道。

运作方式上，北歌公司控股式收购旅游定点演出剧场"北京之夜"，做到了天天有演出，受到美、日、韩、东欧和东南亚观众们的高度赞扬。结合京城知名旅游景点较多的优势，他们带着绝活五音联弹、含灯大鼓等主动上门，使这些传统节目重放异彩。2007年春节，北歌在地坛公园庙会设置演出点，将过去只在剧场上演的经典剧目拿出来，一下子吸引观众50万人次。通过在国际饭店举办文化产品推介会，把剧院多年积累的400多个节目列成菜单，先后与北京饭店、建国饭店、新世纪饭店等11家高档饭店签订了长期合作协议。改制后的北歌每年还要出国巡游演出。北京市委市政府对文化产业改制工作十分重视，要求通过深化改革、创新机制，做大做强一批文化产业，使它们成为首都新的经济支柱。他们扶持打造的另一个典型是北京儿童艺术剧院。该院原先每年资金自给率只占32%，年收入仅仅100万元左右，只够养活人头的。实行体制改革之后变成纯粹的股份制公司，北京青年报社、北京文化设施运营中心等都来认购入股。这一改造活力大增。2006年他们在云南昆明建立全国第一个儿童剧基地，2008年与江苏无锡广电集团联手，建立了"星辰儿童梦剧场"，开始实施儿童剧演出连锁经营。2010年4月，北京儿艺与吉林省3家演艺企业联合成立的吉林儿艺联合剧院有限公司，标志着作为文艺院团体制改革先行者的北京儿艺，在跨地区重组、演出院线建设方面迈出了第一步。北京市接二连三地进行文化单位转企，已经实现了成熟一个，推进一个，活力大增一个。他们在政策上，变养人头为养事业。

江苏是文化强省之一，从2004年开始文化改企。先后组建了广电、出版、报业、演艺、文化产业、网络六个省级大文化产业集团，在重塑市场主体方面迈出了重要一步。经过几年的努力，企业内部实行了多演多得、优演优酬、不演不得的机制，使企业内部的活力大增，过去"等靠要"的现象不见了。其中江苏演艺集团在全国实行事转企最早，将省直院团全部组合到一起，四年后实现了营业收入、经济效益、企业资产"三个翻番"。2008年经营收入由组合前的761万元增加到867万元，演出场次由1736场增至5119场，人均收入由年1.68万元增至5.5万元。江苏青年京剧演员李洁在改制后脱颖而出，两年间主演了《白蛇传》、《霸王别姬》、《穆桂英挂帅》等五出大戏，先后获得全国戏曲梅花奖和上海小百花奖。江苏广电网络集团成立以来，走出了一条具有江苏特色的有线电视数字化道路，2008年投入2.83亿元，用于扩容、改造和现有广电网络升级，着力建设全省统一的数字电视平台。这个集团还在互利基础上进行跨地区、跨行业广泛合作，与浙江华树集团共同承担了下一代广播电视网技术研究和试验网建设任务，共同搭建能够互联互通的NGD平台。他们又积极寻求与安徽、江西等省的跨地区合作，利用自己的技术和平台优势实现跨省联网，在战略上赢得了未来发展的新优势。安徽文化体制改革试点从2003年开始。文化产业的增加值从2005年以来连续年年保持30%以上。在首届全国文化企业30强评选中，安徽发行集团、安徽出版集团双双入选。在中国服务业500强中，安徽文化企业两家入选，占全国入选文化企业的1/6。安徽并不是发达地区，没有区位和资本等众多优势，为什么他们可以迅速跻身全国文化事业和产业发展的前列？回答是深化文化体制改革，是主动的敢为人先的改革创新形成了安徽文化发展繁荣的强大动力。

河北是文化资源大省，原定三年完成的全省文化体制改革在2010年一年完成，减少了改革的阵痛，大大推动了文化产业的快速发展。已出台的《河北省文化产业振兴规划》提出了未来五年文化产业发展目标，将总投资千亿元打造30个重大文化产业项目。他们经过长期调研酝酿，归纳总结出壮美长城文化、红色太行文化、诚义燕赵文化、神韵京畿文化、弄潮渤海文化五大特色，提出实施河北文化五大品牌战略。现在，大西柏坡经济文化战略已经全面实施。河北省（秦皇岛）第三届民俗文化节已经成功举办，金山岭长城文化旅游盛况空前。省委宣传部和唐山市共同主抓的电视剧《节振国传奇》已在央视一套黄金时间播出，受到了广大观众的欢迎。省委宣传部、省文明办主抓的电视剧《闯天下》弘扬了吴桥杂技艺术和民族正气。邯郸推出了大型梦幻剧《黄粱梦》，演绎了一个古老的传说，却道出了人生命运的深刻主旨。省杂技团整合资源与吴桥杂技协会组建了河北地缘吴桥杂技演艺有限责任公司，投巨资建成了省杂技演艺厅，开创了剧场＋剧团＋精品的经营模式，推出了大型文化剧《梦幻西游》。此剧仅与广西桂林签署的合同就到了2013年。省歌舞剧院推出的大型实景剧《人间正道》，2011年前10个月演出收入比上年增加了79.7%。河北电视台农民频道实行了制播分离，综合实力在全国对农电视频道中名列第一，被誉为"咱老百姓自己的频道"。河北出版传媒集团、河北日报报业集团等文化企业的利润都比2009年同期翻了番。新组建的大型文化企业长城网，成立一年后便跻身全国省级网站前十名，成为河北的第四大媒体。河北人深深体会到，过去自己是藏龙卧虎，但齐喑可哀，现在是龙腾虎跃，啸声震天。事实使他们看到了文化体制改革和实施品牌战略的重大意义，看到了挖掘历史文化资源发展文化产业的喜人前景。

吉林文化产业腾飞速度也在加快。首先是他们的电视剧《希望的田野》系列已经大获成功，这是借助长影的人才、技术优势形成的。现在他们通过深化改革，整合资源，做大做强了一批文化企业，培育形成了以长影集团、吉林出版集团、吉林省广电网络集团、吉林日报报业集团、吉林歌舞剧院集团、吉林省影视剧制作集团、吉林动漫集团7个省属文化企业骨干集团，电影、电视、出版、演艺、动漫等行业竞争力进一步增强，骨干企业上市工作加快推进。长影集团在我国电影企业中第一个完成彻底改制，实现了电影创作和产业发展双突破，2009年实现净利润5300万元，与上年同期相比增长了73%。吉林出版集团在全国出版行业率先建立母子公司体制，并且第一批探索跨地区整合运行模式，一般图书的全国市场份额居全国第二位。吉林歌舞剧院集团有限公司组建后年收入以千万计，同时还参加了北京奥运会开闭幕式、《复兴之路》、鸟巢版《图兰朵》等大型演出，并连续13年走进央视春晚。由11家民营动漫企业参与的吉林动漫集团，是国内首家国有资本相对控股、民营资本广泛参与、完全按照现代企业制度和法人治理结构组建的动漫企业集团，创造了动漫游戏产业发展的新模式，其中的铭诺公司成为中国动漫100强企业。该省已有7个国家级文化产业基地和17个省级文化产业基地。

深圳早在2003年就成为全国文化体制改革试点城市，2004年便提出了"文化立市"的口号。数年后的今天，深圳的文化产业在金融危机中逆势上扬，一直快速增长。2006年文化产值增加到382亿元，占全市GDP的6.7%；2007年文化产业增加值465.5亿元，占GDP的6.88%，2008年又提高到全市GDP比重的7%。全市文化产业经营单位已经超过1万家，从业者超过25万人。文化产业不仅成为深圳四大支柱产业之一，更是该市产业发展中的热点和亮点。该市蛇口有一家嘉兰图工业设计公司，员工180多名，每年创造产值约3000万元。一位美国客户评价说："我们给嘉兰图平均每一美元的设计投入，能带来1500美元的产出。"金元浦考察了深圳的文化产业后说："文化产业，就是要把文化软实力转化为产业硬实力，把虚的文化变成实的财富，让文化创造出真金白银。在这方面，深圳为全国做出了表率。"深圳腾讯公司也是将文化软实力变为产业硬实力的一个创意性典型。他们的腾讯QQ软件现有注册用户7亿多，排名世界第二、亚洲第一。该网浏览量在中国综合类门户网站中排名第一，2007年总收入达38.2亿元。其腾讯QQ和中国游戏中心的网络游戏，在全国网络休闲游戏市场中的份额分别居第一位和第三位。他们的经验是文化＋科技、文化＋旅游、文化＋金融。深圳2010年文化产业增加值为637亿元，占全市GDP的6.7%。文化产业已经成为一个耀眼的支柱产业，该市已成为国内文化产业发展浪潮中的先锋城市。

上海、广东、辽宁、山东、山西各省市，以及临沂、大连、宁波等市的文化体制改革也都已经取得了新成效和新经验。宁波市电影公司从2003年8月开始加盟上海联合院线，由两家共同出资组建了宁波联合影业公司，已正式在上海影城签约，成为长三角地区联合院线文化资源整合的成功范例。相对来说，中西部地区文化产业改制工作稍缓，但在当前的改制热潮中也加快了步伐。

截至2010年底，国有文艺院团改制的已达461家，还组建演艺集团公司46家。148家中央部门和单位出版社已有102家核销事业编制。全国近3000家新华书店已有2900多家转企改制。35家电影制片厂、204家省市电影公司、293家影院以及58家电视剧制作机构完成转企改制任务。2011年5月，第三届文化企业30强名单公布。其中文化艺术类(6家)：保利文化集团股份有限公司、杭州宋城旅游发展股份有限公司、辽宁民间艺术团有限公司、中国对外文化集团公司、中国东方演艺集团有限公司、江苏演艺集团有限公司。广播影视类(7家)：上海东方传媒集团有限公司、中国国际电视总公司、江苏广播电视集团有限公司、江苏广播电视信息网络股份有限公司、湖南电广传媒股份有限公司、中国电影集团公司、北京歌华有线电视网络股份有限公司。新闻出版类(10家)：江苏凤凰出版传媒集团有限公司、中国教育出版传媒集团有限公司、中南出版传媒集团股份有限公司、江西出版集团公司、浙江出版联合集团有限公司、广州传媒控股有限公司、安徽出版集团有限责任公司、四川新华发行集团有限公司、山东出版集团有限公司、中国出版集团公司。文化新业态类(7家)：完美世界(北京)网络技术有限公司、深圳华侨城股份有限公司、深圳华强文化科技集团有限公司、汉王科技股份有限公司、北京畅游时代数码技术有限公司、广东奥飞动漫文化股份有限公司、拓维信息系统股份有限公司。这30强中，有上面提到的中国东方演艺集团、深圳华强等，还有大家早已熟知的保利文化集团、杭州宋城、中国电影集团、江苏凤凰出版传媒集团等著名文化企业。他们大多是国有或国有控股企业，其中民营企业从第一届的两家上升到这一届的7家。这30强主营业务属于文化产业核心层，与文化业务相关的主营收入在总收入中所占比重都超过60%。他们在体制改革中积极创新机制，生产出了思想性、艺术性和观赏性俱佳的文化产品，实现了社会效益和经济效益的有机统一，在2009～2010年共获得全国性奖项237项，主营收入、税前利润和净资产等经济指标都比前两届有大幅度提升，充分显示了我国文化体制改革的巨大力量。2011年10月，国有文艺院团改制已达到678家，比上年底增加了217家。但是，这种改革发展并不平衡。十七届六中全会的《决定》中说：对转企改制国有文化单位扶植政策执行期限再延长5年。这是从实际出发的。

文化产业发展，领导是关键。比如在安徽这个曾经诞生了"大包干"和农村税费改革的省份，历来不乏敢为人先的勇气和魄力，省委省政府及时决定全面启动文化体制改革的探索。三任省委书记都具有强烈的抓改革求发展的自觉意识。该省的文化产业已经被列为八大支柱产业之一。但是文化体制改革需要必要的成本，文化产业的启动发展需要扶持，安徽省委省政府确定了一系列优惠政策为改革"买单"，这样就保证了文化事业单位转制的顺利进行。2008年，又设立了文化创意产业专项资金，资金总额已经增至1.52亿元，并将根据需要逐年增加。专门成立了实职的文化创意产业机构，配备20多个编制。深圳市政府成为"看得见的推手"，在文化立市战略指导下积极推进文化体制改革，实行了一系列扶持文化产业发展的政策。2008年9月，相继出台了《深圳市文化产业发展规划纲要》等文件，加大了对文化产业的资助范围与补贴力度，已经在两年中把深圳建设成为国内文化产业发展中心城市和先锋城市之一。他们的经验证明，文化体制改革和文化产业发展根本在领导，领导重视并且有方略、肯投入，真正给力，那么一个个难题都会迎刃而解的。

第三节 迎着朝阳：大力发展文化创意产业

几年前，读到周梅森的长篇小说《中国制造》，书中讲述了一个临江城市在1998年的一场改革风波，描写了市委书记高长河审时度势、力挽狂澜。从此记住了"中国制造"，以为这是中国社会强力改革前进的一个代名词。那时，无论政界还是企业界，一提"中国制造"也都欣欣然，以为

"中国制造"是中国人的光荣。到了新世纪"中国制造"的提法却显得过时和落伍了，于是我们又大力提倡"中国创造"。近几年，企业界、文化产业界大讲"创意"。无数成功的事实也证明，创意是形成中国创造的发动机。

关于创意和创意产业的概念，最早是1998年英国"创意产业特别工作组"研究后工业时代的发展形势，为英国制定在知识经济时代的发展战略方向时首先提出来的。他们将"源于个人创造力与技能及才华、通过知识产权的生成和应用，具有创造财富并增加就业潜力的产业，定义为创意产业（Creative Industry）"。根据该定义，英国人界定了休闲游戏软件、广电、出版、表演艺术、音乐、电影与录音带、时尚设计、工艺、广告、建筑、时装设计、软件、古董等13个行业为创意产业。虽然各国对创意产业的理解不同，具体行业界定也不统一，但它基本包括了我们所称的文化产业，只是没有动漫业。动漫一词是中国人造出来的，是指动画与漫画的结合。创意产业的一个重要特征就是具有很强的渗透性和高增值性，它能通过应用技术的嫁接与众多行业相融合。它不仅有益于开发人类的创造力、解放文化生产力，而且还可以为传统产品增加新的价值元素，增加人们的精神文化消费。

皇甫晓涛说："所谓文化创意产业，是在资源动员中形成文化创新与内容生产的文化资本的产业。任何文化产业都是内容产业。"[①]笔者认为，我国的具体情况与英国不同，起码古董收藏不能算作创意产业。传统戏曲虽然具有创新性，但一般不认为它是创意产业。创意产业，主要是指利用现代先进理念、高科技手段进行创造性的智慧构思设计的产业，是艺术和科技紧密结合的创新型产业。

一、创意产业在金融危机中化"危"为"机"

霍金斯被称为创意之父，其名言是："创意是一切产业的起点。"[②]创意是驱走严寒的朝阳，是文化产业振兴发展的智慧之花、能量之源。

厉无畏在2009年第六届中国文化产业新年国际论坛上表示，在美国次贷危机导致全球经济低迷的背景下，创意产业却能逆势而上，大有可为。他追述卓别林系列喜剧、歌舞剧《绿野仙踪》在20世纪30年代经济大萧条时期深受观众喜爱，一张"星际争霸"的游戏光盘使亚洲金融危机中的韩

---

① 皇甫晓涛：《中国文化创意产业发展的创新基础》，《文艺报》2009年6月6日第2版。
② 《光明日报》2010年2月12日第2版，李慧等报道。

国失业者得到了消遣，米黄色的"快乐小鸡"在2008年风靡日韩两国，被媒体称为治愈型的卡通典范。厉认为，当前突如其来的金融风暴已经演变成一场精神风暴，人们对于未来生活的担心变成巨大的心理压力，需要缓解。而以人为本、以需求为导向的创意产业非常善解人意地为公众制造了一个缓解现实生活压力的"欢乐世界"，在振奋人心的同时成就了自身的崛起……创意产业还将为其他产业走出困境找到突破口。他为此提出了三条发展思路：第一，传统产业通过创意的融入附加一定文化内涵，塑造有特色的品牌，提升市场竞争力。第二，在产品创新中融入文化创意，比如以色彩调节人的心情，以结构满足人体舒适，以独特的造型使人想象丰富，从而实现产品的价值创新。第三，在营销中融入文化创意，引起消费者的文化认同，产生共鸣或好奇心，拓展更为广阔的市场空间。[①]

杭州创意产业在2008年金融危机中迎难而上，实现增加值579.86亿元，增长比为17.6%，高于全市GDP增速6.6个百分点，高于全市服务业增加值的增速3.8个百分点；合法创意产业增加值占全市GDP比重达到12.1%，比上年提高0.2个百分点，对GDP增长贡献率为13.2%。可见杭州的创意产业已成为新一轮城市经济发展的重要亮点，发挥了杭州历史文化积淀厚重、自然环境得天独厚、民营经济发达和高新技术发展迅速的优势以及浙江大学、中国美术学院人才的优势。该市有信息服务、动漫游戏、设计服务、现代传媒业、文化休闲旅游、文化会展等八大行业，并开设西湖创意谷等十大园区。文化创意行业多是典型的"人脑＋电脑＋文化"的知识型服务业，绝大多数存在着无形资产比较重大、项目投入回报期长、市场预期不稳定和担保能力差等特点，很难通过传统方式融资。为了解决这个瓶颈问题，杭州市政府公开表态：让我来当文化创意企业的融资担保人！创意设计近年形成一个新的行业，工业设计结合文化产业策划成为当今区域经济文化发展的"大脑"。广东佛山是南方陶瓷之都，在发展中污染环境、破坏生态造成新的危机。他们转变思路，以科学的设计转换发展方式，减少了能源消耗和污染，提升了瓷都企业的附加值。这里还建立了广东工业设计城，成为全省传统产业改造提升的试验田。他们用富有特色的设计代替了设计进口，成为中国创造的成功范例。2010年设计产值已达1亿元，直接拉动经济发展超过100亿元。

---

① 《光明日报》2009年1月13日第6版。

古有张择端《清明上河图》，今有开封清明上河园。笔者曾经在这里观看早9点开园仪式，还与包公的扮演者合影留念。这里的城楼、虹桥、街道、店铺、码头、船坊、茶肆、酒楼，这里的年画、官瓷、汴绣和民间盘鼓、杂耍等艺术表演，以及斗鸡斗狗等等，让人完全融入古东京的文化风情中，真可谓"一朝步入画卷，一日梦回千年"。旅游不只是一般意义上的"吃、住、行、游、购、娱"，它的文化含量必须用创意设计进行开发展现。陕西已经创造了西安样板，排演出仿唐乐舞《长恨歌》、举办中国华山围棋大会活动，结束了只依赖一个兵马俑的过去，全面实现了文化与旅游的深度融合。开封和西安两座古都的文化旅游开发，体现出宏观创意设计的大手笔。文化提升旅游，旅游传播文化。一个传说、一首民歌、一部电影、一出戏曲都可以在创意融入的情况下形成产业。重庆市巫山县有长江三峡之巫峡神女峰，这里曾是20世纪80年代电影《待到满山红叶时》的拍摄地。该县县委宣传部副部长周勇谋划提议，重新播映这部电影，唱响主题歌《满山红叶似彩霞》，打好红叶牌，激活冬季三峡游。于是从2007年11月开始举办中国重庆长江三峡红叶节，已经形成巫山的支柱产业，走出一条文化扶贫的新路子。

文学创意与影视创新关系密切。2007年8月，博集天卷出版公司的副总无意间看到某网络博客里一个2000多字的帖子，把一个职场故事讲得活灵活现，出版公司便联系到博主李可，请他写成一本职场小说，于是一部《杜拉拉升职记》诞生了。博集天卷在设计和包装上将"杜拉拉"定为职场励志小说，在图书的营销上全力以赴。"杜拉拉"问世之初就以畅销书的姿态出现在各大书店的销售专柜，针对都市白领的购书习惯，出版商把网络作为图书销售的另一个主战场。之后"杜拉拉"在当当网和卓越网连续70周位列小说排行榜第一名。2007年12月，"杜拉拉"电视剧版权被买走；2008年12月《杜拉拉升职记》销出60万册，又成功卖掉电影版权；2009年1月《杜拉拉2：华年似水》出版；2009年4月话剧《杜拉拉》开始全国巡演；2009年5月，《杜拉拉升职记》销量突破100万册；2010年4月，电影《杜拉拉升职记》上映，两周票房突破亿元大关，同时《杜拉拉3：我在战斗的这一年》50万册上市。一个民营出版公司从文学原创开始，进行了有关"杜拉拉"的图书、话剧、电影、电视剧等多种文化产品的策划营销，已创造了3亿多元的市场价值。其更大的意义在于，提供了一种以图书为起点，建立跨越多种媒体的文化创意产业链的绝好范例。

二、从《功夫熊猫》说起：充分利用现代科技打造创意产业

物竞天择，适者生存。在当今全球化的文化竞争中，其压力都落到了文化企业身上。要战胜竞争对手，走出自己的道路或形成自己的模式，就要进行创意设计，更要利用科技这件有力武器，生产人无我有、人有我优的新产品。

这可以从动画片《功夫熊猫》说起。在2008年夏天，美国进口片《功夫熊猫》在我国各地纷纷上映，票房全线飘红。美国好莱坞梦工厂电影公司以前制作的《埃及王子》、《小鸡快跑》、《怪物史瑞克》、《小马精灵》、《帽子里的猫》、《马达加斯加》等动画电影大片取得过不错的市场效益，但都没有像这部《功夫熊猫》所引发的"地震效应"这么强烈。影片的制作前后耗时5年，成本高达1.3亿美元，全球宣传推广成本更高达1.25亿美元以上。中国文化元素在影片中表现得淋漓尽致。这只中国的大熊猫阿宝喜欢滚来滚去，它学艺后相信自己能成为大侠，于是演绎了一系列有趣的故事。美国或其他国家曾经多次采用中国文化元素拍摄影片。这一次又像当初看到美国拍摄的《花木兰》一样，让更多中国观众眼红心热。我们应当深入思考：为什么我们不能利用自己的文化元素做成这样的大片？有的专家说，《功夫熊猫》不属于某一种文化样式。但我们应该在自我反思中学习，把目光聚焦于提升中国自身的软实力，同时也要考虑怎样保护我们的文化遗产，如何守望我们的精神家园。

一位影迷看过《功夫熊猫》后感叹："与其临渊羡鱼，不如退而结网。"于是到2010年春节便有国产动画电影《喜羊羊与灰太狼》在全国上映。此片由上海文广新闻传媒集团、广东原创动力和北京优扬传媒联合出品，根据同名动画片改编而成。上映以来，上座热度一直居高不下，首映日票房收入800万元，首周末一举突破3000万元，创造了国产小成本动画影片的票房神话，将同期上映的进口片《闪电狗》、《马达加斯加2》等远远抛在身后。此动画片也在央视黄金时间播出，老少都爱看。相关衍生品也流行起来。原创动力集团还成立了全国第一个卡通人偶剧团，喜羊羊所到之处都大受欢迎。石家庄是一个新兴工业城市，近几年市委市政府借助高校较多的优势大力推动发展动漫产业，2006年以来连续举办了六届国际动漫艺术节，吸引国内外客商350多家，招商总额达140多亿元。2010年，该市动漫产业产值已经超过20亿元，这样就促进了教育与产业的良性互动。2011年签约达50多亿元，又将使该市动漫产业走向超常发展。比如石家庄金立翔公司已经拥有30多项技术专利，一举拿下了北京奥运会开幕式4000余平方米电子"多彩画卷"的制作工程，在国内外产生了巨大的影响。该市有44所高等院校、209所中等职业学校，占河北省高校和中职学校的1/2。其中有30多所大中院校开设了动漫或相关专业。到2010年底，该市专业动漫公司、相关企业已超过2000家，确立了功能各异的动漫产业园区9个，成为国家新闻出版总署授牌的"国家动漫产业发展基地"。已经推出一批原创性作品，如《赵州桥》、《机灵狐传奇》、《豌豆笑传》等在央视播出后获得好评。2008年年底，常州全面整合常州国家动画产业基地、国家数字娱乐产业示范基地、国家火炬计划软件园、环球恐龙城等产业园区，打造文化创意产业基地。那个顶着大钢盔，做出兴奋、悲伤、无奈等各种表情的卡通人"炮炮兵"，在QQ、MSN以及各大论坛上，成为传递网友喜怒哀乐的"表情符号"。据不完全统计，这个"网络红人"有4000万"粉丝"，网络下载超过3亿人次。除"炮炮兵"外，小卓玛、大眼哥、甲虫仔、恐龙宝贝……在常州诞生的卡通形象越来越多地活跃在电视荧屏和网络上。其中14部动画片在央视播出，两部动画电影全国公映，16部打入欧美、中东、东南亚市场。

据报道，2009年我国电视动画完成322部，共171816分钟，比上年增加31%，位居世界第一。2010年11月统计，我国仅动漫电影一项就达到12.6万分钟。2011年10月媒体公布，我国动漫事业规模7年增长100倍。这便预示着我国动漫产业的春天即将到来。但是，我国动漫产业发展仍然困难甚大。其每生产一分钟的片子大约需要1万元，卖给一般电视台才给5元钱，简直免费送播。所以2010年322部电视动漫几乎不盈利。一些中小动漫产业融资困难，有的动漫基地搞起了房地产或转成了别的园区。创意不足，原创能力差，为眼前利益做加工者多，独立原创又缺少资金。其产品缺少功夫熊猫、喜羊羊那样的新颖形象，有的形象总有美、日动画形象的影子。其取材多是司空见惯的老故事，语言也说教性太强，幽默感不足。总之是整体品质尚差，尚无法打开市场。

必须建立创意园区。金元浦说：创意产业的发展不能紧紧依靠总体的动员与政策支持，还必须有在市场中成长的企业主体的发展。部分城市创意产业面临的主要问题已经不是理念转变，而是如何实际运作，推动文化创意企业快速生长，并发挥集聚效应，培育创意市场，打造并完善创意产业链，形成新的产业发展群落。他认为只有文化创意集聚区、孵化器、云计算等数字化高端技术、网络市场与互联网的融合才能满足以上需求的产业发展模式。[①]如上面提到杭州、石家庄等都建立了动漫产业园区便是这种集聚理念的具体实践。再看武汉市江岸区，是全国首批"国家可持续发展试验区"之一。现在其所属汉口江滩已靓丽变脸，大量老街老巷更换新颜，个个都贯穿着文化创意。该区正在用创意性产业打造沿江商务区，2008年现代服务业实现增加值70.33亿元，占服务业总量的43.09%，拉动全区经济增长4.01个百分点。预计到2011年实现创意产业增加值59亿元。江岸区被称为武汉的一座鲜活的历史建筑博物馆，现有历史保护建筑103处，市级以上文物保护单位31处，全国文物保护单位3处。"八七会址"、"宋庆龄故居"、"汉口近代建筑群"和"圣若瑟天主教堂"等建筑分布其中。怎么使这些文化资源变为江岸经济的助推器？江岸区政府出台了《江岸区创意产业发展规划》，提出大力发展文化产业的新思路：利用密集的租界文化建筑，深厚的文化教育资源，大力发展区内的商务文化、码头文化和旧租界的历史文化，展示大武汉的城市文化形象，使之成为创意产业的新名片。这个规划出台后，于2008年7月开始工业企业搬迁，而且宣布在本区中心地带不再布局工厂。而创意产业是重中之重。现在外滩艺术设计中心、武汉建筑设计院、武汉出版文化产业园、武汉文化教育传媒中心等新型创意产业已投入运营。共青岛路仓储文化产业园、四维路建筑设计创业园、谌家矶文化传媒创意园、堤角时尚服饰创业园及滨江文化旅游带、黄孝河特色文化休闲体验带等"五园八街"创意产业集群雏形已经出现。

现在我国创意产业正以不可阻挡之势向前发展。人们已经习惯使用"艺术科技"、"科技艺术"的用语，许多广告上有"科技与艺术的完美结合"、"纳艺术智慧，享科技大成"、"科技与艺术——人类文明的双翼"、"艺术与科技共振于生命之舞"、"科学与艺术同魂"等词语，在文章或宣传品上还有"艺术与科技携手共建音乐新学科"、"科技与艺术是形成核心竞争力的双引擎"等等主题词。人文主义、人本主义与科学主义，价值理性与科技理性之间正在碰撞和融汇，这对传统文艺创作很有冲击，有关分工的变化在当前简直不可避免。一些专家学者则批评"技术主

[①] 《中国社会科学报》2011年3月1日第15版，金元浦文章。

义"可能成为置艺术于死地的"杀手",可是如果拒绝技术技巧则又意味着艺术家"江郎才尽",再无用武之地。[①]技术主义是要警惕和批评的,但我们绝不能害怕和拒绝作品的科技含量提高。科学技术是第一生产力。要增强我们文化的整体实力和竞争力,就必须加快推进文化和科技的融合,提高文化企业装备水平和文化产品的科技含量,增强文化产品的艺术感染力,培育新的文化业态。还要建立健全以企业为主体、市场为导向、产学研相结合的文化创新体系,努力掌握一批具有自主知识产权的核心技术和关键共性技术,为我国文化产业的发展提供有力的技术支撑和创新动力。要加快构建覆盖广泛、技术先进的文化传播体系和创新体系,努力掌握文化发展和文化传播的主动权。事实证明,只有文艺工作者积极地与科技工作者同甘共苦才能进一步发展创意文化产业,而不至于在文化危机中被动不前,甚至被淘汰。

第四节　传统文化产业必须迎头赶上

传统文化产业包括美术、书法、出版、戏剧、曲艺、电影等。这些传统产业的民族文化根脉很长,虽然有的曾经衰落,但有不少仍然深受群众欢迎。其中书法、国画、京剧、地方戏剧、曲艺和民族歌舞,我国本来就是发源地。电影传入刚过百年也比电视、动漫、网络老得多。它们都必须在当今体制改革的推动和创意设计助力下重振军威,融入时代文化发展的潮流中。好在有些样式和行当已经走上文化产业的大道。

一、出版、书画产业大发展

"十一五"以来,我国传统新闻出版业向现代新闻出版业的转型加速,数字出版等新型出版业态进入高速发展期。2009年,数字出版业的整体收入超过750亿元。国内578家图书出版社已有90%开展了电子图书出版业务,出版电子图书50万种。数字报、手机报及新闻资讯类网站业务开展迅速,全国出版的数字报已有697份,300家报社开展了数字报业务。电子期刊总量也已经达到9000种,年产值达到7.6亿。数字出版技术及内容提供商继续进行有益的实践和探索,积极打造网络图书、网络期刊、在线数据库、原创文学、手机小说、网络游戏、网络动漫等新媒体业务模式。其

---

① 《文艺报》2009年6月20日第2版,黄鸣奋文章。

中上海世纪出版集团成立以来，主要经济指标连续10年保持两位数增长。2008年集团书报刊音像电子产品造货总码洋18.3亿元，发货总码洋19.2亿元，全年主营业务收入10.9亿元，利润1.19亿元。

2009年全国新闻出版业总产出10668.9亿元，一举跨过万亿的门槛，实现增加值3099.7亿元，占同期国内GDP的0.9%；营业收入10341.2亿元；利润（结余）总额893.3亿元。不包括数字出版在内的全行业资产总额为11848.5亿元，净资产（所有者权益）为6168.3亿元，纳税总额为620.3亿元。这年全国共出版图书30.2万种。其中新版图书16.8万种，重版、重印图书13.3万种，总印数70.4亿册（张）；出版期刊9851种，平均期印数1.7亿册，总印数31.5亿册；出版报纸1937种，平均期印数2.1亿份，总印数439.1亿份；出版音像制品25384种，4亿盒（张），发行3.8亿盒（张）；出版电子出版物10708种、2.3亿张；全年出口图书、报纸、期刊、音像制品、电子出版物92万种次、896.2万册（份、盒、张），3498.8万美元，累计进口图书、报纸、期刊、音像制品、电子出版物82.1万种次，2811.3万册（份、盒、张），31032.3万美元。进出口总额34531.2万美元。湖南在2009年春天提出了文化强省的发展战略，打造了"出版湘军"等文化品牌，形成了出版产业链。湖南出版集团、《湖南日报》报业集团、《体坛周报》传媒集团已经组建成功。他们坚持以资源为依托，以市场为导向，以资本为纽带，以科技为动力，以体制机制建设创新为突破口，力争在全国和国际上打出声威。河北出版传媒集团成立以来一直业态良好，正向资产和销售收入实现"双百亿"的目标迈进。但是，我国出版业还面临着许多严峻的挑战。例如一些骨干企业的实力还不够强大，产品结构、产业结构还不尽合理。中西部地区出版发展基础普遍薄弱，对外贸易的结构也需要进一步调整等等。2010年8月，国家新闻出版总署署长柳斌杰对记者表示，今后我国出版业要继续大力推进出版社体制改革；要加快推动非时政类报刊出版单位的转制工作；加快推进党报党刊发行体制改革和公益性新闻出版单位内部人事、收入和社会保障制度改革；改革新闻出版管理、生产、允许机制，提高舆论引导能力；扩大对内外开放，培育战略投资者；鼓励、支持和引导非公有资本以多种形式进入政策许可的领域；扩大对外开放，引进战略投资者，加强版权合作和产业运作，努力形成以民族文化为主体、吸收外来有益文化共同发展的新闻出版市场格局。这七个方面将把我国出版业推向世界。他还表示，"相信新闻出版产业不仅是国民经济发展的新的增长点，还将迅速成为国民经济的重要组成部分！"①之前，柳斌杰曾经说：我国出版产业还有许多小舢板，力争到2020年建造成中国国际出版航母，使我国真正成为世界出版强国。据2011年11月媒体公布，2010年我国新闻出版总产出达到1.27万亿，增加值升至3500亿元。

书法、美术的制作销售，从政策开放以来也渐渐升温，日常生活审美化和收藏意识的增强带动了书画市场的扩大。但每年市场销售总量尚无权威数字。今天便首先以荣宝斋为例。2009年春节期间，最有代表性的书画中华老字号"荣宝斋"的销售收入突破了5000万元，比2008年同期增长了1500多万元，1177件书画艺术品全部销售。2006年以来，荣宝斋自我造血，以求生存和发展。不但创建了木板水印工艺坊，还建设了集展览、表演、互动、销售于一体的综合性场所，让顾客们身临其境地感受"活文物"的历史价值、人文价值，刺激了顾客的购买欲望。这个水印工艺坊自2008年8月上旬开业以来，在国内外宾客中反映良好，当月就销售收入100多万元。荣宝斋最具有中国书画品牌和资源优势，还打造了中国书画界顶级俱乐部——名人堂，集约经营已故书画家的作品，包括近现代顶级、最具权威性的书画家齐白石、张大千、徐悲鸿、傅抱石、黄胄、启功等人的遗作。名人堂已经成为顶级书画家与高端收藏家、鉴赏家们的会员机构。以经营西方美术作品为特色的"798"，从半个世纪前一座工厂转为融汇当代艺术的文化产业聚集地，引进比利时、美国、丹麦等19个国家和地区的45个重要艺术机构，也成为北京的一个文化新地标。新开辟的北京三里屯VILLAGE北区开放式购物区，引来了国际一流品牌进驻，同时也悄然引来了杨画廊，这是北京最大的画展企业，它引来了艺术家方力钧、刘小东、毛焰、向京、杨少斌、周春芽，这些人又各自推荐年轻画家陈卓、秦琦、屠洪涛等六人，在这里共同举办"六＋六：能量·承启"画展的开幕式。

我国书画市场在改革开放中不断发展，随着人们生活水平的提高和审美情趣的变化，以及收藏意识的增强，必然形成各种各样的书画市场。逛超市、商场与逛书画市场同样是市民们喜欢的事情，无论国画、西洋画还是民间工艺美术，都在吸引着人们的眼球。希望各个城市、城镇都有自己欣赏、购销或学习书画等艺术的好场所，也都要像北京三里屯当地政府那

---

① 《光明日报》2010年8月26日第4版，吴娜关于柳斌杰访谈。

样斥资几十亿来打造这样的文化市场。

二、传统戏剧等演艺类企业正在走出困境

与出版界、影视界相比，戏曲、曲艺等演艺界是一个弱势群体。他们中间的国有院团长期吃皇粮、受补贴，等靠要思想严重，市场主体意识淡漠。他们的生存法则是"政府是投资主体，领导是主要观众，评奖是唯一目的，仓库是最终归属"。2009年全国有国有剧团2494个，平均每团年演出量只有169场。截至2011年10月已转企改制678个，并且在进行以资本为纽带的跨地区跨业态的兼并重组，效果明显。

除前面提到者外，还有许多改革创新大发展的范例。陕西西安秦腔剧院的前身是1912年成立的易俗社，其宗旨是"移风易俗，扶助社会"。1924年，鲁迅先生曾经为其题写了"古调独弹"的匾额。新中国成立后西安易俗社多位演员受到毛泽东等党和国家领导人的接见。这个剧种目前已进入国家第一批非物质文化遗产保护名录。2005年西安市将包括易俗社在内的四个剧团合并成立西安秦腔剧院。2008年又成立了西安秦腔剧院公司。曲江新区管委会下属的曲江文化产业投资集团依靠多年来旅游市场开拓的成熟经验和稳定的客源，指导秦腔剧院将传统秦腔艺术与现代交响乐、高科技相结合，抽调一百多名青年骨干演员创作排演了大型秦腔交响诗画《梦回长安》。此剧已经连续上演260多场，观众超过20万人次，年收入约2000万元。在民营剧团中，也有草台班子在市场上日益活跃。河南小皇后豫剧团是1993年初组建的完全自负盈亏、自主经营的民营职业剧团。17年来在豫、晋、冀、鲁、皖、苏、粤等省演出6000余场，观众多达3000万人次。他们形容自己的演出生活是"出门一身棉，回家一身单，过年不在家，在家不过年"，其迎雪吞冰、吸风咽沙的巡演生活，锻炼了这支艺术队伍振兴豫剧事业的壮志豪情，也赢得了各地群众的广泛赞誉。他们也不断进行艺术创新，其表现女英雄刘胡兰成长的《铡刀下的红梅》不但深受广大观众的欢迎，还荣获中宣部第九届"五个一工程"优秀作品奖和2006～2007年度国家舞台艺术金奖工程十大精品剧目第二名，团长兼主演王红丽两次获得中国戏剧梅花奖，成为民营剧团中的佼佼者。上海萧雅文化艺术有限责任公司、山西清徐嫦娥文化艺术有限公司、吉林东北风艺术团等，也都在创演实践中打造了"名戏＋名角＋名团"的金字招牌，积蓄了在市场上健康生存发展的底气和力量。20世纪60年代造戏运动中出现过64个新兴剧种，90年代尚有47个，2010年则仅存15个了。虽然已有3个

被列入非遗保护名录，但他们的生存之路只能是在民间乡野，也应当学学原生态进城演出的路子，以自己独特的地方文化气息去赢人。

中国话剧也已经有百年的历史。改革开放初期，曾经有过一段红火时光，但随着经济全球化的到来而渐渐沉入谷底。进入新世纪，话剧艺术在严峻的市场选择下渐渐出现更生。其中山西话剧院创作演出的《立秋》，五年上演500场，演出收入突破1000万元，真正实现了三赢——赢得奖杯、赢得口碑、赢得市场。他们的成功经验很值得全国各表演团体借鉴学习。2009年4月下旬，中宣部文艺局、文化部艺术司、山西省委宣传部和省文化厅联合召开座谈会，对《立秋》这出戏和山西省话剧院的工作给予了高度评价。专家们指出《立秋》所反映的观念是民族核心价值观的思想精髓，它巧妙地找准地域文化资源和社会现实期待的契合点，以"纤毫必偿，诚信为本"的晋商精神，引导社会对诚信的呼唤，引起了观众的强烈共鸣。该剧获奖后走进海峡两岸27个省、区、市的83个城市演出，已经有800多场，真是"一出戏救活一个剧院"。北京人艺以自己丰厚的文化积累重排经典剧目《日出》、《雷雨》、《茶馆》等，也在满足人们的审美需求中获得了生机。改革开放以来，小剧场话剧创作与演出，在北京、上海等大中城市红火起来。1982年11月，北京人艺演出了《绝对信号》，同年12月上海青年话剧团演出了《母亲的歌》。两剧都侧重舞台表现形式的实验与探索，前者采用三面观众围观的形式，后者则是四面围观，演员穿过观众席上场，人物与观众频频进行交流，舞美不用写实布景，时空在演员表演中自由变换，构成了不同于传统的镜框式舞台大剧场演出的独特、新鲜的演出方式。这些小剧场话剧中，手法上探索性强的是《灵魂出窍》、《思凡》、《祸兮福兮》等，写实的有《同船过渡》、《夕照》和《绿色的阳台》等。它们贴近观众，讲述着普通人的生活，表达着他们的喜怒哀乐，比如《有一种毒药》、《向上走，向下走》、《我不是李白》等。另有《我们的世界，我们的梦想》通过一个家庭中夫妻、母子、兄弟以及同事等关系的描写，揭示其情感的隔膜所造成的心里的苦闷，从而探讨"人为什么活着的问题"。同时它们还善于描写青年人的婚恋生活，表达他们的情感困惑，如《我爱桃花》、《跟我的前妻谈恋爱》、《单身公寓》和《隐婚男女》等。它们也不回避社会现实，直击人性、国民性的劣根性，如《人偶》、《圆明园》、《两只狗的生活意见》、《〈人民公敌〉事件》、《等待戈多》等。因为这些话剧演出团体都是民营性质，演出就是为了谋生，取材和风格上则面向观众，大胆探索，也产生了一些媚俗的倾向。但总体上看，他们的路子比较端正。

　　曲艺节目，包括二人转、二人台、相声、大鼓书和小品等。现在最为火爆的是东北二人转和以赵本山、黄宏、蔡明为代表的小品节目，其次是姜昆、冯巩等人的相声。现在产业化水平较高的是二人转。赵本山挑旗组织成立的辽宁民间艺术团在沈阳中街黄金地段的刘老根大舞台常年演出，一直红红火火、一票难求。该剧场共有800多个座位，最低票价200元，最高票价460元，最高的包房3000元。他们已经连锁省内外8家剧场，在2008年中共演出2127场，演出收入10560万元，是当之无愧的行业"大哥大"。本山演出团队也被誉为"生产快乐的'梦之队'"。刘老根大舞台的演艺理念很明确，就是"快乐生产、生产快乐"，恰恰满足了人们追求快乐的心理。这个艺术团的负责人刘双平说，与国有院团比，我们最大的优势在于机制灵活。团里每个演员工资都不一样，压轴的要比头码多一倍，观众掌声的多少就是收入的依据。我们是自负盈亏的市场主体，在用人上很精当，每场30多人全解决了。他们既演二人转又拍摄电视剧，一套人马白天拍戏，晚上演出，两个活儿一份工资。二人转演员是"美在天然，贵在野生"，他们的团队精神是"千言万语、千方百计、千辛万苦、千山万水"，这是一些院团和演员所不具备的。2005年，辽宁大学本山艺术学院成立，2007年购买了沈阳中街大舞台。赵本山一步一个脚印地接长了自己的二人转产业，也实现了由一个舞台影视演员到文化商人的转变，把自己的企业带进了"中国文化经济实体30强"，构建了一个包括民间艺术团、影视基地、文化发展公司、本山艺术学院等诸多实体的文化产业链。辽宁省文化厅领导则称赞辽宁民间艺术团进行了民营企业的突围，带动了一个行业的繁荣，全省二人转专业演出场所已有30多个，业余演出场所有几百个。全国每天有近千个场所上演二人转，包括音像、布景、后期延伸服务等，从事与二人转相关产业者有10万人以上。辽宁省文联副主席崔凯曾经对二人转提出"不求庙堂之高，但求江湖之远"的希望。这个希望并不高，但赵本山、"小沈阳"们能在央视春晚上走红，说明他们既可以走江湖之远，又能够达到庙堂之高。作为一种产业，利用二人转又发展绿色二人转，可以看做一种活态保护。那些没有进入产业圈的有关老艺人一旦死去，原汁原味的艺术也就没有了，那才是真正的悲哀。

　　关于相声，改革开放不久便被小品所排挤。赵本山从1990年春晚开始在央视登台亮相，年年推出响当当的作品搞笑全中国，但别人都难以达到这个高度。相声界自侯宝林去世后，马季、姜昆、冯巩等人接过了他的艺风艺德，却没有打造出一个赵本山这样的巨星来。有一篇文章说：相声不会死，但也不是这样活。这是说相声的精品战略、人才名角战略已制定而未能落实。近年姜昆一再发表有关文章呼吁改革和创新相声剧本，也进行过竞标拍卖，证明他们改革力度正在加大、创新意识正在增强，有望在不久的将来能打一个相声艺术翻身仗。

关于创意性的音乐舞蹈，除了已提到的云南省丽江的杨丽萍团队，还有新疆歌剧院根据同名电影改编的大型音乐剧《冰山上的来客》，也已经取得了晋京演出的成功。原来的电影1963年拍摄上映，四五十年长盛不衰。这次改成音乐剧后，融音乐、舞蹈、戏剧为一炉，既保留了电影插曲《花儿为什么这样红》、《怀念战友》等，又创新性地将少数民族音乐语言与流行唱法相结合，使全剧洋溢着更加浓郁的民族特色和地域风采。把电影重新改编成音乐剧，创新程度高，科技含量高，是电影转型式的创意项目。虽然尚不属于整体原创，但属于很成功的创意融入。

杂技艺术的情景式创新已经屡屡出彩。上海城市舞蹈公司创作排演的《天鹅湖》获得2007年度全国"五个一工程"奖，还入选了2005～2006年度国家舞台艺术精品工程十大精品剧目。中国杂技团有限公司的大型情景杂技《绚技画卷·一品一三绝》，以中国"墨"文化为衬托，将中国传统的琴棋书画等文化元素有机地融入晚会之中，通过一对"针男线女"的串联，将13个精品节目编织成一台蕴含着中国传统文化艺术精神和清新时代气息的杂技晚会，使观众始终沉浸在好奇和兴奋之中。现在很多国家向这个公司发出了演出邀请。河北省杂技团创作演出的《玄光》较早地融合了传统杂技艺术、戏剧艺术、音乐艺术和高科技手段，在国内外赢得了较好的票房收入。比如《对手顶——东方的天鹅》、《绸调——蓝色遐想》、《高椅》、《激情爬杆》等等，这些作品已成为杂技新经典。各种杂技晚会特别是主题杂技晚会，由单个杂技节目衍生出本体技巧之外的"叙事功能"，它们彼此串联，以主题为主线形成一个艺术整体，极大地丰富了中国杂技的文化内涵和艺术表现力。十多年来的优秀主题杂技晚会除上面点到者，还有《金色西南风》、《中华魂》、《天幻》、《依依山水情》、《梦幻漓江》、《西游记》、《英雄天地间》和前面提到的《天鹅湖》等。在2009年春天第九届全军文艺汇演中，广州军区文工团杂技分团推出了杂技主题晚会《生命·阳光》，在选题上另辟蹊径，以对生命的关注和思考表达节目主题，切中了以人为本的现代理念，加上2008年我国灾害连连的大悲大喜，以此让人们品味到了生命的意义。成都军区文工团杂技分团也把一台原创的《茶》推到观众面前，引来一片感叹声。节目从一部《茶经》缓缓开始，隐隐地从历史深处走来了茶圣陆羽，他袖舞清风，把盏问茶，时而仰首低颔、时而深吟浅唱、时而击节长歌，深情地释义中国茶文化。此剧追求尚气重韵、取神遗貌、意出境外、浑朴归一的效果，表现了内心，也达到了杂技艺术内涵上的丰富与深刻。

20世纪80年代中国杂技家协会成立之后，就重视杂技理论建设。1987年，七省一市发起了地域杂技理论研讨会，1992年创办了全国杂技理论研讨会并进行了理论评奖。1998年开始，杂技理论评奖纳入中国杂技金菊奖的范围。在中国吴桥国际杂技艺术节、中国武汉国际杂技节上都要举行理论研讨会议，已经成为国际马戏界的高层峰会。有关出版物也在增加。1981年创刊了《杂技与魔术》，后来又出版了《当代中国杂技》、《中国杂技艺术史》、《中国艺术百科辞典·杂技》、《杂技论坛》等，2008年还由边发吉、周大明共同完成出版了《杂技艺术概论》。为了扶植和发展民间杂技，中国杂技家协会先后命名河南濮阳县东北庄、河北肃宁县大王庄、河南周口市、河北吴桥县为中国杂技之乡。命名河南宝丰县为中国魔术之乡、安徽宿州埇桥区为中国马戏之乡，有力地促进了民间杂技类艺术的发展，带动了民营性杂技表演团体的发展。比如河南宝丰县已经有民营杂技团体1400多个，从业人员5.5万人，年总收入4亿元。安徽宿州埇桥明星大马戏团已经成为国内最大的马戏团，拥有动物"演员"近200头，固定资产1800万元，年演出收入400多万元。

过去说中国是政府办文化，办文化最缠头、最沉重的便是办剧团。现在是自上而下地改制，也在自下而上地探索和总结院团断奶、拆庙后的经验教训。试想几年后可能会淘汰一批，而大多数院团会像凤凰涅槃一样地更生的。

三、我国跨入电影大国行列，成绩与问题

电影于1896年传入我国，1905年春夏之交，北京丰泰照相馆老板任景丰摄制了谭鑫培的京剧《定军山》，这便是中国第一部电影了。到现在已生产影片8000多部。在创意产业面前，影视都被看做传统产业了。因为前面几章谈电视剧较多，这里就专门谈一下电影产业发展。

回顾改革开放以来，我国电影事业已经走过了三个阶段。第一阶段是1987年以前的计划经济时期，第二阶段是1987～2001年的转型时期，第三阶段是2001年正式加入WTO以后的迅速腾飞时期。这30年曲折不少。1991、1992年中国电影持续大滑坡，国家广电部召开了全国电影工作会议，公布了中央三号文件即《关于当前深化电影行业机制改革的若干意见》，其核心是对企业放权。各省市纷纷成立电影股份集团公司，全民所有制地转变为股份制，事业型的转变为产业型、经营型。1996年又召开了长沙会议，提出了9550工程，即在第九个五年计划中每年生产10部优秀主旋律影片，一共是50部。加入WTO之后，中国电影工业进一步市场化和国际化。2002年2月1日《电影管理条例》正式实行，鼓励企事业单位和其他社会组织以及个人以资助、投资形式参与电影摄制。2004年以来又有《关于加快电影产业发展的若干意见》和《国务院关于非公有资本进入文化产业的若干规定》出台，民营公司迅速崛起并赶上国有电影企业，成为中国电影产业中重要的经营主体和创作主体。现在已经出现了跨国市场和跨国资本投入，张艺谋的《英雄》就是成功打入北美商业院线而创下票房佳绩的例子。从此开始了中国电影史上的大片时代，大片成为电影票房的主力军。本土化的制作瞄准了国内市场，民族化的主题和风格得到加强，主旋律电影有政府的扶持和部分电影商的看好，所以才有《张思德》、《生死牛玉儒》、《东京审探》、《云水谣》等影片的成功。从2007年开始，陈可辛的《投名状》、冯小刚的《集结号》等问世以来，一种本土制作大片化的趋向出现，使我们的电影更多地考虑全球与地方、中心和边缘的博弈的关系，重新阐释和找到中国电影工业与市场的定位问题。[①]中国作为一个人口大国，自身市场就为本国电影工业奠定了坚实的基础，中国传统文化也为本国电影创作提供了丰富的资源，宏观经济发展则为中国电影提供了实力保证。

2008年我国电影产量达到406部，年票房价值总额突破43.41亿元。全国城市影院银幕超过4000块，39部影片在各大国际电影节上获得72个奖项。其中现实题材影片占80%以上，农村、少儿影片比2007年增长20%以上。全年生产动画片16部，纪录片16部，科教片39部，电影频道节目中心拍摄数字电影107部。经过持续6年的创作数量攀升，我国电影已经步入世

---

① 陈犀禾、万传法：《中国当代电影的工业和美学：1978～2008》，《电影艺术》2008年第5期。

界电影生产大国之列。受香港的影响，从1997年冯小刚以《甲方乙方》贺岁以来，我国电影已经初步形成新年档、春节档、五一档、暑期档、十一档、贺岁档等贯穿全年的热映档期，推动国内电影市场持续良性发展。国产影片的市场占有率大幅度提高，超过总票房的60%。其中《赤壁（下）》、《非诚勿扰》、《梅兰芳》、《画皮》、《长江七号》、《功夫之王》等8部影片均创下票房过亿的优异成绩。院线建设日趋成熟，也成为电影市场繁荣的重要标志。同时2008年总投资近20亿元的中影国家数字制作基地正式投入使用，年生产制作电影故事片80部、电视电影200部，还有500集电视剧的制作能力，从而结束了中国大片到海外加工的局面。我国电影已经由电视机大普及而曾经冷落的时代走出低谷，进入新一轮的蓬勃发展时期。

　　2009年我国电影票房达到62亿元，成为全球增速最快的电影市场。年初国产贺岁片市场繁荣，从观众反响、票房收入到市场占有率上都远远超过进口影片。《叶问》、《游龙戏凤》、《喜羊羊与灰太狼》等都在观众中备受热捧。而进口的影片反映普通，门前冷落。大年初一上映的温情喜剧片《游龙戏凤》与初三上映的外国影片《澳洲乱世情》，时间非常接近，题材也都以爱情为主，后者虽耗资1亿美元却票房平平，而《游龙戏凤》却一票难求。喜剧片《疯狂的赛车》、《家有喜事2009》等也适应了不同消费群体的需求。贺岁片对中国电影产业意义重大，尹鸿在这方面做了比较全面的总结。他追述我国电影市场从1997年引进香港的贺岁片概念，十年后它从一花独放发展为"众片齐放"，从一种喜剧贺岁片类型发展为一个年度片繁荣的电影档期，形成了一种电影现象。它有四个方面的创新意义：第一创造了一个品牌。《甲方乙方》创造了冯小刚电影贺岁市场的品牌，这是中国内地电影第一品牌，他本人也成为中国内地票房超过10亿元的电影导演。2008年的《非诚勿扰》以中上规模的投资，创造中国电影史上最高票房价值，这说明冯小刚电影品牌在中国内地具有特殊价值。与此相关，贺岁片中的所谓"葛优女郎"、"冯氏语言"风格等等都成为重要的品牌元素。冯小刚品牌的意义还在于，持续十年不仅没有贬值而且还不断增值。第二是形成了一种类型。贺岁片为中国内地电影创造了一种喜剧电影类型。以前主要是香港的成龙电影，基本上是动作喜剧片，冯小刚的电影则是内地特色鲜明的社会喜剧片。像《爱情呼叫转移》这样的浪漫喜剧、《十全九美》这样的搞笑喜剧，都在贺岁喜剧之中富有影响力。第三，培育了一个档期。贺岁片在中国大陆出现时并没有刻意的档期规划，多少有些偶然性，但它引发了中国电影行业的档期自觉，贺岁档期便成为中国电影市场的最高潮。第四，带动了一种意识。过去都觉得贺岁片过于商业化，缺少艺术含量。后来冯小刚拍摄了《集结号》，引起了全社会文化震动，培育了观众的电影娱乐需求，已经影响了中国电影的制作、发行和推广方式。

电影《梅兰芳》、《叶问》、《赤壁》都是有根有据的中国故事。这几个历史题材的电影之所以成功，根本上是弘扬了中国传统文化精神。在1961年去世的京剧大师梅兰芳，由于有这个电影的热映而重新成为人们关注的焦点。一部《梅兰芳》，几多故人梦。不少学者认为，梅兰芳是一个颇具象征意义的文化符号。赏其戏、观其人、品其美誉度，我们捕捉到的不仅是故事，更是对今人今世的众多启发。梅兰芳纪念馆馆长刘占文说，梅兰芳生前无时无刻不在改革，但他的改革都是符合京剧规律和剧情需要的，后来被学者们概括为老戏新手法。廖奔也评论说，移步不换形，就是梅兰芳对待传统与创新的方式，不管他怎样迈开步子必定保留京剧的神韵。①

2010年，我国电影生产526部，是2005年260部的一倍，票房突破100亿，是2005年20.46亿的5倍。《杜拉拉升职记》、《越光宝盒》、《全城热恋》、《喜洋洋与灰太狼之虎虎生威》、《决战刹马镇》、《人在囧途》、《海洋天堂》等影片的崛起，标志着中国电影市场正在由大片垄断向多层次、多类别、多样化发展转变，中国电影市场的种类结构正在走向成熟。影片《唐山大地震》以独特的视角，讲述了灾难之后重建精神家园的感人故事，为国产主流大片与现实主义精神相结合树立了新标杆。主旋律影片以《第一书记》、《村官普发兴》等为代表，勇敢打破固有模式与创作窠臼，丰富了主流价值的表现形式，进一步拉近了与观众的距离。青年电影导演的《东风雨》、《杜拉拉升职记》、《海洋天堂》、《80后》等影片超越了以往青年电影作品的局限，努力通过影片内容与日常生活广泛联系，力求与当代观众产生共鸣。这批作品集体进入城市主流院线，为电影市场注入了新鲜、强劲的活力。

电影追求票房价值而忽视社会效益的倾向也时时出现。冯小宁在2009年"两会"上提到了一个数字——19.5。这是目前主流院线观众的平均年

① 《光明日报》2008年12月26日。

龄。他认为电影不应当是为这些小众服务的，中国电影发展的根本一点还是在于编剧和导演要与时俱进，不要把问题都推到外因，要多挖掘自己的潜能，调整创造思路和方法，学会用优质的商业化形式去坚持作品的思想和艺术追求，"为大多数群众提供有品质的精神审美，才应该是电影人追求的终极目标"。①在2006年第十五届金鸡百花奖电影节期间，主旋律电影《张思德》包揽了三大奖项，成为这一届最大的赢家。于是不少电影人接受了这样的事实：票房、品质、精神力量，都是观众渴求的，它们缺一不可。业内专家们清醒地意识到，在国产电影票房逐步走高时如何发展的确值得多方探讨。一是从《英雄》、《十面埋伏》到《无极》、《夜宴》，不断刷新的票房纪录与不断下降的观众口碑形成了强烈的反差，"营销大于影片"成了国产电影的缺点。也有人说，"营销出去"就是硬道理。但过分强化了电影商品特质，它的艺术特质必然受到不同程度的忽视，如果鲜有人扎实地动情地为观众讲故事，长此以往电影将离观众越来越远。二是题材撞车。进军国际市场的影片大都是古典题材，风格雷同，故事相似，电影题材越来越窄。2005年国内三大知名导演都瞄上了宫廷体裁，陈凯歌的《无极》、冯小刚的《夜宴》、张艺谋的《满城尽带黄金甲》都是以唐代历史背景制作，也都有母后和太子不伦之恋。有业内人士分析说，如果古装武侠大片像恐龙独霸千万年的地球生物圈那样长期独霸中国商业电影市场，那么我们真该担忧，中国电影的生物圈会不会连同古装武侠大片这一"恐龙物种"一起消亡？题材撞车、趋同现象几乎年年都有，这是编导们在选材时应警惕的。三是贺岁档期电影明星一人多部，自我撞车。比如2010年底上映的《让子弹飞》、《赵氏孤儿》、《非城勿扰2》等片中，有三个葛优、两个黄晓明、两个姚晨、两个范冰冰，媒体还戏称葛优为"贺岁帝"。电影的品质是首要的，营销大于影片本身的做法不能提倡。

值得一提的是，宁夏张贤亮曾经率先把自己的名字作为品牌来招商引资，也受到过文艺界的热议。20世纪80年代初，在张贤亮的推荐和撮合下，导演张军召带着他的摄制组来到镇北堡这座戍塞边城。这里就是当年张贤亮劳动改造过的地方。城堡一片荒凉，但张军召就在这里拍摄完成了电影《一个和八个》，使这片荒凉初涉银幕。1992年这里正式创办了镇北

---

① 《光明日报》2009年3月3日第6版，两会报道。

堡西部影城和宁夏华夏西部影城公司，最初只投入了78万元。因为受到资金限制，同时也是为了保持荒凉的特色。至今已有近百部影片相继拍摄完成，镇北堡成了荒凉的代名词。从谢晋的《牧马人》到张艺谋的《红高粱》，从20世纪80年代的《黄河谣》到经典武侠片《双旗镇刀客》、《新龙门客栈》，从王家卫的《东邪西毒》到《大话西游》等等都是在这里拍摄的，所以这个影城有"中国电影从这里走出"之美誉。现在，西部影城总资产已超过2亿元，其投入与产出比率甚高，被认为是我国唯一以卖荒凉著称的文化产业。

我国电影跨越式发展令人可喜，但尹鸿等撰文认为我国电影产业面临着五大瓶颈：一是电影市场影院发展不足，二是市场企业主体不强，真正有品牌影响力的电影企业太少，导致大量资金进入后的无序生产、无序发行。三是电影国际影响力在减弱，在国际获奖的规格不高，在国际有影响力的主流电影不多，大片都大到了明星身上，没有大到制作上面。四是电影人才培养的规模和方式缺乏体系化。五是电影产业化初期都面临着寻找自己文化价值表达的问题，靠商业元素唤起民众看电影的欲望只是第一步，最终还是要用价值观和影响力征服观众。刘浩东也指出，中国电影产业化借鉴很多西方理念，但从2009年的作品来看制片成本上升太快，美国大明星大制片战略不一定适合中国电影的战略选择。因为北美的电影市场比我们大得多，我们只能因地制宜，按我国的具体情况选择发展方略。[①]笔者认为，在文化和资本相结合的前提下，我国电影的无形资产评估不规范、金融服务产品不完善、文化金融人才短缺、部门之间还有限制。只有打破部门的、地域的条块分割，突出地方特色和资源优势，建立多层次的资本市场体系，推动文化与创意、旅游、制造业等产业的融合才能更好地提升电影和其他传统产业的文化价值，促进文化产业真正实现转型升级和科学发展。

电视剧发展曾经对电影业形成巨大冲击，在20世纪90年代形成电视剧创制高潮，而且随着电视机的普及而不断繁荣。2010年发行300多部、1.3万余集，仍为世界第一，但产值却远不如电影。电视喜剧总量还会一直攀升，其主旋律与多样化之比，正剧、悲剧、喜剧之比还算比较均衡。

---

① 《光明日报》2010年7月7日第9版，尹鸿、刘浩东文章。

第五节 "走出去"：已有的实践和思考

在建国之初，我们就开始了广泛的对外文化交流，创造了较好的国际文化环境。目前我国已经同145个国家政府签订了文化合作协定和近800个年度文化交流计划，与上千个文化组织保持着密切的合作关系。随着文化体制改革的加速，"走出去"更成为国家文化软实力发展的迫切需要。在"十二五"规划纲要中，又进一步提出"加强对外宣传和文化交流，创新文化'走出去'，增强中华文化国际竞争力和影响力"。在当前实际发展中，"走出去"已经成为一个热门话题和重大研究课题。

一、"走出去"的古老传统和近年的新实践

我们要树立走出去的文化自觉与自信，因为自古以来中华文化就有走出去的传统，洋人也自古就喜欢中国文化。汉代丝绸之路的开拓，与西域的交流已通过舞剧《丝路花雨》再现出来。其实早在战国时期，我国的杂技就传向域外。中国的汉字很早就传到朝鲜、日本和东南亚国家，有的曾经是他们的通用文字，书法艺术也在那里落地生根。中国绘画无论在日本、东南亚还是伊朗、欧洲各国都曾产生过深远的影响。中国画艺术的平涂色彩表现手法促进了西方新画派独特装饰风格的形成，现代派大师毕加索曾经对中国画和中国画家张大千无限推崇，还模仿齐白石的国画，说："有些画看上去一无所有，其实却包含着一切。连中国的字，都是艺术。"[1]在元朝时，中国文化走到了欧洲。西方马可·波罗、利玛窦、金尼阁通过对我国典籍的翻译和个人著作传播了中国文化，在17世纪下半叶和18世纪中叶形成了"中国风"，启蒙运动中则有"中国热"。当时百科全书学派的伏尔泰把中国视为人类社会最好的标本，说这是"举世最优美、最古老、最广袤、人口最多而且治理最好的国家"，还用中国历法驳斥《旧约》中上帝创世说。霍尔巴哈也把中国的政治伦理视为治国良策，说："中国是世界上唯一的将政治与伦理相结合的国家。这个帝国的悠久历史使一切统治者都明了，要使国家繁荣，必须仰赖道德。"于是他也提出了"德治"的主张，号召欧洲政府"必须以中国为模范"[2]。狄德罗、

---

[1] 蔡子谔、陈旭霞：《大化无垠——中国艺术的海外传播及其文化影响》上卷，花山文艺出版社2011年版，第183页。

[2] 《光明日报》2010年8月12日第10~11版，叶廷芳演讲稿。

波维尔、魁奈、杜尔戈、歌德等都是中国文化的推崇者。中国的丝绸、刺绣、瓷器、漆器等曾经征服了万千欧洲人，形成过"中国趣味"或说"中国时尚"。这说明中国文化完全可以为西方所理解和喜欢。虽然西方已经高度资本主义化，但我们东方文化的鲜明特征仍然对他们具有强大的吸引力，可以让他们主动来拿，更可以主动送去，要积极而自信地进行文化交流和贸易往来，这就是我们应当采取的态度。但是现在已经是经济全球化时代，国际文化竞争空前激烈，我们如何才能真正走出去呢？2010年9月，许嘉璐在一封贺信中为走出去提出四个问题：如何在与西方文化交流、交融、交锋中坚持文化自觉自强自信，如何通过世界各国人民喜闻乐见的形式弘扬传播中华民族核心价值观念，如何使中华文化从学术殿堂走向千家万户、深入人心，如何使中华文化真正走得出去、站得下来为世界所接收和认同，从而扩大中华文化的世界影响？①这四个问题都属于战略性的大难题。我们必须用实际行动去回答。

首先看我们新世纪以来已经成功的实践动作。2004～2008年，我国核心文化产品出口年均增长24%，超过货物贸易平均增速近7个百分点。2009年出口总额达109亿美元，2011年又猛增到187亿美元。文化系统一批示范效应明显的项目得到银行贷款支持。文化部积极搭建了文化产业交易平台，已经取得了显著成效。出版业改变以前以实物出口、版权贸易为主要形式的走出去，实行跨国合作出版、境外直接出版已经成为新态势。2007年以来，已开展国际间出版合作项目数百个。包括江苏凤凰出版集团与日本、韩国出版机构合作出版的"祈愿和平"绘本丛书，邀请三国多位著名画家共同创作12本，形成了一种新的合作模式。浙江出版集团与芬兰创造力专业培训机构合作了《创造力——孩子成长的第一要素》，并同步推出了芬兰和瑞典文版。湖南出版集团与德国朔特音乐出版集团合作出版了《世界50部经典管弦乐》，总金额达5500万元人民币。又采用共同投资、共同署名、共担风险的合作方式与韩国阿里泉株式会社推出了《恰同学少年》、《爱城》等项目。江苏凤凰出版集团和清华大学出版社获得了2008年中国图书对外推广计划工作小组特别奖。在境外直接出版方面，中国科学出版集团不但在美国纽约设立了分社，还在日本独资设立了东京分社，致力于中国优秀科技出版物在日本以及日本以外的国家出版发行。人民卫

---

① 许嘉璐《文化如何走出去？》，《光明日报》2010年9月19日第2版。

生出版社在美国投资成立了人民卫生出版社美国有限责任公司，并成功收购北美的加拿大BC戴客出版公司全部医学图书的资产，拥有了一批国际著名医学专家作者群，一批最多长达20年不断修订再版的医学图书精品，同时为中外专家共同著书立说、学术交流与合作提供了平台。他们的体会是，文化走出去必须通过国际化的商业运作，找到成功的赢利模式。现在，我国图书版权输出引进比，从2005年的1：7.2缩小到2010年的1：3，已经是明显改善。

广电方面，2009年我国在47个国家和香港、澳门、台湾等地区举办了99次中国电影展和专题电影活动，展映国产影片647部次。还组织315部次电影参加境外119个国际电影节，其中有68部次影片在26个电影节上获得80个奖项。已有59家企业、91个项目列入国家文化出口重点企业和重点项目。我国影视产品和服务出口金额达8613亿美元，电影海外收入超过4亿美元，均实现了较大幅度的增长。2010年有43部影片销往61个国家和地区，海外销售总收入达到34.8亿元。在33个国家及港澳台地区举办78次中国电影展，共展映影片525部次。参加25个国家及港澳台地区的61个国际电影节，249部次影片参展参赛，其中62个部次影片分别在24个电影节上获奖88个。全年电视节目出口总收入6600多万美元，其中，电视剧出口额约2000万美元。两年的统计证明，我国广电产品走出去步伐正在加大加快。

近几年来，演艺节目走出去也很有实绩。上海城市舞蹈公司的舞剧《霸王别姬》、《杨贵妃》打开了日本、法国的演艺市场，山西味道的舞剧《一把酸枣》打到了美国。《红楼梦》主要是适应日本、韩国、美国的观众需求，《花木兰》则针对澳大利亚、新西兰、英国的演艺市场，杂技芭蕾《天鹅湖》所瞄准的是国际主流演艺市场。总政歌舞团的歌剧《木兰诗篇》不但唱响日本，也唱响了克里姆林宫。原创版《功夫传奇》已经在美国白宫剧场演出500多场，今年比去年同期接待观众人数增长131%，营业额增长46%，市场竞争优势初步显现。这些剧目是大胆走出去，又赢回来。这样，就要求我国的文艺团队有很高的综合素质，包括精通外语、熟悉国际演艺规则、擅长市场营销和商业谈判。还有《红楼梦》被朝鲜、英国搬上舞台，这是我们先人名作被外国改编，也属于文化走出去的好现象。我国演艺节目赢得外国观众的高度赞扬。比如新疆木卡姆歌舞团赴巴基斯坦演出大获成功，巴基斯坦人一再表示"感谢中国"，感谢这个团"带来伟大中国的历史"。由此可见我国文化产业走出去的意义首先是文化的、形象的，其次才是经济效益的。

但由于中西文化差异，个别国家对我国国情存在着曲解和误解。我国原创的世界性精品还不够多、经验还不够足，以及我国出版、演艺等对外文化体系还存在着发行、市场开拓方式落后、渠道分割和网络不健全、信息不畅通、物流单一等问题。的确，我们确实存在着自身不够强健、不了解世界等许多问题，所以开拓和占领世界文化市场的道路还很漫长。

二、"中国立场、国际表达"及经济支撑

叶小文撰文提出中国文化拿什么走出去的问题，是与许嘉璐同时进行的文化思考。作者认为，拿出去的东西要"有外壳、有载体、更要有内核、有神韵"。这个内核和神韵"最基本的就是中华民族所特有的、代代相传的'天下情怀'与'和风西送'"。这是强调了必须向外输出我们民族的优秀文化，从而实现中西文化的平等对话交流。而走出去的姿态，要更加积极主动，在自信与尊严中走出去。我们不是"好战"的中国，而是可以与世界各国合作的中国，是强调和睦、和谐、和平的中国，是以人为本、仁者爱人、有宽容精神的中国。①叶强调走出去必须克服崇洋媚外的思想，不要在外国人面前奴颜婢膝，也与前面贾磊磊等提出文化产业化要树立国家形象的观点是一致的。中国文艺走出去必须具备国际化视野，树立全球化思维，以应对全球化挑战。我们就要把握优势，扬长避短，要实现人类价值的中国表达，实现全面现代化和国际化，要打造重点文化品牌，再塑中国文艺的国际信誉和世界形象。

最难走出去的是文学。前面提到贾平凹倡导"世界的文学"，铁凝在谈到法兰克福书展成功时也强调中国作家走出去。作家能够走出去了，其他门类的艺术走出去的力度和效果自然会更大的。走出去的作品要像蔡武所说的，做到"中国立场、国际表达"，或说"中国元素、国际表达"。这样就会既维护本国文化安全，又向外国输出自己的文化。以前的实践已经证明，这是我们走出去的基本经验和基本原则。民族自信与中国立场是走出去的精神支柱，那就要树立核心价值观，大胆树立民族光辉形象。《花木兰》、《红楼梦》、《恰同学少年》等便具有这种功能。要具有中国立场和元素，又有人类意识，自然还要考虑外国人喜欢什么、不喜欢什么和应当让他们适度地接收什么。这就有一个面向世界取材立意的问题。

---

① 《中国文化"走出去"》，《新华文摘》2010年第19期。

要通过中国故事，表现人类基本问题、引起国际读者心声共鸣。适应外国人才能从文化上征服外国人，才能在中外文化交流中进得去、站住脚，最后落地生根。由于我们是社会主义国家，要走出去既不能媚外又要适合于外国受众，确实有相当的难度，但外国人也很想了解中国的历史与今天。在表现形式、外壳包装上更要考虑适应外国人。一句话，要能够找准、把握好中外文化相通的契合点和相容之度。

走出去要有金融业的经济支撑，同时积极开展文化会展活动。2009年3月，蔡武在文化部、中国进出口银行、深圳华强集团有限公司三方携手支持文化科技产业走出去签约仪式讲话中强调：中国文化走出去的战略总体要求，要抓住当前向海外发展的并购良机，加大对文化企业走出去的融资支持力度。这次三方签订的贷款额度100亿元的《支持文化科技产业走出去战略合作协议》，在全国尚属首例。国营、民间文化企业都要学会融资，争取早日上市，壮大自己的经济实力，早日走向世界。现在，已有47家新闻出版集团在国内上市。我国金融体系已经在文化产业上大量投放贷款。中国银行先后为1300家文化企业贷款150亿元，还开展"影视通保"业务，以影视版权质押扶持影片拍摄，这种做法收到了很好的效果。更可贵的是博纳影业公司已在美国纳斯达克上市，橙天嘉禾也已入股美国好莱坞传奇影业。2011年5月16日，第七届中国国际文化产业博览交易会落下帷幕。这是唯一国家级、国际性、综合性的文化产业博览交易盛会，自2004年创设以来，已经成为我国文化产业领域规格最高、规模最大、最具成效的重要展会。总交易额达到1245.49亿元人民币，比第六届增加156.93亿元，同比增长14.42%。这是我国文化产业向外发展的一个重要门路和窗口，为大家走出去找到了国际合作对象。我们的国营和民营文化企业都在文博会上拿出了精美的产品，大家也都学会了如何与洋人打交道。

要两条腿走路。文化走出去，文化产品和服务也都要走出去。这包括艺术展演、海外商演、版权输出、影视剧出口、有形文化产品和无形服务贸易等等。这样走出去就可以更多地利用商业渠道扩大中华民族文化的影响。另一方面，进行文化交流要与本国业务协调发展，不能顾此失彼，从而开拓占领国际国内两个市场，促进文化市场主体的全面发展。

走出去，更离不开政策的支持。各级政府主管部门要加大对文化产业走出去的扶植力度，尽快出台鼓励和支持文化企业、文化产品走出去的相关政策。英国的音乐剧《猫》、歌剧《魅影》、《西贡小姐》等几十年稳稳占据美国百老汇文化市场，就是因为英国政府实行了奖励政策，并且一直坚持至今。我们政府也应当制订有关文化产业出口的税收、奖励和补贴政策。走出去，以前没有按国家文化战略和支柱产业对待，总体上政府支持力度尚小。今后各级政府要按照"十二五规划"真正把文化产业当成经济支柱来打造。要按照十七届六中全会精神，站到建设文化强国的高度思考如何走出去。为了长足地走出去，中国文化艺术基金会已经成立，还应当成立国家艺术发展的"智库"，重塑本土国际化艺术平台，并且要大力培养对外文化贸易策划人。

总之，我们必须走出去。只有走出去才能增强和显示我国的文化软实力。中国文化大胆对外辐射的时代已经到来。我们要抓住这个机遇。这不但是中国文化自身的需要，也是国际文化发展的需要。

第六节　切实保护知识产权，激发艺术创新活力

在2009年4月第九个世界知识产权日到来之际，《光明日报》发表评论员文章说，当前以"打击侵权盗版、保护知识产权"为主题的行动正在全国广泛展开。上海、辽宁、广州等地加大工作力度，应用新技术开展"扫黄打非"和版权保护，为知识产权保护工作增添了新的亮点。全国开展集中清查销毁侵权盗版等非法出版物和整顿市场秩序行动，树立了我国政府讲信誉、负责任的良好形象，为经济社会发展赢得了良好的国内国际环境。

我国知识产权保护法制化进程正在加快，在2008年就已经取得了一系列重要成果。《国家知识产权战略纲要》由国务院颁布实施，《中华人民共和国专利法》第三次修改完成，《中华人民共和国科学技术进步法》修订后也开始实行。这一系列法律法规的制定和完善为我国知识产权保护工作提供了规范性和纲领性的文件。特别是知识产权战略的实施，极大地促进了科技创新和文化繁荣。截至2009年3月16日，我国受理的专利申请总量突破500万件，科技、文化领域都呈现出强有力的持续繁荣态势。在应对国际金融危机、推动经济平稳较快发展的特殊时期，加大保护知识产权力度，以利于创新，推动科技发展和产业结构升级，是转危为机、共克时艰的重要举措。事实证明，保护知识产权能够提高经济发展抗风险能力，能够保持经济持续稳定增长，是应对国际金融危机的一条重要出路。全社

会尊重知识、尊重人才的良好社会风气也正在形成。在2010年集中销毁盗版、非法出版物的北京主会场上，发起了"拒绝盗版，从我做起"的绿书签发放活动，受到了广大市民的热烈欢迎。但我国知识产权保护面临的形势依然严峻，各种侵权现象仍然严重，做好知识产权宣传工作和知识产权文化建设，仍然是今后一项重要和长期的工作。

当今时代，对知识产权的拥有、运用能力，日益成为国家核心竞争力的重要内容，保护知识产权、打击侵权盗版等违法犯罪活动是推动我国知识和科技创新、建设创新型国家的基石和重要保障。从执法部门的情况来看，最高人民法院又发出了《〈最高人民法院关于贯彻实施知识产权战略若干问题的意见〉的通知》。有关负责人解释说："当前正在向实体经济蔓延的国际金融危机，更加突显了加强知识产权保护、提高自主创新能力、建设创新型国家的重要性。"①这个《战略意见》要求，全面加强知识产权司法保护体系建设，着力从四个方面充分发挥司法保护知识产权的主导作用：充分发挥各项知识产权审判职能作用，全面加强对各种知识产权的司法保护；综合运用知识产权司法救济手段，不断增强知识产权司法保护的有效性；及时明晰知识产权法律适用标准，有效发挥司法保护知识产权的导向作用；努力加强人民法院同其他司法机关和知识产权行政执法机关之间的协作配合，推动形成知识产权保护的整体合力。还提出积极探索符合知识产权特点的审判组织模式，研究设置统一受理知识产权民事、行政和刑事案件的专门知识产权审判庭，尽快统一专利和商标等知识产权授权、确权案件的审理分工，优化知识产权审判资源配置，实现知识产权司法的统一高效；健全知识产权多元纠纷解决机制，加大知识产权案件调解力度，将调解贯穿于案件审理的全过程，努力提高诉讼调解率及和解撤诉率。

富士康状告比亚迪侵犯商业秘密一案影响很大。从事件的严重性、曲折性、损失程度和巨额索赔51亿元的数据来看，都堪称中国高科技产业知识产权第一案。中国人已经悟到我们不应当只是一个制造大国，而且还应当成为一个"智造"强国。2009年11月18日，中国作家协会就谷歌公司未经授权扫描收入使用中国作家图书作品，向谷歌公司发出维权通告。这个公司扫描收入中国图书作品8万多种，涉及中国作家协会会员2600人，

---

① 《光明日报》2009年3月30日第7版。

是我国文学界涉外维权史上的第一大案。2010年7月30日，中国电影著作权协会及有关单位宣布，就上海宽娱数码科技有限公司（英雄宽频）、杭州世纪联线网络技术有限公司（世纪联线）、上海隐志网络科技有限公司（VeryCD）以及其他侵权网站的侵权盗版行为向有关部门提出行政处罚请求并向人民法院提起民事诉讼。

面对严酷的现实，作家艺术家们保护原创作品的呼声越来越高。2009年3月，王兴东和张抗抗二人联名在"两会"期间写的一份提案，曾经产生了对影视界侵权活动的冲击波。提案中说，电影和电视剧正在走向繁荣，在很大程度上依赖作家原创作品的改编，作家笔下的文学形象是影视创作的基石。如何保护原创作家的权益已经成为一个重大问题。近年来影视作品制作播映后，原著名称、原著作权人的名字都没有，宣传活动和海报上都对导演和演员大肆渲染，而原创作者或是剧本编剧成了被影视公司和大众遗忘的角落。在当今世界风气不良、商业利益驱使下，文化迎合世俗，追崇导演和明星，小说原作者和剧本编剧被淹没、被遗忘而无人问津、淡化出局已成惯例。由此引发了多起法律纠纷。这违背了著作权法，也损害了文学原著者的权益。[①]

我国在1992年就已经加入《伯尔尼公约》。该公约第十四条第二款中规定："根据文学或艺术作品制作的电影作品以任何其他艺术形式改编，在不妨碍电影作品作者授权的情况下，仍须经原作者授权。"这一条款的意思是电影拍摄完成或再改成其他形式的作品时，也必须尊重原作者的意见。原作者对于自己的作品拥有永久性权利和终极影响力，即使经过影视改编拍摄加工，都不可动摇原作者的首创权和应得利益。因为原创和首创的文学形象是一切艺术产业的核心动力，没有文学形象，任何文化产业都无法开花结果。我们翻开《著作权法》，上面已经有明确规定："使用他人作品的，应当指明作者姓名、作品名称"，"出版者、表演者、录音录像制作者、广播电台、电视台行使权利，不得损害被使用作品和原作品著作权人的权利"。在全球文化产品消费进入"内容为王"的时代，原始创意越来越成为竞争的核心。我们国家又于2010年颁布了《国家知识产权战略发展纲要》，强调维护原作和改编者共同拥有的知识产权，以使文学作品为影视改编提供更多的资源，提高影视产业不断创新的能力。王兴东、

---

① 《文艺报》2009年3月5日第4版，关于王兴东、张抗抗提案的报道。

张抗抗还在提案中强烈要求，在今后的全国华表奖、金鸡奖、百花奖、飞天奖等国内大型影视评奖中增设"最佳剧本改编奖"，尊重和保障原作者和改编者的双重权益，将使我国的影视产业知识产权保护体系更为科学有效。并且提议电影制作部门要认真履行《电影剧本（梗概）备案、电影片管理规定》第十七条中的规定：送审电影双片应当提供"原著改编意见书"的要求。建议各级文化部门应当对媒体从业人员进行《著作权法》培训，渐渐形成维护知识产权的自觉和共识，把文学原作和剧本改编视为影视创作的一个整体来进行宣传。

对王、张二人的提案，全国著名作家张平、陆天明、柳建伟、麦家等在接受记者高小立采访时做出了强烈的呼应。张平感慨地说："剧本创作所耗费的精力是难以想象的，从构思到写作，这一过程比拍摄要长得多，构思和创作过程浸透了作家剧作家的心血和汗水，说十年磨一剑的话丝毫不夸张，有很多剧作家一辈子也就那么几部作品，他们把生活、感情、知识的积累，包括身体和精力的消耗基本上就用尽了，熬垮了，这是一件残酷的事情。因为收入不高消耗又大，剧作家的晚景往往很凄凉，不禁让人扼腕长叹。"他又说，剧作家的地位其实十分卑微，连一般的演员、场记、副导演甚至摄像录音的地位都不如，而且剧本的收入都是一次性付清。没有一个国家对原著作者、剧本创作的漠视会达到如此麻木不仁的程度。张平的作品曾经多次改编成影视，只有一次是令他感动的，那是他的小说《凶犯》改编成电影《天狗》获得了最佳导演奖，导演戚健上台领奖时特别说了一句感谢作家张平，张平便说"只这一句话让我感动了好长时间"。陆天明接受采访的第一句话就是"该为尊重原创呐喊一声"。他说，听说王兴东和张抗抗建议增设改编剧本奖，我感慨万千。他们一旦剧本到手，就可能连编剧姓甚名谁都忘得干干净净了，更不用说小说原著作者了。普遍的是在未征得作者同意的情况下，就找人去改编剧本，在改编过程中更不会去征求作者的意见。除了片头上会署作者的名字，一般情况下都不会在海报、光碟上印有小说原创或编剧的名字，也不会在媒体见面会上提小说原著或编剧的名字。柳建伟说，世界上还没有第二个国家的作家原创作品像中国这样，凭自己的心血创作，撑起了同时代影视作品的光荣；同样世界上更没有第二个国家的作家原创作品像中国这样，在影视成品中被忽略、被遗忘，甚至被践踏到今日的程度。他说刚刚出席了"2009年编剧维权论坛"，讲了《集结号》片头不该打上"冯小刚作品"，《金婚》不该打出"郑晓龙作品"。由此可见，在影视圈内忽视原创和编剧的现象是大面积的。麦家也告诉记者说，我认为这是一个鱼龙混杂的乱世，而且鱼多龙少，弄不好原创作家或编剧被涮。现在优秀作家大多不接编剧的活儿，好本子千金难寻，是因为好作家都躲开了。但是还是很少有人或者部门出来仗义执言……①

除了科技界、影视界、文学界有这些现象，在书法、美术、音乐、舞蹈、戏曲、动漫等行业都有这样的事情。有的忍气吞声没有告状，有的大胆告了状也常是不了了之。有几位书法名家面对别人的模仿造假十分头疼，但时间长了渐渐麻痹而无奈。

应当提振我们知识产权保护局面彻底扭转的信心，且看2010年中国版权界评出的"十件大事"：一、国务院开展为期6个月的《打击侵犯知识产权和制售假冒伪劣商品专项行动》，政府软件正版化工作取得阶段性成果。截至2010年12月30日，国务院办公厅、工业和信息化部、公安部、新闻出版总署等31个部门率先完成软件正版化检查整改工作。二、第十一届全国人大常委会第十三次会议审议通过《中华人民共和国著作权法》修正案。三、《建国大业》、《喜羊羊与灰太狼》等14个作品和单位获得世界知识产权组织版权金奖——中国奖。四、国家版权局在世博会期间建立的反盗版快速反应机制，为世博会营造了良好的版权保护环境。五、海协会、海基会签订《海峡两岸知识产权保护合作协议》。六、中国著作权法律百年国际论坛举行。七、央视在国内率先启动音乐著作权付酬。八、中英签署版权战略合作协议。九、国家版权局493万元重奖反侵权盗版功臣。十、中国电影著作权协会成立。这十件大事既有立法和法律修改，又有执法保护著作权的重大行动。2010年11月5日，国务院总理温家宝在全国知识产权保护与执法工作电视电话会议上发表了重要讲话。他要求，一是持续开展知识产权保护专项行动。二是不断完善知识产权法律制度。三是大力加强知识产权宣传教育工作。四是开展国际知识产权合作。以打击侵权假冒专项行动为重点，全面推进知识产权保护工作，提出强化监督与执法，"做到全过程治理"；加大刑事司法打击力度，形成打击侵犯知识产权行为高压态势；坚持有破有立，积极营造知识产权保护的良好环境；加快完善知识产权保护的法制、政策和体制，形成长效机制。其中强调必

---

① 《文艺报》2009年3月5日第4版。

须加强领导，实行追责制度。这个讲话也令人鼓舞。人们多么希望全国所有立法执法单位能够继续携手，随时依法严肃惩处那些剽窃他人作品的不法分子。在2011年"两会"期间，陈建功、王兴东又发表文章，强调"作者第一，原创老大"，申明"授权许可制度标明了作家与编剧是影视作品的前位权利人"，要保障署名权、修改权及保护作品完整权、发表权、改编权、报酬权、荣誉权，并且"必须依法维护作者权益"。①其中包括上面提到的设立剧本改编、原创奖励问题。要使作家们有一种安全保障感，关键在于影视投资者、制片人和导演，出版部门和书商们，他们都必须树立法律意识，思考如何保护好原创者应有权益。盛大网的副总编辑、盛大文学首席执行官侯小强上任以来，第一件事情就是获得版权，包括收购并购多家文学网站，投资举办全球写作大赛，获得长篇小说7万部。第二件事是运营版权，推出盛大电子书BAMBOOK。第三件事是进行版权保护，发起了对百度的诉讼，开展了二十多起著作权保护诉讼。现在他的团队拿到一部书会说拿到一个版权，证明其版权意识已经很强。欠债还钱，天经地义。当前老板们要偿还所欠原创、编剧的老账，而且保证今后不欠。全社会也要形成保护知识产权的浓厚舆论氛围，对模仿、抄袭古今中外名家经典、现当代作品和学术论文等行为，大胆及时地进行揭发举报。那些盗窃者们必须改弦更张，讲究做人的良心，树立自己无侵权、无盗版的光辉社会形象。

从一个国家整体来说，只有对知识产权进行全面保护，对每一位原创者都负起责任，我国的科技发明和艺术原创才会越来越多、越来越好，否则我们的创新型国家如何建立呢？建议从体制、机制方面建立年度性全国知识产权保护统计发布体系，每年在世界知识产权日通过媒体进行公布，以接受广大人民群众的监督，这很可能推动一些老大难案件的圆满结案。

2008年11月～2009年6月初稿

2010年4月～10月二稿、三稿

2011年5月四稿

2011年12月定稿

---

① 《依法维护原著和剧本拥有者的权益》，《文艺报》2011年3月9日第4版。

后　记

　　我从2008年11月开始动笔，一晃竟然三年多了。首次为本书写"后记"是在2009年秋，我写了便找彩虹印刷公司帮忙印出20本，算成型了。然后把它们送给文艺理论家们，也给一些青年作家和学者发了电子邮件，便虔诚地期待他们的指正。12月12日，还在河北省作协组织过一个讨论会，大家发言很热烈也很中肯。刘松林兄对我的理论研究很支持，不但在《大众阅读报》发表了我那篇《试论文艺科学发展观》，还推出这次研讨的纪要，扩大了影响也给了我压力，真的骑虎难下了，所以才有现在的书稿。再写"后记"已是中国的虎年。现在三校中又做修改补充，竟是兔年的冬天了。阳光下，见河北省文学馆的银杏树们高高地站着，叶子全黄了，一株株变成了金枝玉体。不是金黄，而是温柔亲切的鹅黄、豆叶黄。也不像杨叶柳叶那么反光，远看便是恬静而又暖融融的水粉画了。银杏树也叫白果树，果子和叶子都可入药，木质更好，可谓浑身是宝。它是看着人类怎么成长的历史老人，经历了多次地质和大气的巨变，竟然繁衍到了今天，于是我尊崇银杏树。也因为它挺拔帅气，内心有历史记忆的密码，有鼓励我们共同面向未来的心志。它在静静地等待着一场寒流，替它脱掉一身锦绣。西北风果然来了，银杏树不眷恋自己身上应该脱落的东西，也绝不瑟缩哀号，孕育着新的年轮和来春的碧绿。都说松柏常青，银杏树不常青却长寿，是物种的寿星。于是遐想，这院里将巨木参天，峥嵘无限。

　　书中，我从科学发展观出发，对我国文学艺术发展的曲折历程进行一次回眸与省察，希望能够客观地有所发现，有所确认，也有所批评。不料大改小改拖延至今，成了难产的孩子。曾想让他在个好时辰出世，却总不赶趟。也罢，因营养储备供应不足而晚成熟了，那么还是让他顺其自然地生吧。

　　本书的关键词是：重温、总结、科学、创新、发展。我的行文做法是，与大家反复重温、反思马克思主义文艺思想，确证它在中国化过程中对我国文艺发展所起到的巨大作用；同时一再反思批判极"左"文艺思想，一再剖析批判西方中心主义和国内外一些不良文艺思潮，在反思、确证和批判中寻找中国特色社会主义文艺发展的科学规律和健康道路。不要说什么过时了，我相信历史的真谛、文艺的规律能够在否定之否定中穿越时空，只有那些不能穿越、不能适应的才会被无情淘汰。如今新论层出不穷，说明人类智慧在喷发。但多方比较，觉得马克思主义在人类历史长河中的价值最大，用武之时空十分广阔。它是底气最足的理论，又是最坚韧的理论，是能够经得起历史考验的人类大智慧。

　　我吸收诸家观点，想把古今中外各种文艺理论"打通"，找到它们的共通点、契合点和一定程度的结合部，找到它们并行不悖的元素，变主客观二元对立为多元一体、以我为主。对文艺与现实、文艺与政治、文艺与人，对文艺生态平衡和文化产业等难点热点问题尽量地充分阐述。马克思主义和古今中外各种文论，都对我国社会主义新文艺的生成起着或大或小、或正面或反面的作用。这是历史的事实，也正是我们今天总结反思文艺发展经验教训必须认真对待的重要内容。当今全社会对人的精神解放、全面自由发展比过去重视了，而一些文艺家却又对文艺表现社会现实与时代生活不太感冒，有关争论不断出现。而最近中国音乐家协会在理论研讨中提出："让文艺复归心灵，让创作贴近现实。"[1]作家刘醒龙的创作体会也是："思考时代，探索心灵。"[2]这证明很多人主张表现现实与挖掘人性、人的内心并重，两者不可偏废。因为人类依赖于现实社会而生存，这是一切的根基，那么人性探索应当与表现具体的国家、民族和时代发展变化相辅相成。在理论上，没有必要夸大或制造它们的矛盾。

　　学然后知不足，越读书越感到头脑太空。但从内心确认了一点，那就是中国文学艺术大发展离不开马列主义、中国和西方文艺思想三者的结合，离开哪一方都会是有缺陷的。对马克思主义文论，不能像以前那样把马克思、恩格斯针对当时某种特定现象的个别词句当做神圣的天条，更不能把其他知识体系都否定掉。不要孤立马克思，不能以学习马列为累。要

---

　　① 《中国艺术报》2011年8月26日，陈志强报道。

　　② 《文艺报》2010年5月21日第1版，刘秀娟对刘醒龙的专访。

看到，马列当年揭示事物本质性、规律性的理论何等不易，今天它还远远未到全面开花结果的时候。

改革开放以来，一些人曾经对马列文论一度冷落，到20世纪90年代中期才又走向新的研究高潮。我国文论开始进行五四以来难得的中、西、马三者的又一次融通，但还不是深层次的完美的融合，这有学科的差别，也有对马列认识的过程长短不一、认识的深浅不同，但我们要有综合意识，甚至超越意识，不仅仅是临时联手的加减法。但我们只能学西化西而不能西化，只能以传统为基础而不能以传统为主导，主导只能是马列文论。本书说来说去的核心与关键点，就是这个主导和各种知识体系的交汇融通。五四只是中西马三者第一次相遇的交汇点。五四精神和它造就的知识分子永远值得我们学习和怀念。不要说鲁迅那一代，就说过世不久的费孝通吧，他在1997年回答"费孝通"这篇文章"如何结尾"时感慨地说："我这一生过得很不容易……五四这一代知识分子生命快过完了，句号画在什么地方确实是个问题。我想通过我个人画的句号，就是要把这一代知识分子带进'文化自觉'这个大题目里去，这就是我要过的最后一重山。"①费老晚年提出了"美美与共"和"文化自觉"，是两项重大理论贡献，更是一种崇高的文化精神和开放的价值观念。

马克思主义具有高山大树的风采，有理论的高站位和思维穿透力，其原创成分很高。它的与时俱进性、批判性与实践性更为可贵。后现代主义最时髦却不是最先进，它最红火又最消极。它带来不少新思维，使我们看到过去被遮蔽的东西，但又带有明显的破坏性和历史局限性，在国内外负面作用都很大，证明这种新的西方智慧还不科学。它批判生态环境的异化，追求艺术形式创新，与现实主义、浪漫主义等根本性创作方法具有通约性，但它不承认人类历史发展的方向，乐于做消费主义的附庸和鼓动怂恿者，充当着西方文化战略中的过河卒子，对我国主流价值观念、中华优秀传统文化的颠覆作用极大。当前出现了"回到马克思"和"走出后现代"的交响。我们不能甘当后现代的俘虏，要能够抵制西方文化的负面作用和影响，还要学会化腐朽为神奇。

我的文艺科学发展观念，很可能被看做"政治回潮"。但这是在重温、承传中，追求文化创新格局的平衡发展，自己感到客观公允，不是我一厢情愿的乌托邦。本书中，论述文学成就与问题最多，因为文学自古典

① 《光明日报》2010年11月20日第1版，钱建强文章。

籍丰富，也是整个文艺的龙头，它的拉动力最大。值此又想到恩格斯所说的各种力量的平行四边形，马克思主义文论便是那条最长的对角线。书中引用上百人的论述，意在展示一个庞大的体系、一个巨大的阵容，证明这不是我自己突发奇想。

马克思、恩格斯创造了科学的基本原理和思维方法，但不可能解决他们一切身后事。现实中出现的新问题必须靠今天的我们去创造性地解决。百年沧桑，90年巨变，60年历练，使我们在文化和文艺上渐渐走向理智、走向成熟。我们不能"娱乐至死"，今天和将来都需要昂扬的前进的声音。理智的人类需要文化积累，不能狗熊掰棒子，我们的经验教训也应当进入积累的智库。我们需要在中国化马克思主义指导下进行全面的整合性、总体性创新，但要懂得逆水行舟，不进则退。我们已经名声在外，美国未来学家约翰·奈斯比特和夫人多斯丽合著的《中国大趋势》等对我们多有赞美，世界"中国热"在持续升温。在2009年11月1日清华大学国学院重新成立大会上，著名科学家杨振宁在讲话中肯定了两点："一是中华文化传统所培育出来的勤奋、节省、有耐心，重视子女教育的国民，以及所创建出来的'有教无类'的和谐社会；二是中国共产党的'摸着石头过河'的政绩。十几亿人口的中国像是一条巨大的轮船，在风雨中航行，30年来内政外交政策都极'有中国特色'。这些特色当然与中华文化传统的许多主旨思想和价值观有密切关系。"并且号召"用近代社会科学的眼光与方法来探讨中华文化对人类历史的影响"。[①]这种历史成就和历史任务，也有我们的一份。树立了文化自觉自信，更要战战兢兢、如履薄冰地认真研究一切新老文艺问题，不停地解剖认识我们自己、鞭策我们自己。我们需要激情燃烧，更需要深刻的反思与前瞻。

古人说："变则通，通则久。"我们需要从当今文学艺术的现实中观察分析到一些规律性的东西，以不断调整我们自己的前进理念和姿态。马克思曾经这样说过："在惊涛骇浪的思想海洋上，我进行过长期的浮游和探索，我在那里找到了真理的言语，并紧紧地抓住了被发现的东西。"[②]我国文艺、文论创新，需要我们"长期的浮游和探索"。我们要以忠于实践的科学态度，以文化马拉松的耐力，真正推动实现我国文化现代化。我们有过百年奥运梦圆，也一定会实现我们的文化强国之梦。

---

① 《光明日报》2009年11月16日第12版。
② 董学文：《马克思与美学问题》，北京大学出版社1983年版，第7页。

在本书出版之际，感谢河北省委常委、宣传部长艾文礼同志对此作的重视与关怀；感谢陆贵山、雷达、董学文、包明德、刘润为、阎晶明等先生先后进行了指导、点评；感谢《文艺报》副总编张陵为本书作序；感谢梁鸿鹰、周由强、曹桂方、刘绍本、白石、戴长江、魏平、王景武、相金科、关仁山、王力平、李延青、孙万勇、王惠周、郭纯阳、田建民、封秋昌、崔志远、郭宝亮、张俊山、张魁星、刘松林、范川凤、陈旭霞、杨红莉、李世琦、陈建忠、庞彦强、周大明、张竹筠、周喜俊、高月娟、赵秀忠、郝秀历、高建雨等领导、专家、学者们的鼓励和及时指点；感谢花山文艺出版社总编辑张采鑫、编审梁东方和责任编辑梁瑛、李伟、王爱芹为本书的编辑、校对、出版倾注了大量心血；感谢青年作家樊更喜、刘蔚平、封俊、王琦、冯小军、张彦广、侯锦翠等先后帮助进行文字润色，及赵倩、李璐璐、张紫涵、晓夏、王立炜等一遍遍地进行电脑打字处理；感谢一切关心本书写作和出版的朋友们！

本书融入许多人的研究成果，已是一个"千人糕"；但又毕竟属于笔者一人之见，文责自负。初衷是以此抛砖引玉，重新形成一个话题，让更多的人围绕它进行更为深入的理论研讨。由于本人水平所限，问题和差错在所难免，敬请方家不吝赐教！

作　者

2012年5月18日于石家庄

主要参考书目

1.《马克思恩格斯全集》，人民出版社1956～1983年第1版。

2.《马克思恩格斯选集》，人民出版社1972年版。

3.《马克思恩格斯论文学与艺术》（两卷本），陆梅林辑注，人民文学出版社1983年第1版。

4.《列宁全集》，人民出版社1955～1983年第1版。

5.《列宁选集》，人民出版社1972年版。

6.《斯大林选集》，人民出版社1979年版。

7.《毛泽东选集》（1～4卷），人民出版社1966年版。

8.《毛泽东选集》（第5卷），人民出版社1977年第1版。

9.《邓小平文选》（第1～2卷），人民出版社1994年第2版。

10.《邓小平文选》（第3卷），人民出版社1993年第1版。

11.《江泽民论有中国特色社会主义（专题摘编）》，中央文献出版社2002年第1版。

12. 纪怀民、陆贵山、周忠厚、蒋培坤编著：《马克思主义文艺论著选讲》，中国人民大学出版社1982年第1版。

13. 陆贵山、周忠厚编著：《马克思主义文艺论著选讲》，中国人民大学出版社2011年6月第5版。

14. 董学文：《马克思与美学问题》，北京大学出版社1983年第1版。

15. 庄锡华：《人类对世界的艺术掌握》，百花文艺出版社1995年第1版。

16.《别林斯基选集》，人民出版社1972年第1版。

17.《别林斯基选集》（第1、2卷），满涛译，上海译文出版社1979年新1版。

18. [俄]普列汉诺夫著，曹靖华译：《论艺术——没有地址的信》，生活·读书·新知三联出版社1973年第1版。

19. [苏]高尔基《论文学》，人民文学出版社1965年第1版。

20. 孙国林、曹桂方：《在毛泽东思想指引下的延安文艺》，花山文艺出版社1992年第1版。

21. 艾克恩、曹桂方主编：《延安文艺史》（上下卷），河北教育出版社2009年第1版。

22. 中共河北省委宣传部文艺处编：《文艺工作重要文献（选编）》，1998年内部出版。

23. 北京师范大学中文系文艺理论教研室编：《文学理论学习参考资料》，春风文艺出版社1981年上卷第1版，1982年下卷第1版。

24. 王卫等编著：《当代西方马克思主义思潮与社会主义流派》，中南大学出版社2008年第1版。

25. 陈学明、王凤才：《西方马克思主义前沿问题二十讲》，复旦大学出版社2008年第1版。

26. 张之沧等著：《西方马克思主义伦理思想研究》，南京师范大学出版社2009年第1版。

27. 张一兵、胡大平：《西方马克思主义哲学的历史逻辑》，南京大学出版社2003年第1版。

28. 陈学明：《"西方马克思主义"命题辞典》，东方出版社2004年第1版。

29.《鲁迅全集》，新疆人民出版社1995年版。

30.《鲁迅言论选辑（二）》，人民文学出版社1976年第1版。

31.《鲁迅言论选辑（四）》，人民文学出版社1977年第1版。

32. 林非：《鲁迅和中国文化》，南开大学出版社2007年版。

33. 郭绍虞主编：《中国历代文论选》（4卷本），上海古籍出版社2001年新1版。

34. 何其芳：《诗歌欣赏》，人民文学出版社1962年版。

35. 游国恩、王起等主编：《中国文学史》，人民文学出版社1963年第1版。

36. 朱东润主编：《中国历代文学作品选》，上海古籍出版社1979年第1版。

37. 钱仲联主编：《十三经精华》，湖南教育出版社1992年第1版。

38. 王朝闻主编：《美学概论》，人民出版社1981年第1版。

39. 王朝闻：《王朝闻文艺论集》，上海文艺出版社1979年第1版。

40. 李泽厚、刘纲纪主编：《中国美学史》，中国社会科学出版社1984年第1版。

41. 郑振铎：《中国俗文学史》（上下册），上海书店1984年版。

42. 童庆炳主编：《文学理论教程（修订版）》，高等教育出版社1999年版。

43. 钱理群、温儒敏、吴福辉等著：《中国现代文学三十年》（修订本），北京大学出版社1998年第1版。

44. 洪子诚：《中国当代文学史》，北京大学出版社1999年第1版。

45. 周振甫：《诗词例话》，中国青年出版社1979年第2版。

46. 何火任：《当前文学主体性问题论争》，海峡文艺出版社1986年第1版。

47. 龚富忠：《文苑撷英》，花山文艺出版社1988年版。

48. 龚富忠主编：《河北小说论》（上、下），花山文艺出版社1988年第1版。

49. 刘再复：《文学的反思》，人民文学出版社1988年第1版。

50. 周申明、杨振熹：《孙犁评传》，百花文艺出版社1990年第1版。

51. 崔志远：《当代文学审美潮》，花山文艺出版社1991年第1版。

52. 陈映实：《铁凝及其小说艺术》，河北人民出版社1990年版。

53. 封秋昌：《审美中的感悟》，花山文艺出版社1990年第1版。

54. 冯健男、王维国主编：《河北当代文学史》，河北教育出版社1997年第1版。

55. 苗雨时：《河北当代诗歌史》，中国戏剧出版社2003年第1版。

56. 崔志远：《乡土文学与地缘文化》，中国书籍出版社1997年第1版。

57. 封秋昌：《艺术想象的魅力》，新世纪出版社1999年第1版。

58. 李万武：《为文学寻找家园》，沈阳出版社1993年第1版。

59. 崔志远：《燕赵风骨的交响变奏》，作家出版社2001年第1版。

60. 李万武：《审美与功利的纠缠》，大众文艺出版社2000年第1版。

61. 朱大可、吴炫等著：《十作家批判书》，陕西师范大学出版社

2000年第1版。

62. 杨红莉：《回归之途：先锋小说研究》，汕头大学出版社2001年第1版。

63. 范川凤：《美人鱼的渔网从哪里来——铁凝小说研究》，中国文史出版社2005年第1版。

64. 曹文轩：《20世纪末中国文学现象研究》，北京大学出版社2002年第1版。

65. 中国文联理论研究室编：《全球化时代的文学选择：中国文联2000年度文艺评论获奖论文集》，大众文艺出版社2001年第1版。

66. 许柏林、丁道希：《双刃剑下的评说》，大众文艺出版社2001年第1版。

67. 李欧梵：《中国现代文学与现代性十讲》，复旦大学出版社2002年第1版。

68. 郭宝亮：《王蒙小说文体研究》，北京大学出版社2006年第1版。

69. 杨立元：《新现实主义小说论》，中国文联出版社2002年第1版。

70. 林非：《读书心态录》，中国言实出版社2002年版。

71. 崔志远：《现实主义的当代中国命运》，人民文学出版社2005年第1版。

72. 封秋昌：《存在与想象》，河北教育出版社2006年第1版。

73. 邢建昌：《文艺美学研究》，河北人民出版社2006年第1版。

74. 张竹筠：《中西神话研究》，中国和平出版社2005年第1版。

75. 李万武：《为文学讨辩道理》，中国文学出版社2007年第1版。

76. 崔志远：《当代文学的文化透视》，人民文学出版社2007年第1版。

77. 王力平主编：《2006年河北文学评论年鉴》，河北省作家协会2007年编印。

78. 郭宝亮：《文化诗学视野中的新时期小说》，河北人民出版社2007年第1版。

79. 杨红莉：《民间生活的审美言说——汪曾祺小说文体论》，北京大学出版社2008年第1版。

80. 杨红莉：《戏藏古今，曲尽人情——地方戏曲文化研究》，大众文艺出版社2008年第1版。

81. 刘润为：《文艺批判》，安徽人民出版社2008年第1版。

82. 特·赛音巴雅尔主编：《关仁山研究专集》，作家出版社2008年第1版。

83. 杨振熹：《孙犁论稿》，香港文学报社出版公司2008年第1版。

84. 赵秀忠：《在文学边上》，2008年内部出版。

85. 崔志远等著：《中国当代小说流变史》，中国社会科学出版社2009年第1版。

86. 常峻：《周作人文学思想及创作的民俗文化视野》，上海书店出版社2009年第1版。

87. 崔志远：《对话的焦虑：全球化视境与地方性知识》，内蒙古人民出版社2009年第1版。

88. 雷鸣：《危机寻根：现代性反思的潜性主调——中国当代生态小说研究》，山东文艺出版社2009年版。

89. 李晓红、秦弓、王兆胜编：《思想者的心声——林非八秩特辑》，文化艺术出版社2010年第1版。

90. 韩晓谅、赵秀忠：《中国现当代文学中的宗教融合与流变》，吉林大学出版社2010年第1版。

91. 邢建昌：《理论是什么——文学理论反思研究》，人民出版社2010年10月第1版。

92. [英]《莎士比亚全集》，人民文学出版社1978年第1版。

93. [古希腊]亚里士多德、[古罗马]贺拉斯：《诗学·诗艺》，人民文学出版社1962年第1版。

94. [德]莱辛著，朱光潜译：《拉奥孔》，人民文学出版社1979年第1版。

95. [美]马斯洛著，林方译：《人性能达的境界》，云南人民出版社1987年第1版。

96. [美]《人文》杂志社编，多人译：《人文主义：全盘反思》，三联书店2003年第1版。

97. 伍蠡甫主编：《西方文论选》，上海译文出版社1979年第1版。

98. [美]理查德·扎克斯：《西方文明的另类历史》，海南出版社2002年第1版。

99. [苏]科恩著，佟景韩等译：《自我论》，生活·读书·新知三联书店1986年第1版。

100. [苏]莫·卡冈著，凌继尧、金亚娜译：《艺术形态学》，生活·读书·新知三联书店1986年第1版。

101. 张祥龙：《海德格尔传》，河北人民出版社1997年第1版。

102. 郑克鲁等人著：《外国文学作品提要》，上海文艺出版社1983年第1版。

103. [美]欧文·埃德曼著，任和译：《艺术与人》，工人出版社1988年第1版。

104. 李书亮：《艺术经济学概论》，文化艺术出版社1983年第1版。

105. 顾兆贵：《艺术经济学导论》，文化艺术出版社2004年第1版。

106. 庞彦强：《艺术经济通论》，文化艺术出版社2008年第1版。

107. 王万举：《文化产业创意学》，文化艺术出版社2008年第1版。

108. 梁勇、刘根柱、贾力：《文化资产价值论》，中国对外翻译出版公司1999年第1版。

109. 赵秀忠：《民族精神与中国特色企业文化》，河北教育出版社2006年第1版。

110. 顾晓鸣：《追求通观》，广西人民出版社1989年第1版。

111. 顾祖钊：《艺术至境论》，百花文艺出版社1992年第1版。

112. 李淮春、陈志良：《现时代与现代思维方式》，河北人民出版社1987年第1版。

113. 蔡子谔、陈旭霞：《大化无垠——中国艺术的海外传播及其文化影响》，花山文艺出版社2011年第1版。

114. 曲辰：《中国哲学与中国文化》，宁夏人民出版社2006年第1版。

115. 北京泛亚太经济研究所编：《人文中国：中国的南北风貌与人文精神》，中国社会出版社1996年第2版。

116. 蔡丰明：《城市环境中的民俗保护》，上海社会科学出版社2010年第1版。

117. 宋燕鹏主编：《文学作品中的民俗史》，甘肃人民出版社2006年第1版。

118. 许文富：《网络政治——网络社会与国家治理》，商务印书馆2002年第1版。